Para

Com votos de muita paz!

___/___/___

AS PARTIDAS DOBRADAS
NINGUÉM PAGA UMA CONTA QUE NÃO DEVE
Copyright© C. E. Dr. Bezerra de Menezes

Editor: Miguel de Jesus Sardano
Coordenador editorial: Tiago Minoru Kamei
Revisão: Rosemarie Giudilli
Diagramação: Tiago Minoru Kamei
Capa: Ricardo Brito - Estúdio Design do Livro

Impressão e acabamento: Lis Gráfica e Editora Ltda
1ª edição - março de 2015 - 3.000 exemplares
Impresso no Brasil | Printed in Brazil

Dados Internacionais de Catalogação na Publicação (CIP)
(Câmara Brasileira do Livro, SP, Brasil)

Bueno, Sergio
As partidas dobradas : ninguém paga uma conta que não deve
Sergio Bueno. -- 1. ed. --
Santo André, SP : EBM Editora, 2014.

ISBN: 978-85-64118-49-2

1. Espiritismo 2. Romance espírita I. Título.

14-11589   CDD-133.9

Índices para Catálogo Sistemático
1. Romance espírita : Espiritismo 133.9

EBM EDITORA
Rua Silveiras, 17 – Vila Guiomar – Santo André – SP
CEP 09071-100 | Tel. 11 3186-9766
ebm@ebmeditora.com.br | www.ebmeditora.com.br

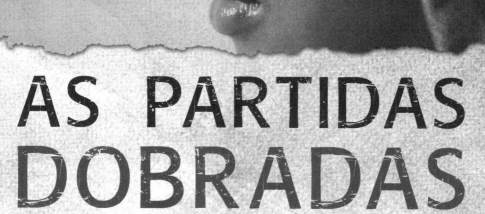

SERGIO BUENO

o mesmo autor de
A QUEDA SEM
PARAQUEDAS

AS PARTIDAS DOBRADAS

NINGUÉM PAGA UMA CONTA QUE NÃO DEVE

ebm

Aos luminares da Humanidade

Dedico este livro a todos aqueles que contribuíram para o progresso da Humanidade por meios pacíficos. É possível avançar sempre usando métodos que dispensam o uso irracional da força bruta. Exemplos os mais variados existem, desde Jesus Cristo, cujos ideais encerram um roteiro de amor, e, dois mil anos após, continuam a fermentar a fraternidade entre os homens, até os atuais arautos do bem.

Não podemos nos esquecer que Mohandas Karamchand Gandhi, o Mahatma, conseguiu a libertação da Índia baseado no princípio da "Não Violência", valendo-se do seu apego à *Satyagraha* (Obstinação pela Verdade) e na proposta de Henry David Thoreau[1] – Desobediência Civil; Martin Luther King Jr., Ministro Batista, conseguiu se opor à discriminação da raça negra nos Estados Unidos com a campanha de "Não Violência e de Amor ao Próximo". Acalentando um sonho de liberdade, contribuiu para abrir as portas da Casa Branca para ser ocupada por um digno representante da "Cabana do Pai

---

[1] Henry David Thoreau, 1817, foi um autor estadunidense, que fez reflexões sobre a vida simples do homem cercado pela natureza; destacou-se pelo seu ensaio sobre a desobediência civil individual, como forma de oposição legítima frente a um estado injusto.

Tomás"[2], o Presidente Barak Obama. Nelson Mandela, que nos deu exemplo invulgar de inteligência política, conseguiu pacificar o seu povo, em momento conturbado, após a libertação da África do Sul.

Tantos foram os humanistas e intelectuais que perfilaram ao lado da fraternidade e da união entre os povos[3], que seria difícil mencionar todos. Um, porém, se destaca em meu coração: Albert Schweitzer, o médico alemão, que se embrenhou na selva africana e em Lambaréné dedicou-se aos abandonados do mundo, revelando o quanto uma alma nobre pode fazer por tantos, a exemplo de Madre Tereza de Calcutá, cuja vida foi dedicada inteiramente aos miseráveis da Índia, e que ainda hoje, *post mortem*, continua a nos enviar belíssimas mensagens psicografadas pelo médium Robson Pinheiro.[4]

No Brasil, para não falar dos que ainda estão na lida, destaco as figuras ímpares de Francisco Cândido Xavier, cuja obra mediúnica e de amor ao próximo supera quaisquer adjetivos e, na Bahia, trago a essa singela homenagem, irmã Dulce, cuja vida voltou-se às comunidades pobres de Alagados e Itapagipe, na cidade de Salvador.

---

[2] Harriet Elizabeth Beecher Stowe, 1811, escreveu o livro "A Cabana do Pai Tomás", mostrando a vida dos negros norte-americanos sob o regime da escravidão, livro considerado de inspiração mediúnica.
[3] Mestre Florêncio Antônio Lopes, autor de "Amor entre os Povos", edição do ano 2.000.
[4] Robson Pinheiro, médium de Minas Gerais, que psicografou o livro "Pelas Ruas de Calcutá", ditado pelo espírito de Madre Tereza.

Em todas as doutrinas religiosas ou políticas encontramos aquelas pessoas que se perfilaram ao lado do bem e dedicaram as suas vidas ao alívio da dor alheia.

Após a Segunda Guerra Mundial, um jurista alemão da Universidade de Heidelberg, Gustav Radbruch, questionou o "Positivismo" para alinhar-se junto aos que amam a Justiça e entendem que o Direito a ela deve estar associado. Os Nazistas, que agiram com inusitada violência, o afastaram da cátedra acadêmica, mas a sua voz repercutiu no tempo e nos chega até hoje trazendo um legado de respeito à vida.

Homenageio a todos os que venceram pela inteligência lúcida e humanista, contribuindo para a evolução da coletividade. É possível sim dar "Adeus às Armas"[5], vencer o maior entrave na marcha da civilização – o egoísmo humano – e plantar uma semente de amor e paz. Por fim, agradeço a generosidade do Sr. Carlos Magalhães, que, por algumas horas, cedeu-me as belas instalações da casa grande de sua fazenda, permitindo-me escrever, em ambiente bucólico, essa sincera dedicatória aos citados Luminares da Humanidade.

Fazenda Santa Catherine
Porto Feliz, SP
Outono de 2014
Sergio Bueno

---

[5] Ernest Miller Hemingway, 1899, escritor norte-americano, autor do livro "Adeus às Armas" no qual relata parte de suas experiências como correspondente de guerra.

Sumário

Prólogo.....11

Capítulo 01 - No plano espiritual.....23

Capítulo 02 - O fanar das ilusões.....39

Capítulo 03 - A revolta dos desabrigados.....59

Capítulo 04 - No velho mundo.....75

Capítulo 05 - Os ataques se intensificam.....95

Capítulo 06 - As dores do sentimento.....121

Capítulo 07 - Fracassos que são vitórias.....153

Capítulo 08 - Voltas e reviravoltas.....169

Capítulo 09 - Nos arredores de Bath.....189

Capítulo 10 - Nas vagas da repressão.....215

Capítulo 11 - Novos desafios.....243

Capítulo 12 - Os compromissos se estabelecem.....257

Capítulo 13 - O retorno.....281

Capítulo 14 - A luta continua nos dois planos.....313

Capítulo 15 - O encontro dos arrependidos.....343

Capítulo 16 - O novo amanhã.....363

Capítulo 17 - Um encontro decisivo.....383

Capítulo 18 - Uma luta diferente.....401

Capítulo 19 - Encontros fatídicos.....423

Capítulo 20 - Os planos se entrecruzam.....445

Capítulo 21 - O reencontro.....465

Capítulo 22 - As vozes do Além.....493

Capítulo 23 - Embates à vista.....515

Capítulo 24 - Ontem e hoje.....537

Capítulo 25 - Momentos de aflição.....565

Capítulo 26 - As provas acontecem.....587

Capítulo 27 - No encalço da vítima.....607

Capítulo 28 - Sob o orvalho da manhã.....627

Capítulo 29 - No Astral.....645

Capítulo 30 - Em cinco anos quantas coisas acontecem.....661

À guisa de conclusão.....671

Referência Bibliográfica.....677

Textos doutrinários e da codificação.....679

Prólogo

PARAFRASEANDO O PAPA JOÃO XXIII[6] NA célebre Encíclica "Mater et Magistra" diríamos também que a vida é, ao mesmo tempo, Mãe e Mestra. Na condição de Mãe, está sempre presente acolhendo e amparando e, na de Mestra, quando necessário, aplica ao ser em evolução o corretivo indispensável ao seu aperfeiçoamento.

Vivendo em contínuo processo evolutivo, o homem aprende com as experiências (positivas e negativas) crescendo sempre; fatos e situações podem ser pensados sob perspectivas diferentes, conforme a visão do observador.

Enquanto para alguns as dificuldades apresentadas são consideradas bloqueios intransponíveis, capazes de paralisar em definitivo a realização dos ideais, outros, contudo, encontram nos entraves mais estímulos e empregam na luta mais energia buscando com intimorata persistência alcançá-los.

Mas, quais são esses ideais?

---

[6] João XXIII, considerado o "Papa da Bondade", foi quem convocou o "Concílio Vaticano II", que renovou o catolicismo, publicando oito Encíclicas, com destaque para "Mater et Magistra" e "Pacem in Terris".

Existem os de fins nobres, que se legitimam, à medida que os agentes buscam meios igualmente nobres para realizá-los, assim também podem ser conspurcados, se os meios utilizados na conquista não obedecerem a valores éticos e morais.

A questão dos "Meios", portanto, adquire significado em todos os movimentos empreendidos pelo ser na sua vida em sociedade.

A história que se seguirá trata da aplicação prática de ideais que visam em princípio trazer à coletividade melhores condições de vida. E fala, sobretudo, de um método recorrente na História da Humanidade, usado por grupos e facções extremistas voltados à conquista do poder pela violência: o terrorismo.

Por mais nobres que sejam os ideais propostos por grupos organizados, o fato é que quando para alcançá-los optam pelo uso de meios violentos destruindo a vida de pessoas que, ao final, pretendiam em tese beneficiar, perdem a legitimidade e facilmente ultrapassam a faixa reservada aos idealistas para ingressar na determinada pelo crime comum.

Acostumando-se a buscar as suas metas pela força bruta, aos poucos, vão se aviltando como ser humano; "o uso constante do cachimbo", diz o aforisma popular, entorta a boca.

Entrando no círculo vicioso da conquista pela força, sem levar em consideração o outro, tendem no poder a construírem governos totalitários, envolvendo-se de tal forma nas lutas pela manutenção do mando que ultrapassam todos os limites, usando a violência contra o adversário, sempre considerado inimigo, que precisa ser eliminado a qualquer preço.

Ambições desmedidas, apego ao poder, domínio sobre uma coletividade inteira, posse desmensurada de valores e propriedades, fazem a dolorida saga dos ditadores e asseclas, que um dia despertarão para a realidade finita da vida física e a da imortalidade da alma.

Atentados de adversários ou doenças insidiosas, fracassos eleitorais ou golpes de Estado, – haverá sempre uma causa para terminar a fase de loucura em que mergulharam tangidos pelas próprias ambições.

Levados para o outro lado da vida, sob as algemas que eles mesmos colocaram em seus pulsos, utilizados para desferir golpes certeiros contra os adversários mais frágeis, deparam-se não raras vezes com aqueles que um dia afligiram e não foram ainda tocados pelo sentimento do perdão.[7]

As lutas então estabelecidas, a escravidão de antigos potentados, geram reencarnações expiatórias dolorosas, geralmente em corpos limitados e disformes, que albergam e até protegem espíritos valentes que de outra forma não cessariam as suas nefastas atividades.

---

[7] Desmond TUTU; Mpho TUTU. *Nascidos para o bem*, in "Perdão", transcrito em "Textos Doutrinários e da Codificação", NR. 1.

Séculos e séculos de sofrimentos inauditos serão necessários para abater as loucuras de uma vida que recebeu o patrimônio do poder com a finalidade de minorar dores, aliviar os pequeninos, amparar os necessitados. No entanto, apesar de alertados pelos seus anjos tutelares, apegaram-se às pompas e resvalaram para os despenhadeiros do crime.

Basta visitar os sanatórios da Terra para ver a coorte de seres que ali jazem em vidas vegetativas expungindo antigos crimes contra a Humanidade; estados mentais deformados, depressões contundentes, psicopatias e neuroses, enfim toda sorte de disfunções neurológicas, cerebrais – de fundo psiquiátrico ou psicológico, que despertam no ser esclarecido o sentimento de compaixão.

A caridade, então, surge como o lenitivo aos que tanto violaram as leis soberanas da vida. É o pão que se dá ao morador de rua, um dia comensal de banquetes palacianos, glutão que se intoxicava com o alimento saqueado dos necessitados; é o banho, o remédio aplicado ao doente jogado no fundo de uma enfermaria, mantida pelos que compreenderam que na vida é sempre possível dispor de um pouco mais de tempo e de algum recurso para aliviar as dores e os sofrimentos alheios.

Mesmo sob a visão clara de dolorosos padecimentos, ainda assim o egoísmo campeia e a conquista do poder para certos grupos justifica a aplicação dos meios mais nefandos.

"Seis mil anos de cultura, de ética e de civilização"[8] ainda não inscreveram na alma humana o respeito à vida em todas as suas manifestações.

Pouco importa alçar o pálio dos ideais para justificar ações tresloucadas, que mais refletem graves desajustes de personalidade, que encontram eco nas organizações do mundo capitalista, competitivo e materialista ou naquelas tangidas pelos grandes ideais de igualdade, que sucumbem aos privilégios da *nomenklatura*.

Tanto nas organizações estatais pautadas pela liberdade econômica ou nas conduzidas pelo Estado centralizador, o fato é que o ser humano é o condutor dos sistemas e o faz conforme as suas tendências.

Construir um ser humano voltado para o bem e despojado dos atavismos do poder é o grande desafio da civilização moderna. Como proceder? Quais valores incorporar?

O fundamentalismo religioso (em realidade, antirreligioso) faliu no desejo de se autointitular dono absoluto da verdade, não contribuindo para a paz; ao contrário, gerou o absurdo de em nome de Deus fazer a guerra, como se Deus houvesse passado uma procuração para líderes que se julgam infalíveis e produzem teologias voltadas, às vezes, à subjugação de povos inteiros, banalizando a vida ao estimular até o autocídio.

---

[8] Divaldo Pereira Franco em várias palestras menciona esta expressão.

De todas as manifestações terroristas, que infelizmente hoje crescem no planeta, as piores são as de cunho religioso, que invocam a proteção do Alto para imporem dores e sofrimentos, como se os seus líderes fossem proprietários da sabedoria e as suas orações melhores do que as praticadas pelos adeptos de outros credos.

O perigo de conflito ronda sempre quando religião se miscigena à política, produzindo uma bomba de efeito imprevisível, iguais àquelas marcas bem definidas no final do milênio passado, e que até hoje se prolongam.

Nenhuma concepção religiosa se pode dizer imune aos efeitos dessa combinação explosiva, basta citar o *Exército Republicano Irlandês – IRA*, de perfil católico, que propugnou pela libertação da Irlanda do Norte do domínio da Inglaterra, fincando ao mesmo tempo posição contra os protestantes; o mesmo se diga da *Al-Qaeda*, de cunho islâmico, e da extrema direita americana, reacionária e, sobretudo, belicista.

O terrorismo político, propriamente dito, é outro flagelo que abriga personalidades em desalinho com o bem desejando impor, pela força, ideais que, por si sós, não se sustentam.

Nas páginas seguintes, vamos nos deparar com fatos e personagens que podem se assemelhar à realidade recente da História do país e do mundo, mas para não levantar quaisquer expectativas, é bom deixar bem claro, logo de início, que se trata de uma obra de ficção, apoiada em configurações historiográficas ainda em construção e, portanto, não encerrando um juízo de valor, limitando-se apenas a revelar as contradições inerentes ao processo, quando se opta pela violência indiscriminada.

Nesta obra, qualquer semelhança com a realidade não passa de mera coincidência. Trata-se de um romance fundamentado nos princípios da reencarnação e nas leis de causa e efeito, que não são patrimônios da Doutrina Espírita, porque bem antes de Allan Kardec, o Insigne Codificador, ambos os institutos já existiam nas civilizações orientais e ocidentais.

Mas, foi o discípulo de Pestalozzi[9] quem apresentou esses institutos, de forma sistematizada, no contexto de uma doutrina inspirada na moral cristã, que encerra questões filosóficas de alta indagação, significativos conteúdos científicos, confluindo ambos para a aproximação do Homem com o seu Criador.

Pode parecer ambicioso falar que uma Doutrina – a Espírita – encerre ao mesmo tempo fundamentos filosóficos, científicos e religiosos, mas, na realidade, essa é a proposta abrangente do Mestre de Lyon exposta em sua obra magistral.

---

[9] Johann Heinrich Pestalozzi, pedagogo suíço, de quem Allan Kardec foi discípulo. Desenvolveu o método Pestalozzi de educação, após longa experiência com as crianças órfãs da guerra. Recomendam-se os estudos acerca do método desenvolvido pelo educador suíço e aplicado também por Kardec na didática espírita.

No âmbito da filosofia, construiu um sistema uniforme que permite às mentes mais lúcidas trafegar por conceitos até então embrionários e obscuros; no campo da ciência, aplicou o método experimental de comprovação na comunicação entre encarnados e desencarnados, atendendo às exigências de um homem cada vez mais rigoroso; na área religiosa, trouxe a fé raciocinada como diferencial para o ser de uma nova era.

Hoje, sabe-se com clareza que o mundo das energias detectadas pela física quântica interfere na vida de todos os seres da criação. Não me refiro à energia-combustível destinada à manutenção da maquinaria corporal em todos os níveis da natureza, mas à energia das emanações mentais vindas de sentimentos profundos, do amor e do ódio, gerando situações controversas para os emitentes e à própria sociedade.

Na física newtoniana, a lei de ação e de reação foi de certa forma adotada por Kardec quando nos fala dos princípios de causa e efeito.

Aplicando esses conceitos ao mundo real em que transitam os nossos personagens, tomamos como base as possibilidades dos mundos espirituais reveladas por André Luiz, por intermédio da psicografia segura de Chico Xavier; e quanto às condutas dos atores levamos em conta os comportamentos e as interferências psíquicas expostas por Joanna de Ângelis, na notável série psicológica que chegou até nós pela psicografia e psicofonia inquestionáveis de Divaldo Pereira Franco. Outros autores espíritas e não espíritas nos ajudaram a compreender um pouco mais de "Vida e Consciência", na feliz expressão do grupo conduzido pela família Gasparetto.

Assim sendo, podemos com segurança atestar a verossimilhança dos fatos aqui narrados, sob inequívoca inspiração. No entanto, registro que qualquer erro ou falha possível é de inteira responsabilidade do Autor, ao passo que eventuais acertos e méritos pertencem exclusivamente aos Espíritos que o inspiraram ao longo de dois meses.

Não temos o propósito de convencer os descrentes, até porque certas questões são realmente de foro íntimo; nossa finalidade é colocar sob a ótica fracionária de uma linha de pensamento as possibilidades que visualizamos e entendemos úteis à compreensão do mundo segundo os institutos expressos: encarnação e reencarnação; causa e efeito.

O terrorismo, as lutas desenfreadas pelo poder, produzem consequências inevitáveis para as pessoas que optaram por ações contrárias à grandeza do ser humano. Não importa a bandeira levantada; não se discute a qualidade dos ideais. Cada um se filia à corrente de pensamento que se lhe apraz. Os meios, contudo, para alavancar legítimos desideratos, não podem ser em hipótese alguma desprezados.

Com isso, não estamos incentivando o "conformismo" ante as injustiças, reconhecendo que a luta legítima é importante instrumento para a transformação das sociedades paralisadas por concepções que beneficiam alguns em detrimento da maioria.

Os direitos humanos despontaram como grande arauto da civilização após a Revolução Francesa, mas ainda não se firmaram em todas as sociedades e na extensão que hoje se apresentam em conteúdos multifacetados.

Algumas tiranias foram sepultadas sob a aragem balsâmica da primavera árabe[10] iniciada na Tunísia em dezembro de 2010 e as suas lufadas levaram ao chão os velhos despotismos fincados no Egito e na Líbia. Sob o influxo das redes sociais, os jovens com os seus celulares venceram exércitos inteiros e demonstraram ao mundo que a sociedade, quando se mobiliza, tem força.

Com o naufrágio de vetustas oligarquias, o *Day After* foi doloroso: o que colocar no lugar do *Anciem Régime*? Quais as lideranças esclarecidas aptas a conduzirem esses países para caminhos modernos voltados à paz e ao progresso social?

Países que ao longo da História não construíram uma cultura de alternância no poder, e ainda hoje são dominados por castas de todos os tipos, se defrontaram com os novos caminhos abertos pela Primavera Árabe, infelizmente truncados na difícil guerra civil encetada na Síria, que se arrasta sob o olhar complacente da comunidade internacional.

---

[10] *Primavera Árabe*. Desde 18 de dezembro de 2010 vêm acontecendo revoluções em países árabes, começando pela derrubada dos governos da Tunísia, do Egito e da Líbia. Na Síria se instaurou sangrenta guerra civil e em outros países o movimento avançou.

A vida, na condição de Mãe e Mestra, é sempre sábia e amorosa. E assim, vamos encontrar os nossos personagens assinalados pela dor momentânea, resgatando passados delituosos pela aceitação incondicional dos atuais reveses; outros, contudo, vincados pela revolta, não conseguindo suprir o *déficit* de ações negativas acumuladas e, pela prática reiterada de atos inconsequentes, contraindo mais obrigações.

Escolhemos os nossos roteiros, colhemos o que plantamos. E, na condição de artífices do nosso próprio destino, não nos é dado fugir das consequências dos atos que realizamos. Ao bem praticado, acende a lâmpada da gratidão; ao mal envidado, surge o compromisso da recomposição.

Nem sempre recebemos o bem daqueles que beneficiamos com as nossas ações.

O retorno, no momento oportuno, acionado pela "Lei do Merecimento", surge quase que do "Nada", se assim pudéssemos chamar o benefício que haurimos de uma pessoa que nem bem conhecemos e se nos apresenta na vida como um anjo tutelar, amparando-nos em determinado momento, sem nada exigir em retribuição. O mesmo se dá com o mal que envidamos, podendo recebê-lo de volta não pela mão da vítima que um dia ferimos, mas até aleatoriamente pela ação que nos golpeia no assalto inesperado ou pelos prejuízos interpostos por pessoas em quem confiamos.

É certo – não se pode nunca esquecer – que, na contabilidade universal, as partidas dobradas são exatas, como nos balancetes. O bem que se acumula, a constância do pensamento elevado, as dores aliviadas dos sofredores somam na economia do destino, abatendo os débitos existentes, de forma que ninguém paga uma conta que não deve.

Capítulo 01

No plano espiritual

O ambiente não era nada agradável, a começar pela aridez do solo, as rochas envelhecidas, a vegetação rasteira e o céu plúmbeo. Havia no ar tristeza permanente estampada no rosto das pessoas que, naquele momento, ali conversavam demonstrando expectativa angustiante. Afinal, depois de tantos sofrimentos, havia chegado a hora de voltarem à Terra para reiniciar as experiências fracassadas em outras vidas. Era natural o temor, a apreensão, ante a incerteza do futuro, as desditas do passado e o desejo de vencer.

Nem todos, porém, alimentavam os mesmos ideais. Não seria fácil voltar a corpos que suas mentes modelaram um dia em outras empreitadas terrenas, superar os desafetos encarnados e suportar os obsessores que não olvidavam as ofensas e cultivavam ainda o desejo de vingança. Mas, o relógio do tempo indicava que em breves dias começaria o retorno de mais uma leva de espíritos pertencentes ao mesmo grupo de pessoas altamente comprometidas entre si e, principalmente, em relação à coletividade.

A ordem para a reencarnação já fora emitida pelos dirigentes das esferas superiores, encarregados de acompanhar a evolução daquelas entidades. No grupo, existiam pessoas de todas as etnias e segmentos religiosos, intelectuais com inclinações políticas de vários matizes, situados, contudo, em faixas vibratórias compatíveis, devendo fazer parte da mesma geração ao retornarem à Terra em países diversos para cumprirem programações intencionalmente estabelecidas.

Adversários de vidas pregressas estavam ali reunidos sem terem ainda superado as causas das desavenças de então; os amigos se encontravam; pessoas desconhecidas foram situadas nos grupos como elementos neutros destinados a aparar as arestas em relacionamentos difíceis, sem, por outro lado, apresentarem inclinações *a priori* de simpatia ou antipatia para essa ou aquela pessoa.

O planejamento final convergia para o êxito, e a palavra de ordem viria de elevada figura do mundo superior, que precisou empenhar enorme esforço para reduzir o seu campo vibratório para se tornar visível à enorme assembleia. O vale dos comprometidos foi o cenário escolhido para receber espíritos de vários países, cujas reencarnações impostergáveis visavam propiciar reajustes individuais e grupais, impulsionando as sociedades nas quais iriam se inserir para elevá-las a novo patamar evolutivo.

Domingos – veneranda entidade originária de plano bem mais elevado – apresentou-se oriunda do Alto, em uma aeronave absolutamente silenciosa, que pousou no centro do vale, de onde saiu com um séquito de espíritos representativos dos mais variados segmentos, que se postaram ao seu lado, atraindo magneticamente os grupos que eles deveriam acompanhar ao longo do processo reencarnatório.

Música suave soou modificando imediatamente a vibração do ambiente, e jatos de luz safirina esterilizaram o lugar, eliminando partículas tóxicas de pensamentos inferiores, criando condições para que a preleção fosse bem assimilada. Cessada a movimentação, todos se voltaram para um palco, plasmado no centro do vale, quando Domingos cumprimentou-os, esclarecendo:

– Queridos irmãos! Venho, por parte do Mestre, exortar a todos a seguirem Seus passos quando estiverem na Terra.

– Acompanharemos seus passos quando estiverem na Terra. Lembrem-se de que uma encarnação é uma oportunidade imperdível para os eleitos ao retorno, principalmente nesse pós-guerra, quando o astral anda deveras saturado de entidades cujas ações as levaram para a demência e carpem dores inenarráveis em sítios de regenerações delicadas.

– Escolhidos pelo mestre para terem a derradeira oportunidade de reencarnação nessa etapa do Planeta Terra, que transita hoje do mundo de provas e expiações para o de regeneração, precisam estar atentos ao que se espera efetivamente de cada um, e do grupo a que irão pertencer.

– Primeiro, a evolução deverá ser feita sob a superação de antigos ressentimentos; depois, suprimir o egoísmo, a vaidade, o orgulho, a luxúria, a ganância, modificando o teor dos próprios pensamentos – tarefa difícil, mas indispensável. Na realidade, os vencedores, para nós nem sempre serão assim considerados na Terra, enquanto que certos vitoriosos no planeta poderão aqui se apresentar como derrotados. Não será a aparência externa o fator determinante, mas o universo interior de cada criatura, o seu modo de pensar e de agir, o sentido enfim que atribuir à própria vida.

– Cada um já está a par da sua trajetória sabendo de antemão o que deverá encontrar ao longo da jornada terrestre. A posição individual foi amplamente estudada, e a do grupo a que pertence estabelecida com critérios objetivos, não deixando margem à dúvida. Ninguém ignora que entre o planejado e o que será praticado haverá sempre uma distância razoável, existindo, contudo, aqueles que poderão superar as metas com esforço inaudito, uma vez compreendida a função evolutiva do ser imperfeito na sua marcha rumo ao pleno esclarecimento. A possibilidade de dar errado existe, mas essa é realmente bem menor do que a de dar certo, com algumas variáveis não comprometedoras. Caso ocorram desvios na programação, devido ao choque reencarnatório e à rebeldia do espírito desejoso de retornar aos vícios do passado, após as advertências devidas, poderão ocorrer desencarnações dolorosas e vivências no umbral, sob a guante de inimigos atraídos pelos artífices de seus próprios destinos.

– Ninguém ficará à deriva e nem será deixado para trás. A Lei é a do progresso constante, de forma que em certas circunstâncias poderá haver a interferência do alto para "pôr cobro" a uma vida desregrada, marcada por despautérios, evitando novos comprometimentos.

– Cada grupo, conforme as suas tradições, deverá se reunir sob o comando do dirigente designado, aqui presente. Não vai haver privilegiado; a lei aplicada é a do mérito conquistado. As provas e as expiações foram dosadas conforme as necessidades de cada um. Inseridos em grupos familiares mais adiantados, alguns espíritos que ainda não evoluíram o suficiente possam um dia, sob o influxo de outros paradigmas, alçar-se à condição de entidades mais evoluídas e assim modelarem novas realidades, que constituirão parâmetros aos menos esclarecidos, em simbiose permanente de amor ao próximo.

– Nos momentos mais difíceis da vida firmem a "tranca", como os velhos jangadeiros; nunca vacilem no cumprimento do dever e nem pensem em desertar da empreitada, abortando dificuldades, para encontrarem na Terra um repouso imerecido. A escalada empreendida rumo ao alto exige a superação dos próprios limites, requerendo determinação e persistência, não admitindo esmorecimento. É chegada a hora de com coragem avançar, contando com o apoio de espíritos amigos evoluídos que decidiram voltar para ajudá-los, além dos vínculos que ora se estabelecem com os seus mentores, encarregados de acompanhá-los ao longo da jornada.

– Ficarão agora sob a orientação geral das entidades aqui presentes encarregadas de cada nação nas quais irão reencarnar, dos espíritos que os apoiarão e das venerandas entidades que aceitaram a missão de serem verdadeiros anjos de guarda para cada um.

— Tenham sempre fé e quando as dificuldades chegarem não aceitem soluções pela violência, que geram mais violência, e conflitam com os códigos de amor emanados diretamente de Jesus.

— Muitos de vocês, pelas inclinações do passado, estarão em posições diametralmente opostas. Desenvolvam a tolerância, fujam do conflito pelo conflito, procurem compreender o lado contrário, analisando com cuidado os argumentos apresentados. Todas as ideologias encerram pelo menos algo de verdade e nem todas podem ser abraçadas integralmente, sem antes passar pelo crivo da razão e principalmente do amor.

O papel reservado a esse imenso grupo é demais importante. Ocuparão posições políticas elevadas nas estruturas estatais de cada país, terão, portanto, o poder, o comando, para exercerem com brandura, equidade e sentimento profundo de responsabilidade.

— Voltem-se para os menos favorecidos da sorte reduzindo dores e sofrimentos sem pieguismos, com diretrizes claras visando ao amparo, quando necessário, e à promoção social, pela via da educação, que não se limita apenas a levar o conhecimento, mas, sobretudo à formação integral do ser humano.

— Não aceitem participar de conflitos religiosos, respeitando todas as crenças, porque se os caminhos são variados, Deus, contudo, é único, absoluto, eterno, e reúne em si os atributos da onisciência, da onipresença e da onipotência. Não imponham a outrem assim os credos a que estejam momentaneamente filiados, nem levantem as bandeiras da intolerância, do sectarismo e da exclusão, em razão de fatores inerentes à criatura humana nos estágios circunstanciais de efêmeras experiências.

— A paz, o bem comum, a tolerância, não prescindem do sentimento de justiça, de bondade, de solidariedade. Mas, será, sobretudo, pela via do amor que o ser humano irá superar os seus atavismos primitivos, decolando rumo ao Criador.

— Muito sangue já jorrou em nome dos ideais mais elevados, muitos dos quais foram impostos pela força, quando o ideal pleno tem força própria e não necessita de armas para conquistar os corações, debelar interesses mesquinhos e vencer resistências injustificadas, implantando-se no seio de vetustas sociedades para torná-las mais humanas e responsáveis perante o próximo.

— Todos os que estão hoje aqui são líderes[11] por conquistas realizadas no passado. Já desenvolveram conhecimentos e habilidades que se manifestarão no momento próprio em características inatas, inclinações ostensivas, despertando naturalmente nas outras pessoas o desejo de segui-los. Portanto, sejam responsáveis sempre, em todos os momentos e em quaisquer manifestações.

---

[11] Joanna de ÂNGELIS, *Liberta-te do mal*, pág. 57. Ver íntegra em "Textos Doutrinários e da Codificação", NR. 2.

– Exemplos de conduta, suas ações induzirão pessoas, levando-as à evolução ética, moral ou induzindo-as a chafurdarem-se na lama dos mais baixos instintos.

– Serão responsabilizados pelas palavras proferidas, as ações cometidas, mas estejam certos que estão prontos para vencer, caso contrário não seriam guindados às posições de líderes do bem, uma vez que já viveram as amargas experiências de *condottieris* [12] no passado.

– Como sabemos, a jornada encerra riscos, mas haverá sempre uma voz soando a balada do amor aos ouvidos de cada um, convidando-o à paz interior ainda nos momentos conturbados de duras expiações.

– Nossa reunião conclusiva já está marcada para daqui a dois séculos, nesse mesmo lugar, tempo que entendemos necessário para uma avaliação da experiência ora encetada, mas os mentores espirituais dos grupos aqui presentes se encontrarão a cada 25 anos para balanços parciais e a qualquer momento, desde que necessário.

– Fiquem em paz! Antes de regressarem à Terra aproveitem para detalhar os próprios planos, rever os amigos de jornada, estabelecer contatos com os adversários do passado, selando um pacto de cooperação e não violência, abrindo um caminho limpo para a amizade, que virá a partir do reconhecimento do valor do outro, transformando-o de inimigo em adversário e depois quiçá em amigo dileto do coração.

---

[12] *Condottieris* – mercenários, agentes das milícias do passado que pegavam em armas e lutavam a favor dos que pagavam mais, os contratantes.

As Partidas Dobradas

Terminada a sua exposição, Domingos retornou à nave com poucos colaboradores, deixando aquela atmosfera mais suave, mas ainda assim pouco hospitaleira.

Explica-se: o local escolhido para o magno encontro foi possível em face do teor vibratório da população de espíritos presentes, heterogêneos quanto ao grau evolutivo, sendo mais factível a redução do campo magnético de entidades evoluídas, que reencarnariam como timoneiros, do que a elevação vibratória de espíritos ainda em estágios elementares, em termos de compreensão espiritual, embora avançados quanto aos conhecimentos acadêmicos tradicionais.

Cada grupo se reuniu com os dirigentes espirituais dos países em que deveriam firmar essa nova experiência reencarnatória, recebendo orientações significativas quanto ao roteiro geral, ao passo que as situações específicas seriam novamente repassadas pelos orientadores individuais, uma espécie de *Personal Trainer* do espaço.

Acompanhando a conversação dos pequenos grupos formados, nos deparamos com alguns espíritos que deveriam reencarnar no Brasil, comentando as possibilidades da nova passagem terrena:

– Estou muito angustiado – constatou Baldwin. – Irei para uma terra estranha às minhas tradições, cuja língua eu desconheço, e não estarei afetivamente vinculado àqueles que um dia me acolheram na condição de meus pais. Estarei sozinho, solitário, e ainda assim posicionado em campos de conflito, sem um verdadeiro amor. Temo não suportar e novamente sucumbir.

– Não se preocupe – aduziu Andrew. – Seremos amigos, iremos nos reconhecer com facilidade, pensamos mais ou menos da mesma forma. Sabemos que não conseguiremos tudo nessa nova fase, mas pelo menos iremos tentar e com certeza um dia voltaremos melhor.

Outros conversavam:

– Estou ansioso para recomeçar – comentou Camargo. – Voltarei a ver Amália e estou sabendo que ela reencarnará para me apoiar. Não sei como fui louco em perder a mulher da minha vida.

– Espero que dessa vez consiga, já que em outras vidas você meteu os pés na jaca por mulheres do lupanar, perdendo Amália por muito tempo. Ela terá muita paciência, porém não vai tolerar patifarias.

– Agora amadureci!

– Vamos ver, porque ao tê-lo novamente como irmão não vou aparar arestas, deixando de cumprir as obrigações que terei com o povo. Não irá aprontar dessa vez?

– O que é isso, mano! Sabe o quanto o respeito...

– Cuidado! Se complicar a minha vida não vou poder fazer nada! Fui escalado para cumprir uma delicada missão e não vai ser um irmão destrambelhado que irá me impedir.

Mais à frente, em pequeno círculo, revelavam-se antigas desconfianças:

— Penso que será muito difícil suportar a oposição comandada por Albert.

— Não tema! Apesar de vocês não se entenderem, como líder do seu governo, estarei na Câmara, aparando arestas. Sempre consegui conviver com Albert e somente após a nossa desencarnação foi que compreendi a animosidade entre vocês.

— Veremos!

Caminhando pelo grupo dos que deveriam voltar à Terra em solo brasileiro, deparei-me com um velho amigo jornalista que não poderia mais exercer a profissão na qual se destacara, devido aos excessos cometidos.

— E aí Jack, vai também retornar? – perguntei-lhe amavelmente.

— Olá, não pensava vê-lo por aqui – respondeu-me sorridente.

— A cada momento uma nova surpresa.

— Preciso pedir-lhe desculpas!

— Esqueça o passado, agora a realidade é outra.

— Não sei como vai ser! Fui podado, cara, acredita?

— Em quê?

— Não poderei mais ser jornalista. Disseram-me que criei muitos problemas.

— Você é inteligente e se dará bem em qualquer profissão.

– Estou muito triste! Não poderei exercer profissões que utilizem a palavra, porque, imagine o absurdo: vou voltar como gago.[13] Pode?

– O que fará, então?

– Estão me dizendo que serei um jornaleiro bem miserável.

– Ótimo!

– Não entendo.

– Em pouco tempo será o presidente de sindicato da categoria.

– Estou podado, não entendeu? A coisa ficou russa para o meu lado. Não poderei exercer nenhum posto de mando. Estarei recebendo ordens até do gari da rua. A minha banca de jornal (se é que posso chamar a "coisa" de banca) não será bacana. Vai ser um negócio improvisado: barraquinha mixuruca, não aprovada pela Prefeitura, e estarei sujeito às batidas da fiscalização. Serei ainda achacado! O pior: essa barraquinha vai ficar bem em frente ao jornal em que trabalhei. Tô ferrado! É muita humilhação...

Mais à frente se ouvia:

– Estou confiante – comentava Alexandre. – Dessa vez tem que dar certo. O meu receio é encontrar de novo aquela mulher que desgraçou a minha vida.

---

[13] Allan KARDEC, *O Livro dos Espíritos*, perguntas: 337/341. Ver íntegra em "Textos Doutrinários e da Codificação", NR. 3.

— A Valkíria?

— Ela mesma. Sei que vai retornar ainda mais bonita. Não entendo os homens da reencarnação. A mulher já era um demônio. Agora, então, ninguém vai segurar a madame. Quero distância: "vade retro satanás"!

— O meu problema também são as mulheres — alegou Geraldo. — Nunca resisti a um rabo de saia! Preciso mudar, não sei se vai dar certo.

Algumas mulheres presentes também conversavam:

— Estou com muito medo, minha amiga — aduziu Yvone. — Fui informada que não serei mãe. Bem agora que estava disposta a resgatar o que fiz no passado. Aprendi a amar as crianças, depois de conviver com elas aqui por muito tempo.

— Tenha fé! Quem sabe mudam essa disposição.

— O meu mentor foi categórico: deverei adotar.

— O Cláudio volta com você?

— Não! Se ele estivesse ao meu lado não teria medo de nada. Mas, dessa vez, ele irá reencarnar em outro país e não iremos nos encontrar. Serei aquela mulher nostálgica, carente, que estará sempre em busca de alguém, só encontrando "tranqueira" pelo caminho.

— E você, está animada?

— Muito!

— Por quê?

– Fui designada para viver em família abençoada – comentou com alegria Helena. – Terei todas as oportunidades para estudar e voltar à profissão que eu amo.

– Você fez por merecer. Levou tudo muito a sério.

– Nem tanto! Reclamava da sobrecarga de trabalho.

– É normal.

– Vão se abrir boas possibilidades de especialização. No momento certo receberei as ajudas necessárias. Mas haverá um problema.

– Qual?

– A minha mãe, que muito me apoiará, terá de passar por uma longa enfermidade, após a morte prematura do meu pai. Só estarei liberada para alçar voos mais altos depois de cumprir os compromissos com a família.

– Nada é perfeito!

As conversas eram muitas; voltar – determinava a lei; reencontrar afetos e desafetos estava programado. Cada um tinha uma tarefa a cumprir e alimentava apreensões compreensíveis, não se permitindo, contudo, o retrocesso, até porque alguns espíritos enfrentariam reencarnações difíceis e o plano seria executado até o fim, do modo que fora concebido.

Os encontros dos grupos étnicos e nacionais começaram a acontecer. O objetivo dessa programação de reencarnação em massa, em diversos países e nas mais variadas circunstâncias, era o de propiciar avanços individuais e sociais para países pouco desenvolvidos que, sob o impulso de espíritos oriundos de sociedades esclarecidas, avançariam com mais rapidez em todos os setores da ciência, da cultura, da ética, da economia, da política... Novas instituições deveriam ser modeladas, estilos de vida alterados, valores assimilados, formando padrões avançados de pensamentos.

Dispersados os grupos, os espíritos retornaram para os seus locais de origem. Os mais evoluídos eram alçados às colônias de paz e estudos; outros estagiavam em planos intermediários bem próximos ao umbral e existiam ainda aqueles que retornavam à densidade das furnas. O projeto era bem amplo, requeria a participação de milhares de espíritos das mais variadas categorias, com duração de dois séculos, segundo o calendário terreno.

Capítulo 02

O fanar das ilusões

Nada mais importava para Zulmira que, aos 15 anos de idade, viera da Paraíba a São Paulo trabalhar como empregada doméstica em uma casa luxuosa situada nos Jardins. Cabocla de porte alto, tez morena, pálpebras ligeiramente fechadas e olhar cristalino, casara-se com Agenor, com quem tivera três filhos, dois homens e uma mulher. O primeiro morreu antes de completar um ano de idade; o segundo, aos sete, sofreu um acidente e tornara-se tetraplégico; a filha, rebelde ao extremo, não perdia uma única oportunidade para alfinetar a mãe viúva que continuava a trabalhar o dia inteiro, incluindo sábados e domingos, precisando deixar o filho no barraco em que morava aos cuidados da jovem que seviciava o próprio irmão deficiente.

Naquele dia, apesar de tantas dores e infortúnios, Zulmira estava demais entristecida: o seu mundo havia caído! A vida perdera para ela todo o sentido; não tinha mais ânimo para continuar; o sofrimento foi tanto que rompeu a sua enorme capacidade de resistência e o pranto jorrou em cascatas de angústia. Pudera: o golpe fora demais certeiro, rompendo as fímbrias mais íntimas do sentimento de uma mãe voltada inteiramente à sua família.

  A filha viera avisá-la que o barraco em que moravam na periferia da cidade de São Paulo ardia em chamas, assim também toda a favela, deixando ao desamparo os habitantes daquele local por si só infecto e imundo. Mas, o que a angustiava, sobremaneira, era saber que o filhinho tetraplégico não tinha sido socorrido; os habitantes do local, cada um procurando salvar os seus pertences, não sabiam que o garoto estava no barraco, e, apesar dos gritos do menino, o barulho do corre-corre dos moradores e as explosões de materiais em combustão sufocaram os pedidos de ajuda de Cristiano, que faleceu pela inalação tóxica de fumaça.

  A irmã, encarregada pela mãe de cuidar do deficiente, costumava abandoná-lo sem a mínima consideração para ficar de casa em casa atiçando os garotos desocupados, com o seu corpo de mulher já esculturado, apesar de menor de idade. Quando percebeu o incêndio, preocupou-se com todos, menos com o irmão, lembrando-se dele quando já era tarde demais.

  Após a notícia, Zulmira pediu licença para a patroa e dirigiu-se à favela com a filha irresponsável para ver o que sobrara do barraco.

  Chegou a tempo de ver as últimas labaredas do incêndio, o desespero de seus vizinhos e amigos e o que restara do corpo carbonizado do filhinho. Não sabia como agir, nem o que pensar, ficando estática, perguntando aos bombeiros como fazer para sepultar os restos mortais da criança, que era a sua razão de viver. Quando à noite, retornava ao lar após um longo dia de serviço ele sempre estava ali sentado na velha cadeira, esperando-a com um olhar doce, um largo sorriso no rosto esquálido, revelando imensa alegria com a chegada da mãe. Ela, cuidadosa, preparava-lhe o jantar, conversava com o menino sobre as amenidades do dia, enquanto o inválido, embevecido, demonstrava-lhe imenso amor.

– Mamãe – repetia amiúde – gosto muito da senhora. Se papai fosse vivo, a senhora não trabalharia tanto para sustentar a gente. Mesmo entrevado, eu quero estudar e arrumar algum serviço, assim a senhora pode parar de trabalhar.

Zulmira, com os olhos marejados, beijava o filho querido, esquecendo todas as humilhações que passava na casa da patroa, uma mulher arrogante, com dois filhos travessos e mal criados, que não a respeitavam. Dependia daquele trabalho; tirava de lá o sustento do filho inválido e da filha inconsequente. Mas, quando o olhar carinhoso de Cristiano depositava nela as suas mais cálidas esperanças, ganhava forças para prosseguir, não temendo o dia seguinte, agradecendo a Deus por estar viva e poder cuidar do menino.

Com a morte do garoto, a maneira como tudo tinha acontecido, o corpo ali no chão irreconhecível, a vida de Zulmira veio-lhe à tona e a senhora desabou em lágrimas inconsoláveis, colocando o filho querido nas mãos de Deus.

Mergulhada no mais fundo dos sofrimentos, Zulmira foi despertada pelo capitão dos bombeiros, que compadecido a amparou.

– Senhora – falou o jovem oficial. – Vou levá-la à nossa barraca de campanha.

Ela, como um ser autômato, simplesmente obedeceu, amparando-se no braço forte do policial, que a levou para a barraca. Bebeu um copo d'água sem se dar conta do que fazia, sentou-se em um pequeno banco improvisado e permaneceu estática. A dor era tanta que Zulmira não conseguiu articular uma única palavra. Lembrava-se da casa do seu pai ao longe, um casebre no interior da Paraíba que também fora devorado pelas chamas, sem afetar a vida de ninguém; pensou na mãe sofrida, no pai carcomido pelos anos e na família que se desmantelara com a saída de todos os irmãos de casa, impelidos pelas dificuldades.

A pobreza extrema no interior da Paraíba e o incêndio no barraco desestruturaram a família de Zulmira, naquela terra calcinada pelo sol e sem água para suprir as mínimas necessidades, esquecida por todos e dominada por políticos corruptos, que surrupiavam os parcos recursos governamentais destinados à comunidade.

A mãe esquálida beijou-a com carinho, acariciou-lhe o cabelo endurecido e repleto de piolhos, aconselhando a sua vinda para São Paulo no próximo pau-de-arara. Sabia que um irmão tinha viajado para o Rio de Janeiro; outro para Recife e os demais ela ignorava por completo o paradeiro. Que sina a dos miseráveis sem teto, privados do afeto dos entes queridos, sem nenhuma possibilidade de permanecer na terra natal, vergastados pelo mais completo abandono, assistindo indefesos ao fanar de todas as ilusões.

Quando Zulmira encontrou Agenor imaginou-se no Paraíso: homem bom, trabalhador, não abusou da jovem indefesa, ao contrário, protegeu-a de acordo com sua modéstia de servente de pedreiro. Mas, após nascer Cristiano, recebeu a triste notícia que o marido, ao cair do andaime de uma construção onde trabalhava, faleceu no próprio local. Daí para frente, a sua vida foi uma coleção de desventuras, somente amenizadas pelo sorriso cândido do amado filho.

Zuleika, a filha desnaturada, achava o incêndio engraçado. Até se deleitava com a tragédia, com a presença da polícia, dos jornalistas; os jovens bombeiros com suas fardas e capacetes a encantavam. A tristeza da mãe, a morte do irmão inválido, nada representavam para ela, que estava feliz e excitada com a efervescência do momento. Finalmente, não teria mais de retornar àquele tugúrio, nem conviver com um irmão deficiente, nem com uma mãe que não lhe dava dinheiro, joias, tudo o que imaginava ter direito por ser mulher bonita, sensual, fascinante... Ali mesmo, no local da tragédia e ainda sob o evolar da fumaça que intoxicava o corpo e minava os olhos, com total frieza, começou a pensar em como se aproximar de alguém que pudesse lhe dar abrigo, uma vez que estava decidida a não ir para o alojamento público que o governo destinara às vítimas do incêndio.

43

Arguta, sabia-se bonita demais para os padrões do local e bem acima do estereótipo das moças da mesma idade, comprazendo-se em provocar os jovens da favela em que morava, sem permitir, contudo, que nenhum deles se aproximasse para tirar qualquer proveito. Insinuava-se sim; estimulava; seduzia; mas sempre fugia, despedaçando corações sobre os quais tripudiava. Mas, naquele momento, com o incêndio, a situação a preocupava. – Para onde iria? – pensava. – A quem fisgar naquele momento complicado? Como ave de rapina lançou olhares para todos os lados e deteve-se em um jovem bombeiro garboso, escolhendo-o como vítima para uma investida fatal. Antes, solertemente, tomou o cuidado de romper a alça do sutiã com um caco de vidro encontrado no chão, sem danificar a peça, aproveitando-se de um cadarço de sapato também achado no local, que guardou. Assumindo uma postura de vítima, mas se fazendo provocante, pediu ajuda ao bombeiro.

– Moço, pode me ajudar? – indagou.

– O que a senhorita precisa?

– Rompeu o meu sutiã. Preciso que amarre para mim com esse cadarço para não ficar decomposta. E retirou a peça passando-a ao bombeiro, que, constrangido, ficou sem saber o que fazer. Virando-se de costas, pediu para ele pegar as alças do sutiã, ligando-as com o cadarço. Com habilidade de atriz, ao se voltar para agradecê-lo, com ar choroso, lamentou:

– Não sei o quê fazer! Perdi o meu irmão, não tenho pai e nem mãe. Não desejo dormir no alojamento indicado, no meio de tanto homem. A Igreja não abriu as suas portas, e o padre disse que não poderia me receber ali porque sou solteira e sem família.

– Mas, – replicou o bombeiro – o abrigo indicado é provisório. O governo encontrará outra solução para a população afetada. Serão apenas alguns dias, – mencionou o capitão.

– É que você não conhece as pessoas que vivem aqui. Muitos já me perseguiam na favela quando a gente morava em barracos separados, mas eu tinha um irmão para me defender. Ele agora está morto e minha mãe desapareceu. Prefiro dormir na praça pública, ser mais uma indigente, do que me expor àquelas feras.

O jovem bombeiro estava impressionado. Observava que se tratava de uma moça muito bonita, apesar da fuligem do incêndio e da singeleza das roupas. Fazia sentido as suas alegações. Afinal, naquele lugar, tudo era possível, e a honra de uma donzela estava sempre exposta, até mesmo na própria família. Depois, acontecesse o que fosse ninguém daria importância mesmo. Enquanto assim pensava, o jovem bombeiro viu Zuleika chorar copiosamente. Apiedou-se da moça desabrigada e a convidou para dormir aquela noite em sua casa, apresentando-a aos pais, até que outra solução fosse encontrada.

Zuleika saiu do local do incêndio não dando sequer um até logo para a mãe. Conseguira o seu primeiro intento: comover o bombeiro para depois enredá-lo em seus encantos de mulher implacável, que, apesar de jovem, dominava completamente a arte da sedução. Contava dezessete anos de idade, era alta, magra, cabelos escuros, pele clara, olhos castanhos felinos, dona de uma inteligência invulgar para o meio onde vivia. Sabia o fascínio que exercia sobre os homens e percebeu de imediato que o bombeiro lhe seria uma presa fácil.

Deixando aquele lugar detestável para trás e arrumando-se melhor, contava dar saltos mais altos, envolver homens ricos, porém tolos, fáceis de ser manejados por uma bela mulher. Assim, deixou-se levar pelo oficial até que esse, ao chegar a casa e após contar a tragédia à mãe, apresentou-lhe Zuleika, informando que ela dormiria ali aquela noite e, no dia seguinte, a levaria para o local indicado pelo governo aos desabrigados.

Marli, mãe do bombeiro Tenório, de imediato não simpatizou com Zuleika. Dona de arguta percepção, num átimo, sentiu o perigo que era abrigar aquela moça em casa. Alguma coisa lhe dizia que Zuleika não era de confiança, algo transparecia no olhar da jovem; o seu jeito de falar, sentar, observar, dizia que estava diante de uma mulher fatal, que não hesitaria em avançar sobre o seu filho, o seu marido ou quem mais atravessasse o seu caminho.

As mulheres, quando se observam, conseguem, por intuição, perceber o estilo e as artimanhas das rivais. Sentindo o perigo iminente, mas procurando não contrariar o filho, escolheu cuidadosamente as palavras, dizendo:

– Vou arrumar o quarto dos fundos para a senhorita dormir esta noite. Trouxe alguma roupa?

– Não, respondeu Zuleika. Não sobrou nada do incêndio.

– Vou emprestar-lhe algumas roupas minhas, que poderão ficar um pouco largas, mas servirá nesse momento de emergência.

– Obrigada, Marli – falou aparentando intimidade que estava longe de existir.

A jovem, atendendo ao comando da dona da casa, seguiu para o quarto, aproveitando o momento em que a matrona se virou para jogar um beijo a Tenório. O moço ficou mais uma vez perplexo, afinal não estava acostumado com a ousadia das moças, que, naquela época, primavam pelo recato. Aguardou a mãe retornar e agradeceu:

– Obrigado mamãe. Não podemos ajudar a todos os desalojados, mas pelo menos essa moça não dorme hoje na rua.

Marli, que estava ensimesmada, respondeu:

– Meu filho, a sua preocupação é muito boa. Mas, cuidado com quem traz para casa. Não sabemos quem é essa jovem, o que deseja. Peço-lhe apenas: não se enrede! Ela é bonita, ardilosa, pode lhe causar ainda muitos problemas.

– Mamãe – respondeu o jovem, – Zuleika perdeu o irmão, que era o seu protetor. Não podia ficar exposta àquelas feras da favela. Iria dormir na rua. Não vamos pensar o pior de uma pessoa que mal conhecemos.

– Exatamente, meu filho: mal a conhecemos! Mas, coração de mãe não se engana: muito cuidado! Amanhã mesmo deve levá-la ao obrigo indicado pelo governo.

– Que exagero! Não vamos dramatizar a situação. Zuleika é bonita, mas moça honesta. Não deseja outra coisa senão proteger-se para se estruturar na vida.

– Não esqueça que gestos simples revelam uma pessoa. Não me agradou a maneira como em poucos segundos olhou toda a cozinha. Você, que vive aqui há anos, não sabe sequer as cores dos potes que temos no armário. Mas, pergunte a ela que vai lhe responder quantos são, as cores de cada um e para que servem. Observou as minhas reações mínimas e sabe que pode manipular você com facilidade, mas não conseguirá me enfrentar, porque sentiu que eu já percebi o seu jogo. Ela não medirá esforços para subir na vida.

– Se não fosse você falando não acreditaria. A senhora sempre teve bom-senso, mas agora está indo longe demais, julgando uma pessoa sem conhecê-la. Até parece enciumada? Ou se trata de antipatia à primeira vista? O papai não vai gostar nada disso...

– Não me preocupo com o seu pai; ele sabe se defender, você ainda não. Cuidado! Amanhã leve essa moça para o abrigo – falou com muita firmeza.

Tenório não quis discutir com a mãe, que adorava. Mas, com ela também não poderia concordar. Não desejava ter problemas com a família. No dia seguinte, conversaria com a moça, encaminhando-a ao alojamento.

Zuleika tomou um banho demorado; não teve pejo em usar o perfume na prateleira do armário. Estava, no fundo, encantada; nunca havia usado um banheiro como aquele todo azulejado, com água à vontade, sabonetes e cremes para a pele. Nem se lembrou do triste incêndio, do corpo calcinado do irmão, que fora removido para o instituto médico legal; da mãe que ficara plantada na barraca de campanha dos bombeiros com olhar perdido, em estado de choque. Para ela tudo era passado. Não abriria mão, perante hipótese alguma, daquele conforto, e Tenório era quem lhe propiciaria as facilidades até conseguir coisa melhor. Percebeu de imediato a esperteza de Marli, a má vontade da senhora em ajudá-la, mas não se importava. Tinha um trunfo maior: o filho daquela mulher estava em suas mãos; por ele a mãe teria de se curvar e, por isso, não se preocupava com cara feia.

No outro quarto da casa, Marli estava apreensiva. Era mulher de forte intuição, esposa digna, trabalhava sem cessar para o bem-estar da família. Percebeu em simples relance a intenção da jovem, lendo a alma de um ser difícil de ser entendido. Temia não poder salvar o filho das garras da megera; sabia que ela iria investir sobre o jovem, dominá-lo, usá-lo e depois jogá-lo fora como se fosse um bagaço inútil.

Pelo fato de amar o filho, Marli conhecia a sensibilidade do bombeiro, sua pureza de intenção, não acreditando que ele pudesse resistir aos encantos de uma mulher igual aquela. Vivendo esse conflito interior, lembrou-se de orar e pedir a Deus proteção para a sua família. Não tinha dúvida: começava para os seus uma nova etapa de provações.

Tenório, por sua vez, exausto após um duro dia de trabalho na corporação, atendendo às necessidades das vítimas do incêndio, em pouco tempo dormiu, acordando somente no dia seguinte para o café da manhã. Na cozinha, encontrou a mãe que já tinha preparado a mesa e perguntava por Zuleika.

– Ela ainda está dormindo – respondeu-lhe Marli.

– Até essa hora? – interrogou espantado. – Vou acordá-la.

– Deixe que eu faça isso – replicou a mãe. – Você precisa levá-la ao abrigo ainda hoje, como conversamos ontem.

– Está bem.

Marli dirigiu-se ao quarto, abriu a porta, acendeu a luz e Zuleika sequer se mexeu na cama. Precisou chamá-la e por fim sacudi-la. A jovem desperta olhou diretamente para a senhora e não se fez de rogada.

– Já sei que não me quer aqui! Eu vou embora, mas ele irá me procurar. Não pense que tenho medo de você. Não se ponha no meu caminho ou vai se arrepender de verdade. Levantou-se bruscamente, foi ao banheiro, e deixou Marli sem ação.

– Que bicho era aquele? – perguntou-se a senhora visivelmente alterada. Em toda a sua vida não encontrara ninguém que estampasse no rosto tanta ferocidade, na voz tanto rancor e nos gestos tanta vulgaridade. O problema era bem maior do que imaginava. Voltou-se a Deus e resolveu agir, com habilidade, para não empurrar o filho querido nos braços da tresloucada mulher. Como pessoa experiente sabia que a proibição, sem explicação, despertaria no intimorato bombeiro mais rebeldia, como ocorre com os jovens em geral. Por isso, quando Zuleika entrou na cozinha, percebeu que a matrona não havia comentado o acontecido.

A intriga, que pretendia instalar logo de início, não surtiu efeito. A mulher era muito experta, concluiu. Rapidamente, mudou a estratégia, fazendo-se meiga para a dona da casa, em frente ao marido e ao filho. Propôs ajudar a servir o café, a lavar a louça, ficando Marli atônita com tamanha desfaçatez. Duas mulheres hábeis, mas com métodos bem diferentes, enfrentavam-se na pequena cozinha de uma casa no subúrbio medindo uma a outra, jogando com palavras, gestos, ações, para cativar uma pequena plateia: um jovem inexperiente e um senhor distante.

Muitas vezes, na vida, deparamo-nos com situações inusitadas. A qualquer momento e sem nos dar conta do que acontece, o inesperado bate à nossa porta: um acidente, o encontro com desafetos, doença que chega sem aviso, demissão do emprego, dentre tantas outras coisas que nos atinge, modificando inteiramente a trajetória que havíamos traçado. Quem se imagina sem saída, de repente encontra uma solução impensada, que chega das mais variadas formas, demonstrando que o desespero realmente não constrói, e que a fé sempre ampara a quem a ela se apega de coração.

A situação criada na casa de Marli era deveras preocupante. A jovem que lá se instalara revelava profundo desequilíbrio psicológico. Agressiva, determinada, sem escrúpulos, Zuleika não se dava conta do que provocava nas pessoas com as suas atitudes atabalhoadas. Estava tão centrada em si mesma que as reações alheias não a importavam.

Psicopatia – essa doença da alma, manifestada por diversas disfunções cerebrais – já se encontra estudada na moderna psiquiatria. Estudos neurobiológicos e da própria personalidade indicam que os psicopatas apresentam distonias comportamentais significativas, se comparadas com os demais seres humanos. A frieza das atitudes, ausência de sentimento de culpa, alta agressividade, caracterizam essa patologia como deformidade de conduta biopsicossocial.

Zuleika era uma psicopata altamente inteligente como, aliás, acontece com muita frequência; sabia manejar as pessoas, conduzir as situações para o seu terreno e exultar com o sofrimento alheio. Usava a beleza com malícia; nunca fazia o que não queria; as pessoas somente lhe interessavam até quando pudesse fazer uso delas, sem nenhuma outra consideração. Não conhecia o amor doação, mas era cega pela paixão do domínio, desejando submeter todos os que com ela se relacionavam aos seus mais inusitados caprichos.

Do outro lado, estava uma mulher muito inteligente, ética, séria, que era movida pelo amor à família. Marli, religiosa com atuação na igreja em que congregava, intuiu que havia chegado um momento importante na vida de seu grupo familiar. Embora não tivesse informações mais detalhadas, fácil foi sentir que Zuleika era uma cobradora que vinha marcada pelo ódio e tangida pela ambição mais mesquinha. No centro de tudo, o seu filho, jovem idealista e despojado, quase indefeso. – O que teria Tenório a ver com aquela mulher brutal, mas escultural, que certamente o levaria à lona? – perguntava-se perplexa. Sempre que lhe vinha à mente a ideia de julgar, substituía o pensamento negativo por outro positivo e entrava em oração, pedindo a Deus discernimento para agir com sabedoria naquele momento de difícil provação.

Enquanto o filho e o seu marido sequer se davam conta do que estava acontecendo, Marli já havia percebido tudo. Estava à frente dos seus e se a eles manifestasse alguns receios com certeza receberia muitas críticas, porque apesar de verdadeiros não tinha como demonstrá-los.

O café da manhã transcorreu sem maiores incidentes. Tenório falou para Zuleika se aprontar, pois iria levá-la ao abrigo indicado pelo governo para as vítimas do incêndio. A jovem esboçou uma tímida reação, mas sabia que estava em campo minado. Aparentando falsa humildade, disse ao bombeiro:

– Nada tenho de meu aqui. Já posso ir. Depois envio a roupa de D. Marli, que estou usando – referindo-se naquele momento respeitosamente à dona da casa.

Natanael, marido de Marli, comentou, quando a jovem se afastou:

– Essa moça não poderia ser para você uma colaboradora? Sei que tem feito tudo sozinha, sem apoio. Uma jovem prendada poderia ser-lhe útil. Está aí uma boa oportunidade, não acha?

Marli estava assustada com a moça, sobretudo pelo atrevimento e a capacidade de simulação que havia revelado.

Dirigiu-se ao marido carinhosamente e confidenciou:

– Meu querido! Quem vê cara não vê coração. À noite, quando retornar do serviço, vou explicar tudo o que sinto.

Natanael não deu mais importância ao assunto.

Tenório acomodou Zuleika no carro e rumou para o abrigo. Ao ver o amontoado de pessoas, a sujeira do local, crianças chorando, mulheres gritando, maridos embriagados, ficou deveras penalizado em deixar ali uma flor, era assim que via Zuleika, para ele, até então, uma santa mortificada no altar inclemente da vida.

Descendo do carro, Zuleika lançou um olhar de vítima para o jovem, dizendo:

– Até você está me abandonando nesse lugar imundo. Se não aguentar eu vou me matar! Nunca mais me verá.

Tenório, aflito, pediu-lhe calma.

– Não se precipite – falou com lágrimas nos olhos. – Não estou te abandonando. Pretendo ver na corporação o que é possível fazer. Amanhã, neste horário, espero te trazer alguma novidade.

Zuleika, chorosa, afastou-se do carro e Tenório acelerou rumo à sede da corporação.

No caminho, o jovem se sentia em conflito. Zuleika para ele era uma completa desconhecida, apesar disso sentiu deixá-la no abrigo, sem qualquer amparo. Revelava-se interessado na mulher, mas como a sua mãe havia reagido, se pretendesse algum relacionamento, enfrentaria com certeza a barreira erguida por Marli. De qualquer forma, pretendia manter contato com a jovem, ampará-la na medida do possível, imaginando-se acima do bem e do mal.

Zuleika ao entrar no abrigo foi logo procurar a sua mãe. Zulmira sempre fora muito querida na comunidade; trabalhava para todos e, certamente, já tinha ali um lugar garantido para a filha. Após perguntar para os moradores sobre o paradeiro da genitora, resolveu esperar. Sabia que Zulmira, depois de ter enterrado o filho, iria se voltar para ela e ajudá-la, como sempre o fazia.

Ficaria ali recebendo os auxílios que chegavam, comendo as refeições preparadas pelas mulheres do grupo de abrigados, até ver o que aconteceria. Tinha certeza que havia fisgado mais uma presa: Tenório. Considerava o jovem um palerma. Outro, no seu lugar, teria ido à noite ao quarto dos fundos da residência em que dormira ter com ela, que, esperta, não cederia enlouquecendo-o no jogo diabólico da sedução, que sabia manejar como ninguém. Quando a noite já ia alta, deu-se com a mãe que chegava do serviço, perguntando-lhe atrevida.

– Essa é hora de chegar, D. Zulmira? O que andou fazendo por aí?

– Primeiro – respondeu-lhe calmamente a mãe – fui ao enterro do seu irmão e não notei a sua presença; depois me dirigi ao trabalho, onde fiquei até agora, cumprindo as minhas obrigações. E você, por onde andou quando eu mais precisava da sua ajuda?

– Por aí. Não lhe devo satisfações, sua velha inútil.

Zulmira, que não queria discutir em frente aos demais abrigados, guardou a ofensa, desejando à filha boa noite. Encontrou um colchão que a caridade alheia enviara ao abrigo e ali dormiu, para acordar logo cedo, dirigindo-se ao trabalho, enquanto a filha jovem dormiria até altas horas, sem se preocupar em ajudar o grupo de desalojados, apenas usufruindo da beneficência e do apoio do governo.

Ao chegar ao emprego, Zulmira atendeu à patroa – mulher constantemente mal humorada – que sequer lhe perguntou sobre o incêndio, fartamente noticiado na imprensa da época. Aos gritos, como já era de costume, dirigiu-se à humilde serviçal.

– Por que o café não foi servido na hora certa?

– Desculpe-me, D. Eulália, o ônibus atrasou, mas já estou preparando o café da patroa.

– Não me venha agora com essa de atraso. Obrigação de empregada é chegar no horário certo, sair mais tarde, e não reclamar. Da próxima vez não tem perdão, corto o seu salário. Agora vamos, traga-me o café.

Zulmira, como de costume, preparou a bandeja e a serviu à patroa no quarto. Já sabia o que colocar no café da manhã dessa mulher exigente, sempre às voltas com um regime, que a deixava louca. Vaidosa ao extremo, ficava o dia inteiro fazendo ginástica, visitando todos os salões de cabeleireiros, não tendo outra ocupação a não ser se embelezar. A empregada assumia todas as obrigações da casa, contando com a ajuda de uma passadeira, que comparecia duas vezes por semana, e de uma arrumadeira, que sempre a intrigava com a patroa.

A boa senhora tinha receio de solicitar abrigo à D. Eulália porque não confiava em Zuleika, que deveria morar junto. Apesar dos maus-tratos e malcriações da filha, nunca pensou em abandoná-la. Sabia, por intuição de mãe, que a moça era perturbada, – adolescente problema – que poderia a qualquer momento fazer alguma coisa errada.

A vida de Zulmira naqueles dias foi muito difícil. A dor pela perda do filho amado não cicatrizava, as agressões da filha e da patroa, o ambiente hostil do alojamento, era um martírio sem fim. Apesar de tudo, não desanimava, confiava em Deus, rezava pelo seu filho e pelo marido. À noite, quando colocava a cabeça no travesseiro, lembrava com alegria dos primeiros tempos de casada, a bondade do marido, os filhos ainda pequenos pulando na cama para juntos dormirem. Mal sabia que, do outro lado da vida, inspirando-lhe essas doces recordações, estava o espírito do marido, soprando-lhe ao ouvido palavras de conforto.

Quando a dor é intensa a ajuda aos necessitados que não se revoltam e nem vociferam é ainda maior. Na "via crucis" em que Zulmira caminhava, sob a guante da ingratidão e da tirania, o bálsamo vinha do céu.

O ser humano é sempre livre para sonhar, amar, navegar em suas próprias recordações, nutrir-se com lembranças inesquecíveis dos dias felizes que viveu ao lado de corações amigos. Zulmira, apesar de tudo, sublimava todas as ofensas, não guardando rancor e nem procurando revidar. Simplesmente, intuía que há sempre uma explicação para as nossas dores, e que Deus nunca nos desampara. Se naquele momento a paz do coração vinha-lhe do relicário de boas recordações, agradecia e dispunha-se a servir até o fim, custasse o que custasse, não desertando de suas obrigações com a filha e com a patroa ranzinza.

Capítulo 03

A revolta dos desabrigados

Passaram-se os dias e o governo ainda não havia encontrado acomodações para os desalojados do incêndio. O ambiente, no local improvisado, estava se tornando insuportável para a maioria das pessoas, gente simples, que, embora morasse em barracos, estava acostumada com a limpeza, não aceitando viver em território aberto, promíscuo, absolutamente constrangedor. Mulheres e homens trabalhadores, crianças, jovens e velhos, amontoavam-se no local, tendo como único alento a visita da assistente social, que, na realidade, nada podia fazer a não ser levar para os escalões superiores a queixa daqueles que ali viviam, dependendo da caridade alheia.

Nas esferas governamentais, a preocupação aumentava com a ausência de um local adequado para os desalojados, e o noticiário constante da imprensa que não havia esquecido o assunto. Enquanto saíam matérias nos jornais, as vítimas do incêndio nutriam esperança de encontrar uma solução; passado aquele momento, ficariam na dependência dos grupos de pressão, alguns até profissionais, com interesses próprios, infiltrados no ambiente, para tirar algum proveito.

O drama dos desabrigados foi se tornando mais dramático à medida que a ajuda humanitária se escasseava. O tempo ia se incumbindo de diminuir na opinião pública o impacto da tragédia, as pessoas retornavam naturalmente ao seu cotidiano, ao passo que eles permaneciam no abrigo, cada vez mais aflitos.

A disputa por espaço no ambiente coletivo cedia à solidariedade dos primeiros dias; a bebida e as rixas existentes levavam os mais agressivos a se exporem, atingindo aqueles (diga-se a maioria) que procuravam encontrar uma maneira de convivência pacífica. Algumas famílias conseguiram meios para saírem da cidade de São Paulo e retornarem aos locais de origem, já que ali, vencidas as ilusões dos primeiros tempos, não estavam conseguindo melhores dias. Voltar para casa, encontrar o aconchego dos entes queridos era tudo o que elas queriam após aquela experiência traumática; outras famílias estavam tentando na própria cidade abrigarem-se na casa de parentes, enquanto a maioria, sem saída, amargava as duras condições de habitabilidade existentes no alojamento.

Zulmira, que ia ao trabalho todos os dias, retornando somente à noite, preocupava-se ainda mais com Zuleika, que não se continha naquele ambiente devassado, expondo-se cada vez mais e de maneira grosseira, atrevida, o que já despertava a ira das senhoras. Previa a boa mulher, a qualquer momento, algum desfecho mais violento, tentando sempre aconselhar a filha a agir com discrição, evitando provocar os homens casados. Mas, a jovem impetuosa não acatava os sábios conselhos da mãe, maltratando-a sempre, afastando-se a cada dia da conduta recomendável para uma mulher de sua idade, que vivia em ambiente bem complicado.

Foi com certo alívio que Zulmira ouviu de Zuleika que ela iria se mudar daquele lugar para viver com Tenório, que até então não havia apresentado à genitora, alegando sempre para este que estava desamparada. Dizia que o pai havia falecido, o que era verdade, mas que a mãe a abandonara para seguir um caminho fácil de aventuras, o que contrastava totalmente com a conduta honrada da digna mulher.

O jovem bombeiro, embevecido pela beleza de Zuleika, acreditava em tudo o que ela dizia, não se preocupando em diligenciar, averiguar, saber enfim quem era aquela jovem que tanto o perturbava. Bastaria um pouco mais de atenção, perguntar a respeito de Zuleika, para qualquer pessoa do alojamento, para se constatar o rosário de inverdades propagadas pela jovem, e conferir os graves defeitos de personalidade que a acometiam. Mas, quando a paixão envolve corações ingênuos e inexperientes, o manto da cegueira atinge tão profundamente o ser obcecado que ele nada percebe, além do que quer perceber, mesmo estando defronte a obviedades.

Tenório era um desses jovens bem-intencionados vivendo, porém, fora da realidade, cuja vida com os pais era a mais tranquila possível, sem os percalços que conduzem ao amadurecimento.

Zuleika, dessa vez, falou ainda mais duramente com a mãe:

– Finalmente, vou ficar livre de você e desse chiqueiro. Saio daqui para viver bem, ao lado de um paspalho, que pensa que eu morro de amores por ele, e que está disposto a pagar uma casa para eu morar, com todas as regalias. Nunca mais quero te ver, velha inútil, que me pôs nessa vida sem ter condições para nada. Nasci de um pai idiota, servente de pedreiro, e de uma mãe miserável, que ainda por cima me deu um irmão deficiente.

– Minha filha – falou Zulmira com calma – não pensa que me ofende dizendo palavras tão duras. Você não conhece a vida. Não jogue fora a sua saúde, não se deixe levar pelas ilusões. Nós, se trabalharmos juntas, um dia sairemos dessa condição e teremos dignidade para vivermos dias melhores. Deus nunca nos desampara, apenas testa a nossa paciência, mesmo em momentos difíceis.

– Você sempre vem com essa história de Deus. Que homem é esse que nunca aparece, permite toda sorte de abusos, dá para uns a riqueza e para outros o inferno! Não acredito nessa história de carochinha, nem quando era pequena eu acreditava, e o meu irmão ficava embevecido quando você falava desse Deus. O que ele ganhou além de uma cadeira de rodas, caindo aos pedaços, e sobre a qual foi fritado em vida?

– Não fale assim! Ele era bom, sereno, venceu uma etapa na vida e, certamente, está hoje muito triste com as suas palavras. Não esqueça que ele te amava.

– Mas eu odiava ele! Um inútil que você me obrigou a olhar, dar comida, agradar, o que nunca fiz. Quantas vezes eu bati na cara dele e o idiota não reclamava, sorria até e sempre dizia: não vou contar para mamãe.

Zulmira, atônita com o relato, não acreditava no que ouvia. O seu querido filho, além de todos os infortúnios, tinha suportado suplícios infligidos pela própria irmã, que ele adorava, preocupando-se em não perturbar a paz da querida mãe. A jovem senhora estava magoada, entristecida, mas procurou não demonstrar esse sentimento à filha ingrata, respondendo:

— Você, certamente, não sabia o que estava fazendo. Uma pessoa normal não age assim, aproveitando-se da fraqueza de um deficiente para lhe impor ainda mais sofrimentos.

— Não vou ficar aqui escutando as suas ladainhas. Lá fora, me espera um garoto bobo e que tem uma mãe que se julga esperta, e um pai com quem até simpatizo, desde que não atravesse o meu caminho.

— Não fale assim, minha filha, de alguém que se propõe a ampará-la.

— Nunca mais me chame de filha! Para mim você tá morta! Siga a sua vidinha ao lado desse Deus dos esquecidos, que eu vou viver do meu jeito, ter o que quero. E se um dia me encontrar nunca me dirija sequer um olhar. Você entendeu, velha asquerosa? Não se faça de santa, porque você eu conheço bem.

Virou e saiu sorridente, olhando para aquele amontoado de colchonetes, que, logo mais, seriam espalhados pelo chão, para neles dormirem os desabrigados, pessoas que passavam parte do tempo blasfemando por causa daquela situação de penúria; outros cheirando a álcool, alguns fumando maconha, crianças chorando de fome, ao lado de pessoas dignas (a imensa maioria, diga-se a bem da verdade), que oravam e pediam a Deus amparo, preparando-se para enfrentar um novo dia de trabalho, sem quaisquer perspectivas.

Naquele ambiente de contrastes angustiantes, a presença das entidades espirituais voltadas para o bem e para o mal estava atendendo aos chamados de cada um, conforme o teor mental das preces que emitiam.

Normalmente, se pensa que as preces chamam tão somente as boas entidades espirituais, mas existem também aquelas que atraem os espíritos do mal.

Pensamentos de revolta e amargura conduzem à depressão, ao passo que os que alimentam a violência, o rancor, atraem para si os malfeitores da Humanidade, que os induzem a praticar assaltos, assassinatos, crimes, sem nenhuma piedade para com as vítimas, que, diga-se, muitas vezes sintonizam com os sicários, devido às emanações mentais que emitem (as preces negativas), convocando-os indiretamente para a ação.

Zulmira levou as mãos à cabeça, triste e envergonhada, porque Zuleika, dessa vez, tinha ultrapassado todos os limites. Falava aos berros; todos tinham ouvido e sentiram-se igualmente atingidos. Nunca imaginaram que aquela jovem amalucada, que andava de roupa apertada provocando todos os homens, não importando a idade, fosse capaz de destilar tanto veneno contra os moradores da favela e contra a própria mãe, mulher que era admirada pela inteireza de caráter.

Quando vivo, o pai de Zuleika era também respeitado, ajudava sempre os vizinhos a consertar os seus barracos, principalmente nos dias de temporal. E a criança deficiente era adorada por todos. No fundo, os moradores da favela sentiam-se todos omissos, assinalados pelo complexo de culpa, por não terem percebido que o menino estava sozinho no barraco, sem a proteção da irmã, que costumava abandoná-lo o dia todo, zanzando de casa em casa, sem nenhuma responsabilidade.

Sem dar uma única palavra, Zulmira jogou ao chão o colchonete e, naquela noite, não conseguiu pregar os olhos. Não sabia o que dizer para si mesma, não estabeleceu sequer um diálogo interior. Parada, sem se virar na cama rústica, logo que o dia amanheceu foi para o trabalho, sabendo que lá também não iria encontrar nenhum conforto, atingida pelas assertivas malignas da patroa e pela contumaz rebeldia das crianças, que desejava amar como filhos do coração, mas não podia pelo alto grau de aversão que a ela devotavam.

Almas em débito, mas abnegadas, às vezes, descem à Terra para amparar afetos rebeldes, maculados no passado, e que não conheceram ainda a benevolência. São corações endurecidos pelos embates travados em outros tempos, cuja evolução ocorre lentamente, necessitando das tenazes da dor para se redimirem de conflitos íntimos, incrustados nos escaninhos mais sombrios de personalidades de há muito delituosas.

Zulmira, com a sua singeleza, não conseguia atinar para as causas remotas que impeliam a sua filha ao abismo das ilusões. Simplesmente, intuía que havia algo de mais misterioso no destino de sua família, na bondade natural do querido filho, nos sentimentos puros e generosos do marido, nas duras condições de vida que experimentavam nada justificando, contudo, tanta revolta da jovem atoleimada, que ainda continuava a amar, mas temia não poder ajudá-la nos momentos de infortúnios.

Mesmo assim, não desanimou. Imaginou que a filha estivesse desabafando ante a aspereza daquele local, jogando toda a sua revolta na mãe, no falecido pai e no irmão deficiente, mas que, passados alguns dias, voltaria para o alojamento, após dormir ao relento, sabendo que ali, ao lado da mãe, ainda era o melhor lugar para ficar. Todas as noites, após o serviço, dirigia-se ao abrigo e perguntava pela filha. Zuleika havia desaparecido.

Tereza, vizinha de barraco de Zulmira, por quem tinha real estima, certo dia, vendo-a angustiada, procurou confortá-la com palavras carinhosas, no entanto verdadeiras.

– Minha amiga, não espere pelo retorno de Zuleika. O pessoal daqui sabia que a sua filha se encontrava com um bonito rapaz, que chegava de carro, não entrava no alojamento, e saía com ela quase todas as tardes. Vai ver que foi com esse moço que a menina se engraçou.

– Ela me disse, naquele dia, que seria levada daqui por uma pessoa que tinha alugado uma casa.

— Então, não se desespere! Zuleika, na realidade, não tinha apego a ninguém. Enquanto a senhora ia para o trabalho, ela ficava andando de casa em casa, descompromissada, sem se importar com o irmão.

— Custo a acreditar que tenha me abandonado – concluiu Zulmira. – Se alguém montou casa para ela – prosseguiu.

— Penso que poderia ajudá-la, não sendo um estorvo. Afinal, nessa vida, ficamos somente as duas. Os meus pais na Paraíba já morreram; os irmãos desapareceram no mundo; não tenho mais marido e filho, porque não ficarmos juntas? Eu poderia auxiliá-la em tudo!

— Ela não queria! Não percebeu que desejava outro tipo de vida? Os pais, quando responsáveis, às vezes, atrapalham "certos" filhos dando-lhes conselhos úteis que soam como detestáveis sermões. Acredite: foi melhor assim. Agora você pode cuidar da sua vida, sair daqui, enquanto eu com tantas responsabilidades não tenho sequer para onde ir. Não tenho pai e nem mãe; o meu marido, já sabe, só vive bebendo e bate em mim e nas crianças. Cada um com a sua sina.

— Mas, você ainda está ao lado dos seus filhos.

— É o meu único consolo! Mas nada sei quanto ao futuro. Por enquanto, são pequenos e nesse ambiente de violência, álcool e drogas, como vão se comportar no futuro? Você se lembra do filho de D. Arminda, que está puxando vinte anos de cadeia?

— Até lá – respondeu Zulmira – a vida dará um jeito e vocês vão sair daqui.

– Como? O meu marido só vive bêbado; tenho de deixar as crianças na rua para fazer faxina; nem emprego fixo eu consegui.

– Nunca desanime! Nada na vida é para sempre. De um dia para o outro surge alguma coisa que vem nos dar esperança.

– Vou sentir a sua falta.

– Até parece que vou embora.

– E não vai, sua boba?

– Não tenho também para onde ir. A minha patroa não me aceita na mansão.

– Mas já falou com ela?

– Ainda não.

– Por que não tenta?

– Já pensei, mas com Zuleika tinha medo de algum problema. A patroa é muito ciumenta e a minha filha provocava mesmo.

– Todos aqui comentavam. Mas, por respeito à senhora, não levavam ao seu conhecimento o que ela fazia. Imagina que entrava nos barracos se exibindo toda para homens bêbados. A amiga não sabe, mas algumas vezes foi escorraçada pelas mulheres, que não quiseram ir à forra em respeito à senhora, que é muito considerada na comunidade.

– Não estava sabendo!

– Pois, então, agora que ela se foi sem deixar rastro, siga a sua vida.

– Não sei, ainda é cedo, e Zuleika pode voltar.

– Não se iluda! Se ela fisgou alguém que vai lhe dar dinheiro, conforto, vai esquecer todos nós. A comunidade para ela não existe, aliás, nunca existiu. Mesmo com as nossas dificuldades encontramos alegria nas comemorações do São João; da Páscoa, do Natal, do Ano Novo e, porque não dizer, do carnaval. Zuleika nunca apreciou as festas da comunidade, só se preocupava em se exibir, perdoe-me falar assim de sua própria filha.

– Não se preocupe! Conheço a filha que coloquei no mundo.

Os moradores do abrigo estavam ficando cada vez mais aflitos com a demora das autoridades em apresentar uma solução. Parece até que o governo já se conformava com aquela triste situação. A imprensa não tocava mais no assunto e a desesperança foi tomando conta do lugar. Restava tão somente a ação dos líderes de sempre, que apareciam, instigando outras soluções para o impasse: novas invasões, retorno ao local da antiga favela, mas, mesmo assim, faltavam materiais para erguer com rapidez os barracos.

Precisavam de madeiras, folhas de zinco, caixotes de feira, papelão, plásticos, pregos, martelos, serrotes, fios, canos, enfim tudo o que é necessário para uma construção. Chamariam os colegas de outras favelas, arregimentariam pessoal adequado, definiriam as atribuições conforme a profissão de cada um. Os eletricistas fariam

69

as ligações clandestinas (gatos), os encanadores puxariam a água, pedreiros, carpinteiros, todos tinham o quê fazer. Já estavam executando um planejamento detalhado de ocupação, enquanto o governo patinava nas reuniões de gabinetes, não atinando para a gravidade dos fatos.

Nessa época, São Paulo já havia conquistado um lugar importante na economia brasileira com as fazendas de café, produto básico na pauta de exportação, que permaneceu forte até a crise de 1929, atingindo a bolsa de Nova Iorque.

O capital da economia cafeeira e a mão de obra dos imigrantes, que chegaram ao Brasil principalmente em São Paulo, após a libertação dos escravos, serviram de base para o nascimento de uma indústria de substituição de importações, que se acentuou após a Segunda Guerra Mundial.

Com a Europa destroçada e o mercado externo comprometido, a indústria paulista avançou, iniciando posteriormente o ciclo imobiliário que atraiu os migrantes nordestinos, batidos pela seca, e que chegavam em campos de Piratininga para trabalhar na construção civil e na indústria que se expandia.

Não havia moradia suficiente para os que chegavam e os cortiços e favelas, que começaram timidamente na década de quarenta, se acentuaram nos anos cinquenta, explodindo nos decênios seguintes. O governo, até aquele momento, não havia formulado uma política clara de habitação popular, deixando a cidade crescer desordenadamente, permitindo a ocupação irregular do solo urbano, com construção de barracos em terrenos baldios, dando origem à formação das grandes favelas.

Zulmira, assim também outros desabrigados eram frutos dessa política de migração não planejada, que atraía para São Paulo levas de nordestinos tangidos pela seca, que impedia a permanência dos retirantes nos locais de origem. Ocupando as posições mais humildes na sociedade paulista, sob o comando de vetustas aristocracias e oligarquias em frangalhos, não demorou muito para serem discriminados pelos paulistas "quatrocentões".

Os dias se passavam, e os preparativos para a invasão de um terreno abandonado à beira de córrego fétido continuavam, enquanto Zulmira, criando coragem, certo dia perguntou à patroa se a aceitaria na mansão, morando nos fundos, pagando com o seu serviço as despesas de água e luz. A patroa, reticente, dessa vez se comprometeu a consultar o marido, acendendo na servidora uma chama de esperança que pouco durou, com a resposta negativa dada no dia seguinte, sob a alegação de que a família iria se mudar em breve para outra cidade.

Zulmira ficou preocupada com a possibilidade de perder o emprego, uma vez que nordestina e pobre, com apenas um ano de escolaridade, não conseguiria outra ocupação. Viera trabalhar na casa em que se encontrava por indicação do próprio transportador, dono do "Pau de Arara" que trazia os conterrâneos para São Paulo, sem nada cobrar no momento, recebendo o valor da carga (era dessa forma que se referia às pessoas), quando os migrantes começavam a trabalhar. Foi assim que Zulmira, pela viagem, pagou ao transportador quase um ano de seu salário, livrando-se do espertalhão, após ameaçá-lo com denúncia às autoridades. Novamente, a boa senhora estava aflita, mas, como sempre, confiava em Deus, não perdendo uma única oportunidade de entrar na igreja e rezar com fervor toda vez que a patroa a enviava para as compras.

 Zulmira, como sabemos, era uma cabocla de tez amorenada, e ao contrário de seus conterrâneos, tinha porte diferente; embora já tivesse passado por tantos sofrimentos não registrava no semblante traços de amargura, despertando os olhares dos homens quando passava, mesmo se vestindo com extrema modéstia. A beleza estonteante da filha Zuleika encontrava na mãe e no pai falecido a razão genética de ser, embora não revelasse, como em ambos, a finura de trato. Zulmira era afável por natureza, educada sem afetação, sabendo-se colocar na casa em que trabalhava e no ambiente difícil da favela. A voz era agradável, os gestos comedidos, a postura impecável, contrastando com a própria patroa que, apesar de dormir sobre a fortuna do marido, era por natureza inconveniente, agressiva, chegando, quando contrariada, à vulgaridade.

 Nos estágios da vida, o ser encarnado carrega consigo a bagagem conquistada em existências anteriores. Muitos se apresentam sob uma casca de civilidade, apresentando honoráveis títulos acadêmicos, não se dando conta dos despautérios que cometem na vida privada; outros, navegando sobre fortunas imensas, explodem à menor contrariedade, sob o pânico de perder os valores amoedados. Felizes são os que assimilaram a bondade e trazem-na no coração humilde ornado pelo simples desejo de conviver em paz com os seus semelhantes, apoiando-os nos momentos de infortúnio, sem nada exigir em troca.

Zulmira era um ser iluminado pela singeleza das suas atitudes, incapaz de se desesperar mesmo em momentos de maiores dificuldades. A nobreza da conduta, adotada no dia a dia dos afazeres domésticos, preservava-a da sanha dos inimigos encarnados e desencarnados. Sem nenhuma formação religiosa específica, a não ser as primeiras aulas de catecismo na rústica paróquia da terra natal e com pouca escolaridade, interessava-se por ler tudo o que lhe vinha às mãos, fazendo-o com facilidade. Na realidade, Zulmira escondia sob a modéstia da sua condição social um ser já elevado, demonstrando em tudo o que fazia compreensão bem acima da média, com sensibilidade desenvolvida, capaz de captar as sutilezas do comportamento humano com tolerância e sem críticas.

Capítulo 04

No velho mundo

Sempre que tinha um problema a resolver Olívia ia para a casa de campo da família, situada nos arredores de Bath, no condado de Somerset, a 120 quilômetros de Londres, capital da Inglaterra. Era lá, naquela herdade antiga que fora de seu avô e onde vivera os melhores anos de sua vida que encontrava paz, dialogava com as flores e ouvia os lírios de callas. Dentre tantas flores se detinha nessa cujas formas lembravam a beleza da mulher e a fragrância dos grandes amores e tragédias.

Os lírios estavam sempre onde a jovem se encontrava: nas cerimônias de casamento da Igreja Anglicana, nas arrumações festivas e também nas dolorosas despedidas. Tinha uma atração irresistível por essa espécie vegetal, adorando as variedades de tons apresentados, procurando com ele conversar, trocar afeto, abrir o seu coração de adolescente ainda deslumbrada com as possibilidades da vida.

O pai acabara de receber, por sucessão, um título nobiliárquico e se preparava há seis meses para ir ao Brasil na função de presidente de importante empresa ligada aos interesses da coroa inglesa. A família já estava estudando a língua portuguesa, que Olívia não conhecia, ministrada por um professor particular, brasileiro, contratado pela empresa, para preparar o grupo para essa nova etapa de vida.

Explodia em Liverpool o *Rock dos Beatles*, que se espalharia rapidamente pelo mundo, marcando uma nova geração; a juventude entraria em uma fase aguda de contestação de valores e costumes que levaria posteriormente às manifestações do mês de maio de 1968 na conturbada Paris, espraiando-se para outras partes do mundo com os estudantes à frente dos movimentos reformistas e as mulheres encimando a bandeira do feminismo sob a liderança de Betty Friedan. Era o retorno da mocidade acadêmica ao palco dos grandes acontecimentos políticos e culturais, na prática, o primeiro real alento da juventude posterior aos desencantos da chamada "geração perdida" e após a Primeira Guerra Mundial.

Olívia, como todos os outros estudantes da época, integrava a cultura *Beetnik*, preparando-se para a Universidade. Imaginava cursar Arquitetura em Oxford ou Cambridge, quando foi tomada pela notícia de que deveria ir ao Brasil com a família, uma terra para ela ignota, na borda do atlântico, com clima e povo bem diferentes dos tradicionais britânicos.

Frustrada, resolveu conversar com o pai, desejando ficar na Inglaterra até concluir o curso. Não queria, naquele momento, sair da efervescência cultural do campus universitário para se embrenhar em um país que estava bem longe dos acontecimentos que a empolgavam.

Corria o ano de 1966 e o Brasil acabara de ingressar no regime militar; os estudantes da UNE – União Nacional dos Estudantes estavam ativos marcando o dia 22 de setembro como o Dia Nacional de Luta contra a Ditadura, mas, como todos os outros grupos que ousavam se manifestar, estavam também amordaçados, o que fez surgir vários focos de resistência, sobretudo no campo da esquerda. Na imprensa "vazavam" algumas notícias do que ocorria na Europa; Jean Paul Sartre[14], Simone de Beauvoir e tantos outros encabeçavam passeatas contra a guerra do Vietnã.

Nos Estados Unidos, a luta pelos direitos civis ganhava a manchete dos jornais, forjando lideranças arrojadas, como a de Martin Luther King Jr., que, ao final, modificaria completamente a vida da comunidade negra americana. O tempo era de muitas lutas, transformações, combates. No Brasil, de então, apesar da força do regime, movimentações eclodiam nas Universidades, nos sindicatos independentes, com protestos nas ruas tendo à frente estudantes, intelectuais e trabalhadores.

Olívia praticamente não conhecia o Brasil; para ela o mundo era a Europa, os Estados Unidos e o conflito no longínquo Vietnã repercutindo na imprensa interna-

---

[14] Jean-Paul Sartre. A revista "Veja", edição 2308, pág. 55. O texto se refere aos movimentos estudantis de maio de 1968 e a posição do filósofo, que justifica, no Brasil, o movimento terrorista, condenando-o, contudo, na Europa. Ver a íntegra do texto em NR 8.

cional. As publicações brasileiras estavam amordaçadas com o avanço da direita mais reacionária, que não desejava implantar a democracia, apesar de vozes discordantes, no seio do governo, desejarem retornar à normalidade institucional o quanto antes, ceifada pela escalada sem igual da guerra fria entre os Estados Unidos e a União Soviética. Nesse clima conturbado, o pai de Olívia desembarcou em São Paulo para assumir a direção da empresa, preocupado com o que pudesse acontecer com os diretores de multinacionais, alvos fáceis de diversos grupos terroristas que agiam no Brasil e nos demais países do Cone Sul.

Respeitando o desejo da filha, Mr. Mason não a obrigou a ir com ele a São Paulo, entendendo que um curso na Inglaterra seria mais proveitoso para a jovem, que resolveu se inscrever em Oxford, perto de Londres, ficando sob a tutela de tia Margareth. Na primeira oportunidade, Olívia, repleta de saudade da família, embarcou para São Paulo, encontrando os pais felizes e apaixonando-se à primeira vista pela cidade que estava ensolarada, receptiva, ao contrário do permanente "Fog" londrino.

A cidade de São Paulo dos anos sessenta era o espelho do que ocorria no mundo naquele período. Com o que sobrou do sonho americano do final dos anos dourados e ainda no início da década de sessenta, podia-se ver o romantismo nas salas de cinema do centro novo da cidade, o *footing* nas avenidas São João e Ipiranga, os velhos carros importados que estacionavam no Vale do Anhangabaú, as disputas eleitorais marcadas pelo Janismo e o Adhemarismo.

Com a tomada do poder pelos militares em 1964 e as reações iniciadas, São Paulo passou a ser um território de protestos, os velhos bondes que davam uma característica provinciana à metrópole que se expandia foram sumariamente desativados, a contracultura *Hippie* se despedia e o sonho havia acabado com a edição do Ato Institucional nº 5, em 13 de dezembro de 1968.

Não foi difícil para Olívia transferir o seu curso para a Faculdade de Arquitetura e Urbanismo da Universidade de São Paulo até por ser filha da nobreza inglesa, quando passou a sentir de perto a repercussão dos movimentos libertários europeus nas terras brasileiras, açulados pelo regime repressivo, que não admitia a apresentação de uma nova forma de ver o mundo, mesmo no *campus* acadêmico.

Jovem, desabrochando para a vida, formada sob o rígido protocolo inglês, acompanhava o movimento dos estudantes, sem se envolver, porque tinha as suas restrições à filosofia marxista dominante no meio estudantil e as limitações próprias de sua origem. Ávida de companheirismo e amizade era amável com os colegas, evitando qualquer comentário sobre a sua ascendência, dizendo tão somente que havia morado na Inglaterra. Pôde sentir de perto o nascimento de alguns movimentos que tinham como objetivo alterar o regime no Brasil, implantando um socialismo moldado pela União Soviética, com inspiração cubana, sob o impacto da revolução conduzida por Fidel Castro e o grupo que o acompanhou em Sierra Maestra.

A agitação do momento, o ambiente gerado pelas contestações e discursos nas universidades, a solidariedade dos estudantes que imaginavam um mundo novo, sem barreiras e restrições, encantavam a jovem inglesa que começou a participar dos acontecimentos sem se envolver.

Certo dia do mês de agosto, quando a agitação estava no auge, os olhos de Olívia se depararam com os de Marcelo, estudante de Engenharia da Politécnica, inteiramente engajado no movimento estudantil, com tendências bem radicais. A jovem se perturbou de imediato com a descarga elétrica emitida por Marcelo, que, fixando-a, não resistiu, dela se aproximando imediatamente. Atrevido, sem limites, acercou-se de Olívia, que o recebeu com certo receio e desconfiança. Aquele jovem mal vestido, olhar fixo, determinado, tentou iniciar uma conversa, mas Olívia, cautelosa, respondeu laconicamente e, voltando-se para as amigas, desapareceu na multidão. No entanto, não tirou mais o rapaz da cabeça. Inicialmente, ficou intrigada pelo comportamento do jovem, mas, sobretudo pelo teor energético por ele emitido, que percebia, por ser dotada de alta sensibilidade. As amigas sentiram e perguntaram:

– Quem era aquele rapaz?

– Não faço ideia – respondeu.

– É o Marcelo, da engenharia – emendou Efigênia, – colega de sala de aula de Olívia, que já tinha estado com o estudante em outros eventos de protesto.

– Estranho – comentou Olívia. Ele me interpelou de forma agressiva, sem rodeios, transmitindo certo ódio.

– Ele é muito radical.

– Fiquei incomodada com o jeito de me olhar.

– Esse pessoal da engenharia é mesmo estranho.

– Nem todos – ponderou Andrea.

O clima estava tenso; Olívia não se dava conta que no Brasil daquela época fazer passeata, contestar, era expor-se de tal maneira que a própria integridade física do manifestante entrava em jogo. Imagina no Brasil a liberdade existente no seu país, com sólida tradição democrática. A guerra fria não poupava os países pobres da América Latina, feudo dos Estados Unidos, assim também os do Leste Europeu, quintal da União Soviética. Por isso, a jovem encarava os acontecimentos sem nenhuma preocupação, não imaginando sequer que alguém pudesse ser preso simplesmente por manifestar a sua opinião.

Marcelo era um moço de classe média cujo pai havia se filiado ao Partido Comunista, inculcando no filho a revolta dos excluídos. Para agradar o genitor, Marcelo ingressou na faculdade de engenharia onde encontrou outros estudantes politizados, realizando-se com a ideia da luta armada e da tomada do poder pela força, para afastar de vez os burgueses, submetendo-os ao tacão da ditadura do proletariado.

Sentia, no fundo, ódio pelos que tinham carro, casa bonita, mascarando a inveja latente sob o pálio de ideais libertários. Os fins, para Marcelo, justificavam os meios, não se importando se ao longo do caminho por

81

ele escolhido, de assaltos a bancos e explosões de bombas em edifícios públicos, pessoas do povo fossem atingidas.

Marcelo, infeliz consigo mesmo, imaginava poder levar felicidade a toda sociedade, como se a causa primária dos problemas humanos se resumisse simplesmente à questão econômica. Os conflitos íntimos, as dores da alma, a autorrejeição, a solidão dos desiludidos, nada representava para aquele jovem soberbo, violento, que acreditava ter a chave da felicidade alheia em suas mãos já manchadas de sangue.

Quando encontrou Olívia entre os estudantes, Marcelo ficou abalado, o que nunca tinha acontecido com ele até então. Não tirou mais aquela moça alta, elegante, suave, de sua cabeça. Reparou no acentuado sotaque inglês, pensando ser ela uma norte-americana, terra que odiava gratuitamente. No fundo, estava fascinado por Olívia, que o repeliu logo na primeira investida, sentindo-se mal com a presença do jovem de cabelos desgrenhados, nada asseado, olhar transtornado, antipático.[15] Quando deixou o local da manifestação, a estudante não desejou mais ver aquele militante.

Na vida, contudo, quando os encontros estão programados, o aparente acaso nada mais é do que a realização do previsto há muito tempo. O encontro de Olívia e Marcelo era inevitável ante os conflitos do passado. Mas, o livre-arbítrio e o desenvolvimento espiritual de

---

[15] Allan Kardec. *O livro dos espíritos*, perguntas: 389/391. Ver íntegra em "Textos Doutrinários e da Codificação", NR. 4.

cada um daria o tom de um relacionamento em princípio impossível, pelas enormes diferenças entre eles existentes, sobretudo quanto aos valores e às concepções de vida.

Para o desprazer da estudante, no dia seguinte encontrou novamente o ativista em pleno *campus* universitário, quando, comandando mais uma passeata, deparou-se com a moça que, na calçada, assistia ao protesto. Deixou o grupo para se aproximar e perguntar qual a faculdade que cursava e em que sala estava estudando, manifestando, sem aquiescência da jovem, o desejo de encontrá-la após o evento. Olívia, de imediato, disse que não desejava começar uma nova amizade, porque estava pouco tempo no país e pretendia retornar à sua terra de origem, visando desestimular o pretendente. Mas, atrevido e debochado, o jovem não se deu por vencido, afirmando:

– Já conheço a sua amiga e sei que está na FAU. Vou encontrá-la.

Olívia não teve tempo de argumentar. O líder do movimento correu para alcançar a passeata, enquanto a moça, preocupada, sentiu medo. Era sem o saber uma médium com sensibilidade aguçada e percebeu de imediato que já estava diante de um grande problema. Não tinha como faltar às aulas e nem desejava aborrecer os pais; em verdade, já se arrependia de ter deixado Londres, tamanho o mal-estar que um simples encontro com o ativista político havia lhe causado.

Embora, elevada espiritualmente, a jovem que não tinha conhecimentos a respeito do campo vibracional ficou intrigada consigo mesma sobre as razões que a levaram a rejeitar tão acentuadamente o jovem. Nunca havia experimentado esse sentimento de aversão por nenhuma outra pessoa. Preocupada, ao sair da aula, procurou esquecer a ocorrência, dirigindo-se para casa. Mal podia saber que Marcelo, após a passeata, ficou na espreita e a acompanhou a distância, impressionando-se quando Olívia ingressou em uma das mais imponentes mansões do Jardim Europa. Revoltado, concluiu para si mesmo:

– Como não percebi que se tratava de mais uma burguesinha de nariz empinado. Para morar nesse casarão a família certamente tem muito dinheiro. Vou ficar na espreita. Ela não vai me escapar.

A partir daquele instante, a vida de Olívia se tornou um inferno. Aonde ia encontrava com Marcelo: na faculdade, no supermercado, quando estava na lanchonete com as amigas; começou, então, a desconfiar que tantos encontros não poderiam representar meras coincidências.

Finalmente, chegaram as férias de meio de ano e a jovem pediu ao pai para viajar, desejava conhecer um pouco mais o Brasil, que começava a adorar. O sol a encantava, e apesar de inverno, para Olívia era como se estivesse no outono europeu, porque estava acostumada com temperatura normalmente mais baixa do que a registrada em São Paulo.

Ganhou um carro novo de presente, cuja entrega demorou, devido às dificuldades de importação. Quando o veículo chegou, estavam faltando apenas dez dias para o término do recesso escolar, o que obrigou a jovem a refazer o roteiro, limitando-se ao percurso de São Paulo à cidade do Rio de Janeiro.

A preocupação com o assédio de Marcelo continuava, mesmo no período de férias, obrigando-a a permanecer a maior parte do tempo em casa, para não ter de se encontrar com o jovem deveras inconveniente. Partir para o Rio de Janeiro significava naquele momento a tão desejada liberdade, podendo caminhar nas ruas sem ter atrás de si o perseguidor.

O ativista era um homem obstinado; quando desejava algo não media os meios e nem se importava com as consequências de seus atos. Desde o primeiro momento que viu Olívia desejou tê-la para depois inseri-la na organização a que pertencia, sobretudo por ser burguesa, e apresentá-la aos companheiros como um troféu conquistado. Estava encantado com a beleza e a natural elegância da jovem, que não lhe dava nenhuma esperança, repelindo-o todas as vezes que ele se aproximava, com os modos próprios da refinada educação que recebera, na condição de membro da realeza inglesa.

O jovem não aceitava receber um "não" de ninguém. Acostumado a obter tudo o que desejava pela força, tornava-se inconveniente, não levando em consideração os sentimentos, as atitudes e as convicções alheias. Dono da verdade, desejava ter a jovem nos braços e depois levá-la para a organização clandestina a que pertencia, uma conquista valiosa, por ser burguesa e filha de pai presidente de empresa multinacional, como ficara sabendo.

Para viajar sem ser vista por Marcelo, Olívia pensou em sair de casa de madrugada, em horário que sabia não estar sendo espreitada pelo jovem, que começava a ronda todos os dias a partir das 11 horas. Arrumou as coisas, despediu-se dos pais e em um dia frio do mês de julho partiu sozinha para o Rio de Janeiro, dirigindo o veículo novo, recebido como presente de aniversário.

    Nada comentou com os empregados, apenas solicitou ao serviçal Armindo que abrisse o portão, partindo em direção à Via Presidente Dutra. O relógio marcava cinco horas; a neblina a incomodava apesar de estar já acostumada com a de Londres, mais espessa e permanente. Seguindo o mapa, em pouco tempo pegou a rodovia, parando tão somente para abastecer o carro na cidade de Roseira, a 170 quilômetros da capital, quando tomou café com leite e sentiu na face os primeiros lampejos do sol que também batia sobre as flores umedecidas pelo orvalho da noite.

    Nada supera a sensação de liberdade quando se está sob opressão, como era o caso da estudante, que procurou esquecer os aborrecimentos, tão logo se viu ante as paisagens do Vale do Paraíba. O ar puro, a vegetação que tanto a encantava, fê-la descer a estrada litorânea para a cidade de Angra dos Reis, escolhendo um pequeno hotel no centro para descansar, retomando a viagem no dia seguinte, quando se espantou com o trânsito desordenado da capital carioca, ônibus em alta velocidade e o desrespeito aos faróis.

Naquela época, o trânsito na cidade começava a ser organizar, o que fez a jovem hospedar-se no luxuoso Copacabana Palace, deixando o carro parado na garagem e fazendo os seus passeios pela cidade, de táxi, intercalados com longas caminhadas pela orla marítima, que, apesar da época do ano, estava bem movimentada.

Os dias para Olívia passaram tão rapidamente que já estava na hora de retornar, pois as aulas começariam na semana seguinte. Quando a jovem deixava a cidade dirigindo-se a São Paulo estava feliz, descansada, amando cada vez mais o Brasil, não se lembrando dos motivos que a tinham levado a viajar. As praias, a comida diferente, porém saborosa, o sol de inverno, tudo contribuía para a alegria da moça, que telefonara para a família avisando-a da sua chegada. Distraída, dirigindo devagar, sentiu de repente os sentidos fugirem-lhe com a forte batida que o seu carro recebeu de um ônibus em alta velocidade. Socorrida pela emergência na Santa Casa de Misericórdia do Rio de Janeiro constatou-se apenas uma fratura na perna direita, a que tinha recebido mais impacto, impondo-se a imobilização do membro. Foi a própria jovem que conversou com os pais ao telefone informando-os do ocorrido, levando o executivo a acionar a filial da empresa na cidade do Rio de Janeiro, que prestou à moça todo apoio. O avião da organização levou a jovem de volta a São Paulo no mesmo dia, quando, ao desembarcar, foi recebida pelos pais, que demonstravam preocupação.

Mr. Mason era demais apegado à filha. Pretendia dar a ela a melhor assistência médica, informando de imediato que, no dia seguinte, acompanhada da mãe, Olívia partiria para Londres, onde faria todos os exames necessários a fim de verificar se o tratamento recebido no Rio de Janeiro tinha sido adequado. Como a fratura era recente, a imobilização ainda não tinha provocado calcificação, possibilitando algum ajuste, caso necessário. Mesmo em face aos protestos de Olívia quanto ao início das aulas, Mr. Mason não cedeu, e a filha embarcou no outro dia para a sua terra natal.

A Providência Divina nunca se queda silente quando a sua intervenção se faz necessária.

O mais prudente naquele momento era afastar a jovem do convívio acadêmico, porque Marcelo estava realmente obstinado. Já tinha arquitetado um plano sinistro: aproximar-se de Olívia, envolvê-la no jogo amoroso, conhecer a sua família para tramar o sequestro do pai da jovem, um executivo cujo resgate poderia ser bastante elevado, favorecendo a organização terrorista. Se a moça não cedesse à sua grosseira capacidade de sedução, ele partiria sem nenhum escrúpulo para o rapto, o cativeiro, barganhando um valor elevado para devolvê-la à família, após praticar os abusos sexuais que ele imaginava na condição de ser transtornado que era. Afastar a jovem, portanto, era indispensável para ganhar tempo, enquanto ele permaneceria enredado com outras tramas igualmente nefastas.

Olívia e os seus familiares não precisavam naquele momento passar por esse tipo de provação, porque espíritos evoluídos, vindos de outros tempos em que tanto sofreram, superaram causas remotas, aliviando o carma, embora se contabilizasse ainda "restos a pagar". O pequeno acidente, que não causou nenhum dano à jovem e a excessiva preocupação do pai em oferecer a ela o respaldo de uma medicina avançada, foi obra dos mentores espirituais que acompanhavam a família e procederam no momento oportuno à necessária intervenção. Mais à frente a obsessão do jovem retornaria, mas já em outras circunstâncias.

Olívia, contudo, a contragosto, desembarcou em Londres, comparecendo ao hospital no dia seguinte, para os exames indicados pelo facultativo que atendia à própria família real. Os médicos consideraram adequada a imobilização feita pelos colegas do Rio de Janeiro, trocando apenas o gesso em razão dos procedimentos realizados. No entanto, determinaram repouso à jovem, devendo aguardar na cidade a alta por mais quarenta dias. Inicialmente, aborrecida com a interrupção do curso, desfrutou da companhia das amigas, viajou para Bath, revendo os seus lírios de callas enquanto que, no Brasil, os acontecimentos eram pautados pelo ritmo acelerado.

Marcelo não se conformava com a ausência de Olívia na faculdade; não conseguiu estabelecer novo contato com a empregada que lhe passava as informações. Rondou a residência por vários dias, não vendo a jovem e nem a mãe, chegando a pensar que todos tivessem retornado à Inglaterra. Um véu de obscuridade fora estendido sobre os olhos argutos do rapaz, que não conseguia chegar no horário em que Mr. Mason saía de casa para o trabalho. Por derradeiro, foi diretamente à FAU conversar com as colegas de Olívia, que lhe contaram que a jovem havia sofrido um acidente e retornado à Inglaterra para tratamento.

Em todos os acontecimentos da vida, quando determinada provação não deve naquele momento alcançar o inocente, a mão invisível do destino opera milagres, impedindo o sicário de chegar ao alvo desejado. Nem sempre o obstáculo que encontramos pela frente, e que tanto reprovamos, impedindo-nos de realizar os nossos desejos é um mal em si mesmo; a dificuldade anteposta traduz em muitas ocasiões a proteção necessária, o anteparo que nos livrará de abismos muito maiores, o que nos leva sempre a agradecer a dificuldade, porque não sabemos o que nos aconteceria se não fosse a proteção por ela criada, mesmo contra a nossa vontade.

Na condição de seres humanos limitados ao aqui e agora, e sem discernimento das causas primeiras de nossas vidas, naturalmente desejamos alcançar soluções que nos satisfaçam por alguns momentos, imprecando contra os obstáculos de última hora, sem atentarmos para o papel que desempenham em nossas vidas. Se o ser humano adotasse como regra de conduta agradecer tudo o que acontece em sua vida, mesmo as coisas inconvenientes, certamente, encontraria motivos adicionais de felicidade, vendo a mão de Deus agindo a cada instante.

Adrian Mason não sofreu nenhum incômodo naquele momento, apesar do planejamento elaborado pelo terrorista, que estava, contudo, na espreita, caso a jovem retornasse com rapidez. Estava determinado a levar até o fim o seu projeto sinistro de sequestro, mas o tempo conspirava contra as suas atitudes, levando a organização a determinar-lhe outras tarefas que, momentaneamente, o ocupariam.Ególatra por natureza, não iria partilhar o seu segredo com os companheiros da organização, afinal era um achado (o fato de localizar o presidente de uma multinacional que não usufruía de uma segurança adequada), guardando a informação para si, capitalizando no grupo os efeitos quando ocorresse o sequestro, visando assim se destacar no comando da operação.

Sabendo que o pai da moça continuava morando na mansão, mas não detendo nenhuma informação adicional, Marcelo resolveu abandonar a campana, pensando em obter informações a respeito de Olívia por meio de suas colegas de faculdade.

O celerado não sabia que quando a Providência Divina decide interferir para evitar desastres, pelo menos naquele momento, não previstos na vida das pessoas, as ações superiores são deveras eficazes.

Considerando que Adrian Mason enfrentaria uma prova difícil posteriormente, as ações do criminoso foram desviadas, suas informações imprecisas, não encontrando Marcelo, em lugar algum, colaboradores que pudessem ajudá-lo na execução do desejado sequestro.

A estada de Olívia em Londres precisou se prolongar além do previsto. Sua avó materna encontrava-se gravemente enferma e a jovem resolveu, após tirar o gesso, ficar em companhia da mãe, para bem mais assistir à veneranda senhora.

No entanto, o seu amor pelo Brasil continuava e a jovem recebia jornais, revistas e livros brasileiros, aprendendo a língua portuguesa com incrível facilidade.

E certo dia, lendo o noticiário publicado, Olívia se deparou com a informação de um assalto a banco na cidade de São Paulo, e que começava, a partir daquele momento, a acontecer ação ostensiva e confrontadora da esquerda organizada, visando derrubar o governo.

O país vivia dias de tensão; a jovem começou a se preocupar com a integridade física de seu pai, que já estava apreensivo, recebendo recomendações do próprio governo para reforçar a segurança. Por essa razão, todos os empregados foram dispensados da mansão e Mr. Mason passou a viver em um apartamento localizado em prédio discreto da Av. Paulista, de onde saía todos os dias para o trabalho.

Com o passar do tempo e o crescimento de Marcelo na estrutura da organização, o jovem momentaneamente esqueceu-se de Olívia, lembrando-se da moça apenas uma vez ou outra, quando pensava em fazer uma espreita na rua em que o pai da estudante morava. Não sabia, até então, que a realidade se alterara substancialmente; Olívia estava em Londres e Marcelo não tinha informações detalhadas sobre as atividades do pai da moça, o que o deixou aborrecido, após constatar com as colegas da faculdade que elas também nada sabiam sobre a família da jovem, e nem se ela retornaria (ou não) ao Brasil.

Arrependeu-se de não ter agido no momento próprio; tinha a jovem nas mãos e a deixou escapar, culpando-se pela negligência. Mas, o porte clássico da mulher, sua natural elegância, os modos refinados, a voz encantadora, soavam em Marcelo como se fosse uma bela sinfonia inacabada. Na realidade, o jovem nunca desistiu da ideia e alimentava a esperança de um dia realizar o seu desejo – ter Olívia mesmo que à força e humilhar o seu pai no mais sórdido cativeiro. Se lhe perguntassem o porquê de tanto ódio, não saberia dizer. Nunca viu sequer o pai de Olívia e com ela trocara apenas algumas palavras.

A fama de Marcelo começou a correr além da organização e ele, naquele momento, precisava viver na clandestinidade, o que aumentava a sua adrenalina, fazendo-o sentir-se importante.

Vendo-se como um super-herói e com ascendência sobre vários companheiros que o respeitavam pela determinação que revelava na execução das tarefas, o jovem pela primeira vez na vida se encontrou consigo mesmo, sentindo-se, contudo, infeliz com a frustração de não ter conquistado a desejada mulher, não a submetendo aos seus caprichos.

Estava no seu DNA viver perigosamente; a clandestinidade, as conversas secretas, as fugas repentinas, a polícia no seu encalço significavam emoções destinadas aos grandes heróis. Temia naturalmente ser preso; a tortura aplicada pelos órgãos de segurança do Estado era bárbara e, por essa razão, se cuidava.

Capítulo 05

Os ataques se intensificam

A GUERRILHA FOI A TÁTICA ADOTADA PELO grupo extremista que desejava derrubar o governo. É necessário, desde o início, dizer que, na luta armada, estavam inscritos não apenas elementos com problemas de personalidade, como era o caso de Marcelo, mas também jovens idealistas, que sonhavam realmente com um país melhor, acreditando que os meios empregados eram os necessários para provocar mudança na sociedade, elevando-a a patamar mais justo, sem outros questionamentos.

Na organização em que o jovem atuava, a luta interna pelo poder era por demais acirrada; os grupos procuravam se destacar com ações ousadas, revelando a coragem e a determinação dos seus chefes no cumprimento das missões a eles atribuídas pela cúpula da revolução. A organização tinha uma estrutura militar, com obediência cega aos escalões superiores, que não poderiam ser questionados quanto às decisões.

O grande problema que enfrentavam naquele momento era a falta de recursos financeiros para manter a campanha, uma vez que as despesas aumentavam, apesar da austeridade imposta pelos dirigentes. Por essa razão, nas reuniões realizadas duas vezes por semana, o tema dominante era como conseguir dinheiro para financiar a guerrilha, porque os recursos que recebiam de fora não bastavam para tantas despesas. Precisavam encontrar um meio próprio de arrecadação, mesmo que tivessem de partir para assaltos, sequestros e roubos.

Marcelo revelava nítido apetite pelo poder. Tudo faria para se mostrar eficiente no grupo sem se importar com o preço a pagar. Essa era uma das razões de se fixar em Olívia, após descobrir que ela morava em um palacete do Jardim Europa, além do irrefreável desejo de ter a moça em seus braços. Sabia que o pai da jovem valeria muito no jogo político como presidente de empresa multinacional, revelando-se em princípio presa fácil, por não adotar medidas de segurança mais ostensivas. Uma vez levado ao cativeiro, o assunto seria manchete nos jornais do mundo inteiro, obrigando a empresa, a família e o governo a cederem à chantagem, além da demonstração de força que a organização apresentaria, tornando Marcelo um guerrilheiro célebre, temido e respeitado pelos seus pares. Aí, então, poderia realizar o seu maior sonho: viajar para Cuba e lá receber treinamentos reservados aos grandes combatentes.

Embriagado pelo sonho incauto de poder e sem divisar os perigos que enfrentava com o recrudescimento da repressão, Marcelo se tornava, a cada dia, mais ousado, planejando ações abrangentes destinadas a impactar o país e o mundo, sem pensar um minuto sequer nas consequências para as pessoas inocentes, as vítimas, que, em última instância, pretendia defender da exploração dos malditos burgueses, sem receber delas nenhum tipo de mandato. Conduzido por irrefreável sentimento de audácia, planejou minuciosamente um ataque à estação de trem da Central do Brasil, na cidade do Rio de Janeiro, viajando seguidamente para a capital carioca a fim de observar ali o movimento.

    Estabeleceu contatos com a célula da organização na cidade maravilhosa, desejando saber como caminhava o movimento. Escondendo os seus interesses, saía várias vezes ao dia e ficava na espreita, anotando os horários de maiores picos, caminhando detalhadamente pelo local, sempre usando boné e óculos escuros para se ocultar, levando consigo um embornal com marmita para se disfarçar de operário ao se misturar à multidão. Observou o policiamento no local, por onde transitava o maior número de pessoas, como fazer para instalar na saída da estação uma bomba de fabricação caseira. Depois de tudo anotado, passou à fase de planejamento, com a exatidão própria de um engenheiro, cujo curso, na realidade, havia praticamente abandonado para se dedicar ao ativismo político.

    Quando tudo estava pronto, ele voltou a São Paulo, apresentando-se ao chefe do seu grupo, pois sabia que não conseguiria aprovação do projeto junto à célula do Rio de Janeiro, se não fosse pela intervenção da direção maior com a qual não tinha ainda contato. Decidido, preparou uma detalhada exposição do atentado analisando os efeitos políticos que causariam na imagem do governo. A conversa com o líder da célula foi muito difícil.

Marcelo insistentemente argumentava:

– Se não executarmos uma ação de impacto o governo não levará a sério o nosso propósito de luta armada. Para a organização não resta alternativa: atacar sempre causando o maior dano possível ao inimigo.

Euclides, chefe do grupo ao qual Marcelo estava subordinado, era mais ponderado, e procurando dissuadi-lo dessa ideia fixa, disse:

– Não podemos pensar somente no governo. O que para nós conta é a opinião pública que iremos perder se a ação matar civis inocentes. O povo brasileiro não é violento por natureza e corremos o risco de vozes se levantarem, em toda a sociedade, pedindo ações mais enérgicas dos órgãos de repressão.

Ao que o guerrilheiro contra-argumentou:

– Nessa ladainha de assaltarmos tão somente bancos e supermercados não iremos a lugar algum. É preciso coragem para desencadear a luta armada. Somos ou não guerrilheiros? Temos ou não o propósito de derrubar o governo como o Companheiro Fidel fez em Cuba, descendo de Sierra Maestra para a vitória final?

– A realidade aqui é bem diferente – respondeu Euclides. O país é outro, o governo é muito forte, apoia e é apoiado pelos Estados Unidos.

– Mas, a gente tem o apoio dos russos e dos cubanos: isso não vale nada?

– Sem dúvida, vale e muito, senão não teríamos como continuar a luta.

– Então, por que vacila?

Euclides, que era o chefe, e estava situado em escalão menor em relação à cúpula, ficou constrangido pelas afirmações de Marcelo ante os demais companheiros. O subalterno passou por cima dos brios do guerrilheiro, que se sentiu desafiado, porque a organização respeitava mesmo os chefes durões, intimoratos, decididos a enfrentar tudo. Naquele momento, não poderia se passar por fraco senão a sua liderança cairia ante os membros do grupo. Inteligente e hábil sabia também que Marcelo estava jogando uma cartada definitiva para assumir o comando, se ele não se mostrasse bem firme. Pensando assim, concluiu:

– Talvez você tenha razão. Mas, hoje já passamos do tempo reservado às discussões de novas ações. Na próxima reunião, traga-me um plano detalhado para analisarmos e veremos, então, se ele está em condições de ser levado aos escalões superiores. Até lá, não quero nenhum comentário paralelo sobre o assunto. Fiquem sabendo que a proposta de Marcelo é estratégica para o grupo.

Marcelo exultou, afinal, estava conseguindo impor-se frente ao chefe que já começava a considerar fraco. Percebeu claramente que Euclides se esquivara, tentando ainda passar a ideia de comandante, dono da situação, quando, na realidade, estava acuado.

O plano esboçado (explodir uma bomba caseira no horário de *rush* na entrada da estação da Central do Brasil da cidade do Rio de Janeiro) poderia ser um tiro no pé – pensava objetivamente Euclides – mas, mesmo assim, precisava considerar a proposta, para não deixar o subordinado muito à vontade, levando quem sabe a ideia para outra célula ou até para a célula do Rio de Janeiro, desmoralizando-o enquanto líder, cuja história bem-sucedida de assaltos e sequestros o conduzira à posição que na ocasião desfrutava na organização.[16]

O grupo sob a liderança de Euclides era composto por dez ativistas, a maioria jovem universitário, com exceção de João Cunha e Emerenciano, oriundos do sindicalismo. Alguns estavam ali por mero desejo de participar de uma forte aventura, enquanto outros levavam a sério o engajamento político, dispondo-se a entregar a própria vida para o sucesso da empreitada.

Quando não estavam estudando ataques, para obterem dinheiro para financiar a luta armada, alongavam-se em intermináveis discussões acerca do socialismo

---

[16] Na época dos fatos existiam vários movimentos de esquerda atuando no país, com tendências diferentes, sob comandos autônomos, de forma que não havia união tanto no planejamento quanto na ação. No fundo, tinham o mesmo objetivo: o socialismo, e optaram pelos métodos de confronto com as forças armadas, porém sem unidade de comando, cada qual se organizava, mantendo células em diferentes Estados da Federação. No entanto, mesmo no segmento, as células não tinham controle vertical, competindo-se entre si, visando destacar-se no contexto da guerrilha.

científico: Karl Marx, Engels, Rosa Luxemburgo, Trotsky, Lênin e tantos outros escritores e políticos de destaque no pensamento de esquerda tinham os seus livros estudados, as suas vidas esmiuçadas, despertando no grupo verdadeira veneração. Por isso, correntes se formavam conforme o grau de afinidade de cada um com a vida, a história, os métodos de lutas dos seus ídolos, dentre os quais se destacavam também Fidel Castro, Che Guevara e Mao Tsé-Tung. Chegavam constantemente livros, jornais e revistas do Partido e aquele ambiente de mistério e clandestinidade aumentava a adrenalina dos ativistas fazendo-os se sentirem importantes.

Ao sair da reunião Marcelo estava inquieto. Toda vez que ficava sozinho, vinha à sua mente a figura de Olívia, seu jeito nobre e estilo cativante, que o guerrilheiro no fundo amava, embora não o demonstrasse. Procurava afastar do pensamento a figura da mulher para ele emblemática, atacando-a mentalmente como burguesinha frívola e que não se preocupava com os operários das fábricas exploradoras de seu pai. Enchia-se de despeito e ódio não conseguindo dominar-se a não ser após beber alguns tragos de pura cachaça. Embriagado, dormia até à tarde do dia seguinte, acordando cedo somente quando o chamavam os compromissos com a organização. Tornara-se, assim, um guerrilheiro profissional, sem outro trabalho a não ser o de executar as missões a ele delegadas pela chefia.

Desejoso de subir na hierarquia, no dia seguinte começou a detalhar o plano, que já tinha elaborado para detonar a bomba na estação da Central do Brasil. Sabia os locais que eram pouco vigiados, onde havia mais movimentação de pessoas, como se comportavam os guardas, por fim, o tamanho do artefato bélico que deveria construir para que a explosão realmente despertasse o governo, apavorando as pessoas. Com tudo, minuciosamente estudado, compareceu à reunião do grupo pedindo logo de início a palavra.

O chefe não teve outra opção a não ser ouvir o que Marcelo tinha a dizer. Como sempre autoconfiante começou:

– Vocês sabem que estive por dez dias no Rio de Janeiro visitando a estação de trem da Central do Brasil. Escolhi o local exatamente porque foi lá que se realizou no dia 13 de março de 1964 o Comício de João Goulart, que desencadeou o golpe militar. Quando o Presidente caiu, com ele foram ao chão todas as esperanças de reforma agrária, justiça social e independência econômica. Os milicos a serviço dos Estados Unidos romperam com a democracia e se aliaram à mais podre sociedade burguesa, matando o sonho de milhões de brasileiros que estavam, como eu, naquele inesquecível comício. Explodir ali a bomba é um ato de revolta com os rumos que o país tomou. Nossa geração não poderá mais participar da vida pública, mas temos de lutar contra esse governo entreguista, capacho dos Estados Unidos, que sequer tem força para defender os sonhos de Tiradentes.

– Já sabemos disso tudo – interrompeu Euclides. – Estamos de acordo com o local, agora precisamos saber se é ou não viável um ataque ali e sob as barbas dos generais. Precisaremos ainda convencer a cúpula, que fará a análise política.

– Não diria que é viável; digo que é fácil. Na realidade, os milicos são incompetentes; não há no local praticamente nenhum segurança a não ser aqueles guardinhas de sempre, prontos para bater, em retirada, assim que a primeira bomba mandar pelos ares a cabine do segurança.

– Explique como pretende fazer.

– Vi o local. Logo na saída, há uma pequena reentrância no piso que pode abrigar a bomba. A dificuldade é instalá-la sem que ninguém veja. Daí ser necessário distrair os guardas, o que a Elba poderá fazer com tranquilidade, bonitinha que é. Basta erguer um pouco a saia e se apresentar aos guardas solicitando alguma informação, enquanto o Pedro dá cobertura de perto e o Emerenciano, mais distante, observa os acontecimentos para ver se não há nada de errado. O horário certo para a instalação será às dezesseis horas e a explosão deverá acontecer às dezoito horas, quando o movimento na estação aumenta.

– Quem vai instalar?

– O Márcio.

– Por que eu – reagiu o rapaz?

– Ora! É o mais ajeitado de todos; anda sempre bem barbeado, roupas de grifes, não chamaria a atenção.

103

– Mas, não levo jeito com explosivos.

– Você sabe, sim, montar a bomba. Antes vamos fazer treinamentos, simulações. E então? – perguntou a chefia. – Não me parece que o plano esteja suficientemente maduro para levá-lo aos chefões. Não sei se apoiarão um projeto tão primário.

– Vá à merda! Quer mais o quê? – vociferou Marcelo.

– Moleque, exijo respeito, senão mando você agora mesmo embora e não será mais aceito em nenhum outro grupo. Não admitimos insubordinação. Aqui quem manda sou eu!

– Não queria ofendê-lo, chefe. Trabalhei muito no plano. O mais difícil foi torná-lo simples e você vem me dizer que ele é primário.

– Vamos deixar a conversa de lado. Pergunto a todos: O que acham?

Elba pediu a palavra.

– A minha participação pode me queimar quando os guardas lembrarem que estive lá para distraí-los com conversa mole.

– Oh! Elba! – respondeu Marcelo. – Você pode se disfarçar muito bem, mudar essa bela cabeleira, pôr óculos, erguer um pouco a saia.

– Seu pulha! Não estou aqui por ser bonitinha e nem para subir a saia. Sabe bem que me entreguei à causa e, por isso, não posso ser presa fácil.

– O que você quer então? – perguntou Marcelo.

– Vou agir do meu modo. Distraio os guardas e vocês plantam a bomba.

– Esperem aí – interrompeu Euclides – o projeto não foi sequer apresentado à cúpula. Existe mais alguma observação?

– Sim – respondeu Emerenciano. Se alguma coisa der errado como será a rota de fuga?

– Os demais membros do grupo vão ficar por perto e todos bem armados. Um carro estará com o motor ligado somente com o Carlos, o melhor motorista que temos. Peço a ele que estude bem o local, as ruas próximas, para garantir a fuga.

A reunião prosseguiu com mais detalhes. Ao final, os companheiros se dispersaram.

Elba e Carlos saíram juntos. Estavam se aproximando, apreciavam-se e, naquela tarde, Carlos convidou a companheira de guerrilha para um *chopp*. Ambos tinham quase a mesma idade; vinham de famílias de classe média; tinham boa formação intelectual e entraram na organização por desejo de participar da luta, mas também se deslumbravam com os riscos que assumiam. Sob a excitação do próximo atentado, distantes das famílias, entregaram-se ao amor selando entre eles um compromisso. A partir desse dia, era comum ver os dois atuando juntos, cada qual manifestando o seu ciúme, embora soubessem que a vida que levavam a qualquer momento poderia afastá-los. A causa estava para ambos sempre em primeiro lugar.

Chegou o dia em que Euclides foi recebido pelos chefões, como chamava os comandantes maiores da organização. Não era fácil encontrar todos ao mesmo tempo, porque estavam acostumados à perseguição e quase nunca se encontravam no mesmo lugar, somente o fazendo e com muito cuidado quando havia extrema necessidade. Era o caso. O dinheiro estava escasso, não tinham sido bem sucedidos nos últimos assaltos, precisavam demonstrar força e atuação para continuarem a ser financiados pelo Exterior. Assim, encontraram-se no interior da cidade de São Paulo em um sítio deserto, chamando para participar alguns dirigentes de confiança, dentre os quais estava Euclides.

Ao chegar a sua vez de falar reservadamente com os chefes expôs o plano elaborado por Marcelo, omitindo o nome do Autor, e chamando para si os louros da ideia, que, diga-se, havia sido aceita sem maiores reflexões pelos comandados. Argumentou sobre os detalhes; ressaltou a importância do atentado para firmar a organização no conceito internacional, o que, naquele momento, devido à falta de dinheiro, era muito importante para o movimento. Os líderes, após ouvirem-no decidiram pensar mais a respeito, informando-o que encaminhariam a resposta o mais breve possível. Até segunda ordem, não deveriam tomar nenhuma atitude isolada, pois o fracasso da tentativa recairia sobre a organização que não podia naquele momento sofrer qualquer revés.

Encerrada a reunião no interior de São Paulo, cada qual retornou às suas atividades. Os comandantes da organização, contudo, permaneceram juntos mais um dia para avaliarem as pendências, abordando a proposta da célula de São Paulo comandada por Euclides.

Primeiro falou o chefe maior:

– O que vocês acham da proposta?

– Tenho as minhas reservas, – comentou Juarez. – A nossa intenção é levar a guerrilha para as áreas mais pobres do país e levantar os camponeses oprimidos, como já estamos fazendo no Araguaia e agora no Vale do Ribeira. Lá no campo enfraqueceremos o governo, cujos recrutas almofadinhas não estão acostumados com privações, e o povo estará do nosso lado. Fazermos um atentado como o que foi apresentado não me parece uma boa estratégia.

Ao que respondeu Vicente:

– Não penso assim. Até iniciarmos a luta no campo precisamos demonstrar alguma eficiência. Como iremos buscar mais recursos no Exterior se não provarmos a eles que somos capazes de levar à frente a luta armada no Brasil? O Fidel e o PC Soviético não costumam jogar dinheiro fora. Querem resultados, precisam enfraquecer os Estados Unidos no plano internacional, e o Brasil é um país importante na geopolítica do poder.

– A questão é complicada – comentou Edgard. – Se o atentado matar muitos civis ficará difícil obtermos o apoio do proletariado, que, por definição, não gosta de violência. E com certeza, perderemos também apoio internacional.

– A menos – redarguiu Vicente – que joguemos a responsabilidade no colo da direita.

– Explique melhor a estratégia – comentou o chefe.

– Se a gente provocar o atentado e for bem sucedido a gente passa a informação de que a direita quer mesmo é mais repressão, colocando o governo na defensiva, enquanto que nós demonstraremos lá fora que sabemos fazer o jogo com inteligência. E o povo vai ficar do nosso lado, horrorizado com a morte de inocentes.

– Dessa maneira – concluiu Vicente – pode até ser interessante. Mas, a operação precisa ser bem executada. O pessoal do Euclides está mesmo preparado para a missão? Não vamos esquecer que eles são "bucha de canhão" e não podem saber realmente da estratégia como um todo. Trata-se de jovens inexperientes, que não têm visão política para tanto e, se forem apanhados, não devem dispor de nenhuma outra informação para não a revelarem sob tortura.

– Vou pensar melhor – falou o chefe. – Amanhã iremos embora e gostaria de manter esse assunto em sigilo.

Todos concordaram e no dia seguinte partiram para os seus Estados. O chefe solicitou aos dirigentes de São Paulo e do Rio de Janeiro que permanecessem para bem mais discutirem com ele, reservadamente, a proposta do atentado. É que nesses Estados estavam os órgãos de comunicação mais importantes do país, assim também o poder econômico, condicionando o poder central a situar as principais ações da guerrilha urbana em São Paulo e no Rio de Janeiro.

Com a chegada de Euclides à capital, na primeira reunião com os seus militantes informou-os sobre a possibilidade de a cúpula aprovar o projeto do atentado elaborado por Marcelo. Márcio que, até então, estava encarregado de colocar o explosivo, não estava presente à reunião.

Algo incomodava o jovem; desde o momento da sua indicação sentia-se angustiado. Na realidade, a sua participação no grupo fora longe demais. Desejava colocar um pouco de emoção em sua vida; queria a transformação social do país; entendia que existiam muitas injustiças, mas não aceitava colocar uma bomba em um local público para matar pessoas inocentes, somente para criar um efeito político para a organização. Se pudesse recuar o faria sem constrangimento, mas sabia, como detentor de informação estratégica, que a deserção custar-lhe-ia caro. Não desejava sujar as suas mãos com o sangue dos inocentes, mas temia a retaliação e a violência dos líderes. Como já participara de alguns assaltos a banco, levado pelo seu ideal, estava na mira do governo e não poderia também ficar sob o fogo amigo. Sofrido e angustiado, não sabia realmente o que fazer.

Márcio vinha de uma família de classe média em ascensão. O pai, de origem portuguesa, era gerente do Banco do Brasil em importante agência da cidade do Rio de Janeiro, conseguindo propiciar à família estabilidade econômica e um clima de cordialidade. Os filhos não se revelavam rebeldes, ao contrário, cultivavam o ambiente em família, respeitavam os pais e os avós. O jovem não fugia à regra até ser cooptado, na faculdade, por um membro da guerrilha, que lhe infundiu o desejo de participar da transformação do Brasil. Inteligente e culto, empolgou-se com as aulas sobre o socialismo científico, ministradas pelos professores, passando a estudar o assunto com afinco, sem deixar, contudo, o curso de administração. Amante dos livros e das contradições do pensamento filosófico, enxergava no Marxismo mais uma linha de pensamento, não uma religião, que anulasse a vontade das pessoas sob o peso do fundamentalismo.

Desde o momento que Marcelo o indicara para colocar a bomba na saída da estação da Central do Brasil, não conseguia pensar em outra coisa: crianças, homens e mulheres indo pelos ares, corpos estraçalhados, dores e sofrimentos e ele, em nome de não sabia bem do quê, como um dos artífices das tragédias. Começou a questionar as razões do atentado; Marcelo apresentara tão somente uma única justificativa: causar impacto para que o grupo fosse reconhecido de modo destemido. Mas entre a teoria, entre as discussões travadas em ambientes secretos e, portanto, excitantes, para a prática efetiva, deveria haver mais razões e motivos.

O terrorismo, contudo, mesmo apoiado em ideais aparentemente sedutores, não se justifica sob qualquer aspecto.

O terrorista visa causar impacto, se afirmar pela destruição, desejando impor pela força os seus conteúdos ideológicos. É a imposição do ideal pela força que não leva em conta a força própria dos ideais, pois o terrorista em verdade não acredita na possibilidade de convencer pessoas esclarecidas com a divulgação de suas propostas.

As Partidas Dobradas

Márcio tornou-se um jovem atormentado; não desejava participar do atentado e ao mesmo tempo não queria trair os companheiros; sabia, contudo, que não dava mais para recuar: voltar atrás significava pagar com a própria vida. O código da guerrilha não admitia a figura do desertor, aquele membro do grupo com o domínio de informações estratégicas, que poderia colocar em risco a vida dos combatentes; por outro lado, as forças de segurança do Estado tinham sempre interesse em prender qualquer membro da guerrilha, pressionando sob tortura os capturados para que estes delatassem os seus companheiros.

Sabendo dos riscos que corria de ambos os lados e angustiado por ter de realizar um ato com o qual não concordava, o jovem começou adentrar a depressão, preocupado que estava com o que pudesse lhe acontecer e com os membros de sua família. Mesmo acalentando ideais e vivendo em uma época bem difícil para a participação política da mocidade, Márcio ainda assim havia desenvolvido outros valores, começado a compreender que os meios podem invalidar os fins por mais nobres que sejam. Explodir uma bomba em horário de *rush*, em uma das estações de trem mais movimentadas do país, confundia-o a ponto de se fixar na vontade de encontrar uma solução inteligente, safando-se da situação que mergulhara por livre e espontânea vontade.

Ao chegar a casa, após um dia de fortes torturas morais, encontrou a família reunida para o jantar. Era gente boa, tranquila, pacífica. Vivia bem na condição de classe média, sem fortuna, mas distante das privações mais elementares. O pai, a mãe e os irmãos menores esbanjavam felicidade, recebendo-o com carinho. Como estava com a ideia fixa do atentado, imaginou que tantas outras famílias estivessem também vivendo felizes naquele momento, mas que uma bomba poderia alterar o destino de muitas pessoas, e ao final não levar o grupo a lugar algum. Estava assim divagando quando o seu pai perguntou:

– Como está a faculdade?

O jovem voltou à realidade. Praticamente, não comparecia às aulas, permanecendo tão somente na organização. Os estudos tinham sido relegados, afinal aprender a administrar uma empresa capitalista não era o seu desejo. O lucro, mola mestra do sistema, repugnava-o chamando de "Mais Valia", em suma: a exploração do capital sobre a mão de obra operária. Revoltado com os conceitos de tempo de produção, custos, estratégias de marketing, no fundo imaginava o paraíso socialista, com tudo à disposição de todos. Mas, o pai fizera-lhe uma indagação objetiva, que respondeu laconicamente:

– Vai indo!

– Só isso? – respondeu o Sr. Gonçalves.

– É! – replicou o jovem desconcertando o genitor.

– Mas está gostando do curso? Qual a matéria que o atrai?

– Você fica perguntando tudo que não tenho nem vontade de comer. Vou subir.

E foi para o seu quarto. O pai ficou perplexo e sem jeito; a mãe, procurando amenizar, disse:

– Vai ver que ele não foi bem em alguma prova.

– Pode ser – concluiu Gonçalves.

Márcio não tinha com quem desabafar. A sua namorada não sabia de sua filiação à guerrilha. Ela também corria riscos, sem o saber, quando as forças de segurança chegassem ao seu nome. Certamente, iriam interrogar os seus familiares, a namorada, os amigos. O jovem estava se dando conta do tamanho do problema que havia arranjado não somente para ele, mas também para as pessoas mais próximas. Deitou e não conseguiu dormir. Ao amanhecer foi para a faculdade, após um mês de ausência, quando se deparou com Ronaldo, o seu melhor amigo e de quem havia se afastado.

– E aí, cara? Sumiu? O que aconteceu? Perdeu as provas, não fez o trabalho, e está com muitas faltas. Desse jeito vai perder o ano.

– Não estava bem – respondeu sinteticamente.

– Doença!

– Mais ou menos. Perdi o ânimo; não estava gostando do curso.

– Que pena! Você começou animado.

– É, também fico chateado.

– Bola prá frente, cara. Não adianta ficar em crise. O tempo passa.

– Tem razão.

– Vamos entrar?

– Não sei. Ando sem vontade. Essas aulas não me agradam. Fico sempre sem ânimo.

– Larga disso, vamos entrar e depois a gente conversa.

Levado pelo amigo, Márcio entrou na sala de aula e viu os seus colegas estudando. Todos ali estavam compenetrados, anotando tudo, enquanto ele nem levara sequer um caderno. Limitou-se a ouvir o professor sem prestar muito atenção. Ao final, saiu com Ronaldo. Na lanchonete, o amigo que nada sabia das atividades políticas de Márcio comentou:

– O clima não está bom. O país passa por um momento muito difícil. Os militares não sabem a bomba que pegaram. Insatisfação política, inflação alta, problemas nos bancos, os trabalhadores descontentes, acho que a coisa pode degringolar. E você, o que pensa?

– Está por fora de tudo, meu amigo! O golpe militar acabou com as nossas chances de participar. Agora não tem jeito: é tudo ou nada!

– Como assim?

– Vai haver uma forte reação à tomada do poder pelos milicos.

– Pode ser. Mas, quem vai conseguir resistir às forças armadas?

— Não sei — concluiu Márcio. — Agora vamos comer e deixar este assunto indigesto para outro dia.

— Para melhorar o clima, você se lembra da Conceição?

— Oh! Tem falado com ela?

— Muito pouco.

— Ela continua ainda fresca?

— Do mesmo jeito, mas bonita. É a garota mais *sexy* da faculdade. Todo mundo dá em cima e ninguém consegue nada.

— Qual a dela?

— Ninguém sabe.

— E você, continua ainda a fim?

— Não tenho chance.

— Mas você, Márcio, foi o único cara com quem ela conversou. Por que não tenta?

— Já tenho namorada.

— Deixa disso! Nós sabemos que você não vai muito longe com a Clotilde. Mas a Conceição...

— Não estou nem aí.

Terminaram o lanche e Márcio foi direto para a célula, cujo local já estava ficando perigoso. Precisava comparecer, saber de tudo, mostrar-se firme. Mas, já havia tomado a sua decisão: não seria ele que iria colocar a bomba na estação da Central do Brasil. Precisaria apenas encontrar a fórmula de não executar a tarefa sem dar a impressão que iria amarelar. Ao chegar ao apartamento, encontrou o grupo reunido. Já estavam conversando sobre os preparativos do atentado.

— Márcio — falou o chefe — foi bom você chegar. Estávamos começando a falar da bomba. Temos aqui um companheiro da Bahia que entende de explosivos e pode nos ajudar.

Apresentaram ao jovem o companheiro Juvêncio, nome de guerra do militante baiano, engenheiro químico formado pela universidade federal, que estava no Rio de Janeiro em missão da organização. A ele o chefe confidenciou que precisavam fazer um atentado, não especificando onde, mas que a bomba deveria atingir no mínimo um raio de cem metros.

Márcio, cumprimentando Juvêncio, sentiu um arrepio em todo corpo. Algo não lhe agradava naquele olhar frio, inquisidor do baiano. Sem tempo para maiores reflexões, ouviu a exposição do especialista em explosivos, que falava em tom arrogante, parecendo ser a pessoa mais importante do mundo.

— Já fui milico e estudei explosivos no exército, em Cuba e na Rússia. Para a área que vocês pretendem uma bomba caseira não vai resolver. Precisam de um artefato profissional, com relógio para explodir na hora programada, dando tempo para saírem do local em segurança. Os ingredientes químicos são fáceis de comprar, porque os indicados para as bombas mais potentes são controlados pelo governo. Quando vocês precisarem da bomba me avisa com antecedência. Gostaria de saber quem vai instalar o explosivo no local?

– Esse aí – o chefe apontou para o Márcio.

Juvêncio perguntou-lhe:

– Já instalou alguma bomba em local público?

– Quem disse que o local é público? – interpelou o chefe.

– Se não fosse, por que pediriam um raio de alcance tão amplo?

– Faz sentido. O nosso projeto ainda está em avaliação pela cúpula e, por isso, não posso dar a você mais detalhes.

– Sei como é. Mas, a minha pergunta ainda não foi respondida.

No diálogo entre Euclides e Juvêncio, Márcio ganhou alguns segundos para pensar. Confrontado com a pergunta, argumentou, sem mostrar qualquer insegurança:

– Não! Nunca lidei com explosivos, mas aprendo fácil, basta me ensinar.

– Está bem!

O ambiente entre os guerrilheiros estava tranquilo. Com Márcio aceitando a missão sem questionamentos, os demais ficaram à vontade com o projeto. A conversa passou a girar em torno do especialista, que, tratado como convidado ilustre relatou o que sabia da

117

organização na Bahia, um Estado para ele difícil, onde o movimento não havia conquistado, até aquele momento, muitos adeptos.

  Como o grupo comandado por Euclides ainda não tinha adquirido projeção, os membros gozavam de relativa liberdade. A falta de segurança durante os assaltos em pequenas agências permitia que o grupo não fosse identificado pelos empregados dos estabelecimentos afetados. Jovens ainda, boa parte dos guerrilheiros e alguns sem se darem conta do que realmente faziam, tratavam a questão como algo "sensacional", não percebendo os perigos a que estavam expostos. Por isso, naquela oportunidade, convidaram Juvenal para o almoço em pequeno restaurante do centro da cidade, encaminhando-se todos para o local, onde conversaram sem muitas reservas sobre as lutas que empreendiam. Márcio, porém, estava mais arisco. Inventou uma desculpa, desvinculou-se do grupo e foi direto para casa.

  Os dias que se seguiram foram de grande expectativa para todos. Estavam prontos e ansiosos para entrarem em ação. Cada um estudava o seu papel como se fosse um ator de teatro, fazendo quase que um laboratório, interpretando para si mesmo o personagem que a ele estava reservado, com exceção de Euclides, o chefe, mais experiente, que estava realmente cauteloso e com receio de que algo pudesse dar errado, e de Márcio, que disfarçava os seus temores; os demais participantes não tinham sequer a percepção do estrago que iriam fazer em suas vidas e nas vidas de pessoas inocentes.

Finalmente, a ordem para o ataque chegou. As condições para o atentado eram bem explícitas: a organização em hipótese alguma assumiria a autoria, deixando rastros visíveis que levassem as autoridades a culpabilizar a extrema direita, a mesma estratégia que esta adotaria mais à frente para responsabilizar a esquerda, por atos que ela não havia praticado, com a finalidade de endurecer ainda mais o regime.[17] Estava-se naquele tempo vivendo o clima de uma guerra subterrânea entre as forças de repressão do governo ditatorial e a guerrilha organizada, que tinha como elemento central o jogo internacional das forças políticas que comandavam o mundo.

---

[17] Quando o governo militar iniciou o processo de abertura política, visando abortá-lo, militares da comunidade de informação (SNI,CIE e Doi-Codi) desejaram plantar uma bomba no Pavilhão do Rio centro, no Rio de Janeiro, quando ali deveria realizar-se um show comemorativo ao dia do trabalhador. A bomba explodiu antes do tempo e no carro em que se encontravam os militares. O plano, de jogar a responsabilidade nos movimentos de esquerda fracassou, deixando claro que, no governo, militares extremistas não desejavam a volta do país à democracia.

Capítulo 06

As dores do sentimento

Desde o momento que Zuleika deixara o alojamento coletivo, indicado pelo governo para abrigar as vítimas do incêndio, Zulmira orava todas as noites pela sua menina, como costumava se referir à jovem. Apesar de conformada com a sua partida, como mãe extremosa, não deixava de se preocupar com o destino da filha incauta, repleta de ilusões, cuja conduta estouvada poderia causar-lhe problemas. Não tinha, contudo, nenhuma informação do paradeiro da filha, embora perguntasse constantemente à sua amiga acerca de possível retorno da moça ao abrigo.

Passados mais de quatro meses do infortúnio, as famílias que não tinham conseguido sair do alojamento e viviam situação de completo abandono: a caridade alheia havia cessado; o ambiente coletivo se degradava a cada dia, enquanto o governo não encontrava uma solução. A vida em grupo, daquele jeito, era muito difícil e as pessoas discutiam por ninharia; pequenas coisas eram disputadas avidamente; o choro das crianças incomodava os que desejavam dormir. Sem nenhuma privacidade, revoltados, homens e adolescentes martirizavam mulheres e crianças, não sendo raras as cenas de ciúmes que culminavam em brigas ferozes. Zulmira, até certo ponto, agradecia a Deus por sua filha ter saído daquele ambiente, embora a ausência de notícias a amargurasse.

Levados pelo desespero, os moradores começavam a aceitar as sugestões dos líderes de sempre, que estavam preparando nova invasão. Desejavam voltar ao local do incêndio, mas as autoridades ainda não haviam providenciado a limpeza. No governo, a inércia quanto à limpeza do terreno era proposital: sabiam que, tão logo as máquinas removessem o entulho deixado pelo sinistro, os moradores retornariam e os vizinhos iriam protestar. Chegaram a desconfiar que o incêndio fosse resultado de ação criminosa dos incomodados com a instalação da favela naquele bairro, fator depreciativo para os imóveis. A pressão, assim, sobre as autoridades aumentava, mas não havia naquela época nenhuma política habitacional voltada para a baixa renda e o fluxo de migrantes nordestinos não parava, chegava por todos os meios: ônibus, trens e caminhões superlotados de pessoas que vinham em busca de melhores dias, defrontando-se, não raras vezes, com terríveis desilusões.

Desde que deixara o alojamento, Zuleika passou a viver com o bombeiro Tenório, que mantinha a amante em pequena *Kitinet* no centro de São Paulo, sem assumir o relacionamento perante a sua família. A partir de então, sempre arrumava uma desculpa para dormir fora de casa, alegando o aumento dos plantões na corporação, quando, na realidade, se dirigia para a casa da amante, vivendo um verdadeiro idílio.

Zuleika, apesar de jovem, conhecia todos os segredos da sedução, não deixando nada a dever para as mais experimentadas profissionais. Longe da mãe, sem nenhuma outra obrigação, extorquia do jovem o quanto podia de dinheiro, gastando em futilidades, sobretudo em salões de beleza, alegando que gostava de estar sempre bonita para ele. Tenório deslumbrava-se com aquela mulher, cada vez mais bela, que passou a se cuidar com esmero.

Apesar de vir dos extratos mais pobres da sociedade, em pouco tempo, comandada pelos próprios instintos, Zuleika soubera se aprumar. Suas roupas eram de incrível bom gosto, parecia que sempre vivera no fausto e na opulência. Sabia maquiar-se como poucas mulheres; combinava vestidos, sapatos e bolsas, apresentava-se como uma mulher de classe, pelo menos na aparência. Em pouco tempo, percebeu que podia manipular Tenório como quisesse, sabendo que o jovem ficava aos seus pés deslumbrado com aquela silhueta natural de bailarina, os cabelos longos e bem cuidados, a pele que tratada com cremes caros havia adquirido vitalidade.

Já não era aquela moça da favela, ao contrário, poderia até se apresentar na mais fina sociedade. Sagaz ao extremo, percebeu que precisava aprender a falar corretamente, deixando de lado alguns hábitos, voltando a estudar. Mesmo na favela, havia frequentado parte do ensino fundamental, parando no sétimo ano, mas retornando naquela oportunidade à escola para concluí-lo.

Sonhava alto e sabia que o bombeiro era apenas uma escada a mais para subir na vida, viver como madame, ter os homens a seus pés, fazer deles gato e sapato. Sua aparência modificara-se intensamente; sob o influxo da ambição deixara para trás aqueles trejeitos atrevidos de mulher vulgar, parecendo uma pedra rara lapidada, quando, na realidade, não passava de falso brilhante. No entanto, como dizia: dava para o gasto. O que conquistara em pouco tempo era o suficiente para se destacar nessa sociedade de aparências onde gostaria de reinar soberana, absoluta. Zuleika parecia nunca ter vivido na favela; da mãe, sequer se lembrava de sua existência; os desabrigados formavam uma massa falida que continuava a odiar.

 Levada aos extremos, Zuleika queria de Tenório sempre mais, sabendo envolvê-lo sem se atirar nos braços de outro. Apesar de ser uma jovem de comportamento errático que gostava de provocar, nunca havia se entregado a um homem, fazendo-o somente com Tenório, e ainda assim a contragosto. Se pudesse teria também evitado entregar-se ao jovem bombeiro, que achava paspalhão, desejando no fundo pescar um peixe graúdo. Em sua confusa visão a respeito das pessoas, do mundo e das coisas, era uma jovem carente e agressiva, desejando desesperadamente encontrar uma razão de viver.

 Na casa de Tenório, a sua mãe notou de imediato a mudança de comportamento do rapaz, que começou mais bem se vestir, comprar perfumes, encontrando em suas roupas, destinadas à lavanderia, notas fiscais de produtos femininos. A ajuda financeira que dava todos os meses à família suprimiu-a e chegou a pedir dinheiro emprestado ao pai, sem explicar a razão de suas necessidades.

Dormindo sempre fora de casa, aparentando felicidade difícil de esconder, gastando o que não podia, não foi difícil D. Marli deduzir que tudo havia começado após a noite que Zuleika dormira em sua casa. Preocupada com o rumo dos acontecimentos, resolveu alertar o marido, começando a conversa logo no café da manhã, sem a presença do filho:

— Natanael, não tem observado como Tenório anda diferente?

— Ora! – respondeu o marido – está trabalhando demais.

— Só isso? Quem trabalha mais deve ganhar mais, não é? Ele, ao contrário, trabalha mais, como você diz, e além de não contribuir com as despesas de casa ainda pede-lhe dinheiro emprestado. Você não acha estranho?

— O que quer dizer? Fala de uma vez.

— Penso que Tenório tem andado com a Zuleika.

— E daí? Ele já é bem grandinho para ser vigiado.

— Não se trata de vigiar. Aquela mulher é muito perigosa!

— Se você tem alguma coisa contra a jovem, que viu apenas uma vez na vida, fale logo. Conhece a moça? Sabe de onde ela veio? A moça dormiu uma única noite aqui em casa e você fica aí se remoendo.

— Com você não dá mesmo para conversar – concluiu Marli.

Em verdade, a senhora sabia que havia algo errado. O marido, contudo, igual a quase todos os homens, sempre lógico, não chegara a compreender a sutiliza dos acontecimentos. E Marli não tinha como provar nada, a não ser alguns gastos realizados pelo filho com roupas femininas, que, por si só, nada provavam, exceto que ele estava com alguém, alguma namorada que desejava presentear. Não sabendo como agir, passou a orar pelo filho, colocando-o todos os dias nas mãos de Deus.

Na vida é muito comum em certos momentos não sabermos o que fazer. Na falta de informações e, às vezes, de condições para agir, o único recurso que temos é nos voltar para os céus, orar com o coração e depositar as nossas mágoas e inseguranças nas mãos do Criador, que nunca falta aos que a ele se dirigem com fé e determinação. Marli orava, pedia proteção para Tenório, sentindo no seu coração que o jovem ainda iria passar por grandes dissabores. Tinha certeza de que por detrás daquela significativa mudança de comportamento estava o envolvimento com uma mulher diabólica, hábil, capaz de virar a cabeça de qualquer homem menos experiente. Somente Deus para interferir, evitar o pior.

Tenório não se dava conta das artimanhas de Zuleika para obter sempre mais dinheiro; endividava-se. A moça, como ave de rapina, já tinha um plano em mente: formar um rico guarda-roupa, guardar um pouco de dinheiro que obtinha do rapaz, sob a justificativa de comprar alimentos, e quando se sentisse segura partiria para outro relacionamento, desde que fosse mais vantajoso.

Na escola que frequentava e onde Tenório a buscava quase todas as noites, conversava com colegas e professores, esbanjando simpatia. Estava ficando mais esclarecida acerca dos acontecimentos da época, principalmente o avanço do movimento estudantil e a ação dos grupos de esquerda. Achava tudo excitante, divertido, não se dando conta das consequências que pudessem advir-lhe. Pensando assim, certo dia, quando o movimento recrudesceu, juntamente com os amigos do colégio, compareceu a uma passeata de protesto no centro da cidade de São Paulo, quando encontrou o seu professor de história, liderando o movimento.

A questão, naquele momento, levantada pelos estudantes era o acordo *MacUsaid* firmado entre o Ministério da Educação e Cultura do Brasil e a United Agency for International Development (Usaid), órgão do governo americano ainda hoje existente, destinado à reforma do ensino no país, o que acabou acontecendo com a fusão do antigo curso primário e o ginasial, criando-se o chamado primeiro grau, com oito anos de escolaridade. Depois, extinguiram os cursos clássico e científico, criando o segundo grau, com três anos de duração, ficando o ensino brasileiro reduzido em 11 anos (08 do primeiro e 03 do segundo grau) de escolaridade, quando outros países permaneceram com doze níveis de ensino.

Os protestos estudantis chegaram realmente a incomodar o governo militar, que procurou de todas as formas sufocar as manifestações da juventude, fechando todas as possibilidades de participação política de uma geração naquele fatídico 1968, quando se editou o Ato Institucional nº 5 e o Decreto nº 477, que amordaçou de vez a mocidade acadêmica, silenciando parte da juventude que não se dispunha a confrontar o governo, enquanto que uma pequena minoria partiu para o enfrentamento, inscrevendo-se nos movimentos de esquerda, com o objetivo de estabelecer a luta armada, visando à implantação no Brasil de um regime socialista, nos moldes existentes.

Quando no dia seguinte, Zuleika compareceu à aula encontrou o professor de história muito receptivo. Armindo acabara de sair da faculdade, impregnado de ideias socialistas, como os jovens de seu tempo, dedicando-se ao magistério para conscientizar os alunos acerca da necessidade da luta, face à pobreza reinante naquele tempo.

Já tinha olhos para Zuleika, aluna que se destacava pela liderança e, sobretudo pela beleza de mulher feita. Quando a viu na passeata e os seus olhos se cruzaram, uma faísca diferente aconteceu e ambos em pouco tempo já eram amigos, conversavam sobre a revolução, o socialismo, e como se engajar na luta que começava. Zuleika, na realidade, nada entendia de doutrina política, mas ágil como sempre, captava o pensamento do professor com incrível facilidade, até que um dia decidiram encontrar-se fora do colégio, na parte da tarde, em período em que Tenório estava trabalhando na corporação.

Zuleika mediu o professor dos pés à cabeça; viu ali um homem muito mais atraente do que o bombeiro, mas sem nenhuma condição financeira. Apesar de tudo, a jovem não aceitaria a condição de amante, papel que sempre repugnara, deixando isso claro ao professor. À sua maneira, mantinha uma conduta diferente e o seu interesse pelo professor estava limitado ao que ele poderia apresentar-lhe. O oficial bombeiro tinha um salário melhor do que o do professor iniciante, além de estar fascinado pela mulher, que julgava ser a eleita de sua vida, disposto para isso a enfrentar a própria família, caso fosse necessário.

Os encontros da estudante com o professor foram se intensificando até que este resolveu convidá-la para uma reunião na célula que militava como ativista de esquerda. Naquele ambiente de mistério, Zuleika encontrou a adrenalina que faltava à sua vida: participar das conspirações contra o governo. Entusiasmou-se ao saber que ali poderia correr muito dinheiro, com sequestros e assaltos a bancos, sem se importar com os discursos inflamados, constantemente repetidos pelos companheiros, em prol da classe trabalhadora. A sua mente de pessoa exclusivista maquinava como poderia tirar proveito daquela situação. Se por acaso, Tenório desconfiasse da participação da sua mulher nas atividades clandestinas da militante comunista, até por ser militar, certamente não aprovaria, podendo ainda colocar em risco a vida dos outros ativistas.

Zuleika começou a participar intensamente das reuniões; sabia os detalhes das operações planejadas; com a sua imensa capacidade de percepção, em pouco tempo, passou a opinar e de forma apropriada sobre as estratégias de ação. Para a jovem, o assalto a banco era mais arriscado do que o sequestro, posição não compartilhada pela maioria. No pensamento da nova militante passava a ideia de como conhecer homens ricos, saber quais os locais que frequentavam, e como abordá-los. Na organização, a beleza de Zuleika chamou a atenção de imediato, afinal não era fácil trazer para as fileiras do movimento uma jovem bela e terrorista, principalmente vindo de uma família de posses, era assim que pensavam os seus companheiros, conforme os trajes que ela vestia e a forma, então lapidada, de se apresentar.

Certo dia, após inúmeras discussões de como obter mais dinheiro para financiar a revolução, e em face da atenção dada à segurança dos bancos pelo governo, um militante sugeriu o aumento de sequestros, que, naquela época, não eram divulgados pela imprensa, a não ser os de mais repercussão. Floriano, pausadamente, expôs o seu plano.

– Estive pensando – iniciou o guerrilheiro – que se descobríssemos alguns ricaços andando por aí sem segurança, fácil seria sequestrá-los e obter dinheiro mais rápido e com menos riscos.

– Onde iríamos encontrar essas minas? – perguntou Horácio.

– Na boate Orione – respondeu Floriano.

A boate fundada nos anos sessenta era na época o templo do luxo e do prazer para os homens afortunados e descompromissados. O charme do local e as belas mulheres que ali desfilavam chamavam a atenção de pessoas ricas ou bem posicionadas provenientes de todas as partes do Brasil e por que não dizer do mundo. Passaram pelo espaço da Orione figuras importantes da política, das artes, que ditavam a moda de um estilo de vida próprio dos endinheirados. Era ali que se encontravam os playboys de São Paulo, filhos de industriais poderosos, aliados da extrema direita. De forma que a sugestão de Floriano não era descabida, restando saber como entrar naquele templo de magnatas sem despertar suspeitas, para saber quais ricaços figurariam na lista dos sequestráveis. Não precisou muita reflexão para se chegar ao nome de Zuleika, a companheira novata, de aparência impecável, que receberia do grupo todo o apoio para ingressar naquele meio de ricos despreocupados.

Era tudo o que a jovem queria, mas, sagaz como sempre, determinou:

– Só posso aceitar a incumbência se a organização se comprometer a me dar todo o apoio logístico. Sem dinheiro para lá ingressar, vestir-me bem e morar em apartamento de luxo, não aceito. Vivo com um companheiro que me quer bem, não sabe que estou com vocês na clandestinidade e que é militar bombeiro. Já estou há tempo desejosa de me separar dele, mas preciso de respaldo financeiro. Sem isso nada feito. Depois: não sou prostituta, que fique isso bem claro desde agora. Não dormirei com nenhum homem por qualquer ideal político. Posso fisgar o trouxa, levá-lo ao apartamento, criar todas as condições para o sequestro, sem deixar rastro.

– Como você agiria? – perguntou-lhe o chefe.

– Primeiro reforço o que disse: não estarei lá na condição de garota de programa, mas como uma executiva de peso, que sai, às vezes, à noite para beber um pouco e dançar. Se lá se encontram esses homens poderosos, porém idiotas, aí então é comigo. Conduzirei o bestalhão e o colocarei em suas mãos, sem que ele perceba que fui eu. Depois é com vocês.

– O que você precisa para executar a missão?

– Um belo apartamento e bem localizado, dinheiro vivo para pagar a conta da boate, um carro novo e imponente e verba para me produzir.

– Isso tudo é muito caro.

– Mas, no primeiro sequestro eu garanto que a organização recupera o investimento e ainda sai com lucro. Depois, é só capitalizar.

– Você sabe que não pode fracassar! Se a pegarem estará sozinha. Ninguém poderá ajudá-la!

– Estou ciente.

– Vou me encontrar com a chefia e na próxima reunião darei a resposta. Até lá, não quero ninguém comentando nada sobre o plano.

Foi dessa forma que um dia, após retornar da corporação, Tenório encontrou sobre a cama um bilhete que o fulminou: *Não me espere mais. Estou deixando você para sempre. Adeus! Zuleika.*

Tenório não podia acreditar no que lia. Em estado de choque, passou as mãos pelos cabelos, sentou-se na cama, deixando rolar lágrimas de angústia pela face constrita. Não poderia ser verdade, mas a letra que tão bem conhecia era mesmo de Zuleika. Em fração de segundo decidiu ir ao colégio, como fazia todas as noites, para encontrar a mulher amada e tentar dissuadi-la. Desesperado, ao atravessar a rua, não viu o carro que vinha em sentido contrário, que o arremessou à calçada. Socorrido pelo próprio motorista foi levado ao hospital entre a vida e a morte.

O primeiro diagnóstico foi aterrador: tetraplegia, com certeza, dado o impacto ter afetado a cervical na terceira e quarta vértebras, o que implica a ausência dos movimentos dos braços e pernas. No entanto, os médicos não tinham ainda uma avaliação completa das sequelas e sintomas decorrentes das lesões, havendo uma réstia de esperança, na qual os pais de Tenório se agarravam desesperadamente. D. Marli, inconformada, chorava copiosamente; Natanael não sabia o que falar. Amigos, parentes, companheiros da corporação, todos lamentavam a ocorrência e a possibilidade real do jovem não mais poder se locomover. Começava para aquela família um longo caminho de amargas provações.

Estava escrito no destino de Tenório a possibilidade de passar pelas enormes limitações de uma tetraplegia. O jovem escolhera a carreira militar não por acaso, mas levado por impulsos do passado, quando fora combatente aguerrido, participando ativamente de vários eventos bélicos. Nos anais de sua biografia estavam a prática de ações violentas que atingiram muitas pessoas inocentes, em uma época em que o jovem de hoje não tinha consciência dos atos praticados. Com o passar das encarnações, o bombeiro foi transmutando o carma, porém a violência ainda estava incrustada no seu espírito passional, fazendo-se necessária a realização das limitações previstas, inaugurando-se uma fase extremamente difícil para um jovem inquieto e de forte personalidade.

Como ele enfrentaria essa situação era ainda uma incógnita. A família, como acontece, estava também envolvida na situação do passado, devendo agora viver a dor em conjunto com o jovem, que permanecia no hospital aguardando avaliação mais detalhada do seu caso.

Todos os dias os pais compareciam ao hospital para visitar o filho na Unidade de Terapia Intensiva, passando a ficar com ele em tempo integral, quando o jovem foi transferido para o quarto. No quarto, já consciente, percebeu que não sentia as mãos e os pés; a respiração era deficiente, precisando ser, constantemente, atendido pelas enfermeiras. Apesar da amplitude da lesão, a cognição do cérebro não foi atingida, mantendo o bombeiro pleno conhecimento da sua situação. Perguntava aos médicos e enfermeiros sobre o seu estado; estava aflito, mas ninguém teve coragem de colocá-lo à par de sua triste situação. No íntimo, ansiava por Zuleika, embora nada revelasse aos cuidadores, porque havia mantido o romance em segredo.

Dois meses após o acidente, Tenório recebeu alta hospitalar e retornou à sua casa. Tudo havia se modificado naquele período; após muitos sofrimentos o jovem recebeu a notícia de que estava tetraplégico, dependendo em quase tudo dos seus familiares. Iniciou-se nova etapa na vida daquele grupo. D. Marli, mais do que mãe, tornou-se enfermeira, psicóloga, consolando constantemente o filho sofrido, que não aceitava a situação; o pai, desarvorado, não suportava ver o filho naquela cama, quase imóvel, refletindo no olhar sofrimento, desespero, revolta, angústia.

Enquanto a dor batia naquele lar de pessoas de bem, Zulmira empenhava-se cada vez mais em ajudar as pessoas que com ela viviam no alojamento coletivo. Mesmo após um dia exaustivo de trabalho, à noite, procurava de todas as formas ser útil, fazendo a limpeza junto com as outras senhoras, amparando aquelas cujos filhos pequenos davam mais trabalho, dedicando-se incondicionalmente à comunidade. Crescia em espiritualidade, avançava na mesma proporção que denotava em suas atitudes abnegação. Por isso, era muito estimada, porém a sua situação pessoal refletia angústia. A filha do coração havia desaparecido, a patroa se tornava cada vez mais intransigente e ameaçava despedi-la do serviço, sempre alegando que iria se mudar de São Paulo, o que de fato nunca aconteceu.

Os desabrigados perderam de vez a paciência com as decisões do governo em arrumar moradia para os que estavam no alojamento. A situação ficara de tal forma insustentável que as lideranças decidiram voltar para o lugar da favela mesmo sobre os entulhos. Resolvida questão (e as autoridades estavam a par e nada fizeram para mudá-la), em um domingo, logo pela amanhã, alguns veículos começaram a chegar ao terreno trazendo madeiras e outros materiais, e os homens iniciaram a construção dos barracos, de forma mais precária do que os barracos que ali existiam.

No terreno, a azáfama era intensa: poeira, barulho de todo tipo, pessoas falando alto. O propósito era já à noite estarem todos os desalojados morando no local, evitando, assim, que lá comparecesse o governo ou o proprietário para despejá-los.

As condições de vida dos desabrigados naqueles dias foram extremamente desfavoráveis, bem piores que as vividas no ambiente coletivo. Os jovens do movimento revolucionário, agrupamento de ordem política em que Zuleika tinha participação, a maioria deles proveniente da classe média, compareceu ao local para reforçar os seus ideais igualitários. A moça, embora convidada, arrumou uma desculpa qualquer e não foi ao local da ocupação e que tanto a repugnava.

No dia seguinte ao evento, reunidos na célula, o comentário dos ativistas era um só: precisamos acelerar a revolução para coibir essas injustiças sociais. Zuleika não deu uma única opinião sequer. No íntimo, desprezava os favelados e começava também a desprezar os militantes, que nada sabiam da vida na favela, sendo meros falastrões. Vendo aquele ambiente dominado por jovens sonhadores, idealistas, porém inexperientes, a moça não pôde se furtar a uma consideração:

— A vida na favela não é tão dura do jeito que

vocês pensam. O ambiente é feio, horrível, mas muitos que lá estão não querem sair para não perder as ajudas que chegam dos ricos complexados e das religiões enganadoras. Dois interesses se conjugam: o dos pobres (que desejam continuar pobres) e o dos ricos e religiosos, que pensam ganhar o céu com a entrega de algumas migalhas do seu banquete.

— Por isso — replicou Orlando — a gente precisa fazer a revolução para conscientizar o proletariado dessa absurda forma de ver o problema, engenhosamente elaborada pela burguesia.

— Concordo — considerou Zuleika. E o nosso plano de aumentar o número de sequestro dos ricaços para obter meios financeiros para a gente comprar armas? Como ficou? Desistimos?

— Não. — comentou o chefe assumindo a palavra. — Não consegui falar com o chefe, mas podemos já ir adiantando os preparativos. O maior problema é alugar um apartamento de luxo. Os proprietários querem fiador, e a gente precisa identificar um locador e ninguém ajudaria o movimento nesse nível. Alguma ideia?

Todos ficaram mudos; Godofredo, estudante de economia e membro de uma família de posses, tomou a palavra dizendo:

— Meus pais têm alguns apartamentos. Um deles, bem na Oscar Freire, está todo mobiliado. Posso pegar a chave, falar com eles que vou usar o imóvel por algum tempo.

— Quanto tempo?

– No máximo dois meses. Os meus pais no próximo mês vão de férias para a Europa e, nesse período, peço para que não coloquem o apartamento à venda.

– Está ótimo – admitiu o chefe. – Nesse prazo faremos o primeiro sequestro, e depois com o dinheiro em mãos a gente falsifica alguns documentos, paga adiantado um ano de aluguel, conseguindo o apartamento que a Zuleika quer.

– E quanto ao carro? – perguntou a jovem.

– Não tem problema. Isso é fácil: vamos alugar um por alguns dias.

– Sabe dirigir madame? – perguntou o chefe para Zuleika.

– Sim, mas não tenho carta.

– Não importa. A gente falsifica uma para a locação.

Tudo combinado, o grupo resolveu comemorar, bebendo chopp no Bar Brama, bem na esquina da Avenida São João com a Ipiranga, na época, centro de discussões políticas dos estudantes da faculdade de direito e local frequentado pelos intelectuais e políticos tradicionais.

Naquele momento, uma nuvem negra cobria a mente daqueles jovens já comprometidos com algumas ações terroristas, mas que iriam se aprofundar no ramo, tornando-se profissionais. Zuleika estava feliz. Pela primeira vez, ao beber um pouco a mais, soltou-se na mesa de um bar.

— Agora — falava com firmeza — chegou a nossa vez. Vamos nos vingar desses ricos idiotas, arrancar todo o dinheiro dessas famílias de exploradores, e viver melhor.

— Para por aí! — retrucou Orlando. — Esse dinheiro é para a causa.

—Você sempre foi rico, não sabe o que é a pobreza. Seus pais são latifundiários, o que está fazendo aqui? — desafiou.

Percebendo o rumo dos acontecimentos, o chefe interferiu.

— Cale a boca Zuleika. Você também é riquinha, não negue. Sempre vestindo roupas caras, sapatinhos variados, de onde vem o seu dinheiro?

— Desculpem-me — respondeu a jovem, recuando, ao perceber que tinha se exposto demais. — Não quis ofender o Orlando. É que me revolta ver tanta injustiça!

— Assunto encerrado. Amanhã, vamos começar a investida.

— Zuleika, aqui está a grana para se produzir. A gente te pega no apartamento às 22 horas, quando na realidade começa o movimento na boate. Chegando lá depois das 23 horas, ficará mais fácil. O objetivo é reconhecer o terreno. Amanhã, passarei mais informações. Mandei gente pesquisar os hábitos do local, para você iniciar com conhecimento. Henrique, nesse primeiro dia, vai te acompanhar.

— Tudo bem! — confirmou a moça.

O ambiente na boate era realmente sofisticado. Bom gosto, bebidas caras, mulheres bonitas, tudo do bom e do melhor. A conta ao final era bem salgada, exceto se algum figurão resolvesse pagar a da dama, o que nem sempre ocorria, porque nem todas as mulheres que lá estavam eram garotas de programa.

Zuleika estava excitada; preparou-se quase que o dia todo. Desejava participar daquele ambiente, não como garota de aluguel, mas se apresentando como uma executiva de respeito, porém bela e fascinante. Na condição de executiva alegaria pertencer a uma família do interior do Rio Grande do Sul, que enriquecera na agricultura, e conseguiu ganhar muito dinheiro no mercado financeiro internacional. Com essa explicação arranjada pelos colegas de célula não precisaria dizer qual a empresa da família, uma vez que a administração financeira executada por corretoras internacionais requeriam sigilo. Apresentando-se com luxo e beleza, carro de marca e residindo na Oscar Freire, ninguém duvidaria tratar-se de uma mulher de sucesso.

Tudo pronto. Iniciada a operação sequestro dos ricos frequentadores da boate de alto luxo.

Zuleika estava simplesmente deslumbrante: vestindo o melhor da moda, apresentava-se em traje vermelho com discreta fenda à direita, que revelava a beleza de uma perna longa, perfeitamente depilada, que aparecia quando ela se sentava ou quando evoluía na pista de dança. Chegou às 23 horas, em ponto, na boate, tendo ao lado um guapo rapaz, pouco mais velho, vestido a rigor.

Henrique também tinha sido escolhido a dedo pelo grupo. Com mesa já reservada, pediram Whisky 18 anos, permanecendo na aparência tal qual um casal, sem demonstrar qualquer afeto em público, como se eles fossem bons amigos.

Com as informações que tinham do local, os hábitos e costumes já estudados, cada um compareceu sozinho à pista de dança, chamando a atenção, principalmente Zuleika. Duas horas depois, Henrique despediu-se, deixando a jovem lá sob os olhares gulosos de muitos homens. Sabia os nomes de alguns peixes graúdos; o pessoal da célula já havia detectado o comparecimento regular de alguns novos ricos. Esses não interessavam, porque as famílias não tinham tanto dinheiro. Mas havia um, especialmente, que comparecia à boate uma vez por semana, chegava sozinho também às onze horas e ficava sempre na mesma mesa. Por essa razão, ao lado da mesa, os organizadores da tarefa haviam reservado a de Zuleika, que observou o cavalheiro. Estava tenso, observava o movimento, apreciava a música, comia pouco, não tirava ninguém para dançar e não permitia (certamente tinha assim combinado com o gerente) que nenhuma mulher o abordasse. Era do tipo esguio, na casa dos cinquenta anos, parcialmente calvo.

Andrei era filho de uma família poderosa em São Paulo, dona de empresas industriais, agrícolas e também com participação no mercado financeiro. Certamente, não deixaria de notar a mesa ao lado ocupada por Zuleika e Henrique, percebendo quando o jovem se despediu da mulher chamando-a, propositalmente e em voz um pouco mais elevada, de prima. A beleza da mulher já o havia encantado e Zuleika tinha um magnetismo próprio, transmitia sensualidade especial e não passava despercebida de nenhum homem. O perfume discreto, a maquiagem perfeita, os cabelos escovados, as formas próprias de uma natureza extremamente generosa, tornava-a quase que irresistível. Andrei, que costumava frequentar a boate para espairecer, uma vez que era casado, acostumado a não se dar ao desfrute com garotas de programa, deitou um longo olhar sobre a jovem que, nesse momento, como que registrando uma descarga magnética, voltou-se para a mesa ao lado, cumprimentando discretamente o cavalheiro.

  Iniciava-se dessa forma uma aparente amizade entre Andrei e Zuleika, marcada pelo bom tom de ambas as partes, quando conversavam sobre negócios, tema pelo qual a mulher demonstrava predileção. Andrei, que vinha à boate uma vez por semana, passou a estender sua presença no local, conversando cada vez mais com a jovem, que, com habilidade, obteve informações preciosas do empresário, como, por exemplo, onde ele morava, as empresas em que dava expediente, a sua participação nos negócios. Zuleika ficou sabendo que Andrei era o terceiro filho dos fundadores de forte grupo econômico familiar e sobre quem recairia toda a responsabilidade de gestão, quando ocorresse o falecimento do pai; o irmão mais velho havia morrido em acidente; o mais jovem dedicava-se à arte, restando somente ele para tocar as empresas.

Zuleika passava todas as informações para os companheiros da célula, que estudavam o melhor local para efetivar o sequestro, onde seria o cativeiro, e como agiriam com relação à família. O pai de Andrei era um homem idoso, muito apegado ao filho, que o iria suceder na administração dos negócios, enquanto a mãe sempre fora dona de casa, frequentadora assídua da missa na catedral de São Paulo. No fundo, a família era pequena, mas unida, e Andrei, casado com Alexandra e pai de dois adolescentes que estudavam nos Estados Unidos, desempenhava um papel fundamental no núcleo familiar.

Apesar da enorme riqueza da família, Andrei era frequentemente discreto mantendo padrão de vida moderado, não figurando nas colunas sociais, avesso a esse tipo de exposição. A sua ida à boate era uma exceção. Gostava de música, boa comida, e lá não comparecia para dançar ou encontrar garotas de programa. Ficou fascinado por Zuleika, que se mostrava à altura e aparentava estar ali pelos mesmos motivos. Conhecedor dos costumes da boate, porque a frequentava constantemente, procurou informar-se sobre a executiva com os garçons que o atendiam. E todos expressavam a mesma opinião: era uma mulher refinada, que tomava uma ou outra dose de Whisky, não aceitava companhia, nem mesmo quando resolvia dançar sozinha na pista, conversando discretamente apenas com Andrei.

Encontrando em Zuleika uma amiga, o empresário começou a desabafar um pouco e a jovem, muito habilidosa, dele retirava com facilidade as informações que o seu grupo precisava. Revelava interesse especial pela vida da família de Andrei, desejando saber o que um homem de sucesso como o seu pai pensava, como era o relacionamento dele com a mãe e assim por diante, dados importantes para a negociação do resgate.

Mente diabólica, inteligente e desprovida de qualquer senso ético, Zuleika atinha-se tão somente à sua tarefa, cumprindo-a impecavelmente. Já havia repassado ao grupo todas as informações e, para não ficar exposta, conforme orientação dos companheiros, certa noite informou ao executivo que se ausentaria do país por dois meses, retornando somente quando resolvesse os seus negócios na Inglaterra. Andrei, que já estava se apaixonando por Zuleika, ficou contrariado, embora nada pudesse fazer. A jovem fez questão de informar aos garçons que não compareceria, brevemente, à boate porque iria para a Inglaterra, de forma que Andrei, a partir daquele dia, também se distanciou da famosa casa de espetáculo.

Enquanto Zuleika se envolvia cada dia mais nas trevas do sequestro, na casa de Marli as coisas iam de mal a pior. Desesperado em sua condição de tetraplégico, Tenório, mentalmente, começou a culpar Zuleika por sua desgraça. Não pôde esconder por muito tempo da família o romance que mantinha com a jovem, porque, certo dia, o Oficial de Justiça bateu à porta de sua casa, entregando-lhe uma citação: o proprietário da *Kitinet,* alugada para morar com Zuleika, tinha movido na Justiça uma ação de despejo por falta de pagamento, indicando o endereço do locatário constante na ficha de informação da imobiliária.

Marli, que já supunha a verdade, disse a Natanel:

— Eu sabia que por detrás dessa tragédia estava aquela mulher.

— Mas, o que ela tem a ver com o acidente? – perguntou o marido.

— Penso que tudo! Vai ver que brigaram e ela desapareceu do apartamento.

— Nunca veio ajudá-lo – acentuou Natanael.

— Mais do que a dor física, Tenório está sentindo a dor emocional do abandono. Essas dores do coração são terríveis! Não sei o que fazer.

Natanael, transtornado, dessa vez deu razão à mulher.

— Você estava certa – comentou.

— Mas agora não há o que fazer.

— Mas eu temo por Tenório. O nosso filho está definhando.

— É verdade, meu querido. Somente Deus para nos ajudar nesse momento.

— Não tenho tanta fé assim quanto você, que só vive na Igreja. Por que uma desgraça desta se abateu sobre a nossa família? Tenório é um bom rapaz; dedicou-se a uma corporação voltada ao salvamento de vidas, expondo a própria. Por que tudo isso? Estou revoltado!

– De nada adianta a revolta! Deus tem caminhos próprios que não conseguimos entender.

– O que o Padre Leonardo tem falado?

– Na realidade não diz nada. Só recomenda fé, oração, o que me faz muito bem.

– Mas, só isso?

– Só! Quer mais o que?

– Não acha muito pouco para quem se encontra diante de uma verdadeira tragédia? Que consolo nós poderemos encontrar nessa religião?

– Não sei!

– Se você que é beata não sabe, como eu posso aceitar essa religião. Não me diz nada! Tantas injustiças à nossa frente e nada de orientação aos sofredores.

– Não se revolte que é pior.

– É que você, minha querida, se contenta com pouco; preciso de algumas explicações e não encontro nada para me consolar. E quanto a Tenório, então? Quando estou no serviço ou caminhando pela rua, eu só fico me lembrando do meu filho inválido, tetraplégico, pensando em como tudo lhe foi negado, na flor da juventude. Pode haver dor maior? Será que não teria sido melhor a morte naquele acidente?

– Não fale dessa forma. É blasfêmia. É não aceitar a vontade de Deus! Se Tenório ouvir suas palavras de revolta, como ficará, sabendo que a família está sofrendo?

— Desculpe! Sei que o nosso filho sofre calado e isso é o que me preocupa. Agora que sabemos que existe a tal de Zuleika, se conseguíssemos encontrá-la, talvez ele melhorasse.

— Ela jamais estenderia a mão a Tenório. Não se iluda!

— Preciso de alguma ilusão para suportar. Vou falar com o meu filho.

A dor atingia a todos daquela família. O passado retornava áspero exigindo resgates dolorosos. Somente a aceitação dos sofrimentos, a compreensão, o apoio mútuo poderiam despertar a esperança de dias melhores. Naquele tempo, não se pensava que um tetraplégico pudesse um dia recuperar alguns movimentos perdidos, ainda que sob a condução de aparelhos eletrônicos deveras sofisticados.

Dirigindo-se ao quarto, Natanael não se conteve ao ver o filho visivelmente deprimido. Falou de imediato:

— Meu filho! Não sabia que estava morando com a Zuleika. Por que não nos contou?

— E iria adiantar! A mulher dormiu uma única noite aqui em casa e a mamãe ficou furiosa.

— Mas eu até que tive simpatia por ela.

— Não me falou nada.

— É que não tive oportunidade. Pensei que você a havia levado para o alojamento indicado pelo governo, tão somente.

— Mas, acabei me apaixonando por ela e aluguei a *Kitinet*, como agora já sabe.

— Se vocês estavam morando juntos, o que aconteceu com ela que nunca o procurou?

— Não sei... No dia do acidente, quando cheguei a casa, vi um bilhete anunciando que estava de partida e que entre nós tudo havia terminado. Desesperado, eu decidi buscá-la, quando fui atingido pelo veículo ao atravessar a rua.

— Não tem uma explicação para esse rompimento? Posso procurá-la. Quem sabe você terá um novo ânimo para a vida.

— O Senhor está disposto a fazer isso por mim?

— Sem dúvida! Farei tudo para vê-lo feliz.

Um brilho de esperança tomou conta de Tenório. No começo, logo após o acidente, todos acorreram para ajudá-lo. Os colegas da corporação, os amigos do futebol, todos menos Zuleika, a mulher amada. Era impossível não saber que o bombeiro tinha sofrido um acidente. Todos a conheciam na corporação, assim também alguns amigos. Certamente soubera, mas conhecendo a posição de D. Marli, tinha evitado o contato, esperando dias melhores. Alimentando esses pensamentos passou para o pai o endereço da *Kitinet*, o nome do zelador, um senhor idoso e que muito o estimava. De posse dessas informações, Natanael, no dia seguinte, compareceu ao prédio, estabelecendo o seguinte diálogo:

— Eu me chamo Natanael e sou pai do bombeiro

Tenório. Que morou nesse prédio. Gostaria se possível, que o senhor me desse algumas informações.

– No que me for possível – respondeu o Zelador. – Mas, antes me informe como está o Senhor Tenório. Soube que sofreu um grande acidente?

– Já passou a fase perigosa! Agora se encontra em recuperação. Está apenas muito entristecido, afinal, não foi visitado nenhuma vez pela mulher que com ele morava neste prédio.

– A D. Zuleika – confirmou o Zelador.

– Essa mesma – continuou Natanael. – Parece que ela ainda não sabe do acidente.

– Sabe, sim!

– Explique melhor.

– Eu estava na Portaria no dia que a D. Zuleika voltou para pegar algumas coisas no apartamento. Ela tinha a chave; pensava que continuava como mulher do Sr. Tenório, de forma que não me opus.

– E então?

– Ela subiu, permaneceu no apartamento uns quarenta minutos e depois desceu. Despediu-se de mim e disse que não voltaria mais. Eu já sabia que o Sr. Tenório tinha sofrido o acidente, porque a polícia, no mesmo dia, veio aqui buscar algumas coisas do bombeiro. Então, perguntei a D. Zuleika como estava passando o marido, se estava se recuperando do acidente.

– O que respondeu?

– Disse-me algo chocante, que não gostaria de reproduzir.

– Fala homem, é muito importante para a nossa família!

– Bem, D. Zuleika, furiosa, disse que seria melhor que o Sr. Tenório tivesse morrido. Como aleijado, só iria dar trabalho para todo mundo. E saiu, não voltando mais.

– Foi desse jeito?

– Sim! Nesse momento eu não estava sozinho na portaria, e o Claudiomiro também ouviu tudo. Nós dois ficamos boquiabertos, porque a gente pensava que eles se amavam.

Natanael agradeceu àqueles gentis senhores e saiu ainda mais desavorado. Parou na padaria da esquina, pediu um café, e se arrependeu de ter proposto ao filho falar com a megera. Marli, ele pensava, estava com a razão. Como enfrentaria o filho? Buscaria aconselhar-se com a mulher. Jamais poderia imaginar que a jovem fosse tão desalmada. Vagou pela cidade. Não sentia vontade de voltar para casa. Sentia, ao mesmo tempo, grande angústia, sabendo que não suportava o infortúnio do jovem e que deixava a carga maior para a mulher. As mulheres, nessas ocasiões, são realmente mais fortes que os homens, que não têm as mesmas estruturas emocionais para suportar os desafios.

Ao voltar tarde da noite para casa, Natanael não foi ver o filho no quarto. Não sabia como encará-lo. Viu no rosto do jovem a chama da esperança quando se propôs encontrar Zuleika. Mas, com as mãos vazias e o coração em frangalhos, arrependia-se da sua atitude. Não acreditara na esposa. – Não seria preferível o jovem não saber a causa do desaparecimento da mulher, ficar iludido, do que saber o teor das palavras que ouvira do Zelador? – perguntava-se com insistência. – Zuleika, informada do acidente não dera nenhuma importância; a mulher sabia que o companheiro estava aleijado e, mesmo assim, não se comoveu. Que tristeza! Pensando dessa forma, foi despertado por D. Marli, que de imediato notou o semblante congestionado do marido, perguntando-lhe:

– O que aconteceu?

– Nada!

– Está tão pálido!

– Dá para notar?

– Qualquer pessoa pode perceber que você não está bem. Conte-me o que aconteceu.

Natanael relatou para a esposa o ocorrido, a conversa com o Zelador, a confirmação do Porteiro e o seu atual estado de perplexidade. Não sabia como falar com o filho.

Em certos momentos da vida, a verdade nua e crua causa mais desconforto do que se pode imaginar. D. Marli, sempre ponderada, carinhosamente se dirigiu ao esposo:

– Querido! O melhor é omitir de Tenório essa informação dolorosa. Diga a ele tão somente que falou com o Zelador e o Porteiro e eles não sabem onde se encontra Zuleika.

– Mas isso não é certo! Nunca vivi na mentira.

– Trata-se de mentira piedosa. Por que revelar algo que não trará nenhum benefício...

– Mas um dia Tenório vai saber.

– E compreenderá que você não quis trazer-lhe mais desgosto. O tempo passa, as feridas vão cicatrizando, o amanhã a Deus pertence. Por que atormentar ainda mais o coração apaixonado de uma pessoa que se sente condenada?

– Falando assim até me assusta.

– Não é essa a minha intenção. Agora vamos dormir.

Capítulo 07

Fracassos que são vitórias

Em uma chácara retirada em Jacarepaguá, na zona oeste da cidade do Rio de Janeiro, três pessoas estavam concentradas diante de um artefato explosivo. Era o protótipo de uma bomba desenvolvida por especialista para explodir na entrada da estação de trem da Central do Brasil. Com fundamentos aprendidos em treinamentos internacionais, o guerrilheiro sabia que o artefato era de concepção primária, mas poderia ser eficiente, desde que a carga fosse adequadamente dosada e a instalação realizada com perícia. Por isso, faria alguns testes experimentais, reduzindo a zero a possibilidade de erro.

Juvêncio, o especialista vindo da Bahia, tinha 40 anos de idade. Engenheiro Químico, havia trabalhado no início de carreira em alguns laboratórios farmacêuticos, aprendendo como aplicar os conhecimentos adquiridos na faculdade, demonstrando especial predileção por explosivos, quando fora empregado de uma fábrica de fogos de artifícios. Logo em seguida, passou a militar no sindicato da categoria e em pouco tempo engajou-se nas lutas de esquerda, ajudando a formar as ligas camponesas no

Nordeste, fato que lhe valeu estágios em Cuba e na União Soviética. Os líderes enxergaram em Juvêncio potencial para ir mais longe, na organização, não só pelos conhecimentos adquiridos ao longo de sua formação acadêmica e exercício profissional, mas, sobretudo pela sua inteligência, determinação e absoluta contestação ao modelo capitalista de sociedade.

Solteiro, distanciado da família, era o tipo ideal para progredir na organização. Sem maiores compromissos, não tinha obrigações de sustentar mulher e filhos. Estava sempre livre para executar as missões em qualquer parte do país e do mundo, não se importando com o grau de dificuldade. Desejava o triunfo do socialismo e sonhava com o dia em que a burguesia capitalista seria emparedada, como ocorrera em Cuba, iniciando a era da ditadura do proletariado. Imaginava-se muitas vezes no comando de guarnições importantes, avançando pelo Brasil, enquanto as tropas governamentais recuavam sob a pressão dos revolucionários.

Quando foi designado para atender aos companheiros do Rio de Janeiro, sentiu-se deveras importante. Sabia que era uma missão relevante; como especialista em explosivos pensou inicialmente que se tratava de arrombar a porta de algum cofre de banco. Quando os companheiros precisaram revelar a ele o alcance da missão, percebeu de imediato a importância da tarefa: um grande evento certamente projetaria a organização em âmbito mundial, apesar da censura imposta pelo governo aos meios de comunicação.

Ao lado de Juvêncio estavam Euclides, o chefe do grupo, e Márcio, o encarregado de instalar o artefato. Ambos ouviam com atenção as explicações do guerrilheiro, especialmente Márcio, incumbido da parte prática.

Após a montagem do artefato, Juvêncio pediu a todos que recuassem duzentos metros, protegendo-se atrás das paredes de uma casa velha nos fundos da chácara, que se localizava realmente em lugar bem ermo, pois a bomba explodiria em cinco minutos, conforme a programação. No horário exato, o artefato explodiu e mandou pelos ares pedaços dos caixotes que haviam sido colocados ao seu redor. O barulho foi tão ensurdecedor que preocupou os terroristas que passaram a imaginar a sua extensão, ao mesmo tempo em que pensavam no estrago que a bomba faria na estação de trem.

Terminada a experiência, foram para o centro do Rio de Janeiro, e na célula comunicaram aos companheiros que estavam bem próximos do dia em que se daria a explosão. A excitação era geral; a sensação de perigo iminente, a possibilidade de serem descobertos elevou ao máximo a emoção do grupo. E decidiram pensar sobre as repercussões do acontecimento e principalmente como se comportaria o governo. A repressão certamente aumentaria, assim também o prestígio da organização, começando por eles a tão sonhada luta armada para a derrubada de um regime de exploração do homem pelo homem, o maldito capitalismo, comandado a distância pelos Estados Unidos.

Seguiram-se discussões acaloradas acerca da nova sociedade que pretendiam para o Brasil. O país certamente seria melhor; justiça social e reforma agrária profunda, não aquela tímida pensada pelo governo João Goulart, mas uma reforma de verdade, como desejavam os companheiros sacrificados nas ligas camponesas.[18] A morte daqueles heróis seria finalmente vingada com a vitória dos ideais por eles defendidos. Pedro, estudante de economia, pontificou:

– Vamos vencer esse governo entreguista. Já passamos da hora de dar ao trabalhador brasileiro condições dignas de vida. O capitalismo aqui existente é selvagem; as multinacionais arrancam do povo tudo e enviam lucros exagerados para o exterior. Enquanto nos países de origem a vida do povo é melhor, à custa das nações neocolonizadas, a miséria do Nordeste é absoluta.

Olavo, que estudava medicina e era adepto das teorias de Josué de Castro, médico e nutrólogo nascido em Recife, que identificou a fome como a causa principal das doenças do povo brasileiro, empolgado assumiu a palavra:

---

[18] As Ligas Camponesas começaram na década de 30, desenvolvendo-se, contudo, a partir de 1945, sofrendo forte repressão do governo em 1948, voltando a crescer, sobretudo, no Estado de Pernambuco. Defendiam uma reforma agrária profunda, apoiavam os camponeses e foram fortemente reprimidas pela revolução de 1964.

— Não posso deixar de falar mais uma vez — acentuou — sobre Josué de Castro[19] e a sua obra magistral: a **Geografia da Fome**. Fruto da ganância dos ricos, que exploram a produção de alimentos especulando nas bolsas de valores até produtos de primeira necessidade. Temos um povo sem forças físicas para lutar, cuja dependência dos patrões e latifundiários não causa nenhuma comoção nos gabinetes governamentais. Chegou a hora de reverter esse perverso modelo econômico.

Inflados por grandes ideais, os jovens apaixonados pelo desejo de transformar o Brasil não se davam conta das enormes forças que teriam de enfrentar. Naquele momento, a guerra fria era uma realidade e os modelos econômicos colocados no mundo tentavam cada qual demonstrar a sua eficácia.

O socialismo cubano e soviético, principalmente este, apresentava o seu planejamento econômico centrado no Estado, na propriedade coletiva, enquanto o capitalismo comandado pelos Estados Unidos se baseava na

---

[19] Josué de Castro, médico e nutrólogo brasileiro nascido em Recife, publicou em 1946 o livro **Geografia da Fome**. O Autor dividiu o Brasil em cinco regiões, procurando estudar os aspectos alimentares de cada uma, afirmando que a fome decorria das "características climáticas, culturais e do solo, próprias de cada localidade, além do motivo principal: a concentração de terra na mão de poucas pessoas. Em 1964, com a eclosão do regime militar, seus direitos políticos foram cassados. Morreu no exílio, mas as suas ideias germinaram e inspiraram a criação do programa do governo federal de "Combate à Fome". Recomenda-se a leitura do livro.

força do mercado, na liberdade de iniciativa. O percurso histórico de cada proposta certamente iria defini-las ao longo do tempo, mas, naquela época, imperava um ideal absoluto, quase que fundamentalista, para os militantes das ideologias em confronto.[20]

    Os jovens militantes da esquerda acreditavam na força para a conquista do poder, já que não poderiam realmente participar da vida política de acordo com as regras do jogo democrático, alteradas pelo golpe militar. E os reacionários de direita, escudados no Estado, fincavam o pé na defesa dos interesses econômicos que estavam em jogo naquele momento. Os meios, contudo, para se alcançar os objetivos, já não estavam sendo mais considerados pelas partes em confronto, e por mais elevados que fossem os ideais postos no cenário político, a opção pela violência provocava sempre mais violência.

    A longa discussão terminou e os jovens deixaram a célula. Marcelo, contudo, entendia que a ação não poderia mais ser protelada, enquanto que Márcio, angustiado com a tarefa que lhe cabia – colocar o artefato no local

---

[20] Batalha da Maria Antônia. Espelhando o conflito internacional, os jovens estudantes da Faculdade de Filosofia, Letras e Ciências Humanas da Universidade de São Paulo enfrentaram os estudantes da Universidade Presbiteriana Mackenzie, em 3 de outubro de 1968. Os estudantes da USP desejavam obter recursos para custear o congresso da União Nacional dos Estudantes, defendendo o pensamento de esquerda, enquanto alguns estudantes do Mackenzie integravam o Comando de Caça aos Comunistas, linha que defendia o pensamento da extrema direita.

indicado – foi para a sua casa em crise. Já havia decidido interiormente que não colocaria o explosivo; não sabendo a quem recorrer para se aconselhar, profundamente transtornado, decidiu contar para o próprio pai, que sempre o aconselhara, esperando uma solução para o seu conflito.

Ao chegar a casa à noite compareceu para o jantar em família, o que não acontecia nos últimos meses. Após a refeição, dirigiu-se particularmente ao pai, dizendo:

– Preciso conversar a sós com o senhor.

– Estou à sua disposição, meu filho – falou Senhor Gonçalves, comovido.

– Mas aqui em casa não é o lugar adequado. Poderemos almoçar amanhã num restaurante perto do banco?

– É tão importante assim?

– Muito!

– Estou preocupado! Você nunca falou comigo dessa maneira.

– Não se preocupe. Tenho na verdade um problema delicado para resolver, mas já sei o que fazer; a sua experiência, contudo, me ajudará.

– Dessa forma vou encerrar amanhã o meu expediente às 14 horas e logo após nos encontraremos no restaurante de sempre. Está de acordo?

– Sim! Agora vou dormir; o meu dia foi tenso.

– Durma com Deus – concluiu o Sr. Gonçalves,

que ficou realmente apreensivo. Algo lhe dizia que o assunto era bem grave, mas não ousou pedir mais explicações ao filho.

No dia seguinte, pai e filho se encontraram em discreto restaurante no centro da cidade. O país estava em pé de guerra; os assaltos a bancos se multiplicavam; a repressão do governo se intensificava; a censura aos meios de comunicação era efetiva; a preocupação de todos aumentava.

Visivelmente constrangido, Márcio começou a explicar ao pai por que se engajara no movimento de esquerda, aceitando participar da luta armada, visando ao bem-estar do povo brasileiro, que entendia sofrido.

O Sr. Gonçalves, transtornado, tentou várias vezes interromper o filho, que lhe pedia para esperar, porque já havia abandonado a ideia de luta armada. Não omitiu nada; falou dos assaltos a bancos, das reuniões nas células, dos projetos em andamento e principalmente do seu profundo arrependimento. Nunca desejou prejudicar pessoas inocentes, nem estava nos seus planos levar problemas para os seus familiares, que nada sabiam de suas atividades clandestinas. Desejava sair do movimento, mas sabia que se o fizesse sem cuidados seria perseguido, justiçado, como era a expressão utilizada pelos chefes, e os seus familiares poderiam sofrer retaliações. Por isso, pensou em um plano e gostaria de expô-lo ao pai.

Concluída com sinceridade a exposição, o Sr. Gonçalves olhava para o filho atônito, com sentimento de respeito e admiração, mas também de revolta. O seu filho não fora criado para se transformar em reles assaltante de banco e nem para se engajar em aventuras que poderiam prejudicar pessoas que nada tinham com aquela situação. Ele, a esposa e os demais filhos estavam correndo risco de vida sem saber. Entre pai e filho travou-se um diálogo difícil, que só não se tornou ainda mais complicado porque estavam em ambiente público. Sabiam que o tema tratado era delicado e se alguém ouvisse, as consequências poderiam ser desastrosas. Após a fase inicial, o Sr. Gonçalves interpelou o filho:

– Depois de ter colocado todos nós em risco, fico feliz em saber que ainda o seu nome não está nos registros dos órgãos de segurança. Mas esse evento, explosão de uma bomba bem na entrada da estação da Central do Brasil, certamente, colocará você em evidência e a sua foto será divulgada por todo o país.

– Também penso dessa forma.

– O que pretende fazer?

– Não posso demonstrar medo na organização. A minha estratégia é a seguinte: levarei a bomba, vou instalá-la no local, mas não irei armar o dispositivo corretamente. Não haverá explosão, nem morte, mas os milicos vão investigar. Com a falha, a organização em princípio não vai saber o que aconteceu. Eu vou me mostrar fracassado; alegarei que talvez o artefato tenha sido descoberto por algum segurança. Direi que no momento havia movimentação diferente no local e recomendarei a todos os cuidados especiais, enquanto isso o Senhor me ajuda a sair do país, sem que eles percebam. Não gosto de mentira, mas me vejo hoje obrigado a criar uma situação para evitar um desastre maior.

— Para onde irá?

— Nunca falei a eles que temos alguns parentes em Portugal. E lá, com o salazarismo apoiado pelo Brasil, ninguém pensará me encontrar; é o último lugar para um refugiado, como eu. Quando comparecer em casa algum militante, diga que não sabe o que me aconteceu. E que a família toda está desesperada, me procurando, já tendo comunicado à polícia o meu desaparecimento. Eles, com certeza, pensarão que fui preso e não retornarão mais.

O Sr. Gonçalves estava em pânico. Era empregado do governo; vivia do seu salário; tinha algumas economias, mantinha contato apenas epistolar com os parentes portugueses. Pensando assim perguntou:

— Como pretende viver em Portugal?

— Se sair do país de forma legal, porém com outro nome, tentarei arrumar algum emprego. Peço a sua ajuda apenas por algum tempo. Não poderei enviar carta no endereço de casa. Enviarei diretamente ao banco em seu nome, não mencionando o nome e o endereço do remetente. É possível?

— Sim, sou o gerente da agência e controlo tudo. Mas, em Portugal os nossos parentes são pobres.

— Farei apenas algumas visitas de cortesia. Depois, vou ver como me arranjo.

— Não vai se engajar com outros grupos de esquerda, porque a repressão política em Portugal é mais forte do que a da polícia brasileira.[21]

– Sei disso. Procurarei emprego subalterno. Não desejo levar na minha consciência a morte de pessoas inocentes. Quando ingressei no movimento pensava como um jovem romântico, mas à medida que vi o objetivo do grupo, não me identifiquei com os métodos, embora respeite os meus companheiros; e tudo o que falei para o senhor não pode sair daqui. Não quero e nem desejo ser delator; não vou trair meus amigos; apenas não quero compactuar com métodos por eles utilizados e que me são refratários, nem me expor e a minha família.

– Está bem, meu filho. Como conseguirá uma nova carteira de identidade e passaporte?

–Tenho alguns contatos discretos. Os falsários, ligados ao governo, cobram caro porque pensarão que são para a guerrilha. E o código de silêncio nunca foi quebrado.

– Veja quanto custará! Acho que precisa correr com tudo isso.

– Vou amanhã mesmo colocar o nosso plano em prática. Não preciso dizer ao senhor que a mamãe não pode saber e nem os meus irmãos.

– Fique tranquilo. Com ela eu me entendo.

---

[21] A repressão política em Portugal era feita pela PIDE – Polícia Internacional e de Defesa do Estado, enquanto que, no Brasil, pelos órgãos de segurança, mencionados anteriormente.

– Obrigado pai, sabia que podia contar com a sua ajuda. Desculpe o transtorno.

– Espero que tudo dê certo. Não sei como vamos viver sem você lá em casa. A ditadura não vai cessar tão cedo. Não volte ao Brasil. Quando puder irei vê-lo em Portugal.

Com lágrimas nos olhos pai e filho caminharam pelo centro do Rio de Janeiro, despedindo-se por antecipação.

No plano espiritual, Márcio estava sendo orientado por seu mentor. Como espírito evoluído, porém ligado ao grupo político de esquerda, alimentava o ideal de igualdade, sem esquecer o da fraternidade. O grande sofrimento que experimentaria, no exílio voluntário, seria largamente compensado pela paz de consciência, evitando acumular um carma que teria de ressarcir ante as leis da vida, de uma forma ou de outra.

Nas reuniões que aconteciam todos os dias na célula, que também chamavam de aparelho, os militantes procuravam cuidadosamente detalhar o plano original, pensando em todas as possibilidades. Eram jovens inteligentes e entusiasmados, sem noção clara do que estavam realmente fazendo. Márcio, naquelas reuniões, era o que colocava obstáculos a todo instante. O objetivo do jovem visava retardar ao máximo o acontecimento, saindo dos encontros frustrado consigo mesmo. Vivia intenso conflito interior. Sabia, ao mesmo tempo, que iria sabotar o plano, constrangendo-se em ver tanto esforço e idealismo do grupo, mesmo divergindo quanto aos métodos adotados pelos companheiros. Pensou várias vezes em desistir, mas não podia mais retroceder. Já havia envolvido o seu pai; não queria ir mais além na organização. Restava-lhe somente o autoexílio, o abandono dos ideais, o sofrimento solitário por muito tempo.

Após tantas discussões, finalmente o plano estava pronto. O carro, a rota de fuga, as pistas para levar a polícia a pensar que se tratava de uma atitude da extrema direita. A bomba tinha sido testada várias vezes na Chácara de Jacarepaguá, e Márcio recebera intenso treinamento quanto à instalação do artefato.

A luta armada, iniciada em 1966, adquirira especial vigor com a competição de várias frentes, cada uma buscando se afirmar como instrumento eficaz da revolução. Chegou o dia e todos estavam apreensivos, menos Marcelo, cujo desejo era assistir de perto ao efeito da explosão.

O carro levou Márcio com a maleta até às proximidades da estação da Central do Brasil, não se aproximando muito do local, para não ser registrado. Eram quatro horas da tarde e o artefato estava programado para explodir às 18 horas, quando o movimento seria mais intenso.

Dirigindo-se ao local determinado a cumprir o seu plano pessoal, Márcio demorou ali mais do que o previsto, colocando a bomba, mas desativando o fio que provocaria a explosão. Retornou aos companheiros, que nada notaram de estranho, porém Márcio, aparentando medo, disse que iria se afastar, porque havia notado movimento estranho de policiais na estação. Ante a notícia, todos saíram às pressas, menos Marcelo, que ficou até que, por coincidência, apareceu uma viatura, despertando no jovem a certeza de que o plano tinha sido descoberto, o que na realidade não ocorrera.

Como a bomba não explodiu, para todos ficou a certeza de que a polícia detectara o artefato, criando enorme frustração. Não poderiam fazer um novo atentado no mesmo local, entendendo-o vigiado pelas forças de segurança. Procuraram saber como o plano fora descoberto. Apesar de interrogarem os militantes do aparelho, as possibilidades de vazamento foram descartadas, ficando no ar a hipótese de falha na fabricação ou na instalação da bomba. Nunca souberam realmente o que aconteceu. E Márcio, conforme o programado, partiu para Portugal com o nome de Antônio Mariz, estudante universitário, chegando a Lisboa dois dias após o fracasso do plano.

Iniciava-se para o jovem uma nova experiência de vida. Profundamente abalado pelos últimos acontecimentos, alojou-se no quarto de pequena hospedaria no centro velho da capital, sem saber o que fazer e por onde começar.

Graças às falsificações realizadas no Brasil em seu passaporte, ingressou com facilidade no país. O governo de Marcelo Caetano, último chefe do Conselho de Ministros, nada mais era do que a continuidade do Estado Novo, criado pela ditadura de Antônio de Oliveira Salazar, que durou 41 anos consecutivos.

O movimento oposicionista português estava em franca atividade, agindo, contudo, na clandestinidade e movido por razões bem diferentes daquelas que impeliam a esquerda brasileira de lutar contra o regime. Em

Portugal, o desgaste da ditadura decorria das dificuldades econômicas do país, na sustentação das lutas nas colônias ultramarinas e das posições do próprio governo Salazar, que impedia a modernização do país, adepto de uma economia meramente rural desvinculada da era industrial e, portanto, fora da realidade mundial, enquanto que, no Brasil, o governo militar iniciava reformas significativas na economia.

Márcio sabia que não poderia se expor em Portugal, mantendo-se discreto, tomando ainda cuidado quando se deslocava, o que o inibiu de encontrar serviço, uma vez que o desemprego se acentuava, com o retorno de muitos portugueses das colônias ultramarinas conflagradas pelas revoluções de libertação nacional. Como Portugal estava exangue, Márcio pensou em sair do país, não conseguindo, porque, apesar dos pesares, viver em Portugal era ainda muito mais barato do que em outros lugares da Europa. Assim, começou no subemprego, trabalhando em bares e restaurantes, fazendo serviços menores, única forma que encontrou para sobreviver.

Na condição de jovem esclarecido, sabia que deveria voltar à faculdade, não mais para cursar administração de empresa, mas um curso voltado às ciências sociais, que lhe permitisse cultivar os seus ideais de outra forma. Em razão da localidade, começou a se aproximar da centenária Universidade de Lisboa, procurando informar-se como um estrangeiro poderia ali obter bolsa de estudo.

Capítulo 08

Voltas e reviravoltas

Com o retorno dos moradores ao antigo local da favela, a vida das pessoas foi voltando ao normal. Na realidade, o grupo havia mudado radicalmente, com a saída em definitivo de algumas famílias e o ingresso de outras, conduzidas pelas lideranças do movimento. O ambiente já não era mais o mesmo: pessoas novas, outros hábitos e costumes; não existiam mais as antigas amizades, a colaboração mútua. A comunidade perdera as características de ajuntamento uniforme agradável, um bom lugar para se viver, apesar das dificuldades econômicas e sociais de cada família.

Nesse novo ambiente, Zulmira já não era mais aquela jovem senhora respeitada por todos. Vendo-a sem a proteção de um marido e como mulher relativamente jovem e muito bonita, começou a sofrer assédio por parte de alguns pretendentes desclassificados, com os quais não tinha nenhuma afinidade. Angustiada ante a nova situação, impossibilitada de sair do local, contando com a intransigência da família para a qual trabalhava, agarrava-se a Deus, rogando força e proteção para conseguir viver naquele ambiente hostil. Procurava ficar a maior parte do tempo no serviço, mas à noite era obrigada a retornar para o seu barraco, sempre se deparando com um ou outro "engraçadinho", nutrindo ainda a esperança de reencontrar a filha.

Na casa em que trabalhava ia às compras todos os dias, parando invariavelmente em uma pequena igreja que ficava no caminho, quando então, como qualquer devota, ajoelhava e orava com sinceridade. Padre Antônio, um senhor de quase oitenta anos, observava-a, porque naquele horário, estando a igreja vazia, aproveitava para ler o breviário, permanecendo ao lado do confessionário, à espera de algum fiel.

Há muitos anos na função de pároco daquela igreja, esquecido que fora pela diocese, evoluíra espiritualmente. Sensível e nobre, cordato e preocupado com o bem-estar do seu rebanho, não se dedicava à política interna da congregação a que pertencia, comportando-se discretamente e ajudando sempre os que o procuravam. Já vinha, há tempos, observando aquela senhora que comparecia à igreja quase todos os dias, sempre no mesmo horário, permanecendo por alguns minutos orando com integral devoção.

Certo dia, Zulmira estava demais angustiada com a somatória dos problemas que vinha enfrentando. Ali, no banco tosco da pequena igreja, deixou as lágrimas caírem com intensidade, não conseguindo conter o soluço, chamando a atenção do padre que se aproximou mansamente, depositando as suas mãos nos ombros da senhora, dizendo:

— Minha filha! Não se preocupe com as pessoas ingratas que estão à sua volta. Em breve, a providência divina indicará a você um local adequado para viver com dignidade.

Surpresa e não acreditando no que ouvia, Zulmira conteve o choro e voltou-se para o padre, agradecendo:

— Desculpe-me! Não queria estar desse jeito na casa de Deus.

Ao que ele respondeu:

— Não se preocupe! Se não puder demonstrar aqui os seus sentimentos, onde o fará?

— Estou vivendo um momento muito difícil e não vejo saída. O Senhor disse agora que em breve Deus irá me indicar um local para morar com dignidade. Como isso é possível? Dentre os problemas que estou passando, um dos principais se refere à minha atual moradia. Não tenho para onde ir, e onde estou certamente serei molestada. Depois, não gostaria de sair daquele local, porque espero ainda o retorno da minha filha.

Padre Antônio, visivelmente intuído, respondeu:

— Esqueça por algum tempo a filha querida que foi atrás de ilusões. Ela não voltará logo, mas a senhora a verá ainda nessa vida, não sabemos de que forma. Por enquanto, cuide de si, porque está bem necessitada.

Zulmira ficou realmente intrigada. Voltando-se para o padre, argumentou:

— O Senhor parece que advinha os meus pensamentos. Nunca pensei que algo assim pudesse acontecer...

— Não se preocupe — respondeu-lhe. — Há muitos mistérios na vida. Agora, enxugue as lágrimas, porque ainda precisará voltar para casa de sua patroa, no horário de sempre, para não levar outra advertência.

— O Senhor conhece a minha patroa?

— Não!

— Então, como sabe que ela é rigorosa quanto ao cumprimento do horário?

— Deixe para lá! O importante hoje é não receber mais nenhuma carga negativa. Já tem sofrido o suficiente. E as suas dores, suportadas com resignação, encontraram apoio no céu. O seu sofrimento vai diminuir em pouco tempo, a senhora verá.

— Não estou entendendo!

— Não precisa, apenas registre. Agora, siga com Deus!

Zulmira despediu-se do Padre ensimesmada. Aquele homem idoso, franzino, com olhar meigo e voz tranquila, sabia dos seus sofrimentos sem que ela tivesse se confessado. Agradecendo a Deus, voltou para a casa em que trabalhava encontrando no local o mesmo ambiente de sempre, mas alguma coisa havia mudado no seu interior. Após a conversa com o pároco, Zulmira recobrou energia. A esperança, a perspectiva de uma nova moradia, de um minuto para outro lhe infundiu novo ânimo, atirando-se ao trabalho, o que não passou despercebido da patroa.

O ser humano, quando impelido por um ideal, uma meta, sob o influxo da esperança, ganha energia e reflete nas atitudes uma alegria que se torna visível a todos. As demais empregadas da casa também observaram a súbita mudança em Zulmira, cada uma à sua maneira, pensando no que poderia ter causado aquele estado de felicidade na nobre servidora.

Falemos um pouco de Padre Antônio: nascido na Espanha, ele veio para o Brasil designado pelo superior de sua ordem, que viu no jovem sacerdote uma personalidade tranquila e indicada para cumprir missões, ao lado dos pobres dos países subdesenvolvidos. Em vez de enviá-lo à África ou a algum outro país de colonização Ibérica, resolveu transferi-lo para o Brasil. Na realidade, o superior da ordem era bem arguto. Percebia nos jovens padres as características de cada um, mantendo próximos a si somente aqueles que ele julgava aptos para o exercício da política eclesiástica, no intrincado jogo de poder do Vaticano e da Ordem a que se vinculava.

O jovem Antônio, trazendo meiguice inata, refletindo bondade sem igual, não serviria aos propósitos políticos de seu Superior. Então, o melhor mesmo seria enviá-lo para bem longe, abrindo caminho para aqueles padres mais ligados às lutas pelo poder na Igreja. Por essa razão, o sacerdote foi praticamente desterrado para o Brasil, longe de todos os seus familiares, permanecendo por alguns anos em dioceses do Rio Grande do Sul, somente retornando à Espanha quando do falecimento de sua genitora e por ocasião da insurgência da Guerra Civil.

A Guerra Civil Espanhola colocou em confronto duas facções políticas bem distintas – os monarquistas e os republicanos – sendo esta considerada pelos historiadores o evento político mais importante antes da Segunda Guerra Mundial.

Padre Antônio, após o enterro de sua mãe, ainda permaneceu na Espanha conflagrada, ajudando as vítimas das barbaridades perpetradas na guerra, então, travada e que fora internacionalmente politizada pela interferência da Rússia, da Alemanha e da Itália, sob a assistência de outros países.

Os horrores cometidos na luta e, sobretudo, o bombardeio dos aviões alemães sobre a cidade de Guernica em 1937, levaram a genialidade de Pablo Picasso a estampar na tela pintada a óleo, e no mais legítimo cubismo, a expressão maior da violência humana. Daí para frente, seria *Guernica* de Picasso o quadro símbolo de todas as guerras e a representação pictórica mais significativa da crueldade humana.

Todos aqueles anos, nos campos ensanguentados da Espanha, tornaram o padre um homem de muita fé, enquanto outros capitulavam ante as atrocidades cometidas, lançando impropérios a Deus. Contudo, o pároco sentia no fundo de tudo a mão do Senhor amenizando as dores daquelas pessoas, que eram atingidas por duros sofrimentos.

No íntimo, sabia que aqui na Terra todos temos contas a ajustar, ainda que conscientemente não saibamos a razão imediata, embora percebamos sutilmente que haja algo a superar.

Longos foram os anos de dor e tristeza que se abateram sobre o povo espanhol, que após o conflito teve de suportar, por décadas, a brutal ditadura de Francisco Franco, cerceando todas as liberdades fundamentais.

Após enxugar muitas lágrimas, consolar famílias destroçadas, o padre finalmente se liberou da Espanha. Nada mais o prendia à terra natal. Seus pais haviam morrido, um irmão falecera na Guerra Civil e a irmã vivia com o marido e os filhos. Sentindo-se só na própria pátria, lembrou-se do Brasil, a terra em que tinha vivido na mocidade, quando se iniciara no sacerdócio, conseguindo autorização do Superior da Ordem para voltar ao país, que vivia uma fase de euforia no governo do Presidente Juscelino Kubitschek, localizando-se, então, Padre Antônio, na diocese de São Paulo.

Novamente, foi designada e ele uma pequena igreja. Naquele ambiente agradável, os seus dons mediúnicos afloraram com mais intensidade. Cristão por opção, soubera compreender a dor do próximo, no ambiente tenebroso da Guerra Civil Espanhola, de forma que, no Brasil, quando eclodiu o golpe de 1964, sentiu o sofrimento que se abateu sobre os perseguidos.

Na pequena casa paroquial que ocupava, o padre recebia entidades espirituais elevadas, que com ele conversavam sobre todos os acontecimentos, explicando-lhe as razões para tantos sofrimentos e o orientando quando entendiam necessárias intervenções a favor de alguma pessoa. A igreja, entendida como instituição religiosa, não aceitava de forma alguma a teoria da reencarnação e nem admitia a manifestação dos bons espíritos, aceitando, contudo, a dos espíritos endemoninhados, que exorcizava em rituais desnecessários. Padre Antônio, no entanto, se mantinha reservado em relação às orientações que recebia. Em certos casos, porém, quando autorizado, como foi o de Zulmira, revelava tão somente a ponta do *Iceberg*.

A partir daquele dia, a jovem senhora encontrou no coração do padre a acolhida que lhe faltava desde a morte precipitada do marido. Procurava comparecer à igreja no mesmo horário e em breve ofereceu-se para ajudar na limpeza da casa paroquial, participando ativamente das atividades religiosas, sempre que dispunha de algum tempo, sentindo-se muito bem naquele ambiente de oração.

A proximidade com o padre fez com que a boa senhora conhecesse outras pessoas que frequentavam a igreja, despertando atenção em D. Agostina, que era da mesma região da Espanha de onde viera o pároco, profundamente piedosa, esposa de um grande industrial, com fábricas em São Paulo. Sempre respeitosa com todos, Zulmira cativou D. Agostina, que a convidou para trabalhar em sua casa, oferecendo-lhe moradia. Tudo aconteceu conforme predissera o pároco. Restava agora comunicar à atual patroa que deixaria a casa, em que trabalhava a longos anos, sabendo que enfrentaria o gênio irascível da mulher que nunca soubera dar a ela o merecido valor.

As grandes dificuldades que o ser humano encontra ao longo da vida, sobretudo, para realizar alguns desejos legítimos, desfazem-se como simples nuvens de fumaça quando os caminhos se abrem na espiritualidade.

Zulmira, que desde o nascimento suportara com humildade e resignação as condições sociais a que fora lançada, em cidade marcada pela pobreza no interior da Paraíba, e, depois, ao chegar a São Paulo, remetida sem comiseração ao tugúrio de uma favela, vencida a prova, como que num passe de mágica, foi alçada a uma posição social bem melhor.

Não adianta, portanto, em certos momentos da vida, quando as coisas não caminham conforme os nossos sonhos, imprecar ou revoltar-se, contestar ou rebelar-se, porque, pelas leis de causa e efeito, enquanto as causas dos sofrimentos atuais não forem debeladas, as provas continuarão a existir. Uma vez superadas, de um dia para o outro, o panorama muda integralmente. O tão esperado convite bate à porta; as barreiras intransponíveis são vencidas e tudo acontece no momento certo.

Zulmira estava alegre quando comunicou à patroa que deixaria a casa. Já esperava a reação da senhora e, por isso, não se abalou quando ela esbravejou:

– Você não pode sair daqui assim sem mais e nem menos. Quando você veio da Paraíba nós lhe demos acolhida. Agora, até eu arrumar outra pessoa, não vou deixá-la partir.

Já preparada para a reação, calmamente respondeu:

– Agradeço à família a acolhida que recebi nessa casa. Procurei sempre fazer o melhor, respeitando a todos. Agora preciso ir para outra experiência, razão pela qual espero que a senhora em trinta dias consiga outra pessoa para ocupar o meu lugar.

– É muito pouco tempo! Não vou conseguir nesse prazo ninguém que a substitua na administração da casa.

– É o prazo que posso conceder, afinal, penso que encontrará com facilidade outra pessoa, porque o meu serviço aqui até hoje foi sempre muito criticado.

– Queria que eu a elogiasse para se gabar por aí?

– Claro que não; esperava apenas um reconhecimento que nunca existiu. Mas, a razão de eu ir para outro emprego não se trata nem da senhora e nem de sua família, que, repito, me acolheram. Mas, na outra casa, eu terei um quarto para morar, o que aqui não foi possível.

– Se é por isso, não tem problema. Pode ocupar o cômodo dos fundos.

– Agora não posso. Já me comprometi com a nova patroa e assumo o meu posto em trinta dias.

– Eu vou falar com o meu marido, que irá proibi-la de deixar essa casa.

– A senhora não poderá fazer isso, pois é contra a lei.

– E empregado tem lei que o proteja nesse país?

– Não quero discutir com a senhora, que respeito muito. Agora, se me der licença, preciso conduzir o serviço da casa.

– Pode ir – falou a patroa despachando-a com um gesto agressivo.

Zulmira, bem espiritualizada, saiu satisfeita daquele entrevero. Pela primeira vez, desde que ali chegara, conseguiu enfrentar a patroa. Sempre fora desprezada, humilhada, maltratada pelos filhos mal-educados do casal, além de completamente ignorada pelo patrão. Tudo o que fazia merecia críticas; nunca recebera um único elogio; somente desaforos, e quando necessitou de moradia negaram-lhe sob o pretexto de que se mudariam, – o que não aconteceu. Agora estaria livre em trinta dias. A única coisa que a preocupava era a filha, que não sabia onde se encontrava e nem o que estava fazendo. Apesar de tudo, lá estava o coração de mãe, sempre obsequioso, esperando a qualquer momento poder amparar a filha, mesmo sabendo-a ingrata.

Após trinta dias, Zulmira deixou a casa em que trabalhara por longos anos e se apresentou à residência de D. Agostina. Era uma ampla mansão, situada no melhor lugar do Jardim Europa, bem próxima à pequena igreja de Padre Antônio, revelando que os novos patrões eram economicamente mais favorecidos do que os antigos. Foi recebida pela patroa e pelos demais empregados alegremente. O ambiente era outro; as pessoas refletiam felicidade, alegria. Logo, levaram Zulmira para o seu quarto, amplo e confortável, proporcionando-lhe condição de vida que a doméstica nunca sonhara um dia desfrutar.

Ao deixar a favela, despediu-se das pessoas que ainda lhe eram caras, principalmente da amiga Tereza, que não se furtou às lágrimas que escorriam face abaixo, como cascatas de felicidade e amargura.

Tereza era uma mulher de coração generoso, mãe exemplar e esposa sofrida. O marido bebia e era violento com ela e as crianças. No entanto, a sua prova ainda iria se prolongar por muito tempo, fruto das suas ações em vidas passadas, tendo de recompor o que um dia malbaratou no auge dos prazeres e das ilusões. No seu roteiro estava escrito que deveria se defrontar com o marido, um espírito que ela no passado atirara na lama, levando-o à bebida e ao sofrimento. Os filhos foram ao mesmo tempo seus comparsas e desafetos, estando no catre das provações junto com a mãe, a antiga companheira de vícios, para viverem uma experiência sofrida e redentora, aceitando as condições que a ela eram apresentadas pela espiritualidade.

Naquela época, o Brasil não tinha uma política habitacional voltada para os excluídos da sociedade.[22] Para enfrentar o grave problema de moradia, o governo militar criou, posteriormente, o Banco Nacional da Habitação, financiado com os recursos do recém-criado Fundo de Garantia do Tempo de Serviço. O BNH, como passou a ser conhecido, empreendeu uma política habitacional voltada, sobretudo, para a classe média.

Posteriormente, foram efetivados alguns projetos voltados aos menos favorecidos, – os conjuntos habitacionais levaram nomes diversos; porém, com o inchaço da cidade e a falta de infraestrutura urbana para suportar essa população, o trânsito se tornou caótico, o que, naquela época, não acontecia em São Paulo, cujo número de habitantes por carro era bem menor do que nos dias de hoje.

A origem, contudo, dos problemas que a metrópole paulistana se defrontaria nas décadas seguintes, deita suas raízes naquele período de rápida urbanização, indus-

---

[22] As casas que foram construídas antes da revolução de 1964 pelos Institutos de Aposentadorias e Pensões, os chamados IAPs, eram voltadas para os que integravam as categorias organizadas do operariado, situadas na indústria, no setor bancário e no comércio. Os conjuntos habitacionais, mesmo para esses empregados, eram poucos e o comparecimento em massa na cidade de São Paulo, da mão de obra vinda do Nordeste do país, não encontrava habitação suficiente, o que fez com que proliferassem as favelas e os cortiços, focos de desajustes sociais, que mais à frente se refletiriam na sociedade paulistana.

trialização sem critério e deslocamento da mão de obra do campo para a cidade.

A vida de Zulmira mudou radicalmente. De empregada maltratada, passou a ser respeitada e mais ainda, querida. Em pouco tempo, ganhou a confiança de D. Agostina, sem gerar ciúmes nos demais serviçais, com os quais se entendeu imediatamente. A mulher, depois de tantas lutas, finalmente chegou a conviver com pessoas de um grupo espiritual homogêneo, não necessariamente do mesmo ramo familiar, mas cujas vibrações e concepções acerca da vida eram muito próximas. De forma que não encontrou resistência para continuar frequentando a igreja e passou a contribuir na paróquia com o seu trabalho dedicado, aproximando-se cada vez mais de Padre Antônio.

Mantinha com o pároco algumas conversas esclarecedoras, confortando-se ante as respostas sempre ponderadas, e, sobretudo sábias. Foi nesses agradáveis colóquios no alpendre da casa paroquial que tomou conhecimento das ideias do Padre, que eram muito diferentes das propagadas pela igreja de seu tempo, mesmo em época de renovação, ditada pelo concílio Vaticano II, inaugurado pelo Papa João XXIII em 1962, e concluído pelo Papa Paulo VI, em 1965.

Considerando-se que o Padre conversava habitualmente com os espíritos, conhecia a fundo a doutrina do codificador Allan Kardec, mas, por razões óbvias, não manifestava na liturgia católica a sua visão do mundo, das pessoas, de Deus, da reencarnação. Seguia rigorosamente o protocolo da igreja a que se filiara, procurando, contudo, sempre que podia confortar os seus paroquianos. Nas missas de sétimo dia, quando as famílias enlutadas compareciam, o pároco procurava despertar-lhes a esperança na continuidade da vida, dizendo:

– *Queridos Irmãos em Cristo, nunca se desesperem. O túmulo não é o fim reservado aos nossos mais caros afetos. Para além da laje fria que sepulta o corpo vazio, a alma vibra diante da vida espiritual. Não chorem, não amaldiçoem os que feriram os seus entes queridos. Tudo passa e chegará o dia em que todos se reencontrarão na vida espiritual, sem as amarras do corpo, conscientes de uma nova realidade. Os que foram chamados antes, onde estiverem, prepararão a recepção dos que aqui ficaram, – essa é a beleza da vida.*

As manifestações confortadoras do Padre eram aceitas pelos fiéis e pela igreja. Não se contestava o que estava implícito em cada palavra, em cada frase, que remetia à ideia da reencarnação, sem que se pudesse falar dessa forma. E Zulmira, encantada, esquecia as suas dores, lembrava-se do filho querido e do marido que perdera tão precocemente, parecendo sentir, naquele momento, a presença deles estimulando-a a prosseguir a jornada com alegria. Elevava a sua prece pedindo a misericórdia de Deus para a sua Zuleika, que, nesses momentos, mesmo estando envolvida pelo mais baixo astral, acusava sensação diferente, lembrando-se fugazmente da mãe, para logo em seguida apagar a imagem incômoda – um *flash* do Além – enviado ao espírito imaturo da jovem atormentada.

Padre Antônio percebeu de imediato a grandeza espiritual de Zulmira e aproveitava os colóquios para orientá-la, sabedor da missão reservada à jovem senhora, ainda nesta encarnação.

Na casa de D. Agostina o ambiente era dos mais agradáveis. A família toda se empenhava para fazer sempre o melhor.

Naquela época, o Brasil começava a enfrentar enormes dificuldades econômicas, como consequência dos gastos realizados para impulsionar o desenvolvimento, atendendo ao programa de metas do Presidente Juscelino Kubitschek de realizar cinquenta anos em cinco. Mesmo sob a escalada da inflação, as fábricas do marido de D. Agustina prosperavam e os empregados eram bem tratados. O patrão, tal qual a sua esposa e filhos, respeitava os colaboradores, demonstrando real interesse pelas suas vidas.

Zulmira integrou-se de tal forma na vida daquela família e nos trabalhos paroquiais, que até esqueceu um pouco a amargura que alimentava pelo fato de não receber uma única notícia da filha. Sempre que comparecia à favela conversava com Tereza, levando para senhora uma ajuda especial, que conseguia com a generosa patroa. Todas as vezes que se dirigia à favela, procurava fazê-lo em horário que sabia deserta, para não ser incomodada, principalmente naquele momento em que a patroa fazia questão de proporcionar a ela vestimentas adequadas. Em uma dessas visitas à favela, conversou longamente com a amiga.

— Sabe que agora estou bem. Gosto muito das pessoas, do ambiente da casa, mas ainda assim me lembro de Zuleika. Sabe se ela deu sinal de vida?

Tereza, sempre carinhosa, respondeu:

— Nunca mais foi vista por aqui. Parece que desapareceu. Mas não se preocupe. Se souber alguma coisa, aviso imediatamente.

— Estou esquecendo um pouco a Zuleika, acredita? Não gostaria de esquecer a minha filha. Sei que ela um dia poderá precisar e gostaria de estar ao lado dela. É tão difícil essa separação.

— Você já perguntou ao Padre sobre Zuleika?

— Sim, só que sempre desvia o assunto.

— Não disse nada mesmo?

— Apenas que ainda vou encontrar a minha filha nessa encarnação, não sabendo de que forma, o que me deixa intrigada.

— Mas, ele não sabe tudo?

— Só para os outros! Para mim apenas diz que está tudo correndo conforme o planejado. Que eu não deveria esperar a regeneração dela nessa vida, mas irá evoluir muito à custa de graves sofrimentos.

— Só isso?

— Só e nada mais!

Com o passar do tempo, Zulmira foi entendendo os cuidados de Padre Antônio com as palavras; evitava chamar a atenção de todas as formas.

Na época em que o Padre retornou ao Brasil tornou-se amigo de outro pároco, do interior de São Paulo, e dotado de expressiva mediunidade.

O Padre Donizetti[23], vivendo na pequena cidade de Tambaú, atraía multidões pelos dons que possuía, atribuindo-se-lhe muitas graças em favor dos necessitados, que ele invariavelmente transferia para Maria Mãe Santíssima. Assustado com as romarias à Tambaú, Padre Antônio, que era estrangeiro e ainda não dominava completamente a língua portuguesa, evitava revelar os seus dons, temeroso do assédio popular e da imprensa.

Nas conversas reservadas com Zulmira, contudo, indicou a ela *O Livro dos Espíritos* de Allan Kardec, recomendando-lhe discrição, abrindo-se para a jovem senhora um novo mundo. Desde criança ela tinha contato com os espíritos e ficava amedrontada, porque sempre lhe aparecia o que chamava de "Assombração", na verdade entidades sofredoras do baixo astral, que a mulher atraía em face da vida que levava em ambiente marcado pelas mais diversas dificuldades.

Estudou o livro, profundamente, perguntando ao Padre como era possível a igreja ignorar as manifestações espirituais, quando vários sacerdotes apresentavam mediunidade ostensiva, como era o caso do Venerando Padre Donizetti, que segundo os comentários da época tinha o dom da "bilocação", ou seja, estar ao mesmo tem-

---

[23] Padre Donizetti Tavares de Lima, durante 35 anos foi pároco em Tambaú, cidade próxima à capital de São Paulo, e se tornou muito conhecido no país pelas curas que realizava.

po em dois lugares. Ao que o amigo, sempre com voz moderada, comentou:

— Existem ainda muitas dificuldades de aceitação dessa inegável realidade no seio da minha igreja. Tudo tem o seu tempo certo e se ainda é assim talvez seja melhor. Nem todas as pessoas estão preparadas para perceberem esses fenômenos espirituais com clareza, mas chegará naturalmente o dia em que a comunicação dos espíritos, a reencarnação, será um fato tão normal que não se perceberá a passagem de uma concepção de pensamento teológico para outra.

— Mas, enquanto isso não acontece – argumentou Zulmira – muitos vão ficar privados do consolo da doutrina espírita.

— Não é bem assim. Os que já sentem essa mensagem no coração certamente vão buscar as explicações, encontrando-as com muita facilidade.

Os colóquios se alongavam e Zulmira passou a estudar todos os livros da codificação, desenvolvendo ao mesmo tempo a sua mediunidade, sempre sob a orientação do pároco. Em várias oportunidades, ambos viam as mesmas manifestações, sentiam a angústia dos espíritos sofredores e apresentavam interpretações semelhantes para os fenômenos que presenciavam. Houve uma verdadeira reviravolta na vida da jovem senhora, que mais calma, bem mais entendia o desaparecimento da querida filha e os infortúnios que se abateram sobre a sua família.

187

Capítulo 09

Nos arredores de Bath

O Brasil não saía um só instante das lembranças de Olívia. O clima, as cores, os colegas da faculdade e, sobretudo a imensa saudade do pai. Ter deixado o país fora uma imposição de Mr. Mason, mas a permanência da jovem na Inglaterra dava-se por imposições do destino, face ao súbito agravamento da enfermidade de sua avó materna. Após visitar os principais médicos de Londres, a senhora não apresentava melhora e definhava a olhos vistos. Inconformada com a falta de um diagnóstico, a mãe de Olívia falou com Margareth, sua irmã, que com ela conversava sobre os médiuns famosos do passado, como Emanuel Swedenborg, Daniel Dunglas Home, as irmãs Fox e tantos outros arautos da espiritualidade.

Margareth, na realidade, era uma sensitiva interessada em aprender os complexos mecanismos da mediunidade. Pelo menos uma vez ao mês deixava o conforto de sua mansão na cidade de Londres e partia para os arredores de Bath, quando se encontrava com Joanne, senhora já idosa, que vivia em pequena casa assobradada, revestida de tijolinhos vermelhos e cercada de flores.

Joanne era uma mulher bem sofrida e de larga experiência de vida. Muito jovem, perdeu o marido de forma traumática e depois seus dois filhos também morreram. Apesar de tantas dores, era uma mulher bem-humorada, mantendo doce resignação, mesmo vivendo em condições humildes, sustentando-se com a pequena pensão paga pelo governo, em razão do falecimento do marido. Ajudava o próximo sempre que podia e a sua casa era frequentada pelos necessitados do corpo e principalmente da alma.

Filiada à Igreja Anglicana de matriz católica e reformada, mas não adstrita inteiramente ao seu conteúdo, Joanne praticava a sua religião com devotamento, sentindo desde criança a manifestação dos espíritos. Logo aos sete anos, falou com o espírito do seu avô recém-desencarnado, alarmando os membros da família, que procuraram preservar a menina de todas as formas, para não ser alvo de pessoas inconvenientes. Educada, rigidamente, para não dar passagem às entidades espirituais que dela se aproximavam com frequência, Joanne, com o passar dos anos, foi aprendendo a dominar a sua mediunidade, até que chegou o tempo de extravasá-la, sem causar constrangimentos às pessoas.

Idosa, marcada pela vida, já experiente no trato de seus dons e faculdades, recebia com alegria a sua melhor amiga, Margareth, pertencente à casa real, que lá comparecia com regularidade, sem despertar a curiosidade alheia. Sempre que se dirigia a Bath a senhora vestia-se com discrição e levava à sua amiga um pacote de chá, velha tradição inglesa. Joanne sabia a origem nobre da amiga e mantinha absoluta discrição, nunca se prevalecendo dessas relações para solicitar seja lá o que fosse.

A amizade desinteressada tem o condão de se preocupar com o amigo, como já dizia na antiguidade Marco Túlio Cícero: a maior prova de amizade é não solicitar ao amigo o que ele não pode e não deve fazer em razão do seu ofício, o que normalmente é desconsiderado pelos aproveitadores, que gostam de se exibir como amigos de pessoas importantes. E – acrescentamos nós – o melhor presente que se pode dar a um amigo é inseri-lo em nossas preces diárias.

Naquele dia de inverno, em que a neve cobria inteiramente Londres, a mãe de Olívia solicitou à irmã Margareth que a levasse a Bath. Ela e sua filha tinham interesse em falar com Joanne, que não conheciam, mas admiravam pelas referências obtidas, para pedir ajuda dos espíritos à senhora enferma, cujos sofrimentos estavam se tornando insuportáveis, afetando toda família. Margareth também orava todos os dias para a melhora de Caroline. Ante uma solicitação tão grave em benefício da mãe anuiu, sem antes comentar:

– Têm certeza que desejam sair hoje de casa?

– Precisamos – respondeu Katlyn. – Não posso ver nossa mãe sofrer tanto.

– Não temos sequer um diagnóstico – completou Olívia.

– Não desejo decepcioná-las. Todas as noites eu tenho orado por mamãe. Ela tem recebido a melhor assistência médica, não vamos nos esquecer.

191

– Mesmo assim não há um tratamento específico.

– Eu sei. Também estou aflita. Vamos solicitar um carro e partiremos ainda hoje para Bath, quem sabe Joanne possa nos ajudar!

Em pouco tempo, tinham arrumado as malas e o veículo partiu em baixa velocidade para a cidade das termas. A estrada estava quase tomada pela neve, obrigando o motorista a dirigir com muito cuidado. Quase três horas após, em um percurso que normalmente demoraria a metade do tempo, foi que chegaram à herdade da família. Assim que arrumaram as coisas, com a valiosa ajuda do caseiro, dirigiram-se para a pequena casa situada na periferia, logo na saída para a cidade de Bristol.

Joanne ficou deveras surpresa com a chegada da amiga acompanhada de duas outras mulheres. O tempo realmente não recomendava sair de casa. Para a anfitriã, contudo, foi uma alegria receber Margareth, principalmente em um dia nostálgico como aquele, quando sozinha costumava lembrar os seus mais caros afetos. Como consolo, nas suas orações, percebia a movimentação espiritual, agradecendo a Deus o privilégio de conviver com entidades tão elevadas. Abrindo a porta para que as visitas pudessem se proteger do vento, acomodou-as na sala, dizendo:

– Aguardem alguns minutos que vou esquentar a água para o chá. Está muito frio hoje e vocês precisam se aquecer.

– Não se preocupe – respondeu Margareth.

– Só alguns minutos!

A casa era simples, pequena, mas aconchegante. Uma lareira estava acesa e o silêncio somente era quebrado pelos estalidos da madeira em combustão. Minutos após, Joanne chegou com uma chaleira fumegante nas mãos. Trouxe também biscoitos e o tradicional bolo inglês, servindo as visitas, em seguida, que agradeceram. Enquanto tomavam chá, Margareth comentou:

– Não esperava vir hoje a Bath, mas estamos vivendo um grande problema. Minha irmã e a sobrinha, que não te conhecem, desejam buscar a sua ajuda.

– Quem sou eu? – respondeu Joanne – para ajudar duas *ladies* tão importantes.

Ao que Olívia respondeu, descontraindo o ambiente:

– Sou muito jovem para ser tida como senhora.

– Perdoe-me! É realmente uma jovem e bem simpática.

– Então – prosseguiu Margareth. – A nossa mãe (como sabe) está passando por longa enfermidade. Apesar de contar com os melhores médicos da coroa, não se tem ainda um diagnóstico. É uma pessoa idosa, que se cuida, e até dois meses atrás vivia muito bem. De repente, não se sabe o porquê, teve brusca queda de energia que a levou ao hospital e a partir de então só definha. Os médicos já fizeram todos os exames, mas a causa mesmo permanece ignorada. O que será?

– Joanne ouviu o pequeno relato com atenção. Dirigindo-se a Katlyn perguntou-lhe:

– Qual o nome mesmo da mamãe?

– Caroline.

– Quantos anos ela tem?

– Oitenta.

– Os médicos não falaram nada sobre a enfermidade?

– Dizem apenas que estão fazendo os exames, mas ainda não têm diagnóstico.

– Ah! Eles já sabem, sim.

– E por que não falam?

– Querem ter certeza. Afinal, a sua mãe é parente direta da rainha e ligada por laços ancestrais ao pai da nossa soberana.

– Podemos ter esperança de cura? – perguntou Katlyn, aflita.

– Não sei!

– A senhora pode fazer alguma coisa por ela?

– Talvez! Vou colocar o nome de sua mãe nas minhas orações, sempre ajuda.

– A senhora entende que seja algo grave?

– Não sei minha filha. Toda doença com pessoa idosa sempre preocupa. Depois, cada um de nós tem o seu momento de chegar e o de partir. Precisamos estar preparados.

– Como filha, estou angustiada. Já perdi papai; minha mãe e a Margareth são as únicas pessoas que me ligam ao passado. Agradeço a Deus pelo marido que tenho, os meus filhos. Se não fosse um acidente que Olívia sofreu na cidade do Rio de Janeiro não teria vindo a Londres a tempo de poder conversar um pouco mais com a enferma, que até então estava bem. Se demorasse mais alguns dias no Brasil não teria aproveitado essa oportunidade.

– Vê minha filha, como Deus dispõe tudo da melhor forma.

– A senhora pode me explicar?

– Observe: a sua filha sofreu um pequeno acidente que, a rigor, não necessitava de tratamento na Inglaterra.

– Foi o meu marido que assim quis.

– Mas, o atendimento dos médicos brasileiros foi ótimo.

– Isso mesmo.

– Então, como os espíritos que acompanham a família sabem com antecedência tudo o que pode acontecer, permitiram a ocorrência de um simples acidente com a sua filha, que veio do Brasil para satisfazer as preocupações do Pai e atender a outras necessidades.

– Faz sentido – interrompeu Olívia, pensando também na perseguição diuturna de Marcelo.

– Sempre nos acontece o melhor – respondeu Joanne.

A conversa naquela casinha agradável se prolongou até à noite. Olívia ficou vivamente impressionada com Joanne e Margareth, embora notasse Katlyn reticente. Não sabia que a tia era tão versada em questões espirituais. Interessou-se de imediato pelo assunto, ficando todas de retornar a Bath na semana seguinte.

Antes de dormir, a moça rememorava os últimos acontecimentos. Lembrou a necessidade que sentiu de partir subitamente em férias para evitar o assédio de Marcelo, os movimentos estudantis que se iniciavam, as colegas de faculdade, as amizades que não pôde aprofundar... Altamente intuitiva, sabia que havia algo de errado com ela e Marcelo, afinal nunca havia sentido tanta repulsa por alguém, sem que a rigor tivesse havido qualquer relacionamento entre eles. Era bem estranha essa aversão inexplicável pelo jovem. O que Olívia não sabia era o fascínio que tinha despertado no guerrilheiro, que a desejava de qualquer forma, pensando até em sequestrá-la, despejando também o seu ódio no pai da moça, que sequer conhecia.

Naquela semana, a situação de Caroline se agravou. Na realidade, a senhora entrara em difícil processo comatoso, impedindo Katlyn de voltar a Bath, recomendando à filha que fosse conversar com a boa senhora. Olívia, embora preocupada com o estado clínico da avó, sentia que ela havia chegado ao fim. Dirigiu-se à herdade da família em Bath e depois foi visitar Joanne, que a recebeu com a costumeira alegria, perguntando-lhe sobre as amigas e o estado da paciente.

— Tia Margareth está bem. Pediu desculpas, mas desejou ficar com a minha mãe nesse momento de angústia. Eu vim em nome delas saber se há algo que se possa fazer pela minha avó.

— Nessas questões não temos acesso. O mundo espiritual é muito rigoroso quando se trata da encarnação (nascimento) e desencarnação (morte). Ambas as situações afetam sobremaneira o espírito, fazendo-se a separação, no caso de óbito, quando os mentores espirituais da pessoa encarnada sentem que há necessidade. Não saberia dizer com segurança se a sua avó vai ou não desencarnar agora, mas tudo indica que sim. A idade, as complicações clínicas, a conclusão de sua etapa aqui na Terra. Ninguém mais depende dela; as questões do passado já foram enfrentadas. Apesar de nascer em família da nobreza, suportou com dignidade todas as duras exigências de um rígido protocolo, defrontando-se com dores e sofrimentos sem reclamações.

— A minha avó foi uma privilegiada – comentou Olívia. – Nunca viu a pobreza de perto, como a que existe no Brasil. Teve uma vida de alegria, viagens, encantamentos...

— Engana-se, minha jovem. A pobreza que viu lá no Brasil não é a causa maior do infortúnio humano. É certamente uma prova difícil, mas a de viver sob o jugo da realeza, tendo a vida controlada a todo instante, sem liberdade para nada, é uma prova das mais difíceis. Quantos membros da casa real sucumbem aos escândalos não suportando as rígidas amarras do protocolo. De vez em quando um ou outro é surpreendido por câmeras indiscretas devassando-lhe a intimidade, humilhando-o em público. Não é fácil!

– Vendo dessa forma é verdade o que a senhora diz. Eu mesma não tenho a liberdade que queria, mesmo não estando na linha de frente da família real. O meu pai tem simplesmente um título, mas precisa tomar tantos cuidados para não denegrir a imagem dos habitantes de *Buckingham*, que não sei como suporta as exigências. Desde que acorda se preocupa com a própria apresentação, estando ainda em casa; não relaxa um só instante. Agora, no Brasil, como presidente de empresa vinculada ao trono, foi aconselhado pelo governo local a mudar de casa e tomar cuidados especiais com a segurança.

– Avise-o, minha filha, que, nesse momento, todo cuidado é pouco. Não o deixe negligenciar na segurança.

– Falando assim a senhora me assusta. Está percebendo alguma coisa que possa afetá-lo?

– Sinto apenas que o momento espiritual no Brasil é muito conturbado. O governo está inseguro, as contestações são legítimas em face da ditadura, mas a violência não levará a lugar algum. Os contestadores, por ora, não conseguirão obter êxito, porque não estão ainda preparados para as responsabilidades de um governo; no futuro, mais amadurecidos, terão as suas experiências de poder. Por isso, o seu pai precisa redobrar os cuidados.

— Pretendo retornar ao Brasil assim que a minha avó melhorar, quando então falarei com papai.

— Não espere! Fale com ele pelo telefone. Solicite que tome todos os cuidados. Ele vai ouvi-la mais do que as recomendações de seus agentes de segurança.

— Papai gosta muito de mim, mas daí me ouvir a uma longa distância.

— Não pense assim. Ele a escuta sempre com atenção e pensa no que você diz.

— Mas, pretendo voltar ao Brasil e retomar os meus estudos.

— Não voltará tão logo àquele país.

— Por quê?

— Como eu disse o ambiente não é favorável no momento. Não sei de mais nada, acredite.

Olívia, ao se despedir de Joanne, sentiu que encontrara naquele coração generoso uma verdadeira amiga. Desejava retornar àquela casa e voltar a conversar sobre a sua vida. Muitas perguntas ficaram sem resposta, por causa da enfermidade de sua avó. Ao voltar a Londres foi direto ao hospital conversar com a mãe e a tia. Entrou no hospital psiquiátrico e sentiu forte arrepio a lhe percorrer o corpo, uma sensação realmente diferente. Perguntou à mãe:

— Como está a vovó?

— Do mesmo jeito.

– O que disse o médico?

– Simplesmente que o quadro não evoluiu.

– Está na mesma, então?

– Sim. E Joanne, o que falou?

– Que continua orando. Não sabe se a vovó vai desencarnar agora. Mencionou coisas que me impressionaram.

– Quais? – interrompeu Margareth.

– Sobre papai e o Brasil.

– O quê? – perguntou Katlyn.

– Não se preocupe!

– Como, não! Trata-se de seu pai.

– Eu sei! Joanne pediu para eu conversar com ele solicitando que reforce a segurança. A senhora sabe que o Brasil está vivendo um momento político difícil, com a realização de vários atentados. Um dirigente de empresa multinacional e, ainda assim, uma empresa ligada à coroa britânica pode despertar a sanha dos terroristas.

– Ligue imediatamente para o seu pai – ordenou-lhe a mãe.

– Não precisa ser desse jeito – ponderou Margareth. – O aviso veio com antecedência, exatamente para que Adrian possa se prevenir. Nada irá lhe acontecer, caso contrário não seria alertado. Ligue, sim, para o seu pai, peça-lhe cuidados, mas não o alarme, deixando-o ainda mais preocupado.

– É o que vou fazer.

– Ainda bem – concluiu Margareth. – Quem sabe sua vinda a Londres já não tenha sido uma defesa?

– Foi exatamente o que ouvi de Joanne e não entendi.

– Penso, então, da mesma forma que ela. Nada acontece simplesmente por acaso.

Dias após, Caroline apresentou melhoras, apesar dos prognósticos médicos. A internação havia se prolongado por muito tempo, o que levou Katlyn ao esgotamento nervoso, obrigando Olívia a substituir a mãe como acompanhante da avó no hospital. A senhora foi encaminhada ao quarto e a neta permaneceu ao lado da enferma atendendo-a em suas necessidades, passando ali várias noites, quando travou conhecimento com a equipe de enfermagem. Em pouco tempo se tornou útil, entendendo com incrível facilidade todos os procedimentos padrões, realizando-os com perícia, o que surpreendeu os agentes de saúde, a ponto de comentarem entre si o curioso fato.

Nesse período, Olívia não pôde ir a Bath visitar Joanne. Após dois meses de cuidados intensos, Caroline melhorou significativamente e os médicos programaram a alta da paciente. Quando todos estavam tranquilos, porém esgotados, exceto Olívia, pela madrugada a senhora teve uma parada cardíaca indo a óbito em minutos, mostrando-se ineficazes todas as tentativas de reabilitação. O fato estava consumado. Após o sepultamento com todas as honras a que tinha direito a falecida, por estar ligada à realeza, a família enlutada partiu para Bath, onde aguardariam Mr. Mason, que chegaria a qualquer momento do Brasil.

  O estilo neoclássico das construções de Bath revela ao mesmo tempo graciosidade e descontração. Considerada a "cidade spa" da Inglaterra, suas termas famosas trazem de volta os banhos romanos adaptados às condições inglesas. É assim, o local ideal para refazer as energias, encontrar-se com a beleza, realizar passeios inesquecíveis: caminhadas a pé em parques e jardins, visitas a museus, banhos reconfortantes. Nessa cidade, situada às margens do Rio Avon, frequentada por Olívia desde menina, a família chegou a uma tarde de intenso nevoeiro.

  Os meses ao lado da avó no hospital, os cuidados revelados pelas enfermeiras, médicos e demais profissionais da área de saúde, o carinho que demonstraram com a paciente, os sorrisos reconfortantes, as palavras de alegria, impressionaram de tal forma Olívia, que a moça sentiu de perto a solidariedade humana e resolveu mudar o próprio rumo de sua vida. Não se dedicaria mais à arquitetura, um desejo da família que cedeu por não ter em si clara definição profissional. Com a enfermagem sentia que poderia ser verdadeiramente útil, apoiar as pessoas em momentos de intensa fragilidade. Parecia que um raio havia caído sobre a jovem despertando-a em definitivo para a sua verdadeira vocação. Precisava, contudo, comunicar essa sua decisão aos pais, esperando alguma reação. Por isso, aguardaria Mr. Mason, que naturalmente era mais compreensivo.

Enquanto o pai não chegava, Olívia aproveitava o tempo para visitar Joanne todos os dias, que a recebia sempre com carinho. A vida da senhora também se modificou. Vivendo sozinha e sendo visitada pelos necessitados, não recebia a atenção que também precisava como ser humano. Muitos a procuravam para pedir conselhos, orações e até para receber a transfusão bioenergética, considerando que, na Inglaterra, os fantasmas existem desde remotas eras. Poucas pessoas, porém, desejavam saber dos problemas enfrentados por Joanne, desconhecendo suas dores mais íntimas e não oferecendo à boa senhora palavras de conforto, imaginando-a acima da condição humana, o que não era verdade.

Olívia, ao contrário, comparecia à pequena casa repleta de amor para dar. Sempre levava alguma guloseima, com a aquiescência da senhora preparava o chá, passando em pouco tempo a ser considerada pela sensitiva como a filha que nunca tivera. A simpatia da jovem, o sorriso franco, sua alegria de viver contagiaram de tal forma aquela valorosa mulher, que chegou a pensar em como seriam os seus dias quando a moça não mais pudesse visitá-la.

Quando tia Margareth chegou de Londres para se encontrar com a família hospedada na herdade, Olívia relatou-lhe a sua aproximação com Joanne, que carinhosamente passou a chamar de avozinha. Ela falou sobre os atendimentos realizados na casa dos tijolinhos vermelhos, os sofredores que lá aportavam em busca de auxílio espiritual, mostrando-se encantada. Primeiro com a enfermagem; depois com o socorro espiritual. Olívia nessa vida tinha encontrado o seu eixo e, portanto, estava feliz.

Foi nesse clima de amor que Margareth compareceu à casa da amiga para agradecer-lhe tudo o que havia feito pela sobrinha. Quanto a Katlyn, a situação era bem diferente. Após o sepultamento da mãezinha, a senhora guardou luto sufocante. Pouco conversava e não se animava com as belezas de Bath, chorava a todo instante, construindo um quadro depressivo preocupante. Margareth percebeu o problema e conversou com a irmã francamente:

– Por que você está se permitindo abater dessa forma?

– Estou sem ânimo. Mamãe era a pessoa que nos ligava ao passado. Você sabe que perdemos papai, depois o nosso único irmão. Quando volto os olhos para trás não encontro quase nada ao meu redor. Sinto que perdi o chão e estou infeliz.

– Pois não deveria – argumentou Margareth. – Afinal, você não é a única pessoa no mundo a não ter mãe e pai vivos. Mas, agradeça a Deus: o seu marido está vindo do Brasil para apoiá-la, a sua filha lhe transmite alegria de viver, o filho é uma criança saudável. Nós estamos aqui juntas e eu faço parte da história da nossa família. O que deseja mais da vida? A morte é inevitável para todos. Um a um vai retornar à casa do Pai. Só não sabemos quando e como.

– Isso me deprime.

– Ora, é a vida! Por que você não se deprimiu quando sua amiga Eulália perdeu no acidente o marido e os filhos? Afinal, a sua dor é melhor que a dor alheia? Somente quando a dor chegou à sua casa foi que percebeu a realidade da condição humana? Acorde para a vida! Sinta-se útil! Você já recebeu muito: nasceu próxima à casa real mais importante do mundo, casou-se com um homem digno não por imposição das famílias, que poderiam fazê-lo face aos interesses políticos, mas por amor; teve dois filhos saudáveis; é uma mulher bonita e recebeu educação primorosa; materialmente nada lhe falta. Quer mais o quê?

– Não sei!

– Sabe, sim! Deixa de dengo! Mamãe cumpriu a tarefa que a ela estava reservada nessa vida.

– Mas sofreu muito.

– Como sabe?

– Não a viu no hospital?

– O que não quer dizer nada. Ela foi esposa exemplar, mãe carinhosa, suportou as dores com dignidade, viveu realmente a felicidade. Quantas mulheres nesse mundo não têm absolutamente nada e ainda assim demonstram mais alegria do que você.

– Sinto-me frágil!

– Não se faça de coitadinha! Se continuar assim irá desencarnar em breve, deixará um belo marido viúvo, sabe-se lá por quanto tempo. Os seus filhos serão educados por outra mulher. É isso o que quer?

– Assim é demais: quer me aterrorizar? Nunca imaginei Adrian com outra. Que absurdo!

– Não se trata de absurdo. Ficar sem se alimentar, esconder-se dos outros, permanecer inútil, fazer-se de coitadinha, perder o brilho de mulher, o que espera alcançar? Não se iluda. Em pouco tempo vai adquirir alguma enfermidade, sofrerá de verdade e, ao final, deixará o caminho livre para outra. Por que a vida vai querer alguém que só fica amuada, achando que tem somente os direitos e não tem as obrigações? A fila anda!

– Por que você veio aqui?

– Para ajudá-la.

– Que ajuda! Estou é me sentindo mal.

– Façamos um acordo: antes de voltar a Londres irá comigo visitar Joanne.

– Ela nada fez por mamãe.

– A ingratidão é um péssimo traço de caráter. Joanne orou, enviou pensamentos bons, ajudou mamãe a desencarnar.

– Não aceito essa linguagem. A minha mãe morreu e ponto.

– Sim, ela morreu, mas a desencarnação é bem mais difícil.

– Não acredito nessas coisas.

– Pois deveria. Está sofrendo na pele a interferência dos espíritos.

– Não quero mais saber de conversa.

Após o difícil diálogo com a irmã, que se retirou imediatamente para o quarto, Margareth, apreensiva, conversou com Olívia.

– Estou preocupada com a sua mãe.

– Por quê? – perguntou-lhe a sobrinha.

– Ela está sofrendo interferência de espíritos que desejam levá-la a uma depressão.

– Como é possível? Deus não nos protege?

– Protege e muito.

– Então?

– Katlyn não aceitou a morte de sua avó. Revoltou-se, ficou contra a vida, não aceita a Deus e menos ainda a interferência dos espíritos. Baixou de tal forma o nível do seu pensamento que as entidades sofredoras acoplaram-se a ela, sugando-a, desvitalizando-a, para colocá-la em depressão, porta que se abre para outras subjugações. Se não reagir a tempo, poderá parar em casa de saúde e receber medicações psiquiátricas. É o que os seus adversários espirituais desejam, e nós não podemos permitir.

– O quê fazer?

– Amanhã precisamos levá-la à casa de Joanne para uma sessão de desobsessão.

– Nunca ouvi sequer essa palavra. Do que se trata?

– Os espíritos sofredores, alguns inimigos do passado, quando percebem a pessoa fragilizada, se aproveitam para lhe retirar energias, sugerindo pensamentos negativos, que são aceitos de imediato. A sua mãe hoje, se você perceber bem, não é aquela pessoa que nós conhecemos.

– Está muito diferente.

– Exatamente. Sofre interferências que sozinha não tem condições de eliminar. Katlyn sempre foi uma pessoa sensível. Qualquer situação envolvendo a família a faz sofrer além do limite. Apesar de, às vezes, parecer durona, na realidade é frágil. Somente se tornará forte quando entender que a sua sensibilidade tem muito de mediúnica. Ela capta com facilidade as energias. Cultivando pensamentos negativos, tendo vivido em ambientes hospitalares difíceis, não soube se defender. Perdeu a alegria de viver, o que é perigoso.

– Precisamos, então, falar com Joanne ainda hoje.

– De acordo.

Deslocaram-se para a casa da amiga, que as recebeu com surpresa. Desculpando-se pelo horário, Margareth foi logo comentando:

– Precisamos da sua ajuda!

– Ocorreu algo urgente?

– De certa forma – ponderou Margareth. – Trata-se de Katlyn.

— Já sei. Está em crise.

— Só que é uma crise perigosa.

— Por quê?

— Está formando um quadro depressivo preocupante e ainda assim sob o comando de entidades do baixo astral.

— Foi por isso, então, que não compareceu aqui até agora.

— Exatamente!

— O que pensa fazer? – perguntou Joanne.

— Uma sessão de desobsessão amanhã, se você concordar.

— Não tenho restrições. Preciso apenas me preparar. Mas ela virá?

— Penso que será bem difícil.

— Então?

— Devemos hoje orar para o seu espírito guardião, pedir ajuda, e trazê-la ainda que contra a vontade.

— Seria melhor à noite.

— A que horas?

— Depois das vinte. Não se esqueçam da preparação.

— Não sei o que fazer – interrompeu Olívia.

— Não se preocupe – concluiu Margareth. Vou

orientá-la, afinal, essa é a primeira vez que participará de uma sessão de desobsessão.

– Pode acontecer alguma coisa com a minha mãe?

– Não se preocupe! Eu e a minha amiga trabalhamos com desobsessão há muito tempo. Agora vamos retornar, e deixar Joanne fazer os seus preparativos, enquanto realizamos os nossos.

No dia seguinte, no horário combinado, na casa dos tijolinhos vermelhos, bem no subúrbio de Bath, começou a reunião programada. Katlyn, que sempre era dócil, foi levada ao local a contragosto. Só foi possível conduzi-la graças à intensa preparação das médiuns. A sessão começou sem tardança, quando Joanne, após as orações costumeiras, recebeu um dos obsessores.

– O que querem agora – falou Ricardo. – Depois de muitos anos consegui finalmente dominá-la. Ela já foi minha, mas sempre se evadiu, deixando-me louco. Agora essa miserável vai pagar tudo o que fez.

– Meu amigo – iniciou Margareth. – Ninguém é de ninguém. Não pense que estamos alheios aos seus sofrimentos. Mas, não esqueça que foi você que procurou tudo isso. Não estava contente em ter várias mulheres em sua cama, não se preocupava em desrespeitar o próprio lar. Levou a esposa ao desespero e ela não teve outra saída a não ser fugir.

– Fugiu com o meu armeiro! Isso é imperdoável. Fiquei ridicularizado e não consegui capturá-los para me vingar. Agora a tenho nas mãos. Não vai me escapar.

— Esqueça a vingança! Sabe que ela está, no momento, fragilizada com a morte da mãe, mas recuperará as forças. E você, depois de tanto tempo continua ainda sem rumo.

— Ela é a culpada!

— Não se engane! Você maculou o lar e a conduziu ao desespero.

— Mas, os meus filhos nada tinham a ver com isso.

— E por que não pensou antes?

— Como nobre podia ter quantas mulheres eu quisesse. É claro, mulheres para aventuras. Casado mesmo era com ela, que deveria saber a sua posição na sociedade.

— À luz das leis divinas não é assim. Todos nós somos responsáveis pelo que fazemos. A sua mulher sempre foi valorosa, digna, séria. A humilhação que você lhe infringiu foi demais, quando, no próprio leito conjugal, ela o surpreendeu ébrio dormindo com a arrumadeira da casa. Que vergonha!

— Aquilo não foi nada sério.

— Para você, que já não tinha nenhuma compostura.

— Assim me ofende.

— Não é a minha intenção. Veja quem está ao seu lado, desejando ajudá-lo?

– Não acredito! Minha Mãe!

– Exatamente. Veio ampará-lo. Siga-a para encontrar a paz!

– Mas...

– Esqueça o ódio, a vingança. A vida recompensa os que se arrependem.

– Vou porque nunca desobedeci à minha mãe. Essa sim é que é mulher. Nunca abandonou filhos e o marido. E olha que eu era santo se comparado com o meu pai.

– Vá com Deus!

A entidade desapareceu. As médiuns agradeceram, mas sabiam que havia ainda outra entidade infelicitando Katlyn. Após a oração, Joanne, recuperada, aceitou o sofredor, que chegou gritando:

– Aquele trouxa foi enganado por vocês, mas comigo será bem diferente!

– Não queremos confronto, caro amigo.

– Pensam que as considero amigas?

– Por que não?

– Vocês são víboras. Não têm senso de Justiça. Passam a mão na cabeça de todos. Essa aí fez o meu filho de palhaço.

– Você, então, era o pai a que ele se referiu? Era você que tinha amantes, ensinou o próprio filho a prevaricar? Que respeito tinha pelas mulheres?

— E para o que servem? Só me interesso por elas na cama.

— Se você assistiu a tudo o que aqui se passou sabe que foi a sua ex-esposa quem levou o seu filho para o tratamento.

— Aquela sempre foi moloide. Fazia tudo pelos filhos. Foi a melhor mulher que eu poderia ter! Não me perturbava. Tudo entendia, compreendia — uma boba!

— Mas, foi ela que trouxe para o casamento um dote maior que toda a sua fortuna.

— Isso foi bom, principalmente porque nunca exigiu nada. Só se preocupava com os filhos.

— Não sabe por quê?

— Como iria saber.

— Veja, então, quem era aquela bobalhona no passado.

Apareceu a encarnação anterior da mulher do obsessor. Era ninguém menos do que a sua mãe, que sacrificara tudo, até a própria vida, pelo filho destrambelhado. Foi a única pessoa que ele respeitou. Ante o choque, paralisado, não acreditou. O espírito confirmou:

— Sou eu, meu filho. Precisei vir na condição de sua mulher para você não cair ainda mais. Hoje, terminaram as ilusões. Irei levá-lo para um departamento de regeneração, onde deverá permanecer por muito tempo, até compreender a vida.

– Mãe! É impossível ter sido minha mãe, depois minha mulher. Não posso acreditar. Vou enlouquecer.

– Não é necessário perder o pouco juízo que ainda tem. Agora não haverá condescendência com as suas travessuras. Deixará a moça em paz, outra vítima dos seus desatinos, e começará a corrigenda.

O espírito seguiu com a sua "ex-mãe" e "ex-esposa" para um campo de regeneração não muito agradável. Havia criado, pelas ações insensatas, condições para um renascimento difícil.

Terminada a sessão, Katlyn estava enfraquecida, mas já era outra pessoa. Um copo de água magnetizada, o chá logo após com o famoso bolo inglês fê-la retornar à normalidade. Dali para frente, a completa recuperação seria rápida.

Olívia, encantada, disse à tia e à Joanne que desejava conhecer mais sobre as maravilhas do Espiritismo, quando lhe recomendaram a leitura de *O Livro dos Espíritos* de Allan Kardec.

Capítulo 10

Nas vagas da repressão

Mr. Mason andava apreensivo com as últimas notícias. O excesso de trabalho, as preocupações, a distância da esposa e dos filhos aborreciam-no. Quando Olívia falou com o pai sobre o falecimento da avó e a necessidade de reforçar a segurança pessoal, aproveitou a oportunidade para avisá-la que estava de partida para Londres, pretendendo passar alguns dias com a família, tranquilizando a todos naquele momento.

Marcelo havia tirado Mr. Mason do seu raio de ação desde o retorno de Olívia à Inglaterra, mas continuava a sua escalada de ativista político, agindo sempre de forma diferente. Enquanto predominava o idealismo no grupo, o jovem via nos acontecimentos a oportunidade de se sobressair, demonstrando coragem e frieza no cumprimento das tarefas a ele delegadas.

Após o atentado fracassado no Rio de Janeiro sentiu-se desprestigiado, demonstrando ainda mais determinação nas pequenas ações que levava a cabo rotineiramente. Era intimorato; assumia riscos desnecessários;

fazia questão de enfrentar as forças de segurança sempre sob o pálio dos ideais socialistas. Não conseguira ainda o tão sonhado convite para estagiar em Cuba ou na União Soviética, tornando-se obcecado por atos audaciosos, revelando uma personalidade em desalinho, sequiosa de autoafirmação.

Na esfera governamental, o problema era ainda mais complicado. Mesmo tendo nascido de um Golpe de Estado ao depor um presidente que como vice fora eleito por voto direto[24], o governo de então assenhorou-se do poder não admitindo qualquer contestação. Sentindo-se desafiado pelos jovens e inexperientes guerrilheiros, reagiu com tanta ferocidade, que não estabeleceu limites para as forças da repressão.

Organizou-se em todas as frentes criando órgãos que ficariam célebres na História do país, como instrumentos de tortura.

---

[24] Naquela época o candidato a Vice-Presidente da República era também votado. João Goulart foi duas vezes eleito Vice-Presidente. Na primeira, foi mais votado que o próprio Presidente eleito, Juscelino Kubischek; na eleição seguinte, se elegeu Vice-Presidente em chapa que fazia oposição ao candidato a Presidente que, ao final foi eleito, Jânio Quadros. Com a renúncia de Jânio, assumiu a Presidência da República e foi deposto pelo golpe militar.

As ações praticadas inicialmente pelos agentes do DOPS[25], da OBAN e depois pelos militares do DOI-CODI, permanecerão como manchas indeléveis na memória política brasileira. Não se alegue que o estado de beligerância tolera tudo, até porque, nos dias de hoje, mesmo em conflitos internacionais, aplicam-se as convenções subscritas pelos litigantes. E no caso brasileiro a desproporção entre as forças em confronto era tão grande que o governo não tinha justificativa alguma para conduzir o combate fora do respeito aos direitos humanos.[26]

As informações chegavam à polícia política por delatores a serviço do governo, que se infiltravam nas organizações de esquerda, obtendo valiosas informações, rapidamente utilizadas pelos agentes da repressão. Eles se valiam de todos os meios, não tinham limites para a ação, praticando incomparável violência. Ao receber uma dessas informações sobre o assalto previsto a uma casa

---

[25] DOPS – Departamento de Ordem Política e Social; OBAN – Operação Bandeirante; DOI-CODI – Destacamento de Operações de Informações – Centro de Operações de Defesa Interna, órgãos subordinados ao sistema de inteligência das forças armadas e que tiveram intensa atuação nos chamados "anos de chumbo".

[26] Registra-se, lamentavelmente, que apesar da evolução experimentada quanto à conscientização do respeito devido aos direitos humanos, os Estados Unidos, na Prisão de Guantánamo, vêm sendo sistematicamente acusados (com comprovação) de violar os direitos humanos, justificando a prática de torturas, em face do combate ao terrorismo.

bancária, situada no bairro de Pinheiros em São Paulo, o Delegado Fagundes exultou:

— Agora vamos pegar o bando todo — comentou com os membros da equipe.

— Chefe, a informação é quente?

— Sim!

— Pode dizer a fonte?

— Porra, sabe que não. Por que insiste?

— Os homens lá de cima estão sabendo?

— Cala essa boca. Acha que vou dar corda para os caras. Após o serviço, a imprensa será informada.

— E se os homens perguntarem?

— Direi que tivemos de improvisar. Quem vai faturar essa somos nós.

— Mas, só vamos ficar com o noticiário? Isso não interessa. Tem de entrar alguma grana na parada — comentou Bernardes, um dos policiais mais inteligentes do grupo.

— Calma! Você acha que sou trouxa? Depois que ganharmos a confiança dos homens vai entrar muita grana. Todo mundo aqui vai ficar rico. Se alguém abrir o bico, já sabe o fim: vira presunto!

— É isso mesmo — concluiu Simões. — Bico calado e grana no bolso — é o que interessa. Vamos acabar com esses estudantes de merda!

— Ao plano — observou Fagundes.

— O que pensa fazer, chefe?

— Escutem bem: sigilo total! Liguem para as suas casas, porque hoje ninguém vai dormir com a mulherzinha. E nada de garota aqui! Quero todos ligados, entenderam?

— Vamos para o hotel de sempre? — perguntou Inácio.

— E não é bom?

— Era só para saber.

— Não tem mais café nessa merda? — resmungou Fagundes.

— Já vou providenciar — respondeu Patrícia, a única mulher do grupo.

— Até que enfim alguém aqui faz uma coisa boa. Chega de papo: agora vamos ao trabalho.

Com as informações que recebera o Delegado e os seus subordinados abriram o mapa da cidade de São Paulo, localizando a rua em que ficava a casa bancária a ser assaltada no dia seguinte. Precisavam de todas as informações possíveis, mas não podiam contar com o departamento de trânsito. O Delegado Fagundes e dois assessores resolveram passar pelo local sem deixar suspeita.

Rumaram em carro particular para o endereço do estabelecimento e passaram algumas vezes nas ruas vizinhas estudando as possíveis rotas de fuga dos guerrilheiros. Sabiam que se tentassem detê-los dentro da agência poderiam enfrentar resistência pondo em risco a vida de civis, o que empanaria o brilho político da ação. Desejavam capturar os terroristas do lado de fora do banco, com todo o dinheiro roubado, para ficar com algum no bolso.

Após o estudo do local, imaginaram o que poderiam fazer logo após a saída do bando, da agência. Deixariam várias viaturas nas imediações, todas voltadas para determinadas ruas, encurralando os guerrilheiros em uma viela sem saída, que ficava nas proximidades, capturando-os, sem a necessidade de dar um único tiro.

– A estratégia – explicava Fagundes – é a seguinte: vamos deixar a turma assaltar à vontade. Pensarão que foi uma moleza. Ao saírem, deverão entrar num carro. O local mais adequado para fugirem é a rua ao lado, porque é a única com três saídas. Nessa, portanto, penso que deixarão o carro estacionado com motorista, pronto para partir.

– Quando entrarem no veículo, eu quero todas as sirenes ligadas, assustando mesmo os merdas, que só então perceberão o bloqueio de todas as saídas voltando-se sem alternativa para a viela, encostando-se ao muro. Nessa hora, a nossa turma, que estará ao alto atrás do muro, aparecerá assim como o pessoal da linha de frente, todos com as armas apontadas para a molecada, que estará se cagando de medo. É o fim da linha. Se alguém reagir, mantenham a calma. Evitem ao máximo matar sem necessidade.

— Genial chefe — comentou outro membro da equipe.

— Por que não matamos de vez a molecada? — perguntou Américo. — Assim não darão mais trabalho.

—Você é uma besta! Que valor vai ter alguns cadáveres diante do que podemos saber dos caras quando se mijarem, na tortura? Inteligência, cara!

— E a grana do banco?

— Vamos devolver tudo, ficando apenas com alguns picuás, para não dar na vista.

— Mas, não disse que ficaria uma boa grana com a gente?

— E vocês pensam que o banco não vai retribuir?

— Boa sacada, chefe. Os banqueiros querem acabar com essa molecada.

— Qual o meu papel na operação? — perguntou Patrícia.

— Você ficará dentro da Agência, acompanhando o assalto como cliente, pedindo calma para não reagirem. Não deixe ninguém bancar o besta. Quando saírem, falaremos pelo rádio. Entre a agência e o carro há uns trinta metros. Não deixarão o veículo estacionado na calçada para não chamar a atenção.

— E se a turma sair atirando? — perguntou outro policial.

— Não vai acontecer! Quando se sentirem encurralados vão se entregar, caso contrário ficarão ali sem nada, porque permaneceremos o tempo todo com as armas apontadas para eles. Só vamos atirar nos pneus do carro, para não tentarem jogar o veículo contra os nossos. Tudo certo?

– Sim!

– Então, mãos à obra. Providenciem as equipes, os veículos e jamais informem qual será a missão. O assalto, conforme os nossos informantes, está previsto para logo após o almoço. Serão quatro grupos, cada um com duas viaturas e três soldados armados até os dentes. Esses carros deverão estar no local indicado na hora da abertura da agência. Em cada carro, comandando a viatura, vai um dos nossos, com o rádio, pronto para agir ao receber a senha.

– Qual a senha?

– Somente amanhã, quando partirem para a operação.

O ambiente espiritual naquele local era tenebroso. Do outro lado da vida, espíritos violentos, ligados ao astral inferior, se compraziam com as cenas de tortura que aconteceriam logo após a prisão dos assaltantes.

Trabalhavam intensamente para que os terroristas não se dessem conta, pela via da intuição, da descoberta de seu plano de assalto pelos agentes da repressão.

A luta se estabelecia em dois planos, tanto por parte dos espíritos vinculados aos torturadores, quanto em relação aos ligados à organização terrorista. A batalha se dava em nível do bloqueio de informações, lançando cortinas vibratórias que impediam que as emissões mentais chegassem aos destinatários, dificultando a compreensão dos acontecimentos, e, portanto, afetando a estratégia em curso.[27]

Na organização, os terroristas também planejavam a sua ação. Ignorando agora por completo (eficiência do sistema de bloqueio lançado pelos espíritos que orientavam os policiais) o que se passava no *front* da repressão, estudavam a rota de fuga, com detalhes.

Ermínio, o mais experiente, explicava:

– O carro deverá ficar estacionado nessa rua, que tem três saídas. O efeito surpresa não permitirá aos meganhas entrarem ao mesmo tempo por todas as ruas. Ao soar o alarme ou após a nossa saída a polícia vai contatar a viatura mais próxima. Por isso, o Carlão e a Matilde vão ficar nesses locais aqui. Vejam bem o mapa. E se algo der errado, comuniquem-se imediatamente via rádio e indiquem a rota livre para a fuga.

– O Rádio não funciona – observou Eduardo.

– Vire-se. Essa é a sua função. Amanhã precisará estar funcionando.

– Eu cuido disso – acrescentou o guerrilheiro.

---

[27] Allan KARDEC, *O livro dos espíritos*, perguntas: 543/545. Ver íntegra em "Textos Doutrinários e da Codificação", NR. 5.

– Vão anotar a placa fria do carro. Mas, pela cor e o modelo, a perseguição virá.

– Qual vai ser, então, o ponto de encontro?

– Nessa praça, apontou novamente o mapa. Abandonaremos o carro e seguiremos em outro.

– Mais alguma recomendação?

– Quero todos amanhã aqui às 08horas para repassarmos o plano. Fiquem de olho. Qualquer dúvida, suspenderemos a operação.

Tanto os policiais quanto os terroristas estavam tensos em relação àquela operação. Alguns assaltos já haviam sido realizados com sucesso sem despertar tantas apreensões em Joaquim, ligado à organização por amor ao ideal socialista. Nunca pensou em vantagem pessoal, nem em promoção. Desejava mesmo (e acreditava) nas ideias transformadoras da sociedade. À noite, não passou bem e, no dia seguinte, se apresentou ao grupo debilitado, detectando-se posteriormente um quadro de infecção intestinal.

Ermínio observou o companheiro e perguntou:

– O que você tem?

– Estou mal. A dor é tanta que não consigo andar.

– Acho melhor não participar da operação.

– Vou me esforçar, até a hora da partida estarei melhor.

– Com essa cara?

Quando chegou o momento, Joaquim não conseguiu sequer se movimentar. Precisava ir ao médico urgentemente. Foi substituído por outro companheiro e saiu do local em direção ao pronto-socorro mais próximo. Os demais, empunhando armas, se dirigiram para a agência. Confiavam no êxito.

Os policiais já estavam em seus postos; todas as entradas vigiadas; os carros não tinham placas oficiais; as viaturas, quando acionadas, sairiam cantando pneus e com as sirenes ligadas.

Naquela hora, conforme previam os terroristas, as ruas estavam pouco movimentadas; a agência já havia recebido o numerário do dia pelo carro forte. Não tivera tempo de fazer os pagamentos devidos. Os terroristas sabiam que aquele era o melhor dia do mês para o assalto, quando as empresas depositavam o salário dos empregados.

Tudo certo.

Ermínio deu a ordem e o fusca com quatro guerrilheiros se pôs a caminho; os demais já estavam nos locais determinados, conforme comunicação via rádio feita por Eduardo.

Não viram nenhuma viatura nas ruas, nada suspeito. Chegaram à agência e, na entrada, vestiram os capuzes, entrando de forma violenta, gritando:

– Todos no chão!

Pânico geral! O gerente foi logo rendido, os caixas entregaram todos os valores; o gerente, com a arma apontada na cabeça, abriu o cofre rapidamente. Retirados os valores e colocados na sacola, o assalto foi rápido.

– Nunca foi tão fácil – comentou o chefe. Saíram pela porta da frente, entraram no carro, quando ouviram o barulho de sirenes vindo de todos os lados. O barulho foi tão ensurdecedor que os terroristas não escutaram as orientações enviadas pelo rádio do pessoal posicionado a distância, que de longe assistiu a tentativa desesperada de fuga dos seus companheiros.

Conhecedores das três rotas, os terroristas perceberam que todas estavam bloqueadas pela polícia, somente restando o beco. Entraram e foram direto para o paredão, protegendo-se para a resistência. Logo perceberam que tinham sido traídos, não sabiam por quem. Prontos para resistirem até à morte, se encostaram ao paredão, colocando o carro à frente, quando as sirenes pararam de tocar. O Delegado, usando um pequeno megafone, ordenou:

– Coloquem as armas no chão! Vocês não têm saída. Olhem para cima do paredão e vejam quantas armas estão apontadas para as suas cabeças.

Perceberam claramente a situação em que estavam metidos. Esperavam que a polícia chegasse atirando, o que não aconteceu. Não tinham nem como trocar tiro, uma vez que as suas armas eram de pequeno alcance, sem nenhuma possibilidade de enfrentar o armamento pesado dos meganhas. Sem saída, olharam para Ermínio, que não sabia o que fazer. Porém, comentou:

— Fomos traídos. A polícia nos empurrou para esse beco e não atirou. Eles nos querem vivos.

— Temos alguma saída?

— Não sei! Vamos negociar.

— O quê?

— A nossa vida!

— Agora ela não está valendo nada, porra.

— Esses caras nos querem vivos, entendeu?

— O que está pensando fazer?

— Resistir!

— Não estou entendendo aonde quer chegar?

— Pense: se ganharmos tempo, chamaremos a atenção. Daqui a pouco as pessoas começarão a parar, a imprensa vai chegar, e saberão para onde seremos levados. Há uma chance de sairmos vivos daqui.

— E aí seremos arrebentados!

— Tem outra solução?

— Vamos morrer atirando. – posicionou-se Ermenegildo.

— Você está brincando? – comentou outro guerrilheiro. – Não temos nenhuma chance no confronto. Nossas armas são de brinquedo perto daquelas ali.

— Se esperarmos, é possível que chegue o Cardeal.

– Agora, sim – falou Ermínio!

– Vamos fazer, então, nossa primeira exigência para a rendição: o comparecimento do Cardeal de São Paulo, que nos ajudará com certeza.

Os policiais estavam inquietos com o silêncio dos guerrilheiros. Queriam aquela turma na cadeia; pretendiam interrogar cada um; sabiam que falariam.

Novamente, o Delegado da operação insistiu:

– Ponham as armas no chão e saiam com as mãos para o alto.

Em resposta, ouviu a voz de Ermínio:

– A gente quer negociar.

– Desejam o quê? – retornou o Delegado.

– Chamem o Cardeal de São Paulo para a mediação – insistiu o guerrilheiro.

– Vamos ver se é possível.

A situação estava saindo do plano elaborado. Se chamassem o Cardeal, perderiam o controle sobre os presos. O Cardeal iria ajudá-los, veria o estado em que se encontravam e a tortura não seria viável.

Naquela época, a imprensa estava inteiramente censurada, de forma que os jornalistas não puderam se aproximar do local. As emissoras de rádio e de televisão não transmitiam o acontecimento; a polícia política sabia disso, mas temia o noticiário internacional, que não controlava.

Fagundes, o Delegado que desejava faturar a operação, sozinho, entendeu que naquele momento precisava de respaldo dos escalões superiores, comunicando o fato ao Secretário da Segurança Pública, que falou com o Governador e este conversou com o próprio Presidente da República.

A ordem direta do Palácio foi bem clara: nada de comunicar o fato ao Cardeal, visto como inimigo do governo, que somente iria dificultar a operação. Nenhuma notícia à imprensa, e a área precisava ser isolada imediatamente. O Alto Comando entendia, porém, que a vida dos guerrilheiros deveria ser poupada. Chegaram mais reforços e o exército entrou na operação com a equipe da OBAN. Um Coronel foi enviado especialmente para falar com o Delegado, começando o seguinte diálogo:

– Recebi ordens diretamente do General; o Ministro e o Presidente já estão sabendo. Querem os caras vivos.

– É o que estamos tentando fazer desde o início.

– O General já cumprimentou o Governador pelo sucesso da operação. Irá também recompensá-los. Agora devemos trabalhar em conjunto, sob o meu comando.

O Delegado ficou possesso. Sabia que os louros da caçada aos terroristas seriam creditados ao Exército, que nada tinha feito. Mas, não deveria desrespeitar uma ordem superior, principalmente por parte do Presidente da República.

Colocado à par da situação, o Coronel perguntou ao Delegado:

– Diante da ordem superior de não chamar o Cardeal, a situação fica mais difícil, se eles não concordarem em se render sem exigências.

– Tudo fica mais difícil.

– Alguma sugestão?

– Talvez possamos usar um estratagema.

– Qual?

– Em vez de enviarmos o Cardeal poderemos fazer com que um dos nossos se vista de padre e negocie as condições, aceitando tudo. A área está isolada mesmo, ninguém vai saber da farsa, depois os caras não vão viver para contar.

– Bem pensado, Fagundes. Não é por acaso que você é o policial civil mais temido e respeitado do país.

O Delegado sempre se derretia quando recebia algum elogio de autoridade superior. Passou a gostar do Coronel, colocando em prática o plano. Ao responder aos terroristas acantonados, informou:

– Fomos solicitar a interferência do Cardeal para ajudar na mediação. Sua Eminência, contudo, não está no Brasil. Foi contatado pelo telefone e indicou o Padre Eustáquio, de sua confiança, para mediar rendição. Tudo bem?

– Não! A gente quer um Cardeal.

— Mas ele está fora. A menos que chamemos o Cardeal do Rio de Janeiro.

— Esse não!

— Então, não tem jeito.

— O Padre Eustáquio é de confiança do Cardeal de São Paulo. Não gostariam de conversar com ele para depois decidirem se o aceitam ou não como mediador?

— Vamos ver. Mande o homem. Ele já está aí?

— Irá encontrar com você (apenas um) no meio do caminho. Não há nenhuma hipótese de fazê-lo refém. Outra coisa: o negociador de vocês deverá estar desarmado. Não estamos brincando em serviço!

— Qualquer esperteza de vocês o Padre morre na hora, e a imprensa do mundo inteiro ficará sabendo.

— Não estamos agindo com esperteza — respondeu o Coronel.

Os terroristas estavam muito desconfiados. Ermínio, o chefe, foi ao encontro do Padre, para sentir de perto como era o homem, que não conhecia. Por parte da polícia, o indicado como representante do Cardeal era um antigo policial, já idoso, muito hábil, que foi chamado às pressas. De origem espanhola, baixo e gordo, ao vestir a batina preta, os colegas o chamaram de Padre. O disfarce era perfeito, assim também a sua postura, mostrando ser um padre piedoso, envelhecido, com todo jeito de ser pessoa importante, ligada ao Cardeal.

Os dois homens se dirigiram para o ponto de encontro, sob a mira dos terroristas e dos policiais. Assim que se depararam frente a frente, Padre Eustáquio (o policial disfarçado), iniciou a conversa, fazendo antes o sinal da cruz.

– Querido filho, o Cardeal pediu a esse velho padre para ajudá-los no que for possível, em nome do Pai, do Filho e do Espírito Santo.

– Qual o seu nome? – perguntou Ermínio, não respondendo à saudação do falso Padre.

– Eustáquio, à sua disposição.

– O Cardeal volta quando?

– Talvez em dez dias. Ele foi chamado às pressas a Roma para discutir com o Papa o texto da nova Encíclica. Mas, se mostrou preocupado com a situação e sabendo do pedido de vocês para ele mediar o conflito, mandou agradecê-los, dizendo que a violência nunca resolve de verdade os problemas. O melhor é encaminhar tudo em paz.

– A gente não confia na polícia! Depois que a gente se entregar todo mundo vai morrer na tortura. A gente prefere morrer agora, crivado de bala, depois de levar junto uns meganha.

– Pensem bem! Não pediram para negociar?

– Sim!

– O que desejam, então?

– A gente quer sair vivo dessa, sem nenhum arranhão. E também que publiquem uma nota no jornal escrita por nós, explicando o motivo de nossa luta, com a divulgação do nome de cada um na imprensa mundial. E que a polícia assuma, ainda, um compromisso claro de não torturar os presos, permitindo que eles recebam visita de inspeção.

— Pedem muito para quem está nessa situação — respondeu-lhe o Padre. Posso tentar desde que me autorizem a mediar o conflito em nome do Cardeal.

— Outra exigência: a gente quer falar com o Cardeal assim que voltar para o Brasil, e a presença da impressa quando a gente se entregar.

— Penso que não vai ser fácil.

— Se não aceitarem as condições a guerra vai começar. Não vamos permitir o prolongamento do conflito em hipótese alguma.

Os ativistas sabiam que em pouco tempo o grupo estaria faminto, sedento, cansado. Eles precisavam de uma solução urgente, caso contrário não teriam outras possibilidades. Mesmo assim, estavam tentando alguma coisa. Tinham no fundo a certeza de que o governo não iria cumprir o combinado, mas a força da imprensa, mesmo naquela época, associada à força da igreja, poderia tornar emblemático aquele caso para o exército.

O falso Padre retornou à base, conversando com os comandantes da operação.

— Trata-se de jovens inexperientes. Consegui em pouco tempo a confiança do chefe. Querem sair daqui inteiros e como heróis, assegurando que não serão torturados. Para tanto, pedem a presença da imprensa, a divulgação de uma nota nos jornais e emissoras de televisão. Eles desejam publicidade, comprometer o governo com as exigências, pedindo ainda livre acesso (visitas) para a inspeção das condições em que se encontram. São garotos na faixa de uns vinte anos, poetas, que se meteram numa bela enrascada.

– Nem por isso vamos dar moleza – concluiu o Coronel.

– Nem pensar – atalhou o Delegado. – Sabem muito bem o que querem: fama de herói sem pagar o preço.

– Espertinhos – finalizou o falso Padre.

– Alguma sugestão? – perguntou o Coronel.

Novamente o Delegado que, apesar de brutamontes era deveras criativo, sugeriu:

– Vamos informá-los que aceitamos as condições, mas precisamos de tempo para viabilizar o acordo. Enquanto isso, meus caros, continuemos com a farsa.

– O que tem em mente? – perguntou o Coronel.

– Pegar uma câmera velha com o logotipo da emissora, que já temos no nosso estoque de quinquilharias, pedir à bela Patrícia que se produza parecendo apresentadora de TV, entreviste os caras, levando-os à rendição. Quanto ao jornal, que tal o Epaminondas, que tem cara de intelectual, representar esse belo papel?

– Será que vai dar certo?

— Como disse o nosso Padre aqui: é um grupo de fedelhos, mal saído do cueiro, que se meteu com gente grande. Se não der certo, pelo menos tentamos. Após, se a coisa não andar, acabaram-se as negociações. Não vão confiar mais em nós. Então, o único caminho que resta é o confronto armado, evitando que qualquer um dos nossos seja atingido. Pelo visto, não têm armas de longo alcance e não sabem realmente atirar. Colocaremos a nossa turma em posição estratégica, desviando a atenção, enquanto o pessoal atrás do muro faz o serviço direitinho. E depois é só levar os corpos ao camburão e desaparecer com eles no cemitério clandestino.

— Não vamos precisar chegar a tanto – argumentou o Coronel. A Patrícia e o Epaminondas terão condições de desempenhar bem essa missão?

— Não! – interferiu o Coronel. – Precisamos substituir a Patrícia. Ela é a melhor, mas estava na agência na hora do assalto. Alguém pode se lembrar.

— Quem, então, poderá ser essa artista?

— Acho que o Epaminondas, enquanto a Aspásia faz a jornalista.

— Chamem-na imediatamente – determinou o Coronel. – E vamos em frente antes que os caras aumentem a pedida.

Dirigindo-se aos seus comandados, ordenou:

— Ampliem a área interditada. Enviem emissários para os prédios vizinhos solicitando ao porteiro que avisem aos moradores que as janelas dos apartamentos deverão ficar fechadas por tempo indeterminado. Não quero ninguém observando. Apavore as pessoas: diga que poderá sobrar bala perdida.

A imprensa tomou conhecimento da ocorrência, compareceu ao local, mas não pôde chegar perto. Os soldados que interditaram a região não sabiam o que estava acontecendo. Proibidos de falar, rádios, emissoras de televisão e jornais nada noticiaram naquele momento e nem dias após.

O oficial saiu imediatamente para cumprir a ordem do coronel. Em pouco tempo, a região toda parecia uma sepultura. Silêncio absoluto.

Os guerrilheiros perceberam a mudança, comentando entre si:

– O que eles querem? – perguntou primeiro Edvaldo, um jovem estudante de ciências sociais da USP.

– Parece que não querem testemunhas. – respondeu o chefe.

– Estão jogando. – comentou Eduardo, o encarregado das comunicações.

– Conseguiu contato com o nosso pessoal?

– Não! Certamente tiveram de se afastar; o nosso rádio tem alcance limitado.

– É o que dá trabalhar com velharia.– retrucou o chefe.

– Não há o que fazer. Estamos sozinhos na parada.

– A turma lá fora deve estar movimentando a imprensa. Essas horas os jornais já estão falando sobre o acontecimento.

– No rádio do carro ainda não se falou nada até agora.

– Estranho!

– Não vejo por que se surpreende.

– Os milicos controlam tudo.

– Temos alguma saída?

– Por enquanto, não. Se o Cardeal estivesse no Brasil seria tudo diferente.

– Acredita mesmo que avisaram Dom Maurício?

– Pode crer! O cara que veio é padre mesmo. Enquanto eu falava com ele, ele rezava. Ainda falou que a nossa única chance é o apoio da igreja e da imprensa e que o governo não quer mais problemas internacionais.

– Isso é verdade! Só que agora a gente não tem saída. É o confronto (sabendo que tudo terminou) ou continuar com as exigências.

– Eles podem aceitar, mas não cumprir.

– Já pensei nessa hipótese.

– Existe outra sugestão?

– Não!

– Então, vamos tentar viver, porque herói morto não vale nada, é pagar para ver.

Enquanto dialogavam, na base governista, o Coronel e o Delegado mantinham contatos com os seus superiores, que aceitaram o plano proposto, dispondo de tudo. Foram mais além: levariam ao local da entrevista não só o jornalista e a câmera, mas um monitor de televisão, permitindo o acompanhamento da entrevista pelo grupo em circuito fechado. Tudo pronto, eles voltaram às negociações, enviando novamente o Padre ao mesmo local.

No encontro, o falso sacerdote foi logo dizendo:

– Meu filho, Deus ouviu as minhas preces...

– Aceitaram ou não? – perguntou rispidamente o chefe.

– Relutaram, dizendo que, na guerra, o vencido não pode fazer exigências. Mas, não queriam ter um problema com a igreja.

– Vai ou não ter acordo? – novamente estocou o guerrilheiro.

– Sim, filho! Já providenciaram tudo.

– Por isso, demorou tanto?

– Não foi fácil abrir espaço na televisão.

– Acham que somos trouxas? A televisão viria rapidamente.

– Bom! Foi o que me disseram.

– Enganaram você direitinho, Padre.

– Eles não podem ir contra a igreja.

— Essa turma não presta.

— Mas, Dom Maurício é um homem muito sério e corajoso.

— Nele eu acredito. Mas os meganhas são safados.

— Cuidado, filho, para não atrapalhar o que já foi feito.

— E agora? – perguntou Ermínio.

— Falarei com eles que está tudo bem. Vão enviar o pessoal da televisão e o jornalista. Quem falará pelo grupo?

— Eu, naturalmente.

— Então, se prepare.

Pouco tempo depois, o circo estava montado. O falso entrevistador, com o *cameraman* se posicionaram no meio do percurso. Os técnicos levaram um aparelho de televisão para que os outros terroristas também assistissem à entrevista em circuito fechado, enquanto que a falsa jornalista fazia anotações em um bloquinho de papel, muito utilizado na época pelos profissionais de comunicação.

Tudo pronto, o guerrilheiro, sentindo-se um verdadeiro herói, falou:

— *Povo brasileiro! A luta não é nossa, mas dos operários, dos camponeses, dos estudantes, enfim de todos os explorados deste país. Não aceitamos mais o capital internacional drenando as nossas riquezas, o governo fazendo o jogo das multinacionais, enriquecendo alguns enquanto aumentam o número de miseráveis. Basta! Reforma agrária já; ruptura imediata do acordo militar Brasil-Estados Unidos; estatização dos bancos; das empresas. Viva o Socialismo! Viva Cuba! Viva Fidel!*

    Concluído o discurso, cujo texto foi repassado para a jornalista, feita a leitura para o público dos termos do acordo, os guerrilheiros de cabeça erguida depositaram as armas no chão. A artimanha do Delegado Fagundes levou a melhor. Os guerrilheiros, sem informações dos seus companheiros devido a problemas de comunicação, não tiveram como saber que tudo não passava de encenação. Foram levados ao Centro de Informações da Operação Bandeirante (OBAN) na Rua Tutoia, ironicamente, situada no bairro do Paraíso, quando na realidade estavam chegando ao inferno.

    Todos ficaram separados e incomunicáveis. Ermínio, o chefe, foi o primeiro a ser interrogado. Desejavam saber tudo dele: quais os chefes maiores da guerrilha, onde eles conseguiam dinheiro, o que aprenderam em Cuba, os nomes dos companheiros que não tinham sido presos, o endereço dos aparelhos, torturando-o[28] de todas as formas.

    A brutalidade do Estado, mesmo quando desafiado, não encontra respaldo na ética. As forças em jogo,

---

[28] Allan KARDEC, *O livro dos espíritos*, perguntas: 752/756. Ver íntegra em "Textos Doutrinários e da Codificação", NR. 6.

naquele momento, eram tão diferentes e desproporcionais que a truculência dos interrogatórios era expressa manifestação de covardia.

O governo tinha todos os controles em mãos; não atinava que se tratava de jovens, alguns ingênuos, idealistas na maioria, na faixa dos vinte anos, que sequer percebiam as consequências de seus atos.

Bloquearam todas as visitas. Os familiares: pais, mães, irmãos dos jovens corriam todas as delegacias, prontos-socorros, hospitais – e nada. Nenhuma informação, nenhuma nota de culpa, nenhum boletim de ocorrência, tudo acontecia em mais absoluta clandestinidade, sem nenhum freio legal, ético ou moral.

Quantas lágrimas rolaram pela face de mães angustiadas que nunca mais puderam ver os seus filhos que embalaram um dia em braços amorosos, o mesmo acontecendo, de outra forma, com as mães das vítimas inocentes tombadas pela ação terrorista. Enquanto o ser humano for primitivo, e a luta dos instintos selvagens prevalecerem na vida em sociedade, a dor baterá à porta de mães infelizes e de órfãos abandonados.[29]

Após tantas e tão bárbaras torturas, Ermínio não resistiu, assim também aconteceu com todos os seus comandados.

---

[29] Na Argentina as "Loucas de Maio", mães de filhos desaparecidos na época da repressão, reuniam-se na praça com as fotos de seus filhos, iniciando um movimento que anos após levaria os generais responsáveis para a cadeia.

Os psicopatas a serviço do governo, e que se compraziam com as mais bárbaras torturas, saíam das sessões vangloriando-se. Não havia nenhum respeito. Divertiam-se quando os torturados, homens e mulheres, urinavam e defecavam. Muitos tombados pelo desespero falavam o que não sabiam, inventando situações, somente para se livrarem de tantos flagelos; outros cerravam os dentes, tinham os olhos furados, recebiam choques, mas não delatavam. Nos porões da ditadura militar assumiram-se carmas que acompanharão os envolvidos em muitas encarnações, algumas já em curso, produzindo o choque de retorno próprio da aplicação severa da lei de causa e efeito.

Capítulo 11

Novos Desafios

Pelas vielas estreitas da antiga Lisboa, Márcio caminhava preocupado. Mais de um ano havia se passado desde que deixara o Rio de Janeiro, após o atentado fracassado na estação da Central do Brasil. No início, ficou praticamente escondido em pequena hospedaria, mas, com o tempo, ganhou confiança, não foi abordado por policiais e os seus documentos falsos não levantaram suspeita. Visitou os parentes, pessoas simples, que o receberam afavelmente, logo percebendo que não tinham condição de hospedá-lo. Comunicou-se com o pai por carta endereçada à agência bancária, recebeu respostas saudosas e a informação de que os valores destinados à sua manutenção estavam sendo regularmente depositados na agência do Banco do Brasil, situada na parte Baixa da cidade de Lisboa, chamada também de Pombalina, por ter sido edificada por ordem do Marques de Pombal, após o terremoto de 1755.

Tentou vários subempregos só conseguindo em restaurante da cidade alta que, às quintas-feiras à noite, realizava concorrido *show* de fado. Naquele famoso restaurante típico português, Amália Rodrigues, quando estava no país, costumava frequentá-lo para saborear o famoso bacalhau na nata. A célebre cantora viajava o mundo e com ela uma equipe de músicos, dentre eles um brasileiro de quem Márcio se aproximou desejoso de obter notícias do país.

Naquela época, era bem difícil, no exterior, receber alguma notícia do Brasil. E as informações que chegavam não eram confiáveis. O pai do jovem não poderia informá-lo sobre os acontecimentos políticos nas cartas enviadas ao filho, temeroso de violação de correspondência, própria dos regimes fechados, tanto no Brasil quanto em Portugal.

Oduvaldo pertencia ao grupo da diva; Márcio, na função de *garçom*, o serviu algumas vezes, quando o jovem comparecia sozinho ao restaurante. Em certa oportunidade, quando à mesa os músicos conversavam sobre recente *turnê* da cantora ao Brasil, o músico referiu-se ao jovem que os atendia:

– Está aqui, querida Amália, um brasileiro nos servindo, o meu amigo Márcio.

– Ora, pois! O que o gajo faz tão longe daquelas belas praias?

– Márcio corou ante a expressão.

Amália percebeu, e com naturalidade, emendou:

– Não sei o seu nome. Como chamas? – procurou ser simpática – o que não era comum, quando tratava com estranhos.

244

— Márcio — enquanto servia, respondeu.

— Por que vieste morar em Portugal? — perguntou-lhe a estrela.

— Tive dificuldades no meu país.

— Bela forma de fugir de uma desilusão amorosa, não?

— Mais ou menos.

— Não me engano nessas coisas — comentou a maior cantora de fado de todos os tempos, revelando inegável simpatia pelo jovem, o que causou surpresa à mesa, visto que ela, aonde ia, era cortejada e nunca dava confiança aos desconhecidos.

Ante os olhos perquiridores de Amália o jovem se preocupou. A última coisa que desejava era ser reconhecido por alguém que mencionasse o seu nome verdadeiro. Se fosse descoberta a falsa identidade, certamente iria para a prisão. Por isso, temia sempre. Mas, naquela noite, Amália estava bem descontraída e retornou à pergunta.

— Que dificuldades tiveste no Brasil?

— A senhora parece que lê a alma da gente — respondeu cabisbaixo. Foi realmente uma grande desilusão!

Amália ficou subitamente entristecida. Apesar de ser a maior diva de Portugal, reconhecida em todo mundo, idolatrada na França, havia também passado por várias desilusões, — no caso dela realmente amorosas. Calou-se e depois com voz quase que sussurrante, assentiu:

– Eu sei o quanto dói! Se precisar de alguma coisa aqui em Portugal fale com o Oduvaldo. Se pudermos ajudá-lo...

– Obrigado – respondeu com voz embargada.

Estava aberta para o jovem a oportunidade que necessitava para ingressar na famosa Universidade de Lisboa. O músico, em nome de Amália, o recomendou ao Reitor, que lhe possibilitou as condições para estudar ciências sociais.

No ambiente acadêmico, o antigo guerrilheiro novamente se deparou com a política. Portugal era um caldeirão tampado e prestes a explodir a qualquer momento. O governo, desde Salazar, resistia em entregar as colônias portuguesas de ultramar, estimulando, assim, a insurgência de vários movimentos de libertação nacional, que minavam as finanças do país. O governo de Marcelo Caetano aproximava-se muito do governo brasileiro, mas o Brasil, naquela época, também começava a enfrentar grandes dificuldades econômicas, não podendo socorrer a pátria mãe.

Trabalhando de dia e estudando à noite ainda encontrava tempo para, aos fins de semana, fazer cursos complementares na própria Universidade, participando de vários eventos. Enturmando-se com os estudantes, em pouco tempo conseguiu trabalho no escritório de conceituado advogado lisboeta, ligado ao governo, onde obtinha informações sobre o movimento contestatório em curso no Brasil.

Graças à sua refinada inteligência e à esmerada cultura, o jovem em pouco tempo se tornou importante no escritório do Dr. Gomes, realizando todos os trabalhos burocráticos. Nunca esqueceu o músico do grupo da cantora que facilitou os seus passos, mantendo com ele constante contato. O carioca Oduvaldo também registrava saudades dos seus familiares, que moravam no Brasil, fato que os uniu ainda mais, tornando-se rapidamente amigos. Sempre que Amália permanecia em Lisboa, o músico procurava o amigo para conversarem sobre o Brasil, as saudades dos familiares, as praias, as morenas banhadas de sol...

A dor do expatriado, ainda que a sua saída do país se tenha dado por livre e espontânea vontade, é sempre um sofrimento, passados aqueles meses iniciais, cujas novidades encobrem momentaneamente o que ficou para trás. Os amigos confabulavam acerca do Brasil, pensando da mesma forma sobre muitos assuntos, almas próximas que eram desde longínquas eras. Eles tinham se conhecido em encarnações passadas e o relacionamento entre ambos foi deveras proveitoso, e que naquele momento se expressava nas afinidades reveladas. Mesmo assim, o expatriado não confidenciou ao amigo o real motivo de sua estada em Portugal.

Em um dos encontros de ambos, Márcio demonstrou ao amigo desejo de agradecer pessoalmente Amália por tudo o que fizera por ele, graças ao seu prestígio de maior dama da canção portuguesa. Quando a estrela resolveu ir ao restaurante da cidade alta, com a elegância que lhe era peculiar, quando desejava agradar alguém, solicitou ao músico que convidasse o amigo para estar à mesa. Não seria o garçom de antes, mas convidado de honra, porque partilhar a mesa de estrela era honra para poucos privilegiados.

Encontraram-se no dia marcado quando Márcio, emocionado, agradeceu-a com palavras que calaram fundo na mulher mais cortejada de Portugal. Na condição de espíritos que já estiveram juntos em vidas passadas, atraíram-se pela lei da afinidade, de forma que as palavras sinceras do jovem diferiam muito daquelas pronunciadas pelos bajuladores profissionais.

No clima de intimidade que se estabeleceu à mesa, o expatriado foi tentado a falar sobre a sua real identidade e os motivos que o levaram a deixar o Brasil, mas se conteve. Amália certamente o entenderia, porque já usara veladamente a sua influência para aliviar a vida e as dores de presos durante a era Salazar, mesmo procurando afastar-se do mundo político, que deveras não apreciava.

Naquele ambiente de harmonia, sob o som de canções portuguesas que a vitrola repercutia, se identificou com a música dos caídos, compreendendo aos poucos o seu destino. E os dois amigos brasileiros, apesar da ditadura de Salazar e do predomínio absoluto da Igreja Católica, apreciavam a Doutrina Espírita que era em Portugal cultivada em redutos reservados, quase na clandestinidade, tamanha a intolerância do governo. Mesmo assim, o músico lia os livros de Allan Kardec, que trouxera do Brasil, e os psicografados por Chico Xavier, comentando-os com o amigo, que estava cada vez mais nostálgico.

O jovem expatriado era marxista, portanto ateu; leninista, defensor das mudanças pelos processos revolucionários e admirador de Trotsky, o Comandante do Exército Vermelho, logo após a revolução de 1917, assassinado no México a mando de Stalin. Essa formação, que não lhe adviera do berço, mas a adquirira na universidade e em intermináveis discussões realizadas nas células revolucionárias, chocou-se com as diretrizes doutrinárias do Kardecismo, quando, mais para atender o amigo, leu algumas perguntas e respostas de *O Livro dos Espíritos*. A bomba que deveria explodir na entrada da estação, da estrada de ferro da Central do Brasil, no Rio de Janeiro, certamente não causaria a Márcio tantos danos às suas concepções quanto a leitura do principal livro da Codificação Kardequiana.

O impacto foi tal que o moço fechou a obra e saiu caminhando pelas ruas de Lisboa pensando em tudo o que lera, no seu destino, no fado... Poucas perguntas e respostas tiveram o condão de embaralhar tudo o que sabia e concebia sobre a vida, os valores, a justiça... Deus, que para ele era simplesmente uma palavra vazia, passou a significar algo tão importante que não poderia desconsiderá-lo; Jesus Cristo, que até então era o profeta do conformismo a serviço das classes dominantes, avançou tantos degraus que chegou à condição de libertador dos oprimidos. A doutrina do amor cristão, símbolo da fraqueza de quem não desejava enfrentar e modificar a realidade, era o elo principal a vincular os seres humanos, impelindo-os a se dar as mãos.

Horas a fio o jovem ficou meditando no que havia lido. Ao retornar, voltou ao livro e com inegável sofreguidão leu até cair exausto. Nos dias seguintes retomou a leitura, depois grifou frases, desejou saber mais. O destino, o ser, a dor e o amor, o nascimento, a vida e a morte encontravam na obra respostas até, então, por ele sequer imaginadas. Abriam-se as cortinas e uma nova era para o ex-guerrilheiro. Deixou de lado os livros marxistas que tanto admirava, neles não encontrando, contudo, nenhum conforto para as suas inquietações mais íntimas, para ler as obras da codificação, depois ler as psicografadas por Chico Xavier e tantos outros. Conversava amiúde com Oduvaldo, que se abria ao amigo.

Nada acontece na vida das pessoas sem que haja uma razão de ser e um propósito. Ao lado dessa grande transformação, Márcio começou estudar outras linhas de interpretação dos fenômenos sociais, de forma que os livros pesquisados na Universidade eram importantes, mas não esgotavam o tema, ao contrário, limitavam-se à visão dos autores sobre a sociedade.

Bem posicionado no escritório do Dr. Gomes, com salário avantajado para a época e as condições do país, o jovem comunicara por carta ao pai a sua nova situação, dispensando a ajuda financeira que vinha recebendo da família, deixando o Sr. Gonçalves realmente feliz, apesar da saudade que sentia do filho querido.

Um congresso de cientistas sociais europeus foi agendado na cidade de Londres, ocupando as instalações universitárias de Cambridge, onde Olívia estudava enfermagem.

O destino aproxima as pessoas que precisam se conhecer na hora certa, não importa a distância, as diferenças de língua e de cultura. Pois foi assim: os jovens encontraram-se por acaso (se existe o acaso) na lanchonete da Universidade de Cambridge, exatamente na fila do caixa. Quando adquiria o *ticket* para a refeição, o balconista reconheceu Olívia, falando em voz alta e na língua portuguesa:

– Você por aqui?

– A moça identificou o atendente, que havia trabalhado na padaria Boa Esperança, em São Paulo, perto da casa de Mr. Mason.

Márcio estava próximo; ouviu o som da língua portuguesa e não resistiu, brincando:

– Não pensem que estão sozinhos! Cuidado com o que falam. Eu também venho do Brasil.

– De onde? – perguntou Olívia.

– Rio de Janeiro.

– Bela cidade – respondeu – mas os motoristas de lá gostam muito de velocidade. Voltei a Londres depois de acidentada na Av. Brasil. Conhece?

– E como! Todos os dias passava por lá.

– Não mora mais no Brasil.

– Agora estou em Lisboa, cursando ciências sociais.

– Que arrepio!

– Por quê?

– Os estudantes de ciências sociais do Brasil só falam em revolução.

– E aqui?

– Não sei! Estudo enfermagem.

– Como conheceu o Brasil?

– É uma longa história.

– Estou no intervalo de um congresso e não tenho companhia para lanchar. Se não a incomodo poderíamos sentar naquela mesa e conversarmos um pouco mais.

– Tudo bem.

Cada um pegou a sua bandeja, dirigiram-se à mesa, fluindo a conversa até o reinício da palestra. Entenderam-se imediatamente; as energias eram similares; trocaram telefones para logo mais à noite continuarem a falar a respeito do Brasil.

Londres foi para Márcio uma agradável surpresa. Cidade cosmopolita e bem diferente de Lisboa, suas origens remontam ao Império Romano, que, às margens do Rio Tâmisa no ano de 43 d.C., fundou uma vila a que deram o nome de *Londinium*. Atravessou séculos, passou por guerras que a obrigou a se reconstruir várias vezes, revelando hoje uma grande diferença de estilos arquitetônicos, principalmente após os duros ataques da *Luftwaffe* alemã na Segunda Guerra Mundial.

No dia seguinte, mediante orientação de Olívia, Márcio caminhou pela *city* londrina (na época o principal centro financeiro da Europa). Visitaram museus, palácios, conversando como se fossem amigos de longa data, o que era certo, face ao conhecimento de ambos em vidas passadas. Havia, contudo, entre eles, enorme abismo social, difícil de ser suplantado.

Aqueles dias para os jovens foram inesquecíveis: os passeios, a conversa agradável, quando deram por si caminhavam de mãos dadas pelas ruas e parques de Londres, o que nunca tinha acontecido com Olívia, sempre reservada quanto aos sentimentos. A moça se surpreendeu com a naturalidade do relacionamento e Márcio nem desconfiou da origem nobre da mulher, que o ciceroneava.

Ao retornar a Lisboa, deixando com Olívia o seu endereço para contato, o jovem sentiu que estava vivendo um sonho. Até àquele momento a sua existência tinha sido de tribulações, conflitos existenciais manifestados pela busca de um sentido para a vida, estudos, encontros e desencontros. Nenhuma mulher havia na verdade abalado os seus sentimentos e despertado nele real interesse. Naquele momento, percebeu que tudo era diferente. Aquela mulher tinha algo que o atraía inapelavelmente. Não sabia se era sua doçura natural, o porte elegante, a refinada educação... O fato, para ele, é que Olívia era irresistível.

Olívia ficou temerosa ante os sentimentos que o jovem lhe provocava. Para ela, que fora educada para controlar as emoções em todas as situações, conforme o protocolo da nobreza, se deixar levar pelas mãos de um desconhecido brasileiro era imperdoável. Não obstante, tinha adorado aqueles momentos de travessura, lembrando-se de Márcio como alguém querido que se fora para nunca mais voltar. Já estava nostálgica, o seu pensamento girava em torno daquele bem-apanhado rapaz de olhar límpido, que revelava grande idealismo. Conhecendo, porém, a rigidez de sua família, decidiu não fazer mais contato com o jovem, registrando o fato tal qual simples amor platônico, sem maiores consequências.

  Para Márcio, a realidade era outra. Desconhecendo as dificuldades de Olívia para prosseguir com o relacionamento e não atinando para a falta de real envolvimento da jovem, estranhou quando as suas cartas não foram respondidas.

  Passados alguns meses, resolveu voltar a Londres, sem avisar, para falar com Olívia e saber dela o porquê de tanta indiferença. Não se lembrava de havê-la ofendido; não conseguia tirá-la do pensamento. Reconhecia-se apaixonado por uma pessoa com quem passara apenas três dias e ainda assim intercalados com as atividades do congresso.

  Ao descer no aeroporto de Londres, em um sábado de intenso frio, dirigiu-se ao endereço para onde enviava as cartas. Espantou-se ao se deparar praticamente com um palácio, cuidadosamente, ornamentado para as festas de fim de ano. Tocou a campainha com o coração aos saltos, quando foi recebido por gentil mordomo.

— O que deseja senhor? — perguntou-lhe o empregado que atendia a família há muitos anos.

— Sou colega de faculdade de Olívia e desejaria falar-lhe. Ela se encontra? Diga-lhe que é o Antônio Mariz (nome que usava desde que deixou o Brasil).

— A senhorita não se encontra em Londres e não tem data para voltar.

— Mas, eu preciso falar com ela.

— Deixe um recado por escrito. Mas, lembro que ela vai demorar muito. Foi à África do Sul ver de perto a pobreza e as dificuldades na área de saúde.

Márcio fez ali mesmo algumas anotações, registrou novamente o seu endereço e foi para o hotel desiludido. A tristeza das ruas londrinas vergastadas pela neve não era mais intensa do que o sofrimento do jovem. Sozinho, naquela cidade fria, em busca de um amor distante, sentiu a dor dos abandonados. Estava fora do Brasil há tempos; temia retornar; desejava o amparo afetivo de uma mulher que o completasse; sabia que esta mulher era Olívia; não tinha noção sequer dos obstáculos à frente. Por isso, pensava ter sido mais um brinquedo para uma jovem mimada, que vivia em um palácio, enquanto ele se escondia nos fundos de uma humilde hospedaria de Lisboa.

Não poderia passar pela cabeça do jovem que Olívia já o tinha esquecido. Dedicando-se intensamente ao estudo da enfermagem, procurou estagiar na África do Sul, que fora colônia inglesa, para conhecer ali de perto o sofrimento dos excluídos, a vida dos negros sob a guante de *O Apartheid*. Desde que conhecera Márcio (Antônio Mariz), a jovem não tinha mais paz, face às constantes emissões de pensamentos do jovem em sua direção. Para esquecer de vez o acontecido entre ela e o jovem nas ruas de Londres, optou por não manter contato, não responder às cartas, dedicando-se à enfermagem, em que encontrou muitos desafios. Márcio para ela significava nada mais do que um amigo ocasional.

Naqueles dias, o grande consolo de Márcio foi o seu apego à Doutrina Espírita. Deixou, efetivamente, de lado o viés materialista do Marxismo, reconhecendo a importância desse pensamento para a transformação do próprio capitalismo, ao mesmo tempo em que admitia Kardec, compreendendo a necessidade espiritual do ser humano. A lei de causa e efeito não poderia mais ser negligenciada pelo jovem. Quando lembrava com ternura de Olívia, compreendia que esse apego poderia ter vindo do passado, por isso, pela afinidade que sentiu ao lado da moça, mesmo que convivendo com ela poucos dias, não compreendia a sua indiferença. Deixaria o tempo passar; as explicações viriam no momento certo. Desistiu de escrever, procurou pensar em outras realidades, mas no fundo o sentimento lhe martelava sobre a bigorna fria de um amor não correspondido.

Capítulo 12

Os compromissos se estabelecem

Após ter informado a Andrei que iria à Inglaterra tratar de negócios e que se ausentaria do país por dois meses, Zuleika, fazendo a notícia chegar ao conhecimento dos *garçons*, rumou ao aeroporto e embarcou para Londres. Naquele momento, a questão era com os companheiros da guerrilha. Ela somente retornaria depois que tudo já estivesse consumado, partindo para outra investida.

Desembarcou em Londres sem saber falar inglês, mas os contatos internacionais do grupo, facilmente, ajudaram-na a se instalar em um dos hotéis da periferia londrina. Ela que já estava acostumada com o conforto do apartamento de São Paulo, em princípio estranhou, mas procurou não demonstrar qualquer contrariedade. Sentiu que essa experiência no Exterior seria de fundamental importância para os seus interesses e estava tranquila quanto aos disfarces que usava quando visitava os companheiros na célula.

Em pouco tempo se arranjou, aprendendo algumas palavras em inglês, participando discretamente de um grupo socialista, que era inexpressivo. Sentiu que eram jovens bem mais ingênuos do que os brasileiros, muitos imigrantes, ocupando subempregos. Dali nada poderia tirar, mas aprender inglês seria um diferencial e tanto para fisgar um peixe graúdo. E, assim, se dedicou com afinco ao estudo da língua, impressionando os seus companheiros pela facilidade de aprendizagem.

No Brasil, a organização já havia definido o dia e a hora do sequestro de Andrei. O grupo conhecia toda rotina do empresário, que sempre fazia o mesmo caminho, facilitando o planejamento da emboscada.

No dia previsto, às dezoito horas, quando o empresário dirigia o próprio veículo, rumo à sua residência, bem no farol de movimentada avenida, situada no Jardim Paulista, dois guerrilheiros encapuzados entraram à força no carro, colocando uma arma na nuca do motorista, determinando-lhe seguir adiante. Mais à frente, e já perto do Parque do Ibirapuera retiraram Andrei do veículo, passaram-no a outro, dirigindo-se para o cativeiro, situado em pequena propriedade rural, próxima à capital paulista.

A ação foi tão rápida que Andrei não conseguiu reagir em momento algum, mesmo assim desfecharam-lhe uma coronhada na cabeça, que o deixou fora de si. Quando acordou estava amarrado em rústica cadeira, amordaçado, sem qualquer possibilidade de reação. Seus sequestradores imediatamente fizeram contato com a família, mantendo difícil diálogo com o pai do empresário.

– Seu filho está com a gente e em segurança.

– Quem é o senhor?

– Não importa o meu nome.

– Mas, o que aconteceu com ele?

– A gente sequestrou ele! Não adianta chamar a polícia. Qualquer contato com os meganhas ele morre.

– Não estou acreditando!

– Problema seu. Quer conversar com ele?

– Sim!

– Pai – falou Andrei – estou sendo bem tratado. Procure saber o que eles querem.

O guerrilheiro retirou-lhe o telefone. Assumindo novamente o comando, voltou a exigir:

– Por enquanto, o seu filho está inteiro! Se até amanhã não arranjar cinco milhões de cruzeiros, a gente vai amputar um dedo dele por hora. Para facilitar, a gente vai enviar primeiro o polegar para você conferir as impressões digitais; depois o preço sobe.

– Não tenho como sacar cinco milhões de cruzeiros de um dia para o outro. Preciso programar a retirada com o banco.

– Se vire! O nosso prazo é até amanhã às seis da tarde. Se passar, já sabe: o seu filhinho vai ser retalhado vivo! Não vai ser nada agradável...

– Quem são vocês? Não sabem que estão destruindo uma família?

– Família de burgueses exploradores! Acha que a gente vai ter peninha de quem vive à custa dos outros o tempo todo?

– Tudo o que fizemos foi com esforço próprio. Nunca dependemos do governo para nada. Deixem o meu filho viver! – respondeu aos soluços.

– Só com o dinheiro na mão. Caso contrário, ele vai morrer.

– Vou ver o que consigo no banco.

– Não se esqueça: se avisar a polícia a gente mata o filhinho na hora. A gente não tá para brincadeira. Entendeu?

– Não vou avisar a polícia. Fique tranquilo!

– A vida dele tá na suas mãos. Ligo amanhã!

A partir daquele momento, a vida da família virou um inferno. – O que fazer? – eles se perguntavam a todo instante.

Era noite, o pai de Andrei não sabia o endereço do gerente do banco, não queria que o assunto viesse à tona, com jornalistas à porta. Sentia que tudo se resolveria mais facilmente se agisse com bastante discrição. Chamou o seu advogado, que em seguida compareceu à residência. Nesse momento, a família estava em estado de choque. O Sr. Ernesto não teve como omitir o fato da esposa e da nora, pedindo discrição absoluta, para não prejudicar o filho. Quando o advogado chegou, foi recebido imediatamente no escritório da casa do magnata e colocado a par da situação.

– O que fazer doutor? – perguntou-lhe Ernesto, com ansiedade.

– Primeiramente, ter calma. Vamos pensar!

– Sozinho não consigo encontrar uma saída. Tenho menos de 24 horas para levantar o dinheiro, entregá-lo aos sequestradores e resgatar o meu filho. Agora à noite o banco está fechado. Somente poderei tomar essa providência amanhã. Mas tenho receio. É muito dinheiro. Precisarei falar pelo menos com o gerente. O que o Dr. pensa disso tudo?

– O momento é muito delicado. Os sequestradores falaram algum nome, deixaram alguma pista? Procure lembrar exatamente o que ouviu, se possível reproduzindo as mesmas palavras, observando se escutou ruídos no local. Tudo pode ser importante para a investigação.

– Não pretendo chamar a polícia.

– Eu sei, mas pode ser necessário. Não dá para confiar em sequestradores, principalmente após pegarem o dinheiro.

– É verdade!

– Por isso, conte-me detalhadamente tudo.

Ernesto procurou fazer um esforço sobre-humano para se lembrar de todos os detalhes da conversa. Relatou ao advogado a breve conversa com os sequestradores, a voz tranquila do filho, a tensão e a pressa revelada pelos bandidos. Parece que estavam em lugar fechado, porque não havia ruídos.

O advogado comentou:

– Esses grupos costumam ser profissionais. Normalmente, ligariam de um telefone público, quando se ouviria o barulho dos carros. Se eles falaram de algum aparelho situado em uma residência, por exemplo, há uma pista que a polícia poderá seguir ao rastrear a linha telefônica.

– Mas, eu não quero a polícia no meio.

– Entendi! Pretende fazer o quê?

– Ir ao banco, sacar o dinheiro e cumprir as exigências. Desejo mesmo é o meu filho de volta!

– Mas, se agir dessa forma corre o risco de não vê-lo nunca mais.

– Esse pessoal – comentou o advogado – quer dinheiro. São bandidos. Não respeitam a vida de ninguém. Com o dinheiro na mão, e se porventura ocorrer no cativeiro algo que possa identificá-los, o seu filho morrerá de qualquer jeito, e não teremos a chance de levá-los à cadeia.

– O que devo fazer?

– Agir com inteligência.

– Explique melhor!

– O certo é chamar a polícia antissequestro. Eles sabem manter sigilo, nos orientarão. Depois, os bandidos não saberão que estaremos assessorados. E será mais fácil o senhor sacar o dinheiro no banco.

– Estou com medo. Eles me disseram que, por hora de atraso, cortarão um dedo do meu filho.

– Como saber? Eles virão aqui de hora em hora entregar um dedo?

– Querem me aterrorizar!

– Mas devemos ter a cabeça no lugar. O melhor é ganhar tempo até amanhã chamando agora a polícia. Conheço importante delegado na Secretaria de Segurança, que poderá nos orientar.

– O Dr. acha que é o melhor caminho?

– Não tenho dúvida!

– Então, fale urgentemente com esse delegado. Vou tranquilizar a minha mulher e nora, que estão em pânico. Fique à vontade, esse será o nosso escritório de campanha. Vou pedir para servir café.

Ernesto estava abatido. Idoso, após uma vida inteira de trabalho, havia realmente prosperado. Agora que chegava ao ocaso da vida, quando já passava as complexas atribuições do grupo empresarial ao filho, defrontava-se com esse duro golpe.

No cativeiro, Andrei estava inquieto: colocado em quarto escuro, amarrado na cadeira, completamente imobilizado, amordaçado, começou a sentir fortes dores nos pés, nas pernas, nos braços; a circulação estava comprometida e a incômoda posição o impedia de fazer qualquer movimento. Era uma tortura sem fim.

Um guerrilheiro saiu para buscar pizza e refrigerante na cidade e verificar se havia algum movimento estranho. Ao voltar, estabeleceu-se na cozinha do cativeiro o seguinte diálogo:

– Trazer o cara aqui foi fácil. As informações da Zuleika estavam perfeitas. Agora, receber o dinheiro pode ser complicado – comentou o chefe.

– Mas está tudo correndo bem – assentiu outro companheiro.

– O velho ficou apavorado. Zuleika disse que ele não suporta nenhuma forma de violência. Esse malandro ganhava a grana na conversa. E ainda se diz honesto. Vê se pode: o cara compra por dez e vende por cem, não faz nada, e acha ainda que é pessoa de bem! É o tal do livre mercado. Vale tudo, menos o trabalho. Bando de burgueses malditos!

– E ganhou muita grana. A gente pediu até pouco!

– O suficiente para não despertar suspeita.

– E o cara, a gente vai manter daquele jeito?

– Leve água e vê como está. Não fale nada para ele não reconhecer a nossa voz se alguma coisa der errado.

– Tudo bem, chefe.

O guerrilheiro foi ao quarto, acendeu a luz, e teve um susto. Andrei estava todo roxo, pescoço caído, parecendo morto. Esquecendo-se da recomendação, gritou:

– Venham aqui!

– O que houve?

– O cara tá morto.

– Não é possível!

– Olha o estado dele!

– Sujou! Por essa eu não esperava. Vocês apertaram demais, o sangue não circulou e o cara já era.

– Que droga!

– Que droga, digo eu.

– E agora?

– A gente precisa continuar com o plano.

– A gente faz assim: espera receber a grana e depois joga o corpo no Rio Tietê.

O erro dos terroristas era primário: amarraram com tal força Andrei na cadeira que a circulação do homem ficou comprometida. Mas, o sequestrado ainda estava vivo. Se fosse socorrido teria condições de sobreviver. No entanto, os terroristas deram-no por morto, o que de fato aconteceria somente no dia seguinte.

Andrei ouviu, ainda vivo, toda conversa dos sequestradores que se referiram várias vezes a Zuleika. A revolta dele era tal que se pudesse sairia dali para se vingar do monstro que a vida colocara em seu caminho.

Como pôde se abrir, falar com uma mulher que mal conhecia, contar coisas de sua vida, somente guiado pela beleza de um ser desalmado. Estava inconformado. Imaginava a dor dos seus pais, da esposa querida, dos filhos. Não comparecia à boate para prevaricar, mas apenas para ouvir um pouco de música, jantar, espairecer... Arrependia-se, profundamente, de frequentar um local de luxúria, cuja energia atraía pessoas de porte espiritual negativo.

Com tanto ódio no coração, o espírito não conseguiu se desprender do corpo e ficou agarrado aos despojos, ouvindo tudo o que os bandidos falavam. Sentia-se vivo; as dores do corpo eram lancinantes; a falta de circulação nos membros levava-o à loucura. Mas, se esforçava sobremaneira para não demonstrar que estava vivo. O seu desespero foi ao limite quando eles ameaçaram jogá-lo no Rio Tietê, amarrado à cadeira, para não voltar à tona.

A morte de Andrei não favorecia os sequestradores. A princípio, pensavam em pegar o dinheiro e libertar o empresário; a tática de enviar à sua família um dedo do falecido para aterrorizar ainda mais poderia ser, naquele momento, arriscada. Se comunicassem a ocorrência, a polícia técnica atestaria com facilidade que o dedo enviado já era o de uma pessoa falecida há muitas horas. Não sabiam se isso era possível, mas temiam se enfraquecer e perder o resgate.

Enquanto os sequestradores debatiam a alteração do plano, na casa de Andrei a polícia especializada havia chegado. O Delegado ouviu cuidadosamente o pai do empresário, que repetiu várias vezes a sua conversa com o sequestrador ao telefone. Montaram uma aparelhagem para gravar futuras ligações, na tentativa de localizar o cativeiro. Ernesto, visivelmente angustiado, perguntou ao delegado.

– Doutor, até agora somente eu falei. O que o Senhor pensa dessa situação?

– Primeiro entendo a sua angústia; também sou pai e no seu lugar estaria igualmente aflito. Não escondo que estou muito preocupado com esse sequestro. Pelas características não me parece coisa de profissionais. E aí mora o perigo. Os profissionais sabem como agir, querem o dinheiro, pensam um pouco mais. Sempre consideram a hipótese de algo dar errado. Por isso, não deixam rastro, evitam matar a vítima, não permitindo, contudo, que ela os reconheça. Agora, os amadores costumam agir de improviso: não sabem exatamente como proceder e por essa razão acabam com a vítima com medo de futuro reconhecimento. No caso do seu filho, se estivéssemos lidando com profissionais estaria mais tranquilo. Mas, tudo indica que se trata de um bando de amadores, motivados talvez por ideais políticos.

– O que fazer?

– O único jeito é chamar o pessoal do Delegado Fagundes, para nos orientar, caso se trate de sequestro promovido por alguma organização terrorista.

– Não estamos indo longe demais?

– Não! Tenho certeza.

– Mas logo amanhece. Deverei ir ao banco retirar o dinheiro. E o telefone deverá tocar a qualquer momento.

– Está tudo montado para a gravação. Se forem amadores, como eu penso, não vão perceber a gravação.

– E vão matar o meu filho!

– Não, os profissionais querem somente dinheiro e estão preparados para negociar com a polícia. Já fizeram isso e com êxito várias vezes.

– Como devo proceder?

– Conversar! Dizer que o dinheiro está sendo providenciado e que deseja saber como está o seu filho, exigindo uma demonstração de que esteja vivo.

– Está bem!

– Vou chamar o Delegado Fagundes.

Fagundes estava ainda radiante com a prisão do grupo que havia assaltado o banco. A sua estratégia fora vitoriosa. O coronel passou a confiar inteiramente no faro do Delegado, que se sobressaía, recebendo elogios de várias autoridades. Chamado pelo colega para mais um caso, sentiu-se deveras importante.

Ao chegar à mansão, coçou o queixo, observou o porte da residência, pensando consigo mesmo: – Aqui tem muito dinheiro. – Ainda bem que vim sozinho!

Recebido imediatamente por Ernesto, o advogado, o colega delegado foi encaminhado para o escritório da residência, quando ouviu um completo relato da situação, posicionando-se de imediato:

– É sequestro para a arrecadação de fundos. Essa forma de agir já é conhecida. Não podemos apertar a molecada, que eles logo espanam.

– Qual a sua sugestão? – perguntou-lhe o Sr. Ernesto.

– A primeira coisa a saber é se o seu filho ainda está vivo.

– O que é isso? Assim me assusta.

– Lamento dizer, mas esse pessoal não atua no crime comum e é muito ruim de serviço. Eles não sabem fazer as coisas.

– O meu filho já pode estar morto?

– Não saberia dizer, mas não acho impossível.

O Delegado Fagundes era portador de notável intuição. Carregava atrás de si um grupo espiritual perigoso, muito hábil, acostumado a penetrar em ambientes do baixo astral, onde se dava muito bem. Recebia informações pela via da intuição, uma vez que a sua sintonia era instantânea, percebendo além de seus comandados o desfecho de determinadas operações. Não resistia, contudo, à possibilidade de ganhar algum dinheiro. Por isso, começou a manipular a seu favor aquela situação, que sentia estar perdida para os familiares, desejando ainda marcar mais pontos com os seus superiores. Fagundes vivia momentos de estrela, sempre tendo algumas mulheres da vida ao seu lado, dormindo com damas da alta sociedade que não resistiam à sua fama de herói.

O dia amanheceu e Ernesto contatou a diretoria do Banco para providenciar o dinheiro do resgate. Não se tratava de um caso de segurança nacional. Com o exército fora da operação, Fagundes começou agir à vontade, sempre se mostrando solícito. Alguma coisa dizia ao Delegado que o empresário já estava morto, porém ficou ali na sala aguardando o tão esperado telefonema, que chegou logo após o almoço.

– E aí? – perguntou o terrorista – já conseguiu o dinheiro?

– Sim! – respondeu Ernesto, sob orientação.

– Anote que vou passar as instruções para entregar a grana.

– Espere! – respondeu Ernesto. Não vou entregar nada sem antes receber uma prova concreta de que o meu filho está vivo e em boas condições.

– O que você quer? Quer que eu mande o dedo dele para conferir as digitais.

– Quero é falar com ele agora!

– Não é possível. Está dormindo.

– Acorde-o.

– Certamente, não ficará feliz.

– Então, quando ele acordar me ligue novamente.

– Velho idiota, você não está em posição de me dar ordens.

– Só caminharemos se eu falar com o meu filho.

– Vou te mandar o dedo dele para você conferir. Certo?

– Não o mutilem! Vamos conversar. Como posso pagar o resgate sem saber se ele está vivo?

– Para nós não tem mais papo. Ou aceita desse jeito ou não tem negócio. Vou ligar pela última vez daqui a uma hora. Esteja pronto com a grana e siga corretamente as instruções.

Os sequestradores eram mesmo amadorres, concluiu Fagundes. Sentia claramente que Andrei estava morto, mas não mencionou o fato ao colega e ao pai do jovem, seguindo com a estratégia de capturar o grupo, que tinha certeza pertencia a alguma organização de esquerda.

A gravação permitiu rastrear com facilidade o cativeiro. Os sequestradores, por sua vez, perceberam que estavam sendo gravados e comentaram:

– Sujou galera! Os caras descobriram a gente. Desamarra o corpo, joga no bagageiro e já para o aparelho. Limpa geral que os meganhas estão chegando.

Não levou dez minutos para saírem do local, cruzando em seguida com as sirenes da polícia, que se dirigia ao cativeiro.

– Por pouco! – comentou o chefe.

– E agora? – indagou outro companheiro.

– Complicou! Os policiais estão na área. O melhor é a gente se livrar do corpo e esquecer o assunto. Gorou! Agora é salvar a pele...

– Lá não ficou nenhuma digital?

271

– Não! A gente não tirou a luva para nada. Nada vai comprometer a gente, a não ser a embalagem da pizza que ficou no lixo.

– Tá todo mundo louco! A polícia vai bater lá na pizzaria e o André vai aparecer em retrato falado no país inteiro.

– Tô frito! Preciso sumir agora!

– Calma! Ainda temos tempo. À noite, a gente joga o corpo no rio, amarra bem com mais peso que é para afundar mesmo e pronto!

– O jeito agora é chamar a Zuleika e mandar o André para Londres.

– Só que a gente não tem grana para isso! A gente contava com a grana do sequestro, lembra?

O espírito de Andrei, que estava agarrado ao corpo, imaginando-se vivo, mas se fazendo de morto para enganar os sequestradores, assustou-se. Agora que seria jogado ao rio não teria como escapar. Morreria de verdade. Tentou, de todas as formas, falar com os sequestradores; o seu pai pagaria o resgate; o desespero do empresário era tanto que se debatia, tentava arrombar o porta-malas do carro, gritar. Não ouvia nada, nenhuma reação até mesmo dos próprios bandidos.

Viu quando o seu corpo foi retirado do porta-malas, ensacado junto com pedras, amarrado e jogado ao rio, sem piedade. Os seus rogos foram em vão. Em pouco tempo jazia no fundo, debatendo-se para se livrar dos cordões, congestionado. Lutava com todas as forças, não conseguia imaginar como estava ainda vivo depois de ingerir tanta água pútrida; não tinha noção de tempo, se era dia ou noite. A água estava fria, suja, envolvendo-o completamente.

Após a batida policial no cativeiro, Fagundes sabia que os sequestradores haviam percebido a gravação e fugido, liquidando o sequestrado. Informou ao Sr. Ernesto que, em sua opinião, não ligariam; o dinheiro deveria voltar ao banco, após pedir descaradamente uma polpuda gratificação para a sua equipe, o que chocou o seu colega delegado, pessoa ilibada no cumprimento do dever.

Ernesto retirou um maço de notas graúdas, entregou-o a Fagundes, dizendo aos demais que aguardaria mais uma ligação. Acreditava que os sequestradores voltariam a se comunicar.

Após a saída do delegado, todos ficaram consternados. D. Alejandra, mãe de Andrei, exausta, precisou ser medicada. Mesmo sendo devota de Nossa Senhora Del Pilar, caiu em profunda depressão. O Sr. Ernesto aguardou por meses uma ligação do filho querido, ficando ao lado do telefone dia e noite, esperando um toque, em estado catatônico. Seus negócios começaram a ter problemas por falta de administração, o que o fez contratar prestigiosa casa bancária para intermediar a venda da empresa, ao final adquirida por conhecida multinacional do ramo, e por preço bem abaixo do mercado.

Outra questão que na época repercutia era a ação do grupo denominado "Esquadrão da Morte", conduzido por policiais que se arvoravam em donos da justiça. À sua moda julgavam os marginais, sem ouvi-los, e decidiam eliminá-los sem possibilidade alguma de defesa. Atuavam à margem da lei; torturavam; ignoravam por completo as instituições. Havia uma aliança sub-reptícia do grupo com traficantes e o dinheiro escorria pelas mãos ensanguentadas desses justiceiros de plantão, que nada temiam, e, de certa forma, eram acobertados pelas mais altas autoridades do país. Enfrentado com grandeza por digno procurador, o "Esquadrão da Morte" foi debelado quando a justiça sentenciou à prisão seu principal artífice.

As ações impensadas de pessoas ou grupos ainda que, sob o impulso de ideais, não podem ser amparadas pela espiritualidade superior, porque utilizam meios inadequados, principalmente no mundo de hoje. A conquista da ética e da civilização e o avanço das doutrinas humanistas oferecem espaço para a concórdia e a solução pacífica dos conflitos. A mesma observação se faz quanto à ação dos Agentes do Estado, com mais rigor, perante o poder depositado em suas mãos. A tortura efetivada nos calabouços do arbítrio ou nos cativeiros improvisados por sequestradores significa a assunção de dolorosos carmas, porque não dizer expiações, ante a gravidade perpetrada contra o ser humano, enquadrando os infratores em vários dispositivos dos códigos da vida.

As verdadeiras transformações se operam no interior de cada criatura. A educação tem um papel importante na modificação da realidade a partir da informação e da formação do ser humano. O respeito é a pedra fundamental: à vida, ao trabalho, às relações afetivas, ao meio ambiente, ou seja, a tudo. A partir dessa simples concepção, as mudanças sociais acontecem pouco a pouco, à medida que a sociedade consegue galgar posições mais elevadas.

No plano espiritual, a questão do Brasil era acompanhada com cuidado e apreensão. Alguns espíritos reencarnados e que vieram em missões específicas estavam se desviando da verdadeira finalidade: a ambição, a vaidade e a sanha de poder estavam presentes nos dois lados da disputa. Os mentores tentavam influir, mas a densa camada de ódio construída no passado e que deveria se dissipar nessa romagem estava intacta. Parecia que nada acontecia, contudo, as modificações estavam em curso.

Preocupados, venerandas entidades encarregadas dos vários grupos reencarnados no Brasil, com tarefas voltadas à coletividade, reuniram-se para uma avaliação dos últimos acontecimentos.

Amadeu, que convocou os seus pares, iniciou a exposição:

– Sabemos que mesmo entre nós existem concepções ideológicas divergentes. Ao contrário do que acontece na Terra, aqui temos a nos unir a mensagem cristã. Assente está que nada de duradouro será feito com base no ódio e na violência, no entanto, os nossos pupilos na Terra, aferrados ainda aos ideais de outrora, não entenderam que a igualdade verdadeira somente será alcançada pelo amor, com a derrota do egoísmo e a transformação do ser humano. O momento brasileiro é preocupante e, por isso, chamei-os a fim de analisarmos de que maneira poderemos ajudar os brasileiros a superarem as atuais dificuldades.

Coloco a palavra à disposição.

Um espírito de barba branca, cabelos longos, aparentando setenta anos, chamado Cristóvão, voltando-se para Amadeu, começou:

– Cumprimento a todos! Estou também preocupado com os últimos acontecimentos. O Estado Brasileiro teria outros meios para enfrentar a insurgência dos meus pupilos, que estão se desgarrando da real finalidade dessa encarnação, levados pelo inconformismo dos grandes abismos sociais existentes no Brasil.

– As autoridades, contudo, colocaram todo aparato militar para capturá-los, o que compreendo, mas não justifica, sobretudo quanto às ações "intramuros", que há nos calabouços da ditadura. São jovens, lutam por ideais, havendo no meio, como todos nós sabemos, alguns aproveitadores agindo à sombra da imensa maioria de sonhadores.

– A tortura praticada pelo Estado é expediente desnecessário. Precisamos fazer alguma coisa.

– Concordo – falou o espírito Acácio. Sei que do lado do governo existem excessos; já estamos tomando enérgicas providências. Os que não se modificarem serão retirados imediatamente, não importa os postos ocupados na política ou nas forças de segurança. Se eles foram conduzidos ao comando com a nossa aquiescência é porque estavam preparados para desempenhar bem a missão. Sabemos os males das injustiças sociais e respeitamos as lutas dos que, dignamente, pugnam por uma sociedade melhor.

Não aceitamos os meios utilizados pelos guerrilheiros, que também torturam pessoas inocentes (não preciso lembrar que há sempre razão para dolorosos resgates, situada geralmente em vidas passadas), não encontrando mesmo assim justificativas para os seus pupilos se arvorarem em justiceiros.

– Também penso da mesma forma – concluiu Cristóvão.

Amadeu, retomando o controle da reunião, informou:

– Farei pequena preleção (não para os que aqui se encontram), que já sabem perfeitamente o que está em jogo.

– Alguns espíritos encarnados esclarecidos e em condições de entender as nossas preocupações foram convocados. Permitirei que eles ingressem ao recinto, para ouvir tão somente essa parte, retirando-se após.

Os espíritos entraram; todos estavam ligados pelo cordão de prata aos corpos adormecidos na Terra. No entanto, encontravam-se conscientes, porque ao despertar no dia seguinte deveriam lembrar as lições recebidas durante o desdobramento.

Amadeu começou a sua exposição:

– *Amados amigos. Peço que deixem o rancor de lado. Sabemos que há muito sofrimento entre os seus correligionários. Não é esse o momento e nem o local para se discutir quem tem (ou não) razão.*

– *Muitos estão sofrendo nas prisões oficiais, recebendo tratamento degradante e acumulando ódios difíceis de ser debelados em várias reencarnações; outros vivem momentos de horrores, somando também rancores, porque os sequestros e os assaltos causam danos irreparáveis às vítimas.*

– *É bem verdade que estamos amparando, interferindo somente quando determinado espírito já alcançou nível de compreensão avançado, não necessitando passar por certos sofrimentos.*

– *Mesmo aos necessitados de expiarem ações do passado, a Providência Divina faculta o resgate pelo bem que praticarem. Nada, portanto, autoriza pessoas ou grupos a se interporem contra os desígnios do Alto, tornando-se Justiceiros, alegando elevados ideais. O livre-arbítrio é uma lei a ser respeitada, assim como a lei de causa e efeito será aplicada. Quer sob o manto do Estado, quer sob a invocação de ideais, as atitudes contrárias ao amor não ficarão sem resposta.*

– *Estamos conscientes das preocupações de ambos os lados; já tomamos providências para retirar, do plano físico, autoridades e ativistas que não estão respeitando os compromissos livremente assumidos. No entanto, todos indistintamente precisam ser alertados pelas senhoras e os senhores que os métodos de luta pela transformação social e política do Brasil precisam ser pacíficos, enquanto as autoridades deverão abrir o regime para a participação da sociedade.*

— Ainda no plano espiritual, muitos que estão hoje aqui estabeleceram laços com espíritos que reencarnariam em outros países, cuja cosmovisão é a mesma. Os dirigentes desses grupos estão presentes; os liderados se excedem. Surgem movimentos terroristas em vários países e ao mesmo tempo levantando, contudo, diversas bandeiras, menos a do respeito ao ser humano.

— Vamos exortar todos à paz! Caso não consigam conter os seus aliados, virão mais sofrimentos para os dois lados. Ao final, quando se tenta impor um ideal pela força é que ele, por si só, não tem força para vingar ao longo do tempo.

— Retornem aos seus corpos; falem com os seus companheiros; repensem as estratégias, não desistindo, naturalmente, de fazerem o bem sem olhar a quem, utilizando meios adequados.

— O governo precisa avançar em várias áreas voltadas para os mais carentes, enquanto que o movimento contestatório necessita caminhar para um dia alcançar o status de grupo político organizado, vocacionado para o poder, a ser conquistado pelo voto, quando chegar a hora.

— O Brasil já tem um destino traçado: a concórdia entre os grupos raciais e sociais, a tolerância religiosa, e a ausência de lutas políticas extremadas que fazem parte da programação.

— A liberdade com responsabilidade deverá no futuro moldar a alma brasileira, o que irá acontecer quando a educação verdadeira alcançar todos os corações.

– No momento, contudo, o Brasil recebe os resquícios das duas grandes guerras mundiais e dos vários conflitos em andamento. Muitos desajustes estão afetando a juventude, a classe política, os empresários e os intelectuais, mas todos os problemas serão superados, porque essa é a lei: progresso contínuo.

– Boa noite a todos!

A reunião foi desfeita instantaneamente. O recado fora dado e as ações delineadas seriam executadas.

Tanto do lado do governo quanto da guerrilha muitos espíritos retornaram ao astral inferior, carpindo alguns até hoje as desditas que livremente acumularam, enquanto outros já retornaram à mãe terra nas mais difíceis condições.

As vítimas inocentes, que não guardaram rancor, foram liberadas, ao passo que muitas ainda hoje se sentem inconformadas e partem para rudes vinganças superiores até os flagelos que um dia sofreram na carne. Esquecidos da terapia do perdão, sentem tanto quanto os seus agressores e acumulam novas desditas diante dos compromissos que assumem com implacáveis obsessores.

Enganam-se certamente os que pensam que o túmulo tudo acoberta; não sabem que no longo e doloroso trevo das obsessões estagiam espíritos que um dia deverão despertar para a real finalidade da vida.

Capítulo 13

O retorno

A partir da localização do cativeiro foi fácil à polícia chegar ao nome de André. A experiente equipe do Delegado Fagundes vasculhou o local. Os sequestradores deixaram vários vestígios, como a embalagem da pizza no cesto de lixo, anotações de próprio punho sobre o valor do resgate, chegando os investigadores com facilidade ao nome de André, cuja foto foi de pronto identificada pelo balconista da pizzaria. Com tantos elementos à vista, a polícia se pôs rapidamente em movimento.

Com o fracasso do primeiro sequestro do grupo, os terroristas estavam deveras preocupados. Eles investiram todo dinheiro disponível na operação Andrei, pagando as despesas elevadas de Zuleika e, naquele momento, não tinham como receber a bolada prevista já no primeiro resgate.

Reunidos, comentavam:

— Vai ser fácil a polícia chegar ao André.

— Preciso vazar! – aduziu o terrorista.

– Todo cuidado é pouco!

– O que a gente vai fazer agora?

– Ligar para Zuleika voltar. Não dá para manter a moça zanzando em Londres!

– Mas, isso não resolve a minha situação – aduziu André.

– Eu sei! Vai ser difícil você sair do país. Nesse momento, os aeroportos e as demais saídas já estão fechados.

– Vou de carro até o Uruguai e me entrego aos Tupamaros.

– Tá louco, cara? Já esqueceu da Operação Condor?[30]

– Não tenho saída? É isso o que você tá querendo me dizer?

– Claro que tem. A gente tem é que ser inteligente! Vamos pensar!

---

[30] Operação Condor. Na América do Sul, a reação aos movimentos nela situados veio por meio de acordo militar entre os governos do Brasil, Argentina, Chile, Bolívia, Paraguai e Uruguai, conhecido como "Operação Condor", com a finalidade de eliminar as lideranças dos movimentos guerrilheiros de esquerda, obtendo êxito, no caso brasileiro, com a morte de Carlos Marighella em 1969, fundador e principal líder da Ação Libertadora Nacional.

– Já tô desesperado, cara. Se os milicos me pegarem é tortura na certa.

– É isso que a gente precisa evitar. Vamos pensar com calma. O André não pode sair daqui, sob hipótese alguma. Vamos levá-lo a um lugar seguro. Agora chega de conversa por hoje.

No grande jogo do poder mundial o fator Cuba foi significativo para a América Latina.

Com a vitória dos rebeldes cubanos depondo o ditador Fulgêncio Batista, apoiado pelos Estados Unidos, a União Soviética abriu um flanco estratégico para se posicionar no Continente.

Os movimentos guerrilheiros, que viriam após 1959, eram estimulados e financiados pela esquerda internacional. Em resposta, os Estados Unidos, desprezando os valores democráticos que defendiam, estimularam no Continente a implantação de governos militares fortes, com enorme capacidade de repressão. A luta, então, instaurada envolveu praticamente todos os países da América Latina, cada qual com o seu movimento guerrilheiro específico, que à bandeira socialista acrescentaram outra: a derrubada dos governos militares, aliados dos americanos.

Surgiram assim no Continente Americano várias facções de esquerda que optaram pela luta armada.[31]

América Latina estava militarmente fechada pelas forças de segurança que operavam em conjunto. Os guerrilheiros sabiam disso, e a partir de então passaram a encontrar enorme dificuldade para contatar as bases que financiavam os movimentos. Optaram, assim, pelos assaltos a bancos e supermercados e os sequestros, pouco divulgados, exceto os que tiveram enorme repercussão política, como o do Embaixador dos Estados Unidos Charles Elbrick, produto da ação conjunta entre a Aliança Libertadora Nacional e o MR-8 – Movimento Revolucionário 8 de Outubro.

A guerrilha no Brasil atuava de forma dispersa, com vários grupos competindo entre si, ao passo que o governo, juntamente com os demais países da América Latina, marchava junto, ganhando eficiência em matéria de informação e inteligência, contando com o apoio da CIA – Central Intelligence Agency.

Nossos personagens estavam acuados, sem saber onde levar André; não dispunham de local apropriado

---

[31] Os Tupamaros, no Uruguai, os Montoneros, na Argentina, o Sandero Luminoso, no Peru, os Sandinistas, na Nicarágua, e tantos outros movimentos na Bolívia, no Chile, em El Salvador, Honduras, restando desse período conturbado ainda em atividade as Farcs – Forças Armadas Revolucionárias da Colômbia.

para escondê-lo. Ao contatarem Zuleika, determinando o seu retorno imediato ao Brasil, orientaram-na para estabelecer algumas relações com os movimentos congêneres internacionais, que na Itália e na Alemanha estavam bem desenvolvidos. A jovem, contudo, limitada no conhecimento da língua e sem recursos financeiros, conseguiu poucas informações, que repassou aos companheiros, assim que desembarcou no país.

Após a chegada da ativista, a primeira reunião do grupo foi tensa.

– Zuleika, o sequestro deu errado – comentou o chefe.

– Não por minha causa!

– Lógico que não. As suas informações eram quentes. Mas, a gente amarrou o homem de tal jeito que ele morreu na cadeira, parece que eletrocutado.

– Foram incompetentes!

– Aceito a crítica.

– E agora? – perguntou a jovem.

– Não dá mais!

– Como? Abandonaram essa mina de ouro!

– Não é na mina que a gente estava pensando. Não basta levar o cara para o cativeiro. Até pôr a mão na grana, o negócio é complicado. Não sabemos fazer isso.

– Não estão pensando em parar justamente agora que aprenderam, não é?

– Entendeu! Sem grana não dá! Falta dinheiro para tudo. E o André precisa cair fora do Brasil. Fez alguns contatos lá fora?

– O movimento internacional não é muito organizado. Ele está mais forte na Itália, na França e na Alemanha. Os guerrilheiros da Itália poderiam nos ajudar em técnicas de sequestro, porque se especializaram em "sequestro relâmpago", uma modalidade menos arriscada, obtendo dinheiro imediato, mas em pouca quantidade. No sequestro político, os italianos irão se aperfeiçoar. Soube que mais à frente pretendem chegar às figuras graúdas do governo. Na França, o movimento é de muita conversa e na Alemanha tende a se fortalecer. Entendo que nesse momento vai ser difícil enviar o André para a Europa e contar com o apoio desses grupos, até porque não temos muita possibilidade de comunicação. O melhor mesmo é tentarmos enviá-lo a Cuba, mas sei que o nosso contato com os cubanos não chega a tanto.

Zuleika falava com tal firmeza que impressionou o grupo. O pouco tempo na Inglaterra havia tornado a guerrilheira uma analista segura.

– O que você recomenda?

– Acho que vai ser difícil esconder o André por muito tempo.

– Quer me entregar então! – vociferou o rapaz.

– Não é isso, companheiro! A gente tá nessa com você até o fim. Mas, quer mesmo saber o que eu penso? – perguntou Zuleika.

— Então, fala.

— O nosso problema não é exatamente escondê-lo. O nosso problema se chama André. Você é que não aguenta nada. Deveria se recolher e fechar o bico. Mas não adianta!

— O que você pensa que eu sou?

— Um cara que entrou nessa fria porque é burro.

— Se não fosse mulher, eu te dava uma porrada agora!

— É isso mesmo! Como você larga a embalagem da pizza no lixo. É o primeiro lugar que eles iriam vasculhar. E o grupo todo não pensa? Por que não levaram o que comer para o cativeiro? Por que ligaram de um telefone facilmente identificável? É muita burrice junta.

Todos ficaram calados. Na realidade, eram amadores e sem nenhuma experiência na área do crime. Estavam sonhando com um mundo melhor, buscavam alguma aventura, mas não sabiam exatamente como fazer as coisas. Após, Zuleika voltou à carga:

— Este lugar é perigoso.

— Qual a sua sugestão?

— Dispersar o grupo. Fica mais fácil.

Na realidade, Zuleika já havia entendido a situação: o grupo não tinha dinheiro; iria partir para pequenos golpes; a turma não tinha cabeça. Ela desejava cair fora, defender a própria pele, e ver como se arranjaria. Sabia que tinha pouco tempo. A qualquer momento a polícia pegaria um deles e, sob tortura, o cara entregaria todo mundo. Era questão de sobrevivência. Por isso, mesmo sabendo que essa não era a melhor tática, insistiu:

– Gente! Cada um deve agora cuidar de si. Não há dinheiro para manter a organização. Recomendo a quem quiser continuar no ramo que procure outra facção, com mais dinheiro e em condições de defender os militantes.

Uma longa conversa seguiu após a exposição de Zuleika e concluíram que o melhor seria se despedirem ali. André ficou desarvorado. Para onde iria? Todos concordaram em deixar com ele quase todo o dinheiro da organização, recomendando-lhe um disfarce adequado, que arranjaram, além da passagem de ônibus para o Nordeste do país onde deveria procurar os companheiros do Recife, mais estruturados.

Zuleika sabia claramente que apenas estavam ganhando tempo. A qualquer hora alguém seria preso e entregaria os companheiros. Tão logo saiu da reunião, procurou um hotel mais em conta, produziu-se toda, e voltou à boate Orion.

O seu retorno foi triunfal. Os *garçons* trataram-na com toda deferência, foi logo colocada à mesa de sempre, saindo sozinha para a dança. Precisava fisgar um peixe graúdo o quanto antes, arranjar dinheiro e sair do país. Sabia o que queria, mas tinha pouco tempo. Contava apenas com um fato que os guerrilheiros não sabiam: ao se identificar na boate, nunca utilizara o nome de Batismo e nem o nome que figurou no passaporte falsificado. Lá, para todos, chamava-se Euridice. A sua única distração aconteceu com Andrei, para o qual deu o nome verdadeiro, solicitando-lhe sigilo, face à sua posição social, o que cativou ainda mais o empresário, pela habilidade revelada. Mas esse já estava morto.

Euridice, portanto, alegando sempre indisposição, consumia tão somente água, pedia alguns petiscos, pois estava ficando sem dinheiro. Certa noite, um cavalheiro de aproximadamente trinta anos, bem apessoado, acompanhado de alguns amigos adentrou a casa noturna. Ocuparam a mesa ao lado, a que era utilizada por Andrei, quando este vinha à boate.

Trocaram olhares. Zuleika sentiu algo estranho, parece que um magnetismo diferente a atraía para a mesa vizinha. Visivelmente perturbada, dirigiu-se à pista de dança, quando o cavalheiro se aproximou, perguntando-lhe:

– Posso dançar um pouco?

– Frequento a casa há tempos e nunca o vi por aqui. De onde vem? – perguntou de chofre.

– Sou do Rio de Janeiro.

– O que está fazendo em São Paulo?

– Vim a trabalho! Os meus colegas indicaram essa casa, como a melhor. Estava curioso e quis conhecer.

Após algumas evoluções, concluiu:

– Acho que já dançamos muito por hoje. Estou

encerrando a noite. Até outro dia? – virou-se e foi à mesa pagar a conta, quando o cavalheiro a abordou novamente:

– Vai sair assim sem deixar ao menos o telefone?

– Por que não? – respondeu com frieza calculada.

– Pensei que poderíamos nos conhecer melhor.

– Pensou mal! Estou aqui (sei que não é o lugar adequado para uma moça) porque imaginei encontrar um amigo, mas fiquei sabendo hoje que ele desapareceu. Por isso, estou triste...

O garçom chegou com a conta. Quando Zuleika abriu a carteira, o cavalheiro tomou a frente, dizendo:

– Essa é minha. Vou deixar com você o meu cartão. Estarei aqui por mais dois dias.

– Só posso ligar amanhã à tarde. E aviso: não gosto de sair com um cavalheiro acompanhado de amigos. Que tal tomarmos um drinque amanhã à noite no restaurante do Hotel Ca'd'Oro?

– Ótimo!

– Então, não irei telefonar. Já está marcado amanhã às 21 horas no Ca'd'Oro.

– Ok! Não vai faltar?

– Nunca descumpro um compromisso.

– Até amanhã.

Zuleika saiu confiante. No dia seguinte, saberia realmente quem era o pretendente. Se ele poderia (ou não) ajudá-la de verdade. Precisava de dinheiro para sair do país, viver algum tempo fora, até passar o perigo. Estava determinada a sumir; não era possível viver no Brasil com os órgãos de segurança no encalço.

Passou o dia todo se produzindo. O dinheiro estava acabando. Não tinha como obter ajuda. Queria se distanciar dos grupos guerrilheiros. Arriscara-se demais. Em última hipótese, pensava recorrer à mãe, mas havia perdido o contato e Zulmira para ela era demais incompetente. Talvez continuasse ainda como empregada humilhada na casa da patroa sem eira e nem beira. Sempre que se lembrava da pobreza na favela, do irmão inválido, dos homens bêbados tentando seduzi-la, sentia uma pontada de ódio no coração.

Mas, o jovem cavalheiro bem apessoado e com um largo sorriso estampado na face tocou fundo o coração daquela linda mulher. Até àquele momento nenhum homem havia despertado real interesse em Zuleika, tanto que não se entregara a ninguém, somente o fazendo ao bombeiro Tenório, por razões que já conhecemos, procurando evitá-lo sempre que possível.

Perdida em suas conjecturas mais íntimas, retirou da bolsa *Louis Vuitton* o cartão que o cavalheiro lhe entregara, e só então confirmou o nome: Cristhian Collins, Ceo de importante empresa multinacional, com sede na cidade do Rio de Janeiro. Lá estava o endereço, um dos mais nobres da cidade maravilhosa, assim também os telefones. Pensou em ligar, mas desistiu em seguida. Tinha dado as cartas logo de início, marcando hora e local. Agora era aguardar. Porém, um fato inusitado acontecia – Zuleika estava ansiosa.

O dia demorou a passar e quando chegou o momento a jovem dirigiu-se ao local. Não poderia andar na rua vestida daquele jeito, mas o dinheiro estava curto. Mesmo assim, pegou um táxi e foi para o Ca'd'Oro, naquela época o principal hotel de luxo de São Paulo, onde se hospedavam as pessoas mais importantes que vinham ao Brasil, tendo bem perto um rival de peso: o Hotel Jaraguá. Ao sair do carro, logo se dirigiu à portaria, entrando na primeira porta à esquerda, que dava acesso ao famoso restaurante das elites paulistanas. Assim que entrou no salão, Cristhian Collins, avisado pelo *garçom*, veio recebê-la, e com a elegância própria dos cavalheiros tomou-a pelo braço, dispensou os obséquios do garçom, puxou a cadeira, deixando-a encantada.

Cristhian Collins era realmente uma pessoa educada. Mesmo na posição em que se encontrava na empresa, procurava agir com naturalidade, respeitando as pessoas e desejando valorizar as qualidades de cada uma. Em poucos minutos, Zuleika percebeu que estava lidando com um homem diferente, devendo agir com moderação. A principal virtude daquela mulher era perceber em um relance a posição em que se encontrava em qualquer circunstância, sabendo se situar, mesmo mascarando as suas reais inclinações. Procurou, assim, estar à altura do cavalheiro que despertava nela interesse inusitado.

Conversaram sobre os mais variados assuntos, mas o que despertou a atenção de Cristhian foi a análise objetiva feita por Zuleika acerca da política na Europa, ela que acabara de retornar de Londres. Assim, perguntou-lhe:

— Como você vê os movimentos de contestação que estão se alastrando na Europa, tais quais os que assistimos hoje no Brasil?

Ao que a jovem respondeu:

— Com certa preocupação.

— Posso saber por quê?

— As lutas na Europa são diferentes das lutas realizadas no Brasil e nos demais países da América Latina.

— Em que sentido?

— Lá a juventude rebela-se contra uma ordem estabelecida. Desejam mais liberdade, valorizam algumas teses significativas, mas aqui e nos demais países latino-americanos a questão é de vida ou morte.

— Como?

— Os problemas que temos se referem à moradia, alimentação, saúde, enfim somos uma sociedade carente e que ainda não conseguiu suprir as necessidades básicas da maioria da população.

— Estou observando a sua capacidade de análise.

— Por quê? Mulher não pensa?

— Pelo contrário. Você está à frente de muitos homens e mulheres da Europa.

O diálogo fluiu despertando em Cristhian interesse em conhecer bem mais aquela mulher, mas alguma coisa lhe dizia que, no fundo, era vazia e apesar da beleza, a vibração emitida, não sabia o porquê, não era nada agradável.

Ao final da noite, Zuleika lastimou quando ele disse:

— Precisamos encerrar! Já está tarde!

— Podemos nos encontrar mais vezes?

— Depende!

— É que penso em retornar a Londres, mas o cavalheiro não sabe que não sou pessoa de posses. A moeda brasileira está muito afetada pela crise internacional e estou tentando realizar alguns serviços extraordinários.

Zuleika sabia que não poderia protelar soluções. O dinheiro estava realmente no fim, o medo de qualquer delação era grande e, portanto, precisava desesperadamente encontrar uma rápida saída.

Cristhian, que tinha sensibilidade aguçada, percebeu de imediato a situação e perguntou-lhe:

— Qual a sua profissão?

— Interrompi os meus estudos quando fui para a Inglaterra. Estava cursando história, por isso a estada em Londres foi importante. Resolvi retornar à Inglaterra para conseguir lá um emprego, voltar à faculdade e depois, quem sabe? Mas o meu amigo, a pessoa que me ajudava, sumiu ou talvez tenha morrido. Como não tenho família, preciso batalhar amanhã. Mas, agora concordo que realmente é tarde; preciso ir.

– Eu estarei de retorno ao Rio de Janeiro. Quando eu chegar à empresa virei o que pode ser feito.

– Ligará?

– Sim! Vejo em você um grande potencial. Sabe o que quer, vai direto ao assunto. Falaremos em breve.

– Posso ligar? – perguntou Zuleika temerosa de perder o contato.

– A qualquer hora – respondeu-lhe o cavalheiro solícito.

Cristhian era uma pessoa bem-intencionada em tudo o que fazia. Já havia sofrido forte desilusão amorosa e, sinceramente, não desejava se envolver com nenhuma outra mulher. Como homem, ele sentiu a força sensual de Zuleika, uma mulher realmente bonita, hábil, capaz de envolver com facilidade os homens em geral. Mas, ele ainda não havia se recuperado do choque que sentiu ao ver o seu noivado com Falak desfeito, por interferência da família.

Falak era de origem árabe, uma mulher meiga, que conquistara o coração do jovem, mas as famílias não se entenderam, principalmente a da noiva, interpondo-se de tal forma que ficou impossível a eles prosseguirem o namoro. Desiludido, aceitou o cargo oferecido pela empresa para presidir a filial no Brasil, um país de hábitos e costumes diferentes aos de suas raízes.

Cristhian nasceu e se criou em Londres, mas a sua vida de executivo foi nos Estados Unidos. No *Tio Sam* aprendeu a ciência e a arte da administração, cursando a *Business School* de Stanford, uma das principais escolas de negócios do país, ingressando logo após em gigantesca empresa multinacional. Veio ao Brasil após o naufrágio de seu namoro com Falak, dedicando-se tão somente ao trabalho e à leitura. Suas viagens eram de negócios e o seu comparecimento à boate foi em atendimento a uma cortesia dos gerentes da filial da empresa que dirigia, situada na cidade de São Paulo.

Ao deixar Zuleika no hotel, pensou em uma maneira de ajudá-la. Já a jovem saiu do encontro frustrada. Estava acostumada a ter todos os homens aos seus pés, provocando-os e depois negando qualquer aproximação mais íntima, exatamente como fazia na favela. Agora, bem mais refinada, sabendo-se comportar em qualquer circunstância, percebeu que com Cristhian a situação era outra. Estava diante de um homem diferente, inteligente, perspicaz e não poderia agir levianamente. O único caminho que lhe restou foi a franqueza, que a desconsertava, porque nunca fizera o papel de mulher frágil, insegura. Contudo, tivera de se expor, dizer-se sem dinheiro, porque na realidade estava sob pressão. Como mulher, ela também percebeu que Cristhian havia sido cavalheiro em todos os sentidos, evitando se aproximar e se insinuar. Estava intrigada, decepcionada, não sabendo, pela primeira vez na sua vida, como agir.

Na realidade, havia se encontrado com um espírito muito evoluído, a quem ela tinha uma história em vidas passadas, mas nunca estivera à altura de desfrutar com ele um grande amor. Perdeu-se, então, nos redemoinhos da paixão desenfreada, tomou atitudes incompatíveis com a dignidade de mulher da nobreza, infernizou de tal forma a vida das pessoas que a serviam que se tornou detestada por todos. Infeliz, fechou o seu coração para o amor, vendo nos homens seres mesquinhos sobre os quais deveria pisar sem compaixão. O mesmo amor enlouquecido de outros tempos retornava agora sob outra roupagem, mas o personagem principal continuava a vê-la como no passado: uma bela mulher, que não lhe despertava outro sentimento, ao contrário, de certa forma inspirava-lhe repulsa.

A agonia de Zuleika iria continuar.

Passado o primeiro momento, aquele encontro para Cristhian nada significou. Percebeu a inteligência da jovem, a sua beleza invulgar, mas a conversa no restaurante do Ca'd'Oro foi suficiente para sentir que ela procurava se adaptar ao anfitrião, agindo sempre de forma cautelosa, estudada. Essa atitude passaria ao largo para outros homens, não para Cristhian, que tinha percepção mais aguçada, própria de sua condição espiritual. Na realidade, já tinha se arrependido de oferecer ajuda àquela mulher, que mal conhecia, imaginando os transtornos que poderia enfrentar, apesar de solteiro. O local – uma boate de luxo – onde a conheceu já lhe causava desconfiança; no entanto, por algum momento, encantou-se com a beleza da moça, mal sabendo que aquele encontro aconteceria na sua vida.

Decidiu esquecer o acontecido e não ligou para a guerrilheira. Dias após, contudo, quando estava em plena reunião de negócios, a secretária passou-lhe um bilhete dizendo que D. Zuleika estava ao telefone. Apesar de agastado, Cristhian não era de descumprir a palavra empenhada. Pediu licença, foi à sua sala, atendendo ao chamado.

– Zuleika, você está bem?

– Um pouco triste – respondeu a jovem. – Esperei em vão a sua ligação. Esqueceu-me?

– Claro que não!

Sempre direta, foi ao ponto sem rodeio:

– Viu alguma coisa para eu fazer na empresa?

– Não poderei ajudá-la aqui. As vagas estão ocupadas e novas contratações somente com autorização da matriz.

– Então, nada feito!

– Não é bem assim... Deseja ainda ir para Londres?

– É tudo o que eu quero.

– Pode arrumar o passaporte.

– Já o tenho e com o visto de entrada.

– Quando quer embarcar?

– O quanto antes.

– Amanhã vou enviar-lhe um bilhete aéreo São

Paulo – Londres. Informe também a sua conta.

– Não tenho conta bancária.

– Então, amanhã um portador vai procurá-la entregando-lhe em mãos mil libras esterlinas. É uma pequena ajuda, está bem?

– Melhor impossível! Serei eternamente grata. Quando chegar a Londres, eu informo a você o meu endereço.

– Não se preocupe!

– Como não? Você é o meu melhor amigo. Que Deus o abençoe!

Zuleika estava realmente emocionada. Se pudesse iria morar no Rio de Janeiro, não em Londres, somente para ficar ao lado de Cristhian. Pela primeira vez em toda vida, ela emitiu um agradecimento sincero.

Como combinado, no dia seguinte, o bilhete aéreo e as mil libras estavam nas mãos da jovem, que ligou para agradecer. Cristhian, contudo, mandou lhe desejar boa viagem e não a atendeu, alegando participar de outra reunião. Um tanto decepcionada, foi para o aeroporto, desembarcando em Londres doze horas após. Dessa vez, não havia ninguém para recebê-la, não desejava manter qualquer contato com terroristas. Estava confusa, não sabia ao certo o caminho a seguir. Ela se sentia diferente, não tirava Cristhian da cabeça, parecendo nostálgica.

No Brasil, os guerrilheiros se dispersaram. Cada um foi para um lugar diferente, alguns se alistando em organizações mais bem estruturadas, enquanto André, no Recife, deixou o disfarce, que o incomodava, passando a andar despreocupado pelas ruas da cidade, como se nada tivesse acontecido. O seu nome, a sua foto já estavam espalhados em todos os órgãos de repressão, de forma que prendê-lo foi uma questão de dias.

Levado ao Doi-Codi de Recife, o órgão comunicou a captura aos agentes de São Paulo, que solicitaram o encaminhamento do preso, conduzindo-o aos mais duros interrogatórios. Não precisou sofrer muito para revelar o que sabia e, principalmente, o que não sabia, sendo espancado, submetido ao choque, ao afogamento, ao telefone (batida simultânea das mãos espalmadas dos policiais nos ouvidos do interrogado) quando este se fazia de desentendido. Em poucos dias, a repressão sabia de todos os nomes, onde o corpo de Andrei tinha sido jogado, sendo retirado do fundo lamacento do Rio Tiete, já em decomposição. Como se tratava de pessoa rica, eles viram ali a possibilidade de agradar a família, mandando preparar o corpo, colocando-o em caixão lacrado, para o enterro.

Os pais do empresário se desesperaram; o sofrimento da família foi atroz; desencantaram-se de tudo: perderam a fé em Deus, revoltaram-se, vivendo até o final de seus dias em completa amargura.

Andrei, que estava colado ao corpo, quando desamarraram o cadáver e o retiraram do fundo do rio, saltou aliviado. Não sabia como, mas havia sobrevivido. Estava ali sujo, sem mordaça; iria para casa; veria os pais; abraçaria a esposa e os filhos. Finalmente, livrara-se dos verdugos e estava pronto para a vingança. Jurou que empenharia todos os dias da sua vida para caçar um a um os sequestradores. Não mediria esforços e nem dinheiro.

Chegou a casa em estado lastimável, tomando cuidado para não ser visto antes do banho. Entrou de mansinho no quarto, viu a esposa dormindo, buscou no armário roupas limpas. Estavam todas lá. Ninguém havia mexido em nada! Feliz, dirigiu-se ao banheiro dos fundos e tomou o melhor banho da sua vida. Limpo, perfumado, foi para o quarto dormir. Não acordaria a esposa. Desejava fazer uma surpresa quando ela despertasse e o visse bem apresentado.

No outro dia, acordou tarde, o que nunca acontecia. Era homem de ir cedo ao trabalho.

– Pudera! – pensou. – Depois de tanto sofrimento, dormir um pouco mais foi até bom!

Achou estranho não ser despertado pela mulher. Vai ver que ela também desejou poupá-lo. Estava com fome. Foi à cozinha e encontrou a mulher chorosa, os pais amargurados. Mas, não havia mais razão para tanto – pensou. – Ele estava ali saudável e livre dos malditos sequestradores.

Aproximou-se carinhosamente da esposa, abraçou-a e disse:

– Cheguei! Não estão felizes com o meu retorno?

Ninguém respondeu. Aquele clima de velório continuou. Todos calados, sofridos, amargurados. Não se deram conta da presença de Andrei, que se dirigiu ao pai, à mãe, aos filhos e nada. Ermelina, a empregada, quando servia o café para a patroa, deu um salto, quase caindo. Viu de relance o empresário ao lado da esposa todo desfigurado, tentando se comunicar.

– O que é isso, mulher! Vai derrubar o café em cima da gente! – observou o Sr. Ernesto.

– Desculpe! Estava distraída. Não vai acontecer mais.

Ermelina era uma senhora quieta, equilibrada, trabalhava na casa há vários anos. Sempre frequentava um centro espírita, mas os patrões não podiam saber. Chamavam tudo de "macumba", não acreditavam em nada. Todas as vezes que tentou introduzir o assunto naquela família foi cortada com desprezo, o que a obrigou a se tornar reservada, embora percebesse os vultos negros rondando a casa. Sabia que algo de ruim aconteceria à família a qualquer momento, mas nada podia fazer.

A proteção espiritual advém da própria pessoa, do teor de seus pensamentos, aprimorados pela oração sincera. Nada melhor do que cumprir a máxima: "Vigiai e Orai".

Andrei, no início, pensou que o estavam ignorando propositadamente. Percebeu que somente Ermelina o enxergara. Chegou-se perto da senhora, perguntando:

– Pode me explicar o que está acontecendo?

Ermelina entendeu a pergunta e respondeu com outra:

– O Senhor não percebeu ainda?

– Estou bem! Conseguiram me libertar! Agora quero viver para me vingar dos miseráveis!

– O Senhor não pode pensar assim! São infelizes que criaram para si mesmos as situações que deverão expungir.

– Não creio em nada disso! Agora fale para a minha família olhar para mim.

– Eles não conseguem vê-lo.

– Que absurdo!

Foi à mesa, bateu forte no centro, gritou, mas nada aconteceu. A esposa, contudo, teve naquele momento uma crise de choro, os filhos se descontrolaram e o pai ficou perplexo.

– Que diabo está acontecendo aqui? – resmungou o Sr. Ernesto. – De repente todos deram para chorar ao mesmo tempo! Parem com isso!

O clima ficou realmente pesado. Ermelina, já experiente, entrou em oração, pedindo a Deus para afastar o espírito de Andrei, que estava perturbando a todos.

O empresário, com a impressão de ter sido sugado por um aspirador, foi atirado à calçada da própria casa, sem poder retornar, devido ao facho de luz emitido por Ermelina. O ambiente acalmou-se, ele saiu andando desacoroçoado e sem rumo. Não estava entendendo nada. Desgostoso, parou no parque do Ibirapuera para descansar. Lá ficou a tarde toda, quando retornou, dirigiu-se ao quarto e dormiu.

Estava intrigado! Na manhã seguinte, ouviu o pai dizer:

– Não quero ninguém chorando hoje. Vamos tomar o café em paz. Ontem isso aqui virou um inferno.

– Desculpe – comentou Ângela – a viúva de Andrei.

– Não há de que, minha filha – falou o Sr. Ernesto. – Estamos todos perturbados com o que aconteceu.

Ermelina observava a cara de espanto de Andrei. Ele estava calado. Não tentou interferir. Precisava pensar. Saiu novamente pela rua, andou horas e horas, sentiu sede e fome. Voltou à noite para casa, colando o seu corpo ao da mulher, como fazia quando queria se aquecer. Ângela sentiu apenas um arrepio e voltou a dormir, exausta ainda pelos últimos acontecimentos.

A rotina de Andrei passou a ser aquela. Nunca se lembrou de orar; a família nunca fez para ele uma oração sincera. As missas celebradas foram simplesmente protocolares. O seu nome, ao lado de muitos, foi citado pelo Padre, que cumpria com tédio o ritual, não proferindo nenhuma palavra de conforto. Ele via pessoas ali na mesma situação; percebia, contudo, que algumas eram lembradas pelos familiares, que oravam emitindo jatos de luz, enquanto que os seus, quando presentes, mal conseguiam rezar o Pai Nosso. Ao término de algumas semanas de missas encomendadas, a família parou de vez de ir à Igreja.

As Partidas Dobradas

A revolta de Andrei era tanta que certo dia, ao andar pelas imediações do Parque do Ibirapuera, sentiu-se puxado para dentro de um quartel, ouvindo gritos lancinantes, provocados pela mais bárbara tortura. Chegou perto, não se dando conta de como ingressara em ambiente tão resguardado, quando foi abordado por um espírito que ali se comprazia com o sofrimento imposto pelos torturadores a uma jovem guerrilheira, que fora capturada em plena ação.

Tímido, ousou perguntar:

– O que está acontecendo aqui, amigo?

– Veja! A gente pegou essa aí e agora a bichinha não aguenta o tranco. Dá gosto de ver a bicha urinar. É até bonitinha, mas quando sair daqui não vai passar de um bagaço humano. Vai entregar todo mundo!

– Quem é ela?

– Guerrilheira.

– Não estou entendendo nada. Por que vim parar aqui?

– É o que você queria! Pensa como nós! Deseja se vingar!

– Continuo não entendendo...

– Você não é besta, cara! Sabe que bateu as botas, não sabe?

– Como? Estou aqui!

– Deixa de ser idiota! Nós também estamos aqui, mas mortos para o mundo. Você já era!

Atônito, Andrei perguntou:

– Será isso mesmo? Ninguém em casa me ouve. Na empresa, ninguém me obedece. Os malandros estão roubando o meu pai na minha cara e nada posso fazer. Chuto, xingo, ataco, e não acontece nada! Que droga é essa?

– Simplesmente isso: você está morto e ferrado como eu. Agora esse é o nosso lar! Vamos fazer essa raça sofrer! Vejo que você está por fora. Se quiser, a gente pode sair, então explico o que está acontecendo.

– Quero entender...

– Vamos!

Saíram andando pela calçada da Rua Tutoia, no bairro do Paraíso, na cidade de São Paulo. Andrei, cabisbaixo, ouvia o seu novo amigo Godofredo, que não parava de falar.

– Sei que não é fácil chegar à realidade, mas o fato é: morremos! Eu era um cara feliz. Hoje, não passo dessa coisa ambulante. Eles me tiraram tudo. Gostava tanto da minha família. Trabalhava dia e noite com alegria para fazê-la feliz. Quando entrei no Banco naquele maldito dia, não tive tempo para nada. Os caras entraram na agência, colocaram um revólver na minha cabeça e me mandaram abrir o cofre. Naquele momento, tomado pela surpresa, esqueci a senha e eles não acreditaram. Tentei lembrar, fiz algumas combinações, mas pensaram que eu estava enrolando para ganhar tempo até a polícia chegar. Não esperaram nada: pum..., pum... e vim parar aqui.

Vaguei como um louco. A dor era tanta que desmaiei várias vezes. Só pensava em pegar os caras. Quando dei por mim, estava aonde você chegou hoje, na sala da justiça do Doi-Codi.

– Não acreditei que aquilo pudesse existir. Tantos horrores, tanta tortura, mas a turma daqui é fera e não poupa os que me infernizaram. O chefe da gangue, o cara que me arrebentou, foi preso naquela cela e eu fui convidado pelo coronel (aquele cara, tão morto quanto nós) para assistir ao espetáculo e insuflar os torturadores. Agora, meu chapa, chegou a sua vez de pegar os sacanas que te sequestraram e fazer com eles mais do que fizeram contigo. Você pediu tanto que foi atendido.

– Continuo não entendendo nada. Você está me dizendo que está morto, como eu, e que foi vítima dos guerrilheiros. Mas, como se explica que estou aqui em carne e osso. Como, bebo, só fico intrigado quando ninguém responde. Vou para casa, durmo com a minha mulher, que até gosta quando chego perto. No entanto, ela, como os meus pais e filhos, não falam comigo. Isso é um martírio sem fim.

– É mesmo. Você já ouviu falar que a gente tem uma alma?

– O Padre sempre vem com essa; nunca acreditei em historinhas.

– Pois é bom acreditar. Você agora é um espírito. Os caras te arrancaram do corpo, que a essas alturas já apodreceu no cemitério.

– Você está me gozando? Olha eu aqui!

– E daí? Eu também não estou aqui?

– Não é possível!

– Quer fazer um teste?

– É lógico. Pretende me provar o quê?

– Que você tá morto, ora!

– A coisa para mim está tão ruim que topo qualquer parada para tirar essa dúvida da cabeça. Vai em frente...

– É fácil. Tá vendo aquela parede?

– Sim!

– Então, responde. Você consegue atravessar normalmente.

– Não entendi?

– Você é devagar mesmo! Eu repito: você pode passar pela parede?

– Está brincando? Passar pela parede?

– Sim, como se fosse um raio "X", por exemplo.

– Deixa de conversa, você precisa é de um psiquiatra! Fala com tanta naturalidade do impossível!

– Não é impossível, venha...

O novo amigo pegou Andrei pela mão, caminhou em direção à parede e a atravessou normalmente. Parece até que nada existia no local. Andrei ficou perplexo. Deixou o amigo, voltou-se para a parede e a atravessou de novo. Foi para outra parede, parecia uma criança encantada com um novo brinquedo. Após algumas experiências, voltou-se para Godofredo:

– O que é isso? Qual é a mágica?

– Não tem mágica, cara. Você é um espírito, feito de uma matéria menos densa, que atravessa parede, se torna invisível para a maioria dos humanos, fala, anda, come, bebe e sofre como um humano e tem algumas vantagens, como se vê. Mas, não se iluda: tá morto! A sua mulher somente registra a sua vibração, mas não consegue te ver, e assim também a maioria das pessoas.

– Estou perturbado!

– Cuidado para não se ferrar!

– Ainda mais?

– Muito mais do que pensa. A coisa aqui é brava! Tem cadeia, tem tortura, tem sequestro. E olha: o seu dinheiro desse lado de cá não vale nada! Perante aquela sua empregada (a Ermelina) você é um miserável. Que tal? Aqui ela será a patroa, enquanto você vai limpar o banheiro. Gostou?

– Eu não posso fugir atravessando as paredes.

– Os sequestradores daqui são mais inteligentes do que os lá da Terra. No mundo dos espíritos, todo cuidado é pouco.

– Isso me parece uma rematada loucura!

– É pior! Aqui a gente sofre mesmo. Por isso, é importante ficar no grupo, se proteger. Fique com a gente, o chefe é camarada e não suporta esquerdista. Ele também sofreu nas mãos dos caras. Mas cuidado, que o lado deles (o dos guerrilheiros), não é fácil. Os caras que morrem aqui, na base da tortura, não deixam barato. Vira e mexe tão pegando um milico ou policial graúdo e fazendo o cara passar por horror muito pior do que o que eles fizeram. A coisa é feia, meu camarada! Veja só: hoje, lá dentro, aquela menina tá sendo arrebentada; amanhã ela vai morrer e o seu espírito pode querer vingança. Se alia à turma dela do lado de cá e começa a ferrar os que fizeram tortura com ela, até levar todo mundo à morte, para depois pegar como espírito, acabando com eles. Por isso, é bom andar em grupo. Você assim zanzando por aí pelas calçadas é presa fácil. Não vacila que vai ser sequestrado de novo.

– Essa não! Preciso pensar!

– Você é muito lento para entender as coisas, mas se posso te dar um conselho, anote: não fique por aí andando que nem um trouxa e sem proteção. Ninguém na sua casa tá rezando por você, assim como na minha. A minha mulher, depois de um ano de viuvez, botou um cara em casa para dormir com ela. Na casa que comprei à prestação... É mole?

– E você, não fez nada?

– Ataquei de todo lado. O cara foi embora, porque não dava no couro. Grudei nele, apertei até não poder mais, e o infeliz ficou envergonhado, brochou e sumiu. Aí, a safada da Henriqueta se lembrou de mim com saudade. Fiquei até feliz quando li os seus pensamentos. Ela me elogiava, dizendo assim: – Aquele sim é que era homem de verdade! Apesar de elogiado, fiquei triste. A Henriqueta me parecia uma mulher tranquila. Mas, foi só eu dar mole e deixar o caminho livre e ela revelou quem era de verdade.

– Assim não dá! Se minha mulher fizer um negócio desses vou pedir a sua ajuda.

– Não vou agarrar mais ninguém! O negócio é com você. Pensa que é agradável ficar ali olhando a sua mulher se derretendo para um cara e você grudado no velhaco apertando até não poder mais? É muito humilhante, mas deu certo. A Henriqueta agora anda ressabiada. Pensa que todo homem é gay. Tô valorizado, meu irmão!

– Quero ser seu amigo. Tenho muito que aprender. Vou ficar de vigia em casa. Preciso de sua ajuda.

– Vou só te orientar, o resto é contigo.

Marcaram um encontro para o outro dia, no mesmo local, iniciando-se uma amizade e tanto. O amigo Godofredo apresentou Andrei para o chefe, os torturadores (encarnados e desencarnados) que iriam ajudá-lo a fazer justiça.

Capítulo 14

A luta continua nos dois planos

Findava o ano e o ambiente espiritual no Brasil e no mundo não era dos melhores. Se na América Latina a proposta capitalista defendida pelos Estados Unidos encontrava resistência por parte da militância de esquerda, nos países pertencentes ao Pacto de Varsóvia[32] a visão de socialismo, imposta pela Rússia aos seus satélites, não era aceita sem contestação.

---

[32] Pacto de Varsóvia foi um tratado assinado na cidade de Varsóvia (Polônia) em 1955 pela União Soviética e os países do Leste Europeu. Tratava-se de uma aliança militar em que os países signatários, alinhados a Moscou, se comprometiam a prestar ajuda mútua em casos de intervenção militar de outras potências. Foi, na realidade, um contraponto à OTAN (Organização do Tratado do Atlântico Norte), aliança militar firmada entre os Estados Unidos e a Europa, que subsiste até hoje.

A tentativa de se criar um "socialismo com face humana"[33] na Tchecoslováquia, levada adiante pelo líder reformista Alexander Dubcek, terminou tragicamente quando os tanques soviéticos invadiram Praga. O movimento que se tornou conhecido como a "Primavera de Praga" se imortalizaria na obra *A Insustentável Leveza do Ser* do escritor Tcheco e participante dos acontecimentos Milan Kundera.[34] Dois anos após, o mesmo desencanto aconteceria no Chile sob o governo de Salvador Allende[35], esmagado pelas tropas do General Augusto Pinochet, teleguiado pelos Estados Unidos, abortando a tentativa de se implantar na América Latina uma concepção socialista pela via democrática.

---

[33] Alexander Dubcek, líder do partido comunista da então Tchecoslováquia, comandou um movimento reformista que ficou conhecido como *A Primavera de Praga*. Era o momento em que a União Soviética comandava, com mão de ferro, os seus satélites, que, no caso, queriam liberdade política, econômica, cultural... O movimento reformista aconteceu entre os meses de abril a agosto de 1968, quando as tropas do Pacto de Varsóvia entraram em Praga, desfazendo um sonho de construção de um "Socialismo com face humana".

[34] Milan Kundera escreveu o romance a *Insustentável Leveza do Ser*, publicado em 1984, cujo cenário é a cidade de Praga na época em que ocorreu a invasão russa em 1968.

[35] Salvador Allende, Presidente do Chile de 1970 a 1973, foi deposto pelos militares sob a orientação dos Estados Unidos. Eleito democraticamente, com a morte de Allende, o Chile voltou-se para a extrema direita sob o comando de Augusto Pinochet, abortando-se a proposta de se construir um socialismo democrático com face humana. *Isabel Allende*, escritora e sobrinha do ex-presidente, é leitura recomendável.

Nesse ambiente conflagrado de luta, pela hegemonia do poder mundial, corações generosos oravam em busca da paz.

Zulmira, que se adaptara tão bem no lar de D. Agostina se tornou confidente de Padre Antônio. O velho sacerdote conversava rotineiramente com a boa senhora, que na casa em que trabalhava assumira a posição de governanta e, na igreja, organizava todos os serviços das obreiras. Em pouco tempo, fizera vir à tona os seus dons de exímia administradora, trazendo do passado valiosas experiências, que a fizeram realmente estimada.

– Padre – perguntou Zulmira – quando tudo isso vai acabar? Hoje não deu para o governo esconder a morte de três jovens ligados ao Partido Comunista.

– A luta será longa e dos dois lados cairão pessoas valorosas e alguns aproveitadores.

– Vamos continuar assim sem fazer nada?

– Minha filha, não entendeu ainda que estamos fazendo o possível?

– Só estamos orando![36]

– E acha pouco? Pense: os jovens que contestam o governo em nome dos ideais que professam e os membros do governo que o defendem com unhas e dentes, será que alguém nesse meio se lembra de orar?

---

[36] Francisco C. XAVIER (Espírito Emmanuel), *Pão nosso*, pág. 227, item 108. Ver íntegra em ,"Textos Doutrinários e da Codificação", NR. 7.

– Não, com certeza!

– E a população, de que lado está? Será que está orando pelos mortos de ambos os lados? Será que consegue perceber as manobras realizadas pela propaganda oficial? Não! Somente os que têm lucidez espiritual podem orar pelos que tombam nos conflitos e que do outro lado da vida continuam lutando, lutando e se odiando cada vez mais.

– Desculpe – reconsiderou a boa senhora. – Não tinha observado a questão por esse lado.

Certo dia, Zulmira não aguentou mais o silêncio do Padre em relação a Zuleika. Ele sabia que ela era mãe; sabia que a jovem era a sua única filha; atendia a todos, e ela que ali estava presente nunca recebera uma informação completa sobre a filha, a não ser que um dia, ainda nessa vida e não se sabia como, ela a encontraria. Deduzia, portanto, que Zuleika estava viva. Resolveu deixar de lado a sua natural reserva e interpelou o Padre:

– Preciso lhe pedir desculpas antecipadas – iniciou a senhora. – Sei o quanto é cuidadoso no que se refere às questões espirituais. Respeito e admiro o seu comportamento, mas, como mãe, peço-lhe em nome de Deus: – o que aconteceu com a minha menina? Tenho sonhado com ela quase todas as noites. Intuo que algo esteja ocorrendo. Pode me explicar?

– Infelizmente, não! As informações que passo às pessoas (e a senhora também o faz) não são minhas, mas de entidades espirituais que, conhecendo os fatos, entendem chegado o momento de ajudar os necessitados.

Mesmo assim, não são todos os que aqui comparecem que recebem notícias dos seus entes queridos.

— Sei de tudo isso. Mas estou insegura, o que fazer?

— A sua filha escolheu um caminho perigoso. Está agora sentindo os equívocos cometidos, porque após muitos anos de rebeldia injustificada começou a perceber o verdadeiro amor. Por ele irá sofrer. Mais eu não sei!

— Ela, então, está viva?

— Com certeza e não está no Brasil.

— Vou vê-la nessa vida?

— Tudo indica que sim, só não sabemos quando e em que condições, mas os planos podem ser alterados dependendo do comportamento de Zuleika.

Padre Antônio não foi autorizado a revelar outros detalhes. Ao voltar para o seu quarto, decidiu orar pela jovem, sabendo que Zulmira o fazia todos os dias.

Apesar das informações passadas por André aos agentes do Doi-Codi, Zuleika foi a única guerrilheira do grupo de sequestradores não localizada. Não tinham a menor ideia do paradeiro da moça, que já estava longe do país, com outro nome, procurando trabalho na *City* londrina.

Apesar de tantos desatinos, a jovem não foi encontrada até mesmo pelo grupo espiritual que agora ajudava ativamente Andrei em sua vingança. Inconformado, o empresário pediu enérgicas providências ao chefe:

— Assim não dá! Todos os meus algozes já foram presos. Conseguimos trazer para cá o chefe, que está detido, sofrendo ainda mais do que quando estava encarnado. O cara falou tudo o que sabia – igual aos outros. Mesmo assim não somos capazes de encontrar aquela miserável.

— Tenha calma! A vez dela vai chegar.

— Como conseguiu se evaporar?

— Já sabemos que quem a sustenta é a mãe.

— E essa trabalha aonde?

— Você era mesmo só filhinho de papai. Ia botar aquelas empresas no chão. Como é duro de entender!

— Assim me ofende!

— Estou falando que a mãe da Zuleika é um espírito elevado; está orando e pedindo proteção para a filha. Por isso, a mulher está invisível para nós. Precisamos de mais ajuda ou esperar o momento em que ela própria se envolva em alguma enrascada a ponto de perder a proteção. Aí, a gente pega a moça!

— Mas pode demorar...

— E muito ou até pode não acontecer. Tudo depende dela mesma.

— Explique melhor para esse jumento aqui.

— Não ofenda o animal!

– Mais essa?

– Desculpe: perco o amigo, mas não a piada!

– Apesar de tudo, nós somos o que escolhemos ser. Aqui, por exemplo, queremos vingança; não acreditamos na Justiça do Homem lá de cima, que, para nós, é lenta; desejamos punir o mais rápido possível e infligir aos nossos desafetos castigos maiores. Por isso, estamos nessa situação. Nossa vibração é fraca e qualquer Zuleika da vida pode nos passar a perna, desde que saiba fazê-lo. Depois tem a mãe. E agora, acabo de saber, entrou na história um padreco impossível de vencermos. Bom, com esses dois aí o chefe vira farofa, não dá nem para começar. Precisamos, portanto, esperar, esperar... Entendeu?

– E se a mulher evoluir?

– Agora gostei! Está começando a perceber. Se ela evoluir, adeus! Sai da nossa Justiça e passa para a do Homem lá de cima, que é branda. Não foi o tal de Jesus que disse que o jugo dele era leve? Vê se pode: basta fazer o bem, ajudar o próximo, praticar a tal da caridade, que desaparece uma "multidão de pecados". Então, ela vai pagar (e se pagar) em suaves prestações e pode até ver o seu débito remido.[37]

– Deixa de falar difícil! O que é remido?

– Desobrigado, aquele que já pagou a sua conta.

---

[37] Allan, KARDEC, *O livro dos espíritos*, 1ª edição comemorativa, 2007, tradução de Evandro Noleto Bezerra, Federação Espírita Brasileira, 11/2006, perguntas: 886. Ver íntegra em "Textos Doutrinários e da Codificação", NR. 7.

– Quer dizer: vira pizza?

– É isso aí!

– Não é possível...

– Portanto, precisamos estar atentos! Não podemos deixar a mulher fazer uma bela pizza na nossa cara. Temos que infernizá-la dia e noite, grudar no cangote, soprar no ouvido só coisa ruim. Aceitando a nossa sugestão, perde a proteção da mãe e do padreco e cai no nosso colo!

– Que jogo!

– Se a turma lá de baixo soubesse o quanto é fácil criar uma nova situação, não perderia tempo resmungando, fazendo coisa errada. Acertando, focando no bem, limpam a área. O nosso papel aqui é o de verdadeiro "Justiceiro". Queremos que paguem a conta, e se possível além da conta. Você nunca perguntou por que estou nessa empreitada?!

– É mesmo, qual a sua história?

– Está disposto a ouvir?

– Sim, estou interessado. Pode ser agora?

– Tenho todo o tempo do mundo! – acrescentou o Coronel.

– Como assim? – redarguiu Andrei.

– Ora – retomou o chefe. – Quando quero comer, grudo em alguém, vampirizo como se diz aqui; beber é a mesma coisa. Não preciso de bilhete para viajar de ônibus, trem, carro ou avião. Basta entrar, sentar e viajar e até de primeira classe já fui. Mas, vou te falar, às vezes, até me assusto com certos caras granfinos, cheios da grana. O pensamento deles é terrível: dinheiro, corrupção, mulheres, drogas. Estão sentados bonitinhos na primeira classe, enquanto as "Mulas" estão fazendo o serviço sujo. Os malandros têm famílias, filhos, vão à Igreja ou ao Candomblé. Pode? É muita sacanagem! Assim, amigo, como eu não tenho outra preocupação na vida, vou te contar, em detalhes, a minha história.

– Sou todo ouvido – acrescentou Andrei.

– Vamos lá! Eu era um jovem promissor, aquele que está fadado a dar certo.

– Desculpe interromper – falou Andrei. – Não dá para falar palavras normais. Fadado, o que é isso?

– Destinado. E pare de atrapalhar!

– Tá bom! Não precisa perder a linha! Continue.

– Então, estava destinado a dar certo! Boa pinta, eu estudei no colégio militar e depois de alguns anos avancei na hierarquia. Já era Coronel e estava cursando a Escola de Comando e Estado-Maior do Exército. Depois de estudar muito, aguentar todas as exigências, ia me formar com distinção. Que honra sair daquela escola e sonhar ser um dia General.

Minha família estava orgulhosa, eu só pensava em trabalhar para alcançar a meta, muito difícil, porque são poucos os generais no Brasil. No entanto, certo dia, quando entrava na viatura, uma rajada de metralhadora me atingiu e vim parar aqui. Só, então, fiquei sabendo que os guerrilheiros queriam acertar um oficial de alta patente, para demonstrar força. Eu nem estava designado para capturá-los, mas sabiam que não cuidava da minha segurança. Quando descobri os caras montei essa equipe e não larguei mais. Agora, quero criar uma escola de comando especializada em inteligência militar de espionagem e contraespionagem para pegar todos os que me mandaram para cá, interrompendo os meus sonhos, acabando com tudo...

— E a sua família?

— Foi aí a minha maior decepção! Nem gosto de falar. A minha mulher (não sabia) já tinha engatado romance com um Capitão do meu quartel quando eu ainda estava vivo. Depois, pegou a minha aposentadoria integral de Coronel, levou o Capitão para casa e ficou até feliz em se ver livre de mim. Minha Mãe. – Ah! Sempre as mães – ela orou muito, pediu em todos os centros espíritas para eu perdoar os assassinos. Não consegui! No começo, meio abobalhado, fui levado a uma colônia espiritual avançada. Disseram-me o porquê daquilo (a traição da minha mulher e a minha morte), mas não quis saber. Falaram-me que estava no meu carma retornar por morte violenta, porque sempre me dedicara às armas e cometera muita violência no passado. Quanto à traição era para relevar, afinal se nessa vida eu havia me emendado, nas outras sempre prevariquei. Mesmo sob as orações de mamãe, consegui fugir e fui atrás dos caras. O Capitão, o traidor, já não aguenta mais a Albertina; brigam todos os dias. Consegui infernizá-los. Agora só me resta pegar o miserável que atirou em mim, que ainda está aprontando... Mas já sei como tirá-lo de circulação. É apenas questão de tempo. Pouco tempo. Esta é a minha história, a minha sina.

– Quando estava lá embaixo não fiquei sabendo da morte de nenhum Coronel.

– O exército não divulgou. Mas, após a minha morte, iniciou uma caçada feroz, acertando as contas com muitos guerrilheiros. Essa luta ainda vai continuar por muito tempo. Se depender de mim, não para nunca!

Despediram-se. Andrei se identificava com aquele grupo espiritual que atuava no baixo astral, movido exclusivamente pelo desejo de vingança. Mas, já sabia que a mesma organização, o mesmo ódio estavam encastelados nas estruturas também formadas no espaço, pelos guerrilheiros.

Em Londres, Zuleika começava a enfrentar as consequências de suas atitudes. Apesar de durona, aparentemente insensível, o fato é que não conseguia tirar a imagem de Cristhian de sua cabeça. Ela tentava esquecer o rapaz, relembrava o jantar no restaurante do Hotel C'a' Doro, sentia que algo não correra bem e, por isso, ele havia perdido o interesse inicial. Mas, não conseguia atinar o quê não tinha dado certo. No fundo, sem perceber, a mulher oscilava e não se conformava. Algo diferente, inusitado, estava acontecendo com ela. Procurava esquecer Cristhian, sua basta cabeleira, o sorriso franco, mas ele retornava insistentemente ao seu pensamento. Vivia momentos difíceis, o dinheiro inicial estava se esgotando, enquanto ela caminhava, desesperadamente, pelas ruas de Londres em busca de emprego.

Não seria aceita na função de balconista de loja, porque mal falava a língua inglesa e não tinha formação acadêmica. Sem amigos, resolveu ligar para o Brasil informando a Cristhian o seu endereço e também perguntar ao executivo se poderia recomendá-la para alguma empresa. Sem currículo adequado, intimidava-se. Sem outra saída, telefonou:

— Esta é uma ligação de Londres.

— Em que posso servi-la, senhora? — perguntou a Secretária.

— Gostaria de falar com Mr. Collins. Diga a ele que é Zuleika.

— O patrão não está. Só volta daqui a dois dias. Quer deixar algum recado?

— Diga a ele que liguei. Volto a ligar em dois dias.

— Passarei o recado — concluiu a funcionária, desligando o telefone.

Zuleika estava arrasada; o dinheiro que tinha dava apenas para alguns dias. Não gostaria de solicitar valores a Cristhian, que mal conhecia, e para quem desejava apresentar-se à altura. Sem saída, resolveu contatar o grupo de guerrilheiros, apresentando-se no local em que se reuniam — o que causou surpresa. Indagada sobre o seu retorno à Inglaterra, falou com franqueza:

— Precisei deixar às pressas o Brasil. A polícia descobriu nossas atividades e cada um resolveu se defender.

Não dava mais para continuarmos juntos. Não sei o que aconteceu com os meus companheiros. Peço a vocês um abrigo provisório.

– Você sabe – falou o chefe – que os nossos recursos são pequenos. Aqui as pessoas trabalham e se encontram para definir as principais operações. Não temos como mantê-la.

– Mas peço somente algum apoio e por pouco tempo. Não vão me deixar sozinha, à disposição da polícia, para ser presa e ter de revelar o que eu sei sobre o movimento? – colocou a questão com muita habilidade.

Os terroristas britânicos não haviam ainda avaliado a questão por esse ângulo. Preocuparam-se imediatamente. Como poderiam largar pelas ruas uma companheira sem recursos, que conhecia alguns segredos da organização? Se levada ao extremo ela poderia até passar de lado entregando todos eles para a polícia. O chefe, cauteloso, respondeu-lhe:

– Vamos ajudá-la por algum tempo até você arrumar um serviço.

– É tudo o que eu quero.

Ela saiu, após o encontro, inconformada com o tratamento que havia recebido. Da vez anterior era a companheira corajosa, vinda do Brasil em missão política importante, com dinheiro próprio e se apresentando como possibilidade de viabilizar intercâmbio internacional entre as organizações; contudo, naquele momento, era uma pedinte desnorteada e necessitada de ajuda para sobreviver.

Na Inglaterra, a polícia era bem eficiente, de forma que assaltos a bancos e a supermercados nem pensar. Os terroristas britânicos enfrentavam muitas dificuldades de financiamento, até porque Havana e Moscou não investiam naquele país, conscientes das dificuldades de implantar o socialismo no coração do capitalismo inglês, muito forte, principalmente no setor financeiro.

Caso não conseguisse emprego e desejasse permanecer na Inglaterra, a única possibilidade que se apresentava a Zuleika era tentar se aproximar do Exército Republicano Irlandês – IRA, de difícil acesso. Com o objetivo de separar a Irlanda do Norte da Inglaterra, o IRA realizava vários atentados terroristas. Mas, a jovem sentiu claramente que o seu caminho no terrorismo estava truncado naquele momento. O amor por Cristhian, que eclodia sem freios, começava a provocar mudanças significativas naquela personalidade intimorata, carente, em busca da sua verdade. Por isso, caso faltassem os recursos, pensava em se arriscar e dirigir-se a Portugal, onde pelo menos dominava a língua e imaginava ser mais fácil arrumar um emprego. Um dia, se tudo desse certo, estaria em condições de reencontrar Cristhian, sem as marcas do terrorismo e sem a necessidade de se esconder.

A força do amor provocava mudanças significativas na jovem, na sua maneira de ver as pessoas e o mundo ao seu redor. Até, então, vivia enclausurada na revolta insaciável dos despossuídos, não percebendo o fluir da *contracultura* própria de uma época de profundas transformações, no *rock* inglês e norte-americano. No Brasil, a passagem dos anos 60 para os anos 70 trazia manifestações artísticas intensas de contestação estampadas no Teatro de Arena, no Cinema Novo, na Tropicália.

Após tantos sofrimentos e humilhações na Inglaterra e sentindo falta do Brasil, Zuleika percebia a corrosão de um amor impossível que tentava esquecer, mas que se instalara em definitivo no seu coração. Perdeu o contato com Cristhian e pela primeira vez na vida começou a sentir saudades da mãe, lembrou-se vagamente do irmão inválido e morto, sob as chamas do barraco em que morava, e apesar de tantas privações percebeu que tinha sido amada – o que já não mais acontecia. A sua beleza era ainda invulgar, mas a melancolia instalara-se em seu olhar quebrando a arrogância de outros tempos. Decidiu sair da Inglaterra, que não lhe dava emprego, e foi para Portugal, mesmo sabendo que o governo de Marcelo Caetano era tão implacável quanto o do Brasil, no campo da repressão política.

Foi com grande alívio que desembarcou em Lisboa e voltou a ouvir novamente o som da língua portuguesa. Como de há muito estava sem dinheiro, mas pelo menos conseguia falar, pedir emprego, obteve uma colocação de garçonete em restaurante típico na região dos fados de Lisboa.

Começava para a jovem uma nova vida. Sem a arrogância de outrora, desejava ao menos ser respeitada, ter o mínimo para sobreviver com dignidade. Mesmo em momentos de mais dificuldades, quando a sua beleza abriria as portas do comércio carnal, Zuleika nunca cedeu em matéria de sexo sem amor. Já registrava em si o desastre que representara na vida do bombeiro Tenório, começando a sentir vago sentimento de culpa.

– O que teria sido feito de Tenório, imóvel numa cadeira de rodas? – perguntava-se. – E Marli, que nunca a suportara, mas que no fundo tinha razões para se prevenir contra ela? A dor do arrependimento começava incomodá-la.

O sofrimento que tanto evitamos é o remédio amargo ministrado pela Providência Divina aos recalcitrantes. Ignorando os apelos do amor e aferrados na fruição dos prazeres mundanos, congestionando as vias do sentimento pelos desejos grosseiros da matéria, o ser humano se candidata aos procedimentos de restauração, sem o saber, chamando para si a dor que, ao final, virá libertá-lo dos desajustes por ele mesmo provocados.

As ilusões de Zuleika foram sendo batidas, implacavelmente, pela dura realidade da sua condição de fugitiva.

O grupo espiritual que apoiava Andrei continuava caçando em todo o Brasil a jovem sedutora, mas a proteção da mãe e do Padre Antônio e a alteração de seus pensamentos deixavam angustiado o empresário rancoroso, incapaz sequer de pensar em perdão, ignorando que, ao perdoar, a pessoa consegue se liberar do algoz. A terapia do perdão lançada por Jesus Cristo beneficia principalmente aquele que foi injustamente atingido, que ao deixar de lado a vindita começa imediatamente a fluir os benefícios da energia do amor.

Os testes, contudo, ainda estavam por vir.

Após tanto tempo, retornemos ao lar de D. Marli para visitar o bombeiro Tenório, cujo estado de espírito após a prolongada tetraplegia não era dos melhores.

Logo após o acidente, os amigos da corporação acorreram em massa para confortá-lo, expressando palavras de encorajamento, sempre falando em novidades no avançado campo da medicina.

Não faltou quem receitasse o caminho do milagre, ora indicando uma benzedeira, um médium espírita que fazia cirurgias ou padres e pastores dotados de poderes excepcionais. O afluxo de pessoas, ideias e sugestões sem fim de certa forma acalentaram o ânimo do jovem imobilizado. Porém, como o quadro não se revertia, aos poucos, os amigos desapareceram atendendo aos apelos da vida voltados aos jovens saudáveis.

Tenório passou a ter assim a assistência diuturna da mãe, o carinho de um pai que não se conformava com o destino do filho.

Todos desapareceram. Os parentes, quando visitavam a família, davam uma passada na sala, conversavam alguns minutos com o inválido, desaparecendo em seguida, por meses.

Não havia quem não lamentasse a desdita daquele oficial sepultado vivo sobre uma cadeira de rodas, e cujo ânimo caía a olhos vistos.

D. Marli já não sabia mais o que fazer para levantar o ânimo do filho. Conversava com ele amiúde falando de Jesus, das dores sem fim do Calvário, do amor que o Mestre reservava aos enfermos.

Nada, porém, comovia o inválido. O pai, apesar de bem-intencionado, no fundo compartilhava com o filho a descrença no Salvador. Era um homem probo, trabalhador, nada faltava à esposa e ao filho. Sofria também, mas a sua dor exalava revolta, inconformismo, o que acabava atingindo a sensibilidade aguçada de Tenório, colaborando para que ele mergulhasse em profunda depressão.

A depressão, essa ingrata que se instala no cérebro, a partir da alma batida pelos acontecimentos da vida, causa danos irreparáveis ao paciente.

Inúmeros estudos científicos hoje abordam essa patologia complexa, cujos efeitos psiquiátricos são conhecidos por transtornos, afetando as atividades diárias dos enfermos.

Apesar de existirem medicações importantes no campo da ativação dos neurotransmissores (serotonina, acetilcolina, dopamina, adrenalina e noradrenalina), a evolução do paciente depende também do seu estado de espírito, que pode ser elevado a partir de cuidadosa terapia psicológica.

O interesse pela vida, o desejo de continuar agindo, apesar das limitações impostas pelas condições específicas de cada um, a fé que sustenta, a busca incessante pela felicidade, que pode ser encontrada no universo mágico da cultura, enfim, a compreensão da vida segundo valores transcendentes, ajudam os enfermos a superar a desdita.

Não era o caso, contudo, de Tenório, que se deixava consumir por interminável angústia, entregando-se, em vez de lutar contra a adversidade.

Construía em si mesmo um castelo de desilusões que a mãe tentava em vão debelar, e o pai, inconscientemente, alimentava com o seu inconformismo e revolta sem fim.

Tenório passou a atribuir toda a sua desdita a Zuleika, amaldiçoando-a todos os instantes de sua vida; era uma ideia fixa que não dava espaço para mais nenhuma outra, bloqueando as inúmeras possibilidades de felicidade que um enfermo nessa situação pode obter, principalmente na sociedade atual.

Pensava dia e noite em Zuleika; desejava-lhe tudo de ruim; sentia ciúmes da jovem imaginando-a desfrutar desavergonhadamente a vida ao lado de outros rapazes.

Sem outro interesse, a não ser odiar a ex-namorada, o jovem bombeiro não tinha vontade de se alimentar, definhando a olhos vistos, pensando também em morrer, acabar com aquele sofrimento, mas lhe faltava coragem de fazê-lo toda vez que sentia de perto o carinho inaudito de D. Marli.

Era a força do amor emanado da mãe que o sustentava; porém, mesmo assim, tão logo Marli o deixava na solidão do quarto vazio ele se voltava para Zuleika. Os livros, as revistas que a genitora colocava-lhe nas mãos não despertavam o seu interesse. Era doloroso ver alguém se entregar de tal forma à revolta não enxergando mais nada ao seu redor.

Os petardos mentais que enviava a Zuleika atravessavam o oceano em velocidade superior à da luz atingindo a jovem que não percebia a melancolia instalar-se no seu coração atormentado. Atribuía tudo ao amor não correspondido de Cristhian, que na realidade já tinha esquecido aquele encontro na boate e o jantar em São Paulo, considerando uma página virada em sua vida.

Certa noite, D. Marli acordou o marido ao ouvir gemidos no quarto de Tenório. Acorreu imediatamente vendo o jovem em convulsão, o que os obrigou a levá-lo ao hospital, incontinenti.

Apesar dos cuidados médicos, aplicados por facultativo experiente em primeiros socorros, o fato é que o corpo desnutrido de Tenório não resistiu entrando em colapso. Em poucas horas, o médico comunicava à família o desenlace do militar, na flor dos anos, esquecido por todos e prisioneiro de uma revolta sem fim.

A mãe exemplar orou com dignidade ao lado do esquife do filho; o pai imprecou; a corporação mandou uma coroa de flores, mas aqui na Terra tudo estava consumado.

A revolta permanente de Tenório e a sua fixação doentia em Zuleika atraíram para si as entidades que tinham contas a ajustar com a jovem guerrilheira, cujo campo mental somente se mantinha estável porque recebia eflúvios energéticos de duas pessoas espiritualmente importantes: a mãe e o Padre Antônio. Ela mesma assimilava novos padrões de comportamento, facilitando a absorção medicamentosa, oriunda das emissões de amor provenientes de seus protetores espirituais.

As orações de D. Marli não foram suficientes para livrar o bombeiro das aflições após a morte.

Além do assédio do grupo comandado pelo Coronel, que se aproximava do bombeiro Tenório por afinidade (ambos foram militares), o recém-desencarnado expungia aflitivos sofrimentos.

O seu pensamento nunca se elevara a Deus e a sua vinculação era tão somente com a carne. O perispírito, portanto, era o modelo do corpo limitado pela tetraplegia, sem locomoção, não tendo mais a assistência diuturna da Mãe.

Na condição de suicida indireto (desejo constante de morte)[38] o bombeiro nem sequer percebeu que havia morrido. O corpo estava ali e o seu sofrimento foi

---

[38] O suicídio pode ser por via direta ou indireta. Diretamente é quando a pessoa atenta contra a própria vida utilizando meios objetivos, como veneno, revólver, jogando-se das alturas, etc., desejando, assim, o resultado: a própria morte; indiretamente, quando os pensamentos e os atos praticados não levam em consideração o primado da vida. Pensamentos intoxicados de rancor, ódios acumulados, uso abusivo de bebidas e drogas, comportamentos inconsequentes (direção perigosa, afrontamento a riscos desnecessários, etc.) que atingem por via transversa a própria incolumidade física.

absurdo ao ver o cadáver putrefato deteriorar; a ausência de socorro tornou aquele período o mais doloroso da vida do renitente militar.

Desesperado na tumba fria, sem articular uma única prece, percebeu certo dia que havia saído do local, não sabia como, sendo conduzido por um homem fardado do exército. Imaginou que se tratava de socorro vindo dos seus apelos à corporação, que o levou a um lugar horrível, porém melhor do que aquele em que se encontrava.

No dia seguinte, apresentando-se como benfeitor, compareceu o Coronel em pessoa, cumprimentando-o:

– Tivemos muitas dificuldades para socorrê-lo.

– O que aconteceu?

– Você está morto para a Terra, entendeu?

– Não! – respondeu angustiado.

– A sua doença foi fatal.

– Só me lembro de que fui levado ao hospital.

– E nunca mais voltou para casa, certo?

– É verdade!

– Onde estou?

– Entre amigos.

– Que lugar é esse?

– É o que pudemos conseguir até agora. Não é grande coisa. Na Terra tínhamos uma situação melhor.

— Queria voltar para a minha casa, falar com minha mãe.

— Acabou! Isso não é mais possível.

— Por quê?

— Já lhe falei que está morto.

— O quê?

— Morto! Para você, o mundo como o conhecia acabou.

— Mas estou aqui conversando!

— É que morto também fala, bebe, come, sofre, ri, enfim faz tudo de bom e de ruim.

— Ainda não estou acreditando.

— Não vou perder o meu tempo. Somente fomos atrás de você porque queremos pegar a Zuleika, aquela mulher que o enganou.

— Onde está a miserável?

— É isso que queremos saber!

— Mas eu não sei.

— Compreendo! Mas será a nossa isca. Vamos ajudá-lo para que os seus pensamentos cheguem a ela. Precisamos ser inteligentes. Se continuar pensando dessa forma, com ódio e revolta, não conseguiremos nada. A partir de amanhã, vou trazer aqui um psiquiatra que vai orientá-lo a mudar o pensamento para chegarmos até ela.

— Não sei o que está falando.

— Não importa: quer ou não se vingar da Zuleika?

— É o que mais desejo na vida.

— Vou apresentar você ao Andrei, outro cara que ela ferrou, e que vive para se vingar. E não esqueça: ao obter a nossa ajuda estará vinculado a nós para sempre. Somos um grupo de "arrebentados", que não queremos saber de religião de espécie alguma. O nosso negócio é fazer Justiça com as próprias mãos. Certo?

— Vocês me tiraram daquele lugar horrível e agora vão me ajudar a encontrar Zuleika. São meus amigos, somos militares, estamos juntos. Agradeço o que fizeram por mim.

— Não se esqueça: há um bom preço a pagar.

— Pago o que for.

— Agora descanse para a entrevista com o Psiquiatra. Depois o Andrei virá aqui explicar o que queremos com a sua colaboração.

— Mas eu não sou louco!

— E psiquiatra é somente para os loucos? Hoje as técnicas de vinculação dos pensamentos entre vivos e mortos estão avançadas. Com a sua energia pensamos encontrar Zuleika.

Apesar de perturbado, Tenório começou a nutrir alguma esperança de felicidade. De há muito se alimentava do desejo mórbido de infligir à ex-namorada o maior dano possível, encontrando, naquela ocasião, parceria para realizar o intento.

No dia seguinte, foi apresentado ao bombeiro o Dr. Francisco, psiquiatra de formação, que atuava no grupo liderado pelo Coronel.

No plano espiritual, as pessoas continuam tais quais foram aqui na Terra. As formações e preferências profissionais se manifestam, prosseguindo no Além os estudos e as pesquisas que os profissionais desenvolviam quando encarnados.

O Dr. Francisco foi um psiquiatra medíocre, dedicando-se inteiramente ao estudo e à aplicação de terapias voltadas aos desajustados mentais. Incompreendido pelos seus pares julgava-se importante, mas nunca fora reconhecido segundo os padrões científicos da época. Por isso, acumulara uma surda revolta contra tudo e contra todos, baixando de tal forma o padrão de seu pensamento, que se ligou aos espíritos dos cientistas que se sentiam também marginalizados. Quando deixou o corpo físico passou a integrar uma plêiade de pesquisadores do mal, cuja tarefa era provar para si mesmos que as suas teorias tinham consistência.

Ao visitar Tenório, no tugúrio em que ele estava, procurou ser simpático. Afinal, estava ali uma cobaia dócil que, manipulada a contento, serviria para provar as teses do facultativo atormentado. Para conquistar a simpatia de Tenório, foi logo dizendo:

– Como se encontra esse nosso herói da corporação dos bombeiros?

– Não sou herói, doutor – respondeu com simplicidade, Tenório.

– Como não? Lutou contra o fogo e conseguiu chegar até aqui e se inscrever nas fileiras de um grupo paramilitar importante. Isso é para poucos, acredite!

– Obrigado!

– Vamos agora à nossa entrevista. Como se sente?

– Um tanto confuso. Dizem que eu morri para a Terra, mas me sinto tão vivo quanto antes. Isso é possível?

– Sem dúvida. Eu também estou morto para a Terra, mas continuo aqui trabalhando como médico psiquiatra.

– Eu tenho de pagar a consulta?

– Claro que não!

– E como o Senhor vive? É o governo que lhe paga para trabalhar?

– Pode-se ver o quanto você é ingênuo. Aqui a remuneração é diferente. Temos aquilo de que precisamos e ponto. Depois irá entender. Mas, a minha tarefa é fazê-lo voltar a andar.

– A tetraplegia não tem cura, doutor.

– Esqueça! Você não é mais tetraplégico. A paralisação dos seus movimentos pode ser restaurada com facilidade, desde que você queira andar.

– Faço qualquer coisa para sentir o prazer de andar novamente.

– Então, levante-se!

– Não posso!

– Pode sim. Vou ampará-lo e você irá se apoiar com firmeza em mim. Não tenha medo. Vamos!

A força oriunda do médico colocou Tenório em pé. Apoiou-se, no entanto, se sentiu temeroso de dar um passo à frente. Dr. Francisco, então, determinou:

– Ande homem. Vá para frente! Você pode!

– Não consigo!

– Consegue sim. Sente-se.

Tenório retornou à cadeira, quando o médico informou-lhe:

– Há quanto tempo você não ficava em pé?

– Desde o meu acidente.

– Então, você ficou agora, não percebeu?

– Sim e fiquei com medo.

– De quê?

– De cair.

– Mas não caiu.

– É verdade.

– A sua força está agora na mente. O seu corpo de carne já não existe mais. Foi ele que estruturou o seu perispírito, cuja matéria é mais sutil do que a corporal. Cabe a você agora reprogramar os movimentos, adquirir confiança. Vou fazer uma massagem e tentaremos novamente. Está bem?

– Sim, estou gostando muito do senhor. Deseja me ajudar de verdade. É só o começo.

– Depois que começar a andar iremos conseguir, com o seu apoio, localizar a ingrata da Zuleika.

– É isso o que eu quero.

O médico aplicou uma substância na perna de Tenório, massageou-a, dizendo:

– Esse é um medicamento poderoso e que não se conhece na Terra. Entrando nos seus poros chegará à cervical restituindo a zona lesada. Após, sem mais o problema, é apenas uma questão de superação psicológica. Vamos tentar novamente.

O médico levantou Tenório, que dessa vez estava mais firme, e deu forte voz de comando:

– Oficial, um passo à frente!

Com inaudito esforço, Tenório conseguiu movimentar a perna, dando um passo, depois outro, sempre apoiado no Coronel.

– Por hoje chega – encerrou o médico. – Faça esse exercício inúmeras vezes. Apoie-se nos móveis, em tudo o que estiver ao seu alcance. Amanhã retornarei e gostaria de vê-lo bem mais rápido.

Deixou Tenório ali em estado de êxtase. Ele conseguiu se movimentar devagar, apoiando-se, mas lhe parecia surreal a situação. Não acreditava em milagres, mas começava a pensar que eles existiam de verdade.

No dia seguinte, quando o facultativo voltou, Tenório era outro homem. Andando com relativa firmeza, mas ainda se apoiando, foi cumprimentado pelo médico com carinho.

– Bom dia oficial!

– Bom dia doutor.

– Como está hoje?

– Muito bem. Desde ontem não tenho parado.

– Isso é bom. Agora é só adquirir confiança, deixar de se apoiar, porque tem pela frente novas formas de locomoção.

– O que o senhor está querendo me dizer?

– Que poderá andar a pé, como está fazendo, mas também volitar, uma técnica que você irá aprender com o tempo. Estou marcando para a próxima semana as nossas sessões terapêuticas visando atrair Zuleika para o seu campo mental e, então, localizá-la para começarmos a fazer Justiça.

– Estou ansioso para vê-la pagar tudo o que me fez.

– Ela não aprontou somente com você. Infernizou a vida de muita gente. Tem de pagar apesar da proteção que está recebendo. Essa é a nossa missão: fazer Justiça com as próprias mãos, não deixar escapulir aquelas pessoas que tanto mal nos fizeram e ao país. Do nosso jeito amamos o Brasil, queremos os esquerdistas na cadeia.

– Não consigo entender – complementou o bombeiro – o que o senhor está dizendo.

– Não é necessário saber agora. Tudo virá a seu tempo.

– Está bem.

Despedindo-se de Tenório, o médico estava radiante. Ao passar pelo Coronel, informou:

– O homem está quase pronto. E deseja colaborar. É dos nossos, basta agirmos com cuidado.

– Fico grato ao senhor pelo excelente trabalho que vem prestando ao nosso grupo – concluiu o Coronel.

O esquema para encontrar Zuleika estava armado. Os mentores espirituais da moça, contudo, sentiam que, naquele momento, a jovem corria real perigo. Andrei e Tenório juntos com um grupo de obsessores poderiam conseguir derrubá-la. Mas se ela quisesse e se realmente estivesse disposta a mudar, todas as artimanhas seriam desfeitas.

Será que Zuleika, pelo que era, estava pronta para enfrentar um ataque bem planejado?

Capítulo 15

O encontro dos arrependidos

Enquanto os adversários espirituais de Zuleika se articulavam com rapidez, a moça iniciava o seu trabalho na função de garçonete em restaurante português, situado na cidade alta de Lisboa. O seu porte altivo e a exuberante beleza a diferenciava das outras, apesar de estar com o uniforme profissional dado pelo estabelecimento, que procurava ser um traje prático, não realçando as formas da mulher fatal que nele se encontrava.

Protegida, assim, dos olhares cobiçosos, a sua personalidade, contudo, não era ignorada pelos frequentadores da casa dos fados. Mesmo sob a cobertura de roupas apropriadas, o olhar, os movimentos ainda que discretos, revelavam o espírito que ali se encontrava. Por isso, os homens percebiam algo de diferente naquela profissional, que em pouco tempo era solicitada para atender às mesas de clientes importantes, ganhando polpudas gorjetas, o que começou a causar ciúmes às colegas de trabalho.

Em pouco tempo, Zuleika chamou atenção do dono do estabelecimento, que passou a requisitá-la também para servir os clientes preferenciais. Foi assim que em certo dia defrontou-se com Amália Rodrigues em pessoa, acompanhada de um séquito de músicos e assessores, dentre eles Márcio, que na ocasião se encontrava em boa posição, como empregado do escritório de Dr. Gomes.

Ao observar Zuleika sob o uniforme, o jovem teve a nítida impressão de conhecer aquela mulher. Ao ouvir a sua voz, fixou nela os seus olhos perscrutadores, reconhecendo-a brasileira e membro da guerrilha. Guardou para si a impressão, o que não passou despercebido a Zuleika, que também o identificou como companheiro de militância, embora em aparelhos distintos. Tão logo a mesa foi servida, o jovem pediu licença para ir à *toilette*, parando perto da garçonete e dizendo:

– Siga-me. Precisamos conversar. Corremos riscos!

– Vá à direita e ao fundo tem uma porta, entre que estarei lá em segundos.

Márcio e Zuleika estavam em pequeno cubículo reservado à guarda de alimentos, quando a conversa começou:

– Há quanto tempo está em Lisboa? – perguntou Márcio.

– Apenas quatro meses – respondeu a jovem.

– Veio direto do Brasil?

– Não! Primeiro fui à Inglaterra. Fiquei em Londres seis meses tentando alguma coisa, até que o dinheiro acabou e como último recurso me sobrou Portugal.

– Por que veio à Europa?

– O meu grupo tentou um sequestro que não deu certo. Ficamos sem dinheiro e cada um seguiu o seu rumo. A polícia estava no nosso encalço. Não sei mais nada dos meus companheiros. Fugi para Londres e agora estou aqui começando um novo trabalho.

– Não se aborreça – comentou Márcio. – Eu também iniciei igual a você, servindo nesse mesmo restaurante. Agora trabalho num escritório e voltei à faculdade.

– Preciso retornar ao trabalho.

– Anote o meu telefone. Depois me ligue para conversarmos com mais calma. Aqui todo cuidado é pouco. O governo é direitista; Marcelo Caetano não difere nada de Salazar, só que não vai conseguir manter as colônias. Há movimentos acontecendo nas forças armadas. O momento é perigoso. Tome cuidado!

– Obrigado pelo alerta!

– Até mais.

Márcio voltou para a mesa participando da conversa. Estava preocupado. Sabia que Zuleika era uma guerrilheira em São Paulo, mas havia conexão entre as organizações, embora fossem independentes quanto aos recursos, às estratégias e aos alvos escolhidos. Na realidade, o movimento guerrilheiro do Brasil era bem improvisado, sem estrutura adequada, recrutando os militantes, sobretudo no meio estudantil. Nem todos os chefes tinham participado de treinamentos em Cuba ou na Rússia, privilégio reservado apenas a algumas figuras importantes.

Naquela época, os órgãos de segurança apertavam ainda mais o cerco, brutalizando os presos de tal forma que a guerrilha decidiu sequestrar embaixadores para forçar a liberdade dos companheiros presos. Primeiro, foi o Embaixador dos Estados Unidos Charles Burke Elbrick, em 1969 e, no ano seguinte, sequestraram o Cônsul do Japão Nobuo Okushi, o Embaixador Alemão Ludwig Von Holleben, seguido do Embaixador da Suécia Enrico Bucher. Muitos militantes foram libertados, mas a reação furiosa do governo nocauteou de vez a guerrilha.

Conexões nacionais e internacionais favoreciam os órgãos de repressão do governo, de forma que os que conseguiram ir para o exterior e lá se mantiveram incógnitos ou na condição de asilados políticos tinham possibilidade de sobrevivência.

Zuleika, assim também Márcio, que havia fugido por conta própria e com documentos falsos, não desejava mais ficar submissa aos esquemas internacionais da esquerda, que também era forte, visto que, por detrás de um e de outro lado, estavam as superpotências, com os seus aparatos de espionagem e contraespionagem, representados principalmente pela CIA e a KGB.

Havia entre os militantes da direita e da esquerda aqueles que desejavam se afastar das posições que um dia tinham assumido, mas com as quais não mais concordavam, face à visão diferente que passaram a ter da vida.

Não obstante, nas salas de torturas ou nas células revolucionárias, existiam os que participavam das ações com gosto. Era um estado de guerra entre o governo e os movimentos oposicionistas que optaram pela luta armada, gerando no Brasil um clima de insegurança. Não é necessário repisar que a mesma luta era travada, concomitantemente, no plano espiritual entre as falanges dos dois lados em conflito.

Dias após o encontro dos jovens exilados, por livre e espontânea vontade Zuleika resolveu ligar para Márcio, quando combinaram um encontro em pequeno restaurante longe do centro de Lisboa. Era o dia de folga de Zuleika e Márcio já não enfrentava esse tipo de problema no escritório em que trabalhava.

A jovem estava discretamente vestida e ainda assustada com a possibilidade de ser descoberta. Márcio tinha também fundados receios, mas não registrava no seu carma nenhum crime de sangue. O seu arrependimento, nesse sentido foi eficaz, ou seja, a tempo e à hora de evitar envolvimentos maiores, principalmente quando tomou a decisão de não instalar corretamente o artefato destinado a explodir na estação de trem da Central do Brasil, situada no centro da cidade do Rio de Janeiro.

Zuleika iniciou a conversa:

– Tem certeza de que não foi seguido?

– Fique tranquila. Aqui ninguém sabe quem somos. Até hoje, não enfrentei nenhum problema. A documentação que me arranjaram no Rio de Janeiro é realmente boa. Tive a oportunidade de conferir.

– Eu tenho passaporte para ingressar na Inglaterra. E de lá com muito custo obtive o visto para entrar em Portugal, mesmo sendo brasileira. Mas, ainda não tenho autorização para trabalhar, por isso me preocupo.

– Trabalho em escritório de importante advogado ligado ao governo. Vou ver o que posso fazer por você para legalizar a sua permanência no país. Agora, conte-me como está o movimento no Brasil, pois já saí de lá há tempos e nunca mais soube dos acontecimentos, exceto por algumas leituras enviadas pelo meu amigo Oduvaldo, que mora em Lisboa e viaja sempre com a equipe da Amália. Só que o meu amigo não sabe (aliás, ninguém sabe) que sou um fugitivo. O meu nome aqui é outro, assim também o seu, e não podemos ser reconhecidos.

– Eu sei e ando sempre preocupada. Um restaurante como aquele em que trabalho costuma receber gente de todas as partes do mundo. Já ouvi de relance conversas à mesa sobre a guerrilha no Brasil. É gente da direita, com muito dinheiro, que costuma viajar e frequenta um restaurante caro como aquele. Mas, foi o único emprego que consegui e que ainda assim me expõe aos olhares de muitas pessoas. Tento me disfarçar, colocando maquiagem e agora, sem precisar, estou usando esses óculos de aros grandes. Quero ficar incógnita, mas tem sempre algum engraçadinho que resolve puxar conversa.

– Vou tentar te ajudar. Nessa altura não dá para ficar escolhendo serviço. Tenho ouvido que a ditadura no Brasil vai demorar muito tempo, de forma que é bom nos arranjarmos por aqui mesmo.

– Isso me preocupa. Até quando conseguiremos viver assim?

– Não temos outra saída.

– Escute o que eu vou falar com atenção: aqui em Portugal a Igreja Católica é muito forte, tradicionalista, não admitindo padre se imiscuindo na luta política, como acontece no Brasil. Portanto, continua mantendo o seu disfarce de garçonete, mudando um pouco mais a aparência, para dificultar um reconhecimento. Eu só tive certeza de que se tratava de você quando ouvi a sua voz, que é muito marcante. Fale o menos possível, procure adotar o sotaque do Português de Portugal e, quando terminar o expediente, cubra-se com um véu, exatamente como o fazem as beatas. Procure sempre entrar na igreja, porque aqui tudo é observado. Marcelo Caetano herdou toda a estrutura de inteligência e repressão a crimes políticos, montada ao longo de décadas por Salazar.

– Obrigado pelo conselho. Vou segui-lo à risca.

Despediram-se com o compromisso de marcarem outro encontro para breve. Os dois estavam assustados. Márcio, apesar da saudade dos familiares, já estava se acostumando a uma vida regrada; Zuleika ainda vivia o trauma dos fugitivos e olhava espantada para todos os lados.

Chegando ao seu pequeno cubículo na hospedaria onde se instalara, viu-se novamente só. A amarga solidão a incomodava; a falta de perspectiva e de esperança abatia-lhe o ânimo. Já não era aquela jovem estouvada que se divertia provocando os homens para despachá-los depois sem a menor consideração. O sofrimento que experimentara na Inglaterra, a humilhação ante os companheiros que na realidade não lhe prestaram ajuda, mas lhe deram uma esmola repugnante, a falta de tudo, até de comida, fizeram-na amadurecer em meses, o que não acontecera ao longo de anos.

No auge do seu desespero, na humilde hospedaria, pela primeira vez na vida lágrimas sinceras e amargas rolaram por aquele rosto de mulher fatal. Quem a visse naquele momento certamente não identificaria a jovem insolente de outrora, a manipuladora de corações, a mulher inteligente que na boate conseguiu com facilidade enredar um grande empresário, extraindo dele todas as informações necessárias aos seus companheiros de sequestro. Zuleika, naquele momento, era um ser fragilizado pela luta, desencantada, que suspirava por Cristhian, sabendo que esse amor poderia ser impossível, coisa que em passado recente jamais teria admitido.

Ao retornar ao apartamento que alugara no centro de Lisboa, Márcio também estava deveras entristecido. O encontro com Zuleika foi suficiente para ele lembrar com exatidão a situação em que se encontrava. Ele também não poderia retornar ao Brasil; seus pais estavam distantes; seus irmãos evoluíam nos estudos. Certamente, a família já havia se acostumado com a sua ausência, escasseando-se as correspondências do pai quando soube por carta que a situação financeira do filho era favorável.

Oduvaldo, seu melhor amigo, não sabia que ele era um fugitivo, cujo nome fora trocado; Zuleika era a única pessoa que conhecia a sua identidade, estando na mesma situação, sofrendo já o abandono.

No quartinho da hospedaria, Zuleika lembrou-se efetivamente da Mãe, que abandonara nos escombros do alojamento coletivo, e do irmão que seviciava sem piedade, e ainda assim lhe transmitia no sorriso infantil a doçura do verdadeiro amor. Não tinha, agora, mais a quem recorrer. O seu destino estava selado. A pátria que nunca respeitara não poderia ajudá-la ante os desatinos cometidos; não era mulher de se dar ao desfrute. Ainda jovem desejosa de amparo e amor, sabia que não poderia se entregar a um estrangeiro qualquer sem alguma afinidade.

Ao sair diariamente do restaurante em que trabalhava, colocava um véu negro para se encobrir. A pequena igreja situada no trajeto estava ali; o horário não lhe permitia frequentá-la, mas, nos dias de folga, impossibilitada de ir aos parques públicos de Lisboa, com medo de ser reconhecida, comparecia à igreja, sentava, assistia à missa, ouvia o sermão... Era o único lugar que poderia ficar sem o véu encobrindo o rosto.

Enquanto a jovem enfrentava os seus próprios fantasmas, no plano espiritual seus inimigos tramavam.

O psiquiatra iniciou nova terapia em Tenório. O objetivo do tratamento era que o bombeiro emitisse ondas de amor para Zuleika, que poderia recebê-las na forma de intuição e vagas lembranças, retornando a energia ao centro emissor. A relação, assim, entre emissor e receptor possibilitaria encontrar a guerrilheira onde esta estivesse para começar um degradante processo obsessivo.

A técnica de Dr. Francisco era diferente. Comentando-a com o Coronel, afirmou:

— Temos conhecimento que Zuleika está sendo amparada pela Mãe, por um importante Padre e, agora, por ela mesma, cujo sofrimento a está levando à formação de novas estruturas de pensamento. Não temos, assim, nenhuma condição de saber onde se encontra, a não ser sintonizando com ela e na mesma frequência.

— E como pensa fazer essa sintonia? – perguntou-lhe o Coronel.

— Simples, utilizando também o amor.

— Não estou entendendo! O amor não é a grande defesa dos caídos? Como fazer com que o amor derrube, destrua quem entra na sua camada de proteção?

— Preste atenção: Tenório ama realmente Zuleika desde remotas eras. Ela sempre o descartou. O bombeiro é uma pessoa ingênua, pura e passível de manipulação – o que favorece a terapia. Se o induzirmos ao ódio ele passa a odiar; caso o induzamos ao amor, ele igualmente amará. Como sempre amou Zuleika, penso fazê-lo deixar por alguns momentos o ódio, o que acontecerá facilmente ou mediante hipnose, passando a enviar para a moça energias de bondade, amor e perdão. Essa energia vinda de quem a emite com sinceridade (Ele ama Zuleika de verdade) poderá chegar, como ondas de rádio, à recepção da mulher. Basta acompanharmos a energia para sabermos onde a jovem se encontra. Em outras palavras: a energia de amor emitida pelo bombeiro pode passar com facilidade pelo sistema de defesa armado em torno da jovem, porque é material do mesmo elemento atuando em igual frequência. Assim, ao atingir o alvo, a onda retornará, possibilitando-nos localizá-la. É o princípio do radar.

— Francisco — concluiu o Coronel — você é diabólico. Deseja manipular para o mal a principal força do bem.

— Trata-se de uma teoria científica ainda não testada. Mas, é a nossa única possibilidade de atender Andrei e Tenório na sede de vingança que ambos têm da jovem.

Terminada a palestra restava agora testar na prática a teoria, o que ficou marcado para o dia seguinte.

Os companheiros de guerrilha de Zuleika, mortos sob a mais bárbara tortura, e ainda assim aprisionados no plano espiritual pelos carcereiros desencarnados, debatiam-se para tentar uma saída. Emitiam energias poderosas de vindita, apesar do estado de completa dominação.

A luta, como dissemos, travava-se nos dois planos da vida. Os guerrilheiros também conseguiram prender alguns militares torturadores da direita governamental, assim também médicos e colaboracionistas. Empresários que financiavam o submundo da tortura e que foram alcançados pelas ações dos guerrilheiros, carpiam suas dores sob o peso da chibata; o confronto não poupava ninguém e se estendia pelos gabinetes governamentais daqui e do além.

Quando um país entra nas teias da violência quer pela revolução ou pela guerra, a vibração geral decai e os fluidos mentais, jogados na psicosfera, se adensam de tal forma que acaba por atingir toda sociedade. É por isso que quando aumenta, por exemplo, a violência urbana, pela intensidade das ações praticadas por bandos organizados, exigindo respostas da polícia em mesmo nível, as pessoas se amedrontam e passam a sentir a possibilidade concreta de serem atingidas. Diz-se: "As bruxas estão à solta", o que é uma parcial verdade, exigindo de todos mais cuidados.

O chefe do grupo a que pertencia Zuleika conseguiu a duras penas fugir do cativeiro espiritual que o retinha. Seus companheiros de jornada espiritual conseguiram furar o bloqueio dos meganhas do espaço, que se julgavam inexpugnáveis, e na primeira distração facilitaram, sem o saber, a fuga do guerrilheiro, que ficou a par do sofrimento dos seus antigos liderados, passando a lutar para também liberá-los.

Os líderes em todos os segmentos das atividades humanas são sempre os principais responsáveis pelo que acontece aos seus seguidores. Pondo-se à frente de um grupo de forma natural ou formal, como o pai e a mãe em uma casa, o chefe na empresa, não importa a posição, sendo professor, dirigente político, filósofo ou religioso, dentre tantas outras atividades que interfere na vida alheia, necessariamente precisa ser responsável pelas suas ações e condutas. No plano espiritual não é diferente. Os líderes ali existem para o bem ou para o mal, desenvolvendo qualidades e aptidões, dentro de princípios estabelecidos conforme as matrizes filosóficas por eles adotadas.

No caso presente, o chefe da célula guerrilheira, ao conseguir fugir do cativeiro, preocupou-se com os seus subordinados, iniciando um trabalho para resgatar um a um.

Assim, nas reuniões realizadas no plano espiritual, traçavam-se as estratégias de libertação dos companheiros e as de ataques aos meganhas responsáveis pelas prisões e torturas de encarnados e desencarnados.

Tomaram conhecimento da nova técnica de Dr. Francisco, a quem odiavam, por ser um espírito antigo vinculado largamente ao mal. Sempre utilizara a sua ciência para aumentar o flagelo dos prisioneiros, sendo um dos indutores dos cientistas do Nazismo, que realizava bárbaras experiências nos campos de concentração.

Há muito vários grupos desejavam tirar de circulação esse cientista das trevas para submetê-lo aos mesmos flagelos que impunha aos prisioneiros. Sabiam, contudo, que se tratava de uma grande empreitada, necessitando de apoio e de recursos extras, que pretendiam obter com outros cientistas e pesquisadores vinculados à esquerda e, sobretudo ao Judaísmo, que resistiam às aproximações, em razão das diferenças ideológicas. Mas, identificando-se o inimigo comum, para essa empreitada, poderiam celebrar um acordo que seria decisivo. Era o que estava em curso nas esferas superiores, tanto da guerrilha quanto das organizações de caçadores de nazistas.

A fotografia do Brasil, obtida no baixo astral e no plano material das prisões da ditadura, era um quadro ensombrecido, alterando-se as cores a cada instante, a partir da densidade mental de encarnados e desencarnados.

Não estamos fazendo qualquer julgamento a *priori* das forças em combate, até porque não temos condição para tanto, limitando-nos apenas a registrar um evento marcante da História recente do Brasil e do mundo, em época de importantes transições.

A História ainda a ser escrita apresentará versões de ambas as partes, mas os resultados concretos das transformações pelas quais passou e ainda vai passar a sociedade brasileira decorre, em parte, das ideias defendidas nas décadas passadas. Como nada acontece por acaso e a espiritualidade superior aproveita todos os eventos para impulsionar o progresso coletivo, as questões individuais, contudo, referentes aos espíritos que se excederam de parte a parte, ainda que movidos pelos mais legítimos ideais, somaram nos seus roteiros de vida ações e atitudes que terão de debelar em suas próximas jornadas terrenas.

Dr. Francisco, no dia seguinte, foi até o bombeiro Tenório, encontrando-o mais ativo. Com o retorno dos movimentos, o oficial estava mais disposto, feliz até nessa nova condição. Daqui da Terra chegavam, graças à fé de D. Marli, jatos potentes de amor que Tenório, naquele momento, (deixando a revolta de lado) assimilava, e de certa forma até identificava, nos momentos em que ele se lembrava com intenso carinho de sua genitora e de seu genitor, mais conformado, entendendo em sua simplicidade, que o filho não mais sofria.

O estado de ânimo do bombeiro não passou despercebido ao Psiquiatra que não gostou, mas mesmo assim iniciou a sua terapia, não tendo mais a certeza que alimentara quanto aos seus efeitos. No entanto, na condição de profissional vaidoso, tentaria de qualquer forma o experimento. Após cumprimentar cavalheirescamente Tenório, iniciou:

— Vamos iniciar o seu tratamento.

— Estou muito esperançoso, doutor.

— Qual a sua esperança?

— Quero ficar bom o quanto antes para ver a minha mãe.

— Mas, já disse que isso não é possível.

— É que estou sentindo muita saudade! Ela cuidou de mim com tanto carinho, foi a pessoa mais importante da minha vida. Gostaria que soubesse que já estou andando.

— Ontem — disse Dr. Francisco — você não me falou que o que mais queria era se vingar de Zuleika?

Ao ouvir o nome da mulher que tanto amara o bombeiro transtornou-se. E respondeu:

— Quero me vingar da ingrata, sim. Mas, antes desejaria ver a minha mãe.

— Já disse, não é possível.

— Mas por quê?

— Irá entender no futuro.

— Preciso fazer alguma coisa para poder vê-la.

— Vingar-se de Zuleika, esse é o nosso plano.

– O que devo fazer?

– Pensar nela com muita força. Mas lembre-se: não deve emitir ódio, rancor. O seu pensamento deve ser de amor, de carinho. Deve lembrar apenas os momentos que tiveram de felicidade, os passeios, etc. Ela não era uma mulher bonita?

– Muito bonita!

– E não era boa de cama, fogosa?

– Aí não! Sempre foi muito reservada. Dava a impressão que fazia amor, contrariada. Era algo que me intrigava.

– Mas como? – perguntou Dr. Francisco espantado. – Tudo o que sabemos é que se tratava de uma mulher fatal, impossível de ser dominada, despertando nos homens todos os instintos animais.

– Zuleika era, sim, tudo isso e muito mais. Porém, comigo, na realidade nunca se entregou. Quando chegava a qualquer lugar dominava o ambiente, inspirava os homens, atiçava ciúme doido nas mulheres. Dava gosto sair com ela. Eu me sentia o homem mais importante do mundo. Agora, na intimidade, sempre recusava, não queria, inventava desculpas e quando eu insistia era muito grosseira, violenta. Eu nunca a tive realmente nos meus braços. Sempre saía de casa frustrado...

– Estranha criatura!

– E você amou mesmo essa mulher?

– Desesperadamente! Os meus amigos da corporação, todos que eu conheci, quando viam Zuleika se derretiam. Ela transmitia uma sensualidade diferente.

– Ama essa mulher ainda hoje?

– Não sei! Ela me fez sofrer muito. Fiquei tetraplégico, amarguei tanta dor, que tenho até medo de vê-la e cair de novo aos seus pés. Amor mesmo doutor é o de mãe. Gostaria muito de ver a minha mãe.

– Já disse que não é o momento.

Dr. Francisco ficou sem norte. A sua estratégia estava em risco. Não poderia naquele momento prosseguir com a terapia. Precisava pensar. Voltando-se para Tenório, despediu-se:

– Oficial, até amanhã.

– Mas já vai embora, doutor. Agora que estava ficando interessante. O senhor permitiu que eu voltasse ao passado sem revolta.

– Por hoje chega – saiu o Psiquiatra visivelmente contrariado.

As emissões de amor incondicional de D. Marli chegavam com facilidade ao filho, porque sinceras, encontrando em Tenório uma alma que já evoluíra, apesar da fixação que tinha por Zuleika desde longínquas eras. Mas, a decepção obtida nessa encarnação, pelo comportamento manipulador e irresponsável da moça, de certa forma, esfriara o ímpeto do bombeiro, que estava até com certo receio de reencontrá-la.

Voltamos ao passado...

Zuleika usou Tenório em duas encarnações infelicitando-o, mas nunca chegara ao ponto de prejudicá-lo, como aconteceu na última romagem terrena. Na condição de mulher da alta roda social, divertia-se com os nobres da época, instigando-os à luxúria, mas se esquivando constantemente.

Na vida anterior a essa, ainda no Brasil, Tenório era importante produtor de café, logo no final do Segundo Império. Na condição de pessoa de posses, vivia muito bem e participava da corte do Imperador D. Pedro II, quando encontrou Zuleika, na época também baronesa, uma mulher elegante, mas implacável, sobretudo com os escravos de sua fazenda. Rígida quanto à moral e aos costumes vigentes, não conseguia, contudo, disfarçar a sensualidade que brotava por todos os seus poros, reprimindo-a com denodo, satisfazendo-se em atiçar os cavalheiros sem se entregar a nenhum deles. Tentou o seu jogo de sedução até com o próprio Imperador, mas não funcionou, porque D. Pedro cuidava-se nessa questão, não desejando passar aos filhos o exemplo de homem irresponsável, apesar dos rumores que corriam na corte sobre a sua paixão pela Condessa de Barral, preceptora das princesas D. Isabel e D. Leopoldina.

No jogo de sedução da baronesa, muitos nobres participaram e se decepcionaram em seguida pela postura da mulher leviana e, paradoxalmente, austera ao mesmo tempo, que se comprazia em enfeitiçar os homens.

Tenório, naquela época, pertencia à conceituada família Bethancourt da nobreza portuguesa, que se instalara no Brasil na região cafeeira do Vale do Paraíba Fluminense. Embora flertasse com a baronesa nos bailes da corte, o que ela fazia com outros sempre disfarçadamente do marido, Tenório fixou-se de tal forma na mulher que chegou a incomodá-la. O amor platônico e recalcado daquele período viria a se manifestar no jovem em sua encarnação enquanto bombeiro, quando a baronesa de outrora voltara para viver, nessa encarnação, em condições abjetas na favela, sentindo na própria pele as dores e os sofrimentos que, como senhora de terras, impusera aos seus escravos.

O encontro de ambos se deu pelas disposições do destino. Tenório, apesar de ter vivido como membro da nobreza portuguesa na época imperial, nunca abusara do poder, mas também não realizara o bem que podia, sendo-lhe indiferente a sorte dos negros. Na profissão de bombeiro deveria voltar-se ao salvamento de vidas, que um dia malbaratou na condição de militar, ao passo que Zuleika precisava carpir o abandono, sentir-se excluída, mantendo, contudo, a sua postura de mulher intangível, em razão dos desencantos vividos em encarnações anteriores.

Nas leis da vida nada fica sem explicação. O comportamento de hoje sempre encontra raiz no passado, quando o ser em marcha evolutiva não compreendia os postulados desvendados pelo codificador da doutrina espírita. A partir do momento que veio a lume a "Terceira Revelação" e as leis de causa e efeito, ação e reação, deixaram o campo da física newtoniana para interagir nas

361

relações entre os seres vivos em marcha ascendente, ficou mais compreensível o entendimento de muitos comportamentos anômalos. Complexos de culpa, ódios e rancores acumulados, desconfianças e amores, à primeira vista, o tudo e o nada em simples e fugaz olhar traz à tona o ser, espírito eterno, em sua trajetória biográfica.

Desenvolvendo amor platônico pela baronesa de outrora, que, pela conduta leviana em flertes sucessivos emitiu energias sensuais em desalinho, suspensas no tempo, Tenório foi facilmente capturado pela mulher que expiava a sua condição na vida em favela. Rebelando-se ao extremo, Zuleika viu a possibilidade de se evadir daquela situação quando percebeu a possibilidade de se aliar ao bombeiro e, depois, enquanto guerrilheira oportunista, obter vantagens para si, exatamente do jeito que ocorrera no passado, como sanguessuga do Estado Imperial. A manobra, contudo, havia fracassado, porque os impositivos da lei são mais fortes do que as vinculações do espírito às situações nas quais se comprazia.

Capítulo 16

O novo amanhã

Às margens do Rio Tâmisa, Olívia refletia sobre as suas experiências no Brasil e na África do Sul. Relembrava o pouco tempo vivido na cidade de São Paulo, os movimentos estudantis em andamento, a sua viagem ao Rio de Janeiro, o acidente de carro na Avenida Brasil, e, principalmente, a tensão ao se encontrar com o jovem Marcelo, a perseguição deste, sentindo-se mal só em recordar. Voltou-se para a sua recente experiência na condição de estudante de enfermagem, com estágio na África do Sul em Joanesburgo e na miserável Soweto, vendo de perto a ignomínia de *O Apartheid* e o clamor universal pela libertação do preso mais ilustre daquele tempo: Nelson Mandela. Não se esqueceu de relembrar o seu encontro com o jovem Márcio na cantina da Universidade e os passeios que fizera de mãos dadas com ele pelos Parques de Londres.

Ao fazer um pequeno balanço de sua vida, Olívia sentia na realidade que a fase mais marcante tinha acontecido enquanto enfermeira, e, sobretudo nos encontros que tivera com Joanne, na cidade de Bath, onde sua família tinha uma casa de campo. Do Brasil carregava lembranças agradáveis e tristes ao mesmo tempo. Da sua vivência na África do Sul sentiu de perto o abandono de grandes parcelas da raça negra, humilhada pelos seus patrícios ingleses, sendo obrigada a viver separadamente e nas mais difíceis condições sociais.

Mas, ao se lembrar de Joanne, mesmo naquele momento difícil da vida em família quando da enfermidade da avó, a jovem ficava pensando em como foi importante seguir as orientações de tia Margareth e ingressar ao mundo espírita. Lera tudo o que pudera e a partir da compreensão do universo das energias, percebeu claramente que o que havia sentido por Márcio não tinha sido nada mais do que simples afinidade, sem maiores consequências, tanto que os pretextos que arranjou na época para não responder às cartas não resistiriam se o amor realmente estivesse se instalado em seu coração.

Diante desta constatação, já que havia concluído o estágio de enfermagem, optou por retornar à Inglaterra e visitar Joanne. Sabia pela tia que a médium não estava bem de saúde. Com a idade avançada, as lutas que ela enfrentara, associadas à dedicação à causa do próximo desgastavam o físico da nobre senhora, enquanto lapidavam um espírito evoluído preparando-o para grandes missões. Ao chegar a Londres percebeu que a mãe não estava bem; o pai continuava no Brasil mantendo contato diariamente com a família por telefone. E o irmão menor, como sempre, era o encanto de todos, pela natural alegria que transmitia em todos os contatos.

Conversou longamente com o pai a respeito do estado emocional da mãe. Mesmo liberta dos obsessores que a perseguiam na sessão realizada na casa de Joanne, com a presença da tia, o fato é que Katlyn não havia sustentado aquele momento de bem-estar. Descrente quanto ao que acontecera em seu benefício, inconformada com a morte da mãe, desenvolvia sub-repticiamente síndrome maníaco-depressiva que se expressava no desejo de se afastar de tudo e de todos, esconder-se no quarto, fechando portas e janelas, o que já indicava a necessidade de tratamento psiquiátrico.

Aproveitou a estada e a época das férias escolares para se aproximar de Margareth, que passara a admirar, solicitando-lhe a indicação de novos livros. Foi aí que recebeu com surpresa a informação de que deveria se aprofundar no conhecimento da língua portuguesa, porque os melhores livros kardecistas, naquela época, estavam sendo escritos por um médium brasileiro pouco conhecido na Inglaterra chamado Chico Xavier. Poucas obras desse médium haviam sido traduzidas para a língua inglesa, e como Olívia vivera algum tempo no Brasil fácil seria melhorar o conhecimento do português e ler as obras do médium no original, passando os conceitos aprendidos para a própria tia, que se incumbiria de divulgá-los nas palestras que realizava constantemente. Decidiu, assim, seguir imediatamente os conselhos, telefonando para o pai e solicitando a remessa dos livros do Autor, que recebeu em 15 dias. Então, passou a lê-los com sofreguidão, principalmente a série do autor espiritual André Luís, abrindo-se-lhe as cortinas de um mundo novo e ao mesmo tempo mágico. Encantou-se de tal forma com os conceitos emitidos que os passou imediatamente à tia Margareth. Olívia equipava-se doutrinariamente com muita rapidez e estava, naquele momento, em condições de mais bem entender o fenômeno mediúnico de Joanne.

Empolgada com os novos conhecimentos dirigiu-se a Bath para rever a velha senhora, encontrando-a, em certa tarde nublada e friorenta, em sua casa de tijolinhos vermelhos. A ver a jovem, Joanne não pôde conter as lágrimas de felicidade que insistiam em despencar, escorrendo pelos sulcos da pele já envelhecida. Comovida, abraçou ternamente a senhora, perguntando-lhe:

— Como tem passado querida?

— Bem, minha filha – respondeu a senhora. – Apenas sinto os efeitos da baixa temperatura. Mas um chá quente ajuda.

— Tenho lembrado muito da senhora – replicou Olívia.

— Não mais do que eu – concluiu Joanne. Todas as noites eu oro pela menina, pedindo proteção.

— E tem funcionado, sabe. Nunca mais fui incomodada!

— Mas, quando o incômodo aconteceu com a minha menina?

— Já faz tempo... Não falei com ninguém, mas, às vezes, me lembro de Marcelo, um estudante de engenharia de São Paulo, no Brasil, e me sinto mal.

— Vai ver que ele continua emitindo pensamentos para você, que os capta mesmo a distância.

— Será possível?

— Você sabe que sim. Sua tia me disse que anda estudando esses assuntos.

— Tenho lido muito e agora entendo o que a senhora está me dizendo. A força do pensamento é forte, vence todas as barreiras e atinge as pessoas onde quer que estejam.

— É verdade! Não tem percebido o meu pensamento ao seu redor?

— Sim, lembro-me da senhora sempre, quase todos os dias.

— E o sentimento é bom?

— Melhor impossível.

— E quando lhe vem à mente a figura desse moço Marcelo, o que sente?

— Medo, muito medo, por incrível que pareça.

— Ele já lhe fez algum mal nessa vida?

— Só me perseguiu e nada mais. Foi quando eu, nas férias escolares, resolvi ir para o Rio de Janeiro.

— E lá sofreu o acidente. Certo?

— Sim. Então, o acidente foi uma espécie de proteção.

— Pode ser, porque depois não voltei mais ao

Brasil. Mesmo a distância será que ele continua ainda a me perseguir? – perguntou a jovem.

– Não sei... – falou reticente a velha senhora. É muito estranho. Você quase não teve contato com esse moço, sentiu-se mal e até resolveu deixar o Brasil. Há algo nisso...

– Mas foi o meu pai que, naquela época, me encaminhou a Londres.

– Agiu sob forte intuição. Como espírito largamente vinculado a você e estando na condição de pai, protetor, sem o saber conscientemente agiu levado pelas percepções de que o melhor era retirá-la do país. Os espíritos que o amparam fizeram forte sugestão nesse sentido.

Enquanto as amigas conversavam, a 11 mil quilômetros de distância, Marcelo registrava a menção ao seu nome. Lembrou-se de Olívia e voltou a fixar-se na jovem, perguntando-se: – Onde ela estaria? Por que interrompeu o curso? Por que abandonou o Brasil? Como conseguiria reencontrá-la e pôr em prática o meu plano de sequestro? E o pai por onde andaria?

Estabeleceu-se uma ponte vibratória entre o jovem, que se encontrava em minúsculo apartamento em São Paulo, e Joanne, na cidade de Bath, que captou as ondas mentais de Marcelo, preocupando-se.

– Filha, quando a gente traz à lembrança uma pessoa tão vivamente como o que acabou de acontecer, o pensamento vai a jato encontrar aquele centro de energia invocado, estabelecendo-se sintonia imediata. A falar nesse moço, que se chama Marcelo, ele imediatamente já se ligou em você.

— Mas, eu não disse à senhora o nome dele?

— E isso tem alguma importância?

— Não e sim!

— Esqueça o detalhe: esse jovem está obsidiado. Escolheu um caminho de vida sem volta e se reencontrar você poderá causar alguns problemas sérios.

— Deus me livre! Só de vê-lo na época tive arrepio.

— Não se preocupe! Ele acha que tem contas do passado a resolver com você, mas está enganado e sem meios de cobrá-la. É necessário orar por ele todos os dias, sem trazer ao pensamento a sua figura, que, espiritualmente, está bem deformada. Por enquanto, é bom esquecê-lo. De alguma forma, vai ainda dar trabalho. Mas você está se preparando, conhecendo o mundo das energias e fixando-se no bem, principalmente ao optar pela enfermagem.

— Por que será que me encantei tanto com a enfermagem?

— Vidas passadas, minha filha. Já aliviou muitas dores e sentiu de perto a gratidão dos sofridos.

— A senhora tem mais alguma informação?

— Por enquanto, não. Somente sei que o seu amor aos doentes, o seu desejo em vê-los curados, é uma conquista que vem de outras vidas.

– Por que a senhora tem essa certeza?

– Você poderia seguir qualquer outra profissão. Falta-lhe algum apoio material?

– Não!

– Você precisa dessa profissão para viver?

– Não.

– Compreenda que o seu desejo de servir ao próximo, por meio das técnicas de enfermagem, brotaram naturalmente e não encontrou nenhum obstáculo para seguir em frente. Portanto, foi para a enfermagem porque quis, não precisa da profissão para ganhar a vida e poderia seguir outra carreira que seria bem sucedida. A sua evolução espiritual e intelectual abre-lhe as portas para qualquer atividade. Mesmo assim, escolheu a enfermagem. Está aí a legítima vocação, a tendência inata.

– Para mim – assentiu Olívia – tudo foi natural.

– Como ocorre com aqueles cujo merecimento alcançou esse plano de compreensão da realidade. Nem todos conseguem se definir com tanta facilidade e muitos (a imensa maioria) agem a contragosto em suas profissões somente para ganhar a vida. É muito doloroso, mas real. Algumas pessoas conquistaram o livre direito de escolha e seguem as suas tendências de forma natural, destacando-se nas profissões que elegeram, mesmo sob dificuldades. Cientistas, políticos, empresários, profissionais de todas as gradações e das mais diversas atividades são chamados a colaborar com a vida em sociedade o fazendo com grande desprendimento.

– Não podemos esquecer, contudo, que muitas pessoas são colocadas em certas atividades e agem a contragosto não conseguindo se liberar dos encargos, vivendo momentos de provações somente alterados quando aceitam as imposições da vida sem revolta, liberando-se das injunções. Até, então, passam por dificuldades financeiras, desafios que enfrentam para realmente evoluir, estudando, aprendendo, até chegar ao ponto em que tudo flui com naturalidade e as coisas acontecem.

As amigas conversavam diariamente sobre as questões espirituais e Olívia evoluía a olhos vistos. As obras do médium brasileiro traziam a ela novas concepções do mundo espiritual; tia Margareth e Joanne complementavam os esclarecimentos. Enquanto isso acontecia em Bath, no Brasil, Marcelo ultrapassava todos os limites de ousadia, e assim também o Delegado Fagundes que não tinha freios para a sua sede insaciável de violência contra os prisioneiros sob sua responsabilidade.

Ante as leis espirituais da vida, ambos estavam calcando em si condutas altamente comprometedoras, que tenderiam a se repetir no futuro, cujos parâmetros somente seriam alterados após vivências dolorosas e repetidas, quantas vezes fossem necessárias.

Marcelo, após muitas tentativas fracassadas de se impor nas organizações a que se filiara naqueles anos de chumbo, conseguiu finalmente ser enviado a Cuba para treinamento, na condição de guerrilheiro, realizando um sonho há muito desejado. Encantava ao jovem saber que a revolução cubana estava sendo exportada para vários países do terceiro mundo, notadamente aqueles situados na África e na América Latina.

Após um ano de treinamento intensivo na Ilha, o guerrilheiro retornou ao Brasil para missões importantes, organizando e dirigindo ataques às estruturas militares, confrontando o sistema com inegável audácia. Apesar de patrocinar ações terroristas temerárias contra as forças governamentais, nas quais se registraram mortes de parte a parte, o certo é que com ele nunca aconteceu nada. Até, então, e mesmo tendo participado de vários enfrentamentos armados, nunca sofrera um arranhão sequer, tinha, como se costuma dizer, "o corpo fechado".

Em sua última investida, o ativista tentou atingir o coração do sistema repressor, deixando alguns feridos. Fora longe demais e deixara pistas importantes para os órgãos de segurança, que passaram a persegui-lo dia e noite dificultando-lhe, sobremaneira, as ações. Não poderia se tornar prisioneiro porque sabia muitos segredos da guerrilha, de forma que a organização elaborou detalhado plano de fuga, que contou com ajuda das forças revolucionárias de outro país, que o retiraram do Brasil a partir das bases implantadas na região denominada de tríplice fronteira entre o Brasil, a Colômbia e a Venezuela.

Embrenhando-se na floresta amazônica não se teve mais notícia do guerrilheiro, que passou a atuar em outro grupo, com características, objetivos e métodos bem diferentes daqueles praticados pela guerrilha brasileira.

Nada, contudo, passa ao largo do mundo espiritual, que acompanha tudo e todos ininterruptamente, em qualquer lugar. Se o noticiário não reservava no Brasil espaço para as ações arrojadas de Marcelo, em nível internacional, foi se tornando cada vez mais conhecido, usando outro nome, destacando-se no comando de várias operações.

Voltemos os nossos olhos para Zulmira, que, ao lado de Padre Antônio, avançava espiritualmente a ponto de sair do campo restrito das observações individuais para adentrar o próprio inconsciente coletivo do povo brasileiro, nessa época, saturado de ações violentas, temeroso por acontecer alguma coisa mais grave a qualquer momento.

A boa senhora já ultrapassara várias etapas mantendo-se fiel ao seu ideário de renúncia, desapego e vontade de servir ao próximo.

Ao lado do pároco visitava os hospitais da região, comparecia às favelas, ajudava na igreja, enfim, cumpria as suas tarefas profissionais com zelo na casa de D. Agostina e na comunidade, sempre revelando bondade e percepção, além do normal dos acontecimentos. Na dúvida, consultava Padre Antônio, que a esclarecia acerca de todos os acontecimentos.

Certa vez, quando se encontrava na igreja fazendo as arrumações de sempre, deparou-se com uma senhora muito bem vestida, alta, magra, que a ela se dirigiu com voz suave e extrema delicadeza:

– Venho conversar com a amiga em missão especial. Pode me ouvir?

Como sempre educada, Zulmira estava encantada com a mulher que estava à sua frente. As roupas eram de uma alvura luminescente, o sorriso suave, o semblante transmitia uma tranquilidade que a senhora nunca vira em toda vida. Acanhada, respondeu:

– Não sei em que posso ajudá-la.

– Venho orientá-la para o que irá acontecer.

– Mas, a senhora não me disse ainda quem é e de onde vem?

– Não se preocupe! Sou apenas uma amiga. Quero lhe dizer que o nosso Padre Antônio tem uma grande missão espiritual. Em breve virá para o nosso lado, pois aqui já temos para ele um trabalho importante e que diz respeito a várias pessoas. A senhora vai mais uma vez perder um grande amigo e orientador, mas não se desespere. Terá pela frente novas e significativas experiências. Esse aviso somente foi possível porque ao longo da vida soube agir com respeito às pessoas, aceitando difíceis condições de vida e que faziam parte do seu roteiro. Por isso, vim lhe dizer: não tema os acontecimentos, continue orando mesmo nos momentos mais difíceis.

– Mas a senhora...

Não conseguiu concluir a frase. Como em um passe de mágica a dama desapareceu por completo dos olhos de Zulmira, que só, então, se deu conta de que conversava com uma entidade espiritual, materializada.

Atônita e perplexa, ela foi à casa paroquial beber um copo d'água a fim de se refazer e encontrou no caminho Padre Antônio, que estava tranquilo. Passou por ele sem o cumprimentar, quando o Pároco, sorrindo a interpelou:

– Esqueceu agora de dar bom dia? Ou acabou de ver algum fantasma?

Zulmira virou-se intrigada, respondendo:

– E se eu disser que vi um fantasma, o senhor acreditaria em mim?

– Sim, porque antes de falar com você conversou comigo. Quer saber o que comentamos?

Zulmira estava ainda mais confusa! Esse padre era "da breca". Enquanto ela tremia igual vara verde balouçada ao vento, ele ria bem-humorado.

– Pode me falar o que conversaram?

– O mesmo que ela acabou de dizer a você. Que dentro de algum tempo estarei do lado de lá da vida e é para você continuar firme, seguindo o seu caminho. Novas experiências a esperam. Certo?

– Não acredito no que vi e nem no que estou ouvindo agora – respondeu a senhora enquanto engolia a água. – Estou ficando louca ou foi isso mesmo que a mulher me disse? – devolveu a pergunta.

– Não está louca! – respondeu o Padre bem-humorado.

– E o senhor, ao saber que vai passar para o outro lado, continua assim alegre, não tem medo?

– Medo de que? Ora, lá estarei mais confortável, já me arranjaram um trabalho, deixo você bem esclarecida. Só posso estar feliz, afinal entendi que cumpri a minha tarefa aqui na Terra.

– Não acredito! Morrer, Padre, é coisa séria. Com isso não se brinca!

– Não estou brincando, não foi a bela senhora que o disse?

– Estou muito confusa e assustada.

Zulmira, apesar de sua evolução espiritual e da mediunidade em estágio avançado, mesmo vendo circunstancialmente os espíritos, nunca tinha tido uma experiência tão marcante de materialização. Perplexa, despediu-se do Padre e retornou aos seus afazeres na casa de D. Agostina, ficando a manhã inteira pensativa, o que despertou a atenção dos demais serviçais.

– Aconteceu alguma coisa? – perguntou-lhe o jardineiro, pessoa muito próxima a Zulmira.

– Não – respondeu.

E para disfarçar, acrescentou:

– Hoje não estou me sentindo disposta. Vou pedir folga à patroa, afinal faz um tempo que não descanso.

Dirigiu-se imediatamente a D. Agostina pedindo licença para se ausentar, alegando precisar comprar algum agasalho para si ante a proximidade do inverno. D. Agostina, embora achasse estranho o pedido, não se fez de rogada, permitindo à serviçal deixar o trabalho naquele dia. Afinal, tinha muitos créditos na função de empregada exemplar.

Saiu de casa andando a esmo. Foi para o centro da cidade de São Paulo ver as lojas já enfeitadas com motivos natalinos, mas o seu pensamento estava nos últimos acontecimentos, na materialização da entidade, na expressão feliz de Padre Antônio e na informação de que teria novas experiências pela frente. Retornou somente à noite, dirigindo-se ao quarto, quando orou intensamente, agradecendo a Deus e pedindo forças para prosseguir. Afinal, durante todo aquele tempo, afeiçoara-se ao Padre sentindo-se sem chão com a real possibilidade de ele deixar o mundo dos encarnados.

O Padre também orava em seu quarto na casa paroquial. Após longos anos encarnado e tendo vivido momentos marcantes na vida do povo espanhol, no auge da Guerra Civil e, no Brasil, observado o desenrolar da luta armada entre o governo e a guerrilha, sentia que a sua missão aqui na Terra estava terminando. Lembrou-se do amigo que sempre o compreendera e que já não estava encarnado, o Padre Donizete, orando por ele e pedindo a sua intercessão junto aos planos mais elevados da vida, para lhe possibilitar uma passagem tranquila. O seu santo de devoção (Santo Antônio) também foi invocado. Com a consciência em paz, aguardaria o seu desligamento no momento apropriado.

Zulmira passou a cuidar pessoalmente do Padre Antônio, preocupada com o simpático velhinho, que se divertia com a apreensão da amável servidora. Todos os dias ela fazia questão de verificar se nada estava lhe faltando e procurava conferir a sua alimentação, os remédios, sabendo que a qualquer momento o amigo não estaria mais ali para orientá-la. No fundo, temia perder aquele valioso apoio. Foi a partir do momento em que o Padre depositou as suas mãos sobre o ombro da nobre mulher, quando o seu pranto rolava impulsionado pelas angústias da vida, que ela encontrou, pela primeira vez, explicações para as tragédias que se abatiam sobre a sua família. Mas, naquele momento, com a possibilidade de perder esse arrimo estava desolada, pedindo a Deus todos os dias para prolongar a vida daquele homem abençoado.

O Padre sentia a insegurança de sua confidente. E quando realmente percebeu que se aproximava o seu momento, procurou confortá-la transmitindo a ela palavras de esperança.

– Sabe minha filha – iniciou o diálogo – depois daquele dia em que você passou como furacão na minha frente, após ter visto um ser iluminado, a hora marcada está se aproximando. Quero lhe dizer: Deus nunca nos desampara. Não se preocupe. A sua vida, após a minha partida, vai mudar significativamente. Não tenha medo. De alguma forma irá para um país distante, onde encontrará uma verdadeira amiga espiritual. Não tema: aprenderá com facilidade e entenderá o básico da língua estrangeira, porque lá já viveu ao lado dessa pessoa, que a espera de há tempos e que também precisa de consolo. Estarei do outro lado, tentando ajudar os que aqui ficaram.

— Amado Padre — começou Zulmira a falar com a voz embargada — o senhor sabe que a minha maior preocupação é a minha filha Zuleika. Eu a trouxe para esse mundo; sei agora que tínhamos de viver as duras experiências da favela, mas ela nunca aceitou. Não sei como está, nem o que faz, e sinto que sofre muito. Será que estou imaginando coisas?

— Tranquilize-se! Zuleika terá ainda uma longa caminhada pela frente. A sorte dela está nas próprias mãos. Enfrentará alguns desafios maiores do que pensa. Como mulher decidida, forte e guerreira, imaginava-se senhora da situação. Mas, agora, a luta é mais complexa: trata-se do coração, do amor, do encontro com pessoas do passado. Será que ela terá a capacidade de compreender, de renunciar, o que seria um bem ou ainda lutará para conseguir, a qualquer custo, realizar os seus anseios e vaidades?

— Ela nunca aceitou nada que a contrariasse.

— Esse será o desafio. Muitas vezes, minha filha — comentou o Pároco — renunciar aos apegos, às vaidades, é um ato de muita coragem. Nem sempre a luta contínua é a melhor solução. Tudo tem um tempo certo. Há a necessidade de várias experiências para o ser evoluir. Portanto, manter a paz de espírito, a serenidade, a honestidade e, sobretudo, escolher os meios adequados para se chegar aos fins mais nobres.

— Vou fazer ao senhor uma confidência que até hoje não tive coragem de falar nem comigo mesma, nos colóquios mais íntimos.

– Abra o seu coração!

– Quando aconteceu o incêndio no barraco em que morávamos na favela, Zuleika, ao ir embora, disse-me palavras muito duras. Mas, a que me calou fundo foi saber que ela seviciava o próprio irmão inválido. Disse-me frontalmente que apesar de agredi-lo ele se manifestava ainda assim amoroso. Cristiano era um ser doce, bom, que não merecia aquela situação. Não consegui tirar essa mágoa, apesar de orar todos os dias.

Ante aquela confissão, Padre Antônio baixou os olhos, concentrou-se, e uma lágrima furtiva escorreu-lhe face abaixo. Com voz mansa, comentou:

– Filha! Não se fixe tão somente nas palavras. Zuleika foi demais dura ao utilizar expressões que não correspondiam exatamente à realidade. Que ela não olhava o Cristiano era certo. Abandonava o garoto por horas a fio, não se preocupava com a alimentação, mas também nunca admitiu que ninguém prejudicasse o menino e nem sequer brincasse com ele de forma a humilhá-lo. Reagia como uma fera. E também nunca o feriu de forma a caracterizar uma sevícia. Maltratava-o, sim, mas a seu modo o amava, do mesmo jeito que amava a senhora.

– Mas nunca nos demonstrou qualquer sentimento!

– Jovem e portadora de temperamento forte e acostumada a mandar, não aceitava realmente a condição social em que a vida a colocou. Reagia, achava injusta a posição ocupada, ela que tinha gostos nobres e nada encontrava no local que pudesse satisfazê-la. Estava ali em expiação pelos desmandos do passado, sendo testada em todos os seus limites, mas acredite, ela nunca cedeu a homem algum. Era dura consigo mesma. Desejava, contudo, agredir a mãe.

– Mas, por que se nunca a prejudiquei em nada?

– Hoje, mas no passado, não foi uma boa mãe e semeou muitas revoltas. Zuleika traz mágoas do passado e por isso sofre.

– Hoje, como ela está?

– Não tenho como dizer. Apenas continuo afirmando que, nessa encarnação, tudo indica que, de alguma forma, ainda a verá. Não sei quando, nem onde e menos ainda como, mas a verá com certeza.

Dias após esse diálogo, Padre Antônio precisou ser levado às pressas ao hospital. Idoso, sem muita energia, com o coração enfraquecido, viveu apenas dois dias após a internação, deixando muitas saudades.

Ao enterro do Padre compareceram os paroquianos, todos saudosos do bom velhinho que sempre tinha uma boa palavra para confortar as pessoas. Mesmo no confessionário não procurava se imiscuir nos atos que os fiéis entendiam como pecado, interrompendo as confissões quando estas chegavam a questões menores, a detalhes que não interessavam. Procurava sempre levantar o caído, mostrar ao infrator que ele podia se modificar, recomendando sempre muitas orações.

A recepção do Padre no mundo espiritual foi um espetáculo realmente angelical. Amigos, prelados, crianças, vozes sem conta de agradecimentos. Honrara o sacerdócio; dignificara a Igreja que o ordenou um dia quando ainda jovem; trabalhara pelo próximo e por tudo o que fez mereceu receber a acolhida de sua mãe, aquela mulher que o ensinou a rezar o primeiro "Pai Nosso". Depositou nas mãos da Venerável Senhora um ósculo de profunda gratidão seguindo-a para um lugar de beleza, reservado àqueles que conseguem vencer a si mesmos realizando o bem ao seu alcance.

Zulmira verteu todas as lágrimas de um coração condoído. No dia seguinte, ao comparecer à Paróquia, ficou sabendo que um novo sacerdote fora designado para substituir o velho amigo. Ele chegaria em um mês, procedente da Itália, para iniciar a sua jornada em terras estranhas.

Capítulo 17

Um encontro decisivo

Cristhian Collins desembarcou no aeroporto de Londres, procedente do Rio de Janeiro, para gozar merecidas férias. Após tanto tempo de trabalho no Brasil, em período de grandes dificuldades econômicas para a sua empresa, apesar do chamado "Milagre Econômico Brasileiro", o fato é que o executivo estava exausto e o médico havia recomendado repouso em uma estação de águas. Por várias razões, escolheu a cidade de Bath, no interior da Inglaterra, que pessoalmente não conhecia, mas cujas referências quanto às propriedades medicinais das termas ele já tinha ouvido de amigos e até do facultativo que o atendera.

Embora gostasse de Londres e já sentisse saudades de alguns *pubs* que frequentara quando mais jovem, decidiu seguir o roteiro e duas horas após estava ingressando em pequeno e charmoso hotel da cidade. Cansado da longa viagem, após banho reconfortante no próprio apartamento do hotel, dormiu um sono profundo. O *Stress* dos últimos dias, o desgaste da viagem, os problemas que vinha enfrentando, começavam a ressurgir em sonhos diferentes.

No outro dia, após o café, saiu caminhando sem destino pelas ruas de Bath. Ainda debilitado começou a pensar sobre a sua vida. Apesar de jovem, era bem-sucedido na profissão a que se dedicara. Nada lhe faltava, mas a distância permanente da família, a falta de apoio afetivo por vezes o tomava de angústia. Estava ali com todo conforto tentando recuperar-se, mas, intimamente, sentia que tinha perdido o gosto pelas coisas triviais. As mulheres com frequência o decepcionavam. Trouxe à memória os casos vividos e ao final lembrou-se do jantar com Zuleika, no restaurante do Hotel C'a' Doro.

No início, a jovem altiva e desenvolta na pista de dança chamou-lhe a atenção. Era realmente uma bela mulher, mas ao conversar, sentiu que não era sincera. Na realidade, Cristhian percebeu de imediato que ela escondia, sob a delicada maquiagem, uma personalidade contundente, um tanto assustadora, impedindo-o de alimentar qualquer ilusão. Decidiu, naquele momento, que Zuleika não era para ele; o seu ideal de mulher era bem diferente. Porém, como não há limites para a energia do pensamento, lá em Lisboa, de repente, a jovem parou e sentiu estranha saudade de Cristhian, perguntando-se: – Como ele estaria naquele momento? E uma ponta de rancor brotou-lhe imediatamente ao lembrar que, apesar de deixar vários recados com a secretária, o executivo jamais retornou as suas ligações. Procurou desviar o pensamento ao atender o chamado de um cliente do restaurante em que trabalhava.

Por algum capricho estranho do destino a guerrilheira que, pela primeira vez amava alguém de verdade, não queria que Cristhian a encontrasse naquele tipo de trabalho. Tinha vergonha de ser garçonete, disfarçando seus melhores atributos femininos sob o pesado uniforme profissional, os óculos de largos aros, o cabelo preso e coberto com touca higiênica. Desejava reencontrá-lo, mas em posição de igualdade, quando pudesse revelar a mulher que sabia ser quando desejava.

– Um dia eu ainda vou revê-lo – indagava a si mesma. – Então, verá que com Zuleika não se brinca!

Em Bath, o executivo não se sentiu bem ao se lembrar da jovem. Algo lhe dizia que aquele encontro em São Paulo não fora bom e, por qualquer razão embora inconscientemente, temia um eventual contato com aquela mulher. Estava, contudo, em Bath e imaginava-a em Londres, muito perto, o que já não expressava a realidade.

Alguns dias se passaram e o executivo rejuvenescera. Mais corado, ele resolveu conhecer os pontos turísticos da estância, reportando-se à História do local. Os celtas e os romanos aproveitaram as águas e depois os ingleses reconstruíram sobre velhas estruturas os edifícios termais, que hoje fazem de Bath a cidade Spa da Grã-Bretanha. Interessado em conhecer mais a cidade, participou de várias excursões de forma que, dez dias após, era outro homem e se tornou um verdadeiro admirador das belezas da cidade.

O destino, contudo, quando deseja aproximar as pessoas, age como um deus solerte: simplesmente cria uma situação não deixando alternativa, enquanto ri da própria travessura. Foi assim também com Cristhian

Collins e Olívia, que, nessa vida, tinham um encontro marcado nas termas de Bath, cujo horário estava definido com precisão britânica: 13 horas, em frente à Abadia, quando tiveram a atenção chamada ao ver uma senhora idosa cair bem à frente de ambos, dispondo-se imediatamente a socorrê-la.

Ao erguerem a mulher do solo para lhe prestar a assistência devida os seus olhares se cruzaram, e a energia emitida foi de tal intensidade que os dois se perturbaram naquele instante. Parecia que se conheciam, tinham a nítida impressão que se reencontravam após um longo tempo. Olívia e Cristhian levaram a senhorinha até o banco do jardim, ofereceram-lhe água, perguntando onde estava hospedada. E a mulher (mais uma peça do destino) não entendeu a pergunta respondendo em português. Ambos apressaram-se em conversar com ela em português, deixando-a à vontade para agradecê-los e pasmos um diante do outro.

Atendida a mulher, Cristhian não resistiu e perguntou à jovem:

– É brasileira?

– Não! E você? – indagou Olívia.

– Também não.

– Como aprendeu a falar tão bem a língua portuguesa, que não é comum na Inglaterra, principalmente o português falado no Brasil? – insistiu Olívia.

– É que apesar de inglês de nascimento estou residindo na cidade do Rio de Janeiro.

– Então, conhece a Avenida Brasil?

– Passo diariamente por ela quando vou ao escritório.

– E nunca se acidentou ali?

– Não! Por quê?

– Eu conheço o Rio de Janeiro – redarguiu Olívia. – Lá nessa avenida o meu carro foi abalroado por um ônibus.

– Mas nós – comentou Cristhian – que somos ingleses de nascimento estamos conversando em português, não é engraçado?

– Muito!

– Gostaria de saber quando viveu no Brasil e o que fazia por lá, uma terra tão distante.

Olívia, que estava encantada com o cavalheirismo de Cristhian, respondeu-lhe:

– Morava na cidade de São Paulo, estudava na Universidade, e fui ao Rio de Janeiro passar férias, quando sofri um pequeno acidente e o meu pai, que preside uma multinacional de capital inglês, enviou-me de volta a Londres, preocupado com possíveis sequelas do acidente. E você, por que está morando no Brasil?

– Sou executivo de uma empresa de capital norte-americano. Conheço os presidentes das principais empresas britânicas, pois participo da Câmara de Comércio. Qual o nome do seu pai?

– Adrian Mason.

– Ora... Mr. Mason, presidente de importante organização ligada diretamente aos interesses da coroa. Gosto muito dele. Ele é considerado por nós, jovens executivos, uma espécie de guru. Nem posso acreditar que estou falando com a sua filha. Que coincidência!

Olívia, que já havia entendido que não há coincidência na vida, parou um instante, procurando intuir aquela situação.

Cristhian sentiu o devaneio da jovem, trazendo-a à realidade.

– Ei, o que aconteceu? – indagou.

– Nada! Só estava pensando como o mundo é pequeno. Estamos a 120 quilômetros de Londres, em pleno dia de semana, em horário de pouco movimento, uma senhorinha cai aos nossos pés, não entende a nossa língua e fala português. Nós dois respondemos, conversamos e pronto: você, que mora no Rio de Janeiro, é amigo do meu pai. É possível tanta coincidência assim?

Cristhian não havia feito tal reflexão. Mas, colocada a questão com tanta clareza, refletiu:

– Como você é rápida! Juntou tudo em segundos para me dizer o quê? Se não é uma feliz coincidência, o que será então? Em Bath, há o roteiro dos fantasmas. Eu ainda não fui atrás deles. E você?

– Cuidado moço! – brincou Olívia. – Aqui os fantasmas estão em cada esquina. Não tem medo?

– Estou tremendo, olha só! – respondeu o rapaz fazendo cara de terror.

O clima entre os jovens não poderia ser melhor. Após a confirmação de que ele conhecia o pai de Olívia, e pela primeira vez estava na cidade de Bath a fim de se recompor de um *Stress*, a moça o convidou para um chá da tarde, na casa de campo da família, avisando tia Margareth, que se encontrava na cidade, e a inseparável Joanne, que recusou o convite dizendo que aquele momento pertencia somente a eles.

Olívia ligou para o pai em São Paulo informando-o da coincidência e solicitando referências sobre o jovem. A resposta veio de imediato: trate-o bem e mande-lhe as minhas lembranças. Diga-lhe que não sabia que estava com problemas de saúde; estranhei a sua ausência na última reunião da Câmara de Comércio. Ele é um jovem íntegro, que passei a admirar e a querê-lo como a um filho. Coloque à disposição de Cristhian toda infraestrutura da família – carro, motorista e o que mais precisar.

A moça ficou feliz com as informações do genitor, afinal Mr. Mason era muito exigente, principalmente ante qualquer pessoa que se aproximasse de sua filha. Tranquila, Olívia recebeu o seu convidado para uma tarde de chá na bela herdade da família.

Margareth cuidou dos preparativos, porque Katlyn ainda estava em recuperação. Não conseguia vencer o luto e se encontrava em tratamento para depressão.

No horário combinado, Cristhian compareceu elegantemente vestido à moda inglesa. Sendo britânico, conhecia todo o ritual e a magia do chá da tarde, comportando-se a rigor, revelando-se um cavalheiro finamente educado. A conversa fluiu agradável. Margareth quis saber as impressões do jovem executivo sobre o Brasil, sentir de perto como ele via as pessoas, o mundo, as coisas, surpreendendo-se com a lucidez de um administrador moderno, humanista, enfim uma pessoa diferente, razão pela qual recebera importante incumbência da empresa em que trabalhava.

Os dias que se seguiram foram um verdadeiro idílio para os jovens, que iniciaram um pequeno romance, ainda às escondidas, porque o protocolo a ser seguido nessas ocasiões pelos membros ligados à Casa Real é bem rígido, principalmente quanto à segurança. Mas, não passou despercebido para Margareth o interesse que ambos demonstravam em estar em companhia um do outro, e a todo tempo, como sói acontecer com os enamorados.

O tempo passou rápido e Cristhian deveria voltar. Até, então, Olívia não o tinha apresentado a Joanne, a amiga mais velha e conselheira espiritual, marcando para o dia seguinte a esperada visita. A boa senhora já tinha informações privilegiadas do moço oriundas de seus mentores que tudo sabiam. Por isso, estava um tanto apreensiva. Quando Olívia chegou, recebeu-a com o carinho de sempre e observou o jovem procurando se lembrar de onde o conhecia. Foi a moça que iniciou a conversa após as apresentações.

— Joanne, aqui está Cristhian, de quem tia Margareth já lhe falou. Ele é amigo de papai e o conheceu no Rio de Janeiro.

— Já sei! Aquela cidade onde você se acidentou.

— Veja que coincidência: ele trabalha exatamente lá como dirigente de importante empresa.

O executivo até então retraído entrou na conversa comentando:

— Desde que vi Olívia pela primeira vez ela sempre me fala da senhora. Antes de ir embora desejei conhecê-la. Vim a Bath para me recuperar de um forte *Stress,* após tanto trabalho no Brasil e em condições difíceis para a minha empresa. Jamais pensei encontrar uma pessoa tão incrível quanto Olívia e acabei me sentindo aqui mais em casa do que na minha própria casa. Como é interessante a vida!

Joanne serviu-lhe mais uma xícara de chá, olhou-o carinhosamente e concluiu:

— As coisas acontecem quando devem acontecer. Quem somos nós, meu filho, para sondar os desígnios de Deus? Olívia quando vem aqui só me traz alegria. E você também é muito bem-vindo na minha pequena casa. Sei que é importante na empresa em que trabalha, tem muitas responsabilidades, cuida de várias pessoas, enfim cumpre um papel que lhe foi dado pelo alto.

— O que me assusta, às vezes.

— Por quê?

— Cheguei à Presidência da empresa no Brasil muito jovem e sem tanta experiência para lidar com diversos assuntos ao mesmo tempo. Talvez por isso, eu tenha trabalhado além da conta e me esgotei.

– Se não tivesse se esgotado estaria agora em Bath?

– Certamente, não!

– Que bom, então, que você se esgotou!

– Não entendi a brincadeira – respondeu tranquilo.

– Ora, na vida sempre tem de haver um motivo para as coisas acontecerem. Se o jovem estivesse cheio de energia, certamente estaria trabalhando. Mas o *stress* o obrigou a parar, repensar a vida, descansar um pouco e encontrar novos amigos.

– É, vendo assim, parece até que foi uma boa coisa.

– E não foi?

– Sem dúvida! Estar aqui e agora tomando esse chá, após alguns dias de descanso, ter conhecido Olívia, sabê-la filha de um homem que muito admiro. Tudo isso é fantástico, inacreditável. Bendito *stress*!

Todos riram à vontade. Foi nesse clima que Olívia abordou pela primeira vez a questão espiritual, a sua ligação com Joanne e Margareth, e o estado depressivo de sua mãe. Ao que Cristhian, perspicaz, redarguiu:

– Talvez sua mãe melhorasse se fosse viver com o seu pai no Brasil. Após tudo o que passou e ainda assim estar longe do marido, certamente, afeta o astral. Por que não voltam ao Brasil?

— Já havia pensado dessa forma – replicou Olívia.
— Mas, papai revela sempre o desejo de retornar.

— É preciso que vocês tomem a iniciativa. Mr. Mason tem muitos compromissos profissionais e certamente se vê obrigado a adiar sempre o seu retorno. E, assim, passam-se os meses e os anos. Retornem ao Brasil e vejam a reação de sua mãe.

Joanne sabia que as ponderações de Cristhian eram verdadeiras, mas também percebeu a intenção dele em ficar mais próximo a Olívia. Não poderia interferir, embora fosse sentir falta. Parece que lhe adivinhando o pensamento, o executivo concluiu:

— Com vocês lá no Brasil eu teria a oportunidade de presentear D. Joanne com uma viagem àquele belo país, quando poderia conhecer a terra, a gente, os hábitos e os costumes.

— E os meus assistidos? – redarguiu a senhora.

— Seria apenas passeio de um mês, por exemplo – concluiu o jovem.

Olívia encantou-se com as possibilidades abertas naquele momento. Afinal, ao saber da partida de Cristhian, a moça também estava melancólica, embora não demonstrasse. Para ela, voltar ao Brasil naquele momento, rever o pai e estimular a recuperação da mãe e ficar mais próxima ao jovem, que começava a amar, era tudo que desejava. Resolveu conversar com o pai, que de início criou algumas restrições, mas, ao final, acabou cedendo aos apelos da querida filha.

Cristhian retornou ao Brasil no dia previsto, bem disposto fisicamente, mas triste por deixar Olívia e as novas amizades. Parecia que estava realmente em casa. Nunca se sentira tão à vontade, nem mesmo quando visitava os próprios pais nos Estados Unidos. Bath, para o jovem, foi uma estância de terapia física e emocional, um local de paz e reconforto.

Olívia continuou na cidade cuidando da mãe e dos preparativos para a viagem ao Brasil. Katlyn rejuvenesceu, instantaneamente, ao saber que voltaria a viver com o marido. Margareth e Joanne também faziam planos porque não conheciam as terras brasileiras.

Quando a viagem estava prestes a se realizar, o governo brasileiro, face ao agravamento de sequestros de executivos de empresas multinacionais, no cone sul, recomendou cuidados especiais aos profissionais estrangeiros que atuavam no país, na condição de dirigentes. Mr. Mason, que já estava longe da Inglaterra há algum tempo, aproveitou a oportunidade para retornar, voltando a ocupar em Londres um cargo de destaque nos meios empresariais. Comunicou à família que a situação brasileira havia se agravado muito, e que por questão de segurança não deveriam viajar.

Assim que receberam a notícia, Olívia e Margareth foram visitar Joanne, que, espiritualmente, já estava informada da alteração dos planos.

Inconformada, a moça ponderou:

— Não entendo como uma coisa dessas pôde acontecer. Após tanto tempo, quando nos animamos a voltar, a crise política se agrava e temos de ficar.

Ao que Joanne, calmamente respondeu:

– Não era ainda a hora! A segurança da família é mais importante.

– Vocês não gostariam de conhecer um país tropical? – indagou Olívia.

Margareth, sempre ponderada, assentiu:

– Eu gostaria muito, mas se a hora ainda não é esta nada podemos fazer.

– Aconteceria alguma coisa? – indagou Olívia.

Tomando a palavra Joanne respondeu:

– Poderia acontecer algo desagradável, e nós não precisamos passar por essa experiência. O ambiente no país é difícil, e o povo brasileiro encontrará a solução adequada. Por enquanto, temos de ter paciência.

Dirigindo-se a Olívia diretamente perguntou:

– Já informou ao Cristhian a alteração de planos?

– Ainda não!

– Avise-o o quanto antes para que não imagine situações que não acontecerão por enquanto.

– É o que vou fazer. Certamente ficará, como eu, desolado.

– Nunca nos esqueçamos – ponderou Joanne. – O melhor sempre acontece. O obstáculo que nos impede de prosseguir, às vezes, é a proteção que foi lançada pelo

Alto para evitar algo pior, como já sabemos. Se fôssemos ao Brasil nesse momento talvez tivéssemos de viver situações até perigosas. Por isso, vamos agradecer a Deus.

– E Cristhian, corre perigo? – perguntou Olívia.

– Espiritualmente ninguém se encontra desamparado. Se não foi intuído a sair do país, se a empresa não o removeu, é porque para ele o lugar é seguro.

– Mas o perigo não é geral?

– Sem dúvida! O estado de conflito atinge a todos, mas algumas pessoas ficam mais expostas do que outras.

Visivelmente contrariada, Olívia mudou os preparativos da viagem e retornou a Londres, despedindo-se antes de Joanne, que ficaria esperando por ela na casa dos tijolinhos vermelhos.

No Brasil, Cristhian, como previsto, recebeu a notícia com tristeza. Em pouco tempo, havia se apegado à jovem, identificando-se de tal maneira com ela nos hábitos, costumes, leituras, passando também a ter interesse nos temas espirituais. Para mostrar a sua atenção, compareceu à Federação Espírita do Rio de Janeiro, comprou alguns livros expostos e os encaminhou a Londres. Interessado, iniciou a leitura de *O Livro dos Espíritos*, recomendado por Olívia, encantando-se com a limpidez dos conceitos emitidos, pedagogicamente, em forma de perguntas e respostas.

Abriam-se para o jovem executivo novas perspectivas de entendimento. O fato de estar longe da casa dos pais e viver sozinho em uma cidade distante e ainda acumulando muitas responsabilidades profissionais, situações que o levaram ao *Stress*, deixaram-no melancólico, tudo se esclarecendo quando percebeu que a vida nunca erra, e o que nos acontece tem sempre uma razão de ser.

A partir dos novos conhecimentos começou a perceber o mundo das energias circundantes, registrando de quando em vez o retorno da imagem de Zuleika, que procurava afastar imediatamente, perguntando-se: – Por quê? Ele não tinha nenhum interesse na jovem, ao contrário, após o primeiro contato retraiu-se e passou a alimentar certa aversão, sem motivo aparente, até porque não deu continuidade ao relacionamento. Intrigava-se ao constatar que apenas conversara com a moça duas vezes – uma na boate e a outra no restaurante do hotel. Não estimulara quaisquer expectativas; ajudara a jovem para que viajasse para bem longe; não respondera a um único telefonema. Então, se sentia atingido pela recorrência do pensamento que ela emitia, começando a aprender como se defender.

O campo das energias mentais ainda está por ser decifrado. Psiquiatras e Neurologistas estudam o cérebro a partir de sua fisiologia, procurando entender as complexas relações neuronais, enquanto o mundo emocional está a cargo dos profissionais da psicologia. No entanto, certos Parapsicólogos[39] procuram estudar determinados

---

[39] O termo "parapsicologia" foi criado pelo psicólogo Max Dessoir e substitui o termo então adotado "Metapsíquica", que se referia aos estudos e às pesquisas sobre a mente.

fenômenos à luz de uma ciência em evolução, como ocorreu na União Soviética, cujos sensitivos chegavam a servir aos serviços de inteligência. O fato é que não se tem nessa área entre os cientistas uma posição unânime e o Espiritismo, na condição de ciência e filosofia, apresenta uma proposta abrangente, face ao reconhecimento das manifestações mediúnicas, sem descartar outras possibilidades de percepção da mente, com a diferença, contudo, de aplicar em todos os momentos, a ética cristã. As leis morais da vida, o evangelho de Jesus, explicado à luz dos postulados espíritas, fazem da doutrina um roteiro seguro para os que desejam agir no mundo conforme um código de valores claro e objetivo, trabalhando com as energias que se encontram à nossa volta a todo instante.

  Cristhian percebeu o que com ele se passava. Já começava a distinguir aquelas intuições que aparecem espontaneamente nos alertando para alguns eventos que estão por vir; a inteiração entre os campos magnéticos das pessoas quando estas se aproximam, revelando de imediato a sensação de simpatia e antipatia, a natural defesa que levantamos quando nos deparamos com os choques energéticos provocados por palavras e situações de conflitos e discussões acaloradas, enfim, para o jovem esse mundo sutil deixou o campo da imaginação para se tornar objeto real de pesquisa.

  Com o conhecimento adquirido passou a se defender mais efetivamente das investidas mentais que chegavam, rebatendo-as com tranquilidade, mandando de volta, com amor, o que recebia, às vezes, sob as névoas do rancor. Mais seguro, passou a confiar na vida, entendendo-se bem mais com os pais que viviam nos Estados Unidos, alimentando o desejo de revê-los.

Tão logo a empresa encerrou as suas atividades nas vésperas do Natal, o executivo rumou para os Estados Unidos, chegando à casa dos pais em um dia de muita neve. O ambiente era bem diferente daquele vivido no calor tórrido do Rio de Janeiro. Ali, ao pé da lareira, conseguiu compreender um pouco mais o pai, que para ele fora sempre intolerante, exigindo-lhe sempre mais desempenho na escola. Rebelde, como ocorre com muitos jovens adolescentes, não tinha percebido que o pai sempre fora o seu melhor amigo. Tanto que, ao vê-lo envelhecido, enrolado em felpudo cobertor à beira da lareira, sentiu que ali estava um ser que o amava profundamente e que ele não havia percebido, levado pelos arroubos da idade. Aproximou-se do velho, beijou-lhe o rosto e intuiu que não o teria por muito tempo. Procuraria aproveitar todos os instantes, aprender com o pai um pouco da enorme experiência que tinha acumulado.

Ao lado do venerando genitor e da bondosa mãe, aquela família que não tivera natais realmente alegres nos últimos anos, pela ausência do filho querido, reencontrou-se. Estava realmente em casa; sentiu um amor que sempre esteve presente, mas que não tinha sido, até então, capaz de perceber, levado pelos naturais conflitos da mocidade. Era o filho que voltava. A dor da solidão, vivida na distante cidade do Rio de Janeiro, a falta do aconchego materno, da segurança transmitida pela grei e a natural alegria do irmão mais novo, transformaram Cristhian ainda em tempo de fluir as belezas da vida familiar.

Capítulo 18

Uma luta diferente

Na casa de D. Agostina o clima se alterara com rapidez. A bondosa senhora adoecera e sentiu muito a falta do Padre Antônio. Ao seu lado, cuidando com desvelo e carinho, estava a abnegada Zulmira, atenta às menores necessidades da patroa. Foi naquela casa que a servidora encontrou realmente a paz, um verdadeiro lar, que lhe possibilitou atravessar aqueles anos sem maiores dificuldades. Longe estava o tempo que vivera na favela; ainda comparecia ao local para ajudar a amiga Tereza, cada vez mais sofrida, mas sempre firme na decisão de permanecer ao lado dos filhos.

Várias vezes a tragédia se abateu sobre a família de Tereza. Dois filhos foram assassinados por bandidos implacáveis, um deles abandonou a família não suportando viver mais naquele ambiente, mas as filhas continuaram ao lado da mãe alegrando-a com os netinhos. Zulmira não tinha coragem de propor à amiga que deixasse aquele local para viver consigo na casa da patroa, porque ela própria somente aceitara ir após o desaparecimento de Zuleika. As mães de verdade não deixam para trás os filhos em busca da felicidade pessoal. Faça chuva ou faça sol elas não abandonam a prole, fazendo-o somente em situações excepcionais, perante dificuldades insuperáveis ou em razão de graves desajustes de personalidade.

Com o passar dos dias o quadro clínico de D. Agostina se agravava. O marido, rico industrial e os filhos desejavam dar à mãe a melhor medicina possível. O facultativo que a atendia indicou o *St. Thomas' Hospital*, no coração de Londres, onde estudara nos tempos de residente. A família resolveu levar a paciente para tratamento naquele hospital, tendo como acompanhante Zulmira, que nunca havia saído do país. A previsão de Padre Antônio se confirmava, pensava a senhora, imaginando que, naquele local, teria algumas surpresas.

Foi só o tempo de preparar a documentação e em poucos dias D. Agostina, acompanhada do médico e da servidora, viajava para Londres, internando-se em seguida no prestigiado hospital, onde o facultativo tinha contatos importantes. A renovação do ambiente hospitalar e a viagem em si infundiram novo ânimo à doente, que melhorou significativamente em poucos dias. O facultativo retornou ao Brasil e Zulmira, sem saber falar a língua, era a acompanhante, quando o hospital procurou saber se existia alguma enfermeira ou voluntária cadastrada que falasse a língua portuguesa, chegando facilmente ao nome de Olívia, que fizera amizade com as enfermeiras quando a sua avó ali estivera internada por longo tempo.

Contatada, a jovem se apresentou imediatamente, feliz em poder ajudar e ainda se exercitar na língua portuguesa. A empatia foi à primeira vista: Zulmira e Olívia se entenderam tão bem que, logo no primeiro dia, estavam conversando normalmente sobre o Brasil. Quando se sentia melhor D. Agostina participava dos colóquios, interessando-se por tudo e sentindo-se em casa. A servidora, naquele ambiente, começou a aprender algumas palavras em inglês, tendo a sensação de já ter estado naquela cidade. Tudo lhe era familiar: as igrejas, as ruas, os hábitos e os costumes, por mais diferentes que fossem daqueles que havia aprendido no Brasil. Até a comida inglesa, para uma nordestina, não causava estranheza.

 Nos momentos de folga, costumava caminhar pelas redondezas do hospital sentindo de perto aquele ambiente londrino, o *fog*, as ruas estreitas de uma cidade antiga, as construções típicas da era vitoriana, não se distanciando muito, mas tendo vontade de caminhar pelos parques da grande cidade. Londres, para ela, parecia não apresentar surpresa, tal a familiaridade que sentia com tudo e com todos, apesar de destoar fisicamente daquelas pessoas altas, magras e de olhos azuis. Em toda sua vida nunca se sentira tão bem. A única coisa que empanava a alegria era ver o estado da patroa, que, após os primeiros dias de tratamento, quando evoluíra, voltava a recair manifestando-se intensamente os efeitos da doença. Apesar de todos os esforços médicos, a paciente não apresentava melhora, prenunciando o desenlace.

 Olívia nunca deixou de atender D. Agostina, realizando-se ao se integrar na rotina do hospital, na função de voluntária, aproximando-se de tal forma de Zulmira que certo dia a surpreendeu orando pela saúde da patroa. A concentração da senhora era tão efetiva que Olívia resolveu não interromper aquele momento de doação, quando a servidora pedia a Deus pela saúde da mulher que tanto a ajudara.

Não há melhor forma de agradecer alguém senão pela prece sincera. O ouro do mundo atrai bajuladores, enquanto a bondade legítima vincula corações generosos.

Zulmira agradecia a Deus por ter colocado em seu caminho uma mulher tão generosa quanto D. Agostina, cujo sentido de religião era tão profundo que exalava na própria vida. As preces da senhora eram tão sinceras, que jatos de luz subiam aos céus trazendo enorme reconforto à enferma, recebendo no ato transfusões importantes de bioenergia.

A observar a amiga orando de forma tão intensa, Olívia associou-se àquele momento fazendo parte do campo energético provocado pelas evocações a Deus, a Jesus Cristo. Naquela hora, ante o leito em que D. Agostina agonizava, luzes de amor jorravam com tal intensidade que as pessoas (mesmo as profissionais, acostumadas aos pacientes terminais) sentiam enorme diferença. Ao entrar naquele quarto a angústia própria desses momentos de dor física e, às vezes, de revolta, desaparecia, enquanto que, nos apartamentos vizinhos, as sombras dolorosas do medo e do inconformismo estavam presentes.

É natural o medo da morte, principalmente para os descrentes, que naquele momento se veem despossuídos, após uma vida dedicada à acumulação de riquezas, sentindo que o seu dinheiro não pode comprar a vida. A felicidade, contudo, dos que amaram a Deus e se desapegaram dos bens que construíram ao longo da jornada é bem diferente e, no instante final, cria condições favoráveis ao espírito para se liberar das amarras do corpo físico.

Após intenso tratamento e cuidados especiais, a vida de D. Agostina se prolongou por três meses, tempo necessário para conscientizar os seus afetos mais próximos de que a partida já estava definida. Zulmira e Olívia, que acompanharam a enferma em todos os momentos, sentiram quando o facultativo comunicou-lhes que a paciente não resistira à última crise.

O corpo foi trasladado para a Espanha e sepultado no cemitério da família ao lado dos pais. Zulmira, de volta ao Brasil, sentiu-se órfã mais uma vez. Olhava agora para todos os lados e não mais encontrava referência aos seus afetos. Embora continuasse na casa exercendo as mesmas funções de governanta, tudo era diferente e o marido de D. Agostina, cansado de tantas lutas, somente estava preparando a sua aposentadoria, passando os negócios para os filhos, desencantado da vida.

Mais uma vez a nobre senhora estava só. Tudo o que havia aprendido com o Padre Antônio e as leituras que fizera vieram-lhe em socorro. Precisava entender a vida de outra forma, compreender as dificuldades que se lhe antepunham a cada instante e, mesmo assim, cultivar a alegria de viver, o desejo de continuar a ser útil, ainda que sob a guante do abandono. Não era fácil saber-se só no mundo; os pais, lá na Paraíba, já de há muito foram sepultados; os irmãos seguiram o seu caminho não mantendo contatos; a única filha desaparecera. Apegou-se a Deus e em suas orações pedia para vencer o desânimo, manter-se ativa, esperando o destino se pronunciar mais uma vez. Mas, resignada, ela aceitava as suas provações orando.

Na selva amazônica, Marcelo lutava contra todos os seus demônios. Mesmo naquelas precárias condições de vida, andando em terreno pantanoso, vivendo em acampamentos improvisados, o guerrilheiro traçava os seus planos de ambição pessoal, tornando-se a cada dia mais violento e demonstrando, em todo instante, coragem e determinação. Estava disposto a crescer a qualquer preço, aproximando-se dos chefes e se oferecendo para as tarefas mais difíceis.

Na organização, a vida das pessoas era inteiramente controlada. Aulas de doutrinação, exercícios militares, um ambiente de permanente desconfiança e de supostas traições. O mais impactante era ver o número de mulheres que se candidatavam a ser guerrilheiras, sacrificando sonhos e esperanças para viver em condições lastimáveis. Muitas adolescentes não sabiam sequer como proceder e quando despertavam para a realidade não conseguiam fugir. E as que tentavam, quando encontradas, o que era a regra, eram sumariamente executadas, como exemplo para as demais.

Marcelo conseguiu progredir rapidamente na hierarquia da organização, mas não esquecia um só instante a militância que tivera no Brasil. Sua dedicação foi tão grande que recebeu tarefas importantes dos dirigentes, viajando pela primeira vez à Europa com a incumbência de resolver certos problemas de logística. Saiu-se tão bem que passou à ala internacional do movimento por sua formação acadêmica e facilidade no aprendizado de línguas estrangeiras.

Em Paris, a serviço da organização, passou a sentir o gosto do conforto, hospedando-se em hotéis de luxo e frequentando alguns dos melhores restaurantes da cidade luz, sempre a convite dos parceiros europeus da entidade política embrenhada na selva. Era potente aliado das forças espirituais, situadas nas furnas, captando as orientações do baixo astral e as executando com incrível perfeição, pois recebia intuição e proteção especial, sendo um guerrilheiro difícil de ser abatido ou capturado.

Como se diz costumeiramente: a vida de Marcelo mudara da água para o vinho. O seu desempenho na captação e administração de recursos, postos à sua disposição, fê-lo um homem importante de negócios, apresentando-se tal qual, naquela ocasião, em impecável figurino, sendo recebido por governantes e empresários simpatizantes do movimento político a que estava filiado. Desenvolto, falando idiomas, bem apresentável e com dinheiro no bolso, começou a expandir a organização para outros países, cujos tentáculos alcançavam também as universidades, captando jovens para o movimento.

Finalmente, e após tantas lutas em nome de supostos ideais, Marcelo sentia-se realizado, mas, intimamente, o fato de não ter conseguido o seu intento com Olívia sempre o incomodava, que, uma vez ou outra, retornava à sua imaginação atormentada, sentindo, pelos recursos de que dispunha que lhe seria mais fácil descobrir o paradeiro da jovem, para exercer os seus mórbidos desejos.

O perigo novamente voltou a rondar a família Adrian Mason, mas os mentores espirituais, que de há muito sabiam que esse confronto um dia iria acontecer, estavam em alerta. É certo que ao longo do tempo as pessoas envolvidas fortaleceram as suas defesas naturais, mas o embate seria inevitável, apesar das articulações feitas nos planos superiores da vida, tanto para o bem quanto para o mal. Os dois lados buscavam, no astral, aliados para reforçar as posições dos seus pupilos encarnados.

Raiava o sol no Rio de Janeiro quando Marcelo, com nome e passaporte falsos, fisionomia diferente (passara por algumas cirurgias plásticas), desembarcou no aeroporto rumando para Copacabana Palace, na época o hotel mais luxuoso da cidade maravilhosa. No trajeto o jovem, que nada tinha de saudosista, se pôs a relembrar os tempos iniciais da guerrilha e o fiasco que fora a tentativa de explodir uma bomba na entrada da estação da Central do Brasil. Voltou ao passado, recompondo cada passo da fracassada empreitada e percebeu com clareza que algo não fora bem feito, fixando-se em Márcio, o encarregado de instalar o explosivo. Marcelo, então, mais experiente, capaz de analisar objetivamente os fatos, desconfiou de sabotagem do próprio companheiro, que inicialmente relutara em aceitar a tarefa.

Concluiu que Márcio não colocara corretamente o explosivo e que se ele não se precipitasse com os silvos da sirene do carro de polícia e fosse ao local conferir, certamente teria uma surpresa. Jurou que se encontrasse pela frente o antigo companheiro levá-lo-ia à tortura até que confessasse a sua traição. Era implacável com todos; não considerava nada a não ser a sua vontade de demolição, razão pela qual se afinara de tal forma com o líder da organização que até pareciam almas gêmeas.

A sua incumbência no Rio de Janeiro era política, como fora agendado pela organização, com o objetivo de ampliar as bases de financiamento da guerrilha. Assaltos a bancos e a supermercados não eram mais possíveis ante o aparato policial; o risco era bem grande e o resultado além de incerto era pequeno. Fazer outros negócios era mais interessante, colocando a questão nesses termos para o que sobrou das organizações guerrilheiras do passado, que não aceitaram as suas propostas. Os tempos eram outros e o governo se fortalecera de tal forma que o presidente da época era muito popular; os efeitos do chamado "Milagre Econômico" ainda existiam, que o melhor seria recolher as armas e lutar em outras frentes.

Inconformado com a recusa de ampliação dos negócios da organização no Brasil, resolveu estabelecer contato com outras frentes comerciais e que nada tinham a ver com a guerrilha, mas se mostravam dispostas a ganhar dinheiro a qualquer custo.

Ao sair do Rio de Janeiro voou para São Paulo, onde não mais encontrou os antigos companheiros de luta e nem conseguiu estabelecer conexão com o crime organizado. Retornou a Paris e percebeu que as rotas seriam mais adequadas se voltadas aos Estados Unidos, centro de consumo, principalmente após a derrocada da Guerra do Vietnã. Tantas caminhadas e peripécias culminaram em mais poder para o líder guerrilheiro, que não tinha limites para a sua ação, desejando sempre fazer valer os seus planos, contando com o apoio incondicional do chefe.

Em suas andanças pelo Brasil, Marcelo confirmou as informações que já haviam chegado ao acampamento da organização na selva: o Delegado Fagundes misteriosamente morrera abrindo espaço para a ação dos adversários do regime, que não souberam aproveitar a oportunidade apresentada, porque (querendo ou não) reconheciam em Fagundes um inimigo à altura.

Ah! As ilusões do mando e do poder são tão efêmeras e por vezes provocam tantos danos que não é possível mensurar, em uma única existência, o que o ser humano é capaz de fazer consigo mesmo. O que explica tanta ousadia e desprezo em relação à vida é a certeza do materialismo, a crença (porque também se trata de crença) de que a vida termina na sepultura e as ações praticadas morrem com o extinto, não provocando nenhuma consequência. Daí porque as bestas-feras andam à solta em certos gabinetes governamentais, não se importando com a dor alheia, até receberem na própria pele a visita implacável do infortúnio.

Em meio aos guerrilheiros, o clima era de constante tensão. A luta permanente para a obtenção de recursos não cessava. As fontes tradicionais de financiamento estavam secando, enquanto que, no plano das superpotências, a União Soviética acusava enorme defasagem em relação à economia e à evolução tecnológica dos Estados Unidos. O mundo bipolar, até então, em vigor desde o fim da Segunda Guerra ameaçava ruir a qualquer momento, alterando-se não somente os governos, mas a própria configuração geopolítica dos países.

Cristhian Collins era um arguto observador da realidade política, nacional e internacional, comportando-se com muita discrição, seguindo à risca o manual de segurança recomendado pelo governo aos dirigentes de empresas multinacionais, sediadas no Brasil. Por questões de segurança, a sede da companhia foi transferida para São Paulo, mantendo-se no Rio de Janeiro uma filial, o que levou o jovem a transferir a sua residência para os campos de Piratininga.

Desde as últimas férias em Bath não conseguira retornar à Europa, mantendo estreita correspondência com Olívia, que relatou minuciosamente a experiência como voluntária no *St. Thomas' Hospital* e pedia ao jovem, naquele momento, em São Paulo, para procurar Zulmira, com quem tinha real afinidade. Naqueles dias de agonia de D. Agostina, a enfermeira voluntária conversou com Zulmira sobre espiritualidade, desejando manter relacionamento com a senhora, que muito a impressionou.

Sabendo que Zulmira era acompanhante da patroa, desejava obter notícias da amiga e saber se ela estava

411

necessitando de algo, o que não era possível via correspondência, uma vez que nas cartas que trocavam nunca se referiu ao assunto por razões éticas. Mas, recomendava a Cristhian que observasse as condições de vida da serviçal para poder ajudá-la, caso necessário. O jovem procurava atender aos pedidos de Olívia, enamorado que estava pondo-se em ação imediatamente.

Para não causar constrangimentos, enviou um emissário ao endereço indicado pela moça com um bilhete escrito de improviso, pedindo a Zulmira que enviasse o número do telefone. Ao receber o emissário onde morava, a senhora achou estranho o pedido, mas não se fez de rogada, escrevendo o número no mesmo papel do bilhete, que retornou com o mensageiro.

Na estrada de Londres, Olívia falara à amiga sobre Cristhian Collins, e Zulmira, como toda mulher, também teve curiosidade em conhecer o rapaz. Assim que a governanta retornou da Inglaterra, retomando as suas atividades na casa em que trabalhava, pensou que aquela amizade londrina tivesse sido fruto da própria imaginação e que não teria como prosseguir, mas, ante o bilhete, acalentava o desejo de um dia voltar a se encontrar com a amiga.

Lamentava apenas não ter sido convidada pelo patrão para acompanhar o corpo da patroa à Espanha. Não pudera estar ao lado da querida senhora no instante em que baixou à sepultura, mas tinha um sonho: um dia iria àquele país, nem que fosse a última coisa a fazer na vida, para depositar uma coroa de flores no túmulo da amada mulher.

Na semana seguinte, Cristhian Collins, importante CEO[40] de empresa multinacional de capital norte-americano, telefonou diretamente para a casa em que Zulmira trabalhava, desejando falar com a governanta. A senhora o atendeu e após as apresentações iniciais, perguntou-lhe:

– Olívia pediu-me para saber como a senhora está. Ela me informou que sente saudades daquelas conversas lá no hospital. Não sei qual a disponibilidade da senhora em face do seu serviço. Mas, gostaria de conversar pessoalmente para lhe passar outras mensagens de Olívia. É possível?

Tomada de surpresa, a senhora sentiu-se encabulada. Não poderia receber visita na casa em que trabalhava, afinal, apesar da confiança dos patrões, era uma simples governanta e não proprietária. Por outro lado, sentiu que conhecer aquele cavalheiro, ouvir os recados da amiga seria importante. Sem saber o que responder, disse:

– Gostaria muito de ouvir do cavalheiro os recados de Olívia, porque apesar de representar um momento doloroso em minha vida, a sua noiva aliviou muito o nosso sofrimento, o meu e o da minha falecida patroa. Porém, aqui onde eu trabalho, não posso recebê-lo. O que o senhor me sugere?

– É muito fácil. Veja o que é melhor: poderei recebê-la aqui na empresa, onde tenho sala reservada, para

---

[40] CEO, na empresa, é o Diretor Geral ou Chefe Executivo de Ofício.

conversarmos à vontade, enquanto nos servimos de um delicioso chá; ou se a senhora preferir, terei o máximo prazer em convidá-la para um almoço. O que prefere?

Sem titubear Zulmira respondeu:

– Irei à sua empresa. Diga-me qual é o melhor horário.

Cristhian, acostumado a lidar com as pessoas, percebeu de imediato que tinha do outro lado da linha uma senhora inteligente e educada. E ainda, pela primeira vez, alguém dizia que Olívia era a sua noiva. Na realidade, iniciara com a jovem um pequeno namoro, mas a ideia de noivado o agradava. – O que Olívia teria conversado com aquela senhora nos colóquios que mantiveram em Londres? – pensou. Curioso, respondeu:

– Eu faço o meu horário, não se preocupe. Veja o melhor para a senhora. Amanhã, por exemplo, tenho a agenda livre. É possível?

– Após o almoço para mim é melhor. Poderia me receber às dezesseis horas?

– Ótimo! E às dezessete, tomaremos o chá.

– Obrigada e até amanhã.

No dia seguinte, no horário marcado, Zulmira chegou ao prédio em que a empresa estava instalada, e se impressionou com o luxo do local. Apesar de ser uma pessoa esclarecida, nunca fora de frequentar ambientes empresariais, vivendo tão somente na casa da patroa, e nas horas de folga ia para a igreja, nos tempos do Padre

Antônio. Com o novo pároco não teve liberdade, retraindo-se naturalmente, enquanto o espaço foi ocupado por outras senhoras.

Ao passar pela portaria do prédio, lembrou-se do velho amigo desencarnado, pedindo proteção. – Afinal – pensava – fora incauta ao aceitar assim o convite. Estava realmente constrangida. No entanto, foi encaminhada pela secretária para a sala do presidente da empresa, ainda mais sofisticada, sendo recebida pessoalmente por Cristhian Collins.

Tranquilo, procurando deixar a senhora bem à vontade, recebeu-a com a educação própria dos ingleses, agradecendo-lhe:

– Obrigado por ter vindo até aqui! Não queria causar-lhe transtornos, mas Olívia realmente pediu-me para conversar com a senhora.

– Quem agradece sou eu, uma pessoa simples, que nem sabe o que falar ante tanta educação.

– A simplicidade da alma – respondeu Cristhian – é uma virtude que todos nós um dia deveremos alcançar. A senhora já chegou lá, o que a faz um ser iluminado.

Zulmira, a que nascera no interior da Paraíba de pais miseráveis, que vivera na favela, a empregada, depois governanta, a mulher cujo filho querido morrera queimado em um barraco, feito de madeira e papelão, nunca imaginou na vida estar sentada em um lugar como aquele e ser recebida com tanto carinho por um homem importante e extremamente perspicaz. Acanhada, ripostou:

— É bondade do senhor! Gostaria de saber como está Olívia, aquele anjo bom que aliviou tanto os nossos sofrimentos em Londres.

— Ah! Olívia está bem. Sente não ter vindo ao Brasil, porque o pai retornou à Inglaterra, por questões de segurança. Falou muito bem da senhora, gostaria mesmo de aprofundar a amizade que fizeram no hospital, mas no momento está impossibilitada de vir ao país. Pediu-me expressamente para lhe perguntar se está precisando de alguma coisa.

— Não, meu filho. Hoje o que eu preciso mesmo é de amizade. Olívia sabe um pouco da minha história.

— Ela me falou sobre a sua origem no Nordeste do país, depois a vida na favela, a morte do seu filho...

— Mas, o que eu não falei para ela, porque não tivemos tanto tempo assim, foi o fato de ter uma filha desaparecida.

— Ah! O que aconteceu?

— Ela simplesmente não suportou as condições de vida que tínhamos naquela época e resolveu sair de casa. Não soube mais o seu paradeiro, mas, conforme o meu amigo Padre Antônio, ela está viva, com certeza.

— Padre Antônio?

— Não sei se o senhor acredita nessas coisas.

— Quais?

— Olívia acredita, sabe?

— A senhora está falando de espíritos?

– Sim!

– Acredito e muito. Já viu um inglês não acreditar em fantasmas? – E deu uma gostosa gargalhada, descontraindo de vez o ambiente.

– É que muita gente não acredita e até ridiculariza.

– Não é o meu caso, com certeza. Até envio livros do Brasil para Olívia. Ele gosta muito de ler as obras psicografadas pelos médiuns brasileiros, principalmente um de nome Chico Xavier. A senhora o conhece?

– Um homem santo, cuja vida é dedicada aos pobres e ao esclarecimento e divulgação do pensamento kardecista.

– O que tem a ver um padre da igreja católica com os espíritos?

– É que o Padre Antônio, mesmo sendo um católico fervoroso, não só acreditava na manifestação dos espíritos como também os recebia. Era um ser especial, voltado para o bem, que convivia normalmente com as entidades do outro mundo. Foi ele que me assegurou que a minha filha ainda vive em outro país e que, nessa encarnação, eu poderei vê-la, não sabendo como, se Deus permitir naturalmente.

– Gostaria muito de conhecer uma pessoa assim.

– Mas, Olívia me fez referência a uma senhora de uma cidade do interior da Inglaterra, que não sei pronunciar o nome, e que também mantém contato com os espíritos.

– Joanne mora na cidade de Bath, onde por acaso (agora estou duvidando que haja acaso), encontrei Olívia. Conversei com Joanne juntamente com a tia de Olívia de nome Margareth. Realmente, fiquei impressionado com ambas, mas se me permite dizer: a senhora lembra muito Joanne, pela maneira de falar, a conduta e até o tipo físico, mudando tão somente a cor da pele. Impressionante como se parecem. Vai ver que foi por isso que Olívia se identificou tanto com as duas.

– A vida tem muitos mistérios que a gente vai entendendo com o tempo.

– É verdade!

Nesse momento, a secretária os chamou para o chá das cinco na sala contígua, quando Zulmira pôde perceber toda suntuosidade da empresa e o refinamento do chá inglês.

Pode-se dizer que mesmo nos dias de hoje o chá das cinco é uma tradição na Inglaterra, embora com a alteração dos hábitos e os novos horários de trabalho poucos ingleses possam se dar ao luxo de tomar o chá como antigamente. No entanto, como refeição leve, nos hotéis, cafés e casas de chá, é servido em uma chaleira de porcelana acompanhado de leite e do conhecido bolo inglês, além de outros complementos salgados e doces, conforme o desejo do cliente.

Na empresa de Cristhian, o executivo fazia questão de manter a tradição de seus ancestrais, e toda tarde a copeira preparava um chá para o chefe, que, às vezes, levava algum convidado para compartilhar as iguarias, enquanto tratavam de negócios. Nesse dia, reservara o banquete exclusivo para Zulmira, que mesmo trabalhando em casa de alta estirpe social, nunca havia se defrontado com porcelanas e pratarias tão bem cuidadas.

Encantou-se e sentiu-se à vontade naquele ambiente sofisticado, desincumbindo-se com tanta naturalidade, que o próprio jovem admirou. Muitos de seus ilustres convidados não sabiam como se servir ao passo que aquela mulher manejava os utensílios com incrível facilidade. Nada passou despercebido ao executivo, que pensou consigo mesmo: – Aí tem! Diretores, políticos, pessoas importantes não sabem como proceder diante do protocolo do chá inglês e essa senhora age com tanta naturalidade. – Resolveu perguntar:

– Quando esteve em Londres, Olívia a levou para conhecer as nossas famosas casas de chá?

– Não, meu filho. Não podíamos deixar a minha patroa sozinha no hospital. Eu era a acompanhante em tempo integral. Os familiares estavam no Brasil e quando iam visitar a paciente ficavam apenas alguns minutos e depois saíam para passear. D. Agostina sofreu muito ao ver filhos e noras chegando ao hospital vestidos para passeio, conversando o mínimo com ela, exceto o marido, este sim, quando podia ficava o tempo todo e até dormiu algumas vezes no hospital, apesar da idade avançada. O casal se dava muito bem, tanto que o patrão, após a morte da esposa, perdeu o interesse pela vida e deseja voltar à Espanha, deixando os negócios a cargo dos filhos.

– Que tristeza! Pelo jeito D. Agostina era realmente uma mulher maravilhosa.

– E como! Ajudava a todos. Ela era amiga do Padre Antônio. Tudo o que ele pedia ela se esforçava para atender. Quando lhe solicitou para me empregar (fiquei sabendo tempos depois) ela não necessitava no momento de mais uma empregada, mas ao ouvir a minha história contada pelo pároco, resolveu convencer o marido e salvou a minha vida.

– A gratidão é a mais bela das virtudes!

– Diria ao senhor: chega a ser um dever, porque ao receber a gente anota o benefício na alma e precisa de alguma forma devolvê-lo para a vida.

– Entendo agora por que Olívia se tornou a sua amiga.

– Ora! O Senhor é um homem privilegiado. Não deixe escapar pelos dedos uma mulher como Olívia. São poucas as jovens hoje que acalentam ideais desinteressados. Ela se inscreveu na função de enfermeira voluntária no hospital e se dedica mais do que muitas que estão ali tão somente pela remuneração.

– Gostaria de entender – complementou Cristhian – porque Olívia se dedicou à enfermagem, uma profissão de abnegados, que não está inscrita entre as preferidas da realeza. Os nobres, se homens, só pensam em política, e as mulheres em artes, decoração, não se dispondo nunca a lavar com as próprias mãos um pobre doente.

— Mas, na roda da vida, um dia podem reencarnar numa favela. Será que no passado eu também não vivi de futilidades?

— Não creio!

— Agradeço a gentileza do nobre cavalheiro, mas pergunto-me: por que não? Afinal, estamos em marcha evolutiva e, às vezes, precisamos descer ao fundo do poço porque não soubemos nos comportar quando estivemos nos píncaros da glória.

A conversa se estendeu por algum tempo, quando Zulmira disse ao cavalheiro:

— Agradeço a atenção, mas o dever me chama. Tenho de servir o jantar para o patrão, que costuma dormir cedo. Se falar com Olívia diga a ela que fiquei muito agradecida com a sua generosidade e que não a esqueço a um só instante. Sabe-se lá o que nos une nessa e em outras vidas.

O jovem, concluindo, respondeu:

— Não se esqueça de que tem aqui um amigo! Afora o interesse de Olívia pelo seu bem-estar, eu também desejo o melhor para a senhora. Em qualquer necessidade me procure.

— Muito obrigada!

Despediu-se e retornou a casa para servir o patrão no horário certo. Após tanto tempo, e depois de se perceber isolada, aquela conversa com o jovem fez tão bem à senhora que agradeceu a Deus a bênção da amizade.

A amizade, esse tesouro que enche o nosso coração, a cada instante, aproximando-nos de pessoas, cuja vibração afim nos traz enorme bem-estar, é lenitivo na angústia, apoio na tormenta e alegria quando somos lembrados. Por isso, requer dos que desejam preservá-la ao longo do tempo, lealdade e gratidão.

Capítulo 19

Encontros fatídicos

Marcelo passou a ser interlocutor mundial do grupo guerrilheiro, que representava uma espécie de embaixador plenipotenciário, cujas decisões eram respeitadas pelos pares. Obtinha sempre os melhores resultados, era duro nas negociações e não admitia qualquer falha no cumprimento dos acordos celebrados. Por isso, tinha carta branca e decidia sempre em favor da guerrilha, passando a viver somente em aviões, hospedando-se em hotéis de luxo e usufruindo da companhia de belas mulheres, às quais não se vinculava emocionalmente, servindo-se apenas de seus corpos e nada mais. Fechado a qualquer sentimentalismo, era um ser diferente, não sentia remorso pelas atitudes tomadas, desejando sempre mais ação, dinheiro, violência... Comprazia-se com a dor alheia e nada havia afetado a sua conduta, até então.

Ao viajar a Lisboa para tentar implantar em Portugal mesmo, em época de ditadura, os tentáculos de sua organização, compareceu à casa dos fados para ouvir a boa música, beber vinho verde e saborear um delicioso bacalhau à portuguesa. Foi atendido por Zuleika, que o reconheceu de imediato, apesar de vestir trajes finos e ter uma nova aparência. Mas, o olhar de Marcelo era inconfundível, assim também a voz de Zuleika. Apesar dos disfarces, ambos sentiram que deveriam conversar rapidamente, evitando problemas.

Zuleika, ao servi-lo, disse:

– O cavalheiro me perguntou sobre a *toilette*?

Rápido como uma águia, o homem percebeu a intenção da garçonete, respondendo:

– Obrigado pela atenção.

Pediu licença aos anfitriões, que nada perceberam, acompanhando Zuleika. A jovem o levou para o quarto de dispensa, o mesmo em que conversara com Márcio, perguntando:

– O que está fazendo aqui e na companhia daqueles senhores? É muito perigoso; o governo português é ligado ao brasileiro. Se nos pegarem não teremos ajuda de ninguém.

Marcelo procurou tranquilizar a jovem, percebendo claramente que no fundo estava ainda do lado da guerrilha, indagando:

– E você, o que faz nesse restaurante? Por que anda assim toda desengonçada quando era a mulher mais bonita do grupo? O que aconteceu, companheira?

– Fiquei sozinha e tive de me virar. Uso esse disfarce para não ser reconhecida.

– E veio justamente para Portugal?

– Não! Antes vivi em Londres, mas os companheiros de lá não me deram apoio. Sem dinheiro e emprego, vim a Portugal e estou sobrevivendo.

– Acabaram os seus tempos de miséria! – falou Marcelo. – Venha trabalhar comigo e terá tudo de volta; será importante no esquema e gozará de todas as regalias proporcionadas por uma grande organização.

– Não sei! Estou pensando em mudar de vida!

– Quer viver nessa merda? Você é mulher de coragem, tirando esse horrível uniforme e os óculos de garrafa, é a linda Zuleika de sempre. Posso te dar tudo o que tinha e muito mais.

– Mas qual o preço?

– Servir à causa.

– Não vou dormir com você e nem com ninguém. Sabe bem que não sou garota de programa!

– Fique tranquila! Eu nunca a molestei. Tenho as mulheres que quiser e não deixarei ninguém sequer encostar em você, desde que não queira. Para mim, o que interessa é ter uma mulher como você na Europa capaz de negociar, obter informações, como sempre fez e com incrível competência. Olha que não sou de elogiar, você já me conhece. Afinal, não vamos perder muito tempo: quer ou não trabalhar na organização?

Num átimo Zuleika pensou: – O que teria a perder? A vida, como estava não lhe oferecia nada; trabalhava no restaurante recebendo apenas para viver e ainda muito mal. Deixara de ser aquela mulher vaidosa de outros tempos, o único amigo era Márcio, que agora estava bem chato: só falava em Espiritismo. Já era uma fugitiva. Retornar à vida de guerrilheira na Europa, com tudo pago, tendo tudo o que queria até que não era mau negócio. Assim, respondeu:

— Como você está vivendo? E como vai me sustentar nesse país pobre?

— Primeiro, eu não preciso de você em Portugal, mas na Europa. Fala inglês?

— Aprendi um pouco quando morei em Londres.

— Ótimo! Londres é uma boa praça! Tem muitos bancos e gente de todos os países. Os ingleses aceitam latino-americanos, não têm preconceitos, e de lá se alcança vários países. Gostaria de morar em Londres?

— Com que dinheiro?

— Já disse: se aceitar a minha proposta acabou a miséria. Dinheiro não é problema. Temos muito. O nosso negócio agora não é mais assaltar banco ou aqueles mercadinhos de merda. É dinheiro graúdo e você vai se espantar. Topa?

— Aceito!

— Estou hospedado nesse hotel — entregou-lhe um cartão do estabelecimento. — Esteja lá amanhã às dez horas.

— É o meu horário de serviço!

– Acabou. Peça a conta hoje!

– E vou viver de quê?

– Quanto ganha aqui?

– Uns quinhentos dólares por mês.

– Para você saber que estou falando sério, toma aqui.

Entregou a Zuleika um maço de cinco mil dólares, que a mulher não sabia onde guardar.

– Não se esqueça: amanhã às dez horas.

– Está bem! Irei agora servir as mesas e peço a conta amanhã após a nossa conversa.

Estava, assim, selado um acordo diabólico, cujas consequências se estenderiam por várias encarnações.

Aquela noite Zuleika não conseguiu dormir: agitou-se, colocou os dólares debaixo do travesseiro e pensou se deveria realmente aceitar a proposta de Marcelo. Não tinha com quem conversar, uma vez que Márcio viajara a trabalho e voltaria somente em quinze dias. Uma forte angústia a dominou; após tanto tempo pensou na mãe, no irmãozinho morto, na miséria da favela, nos momentos que vivera com o bombeiro e nos seus instantes de estrela na boate de São Paulo, quando obteve as informações de Andrei. Não se sentia feliz com o que acontecera, mas a sua vida atual também nada significava para ela. Deixara de ser a mulher desejada de outrora para se esconder em um uniforme profissional de garçonete; não tinha dinheiro para nada e ainda era fugitiva, com outra identidade. O Espiritismo de que Márcio tanto lhe falava nada significava. Essa história de reencarnação, vida após a morte, era mais um ópio, uma forma de levar a vida sem lutar muito, conformando-se com tudo. Não fazia o seu estilo.

No astral, as entidades negativas que vinham acompanhando Zuleika se rejubilaram. Reconquistá-la para a guerrilha era trazer um enorme reforço para o grupo. Sabiam que a jovem era realmente inteligente, bonita ao extremo e, inescrupulosa. A pessoa certa para entrar em todos os ambientes, desde os chiques até os miseráveis das favelas, sabendo se posicionar. Ultimamente, estavam preocupados com a interferência de Márcio sobre a jovem, um homem que pertencia ao grupo espiritual, mas que já era considerado desertor ao acalentar ideias espiritistas. Embora tentassem insistentemente, não conseguiam mais interferir no campo energético de Márcio. Porém, com a aliança de Zuleika e Marcelo dariam um jeito de derrubar o traidor, capturando-o no astral para infringir-lhe duros castigos.

No além, Padre Antônio percebeu o assédio sofrido pela jovem nos dois planos da vida: a ação dos espíritos do mal e a do próprio Marcelo oferecendo-lhe um mundo farto de ilusões. Tentou passar-lhe ideias de ponderação, amor e renúncia, sugerindo aceitar com resignação as condições apresentadas pela vida, que eram as melhores para a sua evolução. No entanto, mesmo envidando inegáveis esforços no campo conturbado das energias em choque, não conseguiu demover a moça, que resolveu, no dia seguinte, comparecer ao hotel para trabalhar ao lado de um dos mais temidos guerrilheiros.

Com o dinheiro recebido na noite anterior, a jovem não resistiu: passou na primeira loja, adquiriu roupas adequadas, apresentando-se no hotel, muito bem vestida. Marcelo notou de imediato a transformação e gostou.

– Ora – comentou – você renasceu. – Mas, precisamos dar uns retoques – concluiu.

– Não tive tempo – respondeu Zuleika – exatamente como fazia nos velhos tempos.

– Não me referi às roupas, em que você é imbatível – comentou atingindo a vaidade da mulher. – Falo de uma possível operação plástica, como eu fiz. Não fiquei melhor?

– Reparando bem, sim.

– Vou levá-la ao Dr. Lavagna, o cirurgião plástico do grupo, que vai retirar todas as manchas da sua pele, deixando-a nova em folha. Pode até melhorar o nariz, os lábios, etc. Faça o que quiser. Quero que seja a mulher mais bonita da guerrilha. Temos bons planos para o nosso negócio.

Zuleika ficou radiante! Retornara integralmente ao que sempre fora. Ergueu-se da cadeira com elegância, agradeceu Marcelo, dizendo:

– Você realmente é meu amigo. Acredita em mim. Saiba que não vai se arrepender. Qual o próximo passo?

– Primeiro: nunca me chame mais de Marcelo. Hoje eu sou Mr. Richard, cidadão americano, nascido na Carolina do Norte.

– Vou encaminhá-la ao Norberto, o cara que cuida das papeladas e das transformações. Ele irá providenciar tudo.

– Enquanto isso?

– Encerre discretamente as suas atividades em Lisboa. Não comente com ninguém. Tem aqui mais cinco mil dólares para as primeiras despesas. O Norberto vai ajudá-la e depois indicará um hotel cinco estrelas em Londres, onde deverá viver a expensas da organização. Após todas as mudanças, vou encontrá-la no hotel para traçarmos um plano de trabalho. Não se preocupe com nada. Você pertence agora a um dos grupos guerrilheiros mais importantes do mundo!

Despediram-se e a moça seguiu todas as recomendações de Marcelo, nada falando a Márcio, apenas comunicando ao jovem que cansara daquela vida e voltaria ao Brasil. O amigo ficou preocupado, procurou dissuadi-la, mas foi tudo em vão. A sorte estava lançada. Zuleika retornara às fileiras da guerrilha em outro patamar, onde poder e dinheiro estavam ligados a tudo, menos ao bem.

Dois meses após, dava entrada no *Hall* de importante hotel situado em *Knightsbridge*, uma das regiões mais nobres de Londres, com suíte reservada, Yolanda, o novo nome de Zuleika, escolhido após cirurgia plástica modeladora. A jovem manteve todas as suas características, realçando, contudo, a beleza das formas. A pele passara por tratamentos de rejuvenescimento; as manchas foram retiradas, o nariz ajustado, de forma que ressurgiu mais fatal do que antes. Iniciava-se uma nova etapa para a intimorata Yolanda, que pretendia rivalizar-se com as grandes damas da espionagem do passado,[41] envolvendo políticos importantes e magnatas deslumbrados, sempre, porém, com uma restrição: não dormiria com ninguém sem amor. Até aquele momento, na sua vida, o único homem que lhe despertara real interesse chamava-se Cristhian Collins, que nem sequer dela se lembrava.

Tudo o que a jovem havia passado, até então, em nada tinha contribuído para modificar o seu caráter. Ao contrário, a sede de poder e de vida faustosa aumentou, não havendo limite para os gastos que realizava com roupas, cabeleireiros, portando-se como uma dama da alta sociedade londrina. Gostava da ostentação, humilhava as garçonetes com gorjetas aparentemente generosas, mas dadas com desprezo, passando a admirar Richard como um grande homem. Ela e o companheiro de lutas entendiam-se perfeitamente; nenhum escrúpulo quanto aos meios utilizados para atingir os fins desejados; absoluta insensibilidade com o sofrimento alheio; divertiam-se quando conseguiam atingir as pessoas, e tanto um quanto

---

[41] Espiãs que entraram para a História: Melita Norwood, Brita Tott, Princesa Stephanie Julianna Von Hohenlohe, Elizabeth Bentley, Lona Cohen, Violette Szabo, Virginia Hall, Krystyna Skarbek, Nancy Wake, Mata Hari, cada qual ao seu tempo se destacou sob as mais diversas inspirações e interesses.

outro era leal à organização, que lhes dava respaldo para todas as loucuras.

Todas as vezes que o guerrilheiro vinha a Londres reunia-se com Yolanda, passando a ela tarefas sempre mais delicadas e perigosas, que desempenhava com absoluta eficiência.

A organização tinha interesse em se infiltrar nos meios financeiros da capital inglesa, uma das praças mais fortes do mundo. Os bancos instalados na *city* eram fortes e bem administrados, não se preocupando, naquela época, em observar a origem do dinheiro que para lá era carreado, em busca de segurança quanto a possíveis investidas da Interpol.

Ambos conversavam no restaurante mais caro de Londres, onde compareciam os melhores financistas do planeta.

–Yolanda comentou:

– Por que me trouxe aqui?

– Este restaurante é frequentado pelos poderosos. Se implodirmos isso um quarto do dinheiro do mundo vai pelos ares. A organização precisa de parte dessa grana, e nós vamos conseguir tirar dinheiro desses caras.

– Tem algum plano?

– Sim!

– Onde eu entro?

– No melhor da festa, minha cara.

— Explique!

— Vai seduzir aquele cara ali, o que está de camisa bege.

— O velhote?

— Esse mesmo.

— Já tem o *dossiê*?

— Receberemos em seguida. Aguarde. Agora saboreie esse Dom Pérignon, obra-prima dos franceses.

— Ah! Nada melhor! – exclamou Yolanda.

Um mensageiro entregou a Mr. Richard uma pasta azul; recebeu generosa gorjeta e desapareceu. Richard, virando-se para Yolanda, disse:

— Aqui está, minha cara, a vida daquele magnata! – dirigiu um olhar tenebroso para a mesa ao lado, sem que ninguém, exceto a companheira, percebesse. E concluiu:

— Vejamos o que aparece! Hum! – exclamou. – O homem é mesmo importante. Os nossos investigadores falam que a segurança do velhote é imbatível. Ele é um dos caras mais ricos do mundo. Essa tarefa não vai ser fácil para você. Se conseguir êxito cresce tanto na organização que estará com a vida feita.

— É muito importante assim?

— Leia você mesma.

Yolanda passou os olhos sobre as informações financeiras e ficou espantada. O homem é dono de um dos bancos mais importantes do mundo. Como vamos furar esse bloqueio?

— Somente com a sua ajuda! Consiga as informações; o resto é com o nosso pessoal.

— Onde se pode esconder um homem como esse?

— Somente na selva e sob a proteção do nosso pessoal. Lá a polícia inglesa não tem acesso, e ninguém vai desconfiar que nós afastamos o banqueiro do país com tanta rapidez. Agora é com você.

Yolanda estava realmente preocupada. Uma simples leitura do dossiê dava para saber que, para onde o homem se deslocava, um exército o acompanhava. A vantagem é que o dossiê era bem detalhado, com fotos de alguns agentes de segurança do banqueiro, dentre eles se destacavam duas mulheres. O banqueiro não mantinha rotina, itinerário pré-definido e condutas fáceis de serem previstas. A única brecha era a frequência àquele restaurante. Por isso, a organização infiltrara Yolanda ali, com a presença de Richard, formando inicialmente um par. Após alguns dias, com os garçons recebendo polpudas gorjetas, a jovem começou a comparecer sozinha, recebendo previamente informações sobre os dias em que o banqueiro compareceria ao almoço, mediante propina pelos membros da organização, disfarçados em financistas desejosos de se aproximar do poderoso homem de negócios.

Yolanda estava sentindo muita dificuldade em se aproximar sem causar suspeita, desejando pela primeira vez largar uma tarefa que considerava missão impossível.

Sem saber como proceder, resolveu conversar com o recepcionista de carros, perguntando:

– Você trabalha a muitos anos para o restaurante?

– Sou o mais antigo na recepção – respondeu um homem de meia-idade, que se sentiu lisonjeado com a pergunta daquela mulher importante.

Yolanda percebeu que poderia por aí iniciar e passou a dar generosas gorjetas ao recepcionista. Tratou o homem com tamanha deferência, que se sentiu prestigiado, conversando com a mulher, como se ela fosse uma verdadeira amiga. Passados os primeiros dias, Yolanda percebeu que poderia extrair mais informações, perguntando:

– O senhor sabe que o considero um amigo. Não gostaria que faltasse nada para a sua família. Está precisando de alguma coisa?

O homenzinho se derreteu. Até aquele dia ninguém tinha dado importância ao seu trabalho. Atendia a todos com gentileza e alguns magnatas jogavam-lhe uma ou outra moeda sem sequer olhar para o pobre recepcionista. Já se acostumara ao ostracismo, porém o gesto de Yolanda, a mulher mais bonita que frequentava o restaurante, despertou naquela pessoa boa e carente natural admiração, e o desejo de agradá-la se manifestava em todos os momentos.

Com a confiança conquistada, Yolanda, mostrando-se despreocupada e interessada na vida do recepcionista, começou a interrogá-lo sobre visitantes ilustres, como o banqueiro visado. E recebeu todas as informações que o gentil homem dispunha, repassando-as imediatamente para a organização. Ficou sabendo, assim, quem eram os motoristas do banqueiro, como se revezavam, os itinerários que cada um realizava, constatando que o homem seguia basicamente quatro roteiros para chegar ao restaurante, utilizando um por semana. Assim, uma vez por semana, comparecia o *gourmet* geralmente às quartas-feiras, quando o carro conduzido por motorista de confiança seguia um dos itinerários.

Não foi difícil à organização concluir que a possibilidade de êxito de um sequestro se daria sob a direção de um motorista idoso, sem muita agilidade, que conhecia as rotas de fuga de um único itinerário, desde que o carro fosse interceptado no local exato. O sequestro se daria, portanto, no dia em que o veículo fosse conduzido por Abelard, motorista mais antigo de De Berry, que sempre seguia o mesmo roteiro.

Yolanda também soube que o motorista tinha muita intimidade com o banqueiro e que mantinha longas conversas com o recepcionista, enquanto aguardava o patrão concluir o almoço. Mostrando-se curiosa, como toda mulher, começou a fazer indiretamente perguntas ao recepcionista, entabulando diálogos que deslumbravam o senhor.

— Gosto muito da sua amizade — manifestava-se Yolanda.

— A senhora é a única pessoa que em todos esses anos agrada a todos.

– Como assim?

– Os garçons disputam entre si para servi-la.

– Vai ver que estão interessados somente na gorjeta!

– Não! Eles gostam mesmo da senhora. Perdoe-me, eles me dizem que a senhora os respeita, sabe tudo sobre serviço fino e trata a todos com delicadeza. É verdade que gostam da gorjeta, mas o Alarico tem pela senhora verdadeira admiração.

– Alarico é aquele que usa franjinha?

– Esse mesmo. Mas é boa pessoa. Falam mal dele, dizem que é isso ou aquilo. Mas é de longe o melhor garçom. Quando o diretor quer uma mesa bem atendida, indica o Alarico e todos ficam com inveja, por isso comentam coisas somente por causa da franjinha.

– Diga a ele – comentou Yolanda – que eu também gostaria que me atendesse, mas não quero que os demais saibam, para não causar ciúmes.

– Pode deixar. Falo com o patrão que a senhora não quer causar problemas e prefere o Alarico, que vai ficar feliz.

Despedindo-se do Recepcionista após dar de gorjeta uma nota de cinquenta libras, Yolanda em seguida enviou novas informações ao grupo. Tudo estava evoluindo a contento, uma vez que, até então, não tinha sido possível à mulher se aproximar do magnata.

Iniciando contato mais pessoal com Alarico percebeu o quanto era carente, as dificuldades que enfrentava ante os seus colegas por ser como era e o desejo de se destacar pela qualidade do serviço, que era bem superior à dos demais. Sentindo-se admirado pela ilustre visitante, Alarico, na primeira oportunidade, agradeceu-lhe:

— D. Yolanda, obrigado pela preferência!

A sagaz mulher não perdeu a oportunidade, respondendo:

— É o melhor de todos aqui; quero ser atendida pelo senhor, mas não desejo que os demais fiquem sabendo. Se souber que houve qualquer coisa nesse sentido, deixo de frequentar o restaurante.

— Não se preocupe. Foi o patrão que me indicou para servi-la.

— Obrigada!

Ao final do serviço dava generosa gorjeta ao garçom, conversando sobre amenidades, enquanto ele realizava o trabalho. Certo dia, perguntou-lhe:

— Naquela mesa, que o Senhor serve, almoça sempre um distinto cavalheiro. Sabe o nome dele e qual o prato preferido.

— Ah! O Dr. De Berry é muito importante e sistemático.

— Por quê?

— Está vendo aquele senhor ao lado?

— Sim. Ele só vem para provar o alimento do Dr. De Berry e vai embora.

– Estranho!

– Ele tem medo de ser envenenado. Se alguma coisa lhe acontecer é o pobre Cameron que morre.

– E o homem aceita isso?

– Ele tem ódio do Dr. De Berry.

– Por quê?

– O doutor é insuportável. Nunca deu uma única gorjeta, faz o Cameron de cobaia e, após provar os alimentos, manda-o embora sem consideração.

Yolanda encaminhou mais essa informação para os seus comparsas, que começaram a se aproximar do frustrado Cameron, sabendo onde morava e quais as suas dificuldades, hábitos e costumes. Não foi nada difícil se aproximar do provador oficial do poderoso banqueiro, colocando em seu caminho uma velhinha simpática, viúva e rica, que precisava de alguém para levá-la às compras. Cameron foi escolhido após indicação, passando a receber da senhora um tratamento cortês e respeitoso e um salário bem superior ao pago pelo banqueiro.

Elisabete já havia participado de muitas lutas em favor da organização, estava quase que aposentada e fazia pequenos serviços. Muito experiente nas táticas de envolvimento e espionagem, tirou todas as informações que podia de Cameron, que nem desconfiava da velhinha rica. Após obter todas as informações que precisava, Elisabete dispensou o acompanhante sob a alegação que iria morar com sua filha na Alemanha, desmanchando-se em elogios para o pobre homem, que se sentiu órfão naquele momento.

O cerco em torno de De Berry estava formado. O grupo, naqueles meses, reuniu muitas informações e o pessoal da estratégia já tinha um plano bem elaborado, faltando somente definir com mais clareza a questão do avião. Como fazer para levar De Berry para uma cidade vizinha a Londres, dotada de aeroporto em condições de receber um jatinho. Sabiam que, uma vez sequestrado o banqueiro, a polícia londrina fecharia todas as saídas da cidade e do país. Quanto tempo os guerrilheiros teriam para realizar o trabalho? – perguntavam-se.

– No máximo 45 minutos – concluía o chefe, dirigindo-se aos demais engenheiros.

– É muito pouco tempo – redarguiu Amaury. – Entre pegar o homem na rota prevista e levá-lo ao aeroporto, sem que ninguém perceba, precisamos no mínimo de uma hora.

– A Inglaterra é uma Ilha, esqueceram? A única forma de fugirmos do país é de avião. Não tem outro jeito. Ou alguém aqui me apresenta outra sugestão?

– Poderíamos pesquisar – Amaury voltou à carga. – Se na rota sugerida como a ideal tem algum prédio com heliporto. Assim, em alguns minutos, colocaríamos o homem no helicóptero decolando em aeroporto menor, o que facilitaria tudo.

– Mas precisamos alugar um helicóptero. Deixaríamos rastro. A polícia logo perceberia a manobra, e em pouco tempo todos os aeroportos do mundo estariam interditados. A polícia não pode perceber de início que o homem está fora do país, para nossa segurança e, sobretudo para garantir o recebimento do resgate.

– Então, como ficamos?

– Precisamos dar um jeito de fazer tudo em 45 minutos.

– A única possibilidade é interditar a rota e conduzir o veículo do homem por uma via de acesso ao aeroporto. Então, simulamos um acidente, retiramos o velhote do carro sinistrado e o transportamos para uma ambulância com a insígnia da Cruz Vermelha. Chegaremos ao aeroporto em emergência médica, removendo o ricaço já sedado, para o nosso jatinho, também da Cruz Vermelha internacional, que tem prioridade nas missões de socorro.

– É tudo muito arriscado!

– Mas, é a única forma de dar certo.

– Vamos pensar melhor e analisar todas as possibilidades desse plano maluco, incluindo a nossa rota de fuga, na hipótese de alguma coisa dar errada. Não podemos deixar nenhuma pista que conduza à organização.

Enquanto o grupo estudava a maneira mais adequada de realizar o sequestro, Yolanda se despedia dos seus amigos generosamente, informando-os que precisava partir, para atender a um doloroso caso de família, retornando somente no próximo ano. Presenteou todos e deixou no ar muita saudade.

Dessa vez sentiu que o sequestro se realizaria com êxito. À frente do planejamento estava um grupo de profissionais acostumados à tarefa, todos eles sangue-frios, determinados.

Recebeu diretamente de Richard a orientação para entrar em férias, desfrutando-as no Rio de Janeiro, como era do seu desejo. A certeza de que ludibriaria com facilidade a polícia brasileira com a nova identidade era tanta que voou para o Brasil, despreocupada. Desembarcou no Rio hospedando-se no Copacabana Palace, quando lhe veio à lembrança a figura de Cristhian Collins, o homem que nunca saiu de sua cabeça, embora soubesse que seria difícil realizar o seu sonho. A vida que levava e a mudança obrigatória de identidade, a situação como estava, não lhe dava muita margem para estar ao lado do homem que julgava amar, sem perguntar a ele se a recíproca seria verdadeira.

Ainda assim, arriscou um telefonema para a sede da empresa, que estava, na ocasião, na cidade de São Paulo, decepcionando-se mais uma vez quando a secretária informou que o chefe somente voltaria dos Estados Unidos no próximo mês.

Indignada, bateu o telefone, pensando:

– O que esse cara pensa que é? Nunca o encontro. Está sempre viajando. Por isso, é que deveria voltar mesmo para a guerrilha. Não poderia esperar a boa vontade dele, mas não me escapará com certeza. Com Yolanda não se brinca, verá...

A arrogância dos velhos tempos estava de volta com tal ímpeto que já se julgava no direito de interferir na vida de qualquer pessoa, não levando absolutamente nada em consideração.

Não estava certa quanto ao tempo disponível de férias, mas mesmo assim resolveu voar para São Paulo, tomando cuidados para não se expor nos antigos lugares e ainda assim se disfarçando com perucas e óculos de sol, para evitar qualquer reconhecimento. Retornou ao restaurante do Hotel C'a'Doro, pedindo o mesmo prato que saboreara quando na companhia de Cristhian, revelando uma nostalgia difícil de acreditar em se tratando de uma mulher como aquela, de forte personalidade.

Capítulo 20

Os planos se entrecruzam

Zulmira sentiu que tinha cumprido a sua missão no lar de D. Agostina, quando o patrão dispensou todos os servidores, indo morar na Espanha, deixando os negócios nas mãos dos filhos. Envelhecido, cansado, não se recuperara do baque sofrido com a morte da mulher, a quem amava sinceramente, preferindo terminar os seus dias na terra natal. Ao se despedir por último da leal servidora, deixou uma lágrima de gratidão escorrer pelo rosto enrugado, dizendo:

— Obrigado por tudo o que fez por minha mulher! A senhora foi o anjo bom que Deus colocou em nossas vidas. Deixo-lhe uma casa inteiramente quitada onde poderá morar para sempre e uma boa quantia depositada em seu nome, que lhe permitirá viver com tranquilidade. E qualquer necessidade, procure os meus filhos, que receberão minhas recomendações para ampará-la em tudo o que for necessário.

— Não precisa se preocupar — respondeu a senhora. — Eu recebi de D. Agostina e do senhor um verdadeiro lar. Vivi dias maravilhosos, com paz e respeito. Eu é que devo agradecer o muito que fizeram por mim, uma pessoa que quando chegou aqui mal sabia ler e hoje sai instruída. Muito obrigada por tudo, pela atenção e, agora, pela casa, que me dará tranquilidade na velhice.

Despediram-se.

Zulmira entrou na pequena casa que o patrão generosamente lhe ofertara. Sozinha de novo, lembrou-se de tudo o que tinha passado. Tudo era diferente; não precisaria arrumar um novo emprego. A quantia depositada em seu nome, a casa quitada, dava-lhe segurança material, mas e a emocional?

Decidiu, no dia seguinte, comparecer à igreja que lhe dera tanta felicidade ao lado do Padre Antônio. Sentou-se no banco de sempre, mergulhou em prece, vertendo lágrimas de saudades. Dessa vez não percebeu a mão amiga pousar sobre os seus ombros. – Onde estaria? – pensou. – Nunca lhe mandara um único sinal sobre a continuidade da vida após a morte.

O mistério da vida e da morte está em todos nós. Queremos receber alguma manifestação dos entes queridos, que nos precederam em retorno à casa do Pai, mas ela não chega; desejamos uma pitada de lembrança e somente as temos nas fotos envelhecidas pelo tempo, pousadas sobre a cômoda. Então, voltamo-nos a Deus e indagamos: – Como somos pequenos ante a sua potência e tão pouco sabemos sobre a vida, a morte, o futuro... Recorremos à fé para continuar a jornada, até que, um dia, quando menos esperamos, surge algo que nos revela a existência do ente querido que se foi.

Zulmira pensava que suas rogativas eram em vão, mas, do outro lado, Padre Antônio recebia as vibrações de amor enviadas pela senhora com imensa alegria. Sabia, na condição de espírito desencarnado, que o mundo dos encarnados era o do teste, das provas e expiações, devendo o ser precaver-se contra o desalento. Nesse momento, o amigo soprou-lhe ao ouvido:

– Já não está na hora de se encontrar com as suas verdadeiras raízes? E a jovem amiga lá de Londres, por que não comunica a ela que está disponível e em busca de novo trabalho? Não se esqueça de que aqueles que lhe foram pais nessa vida já retornaram à pátria maior e não tinham com você outro compromisso a não ser propiciar-lhe a reencarnação, o que é muito. Por isso, toda família se desfez; não havia liames entre os membros; cada qual seguiu um rumo diferente não acalentando o desejo de se reagrupar.

A senhora, julgando conversar consigo mesmo, recebia na realidade essas intuições pela via do pensamento:

– O que me prende hoje a esse lugar? – perguntava-se. – Viver aqui, na Paraíba ou na Inglaterra, em termos de vínculos afetivos, pouco importa. A única pessoa que me preocupa é Zuleika, mas não sei onde se encontra.

Mal sabia que, por detrás daqueles pensamentos, estava Padre Antônio tentando influenciá-la para telefonar a Cristhian Collins. Lembrou-se do rapaz, mas se intimidou. Porém, a insistência do amigo espiritual levou-a tomar coragem, percebendo que esse era o caminho, logo ao chegar a casa.

Preparando o jantar, notou que o vento atirara ao chão um cartão de visita. Antes de guardá-lo, leu: "Cristhian Collins, Ceo, telefone:...". Sentiu, nesse momento, que chegava um sinal, que não poderia desprezar. No dia seguinte, ligou para o jovem, cuja secretária simpática informou que o chefe estava em reunião, mas retornaria a ligação em seguida, o que realmente aconteceu.

– Pensei que a senhora nunca mais me ligaria – comentou Cristhian, bem humorado. Quanto tempo!

– É que aconteceram algumas coisas. Gostaria, se possível, de conversar com o senhor pessoalmente.

– Estou à sua disposição. Quando pode vir à empresa?

– A qualquer momento, dependendo da sua agenda.

– Daqui a três dias, às quinze horas, está bem?

– Estarei aí e obrigada pela atenção.

Zulmira, pela voz, sentiu a boa vontade do executivo. Desde o primeiro momento percebeu que o jovem era um amigo espiritual, vivendo as suas próprias experiências. Na realidade, não sabia o que conversar, nem o que sugerir. No desenrolar da conversa poderia encontrar algum caminho para a sua vida, já que estava financeiramente amparada, porém sentia que havia algo de estranho no ar, uma angústia latente que a qualquer momento poderia eclodir e se transformar em depressão. Após tantas lutas, quando a frente de batalha serenava, é que a senhora podia perceber os efeitos daqueles anos de repressão e sofrimento. Mas, cabocla forte e decidida, não iria permitir a formação de qualquer patologia, procurando desenvolver o bom ânimo, agradecendo a Deus as experiências vividas.

Os fortes se fortalecem com as lutas; os fracos desanimam ante os primeiros reveses. É a saga da vida que impulsiona ou diminui a marcha dos viajantes no tempo, reservando aos que resistem os louros da vitória.

Enquanto Zulmira se preparava para visitar o jovem executivo, na Inglaterra Olívia encontrava-se com Joanne, em um dia florido, quando Bath se apresentava como o recanto mais charmoso da Grã-Bretanha.

Com o retorno de Mr. Mason para Londres, Katlyn melhorou rapidamente, deixando de lado a depressão que nela estava se instalando. Ela, mais fortalecida, rechaçou a coorte de espíritos do baixo astral que se aproximavam sugando-lhe as energias, mas Olívia, dedicando-se voluntariamente à enfermagem e sentindo falta de Cristhian, começava a acusar um ligeiro mal-estar representado por percepções desagradáveis, enfim algo também pairava sobre a jovem não sabendo explicar o que. Resolveu partir para Bath, conversar com a amiga que há tempos não visitava.

Chegou de surpresa e encontrou Joanne sozinha na casa cuidando do jardim, onde dominavam, dentre tantas flores, os lírios de callas de várias cores e formatos. Ao longe, Olívia observava a amiga, encantando-se com o quadro desenhado ao cair de uma linda tarde de primavera. Aproximou-se, perguntando:

– Posso roubar umas callas cor-de-chocolate?

Foi aí que a senhora percebeu a visita e abrindo um largo sorriso, respondeu:

– Que alegria! Hoje eu sentia que alguma coisa boa haveria de acontecer.

– Não resisti ficar longe da minha amiga por tanto tempo! – concluiu Olívia.

– Vamos entrar que já está na hora do chá.

Entraram, e enquanto Joanne preparava a mesa e colocava a água na chaleira, Olívia agradeceu a Deus por aquele momento, sentindo-se nostálgica. Como deixara o tempo passar sem visitar a amiga que tanto lhe ensinava.

– Não fique aí perdida em pensamentos – Joanne comentou.

– Não sei bem o que está acontecendo. Mas, sinto alguma coisa atravessando o meu caminho e isso me angustia.

– Todos nós – redarguiu a senhora, – temos de enfrentar os nossos fantasmas. Quando chega a hora somos alertados por um sistema interno de defesa, que nos fortalece.

– Sabe de alguma coisa?

– Quem sou eu para saber o futuro. O futuro a Deus pertence.

– Mas, há tantas pessoas vendendo ilusões, fazendo previsões, que a gente nem sabe em quem acreditar.

— Chantagistas, em regra! Quem tem a pretensão de saber o amanhã do outro não consegue saber sequer como será o seu dia seguinte. Há muita exploração, videntes espertalhões e mistificadores. O que conta, de fato, é a boa ação praticada hoje, que repercutirá amanhã, defendendo-nos das investidas do baixo astral.

— Mas e esse sentimento, essa nostalgia que parece me dominar?

— Pode ser o prenúncio de novas experiências. Fique atenta aos sinais da vida, mas não se deixe embair pelos aproveitadores que vendem ilusões, enriquecendo-se ilicitamente.

— Estou atenta! Mas me preocupo.

— Ficará hoje em Bath?

— Espero descansar e permanecer alguns dias.

— Ótimo.

— Por que?

— Precisamos contar com a ajuda de Margareth. Percebo também que existe alguma orquestração no astral para nos atingir. Se for permitido sabermos com antecedência, talvez nos fortaleçamos.

— Como sente essas coisas?

— Da mesma forma que você. Não está captando um sentimento negativo, uma tristeza que vem não se sabe de onde? Então, de alguma maneira é um pequeno aviso, que acontece com todas as pessoas. Pode não ser nada grave, mas quando, sem motivo algum, captamos energias inferiores, de duas uma: estamos fragilizados ou existe realmente algo vindo em nossa direção. De qualquer forma, só há um remédio: oração!

– Vigiai e orai, essa é a máxima!

– Sem dúvida. Se as pessoas ficassem atentas aos próprios pensamentos não permitindo a invasão da negatividade e, mesmo assim, entrassem em estado de oração, ao menor sinal de descontrole das próprias defesas, quantos acidentes poderiam ser evitados e quantas discussões não aconteceriam?

– É verdade! Tenho feito as minhas experiências, mas nem sempre sou bem sucedida. Às vezes, apesar de orientada, sinto em torno de mim que coisas não muito boas estão acontecendo e podem me atingir a qualquer momento. Tenho medo de ser uma pessoa medrosa, a senhora me entende?

– E como! Mas, não vamos ficar ruminando negatividades. A sua tia vem a Bath?

– Falou-me que chegará dentro de alguns dias.

– Vê se ela pode antecipar.

– Por quê? – É tão urgente?

– Não se trata de emergência, mas de fortalecimento de nossas defesas.

Informada pela sobrinha, Margareth procurou se dirigir a Bath o quanto antes, apresentando-se na herdade da família no dia seguinte e muito disposta.

Margareth era um ser iluminado, espírito bem-sucedido em várias encarnações, que estava inserta na família real em missão verdadeira. O poder não lhe seduzia; encarava as vantagens materiais com naturalidade; estava pronta para desempenhar um papel importante naquele ambiente difícil, onde muitas provas verdadeiramente severas se realizavam sob o teto de palácios faustosos, de onde saíam decisões importantes, que afetavam pessoas em várias colônias e possessões do Império Britânico mundo afora.

Por trás dos governantes, não raras vezes, estão postados espíritos evoluídos, que auxiliam discretamente aos que se encontram sob as luzes da ribalta, contrabalançando as influências negativas. Era esse o papel de Margareth em relação ao seu marido, Lorde da Lei pertencente à Câmara Alta, naquela época em missão judicante.

Encontrando-se com a amiga Joanne, Margareth foi logo dizendo:

– Que emergência é essa agora? Os fantasmas vieram buscá-la? – falou esboçando um sorriso malicioso.

Joanne, que adorava a companhia da amiga, mesmo ante a enorme diferença social, respondeu também maliciosa:

– Parece que o Império vai cair! Precisa avisar a nossa Rainha!

– É tão grave assim?

– Não, mas temos de averiguar.

– O que pensa fazer?

– Uma pequena reunião amanhã, é possível?

– Sem dúvida. O meu marido está na Austrália em missão oficial. Não desejei acompanhá-lo. É uma viagem muito longa, depois nada teria para fazer lá nesse momento. Estou livre de obrigações, e por isso viria a Bath de qualquer jeito refazer as energias.

– Que bom! Vamos nos preparar. Já sabem, após o chá não podemos ingerir nada sólido.

Continuaram conversando descontraidamente até chegar a hora de se recolherem. Dotada de sutil sensibilidade, Margareth notou a preocupação estampada no semblante da amiga e a palidez no rosto de Olívia. – O que será que estava acontecendo ou por acontecer? – indagou.

No dia combinado, às quinze horas em ponto, Zulmira entrava na sala de Cristhian Collins, situada em prédio luxuoso na capital de São Paulo, também angustiada, sem saber naturalmente que, à noite, se instalaria uma sessão em Bath, na casa de Joanne, para aferir o teor das mesmas energias que rondavam o grupo. Para o espírito, a distância física não tem importância, uma vez que se move bem mais rápido do que a velocidade da luz, conduzido pela força do pensamento. Apesar de não se conhecerem nessa vida, como era o caso de Margareth, Joanne e Zulmira estavam ligadas pelos laços do passado.

Mesmo situadas em países diferentes, vibravam no mesmo diapasão e eram suscetíveis de assimilarem as mesmas energias.

Zulmira foi recebida com elegância pelo jovem executivo, que perguntou:

— Por que se distanciou tanto da gente?

— Com a morte da minha patroa tive de assumir todas as responsabilidades da família. O meu patrão não se sentiu bem e resolveu voltar para a Espanha, liberando-me dos encargos. Por isso, somente agora pude fazer contato.

— A Olívia tem me perguntado sobre a senhora em nossas cartas. E estranhou a minha atitude de não a procurar. Eu também fiquei sem jeito de insistir, porque sabia de suas obrigações.

— Que bom rever o senhor e saber de Olívia. Como ela está?

— Segundo eu sei, continua trabalhando na função de enfermeira voluntária, realizando-se com o que faz. Mas, anda um tanto entristecida.

— Não pensa – desculpe-me a indiscrição, – em se casar com Olívia?

— É o que eu mais quero.

— E ela?

— Pensa da mesma forma.

— Qual a dificuldade?

— É muito complexo. Não sei se poderemos nos casar, como gostaríamos.

— Não entendo!

— Olívia – principiou Cristhian – pertence a um grupo ligado à família real inglesa. Tudo o que envolve a realeza é muito complicado. O casamento, para a nobreza, é ainda hoje um ato político em que se juntam pessoas vinculadas às casas de estirpe, o que não é o meu caso, que sou plebeu e não tenho sangue azul.

— Mas o pai dela conhece o senhor e o respeita como trabalhador e o senhor ocupa uma posição importante. Está sim à altura de Olívia.

— Para a senhora, mas na Inglaterra a questão é outra. Apesar de ser inglês de nascimento, o meu nome precisa ser indiretamente aprovado até mesmo pela Rainha, que é uma mulher moderna, mas aferrada aos protocolos da casa. Olívia sabe disso e sofre do mesmo jeito que eu. Não gostaríamos que a nossa união dificultasse a vida de Mr. Mason, um homem de coração generoso e sem preconceitos. Não sabemos como conversar com ele.

— Ele não sabe?

— Penso que não.

— Mas, é preciso colocá-lo a par o quanto antes.

— Por quê? A senhora percebe alguma coisa?

— Simples intuição.

— Pode me explicar melhor?

— É difícil dizer, mas há alguma coisa rondando no ar e que envolve o nosso grupo.

— Nosso grupo, sim. Independente de nossas enormes diferenças sociais, pertencemos à mesma família espiritual, ou seja, temos matriz comum e jornadas paralelas ao longo de várias encarnações.

— Não consigo entender, apesar de já ter lido alguns livros.

— Explico: não é a primeira vez que o senhor e Olívia se encontram encarnados. Já viveram experiências juntos, afetaram a vida de pessoas, e hoje precisam restaurar, pelo bem que praticarem, situações pretéritas.

— Como a senhora pode afirmar? Está vendo alguma coisa?

— Não! Se trata apenas de raciocinar com lógica. Vejamos: não é comum encontrar a pessoa uma única vez e já se ver ligado a ela por laços profundos de afinidade. Quantas vezes vemos uma pessoa e a repelimos de imediato, não desejando conviver com ela nem um minuto. No seu caso, um simples encontro em Bath despertou tantas emoções que, apesar de hoje distantes, parece que, espiritualmente, estão grudados. Como se explica essa atração sem convivência? Como se explica essa simpatia sem participação nos acontecimentos da vida de cada um? Como se explica essa vinculação tão espontânea? Se não fosse a ideia da reencarnação não teria o menor sentido essa paixão. E se não houvesse razões provenientes do passado os obstáculos da nobreza não existiriam para dificultar a união. Logicamente, portanto, terão de superar obstáculos para encontrarem juntos a felicidade almejada. Não estou adivinhando nada e nem ouvindo espíritos, apenas penso a partir, naturalmente, da crença que cultivo na existência das vidas sucessivas.

— Magnífico! – exclamou Cristhian. – É simplesmente lógico, linear, matemático.

— Porém – redarguiu Zulmira, – muitos não aceitam esse raciocínio porque negam a tese principal, ou seja, que temos um espírito em evolução e várias existências desse espírito em corpos físicos diferentes. Negando o princípio, não se pode aceitar as consequências; aceitando o princípio, fácil é admitir os desdobramentos. Daí porque os céticos e os que negam a vida eterna do espírito e a possibilidade da reencarnação quedarem-se ante os fatos.

— Compreender a vida segundo essa chave é altamente consolador – aduziu o moço.

A conversa prosseguiu durante o chá que, nesse dia, estava realmente especial. Cristhian pediu à copeira que preparasse uma mesa variada com frutas, bolos, biscoitos, doces e tudo o mais. Em certo momento, perguntou:

— Já que a senhora está com mais liberdade, porque não vai visitar Olívia em Londres e conhecer Bath? Ficará encantada com a cidadezinha das termas que foi dos celtas, dos romanos e por fim dos ingleses. E lá irá encontrar uma senhora especial, amiga de Olívia, que se chama Joanne, que vive a espiritualidade de forma espontânea. Penso que lhe fará muito bem.

— Nem sei como ir, meu filho. Naquela ocasião fui acompanhada dos filhos da minha patroa. Depois, como chegar à casa de alguém que nem conheço?

— Não se preocupe! Vou conversar com Olívia e no momento oportuno a senhora irá à Inglaterra. Acompanhante para levá-la é o de menos. A empresa sempre está enviando alguém para Londres, que poderá muito bem conduzi-la até Olívia.

— Não quero causar preocupações ao senhor, que já tem muitas na empresa.

— Fique tranquila. Temos uma agência de turismo que atende à companhia, e eu faço questão de presenteá-la com um bilhete aéreo de ida e volta, cobrindo as demais despesas. Aguarde o meu comunicado.

Zulmira não sabia o que falar. Voltar à Inglaterra era um sonho. Depois que lá estivera o desejo de retornar àquele país, a facilidade com que se relacionou com as pessoas, transmitiu-lhe a impressão de que já vivera em terras britânicas. Sentiu que nasceu no Brasil para morar na favela, sob as mais reprováveis condições sociais, para aprender a valorizar o que um dia malbaratou no auge do fausto e da arbitrariedade.

Após a conversa com o jovem, saiu mais animada, chegando a casa ao anoitecer, quase no mesmo horário que em Bath (apesar da diferença de fuso) as amigas se reuniam na casa de Joanne. Sem se dar conta, Zulmira adormeceu no sofá, desdobrando-se imediatamente, quando em espírito assistiu à sessão que estava sendo realizada no interior da Inglaterra com a presença de Olívia,

Joanne e Margareth. A comunicação, para o espírito, não depende do conhecimento formal da língua, uma vez que as vibrações emanadas são facilmente captadas pelo pensamento. Portanto, ouviu tudo o que lá se falava, prestando atenção.

Iniciada a sessão, Joanne solicitou a Olívia e a Margareth que continuassem em prece, porque entidades amigas iriam se comunicar por intermédio dela, quando, tomada de benéfica sensação, principiou:

— Queridas amigas de longa jornada. Após tanto tempo estamos novamente juntas para aferir a evolução do nosso grupo. Sabemos, contudo, que em razão de nossas atitudes no passado chamamos entidades que hoje cobram em regime de vindita e não nos perdoaram os despautérios então cometidos. Por isso, recorrentemente sentem se aproximar nuvens de tristeza provocando apreensões que precisam ser debeladas. Fiquem firmes nas posições galgadas, até então. Conseguiram, mais do que os nossos inimigos, avançar rumo à espiritualidade, vencendo a matéria grosseira, irmanando-se no bem. No entanto, preparem-se: articulam no campo das trevas ações perigosas e nefastas que podem colocar alguns dos nossos amigos em situações difíceis. Apesar de nossa constante proteção, o fato é que nada está garantido e o sucesso final dessa encarnação dependerá do resultado dos testes que virão.

— Seremos atingidas? — perguntou Margareth.

— Apesar de laborar intensamente no plano espiritual a favor do nosso grupo, não tenho todas as informações. Se o aviso está sendo possível é porque, certamente, envolverá as pessoas aqui presentes, mas de forma diferente, conforme o grau de comprometimento individual em relação às forças em jogo.

– O que devemos fazer para nos precaver?

– Orar, vigiar, persistir, praticar o bem e não ceder ao pensamento de vingança, não importa quais sejam as invectivas dos adversários. O amor verdadeiro é o escudo de defesa, que será testado até o limite de cada um.

– O teste ficará adstrito a nós ou atingirá também pessoas que nos são próximas?

– Principalmente, essas que acusam ante a contabilidade universal débitos já registrados. Há a necessidade de se lançar créditos iguais, como nas partidas dobradas, fechando-se a conta com exatidão.

– Receberemos algum sinal dos acontecimentos? – insistiu Margareth.

– As movimentações já existem. As pessoas e os espíritos envolvidos mantiveram-se surdos e mudos aos nossos apelos e articulam ações pesadas que certamente vão envolvê-los. Por isso, já sentem cansaço, uma velada tristeza, porque será uma batalha que, a rigor, não precisaria acontecer se os inimigos do passado tivessem aprendido com o tempo.

– Teremos condições de vencer?

– Não posso iludi-las. Digo apenas que não será fácil, mas ao final, gratificante. Estamos tentando trazer um espírito de longe, que ainda não posso revelar a identidade, vinculado a essa situação e que se encontrava no passado na condição de inimigo, mas que hoje evoluiu tanto que poderá dialogar espiritualmente com os dois lados, ajudando-nos na solução do conflito.

O espírito de Zulmira, desdobrado do corpo em repouso num simples sofá na cidade de São Paulo, ouvia atento e espantado o diálogo, não entendendo o seu papel naquele evento. Após alguns minutos despertou, enquanto lá na Inglaterra a reunião prosseguia.

– O que dificulta a vinda dessa entidade? – insistiu Margareth.

– Ela enfrentou muitos obstáculos e está um tanto fragilizada. Os nossos inimigos, que no passado foram seus amigos, ainda alimentam o desejo de usá-la para os seus propósitos. Na impossibilidade, como é o caso, eles estão de todas as formas minando as suas energias.

– Há algo que possamos fazer?

– Apenas orar, reforçando as nossas defesas. O que vem por aí é tenebroso, não vou iludi-las, repito. Sejam realmente firmes. Agora tenho de retornar pedindo a proteção de Deus para todos.

Deixou o recinto; Joanne voltou ao seu estado normal. Olívia, que nada falara, sentiu que os alertas eram dirigidos a ela. Estava perplexa, enquanto que Margareth reportava à amiga o teor da conversa mantida com a entidade.

Ao acordar, Zulmira sentiu ligeira tontura. Não estava passando bem. Tristeza inesperada a acometia. Procurou espairecer, percebendo insidioso pensamento de angústia dominando-a e ao se lembrar do convite de Cristhian, que aceitara com imensa alegria, passou a não dar importância, dizendo para consigo mesma: – O que irei fazer sozinha na Inglaterra diante de gente desconhecida se o que preciso mesmo é encontrar a minha filha?

A luta entre os grupos espirituais para conduzir Zulmira ao seu lado estava estabelecida e a senhora naquele momento era um barco à deriva. Começou a ter pensamentos contraditórios, voltando ao passado e relembrando fatos negativos. Começou a questionar a sua vida, as dificuldades e, em certo momento, passou a dar razão à filha por ter abandonado o alojamento, logo após o incêndio do barraco. Vinha-lhe à mente sugestões de infelicidade, tristeza, depreciando-se por não ter conseguido dar aos filhos as mínimas condições de vida. Zulmira caminhava para uma depressão e estava sendo retirada de combate pelos seus amigos do passado, hoje entrincheirados nas fileiras do mal.

Capítulo 21

O reencontro

Zulmira desconhecia a si mesma. Aquela mulher corajosa e que nunca ficara contra Deus, mesmo nos piores momentos, vacilava pela primeira vez, exatamente quando os seus problemas materiais estavam aparentemente resolvidos. Tinha casa própria, economias suficientes para não mais depender de trabalho em casa alheia, vivia em condições bem favoráveis e, no entanto, definhava, quando deveria crescer, aproveitando o tempo e a melhor posição econômica para auxiliar o próximo, o que ela fazia rotineiramente, quando enfrentava outras dificuldades.

Estranha a vida! Parece que sob o martírio o ser alavanca forças para vencer os desafios e quando em estado de prosperidade dispende tempo e energia na análise dos pontos negativos que, no passado, o infelicitaram. O mais estranho ainda é que esse processo de corrosão da esperança se instala paulatinamente sem que a pessoa se dê conta, dificultando a liberação de algemas que coloca em si mesma. É quando a ajuda se faz necessária, comparecendo os verdadeiros amigos que, na impossibilidade de agirem diretamente, acionam entidades em condições de socorrer a vítima dos seus próprios pensamentos.

Preocupados com Zulmira, os seus amigos espirituais perceberam claramente que a senhora estava aceitando as sugestões vindas do grupo comandado por Zuleika, agora Yolanda, e Marcelo, conhecido como Mr. Richard, que, no mundo espiritual, tinham mentores decididos a fortalecer a organização terrorista instalada na Terra.

Para abater o ânimo da nobre servidora semearam a desesperança em forma de sugestões mentais depressivas, vindas do baixo astral. Fragilizada, começou a atrair entidades marcadas pela dor e a senhora que sempre fora ativa, no dia seguinte, dormiu até altas horas, desejando permanecer de janelas fechadas, sem vontade de se alimentar, procurando se esconder do mundo e de si mesma. Ela estranhou a própria atitude, mas estava passiva, debitando tudo à conta de uma vida sem afetos, fixando-se sem razão na filha, que estava vivendo (ela não sabia naturalmente) um momento de "vitória", ao desfrutar todo o conforto que o dinheiro sujo pode proporcionar.

Yolanda (Zuleika) naquele período da vida estava forte, determinada, transmitindo alegria, pois o que desejava era viver no fausto, enquanto que Zulmira, que nunca aspirara à riqueza, estava fragilizada pela melancolia.

Cultivar a alegria estimula o bem-estar; afundar-se em pensamentos negativos, chamando a tristeza, provoca a doença. Daí porque, às vezes, nos perguntamos: porque aquele ser perverso que se compraz no crime goza aparentemente de tanta saúde ao passo que pessoas de bem, porém entristecidas, adoecem e morrem? A razão é simples: sob o influxo da alegria e do bom humor o corpo libera hormônios favoráveis à vida, ao passo que em estado crônico de pessimismo isso não acontece, diminuindo as defesas do organismo.

O paradoxo da afirmativa é que a alegria vinda de uma fonte saudável (a prática do bem) ou a decorrente de ações malévolas (a prática do mal) estimulam na pessoa a liberação dos mesmos hormônios – a questão é de funcionamento material. As consequências, porém, em longo prazo, em face da liberação de hormônios por meio de posturas saudáveis ou de atitudes nefastas, são bem diferentes. Enquanto a originária das fontes do bem consolida a felicidade, a outra conduz ao acúmulo de problemas, que geram inimigos, desencadeando ódios, desejos de vingança, dentre outros elementos tóxicos capazes de inibir os benefícios, inicialmente, auferidos e estimular a eclosão de várias enfermidades.

Se não fosse o socorro que já estava a caminho, movido pelo merecimento de Zulmira, a doença se instalaria facilmente em um organismo jovem e saudável. Mas quando se planta se colhe. A senhora ao longo da vida ajudara muitas pessoas, fizera amizades e Padre Antônio, mesmo no astral, estava atento à sua pupila, com quem tinha reais afinidades há várias reencarnações. E assim, ao perceber o perigo em que ela incorria, pôs-se a campo acionando seus companheiros, que compareceram para o atendimento de emergência.

À noite, enquanto dormia no corpo físico, o espírito de Zulmira desdobrou-se e foi levado a um hospital no Plano Maior. Médicos e terapeutas trabalharam no perispírito da senhora infundindo-lhe energias que seriam assimiladas pelo corpo físico em repouso na Terra; procuraram também reforçar as defesas psicológicas da protegida, com terapia esclarecedora, sem invadir o campo do livre-arbítrio.

  Na conversa entre os terapeutas da alma ficou decidido trabalharem entre os amigos encarnados para que a senhora voltasse rapidamente à atividade na área de serviço ao próximo, porque dinâmica como ela era e nunca deixando de exercer um trabalho, quando se "aposentou", em razão das circunstâncias já relatadas, perdeu o norte.

  Até hoje, há estudiosos que tratam da chamada síndrome da aposentadoria, do nada fazer e não se sentir mais útil em determinado período da vida. Por isso, empresas modernas preparam os seus executivos para se aposentarem bem, evitando doenças do corpo físico e, sobretudo as de cunho psicológico, estimulando-os ao exercício de atividades compatíveis com essa fase da vida.

  No outro dia a senhora acordou bem disposta, alegre, o que, por si só, afastou os espíritos enfermiços que nela queriam se encostar. E logo após o café da manhã, tocou o telefone, ligação vinda da paróquia em que trabalhara ao lado do Padre Antônio, recebendo do novo pároco uma incumbência especial:

  – D. Zulmira – falou o jovem Padre – como está?

– Bem, graças a Deus.

– Que bom! A senhora se afastou da igreja e estamos sentindo a sua falta. A quermesse desse ano deverá começar em um mês e aqui ninguém sabe como organizá-la. Disseram-me que era a pessoa que comandava o nosso principal evento. Não gostaria de nos ajudar orientando as novas paroquianas?

Sentindo-se reconhecida, alegrou-se com a proposta, respondendo:

– Posso ir aí hoje à tarde para falarmos mais detalhadamente sobre o assunto?

– Que ótimo! Estarei aqui o tempo todo.

– Obrigada pelo convite – respondeu com humildade.

O sistema de defesa montado no plano espiritual estava, então, completo: primeiro a infusão de energia diretamente no perispírito para refletir no corpo físico; após, o esclarecimento psicológico e, por fim, a laborterapia, porque cabeça vazia, como afirma o ditado popular é "a oficina do diabo". Sentindo-se novamente útil e energizada, o pensamento saudável retornou de imediato, deixando de lado a insidiosa melancolia, afastando com a força de uma descarga elétrica a interferência negativa das emissões mentais, vindas do grupo espiritual aliado de Yolanda e de Mr. Richard, que acusaram o golpe de imediato, ficando sem estratégia no Plano Maior para captar indiretamente a força de Zulmira em favor da organização.

Definido o plano de sequestro do financista De Berry, chegou o dia previsto para a execução, aprovada pela direção geral do grupo, cuja sede estava em uma das entrâncias da Região Amazônica, a Noroeste da América do Sul.

Os dados foram conferidos várias vezes, a falsa ambulância estava perfeitamente identificada com o emblema da Cruz Vermelha, assim também o avião. No momento certo, o piloto solicitou pouso de emergência para atender a um paciente ilustre e em estado crítico e cuja vida dependia de uma UTI móvel. Os planejadores sabiam todos os códigos de contatos com a torre em procedimento de emergência. Os terroristas se comunicariam via rádio sincronizando todas as ações entre o pessoal de terra e o da aeronave.

Tudo começou quando De Berry, após o tradicional almoço das quartas-feiras, entrou no carro dirigido pelo seu motorista mais antigo.

O veículo partiu escoltado pelos seguranças para fazer o percurso normal entre o bairro de *Chelsea* e o escritório do banqueiro na *City of London*, seguindo a rota A-308, nela devendo permanecer por vinte minutos.

Os veículos dos terroristas já estavam a postos, e na entrada do centro financeiro surgiu um carro desgovernado, atingindo "em cheio" o do banqueiro, que foi obrigado a parar.

Em seguida, ouviu-se a sirene de uma ambulância da Cruz Vermelha Internacional, que parou para prestar os primeiros socorros às vítimas, dela descendo um médico devidamente equipado, enquanto De Berry era tirado do veículo ligeiramente atordoado.

Levado à ambulância, o médico colocou-lhe uma máscara de oxigênio, contendo, na realidade, sedativo, imobilizando-o imediatamente. Os seguranças foram informados de que o caso era grave, e que as vítimas deveriam ser transportadas (De Berry e o Motorista) para o aeroporto mais próximo, o que foi aceito sem questionamentos, pondo-se a caravana em marcha.

O médico e o paramédico indicaram o avião da Cruz Vermelha, que já estava pronto para decolar, recebendo as vítimas a bordo. Os seguranças nada desconfiaram, porque todos estavam devidamente uniformizados, sendo orientados para avisar os familiares que deveriam encontrar o senhor na próxima cidade, onde se situava um hospital adequado ao estado do paciente.

O segurança chefe, mesmo com todas as explicações, exigiu embarcar com o patrão, o que foi permitido, em face da emergência. Após a decolagem, ofereceram suco ao chefe da segurança, que aceitou de bom grado, ficando sedado imediatamente.

Em terra, a equipe já tinha tudo planejado para se desfazer da ambulância, as pessoas saíram sem ser identificadas, e os seguranças avisaram a família da vítima sobre o acidente, bem como o hospital para o qual fora removido. Em pouco tempo, o avião saiu do espaço aéreo da Grã-Bretanha, ganhando o oceano, partindo em voo direto para a Selva Amazônica, passando por todos os sistemas de vigilância de voo, como planejado.

Dez horas após, o jatinho pousava em pequeno aeroporto clandestino próprio àquele tipo de aeronave, retirando-se os reféns, enquanto se expedia o primeiro comunicado para o pessoal de Londres, informando que o sequestro fora bem sucedido, autorizando-os a iniciar a fase de negociação.

Começava aí o cativeiro do poderoso financista, cuja vida fora dedicada a amealhar montanhas de dinheiro.

Ao despertar, De Berry era um homem algemado. Ainda tonto pelos potentes sedativos, não conseguiu atinar de imediato com o que tinha acontecido, solicitando explicações, que não lhes foram dadas.

Dois dias após, o banqueiro lúcido e consciente de sua situação, mas sem saber onde se encontrava, estabeleceu com o chefe maior da guerrilha, pessoa procurada internacionalmente, um difícil diálogo:

– Por que me trouxeram aqui? – perguntou ainda com certa arrogância.

– Queremos – falou pausadamente o chefe – um polpudo resgate para financiar o nosso projeto.

– Fiquem sabendo que não irão conseguir. A polícia inglesa é eficiente e já está à minha procura.

– Se ainda não percebeu, olhe ao seu redor. Na sua magnífica Londres existe uma mata como essa? Lá, nessa época do ano, o sol está brilhando tão intensamente? Acorde! A sua polícia nada pode fazer aqui.

– Onde estou? Como me trouxeram?

– Primeiro, quem faz pergunta aqui sou eu. Você deve se limitar a responder e com exatidão. Mas, para o seu governo, está a cerca de 10 mil quilômetros do seu país e em plena selva.

De Berry, que passara uma vida inteira cultivando a arrogância, não acreditou que o seu sistema de segurança, considerado infalível, tinha falhado a ponto de permitir a sua retirada do país sem que ninguém tivesse notado. Assim pensando, voltou a afirmar:

– Não me enganam! Não se pode sair da Inglaterra sem deixar rastro. A viagem que dizem ter feito comigo de dez horas é longa, passaria por vários sistemas de controle aéreo, sendo impossível a aeronave não ser detectada. A qualquer momento serão surpreendidos pelos agentes britânicos, e aí então iremos conversar.

– A sua arrogância – ripostou o chefe – não o conduzirá a lugar algum. Você sempre ganhou e nunca se importou como. O seu banco captava dinheiro de todo tipo. Nós mesmos temos algumas economias depositadas lá somente para certas movimentações. Quanto antes entender (e colaborar) que o seu tempo de mandachuva acabou, melhor será para você.

– Não vou ceder à chantagem!

– Temos métodos eficazes para lhe dobrar a cerviz. Disso você não entende nada. Quer ou não colaborar?

– Não tirarão de mim um único centavo.

– Veremos!

O chefe saiu deixando ordens expressas para os seus comandados, que já estavam acostumados com os procedimentos nesses casos. Inicialmente, eles colocaram De Berry em pé, preso a uma rústica coluna, algemado, não lhe dando sequer um copo de água. Quarenta e oito horas após, o chefe retornou, cumprimentou o banqueiro alegremente.

– E aí, está gostando da nossa hospitalidade?

Visivelmente abatido, sedento, o banqueiro requintado nunca havia passado tanto sofrimento e humilhação, mas a arrogância ainda subsistia. Ergueu a cabeça em supremo esforço, dizendo:

– Nem um centavo!

– Ora! – respondeu o chefe, temos muito tempo pela frente. Não pense que pode se livrar de nós com facilidade.

– O que querem?

– O seu dinheiro, não entendeu?

– Isso eu sei! Como pretendem por as mãos nele?

– Se os seus familiares, que já estão a par do sequestro, convencerem os diretores do Banco que o chefe é importante... Caso contrário, será nosso hóspede por longos anos, até negociarmos a sua liberdade com o governo, em troca de algo mais valioso do que o seu dinheiro.

– O que, por exemplo?

— A liberdade de vários dos nossos companheiros, dentre outras possibilidades.

— Os meus diretores têm ordem explícita para não cederem a nenhuma chantagem. Deixei determinações claras e que estão em ata para nunca se dar qualquer libra sequer para libertar quem quer que seja do grupo, em caso de sequestro.

— Certamente, imaginava que a sua segurança tudo podia e que os demais diretores se dariam mal caso fossem capturados. Nunca pensou que você seria um dia refém. Não sabe hoje o quanto vai amargar essa decisão. Não pense que iremos aliviar a pressão.

O chefe saiu e autorizou a aplicação da etapa número dois, prevista no manual da guerrilha, para minar as forças físicas e morais do implacável homem de negócios.

Na Inglaterra, o grupo de negociadores percebeu de imediato que não seria fácil obter o dinheiro planejado. Apesar da imprensa se calar por determinação do governo, a polícia sabia que estava lidando com um poderoso grupo internacional que retirara do país, diante de todo o sistema de segurança, sem dar um tiro sequer, um dos homens mais poderosos das finanças mundiais.

A família de De Berry estava perplexa; a mulher fora o tempo todo dominada pelo marido arbitrário, infiel e violento; os filhos nunca conseguiram se entender com o pai, cuja postura exigente asfixiava neles qualquer possibilidade de iniciativa; os diretores estavam limitados à determinação do conselho de administração consignada em ata não admitindo o pagamento de qualquer resgate, ainda que o sequestrado fosse o próprio presidente. As negociações não evoluíam, o tempo passava, e os terroristas sentiam-se ameaçados. A qualquer momento, poderiam ser surpreendidos pela polícia, decidindo encerrar as negociações, mudando o centro das operações para Paris, na França.

A organização já contabilizava a perda dos valores investidos na operação De Berry, mas sabia que tinha em mãos um trunfo decisivo para negociar em outras esferas, quando oportuno. Decidiu passar ordens ao pessoal de Paris para não insistirem no pagamento do resgate, imobilizando a polícia, que não tinha como rastrear o núcleo operacional dos negociadores.

O banqueiro amarrado e amordaçado na selva tropical começou a definhar. A arrogância dos primeiros dias cedera ante a falta de alimentos, a sede, o calor e as pequenas sevícias destinadas a humilhá-lo, quebrando os últimos resquícios do amor próprio sustentado por uma vida inteira de orgulho. Nesse quadro, o chefe decidiu conversar pela última vez com o banqueiro, dizendo:

– Você tinha razão. Aqui não chegou sequer uma única libra pelo seu resgate. Intimidou tanto os seus subordinados, que não tiveram coragem de modificar as suas disposições. O seu Banco continuará forte e, por isso, depositaremos nele um pouco mais do nosso dinheiro. Mas, a nossa conversa termina aqui. Não tenho mais tempo para continuar ouvindo um "asno" cujo dinheiro é mais importante do que a própria vida.

— O que vão fazer comigo? – balbuciou o banqueiro.

— Por ora ignorá-lo, fazê-lo sofrer tanto que nem imagina. Não o deixaremos morrer em hipótese alguma. Os nossos médicos monitoram as sevícias e a possibilidade de suicídio é zero. Você é uma valiosa moeda de troca e não nos custará nada mantê-lo nesse cativeiro por tempo indeterminado. A sua vida acabou e de forma tão pequena; perdido no fim do mundo, sem nada do conforto e ainda assim apavorado, cada vez que aqui chegar um dos nossos torturadores, para a sova do dia.

— Estou disposto a colaborar. Digam-me o que fazer.

— Essa colaboração não irá restituir-lhe a liberdade, saiba disso desde já. Somos guerrilheiros e temos honra cumprindo os nossos acordos, não como os banqueiros, que empurram dinheiro para as pessoas que não precisam, cobrando juros extorsivos, para virarem às costas nos momentos em que essas pessoas passam por dificuldades. Aqui, ao contrário, temos honra e não seguimos a tal ética dos negócios, entendeu? Se quiser mesmo colaborar, poderá até ter vida boa, nunca a liberdade, que poderá vir somente em negociação com o governo.

— O que é vida boa para vocês?

— Não sofrer sevícias, comer bem, assistir televisão, morar numa casa razoável e ter direito até a uma mulher que venha a simpatizar com você. Enfim, terá uma vida normal, sendo impossível a fuga. Se desejar fugir, voltará para o cativeiro, aí sim sofrerá bem mais do que hoje, porque quebrou um acordo, o que nunca admitimos.

– O que querem em troca?

– Os seus conhecimentos de banqueiro.

– Não entendi!

– Temos muito dinheiro obtido com as nossas atividades. Precisamos de um bom financista que nos oriente quanto às aplicações nos bancos de todo mundo. Você sabe manejar isso, conhece as boas e as péssimas aplicações e também entende de negociatas, trapaças, transferências de valores legais e ilegais... Queremos o seu *Know-how* e lhe daremos vida boa. Será o meu assessor financeiro. Se aceitar a proposta, repito: não há possibilidade de traição. Se o seu trabalho for realmente bom, trazendo para a organização resultados financeiros expressivos, será promovido, e aí então poderá ter outras regalias. Mandaremos buscar as suas comidas e bebidas prediletas em Londres, seus livros e objetos de conforto, e a sua casa será boa, adornada por uma linda mulher. Aceita ou não?

De Berry não tinha saída; como pragmático homem de negócios tentou barganhar, dizendo:

– Aceito, porém pondero: sei que darei para a organização um lucro maior do que imaginam, desde que tenham realmente grandes quantias em espécie. E desejo, quando esses resultados se apresentarem, que me levem escoltado a Londres para eu poder mensalmente almoçar no meu restaurante preferido, única regalia que realmente desejo ter na vida, sempre às quartas-feiras, dia que me agradava. Desejo lembrar o passado, esse será o meu consolo. Se não puderem aceitar, prefiro morrer a viver sem nenhuma das coisas que amei.

— Somente posso aceitar essa sua contraproposta desde que você aceite passar por grande cirurgia plástica no rosto.

— Vão me mutilar?

— Não! Nada será feito nesse caso em seu prejuízo. Talvez até se sinta melhor com o novo rosto e a nova identidade. E mais, o enviaremos ao restaurante quando acharmos a operação segura, desde que realmente você apresente expressivos resultados, repito.

— Feito! Se vocês têm honra, me levem uma vez por mês a Londres, no meu restaurante favorito, às quartas-feiras, no horário que costumava estar lá, sempre bem vestido.

— Só temos uma palavra. Está fechado o nosso acordo. Darei ordens ao meu pessoal para melhorar a sua vida imediatamente. O médico virá ajudá-lo para que passe por um bom tratamento. Recuperará em trinta dias a vitalidade necessária, conforme a nossa experiência. Depois conversaremos.

Minutos depois, De Berry foi retirado do cativeiro e levado a um hospital de campanha onde se submeteu a intenso tratamento. Como pessoa idosa, lá estavam geriatra, cardiologista, médicos de todas as especialidades, que com exames modernos detectaram vários problemas de saúde no magnata. Devidamente tratado, alimentado, vestindo-se decentemente, foi instalado em confortável casa e liberado para obter a simpatia de alguma mulher que por lá vivia, o que não foi difícil. Logo após, foi chamado ao gabinete do chefe, que perguntou:

— Aceita um café?

— Sim, obrigado. Estou à sua disposição para começar o trabalho.

— Gosto do seu jeito. Sempre o admirei. O líder é aquele que não espera alguém pedir-lhe para fazer alguma coisa. Temos, assim, algo em comum. Somos homens de iniciativa, e no nosso negócio não há meio-termo. Já chamei o Sanchez para posicioná-lo acerca das nossas finanças, dos valores disponíveis para aplicação e da previsão de receitas. Temos também uma considerável lista de despesas, principalmente com os nossos agentes no exterior, de forma que, por enquanto, o seu trabalho se limitará à análise das aplicações financeiras, cuja liberação é feita por mim pessoalmente, desde que consiga me convencer do negócio.

— Para isso, vou precisar consultar os índices financeiros.

— Terá tudo à disposição. Não pense que somos ingênuos e não sabemos vigiar.

— Fique tranquilo, já entendi!

Despediram-se e Sanchez levou De Berry para o escritório financeiro da organização, quando o banqueiro passou a tomar conhecimento das aplicações, deparando-se certo dia com as despesas realizadas por algum agente, no seu restaurante preferido em Londres. Não foi nada difícil ver os dias da semana que as despesas eram realizadas, concluindo que o início da sua desdita se deu quando manteve uma única rotina (porque era refratário a outras rotinas), ou seja, almoçar no mesmo lugar todas as quartas-feiras, o que facilitou a emboscada.

Quando negociou com o guerrilheiro chefe a sua ida ao restaurante predileto, sentia que de lá havia partido alguma informação, porque o sequestro aconteceu no caminho. Apesar de ser um financista diabólico e detestado por todos, De Berry conquistou um amor verdadeiro na vida e que trabalhava no restaurante, mantendo-o secreto: Madeleine, a cozinheira chefe, foi a única pessoa que o banqueiro amou de verdade, e por ela foi amado incondicionalmente, só não assumindo a relação ante a rigidez do protocolo inglês.

A razão de condicionar o acordo celebrado com o chefe da guerrilha, quanto à sua ida mensalmente a Londres para frequentar o restaurante favorito, sempre às quartas-feiras, mais do que saborear os melhores pratos da pobre culinária inglesa era poder passar à *chef* um recado.

Para aquela mulher, ele era um ser generoso e a senhora correspondia integralmente. Tinha com ela um sistema de comunicação codificado que jamais alguém desconfiou; imaginava fazer um contato, passando à senhora instruções detalhadas do que poderia ser feito para o seu resgate. Se Madeleine continuasse no restaurante, tinha como certa a sua liberdade, por isso jogou tudo na aliança com o chefe maior da organização terrorista.

A guerrilha também não engoliu a proposta de De Berry, mas os resultados das aplicações financeiras foram tão expressivos que o comando percebeu claramente ter sido mais vantajoso para a organização contar com o banqueiro no manejo das operações do que o recebimento do valor do resgate estabelecido na época pelo próprio chefe. Os lucros proporcionados pela inteligência financeira do banqueiro já tinham superado algumas vezes o *quantum* fixado para o fracassado resgate. O chefe estava satisfeito e De Berry, certo dia, conversando informalmente com ele sobre os negócios em andamento, aproveitou para inquiri-lo:

– Será que não fiz por merecer um almoço no meu restaurante favorito?

– Sem dúvida, e palavra dada é palavra cumprida. Irei providenciar dentro das condições negociadas na época, lembra-se?

– Sim! Já passei pela cirurgia plástica e reconheço que fiquei bem melhor do que antes. Tenho nova identidade e aguardarei sem pressa a sua decisão. Se puder acrescentar algo àquela negociação, gostaria de ir, no próximo mês, quando completo setenta anos.

– Está bem. Não fosse essa situação você seria um amigo perfeito! Tem cultura, sabe das coisas, ao contrário dessa turma que só serve para dar tiro. Quando tomarmos o governo, serão apenas soldados rasos. Preciso de gente inteligente como você.

– Obrigado! Apesar de tudo eu o admiro. É um excelente administrador, estrategista minucioso e, sobretudo rápido de raciocínio. Tenho certeza que em tempos normais seríamos uma dupla imbatível e sinto que, no fundo, embora com focos diferentes, somos da mesma cepa.

– É verdade – confirmou o guerrilheiro e um dos homens mais temidos do planeta. – Precisei entrar nessa luta, como filho de camponês miserável, sem oportunidade para nada. Ingressei na faculdade e mesmo assim tive todas as portas fechadas pela maldita elite dirigente. Decidi apeá-la do poder, o que já fiz, e iniciar uma revolução, que realmente começará quando tomarmos o poder.

Os dois homens mesmo naquelas circunstâncias desenvolveram certa amizade, porque vibravam no mesmo tom, ainda que as concepções políticas de ambos fossem diametralmente opostas. É que mais do que as posições racionais assumidas conforme o figurino político ou econômico, o que conta realmente é o teor energético. O capitalista típico voltado à obtenção do lucro sem ética e sem limites se iguala ao guerrilheiro que age também sem ética e sem limites, apesar de ambos lutarem por fins distintos. O que conta é o nível da vibração emitida e os vínculos espirituais estabelecidos, quando se despreza a vida e se deixa ao largo os reais valores que enobrecem a existência do ser humano na Terra.

Dois líderes voltados para o mal tinham energias compatíveis e possibilidade de amizade maior do que imaginavam. Porém, levados pelas circunstâncias, estavam no fundo em lados opostos, daí porque um não confiava no outro, tomando-se as precauções possíveis, mesmo em conversação.

A guerrilha já havia decidido o futuro do banqueiro. Pelos conhecimentos que adquirira das finanças da organização, suas atividades e aplicações financeiras, os nomes dos fornecedores de mercadorias e dos agentes no exterior para os quais eram creditados mensalmente valores consideráveis em bancos oficiais, a sua liberdade jamais seria concedida, mesmo em negociação governo a governo. O banqueiro já estava bem acima de ser considerado simples moeda de troca; o seu conhecimento era por demais valioso; e o financista não ignorava essa situação, ao contrário, posicionava-se com clareza ante os obstáculos, decidindo lutar pela liberdade utilizando-se de todas as ferramentas à sua disposição, até mesmo, se necessário, provocar a completa falência do grupo com algumas operações ruinosas, se sentisse a impossibilidade total de fuga. Mas, alimentava ainda uma forte esperança: o almoço no seu restaurante favorito.

O desaparecimento do financista, sem notícia alguma veiculada na imprensa, intrigou Madeleine, que começou a pesquisar sobre o que poderia ter acontecido com o amor de sua vida.

Para a *Chef* de um dos principais restaurantes londrinos o seu amante jamais a abandonaria sem explicação. Ela tinha essa certeza, que era verdadeira, porque intimamente sentia a profunda ligação que existia entre eles. Depois de pesquisar com muita discrição, soube por um dos frequentadores da casa, ligado ao serviço de inteligência britânico, que o banqueiro tinha sido sequestrado por terroristas e estava ainda desaparecido.

Mulher perspicaz, ela intuiu corretamente que De Berry, cuja inteligência era acima do normal, tentaria alguma coisa para se libertar e certamente contaria com ela, a única pessoa em quem poderia confiar. Por isso, todas as quartas-feiras, após o expediente, discretamente, comparecia à cabine número seis do banheiro masculino, liberava um azulejo e conferia se ali estava depositado algum recado do banqueiro, como acontecia rotineiramente.

Havia ainda outro código de comunicação entre ambos, embutido no pedido: o prato predileto do banqueiro, que originalmente não continha limão; ele fazia questão de alterá-lo pedindo que o prato fosse servido com uma rodela de limão siciliano, que não utilizava. Era a forma encontrada para passar à *Chef* que estava no salão, na mesma mesa de sempre, deixando na cabine do banheiro o recado marcando o local, dia e hora do encontro. Por anos, esse sistema funcionou perfeitamente, não despertando suspeita nas pessoas mais próximas da *Chef* ou nos garçons que rotineiramente atendiam o banqueiro.

Minucioso como sempre De Berry, após a conversa com o chefe da guerrilha, começou a preparar um bilhete detalhado destinado à sua amante, orientando-a como proceder. Nada poderia faltar, assim como as alternativas, na hipótese de algum contato importante junto ao governo inglês já ter sido substituído. A questão, para o banqueiro, era como portar esse bilhete passando pela revista que os guerrilheiros fariam. Certamente, a segurança da organização iria pensar em todas as possibilidades de fuga e comunicação possíveis, revistando-o várias vezes, não permitindo sequer que vestisse um traje por ele escolhido. Peruca, maquiagem, óculos, tudo diferente do que usava normalmente, quando cliente *Vip* da famosa casa.

A organização tinha achado temerária a posição do chefe em aceitar a imposição do banqueiro para colaborar. Mas, o comandante já havia decidido e os resultados até, então, eram bem favoráveis. Se rompessem o acordo com o financista o homem deixaria de trabalhar e as suas decisões sobre finanças internacionais, apesar de aprovadas pela chefia, eram bem complexas. Sem De Berry a organização não poderia mais contar com expressivos ganhos em aplicações nas bolsas de valores do mundo inteiro. Além do mais, para o chefe, um acordo firmado com honra não poderia ser quebrado em hipótese alguma, era essa postura que o mantinha no mais alto cargo da organização, fazendo-o temido e respeitado.

Passado o plano (levar mensalmente De Berry para almoçar no seu restaurante favorito em Londres) para as diretorias envolvidas (operação e segurança) o pessoal da segurança achou muito complicado a permanência do banqueiro no restaurante sem ser reconhecido sequer pelo timbre da voz. Após vários debates concluíram que, na mesa, para não levantar suspeita, o banqueiro deveria ser acompanhado por uma mulher já conhecida como frequentadora da casa, recaindo a escolha em Yolanda (Zuleika). Ela que tinha tramado a obtenção de informações para o sequestro, seria naquele momento, encarregada de acompanhar o sequestrado no mesmo restaurante e servir-lhe de porta-voz, fazendo o pedido ao garçom do prato escolhido pelo banqueiro no cardápio da casa. Chamada a campo, a moça atendeu imediatamente, dirigindo-se à selva para uma conversa pessoal com o comandante, o que muito a envaidecia. Ao se apresentar, foi logo encaminhada ao gabinete central, passando pela segurança, sem revista.

– Como foi de viagem? – perguntou-lhe o chefe.

– Muito bem – respondeu com um largo sorriso.

– Sente-se. Quer um café?

– Prefiro água, está muito calor.

– É verdade – falou e acionou a campainha pedindo à atendente que servisse água para a jovem e café para ele. Em seguida, continuou:

– Tenho um serviço especial para você.

– Estou sempre às ordens – respondeu convicta.

– É assim que eu gosto. Por isso, tem vivido no luxo. E a sua conta pessoal está bem alta.

– Faço apenas algumas comprinhas de mulher para melhorar a aparência em benefício da organização.

– Vá lá! Mas modere um pouco. Os tempos não estão para brincadeira. O dinheiro ficou difícil, entendeu?

– Sim, vou me controlar.

– Mas, não foi para isso que te chamei. Lembra-se do banqueiro De Berry, aquele que você levantou os dados para o sequestro?

– Sim! O que foi feito dele?

– Está colaborando com a organização, e para nós é uma pessoa muito importante. Por isso, desejamos estimulá-lo um pouco. O nosso pessoal já está preparando um plano para levá-lo a Londres a fim de saborear o seu prato favorito no restaurante de sempre. Precisamos de uma companhia para ele e você foi a escolhida. Receberá algumas instruções específicas das equipes envolvidas nesse projeto, que deverá se repetir todos os meses pelo menos por enquanto. Na época que precedeu ao sequestro você obteve informações importantes com as pessoas que trabalhavam no restaurante. Faça isso agora de novo para sabermos se teremos ou não algum problema e, posteriormente, irá acompanhá-lo nesse retorno a Londres. Está bem?

– Sempre concordo chefe.

– Melhor assim. Agora vá encontrar o nosso pessoal, que passará as informações necessárias. Quero tudo pronto para o próximo mês, quando o financista fará setenta anos de idade.

– De acordo. Se depender de mim já estou voltando a Londres, iniciando a sondagem.

— Isso é bom, mas antes converse com o nosso pessoal. Até mais e boa sorte.

— Obrigada! — agradeceu e saiu contrariada. Não poderia mais fazer compras exageradas. Quando o chefe recomendava não adiantava ignorar, pois um dia ou outro a casa cairia e Yolanda não queria provocar nenhum descontentamento na organização.

Richard (Marcelo) estava em missão no outro lado do mundo, e Yolanda não apreciava ficar na sede da organização guerrilheira. Para ela, acostumada a viver no centro de Londres e hospedada em hotel de luxo, a selva, os trajes das companheiras, o calor excessivo, os mosquitos, tudo a incomodava, mas, hábil como sempre, nunca demonstrou qualquer contrariedade, portando-se impecavelmente, desejando retornar a Londres o quanto antes. Assim, dois dias após as instruções recebidas embarcou para a Inglaterra e marcou um almoço no restaurante, sendo recebida carinhosamente por todos.

Em Lisboa, Márcio sentiu a falta de Zuleika. Era a única amiga dos tempos da guerrilha com quem podia conversar livremente. Depois que a moça partiu não recebeu informação acerca do seu paradeiro. Modificado pelas leituras constantes da doutrina espírita, o jovem apoiava-se em Oduvaldo, o músico que participava do séquito da diva dos fados, também aficionado do Espiritismo, mas que em razão do trabalho não permanecia por muito tempo em Lisboa.

Naquela época, como a intolerância religiosa em Portugal era efetiva, em decorrência do predomínio absoluto do catolicismo, apoiado pelo governo salazarista, Márcio timidamente se aproximou de um grupo espírita que se reunia em casarão antigo na velha Lisboa, quase que à luz de vela, trazendo à lembrança cenas dos cristãos primitivos que se encontravam nas catacumbas romanas para professar a sua fé. Naquele ambiente rústico, misterioso e clandestino, algumas sessões espíritas aconteciam, fazendo o jovem pensar em como fora incauto na vida. Alguns médiuns participavam dessas sessões, mas um se destacava pela ação meritória, o senhor Oliveira, que chamou Márcio reservadamente para transmitir ao jovem algumas informações do plano espiritual.

– Filho – principiou a entidade – estamos avisando que em breve poderá passar por grandes problemas. O seu nome virá à tona e um inimigo poderoso do passado está disposto a "Justiçá-lo" como dizem. Ao longo desse tempo de sofrimento você evoluiu, marcando a sua posição na vida quando abandonou a violência e se inscreveu nas fileiras dos homens de bem. Mesmo assim, os seus desatinos do passado não o isentarão de alguns sofrimentos, mas como avançou e deixou para trás práticas nocivas, está recebendo agora um aviso importante. Deixe essa cidade o quanto antes e mude-se para outra, menor. Ser-lhe-á difícil a adaptação, mas é o único jeito de não ser encontrado pelo companheiro do passado, que desconfiou de sua atitude quando incumbido de realizar no Brasil um trabalho nefasto que atingiria pessoas inocentes.

Ante aquele comunicado inesperado, Márcio redarguiu:

– Não sei para onde ir.

– Escolha uma cidade perto de Lisboa. Por várias razões, o tempo irá comprovar o acerto.

– Se eu não puder seguir o conselho?

– Tentaremos ajudá-lo ainda assim.

– Por quê?

– O seu passado é ainda comprometedor. Apesar de ter avançado muito evitando complicar-se ainda mais nessa vida, não praticou ações para minorar a dor alheia. O seu conhecimento do Espiritismo é ótimo, está apoiado nos livros, mas sem trabalho efetivo, em favor do próximo, não liberará o carma. Porém, basta ver a proteção que agora está recebendo, para perceber que a espiritualidade sempre responde às menores ações praticadas pelas pessoas quando desejam avançar. A informação que chega é real e a necessidade de mudar de cidade deve acontecer rapidamente. Não há tempo a perder.

O jovem estava perplexo; nunca havia recebido um aviso tão direto. A princípio relutou, esperando o término da sessão para conversar novamente com o Senhor Oliveira; o médium confirmou todas as informações, orientando-o com segurança. O momento não era para vacilação. O jovem deveria agir imediatamente.

Capítulo 22

As vozes do Além

Cristhian Collins, ao retornar de uma longa viagem internacional de visita aos clientes mais importantes da filial brasileira, lembrou-se da conversa que mantivera por telefone com Olívia a respeito de Zulmira, decidindo presentear a senhora com uma viagem a Londres, para que pudesse conhecer Margareth e a vidente de Bath, Joanne. Telefonou imediatamente para a senhora convidando-a para a viagem a Londres em trinta dias, tempo que, naquela época, se levava para a obtenção do visto de entrada, considerando a interferência da própria empresa.

Ao longo da viagem, Zulmira se lembrava de D. Agostina e de como a vida, às vezes, é caprichosa, aproveitando todos os momentos para nos colocar diante dos nossos amigos e adversários. A viagem anterior fora marcada pela doença da patroa; em razão daquela dor, conheceu Olívia e novas amizades se abriram para uma mulher que estava solitária na vida e indo ao encontro de verdadeiros afetos em terras bem longínquas, inalcançáveis, então, se considerarmos o seu poder aquisitivo. É que não existe barreira para a espiritualidade e, no momento certo, as coisas se encaixam e as mais improváveis acontecem naturalmente.

Assim que a senhora passou pela Imigração estava à sua espera Olívia, encantadora como sempre, de braços abertos para receber um coração amigo que retornava. O passado estava ali juntando pessoas que, naquele momento, viviam distantes, geográfica, econômica e culturalmente umas das outras, mas cujas vidas se entrelaçavam de tal forma que era mais fácil a convivência entre elas do que com pessoas que habitavam sob o mesmo teto.

Muitas vezes os laços sanguíneos de família aproximam compulsoriamente adversários ou até inimigos do passado, abrigando-os à convivência para superarem as animosidades plantadas em lutas de outrora nem sempre leais. Porém, assim como há a prova da convivência adversa, surge no horizonte do ser encarnado os apoios indispensáveis à superação dos obstáculos.

Ver novamente Londres, sem a tristeza de voltar ao hospital para acompanhar a querida paciente que havia partido, ouvir as famosas dez badaladas do Big Ben e caminhar às margens do Rio Tâmisa, ao lado da jovem amiga, era mais do que um sonho para aquela mulher nascida no sofrido interior da Paraíba, que agradecia a Deus a oportunidade.

Zulmira, ao fixar o pensamento na patroa que se fora, durante a viagem, D. Agostina (que havia se recuperado rapidamente no mundo espiritual do choque provocado pela desencarnação), foi atraída ao campo mental da antiga servidora, transmitindo-lhe pensamentos de agradecimento pela dedicação recebida ao longo da sua enfermidade. Ante as belezas do mundo espiritual que D. Agostina vivenciava na ocasião, a bondosa patroa procurou infundir na leal servidora a alegria de viver, dizendo mentalmente:

– Valeu a pena! O que foram aqueles dias no hospital se comparado com o que vi aqui? A beleza, a harmonia, a sabedoria de Deus em todos os lugares. Obrigada por tudo, pelo amor que me ofertou, pelo carinho com que sempre me tratou. Estamos juntas para sempre. Tenha fé e nunca desanime.

A ex-servidora do lar, ao ingressar à mansão em que Olívia morava, ficou surpresa. Era uma casa vitoriana no estilo clássico com várias entradas e colunas cortadas em diversos formatos, ladeada por gramado e um jardim extremamente acolhedor. Apresentada à família, que falava português, Zulmira se sentiu à vontade até o jantar, quando Mr. Mason tomou assento à mesa de refeições, cumprimentando-a educadamente.

Zulmira, ao olhar para o chefe da casa, sentiu de imediato, atração tão intensa por aquele senhor, que ficou estática. Como mulher, sempre procurou sufocar os seus devaneios, nunca imaginando que um dia alguém pudesse envolvê-la daquela forma em seu campo vibratório.

Mr. Mason, que nunca cultivara preconceito, de certa forma ficou intrigado com aquela visita, mantendo-se, contudo, cortês o tempo todo. Informado que na semana seguinte a filha e a visita passariam alguns dias em Bath e depois a senhora retornaria ao Brasil, sem saber o porquê, sentiu-se aliviado. Katlyn percebeu sutilmente o desconforto do marido, incomodando-se igualmente a ponto de chamar a atenção da filha, o que nunca acontecia. Zulmira trazia notícias de Cristhian Collins mencionando discretamente à Olívia o carinho demonstrado pelo rapaz, quando notou um laivo de tristeza toldar aquele semblante sereno.

Os dias seguintes foram de passeio e na noite que antecedeu a viagem para Bath, Katlyn resolveu fazer um jantar especial em homenagem a Zulmira. O casal também viajaria a negócios retornando após trinta dias, quando a visita já não estaria mais na Inglaterra. Olívia avisou à amiga da homenagem planejada pela sua mãe, informando-a que seria um jantar de gala com a presença de alguns amigos da família, vestidos a rigor. A senhora, que não estava acostumada aos protocolos, assustou-se e pediu a ajuda da jovem.

– É um jantar em nossa casa e para poucas pessoas. A única diferença é a forma de vestir; minha mãe sempre prefere a formal. Portanto, não se preocupe; irá se apresentar à altura e o pessoal é muito simpático.

No sábado à noite, véspera da viagem da visitante, Katlyn abriu as portas da mansão para alguns poucos familiares e amigos íntimos, que compareceram conforme o gosto da anfitriã, enquanto Zulmira se aprontava sob a orientação de Olívia, apresentando-se em seguida deslumbrante, na grande sala de jantar. Nunca em toda vida fizera limpeza de pele, maquiagem, e tivera um vestido digno da nobreza. Era a sua noite de rainha, algo impensável até àquele momento, revelando toda a grandeza de seu porte altivo de cabocla paraibana, cuja cor da pele diferia da alvura das inglesas típicas e, por isso, encantava e enfeitiçava os homens. Cumprimentada com deferência por todos, reinou naquele ambiente de fidalguia, causando ciúmes e admiração nas mulheres presentes. Mas Zulmira, sem saber a razão, buscava encontrar os olhos de Mr. Mason, atrasado para o jantar, após ligeira indisposição.

O anfitrião não se sentiu bem a tarde toda, mas, acostumado a cumprir com os seus deveres, arrumou-se adequadamente, desceu com certo enfado as escadarias, chegando ao salão sob os olhares de todos. Sorrindo com certo esforço, ele cumprimentou parentes e amigos, dando início ao jantar.

Zulmira, homenageada, ocupava na mesa um lugar de destaque, próxima da anfitriã e sempre ao lado de Olívia. Mesmo procurando disfarçar para não trair o seu interesse, foi difícil não se fixar nos olhos azuis daquele homem diferente. E Mr. Mason, cauteloso, dirigia-lhe a palavra sempre com educação, não se sentindo à vontade o tempo todo. Percebendo algum desconforto, a filha perguntou:

– Papai, o senhor está bem?

– Um pouco indisposto – respondeu.

– Gostaria de se retirar?

– Não ficaria bem. Nossos amigos vieram e se me retirar alegando qualquer problema de saúde não terei sossego pelos próximos seis meses.

– É verdade. Eles querem muito bem o senhor.

A festa evoluiu, e tal qual todo evento inglês terminou no horário programado, quando os convidados saíram, e a família despediu-se também da homenageada.

No seu quarto, Zulmira não se conteve, percebendo que se não fosse a sua intuição certamente causaria algum problema a Olívia. Não entendia a razão, mas reconhecia que Mr. Mason era um homem fascinante, percebendo despertar em si o fogo de uma paixão que sabia não ter direito. Procuraria esquecer, tentaria passar um apagador naquelas imagens que teimavam em retornar, vergando os seus mais nobres sentimentos de mulher até então soterrados na pobreza, na humilhação e no abandono. No entanto, indagava: – Por que se encantara justamente por um homem tão importante? Procurou afastar aqueles pensamentos alucinados para se entregar à oração, único remédio para acalmar o coração de uma mulher que, pela primeira vez na vida, se deparava com uma inquietante patologia: fibrilação de amor.

Ainda que tivesse amado realmente o marido, Zulmira jamais sentira por ele nada parecido àquela emoção avassaladora que a intimidava. Procurou conter-se, e na sua paisagem mental, recordou os detalhes da festa, percebendo somente naquele momento que, apesar de gentil, o anfitrião a evitava o tempo todo e que Katlyn não fora a mesma mulher que a recebeu no primeiro dia. Um tanto angustiada, procurou dormir, não conseguindo realmente descansar. No dia seguinte, acompanhou

Olívia, encantando-se com o percurso até às termas, mantendo a nítida sensação de que já havia caminhado por aqueles lugares.

Em Bath, Margareth, que não havia comparecido ao jantar de despedida em Londres, a esperava. Logo ao desembarcar, a senhora abraçou carinhosamente Zulmira, transmitindo-lhe sem o saber energia reconfortante. Devidamente acomodada e após ligeiro descanso, compareceu à sala de chá da herdade, sendo apresentada aos criados, que a serviriam naqueles dias. Encantou-se com os lírios de callas que adornavam a mesa, vislumbrou pela janela as flores do jardim, o sol estava à pino, o que é muito raro naquele local, mas uma suavidade vinda do campo também lhe dizia: *Já estiveste aqui*. O ambiente acolhedor, o chá mimosamente servido, a felicidade de Olívia e, principalmente, a empatia com Margareth, fizeram-na afastar todos os temores.

A conversa entre as mulheres fluiu tranquilamente até que Olívia indagou da tia se tinha visitado Joanne. Margareth, voltando-se à sobrinha, afirmou que sim e que já havia avisado a vidente sobre a estada da amiga brasileira, que ambas desejavam conhecer, marcando encontro para o dia seguinte. Ao vê-las, Joanne sentiu imensa alegria, abraçando-as demoradamente e emocionando-se ao amplexo de Zulmira.

Afirmou logo de início:

– Quanto tempo! Pensei que não a encontraria nessa vida.

Zulmira, atônita, respondeu:

– Não sei o quê dizer.

– Não fale nada! Sentem-se, por favor. Irei esquentar a água para o chá de boas-vindas. Dá sorte, sabiam? – falou sorrindo.

O clima de amizade não poderia ser melhor. As almas afins de uma forma ou de outra sempre se encontram para se apoiarem mutuamente, desfrutando o prazer da companhia e da boa conversa. Não há entre elas rivalidade e competição; as posições sociais são irrelevantes. Por detrás daquele semblante talvez esteja um pai ou mãe, um filho ou irmão, um devotado amigo ou alguém que conhecemos em circunstâncias felizes em outras vidas! Quem sabe...

Marcaram um passeio para o dia seguinte. Joanne, pela idade, não era de sair de casa, a não ser para fazer as coisas absolutamente necessárias. Mas, estava tão feliz que resolveu acompanhar as amigas em alguns passeios pelos pontos turísticos da cidade que tanto conhecia. Visitaram as termas que conferem ao reduto o título de "Cidade Spa", viram a arquitetura do casario tombado como "Patrimônio da Humanidade", caminharam pelos parques e jardins, mas foi na Catedral de São Pedro e São Paulo, conhecida como "Abadia de Bath", construída em estilo gótico em 1499, que as quatro senhoras pararam para agradecer a Deus a felicidade daquele encontro.

Os dias voaram e as amigas estavam cada vez mais próximas umas das outras, quando Margareth comentou:

– Sinto que devemos fazer uma reunião espiritual. Percebo algo rondando o nosso grupo e o encontro aqui não aconteceu por acaso.

– Concordo – concluiu Joanne.

– Então, o que estamos esperando? – aduziu Olívia.

Zulmira aquiesceu e marcaram a sessão para o dia seguinte, esperando revelações e orientações que sentiam necessárias, mas estavam bem distantes de saber realmente o quanto importavam.

Quando chegam as intuições, às vezes, temos a tendência de negligenciá-las, para nos arrependermos após, ao constatar que o aviso veio a tempo, mas não o levamos em consideração.

Enquanto as mulheres aguardavam com ansiedade o dia seguinte para se reunirem em trabalho espiritual, em Londres Zuleika (que atendia por Yolanda) e Marcelo (Mr. Richard) também se encontravam para uma conversa decisiva.

O jovem guerrilheiro havia sido indicado pelo chefe para coordenar a difícil tarefa de levar o banqueiro De Berry para o seu restaurante favorito, em segurança, cumprindo um acordo que até aquele momento era favorável à organização. Preocupado, Richard conversou com Yolanda:

– Você foi escalada para acompanhar o homem em todos os momentos, sentando-se com ele à mesa. O que observou de suas sondagens preliminares, de acordo com a orientada pela chefia?

— Retomei os meus contatos – iniciou Yolanda. – Fui bem recebida e tive de dar algumas gorjetas polpudas. O chefe reclamou das minhas despesas, mas como posso fazer esse tipo de serviço sem gastar?

— Esqueça a reprimenda. O dinheiro foi bem empregado. Quero saber, o que viu?

— Não notei nada de diferente. Os empregados são os mesmos e não fizeram nenhuma referência a De Berry, que era detestado por todos.

— Ótimo! Percebeu algum problema?

— Mudaram a empresa encarregada da segurança. Tenho aqui o nome da nova empresa e os nomes dos seguranças. É só conferir.

— Muito bem. Que cautelas você recomenda?

— Insisto que o disfarce deva ser bem feito. Assim que entrei todos me conheceram de imediato, apesar do tempo.

— Isso não é referência. Você sempre chama a atenção. É a mulher mais bonita que eu conheço, e não se envaideça.

— Não venha com saliências.

— Esqueça! Apenas reconheci o material que está à minha frente. Sabe melhor do que todos que não misturo casos com trabalho, mesmo em se tratando de você. Apesar de bela e provocante, desculpe-me a franqueza, não é ainda o meu tipo.

— Não precisa ofender — resumiu Yolanda.

— As mulheres são estranhas: se elogio, parece que estou tentando seduzir; se reconheço a beleza, mas digo que não é o meu tipo, se ofendem. O que pensa, afinal?

— É assunto meu.

— Está bem, respeito. Só não entendo essa sua ojeriza por homem.

— Não me ofenda de novo.

— Não respondeu à minha pergunta.

— Só porque não tenho namorado pensa que sou diferente. Sei o que faço e nesse âmbito não permito a ingerência de ninguém.

— Voltemos ao que interessa. Deverá ficar com o homem em todos os momentos. Fará ao garçom o pedido e o resto já sabe. Alguma dúvida?

— Não.

Despediram-se.

Na realidade, Yolanda (nossa conhecida Zuleika) apesar de guerrilheira, mulher durona e até implacável, intimamente, era romântica. Não desejava entregar-se a nenhum homem sem amor. Sentia-se enfraquecida se esse lado de sua personalidade fosse conhecido pelos companheiros, escondendo de si mesma a ansiedade íntima de afeto. O único homem que realmente lhe despertara interesse foi Cristhian Collins, a quem desejava, mas percebeu que não chegou a tocá-lo como mulher, o que a irritava, só em lembrar os vários telefonemas que dera recebendo o silêncio absoluto em forma de resposta.

Concluídos os preparativos, chegou o dia de levar De Berry ao restaurante. Após longa viagem, o jatinho da organização, disfarçado em aeronave de empresa, pousou no aeroporto de Londres. O passageiro estava realmente irreconhecível. Mais alto do que era graças a um tipo de sapato que o elevava, com o aplique de uma peruca de cabelos negros e usando óculos de sol, trajava, sobretudo, apoiando-se em elegante bengala. O financista mais frio e calculista que se viu, emocionou-se ao pôr os pés em solo inglês. O sofrimento de todo aquele período parecia vir à tona de uma só vez, não conseguindo reter uma lágrima furtiva que descia pelo rosto, limpando-a com impecável lenço branco.

Acompanhado de Yolanda e seguido por alguns seguranças que tinham ordens expressas de matá-lo à menor tentativa de fuga, fato que lhe fora informado, De Berry era um ser na realidade algemado em todos os sentidos. Caminhou até à Imigração, atravessou os guichês que tanto conhecia, e seguiu para o carro que o esperava, contemplando as casas que iam ficando pelo caminho, enquanto o veículo deslizava pelas ruas da cidade.

A emoção era grande demais para quem saíra da selva amazônica após passar por tantas torturas. Fragilizado, aquele homem outrora imponente, que nunca percebeu a dor alheia e se gabava de ser implacável nos negócios, começou a sentir a beleza das pequenas coisas, modificando a sua forma de pensar. Não eram mais os milhões acumulados em negociatas que eram importantes, números que, ao final, estavam lançados em uma coluna do livro contábil. Mas, rever o *Fog* londrino, rever as águas do Rio Tâmisa e simplesmente olhar para a cidade eram no momento o seu maior tesouro. Se não fosse um esforço hercúleo, De Berry desabaria vertendo todas as emoções reprimidas ao longo daquele período de sofrimentos. Estava, naquele momento, tentando salvar a própria pele e trocaria tudo por uma nesga de liberdade.

Chegando ao restaurante, cuja mesa já estava reservada, sentou-se no mesmo lugar, dirigindo-se a Zuleika em tom afável:

– Obrigado pela companhia! Jamais esquecerei esse seu gesto de bondade.

A moça sempre durona acusou a emoção e por um instante tremeu. Ela que nunca se colocava no lugar do outro, naquele momento, pensou como teria sido difícil para o banqueiro passar pelas humilhações impostas pela guerrilha aos seus reféns. Mesmo assim, recobrou a posição, respondendo:

– Sabe que cumpro ordens. O senhor pode facilitar o meu trabalho.

– Fique tranquila... Não trarei nenhum problema! Nesse momento estou feliz e desejo fazer tudo certo para merecer a condescendência do chefe e poder retornar no mês seguinte. A senhora pode pedir água mineral?

Rapidamente, Yolanda fez um gesto para o garçom que a atendia costumeiramente e solicitou-lhe água, enquanto o homem abria o cardápio para a escolha.

Cautelosamente, o financista percorreu o cardápio, procurando aparentar normalidade. Duas mesas ao lado eram ocupadas pelos seguranças da organização, fortemente armados e que procuravam, a todo o instante, observar as mínimas reações do homem.

De Berry revelava propositalmente certo cansaço, tomando cuidado para não demonstrar ansiedade, estando preocupado com os próximos passos de sua estratégia: colocar o bilhete para a sua amante no lugar de sempre, rezando (talvez pela primeira vez na vida) para que o "box" seis do banheiro não estivesse ocupado. No momento que julgou oportuno, após fazer o pedido tradicional, com o acréscimo de uma rodela de limão siciliano, solicitou permissão a Yolanda para ir ao banheiro, como pessoa idosa que era e com necessidades especiais. A mulher olhou para a mesa ao lado e dois seguranças se levantaram ao mesmo tempo acompanhando discretamente o banqueiro à *toilette*.

Tenso, andando devagar, De Berry não despertou nenhuma suspeita nos seguranças, entrando no banheiro e se dirigindo à cabine número seis, que estava disponível. Os vigilantes ficaram na porta enquanto o homem fingia fazer as suas necessidades, retirando o azulejo e deixando lá o bilhete cuidadosamente escrito no qual explicava os detalhes da sua situação, o que desejava que a amante fizesse com todo cuidado, deixando, ao final, um beijo à única pessoa que ele confiava na vida. Saiu, dirigiu-se à mesa, e ao receber o prato notou que a rodela de limão estava posta exatamente como sempre, com a diferença de se encontrar espetada em um palito.

Teve certeza absoluta de que a sua amante recebera o pedido e enviava para ele um sinal. A única divergência entre ele e a amante era quanto ao uso de palito para a limpeza dos dentes, que teimava em utilizar, contrariando-a invariavelmente. Inteligente e discreta a *Chef* esforçou-se ao máximo para não comparecer ao salão, contudo, na primeira oportunidade que teve foi ao "box" número seis e lá encontrou o bilhete de pedido de socorro. Hábil, após passar os olhos rapidamente, guardou-o e ao término do expediente leu e releu o documento várias vezes.

Terminada a refeição sem nenhum incidente, retornaram ao jatinho e voaram para a selva amazônica.

No acampamento do grupo, De Berry pediu licença para ver o comandante maior, que foi concedida, agradecendo-o emocionado:

– Obrigado – disse-lhe. – Hoje sou um homem feliz! Trabalharei com afinco para o progresso da organização, como poderá constatar. Só quero mesmo é ter um instante de encontro com o meu passado e nada mais.

– Fui informado – respondeu o chefe – que tudo correu muito bem. Você conseguiu ganhar a nossa confiança de forma que o acordo está mantido.

– Agradeço novamente.

Em Londres, a amante de De Berry obedeceu rigorosamente a todas as instruções do bilhete. Procurou as pessoas certas, importantes e de confiança, as quais se articulariam para resgatar o banqueiro, no momento oportuno, e prender ainda alguns integrantes do grupo. Agora era somente aguardar o mês seguinte, para ver o resultado da ousada estratégia do hábil homem de negócios.

Em Bath, havia chegado o momento esperado para a realização da primeira sessão espiritual entre Zulmira, Olívia, Margareth e Joanne. Do outro lado da vida, espíritos amigos também estavam a postos para passarem instruções importantes.

Assumindo o comando, Margareth visivelmente intuída comentou:

– Neste momento, estamos sob a proteção de espíritos amigos. Estão presentes para nos orientar. As comunicações virão por meio de Joanne e depois de Zulmira, enquanto eu e Olívia estaremos registrando os fatos e buscando os esclarecimentos necessários para os nossos direcionamentos. Sinto que é um momento especial e importante para o nosso grupo de encarnados e desencarnados. Façamos uma prece de abertura. Após, voltando-se para Joanne, indagou:

– Quem está presente?

– Sou uma amiga de longa data que acompanha a evolução do grupo, juntamente com outros companheiros espirituais. Meu nome é Clara e vim para dar um recado.

– Seja bem-vinda – respondeu Margareth. – Agradecemos à amiga e a todos os que a acompanham nessa tarefa importante para o sucesso da nossa atual encarnação.

– Desejamos alertá-las para as difíceis provas que terão de enfrentar. Forças do mal se articularam no astral. Apesar da distância geográfica das moradias terrenas em que estão situadas, perceberão, pela intuição, que tudo está ligado. Cada uma teve um papel importante no passado, que vocês saberão um dia, desde que consigam vencer essa etapa. Sejam pacientes, firmes, não se desesperem. A dor irá visitá-las, mas a vitória pertence à resignação e ao amor.

– Estamos temerosas – respondeu Margareth, assumindo a liderança do grupo.

– Não agasalhem o sentimento de medo. Quem teme é porque não acredita verdadeiramente que todo poder emana de Deus. Ele sabe o que nos é melhor, e se permite a ocorrência de eventos que nos prejudicam é porque espera a compreensão dos atingidos, confirmando a evolução de cada um. O medo também enfraquece, atrai as entidades que ainda estão sem rumo e que se agarram aos medrosos, iniciando, às vezes, dolorosos processos de obsessão.

As orientações que tinha de passar (repito) são essas: tenham fé, atuem com bondade, não julguem, ajam com discernimento, utilizem a inteligência e confiem sempre no melhor, mesmo nos momentos mais difíceis.

Despediu-se.

Em seguida, outra entidade começou a falar por intermédio de Zulmira:

– Queridos amigos: já nos conhecemos há muitos séculos quando participamos de eventos danosos para a Humanidade da época. Sem limites, levados pela vaidade e conduzidos pelo ódio, assumimos responsabilidades, ferindo pessoas e desorganizando instituições, danificando templos e ridicularizando a fé. Hoje, conscientes, vivenciamos juntamente uma profícua experiência. Do nosso lado, um grupo muito grande de espíritos colabora com o progresso da Humanidade, enfrentando gigantescos obstáculos, porque as correntes do mal não se cansam de tramar.

– Já ultrapassamos a metade do século, que registra a realização de duas grandes guerras, além de outras guerras menores, que derrubaram sonhos e esperanças de pessoas de todas as idades, modificando em curto espaço de tempo o mapa geopolítico do mundo e a fotosfera[42] do planeta.

– As lutas ideológicas, econômicas e políticas continuarão a existir, mas é indispensável que saibam que a evolução coletiva demarca claro espaço para o crescimento pessoal, de forma que, mesmo em grupo, o pro-

---

[42] Fotosfera ou Psicosfera são conceitos trazidos por André Luiz, pela mediunidade de Francisco Cândido Xavier, que significam campos de emanações eletromagnéticas, que envolvem o ser humano.

gresso é diferente para os envolvidos, conforme o seu grau de adiantamento.

— Transformações culturais significativas já estão acontecendo em todos os setores do conhecimento, modificando concepções arraigadas, destruindo deuses e ícones até então imbatíveis, levando o ser humano a refletir sobre valores ao pisar pela primeira vez em novos territórios do conhecimento.

— A ciência abrirá possibilidades de vida; a beleza das formas estará em todos os objetos; tudo será diferente, exceto o sentimento do ser humano, ainda prisioneiro de velhos atavismos, estigmatizado pelo instinto que o acompanha.

— Vocês têm a possibilidade de nessa encarnação dar um salto muito à frente, vencendo etapas que estarão por vir, aliviando o carma, desde que saibam se comportar nos momentos de aflições.

— Temos na espiritualidade um encontro marcado para avaliação das ações do grupo, mas, individualmente, cada um será analisado segundo o seu procedimento. Cuidado, portanto, com o pensamento, cuja intensidade plasma situações, que tendem a se realizar.

— As recomendações estão dadas — concluiu. — Espero que, ao final, todos regressem à Casa do Pai, como vencedores.

As mulheres estavam passadas ante tantas informações. Afinal, prenunciavam-se dificuldades vindas não se sabe de onde; olharam-se indagando o que poderia ser se até, então, viviam um momento de gratidão à vida, em pitoresca cidade termal no interior da avançada Inglaterra.

Preocupadas indagavam-se; cada qual buscava nos refolhos da alma culpas conscientemente não encontradas, situações vividas, sem, contudo, poderem atinar com algo real, tangível. Sem saber que rumo tomar, elas marcaram um horário para oração coletiva: 20 horas GMT (*Greenwich Meridian Time*) em Londres e 16 horas em São Paulo. Nesse horário, as mulheres parariam as suas atividades concentrando-se no agradecimento a Deus, pedindo forças para que pudessem se manter fiéis aos ensinamentos do seu filho Jesus Cristo.

Olívia comunicou às amigas que Cristhian Collins estava chegando no dia seguinte a Londres para resolver algumas pendências de negócios, permanecendo na cidade apenas quatro dias. Por isso, solicitara-lhe que reservasse no *Royal Opera House* um camarote para assistirem juntos à apresentação da *Orquestra Royal*.

Com a chegada do amigo, as mulheres retornaram a Londres, permanecendo em Bath somente Joanne, que sempre evitava sair da casa dos tijolinhos vermelhos. Apegou-se tanto a Zulmira que a convidou para morar com ela, já que era viúva, sem filhos e netos, o que não pôde ser aceito pela senhora, que ainda alimentava a esperança de encontrar Zuleika. Jamais poderia imaginar que a filha já há tempos morava em Londres com o nome de Yolanda e se encontrava na cidade frequentando os melhores lugares.

Mr. Mason, que por razões comerciais suspendera a viagem programada, ao saber da chegada do executivo à cidade, pediu à filha que convidasse o jovem para um chá em sua residência, quando poderia saber notícias do Brasil, uma terra que tinha aprendido a amar. O convite foi naturalmente dirigido a Margareth, sempre presente na vida da família, que sugeriu à Katlyn a inclusão de Zulmira, naquele momento sem companhia, o que foi aceito pela irmã com velada resistência. Ficou assim decidido que, após a apresentação da orquestra, os amigos seriam recebidos na mansão para um típico chá inglês. Olívia estava radiante e esqueceu as advertências deixadas pelos espíritos na reunião, há pouco realizada em Bath.

Capítulo 23

Embates à vista

Vestida a *La Belle Époque* Olívia entrou no *hall* do *Royal Opera House* simplesmente deslumbrante. Chamava a atenção o seu porte altivo, a cintura demarcada pelo longo vestido abrindo ao final em pequena cauda, chapéu delicadamente adornado, leve maquiagem que realçava a beleza natural dos olhos azuis, pousados em rosto sereno que refletia alegria. Ao seu lado, não menos garboso, Cristhian Collins se apresentava a rigor, naturalmente orgulhoso de estar acompanhado de uma mulher formada sob o rígido protocolo da realeza – e que sabia tornar natural a exigência da apresentação social de uma princesa.

Caminhavam lentamente pelo *hall* esbanjando felicidade. Era para os jovens um momento de intensa emoção, e eles já tinham tomado a decisão de comunicar reservadamente o namoro aos pais após a cerimônia do chá. Embora um tanto apreensivos quanto às possíveis reações do casal, face aos trâmites de um casamento de pessoa ligada à casa real, alimentavam a esperança de superarem essa fase inicial (aceitação dos pais da moça), o que significava meio caminho andado. Conhecendo os pais, o amor revelado à filha e, sobretudo a convivência de Mr. Mason com Cristhian Collins nas reuniões de negócios da Câmara de Comércio Brasil-Inglaterra, situada em São Paulo, Olívia estava tranquila, o mesmo não acontecendo com o rapaz, que, apesar de executivo bem-sucedido, provinha de uma família estruturada, mas não de posses, residente nos Estados Unidos e, portanto, desconhecida da família da namorada.

Jamais poderiam imaginar que do outro lado do *hall* quatros olhos fulminavam aquele casal feliz, com tal intensidade que ambos tropeçaram no tapete e só não caíram porque havia uma coluna no local e nela Cristhian se apoiou amparando Olívia.

Yolanda (Zuleika) e Mr. Richard (Marcelo) também estavam no *hall* como se fossem ingressar na sala de espetáculo. Compareciam à entrada desses eventos culturais significativos, que a rigor não apreciavam, apenas para registrar as figuras importantes que frequentavam salas sofisticadas para anotarem possíveis indicados aos sequestros, em benefício da organização. Naquela noite, contudo, os guerrilheiros pareciam estar hipnotizados, murmurando ao mesmo tempo:

– Observe aquele casal!

Richard, voltando-se a Yolanda, disse:

– Finalmente, encontrei a mulher que procuro há tempos para sequestrá-la e ao pai.

– Quem? – indagou Yolanda.

– Aquela ali que está com o cavalheiro.

— Sim, aquele jovem. Eu o conheço – respondeu Yolanda revelando um rancor na voz que Richard não percebeu. Mas, hábil como sempre, notou de imediato o interesse do guerrilheiro pela mulher, que era de uma beleza invulgar, causando repentino ciúme em Yolanda. E disse-lhe:

— Precisamos segui-los. Compre os ingressos.

— O teatro é grande. Dependendo do lugar em que ficarmos vamos perdê-los de vista.

— Espere um pouco – respondeu a mulher.

Partiu em direção ao casal, mas ficou a distância. Quando eles passaram pelo porteiro, rapidamente Yolanda se interpôs na fila, pediu licença ao casal que estava à frente, perguntando ao serventuário:

— Por favor: pode me dizer o lugar que será ocupado pelo casal que acabou de ingressar. Sou amiga deles e verei se na bilheteria consigo adquirir um camarote próximo.

O senhor, sem perceber qualquer artimanha, pegou o canhoto destacado, informando o camarote dos enamorados. A jovem retornou rapidamente, passando a localização para Richard, que, como tresloucado se dirigiu à bilheteria, conseguindo uma acomodação, porém em local que dificultava a observação dos movimentos do casal. Angustiado, do mesmo jeito que Yolanda, ambos ficaram o tempo todo atentos para não perderem os jovens de vista, porque poderiam a qualquer momento saírem, sem que eles se dessem conta.

Nem acompanharam o espetáculo que, a rigor, deveria tocar-lhes se realmente fossem idealistas. *La Bohème* de *Puccini* trazia ao palco em quatro atos a vida dos intelectuais proletários de Paris, marcados pela fome e a doença, uma das últimas óperas do ciclo realista inaugurado por Bellini e Verdi no século XIX.

Ao término da apresentação puseram-se atrás dos jovens seguindo-os. Richard pediu a Yolanda para não perdê-los de vista, uma vez que passaria à frente para conseguir um táxi, na hipótese de haver algum carro à espera do casal, o que realmente aconteceu. Assim que os jovens entraram no veículo, Yolanda ingressou em outro já contratado pelo parceiro, seguindo em direção à casa de Mr. Mason, sem que o próprio motorista percebesse. No local, enquanto o carro dos jovens apaixonados cruzava os portões da mansão, abertos pelo segurança, os guerrilheiros desciam também do táxi, que retornou ao ponto.

A rua estava deserta e o frio incomodava. Após anotarem o endereço eles precisaram caminhar pela madrugada até encontrar um ponto de táxi, e então retornarem ao hotel.

Os guerrilheiros estavam mudos; o choque para ambos tinha sido grande. Yolanda, ao ver a bela moça segurando o braço do único homem que julgava amar na vida, sentiu que tinha pela frente um páreo duro. Apesar de igualmente bela, era diferente da rival: morena, também alta e elegante, não revelava, contudo, a classe e a espontaneidade que na outra era natural. Sem nenhuma formação espiritual e vivendo mergulhada no mundo denso da matéria, não poderia passar pela cabeça da guerrilheira que o que a diferenciava de Olívia era o teor vibratório que emitia – pesado, denso, conduzindo-a a comportamentos vulgares, que para ela eram imperceptíveis. Atribuiu a preferência de Cristhian pela rival ante a suntuosidade da casa que via à sua frente, ao poder econômico e ao fato de ela um dia precisar pedir-lhe ajuda para viajar à Inglaterra.

Quanto a Richard, que naquele momento amargava ódio genético, desejou realizar o quanto antes o seu plano sinistro: sequestrar a mulher para submetê-la à força aos seus insanos caprichos e também o pai da jovem, obtendo ao final um fabuloso resgate, após humilhar a ambos. Nem sequer observou Cristhian Collins, para ele peixe pequeno, que não contava no jogo dos seus interesses.

Quando chegaram ao hotel, e ao se despedir de Yolanda, disse objetivamente:

– Amanhã conversaremos sobre o que aconteceu hoje.

– Até amanhã – respondeu a mulher, mostrando desinteresse.

Apesar de fortemente impactada pelo inesperado encontro com Cristhian Collins, ao lado de uma rival aparentemente imbatível, Yolanda maquinava. Percebeu o interesse incomum de Richard por Olívia. Conhecia o parceiro de guerrilha, que nunca se preocupara com nenhuma mulher, usando as que se dispunham a com-

519

partilhar com ele, sem a menor consideração. Mas, aquele olhar congestionado, seguido de ações rápidas e de um longo silêncio, fez Yolanda refletir que o guerrilheiro durão talvez não fosse tão inflexível quanto parecia. Havia demonstrado interesse diferente, que ela poderia usar desde que não revelasse o seu interesse, voltado ao acompanhante da dama de vestido longo. Como iria jogar com a situação de forma a manipular o guerrilheiro e a organização a seu favor? Era a pergunta que se fazia. Yolanda, portanto, ante a rival, não havia "jogado a toalha" e nem perdido o controle da situação. Apesar de ferida pela primeira vez nos seus brios de mulher (até então nunca tinha sido preterida por homem algum em razão de outra) sentia que algo acontecera e que ela ainda sairia vencedora dessa luta.

Na mansão Adrian Mason o clima era o melhor possível, exceto a indiferença dos anfitriões em relação à Zulmira, percebida de início por Margareth, que inteligentemente ficou o tempo todo ao lado da amiga, não a deixando constrangida.

Voltando-se para a senhora que estava apreciando o chá, disse:

– Veja minha amiga, como a vida escreve: o meu cunhado se esqueceu de nós e está conversando com o Cristhian certamente falando de política e sobre os amigos em comum que têm no Brasil; minha irmã está um tanto perdida; Olívia não consegue disfarçar a felicidade. Mas eu temo. Sinto que algo mudou nessa noite; uma energia diferente paira no ar. O que será?

– Estou também desconfortável – aduziu Zulmira. – Fui acometida de inexplicável angústia.

Naquele momento, Zulmira estava sentindo como nunca a indiferença do anfitrião. Tudo estava dentro do mais elevado protocolo; nenhuma descortesia; nada absolutamente nada a reclamar. No entanto, para o espírito que capta a vibração, o sentimento dos anfitriões em relação à convidada de última hora não era bom. E Zulmira se esforçava ao máximo para não se fixar em Mr. Mason. Ela estava verdadeiramente fascinada pelo homem. Começava aí um amor platônico absolutamente impossível e que a acompanharia pelo resto da vida.

No entanto, afora essa questão íntima que Zulmira soube administrar, mantendo-se discreta o tempo todo, percebeu a energia a que se referia Margareth. A filha, cujo paradeiro não sabia há anos, ali estava a alguns metros de distância, próxima ao portão de entrada da mansão; se soubesse teria saído em disparada para encontrar a sua menina, mas no mundo real a percepção, às vezes, é sutil, acontece no campo energético, e nem sempre estamos preparados para decodificá-la para a ação.

– Ainda penso nas palavras proferidas pelos espíritos em nossa reunião em Bath – acrescentou Margareth.

– Foi tudo muito rápido e forte – continuou Zulmira. – Pareceu-me real e iminente, mas, não percebi nada que se referisse diretamente à senhora e nem à Joanne. Tive a impressão que tudo o que ali foi dito se referia a nós outras.

— É melhor aguardar, orando, — concluiu Margareth.

Ao término do chá, Cristhian Collins dirigiu-se a Mr. Mason pedindo-lhe para falar em particular. Levado a uma saleta reservada, iniciou:

— O senhor sabe que tenho o maior respeito pela sua figura, que considero um guru, e igualmente admiro a sua família. Sei dos possíveis problemas que essa minha solicitação pode lhe causar, mas ainda assim não posso calar os meus sentimentos referentes à Olívia e sei que ela também agasalha os mesmos em relação a mim. Conversamos hoje sobre o assunto e ela me autorizou a pedir ao senhor a sua mão em casamento. Eu seria o homem mais feliz do mundo se puder contar com o seu apoio e o de Lady Katlyn, comprometendo-me sempre a dignificar a sua filha, fazendo-a uma mulher realmente feliz.

Mr. Mason, embora já a par do interesse de Olívia pelo jovem executivo, estava um tanto surpreso. Respondeu:

— Já havia aprendido admirá-lo nas nossas reuniões na Câmara de Comércio. Percebo em você um jovem competente e que tem pela frente um grande futuro. Sei que Olívia o admira, embora de forma explícita eu nunca tenha conversado com a minha filha sobre o assunto. Se ela realmente estiver de acordo, nada tenho a opor a esse pedido de casamento, embora eu lembre que a minha palavra não pode ser considerada a última. Sabe muito bem que, após essa fase, terei de passar a questão para a casa real, que irá fazer todos os procedimentos de praxe. Investigarão o senhor e a sua família em todos os sentidos. Se tiver alguma restrição, é melhor posicionar-se agora, porque tudo, realmente tudo, será analisado.

– Gostaria de deixar bem claro – aparteou Cristhian Collins – que os meus pais não pertencem à nobreza e não são pessoas de posses. São ingleses de nascimento, assim como eu, mas moram nos Estados Unidos. Meus pais são dignos, trabalhadores e não há nada que os desabonem; isso eu posso afirmar. Sei que Olívia poderia encontrar um homem à altura de sua condição social, mas nos apaixonamos e sentimos que poderemos ser realmente felizes.

– Na realidade – continuou Mr. Mason, – as exigências maiores são para os membros diretos da realeza. Então, nessa hipótese, além de outras considerações, há o impacto político, a relação entre as casas reais possivelmente envolvidas e no caso dos plebeus as exigências são complexas, não, porém, insuperáveis. Quanto à Olívia, a nossa relação com a realeza é mais remota, diria até indireta. Mas, se algo acontecer, por essa simples ligação, a imprensa vai explorar, causando constrangimentos. Por isso, investigam, analisam, orientam, mas a palavra final é da família. Penso não haver maiores problemas, mas temos de seguir o que manda o protocolo.

Cristhian estava realmente feliz. Mr. Mason pediu ao mordomo para chamar Olívia e Katlyn, comunicando ali mesmo na frente do pretendente a aquiescência manifestada. Observou a reação da filha (extrema felicidade) e da esposa (inegável simpatia). Tia Margareth foi colocada a par e ficou feliz, assim tambền Zulmira, que, por razões não identificadas, estava um tanto reticente. Cada um reagiu à sua maneira, parece que percebendo o surgimento de obstáculos para se concretizar a vontade dos enamorados, e trazendo à tona reminiscências de vidas passadas.

No outro dia, logo ao acordar, Richard estava agitado. Não dormira a noite inteira e precisava viajar para a selva e posicionar o chefe acerca de um novo sequestro. Esperou Yolanda descer para o café, conversando com a companheira imediatamente.

– Ontem identifiquei o nosso próximo sequestrado.

– Não entendi. Você me pareceu vivamente interessado na mulher.

– Sim, mas principalmente no pai, homem muito importante no mundo dos negócios.

– Você falou que conhecia o homem que acompanhava a moça.

– Conheci-o em São Paulo.

– É o marido?

– Não sei! Estive com ele somente uma vez. Não é pessoa importante e que mereça ser sequestrado.

Yolanda já estava fazendo o seu jogo. Sabia que o alvo do guerrilheiro era a moça; desejava de alguma forma preservar Cristhian, aparecendo na vida do executivo após a morte da rival. Estudaria os hábitos e os costumes de Olívia, procuraria imitá-la, surgindo como quem não quer nada no momento em que ele mais precisasse de consolo. Diabólica, já havia engendrado um plano sagaz para capturar o jovem desiludido, tudo fazendo para levar Richard a exterminar a rival. Levada por fina intuição percebeu de imediato, pelo rosto de felicidade dos jovens, a maneira como se comportavam ao entrar no hall do *Opera Royal House*, que estava diante de um casal apaixonado. Revoltada, enciumada, no mesmo instante, jurou ódio mortal à competidora, sem nunca tê-la visto, atribuindo-lhe a responsabilidade quanto ao desinteresse manifestado por Cristhian em relação a ela, o que nada tinha a ver, considerando que o executivo a excluíra logo no primeiro encontro, após sentir a falta de sintonia. Mas para Yolanda, mulher fatal, que se importava somente com a aparência, essa questão de afinidade não tinha a menor importância, não percebendo que estava sendo irremediavelmente atraída pela força energética oposta à sua, que a excluía, mas que pretendia reter, por necessidade de compensação.

    Difícil entender essa atração dos opostos. Pessoas diferentes se atraem visando compensar-se. Se esclarecidas, tolerantes e capazes de conviver bem com as diferenças, a união pode ser positiva, caso contrário, nas experiências do dia a dia, as oposições de tendências e características se acentuam, tornando a união negativa, palmilhada de conflitos.

No caso em foco, não se tratava de temperamentos opostos, mas de visceral oposição, impossibilitando qualquer conciliação. Uma guerrilheira faminta de poder, a qualquer preço, que desejava obter à força o que a sua inteligência por mérito não conseguia, e um jovem ético, sem rancor, cujo nível intelectual permitia-lhe conquistar aos poucos as posições almejadas, sem a necessidade de mergulhar na violência.

Retornando ao diálogo entre os guerrilheiros na mesa de café do hotel de luxo, em que se hospedavam em Londres, Yolanda perguntou a Richard:

– O que pretende fazer?

– Viajo amanhã para a sede da organização. Vou dizer ao chefe que encontramos outro empresário, que não sei se mora no Brasil ou em Londres, pessoa importante, ligada à casa real inglesa. Quero obter autorização para seguirmos em frente.

– O que devo fazer?

– Colar naquela mulher! Quero saber tudo do pai da jovem. Ele que é o dono do dinheiro; depois, cuido da filha pessoalmente.

– Quer fazer o quê com a mulher? Parece que está encantado?

– Ela me interessa, sim. Mas agora é a vez do pai.

– Já entendi: quer o pai para ganhar a filha, mostrando-se bonzinho.

– Está louca! A mulher é um trunfo no nosso jogo.

— Não parece.

— Fique alerta! Amanhã mesmo embarco. Na volta, quero um relatório completo.

— Vigiarei os dois dia e noite.

Percebeu que Richard ficara vermelho. Era muito difícil enganar Yolanda. Maliciosa, estava à frente do guerrilheiro quando se referia à intuição. Não tinha dúvida que o valente terrorista cairia aos pés daquela bela mulher, como acontecera com Cristhian. Sentiu-se mais uma vez humilhada pela rival. Richard lhe dissera na cara que apesar de considerá-la a mulher mais bela da guerrilha não era o seu tipo predileto, mas para a outra, não conseguia disfarçar o interesse, comprometendo até a organização. O seu ódio por Olívia aumentou ainda mais. Precisava conhecer aquela mulher, ouvir a sua voz, sentir o que ela tinha de diferente para que dois homens daquele nível estivessem dispostos a tudo para tê-la nos braços.

Richard sabia que não seria fácil aprovar outro sequestro em Londres, afinal não era a Inglaterra o país que os terroristas desejavam atingir naquele momento, mas os Estados Unidos, que estavam municiando o governo local no combate à guerrilha. Mesmo sendo profissional, nesse caso prevaleceu o lado passional, porque a todo custo desejava chegar à Olívia.

A conversa com o comandante-chefe foi difícil.

— Você quer que eu autorize um novo sequestro na Inglaterra e nem sabe ao certo qual a pessoa e o que pode render à organização?

— O homem — respondeu Richard — é ligado à família real e preside empresas do interesse da coroa.

— Pior ainda! Não quero jogar o governo inglês contra nós. Nossos sequestros só têm uma finalidade: levantar dinheiro. O que realizamos com De Berry acabou sendo vantajoso por causa da inteligência financeira do homem, senão todo aquele gasto teria sido em vão.

— Mas agora — argumentou Richard — a questão é outra.

— Não me venha com história. Você sempre foi um profissional impecável. Até parece que tem interesse pessoal no caso?

— Absolutamente! Penso somente na organização.

— Então, espere mais um pouco. Não estou autorizando nenhuma ação concreta, entendido? Quanto às despesas, aquela mulher está saindo muito caro para a organização. Penso trazê-la de volta para a guerrilha, deixando a boa vida em Londres.

— Chefe — considerou Richard — ela está fazendo um ótimo trabalho. Determinei que levantasse tudo sobre Mr. Mason. Não podemos parar agora.

— Está bem! Nada de ação prática. E não quero mais essa farra de gastos em Londres. O dinheiro está curto e vocês não estão trazendo nenhuma grana para o negócio. Por isso, entenda de uma vez por todas: mantenho

-os em Londres somente por mais três meses, no máximo. Saiam imediatamente daquele hotel de luxo porque estou reduzindo pela metade as verbas dos dois. Após esse período, se não entrar grana nova para a organização, deverão voltar para nos ajudar. E Londres, mesmo, só para levar De Berry aos seus almoços mensais. Mesmo assim, vou renegociar com ele para que "essa ágape" seja trimestral. A organização tem metas que não estão sendo atingidas e, por isso, não posso ser condescendente.

  Richard tentou ainda argumentar, ouvindo dura reprimenda. Desacoroçoado e contrariado pela primeira vez pelo chefe, ele sabia que, no fundo, o líder estava com razão. Não estavam conseguindo trazer mais dinheiro; o custo de manutenção em Londres era alto, não justificando mais a permanência de ambos na cidade, a não ser que conseguissem outras fontes financeiras. Precisava de outro plano, que fosse bem sucedido, para alavancar os recursos necessários ao sequestro de Mr. Mason. Decidiu retornar o quanto antes cumprindo as determinações do dirigente maior. Ao se encontrar com Yolanda, foi logo dizendo:

  – Amanhã vamos sair do hotel.

  – Para onde?

  – Para um mais barato.

  – Não vou morar em pardieiro, entendeu?

  – Foi você que não percebeu. O chefe reduziu a nossa verba em 50%.

  – Como quer que a gente faça o trabalho?

– Simplesmente não quer.

– Como assim?

– Disse que só estamos dando prejuízo. O sequestro do banqueiro só foi bom porque ele resolveu colaborar e colocar a sua inteligência financeira a serviço da organização. Não mostrou interesse em sequestrar mais ninguém na Inglaterra, país que não considera inimigo das nossas pretensões políticas. Gostaria de atingir os Estados Unidos que estão mandando armas e dinheiro para o governo que pretende derrubar.

– É um absurdo! – redarguiu Yolanda. – Não posso acreditar no que estou ouvindo. Justamente agora que conhecemos a elite financeira de Londres, que sabemos onde encontrar os endinheirados, e vem o chefe com essa. Não vou aceitar a ordem! – respondeu rebelde. – E você? – perguntou.

– Desejo mais do que nunca o sequestro de Mr. Mason, mas sem dinheiro e apoio logístico da organização é impossível. Depois nem sei por onde anda esse homem.

– Já investiguei tudo enquanto estava na selva.

– O que encontrou? – perguntou desanimado.

– Que o tal de Mr. Mason é mesmo ligado à coroa inglesa. Ele não está mais em São Paulo, mas vive agora em Londres com a família. Aquela mulher que lhe interessa é a filha; ele tem um filho menor e uma esposa que anda sempre doente.

— E a segurança é forte?

— Nem tanto. Parece até que não se preocupa com o assunto, assim também em relação à segurança da família.

— As aparências enganam. A *Scotland Yard* e o serviço secreto da Inglaterra são muito eficientes. Precisamos tomar cuidado até com nossas pesquisas. Se desconfiarem checarão os nossos passaportes e, então, vamos para a cadeia sem chance de sair.

— Está com medo? – desafiou Yolanda.

— Não tenho medo de nada, sabe muito bem. Não quero perder essa boquinha. O chefe nos deu três meses para obtermos resultados concretos, senão teremos de retornar à selva e trabalhar como qualquer guerrilheiro.

— Eu não vou! – replicou Yolanda.

— Não tem escolha menina! O nível em que você chegou dentro da organização não oferece a você nenhuma outra opção. Não há mais como ter uma vida normal. Agora está ligada para sempre ao movimento, querendo ou não. Por isso, deixe de "frescura" e me ajude a pensar em um jeito de alavancar recursos para convencer o chefe que ainda somos úteis.

— Que saco!

— É a palavra final dele.

— Temos ainda três meses. Vamos encontrar uma saída.

– É bom pensar assim, ajuda mais do que ficar reclamando.

Na selva, De Berry estava ansioso para retornar a Londres. Imaginava a todo instante se a sua amante realmente tinha seguido as suas recomendações. Madeleine, por seu turno, pensava igualmente em De Berry, como estava vivendo o seu amor naqueles dias que antecediam ao resgate. Fizera os contatos indicados, tinha a proteção do serviço de inteligência britânico, mas ainda assim estava preocupada com o desfecho da ação programada. Ninguém no restaurante (nem o próprio dono) sabia da operação.

Após o chá na mansão Adrian, em homenagem a Cristhian Collins, Zulmira sentiu que não tinha mais o que fazer na Inglaterra. Ligou para a amiga em Bath agradecendo a hospitalidade e o convite para ir morar naquela encantadora estância, despediu-se da família, marcando viagem de volta a São Paulo. A senhora estava impactada consigo mesma e desejava o quanto antes retornar ao seu lar, desejando retirar Mr. Mason da cabeça. Não conseguia entender a razão de se fixar assim naquele cavalheiro, que de fato não lhe dera atenção, agindo sempre com cautela. Margareth percebeu algo diferente, chegando a perguntar quando se despedia da amiga no setor de embarque do aeroporto.

– Está tudo bem?
– Sim.

– Não me parece...

– Talvez seja nostalgia antecipada – respondeu resignada. – Estou deixando vocês e não sei dizer se um dia, aqui na Terra, voltarei a vê-los novamente.

– Ainda estaremos juntas.

– Não tenho a mesma certeza.

– Só se não quiser – respondeu com firmeza Margareth.

Margareth, como sabemos, era uma *lady* ligada também à casa real, da mesma forma que sua irmã Katlyn. Bem amadurecida espiritualmente, conhecia a fundo a alma humana. A sua mediunidade era intuitiva, segura, não deixando nada passar ao largo. Observava naturalmente as reações das pessoas identificando em cada gesto ou expressão facial uma realidade que brotava da alma. Hábil e sincera, porém generosa e educada, nunca avançava o sinal, respeitando os limites de cada um e sabendo que, na hora certa, as pessoas acabavam por revelar as suas angústias. Não sabia exatamente o que tinha acontecido com Zulmira, que chegara encantada com tudo, e se despedia um tanto melancólica.

Zulmira, ao desembarcar em São Paulo e se dirigir para a sua casa, respirou aliviada. Vivera dias de princesa; estivera em residência da nobreza; encontrara amigas do coração, mas fora fisgada por um sentimento que até, então, desconhecia e a desconcertava. Desejava a todo custo retirar Mr. Mason do pensamento, mas não conseguia, parando tão somente ante a expressão de cautela e talvez de aversão que despertara no homem que, intimamente, desejava, mas que nessa vida qualquer enlace seria absolutamente impossível. Ah! Se tivesse por perto Padre Antônio para lhe ouvir em confissão!

Visivelmente afetada, procurou a Federação Espírita do Estado de São Paulo, na época situada em prédio tosco no centro da cidade, onde comparecia diariamente, buscando encontrar paz em seu coração. Londres e Bath estariam permanentemente em sua lembrança; sonhava com as termas inglesas, encantava-se ante as flores e não tirava da cabeça a casa dos tijolinhos vermelhos, de Joanne. Escrevia às amigas cartas contando tudo o que com ela se passava, uma forma que encontrou para manter o elo de amor estabelecido entre elas. Assim, ficou sabendo dos trâmites na família real, em virtude da proposta de casamento que Olívia recebera de Cristhian Collins. Ao mesmo tempo, sentia-se angustiada, sem saber divisar a origem do desconforto.

Naqueles dias de aparente calmaria na Terra, o entrechoque de energias no plano espiritual estava demais intenso. Zuleika (a atual Yolanda) espreitava todos os movimentos de Mr. Mason, mas não esquecia um minuto sequer de observar os caminhos percorridos por Olívia, principal foco de seu interesse. Colocara alguns agentes da organização para espreitar a jovem, que se sentia desconfortável, percebendo-se vagamente vigiada.

Em São Paulo, Cristhian Collins também estava tenso com a análise de sua proposta de casamento, pelo serviço secreto inglês, no entanto, não podia sequer supor que essa tensão, igualmente, decorresse das energias enviadas por Yolanda contra Olívia, atingindo-o por via oblíqua.

Marcelo (hoje Mr. Richard) estava demais inquieto. Sabia que todo o seu prestígio estava sendo jogado na organização. Ele que havia batalhado para conquistar um posto elevado, era realmente considerado pelo chefe, recebera grandes tarefas e agora estava em posição delicada, precisando conseguir dinheiro rapidamente e não sabendo como fazer. A sua parceira, obcecada com a ideia de sequestro, não ajudava muito quanto à descoberta de novas fontes.

Nessa situação de impasse, Marcelo recebeu do chefe uma ligação. Determinava-lhe preparar o ambiente para a próxima viagem de De Berry. O guerrilheiro maior estava realmente precisando dos conhecimentos do financista, porque os recursos da organização se evaporavam e novas fontes não surgiam, aumentando a dependência dos rendimentos provenientes das aplicações financeiras, manejadas com habilidade pelo banqueiro, que se esmerava em demonstrar o seu comprometimento com o projeto da guerrilha.

Capítulo 24

Ontem e Hoje

As tensões acumuladas nos dois planos da vida repercutiam na vontade dos seres em provação. Repassando os últimos acontecimentos, Zulmira estava perplexa consigo mesma. Em certos momentos, irritava-se ante a impossibilidade de tirar Mr. Mason do seu pensamento, considerando tremendo absurdo o fato inusitado para uma mulher que já vivera as suas experiências. Inconformada ante a própria impotência, orava constantemente, percebendo, por outro lado, movimentação espiritual que não conseguia entender.

Joanne recolhia-se nos jardins da casa dos tijolinhos vermelhos, ensimesmada com tudo o que tinha acontecido. – Por quê? – indagava-se, sentia aproximar algumas nuvens que não conseguia divisar com precisão envolvendo Olívia e Zulmira, uma amiga que acabara de conhecer?

Olívia era a mais despreocupada, vivendo os encantos da mocidade sonhadora, não sentia nada de obscuro no ar, enquanto o seu pai vivia um tanto retraído, não sabendo bem a razão.

De todos os envolvidos naquelas circunstâncias materiais e espirituais, a lucidez plena estava com Margareth, um espírito bem-elevado, vivendo realmente em missão de ajuda aos afetos de outras vidas e que sentia de forma diferente o desenrolar dos acontecimentos.

Para Margareth, desde o aviso dos espíritos às amigas em Bath, a percepção que tivera quando da presença de Zulmira na herdade e depois na casa da irmã, percebia que algo de misterioso envolvia o destino dessas pessoas, principalmente o cunhado e Zulmira, passando por Cristhian e Olívia.

Despojada de qualquer preconceito porque não via apenas as situações do presente, mas se ligava ao passado, a senhora, enquanto caminhava solitária pelas ruas de Londres resolveu parar na Abadia de Westminster para se reconfortar com a oração. Já há algum tempo não visitava o templo de coroação de reis e rainhas e onde jaziam as personalidades mais ilustres do Império Britânico. Ali, no silêncio monacal dos beneditinos, ergueu a Deus sentida prece revelando a humildade de um coração voltado inteiramente ao bem.

– *Senhor – principiou – aqui estou de joelhos ante a sua potestade rogando amparo aos meus familiares e amigos. Sinto no meu coração que forças terríveis se articulam em nome da vindita para ferir irremediavelmente espíritos que nessa encarnação avançam em sua direção, superando obstáculos gigantescos, tendo de enfrentar aqueles desafetos que amargam rancores injustificáveis ante as oportunidades de perdão que já receberam. Não sei de onde vêm as tentati-*

vas de desestabilização de famílias dignas, mas a sua proteção tudo pode e a sua mão, no momento certo, há de desviar os ataques injustos, perpetrados por mãos inimigas e corações empedernidos.

Terminada a prece, levantou-se com os olhos marejados, sentindo o ambiente calmo à sua volta, embora a Abadia fosse frequentemente visitada por inúmeros turistas. Naquele momento, ao olhar a nave da catedral, o altar e as fileiras de bancos ladeados de colunas gigantescas, postou-se ante a beleza da pálida iluminação nas quais há séculos os fiéis buscavam encontrar uma intimidade reclusa.

Retornando à praça da catedral, caminhou em direção ao Rio Tâmisa e de lá se dirigiu à sua residência, quando ligou para a sobrinha convidando-a para um encontro. Margareth, reflexiva, iniciou a conversa:

– Não estranhou eu ligar nesse horário?

– Fiquei curiosa, não nego, afinal a senhora normalmente é muito organizada e faz tudo com antecedência.

– Agora improvisei – redarguiu Margareth.

– Precisa de alguma coisa?

– A rigor, não. Hoje estive orando em Westminster.

– Que bom, faz tempo que não vou à Catedral.

– Pois deveria ir com mais frequência. Parece que ali os deuses falam com a gente em linguagem coloquial.

– Está tão misteriosa... – aduziu Olívia.

– É que sinto algumas nuvens rondá-la, minha querida.

– Estou feliz e talvez esse sentimento afaste outras percepções.

– Talvez... Mas, mesmo assim, cuide-se.

– O que devo fazer?

– Vigiar e orar, essa é a receita. Só assim afastará aqueles que desejam atingi-la. E o seu pai como está?

– Ao que me parece um pouco mais envelhecido. Não sei se é preocupação com o meu casamento.

– Pode ser. Fale para ele se cuidar, está bem?

– Não estou te entendendo, minha tia. Aquela reunião em Bath te influenciou tanto?

– Mais do que imagina. Foi um aviso importante e que não podemos desconsiderar, até que passe o momento.

– Se é assim tão preocupante, falarei com papai, sem lhe dizer, naturalmente, acerca das nossas "traquinices" espirituais.

Olívia saiu e Margareth continuou pensando em como fazer para lançar sobre os seus uma rede de proteção, necessária naquele momento, ante tantos avisos e premonições.

Mr. Richard não sabia o que fazer. Com o corte da verba determinado pelo chefe da guerrilha, ele e Yolanda estavam vivendo em pequeno hotel na periferia, sem o conforto a que estavam acostumados e ainda assim tendo de economizar em todos os sentidos. Rebeldes e inconformados discutiam novos planos de arrecadação, que não seguiam em frente, porque, no fundo, ambos estavam obcecados pelo desejo de sequestrarem Mr. Mason e Olívia.

Richard sentiu-se feliz quando o chefe o chamou para um encontro na selva, vendo nesse fato nova oportunidade para obter a tão desejada permissão para o sequestro premeditado e cujo plano já estava esboçado. Para tanto, precisava de dinheiro e pessoal especializado, como ocorrera quando da captura do banqueiro.

O chefe havia decidido, ante a insistência do financista, que poderia propiciar-lhe mais uma visita a Londres e dessa vez foi categórico:

– Não vamos encaminhá-lo todos os meses a Londres – falou incisivo.

– Não foi esse o combinado? – respondeu o prisioneiro.

– Por isso, estou comentando com antecedência.

– Alguma razão especial?

– Sim! O risco é muito grande; exige uma logística especial e o custo é elevado. Jatinho, pessoas, sondagens, e tantos outros detalhes. A organização tem um objetivo claro: derrubar o governo e instalar no país um novo regime. Não podemos perder mais tempo com caprichos pessoais.

— Nesse caso — reconheceu De Berry — você está dizendo que não poderei realizar a única coisa que me motiva nessa vida?

— Entenda o que eu falei. Não iremos mais enviá-lo todos os meses, mas apenas quatro vezes ao ano e em data que escolhermos. Trata-se de uma questão de segurança.

— Parece que não tenho escolha.

— Entendeu. E só agiremos assim se os resultados financeiros compensarem, como até agora.

— Posso dar a você uma demonstração de lucratividade excepcional, desde que, dessa vez, me deixe pelo menos dormir uma noite em Londres. Explico melhor: terei oportunidade de analisar todos os índices conforme as publicações locais e perceber a tendência do mercado visitando, disfarçado naturalmente, a bolsa de valores. Você não irá se arrepender com os resultados imediatos.

— Está escondendo alguma coisa?

— Não seria louco! Apenas quero garantir o mínimo de satisfação para a minha vida aqui. Se, infelizmente, não for possível, continuarei a apresentar os resultados de sempre, nada de excepcional, como estou propondo.

— E por que não falou isso antes?

— Você não acreditava ainda no meu serviço.

– Era só explicar.

– Desculpe-me chefe. Veja a minha situação: apresento resultados, combinamos uma coisa e agora nem o mínimo deseja me dar. A organização passa por dificuldades financeiras, que estou amenizando, mas posso contribuir muito mais fazendo enorme diferença. Para tanto, preciso de condições de trabalho. É bem verdade que ao ir a Londres e lá dormir, visitar a bolsa de valores, estou ciente que haverá mais gastos e dificuldades logísticas para a organização, mas se tudo for bem feito, prometo que em dois meses sairemos das dificuldades financeiras contando com os mesmos recursos hoje aplicados. É questão de sabermos direcionar os investimentos de risco, e para isso precisamos acompanhar o mercado no local, participando dos lances.

– Vou pensar nessa sugestão.

– Mas, o que desejo é ir conforme o combinado para o meu restaurante favorito em Londres.

– Isso já está resolvido. Mandei chamar o Richard para orientá-lo. Novas visitas vão depender de outra conversa.

– Aguardarei.

De Berry retirou-se do encontro preocupado. Sentiu que havia algo no ar, imperceptível aos sentidos mais grosseiros, que não conseguia, contudo, captar. O chefe estava desconfiado. Será que algum espião tinha passado informações?

Na condição de materialista convicto, o banqueiro não tinha conhecimento das manifestações espirituais. O chefe de um dos mais poderosos grupos terroristas do planeta mantinha contato com entidades do baixo astral que diligenciavam a todo instante informando-o, quando em desdobramento noturno, sobre os passos engendrados pelos adversários da guerrilha. No caso, as entidades que atuavam junto ao guerrilheiro sentiam percepções diferentes, mas os bloqueios levantados pelas entidades do bem, que trabalhavam para conter as ações de Richard e Yolanda, estavam conseguindo resultados. Perceberam a possibilidade de atingir o coração da organização, reduzindo drasticamente os ganhos financeiros e, para tanto, se utilizariam da ambição desmedida do banqueiro.

De Berry, apesar de acuado, não deixou de ser o jogador habilidoso de sempre. Se conseguisse o seu intento de fugir sabia de antemão que a guerrilha faria tudo para capturá-lo. As informações que detinha eram tão importantes que o único jeito de sobreviver era apoiar o movimento estando em liberdade, e ainda assim ganhando muito dinheiro com as aplicações financeiras da organização em seu banco. Teria de ludibriar a polícia, passar informações corretas ao chefe, em troca de sua vida. Em outras palavras: propunha ser um guerrilheiro com liberdade, aplicando o dinheiro da organização através do seu estabelecimento, gerando assim lucro para a guerrilha e para si próprio.

Sabendo que seria interrogado pelo governo, preparou cuidadoso plano diversivo, anotando detalhadamente em carta dirigida ao próprio chefe, que a ele deveria chegar por intermédio de Yolanda, a acompanhante. Desejava, assim, salvar a mulher entregando-lhe a carta endereçada ao comandante, com os códigos de comunicação.

Na carta escrevia:

Caro Chefe,

Aprendi a admirá-lo ao longo do nosso tempo de convívio. Agradeço-lhe a confiança depositada e o fato de ter cumprido com a sua palavra. Eu também cumpri com a minha. Em nenhum momento prometi que não tentaria uma fuga; a busca da liberdade para mim era essencial.

Ao longo do tempo precisei tomar conhecimento de toda a logística operacional da organização, indo muito além das questões financeiras. Sei todos os nomes, disfarces, telefones e características dos agentes no exterior, incluindo partidos políticos que auferem financiamento da guerrilha, seus líderes, os apoios que recebem de governos, dentre tantas outras informações. O mais importante: conheço o montante dos recursos aplicados, por onde transitam as senhas. Informo que quando receber essa carta já terei bloqueado 50% das aplicações, podendo atingir valores mais elevados.

Informo que não tenho nenhuma intenção de delatar o que sei ao governo, que nada fez para me libertar. Devo a minha liberdade à minha inteligência e a ninguém mais. Quero preservá-la; não desejo viver foragido; sei que é impossível enganar a organização por muito tempo.

A proposta que tenho é a seguinte: em troca da minha liberdade e segurança manterei sigilo absoluto do que sei. O governo irá interrogar-me; desejará saber por que con-

segui o privilégio de ir a Londres. Meu plano é informar que estava ajudando financeiramente a organização e vim para verificar as aplicações na bolsa, entregando a eles a conta do Banco "X", meu concorrente, que desejo destruir. Transferi para esse banco o valor que verificará e peço não tentar retirar. É uma pequena isca que deixará as autoridades satisfeitas, pressionarão o meu concorrente a ponto de retirar-lhe a carta de concessão e desse ficarei livre.

Os demais valores, como você poderá constatar, aplicá-los-ei no meu banco, rendendo muito mais do que até então, como havia lhe dito, porque estarei em Londres de posse de todas as informações financeiras de que necessito para arriscar. Você verá o resultado em poucos dias, após a minha liberdade.

Para a organização serei mais útil fora da selva do que dentro. Não precisarão gastar comigo em termos de locomoção, segurança. O preço a pagar é a liberdade dos seguranças que me acompanhavam no restaurante. Para eles pretendo contratar os melhores advogados e desejo amenizar os problemas que terão na cadeia até um dia poder libertá-los.

Pelo meu trabalho, cobro 10% de comissão. Apesar de elevado e fora do mercado, verá como vale ser amigo de De Berry.

Gostaria de um dia poder ajudá-lo no governo do seu país. Você realmente merece ser o presidente da república.

Aguardo a sua resposta conforme os códigos mencionados. Se não puder aceitar a proposta, entendo e estarei entrando em regime de prontidão.

Mas se aceitar o acordo espero que o faça com "Honra", como fiz e cumpri, e como o Comandante fez e cumpriu.

Desculpe-me o transtorno.

Assinado: De Berry

Datado e assinado, o documento foi cuidadosamente guardado. Outro documento foi redigido por De Berry na hipótese da estratégia de resgate não dar certo. Escrevera uma dolorida carta de despedida à sua amante, agradecendo o esforço, jurando amor eterno. Pediu para manter o romance que tiveram em segredo e para transmitir à mulher e aos filhos o seu "Adeus" e nada mais.

O banqueiro estava jogando todas as suas fichas naquela viagem. Se tudo desse certo teria o coração financeiro da guerrilha nas mãos, ganhando muito dinheiro, embora soubesse que a sua fuga seria imperdoável de qualquer forma. Tinha como agir, protegendo-se, porque na atual circunstância conhecia a estratégia do inimigo, levando em princípio enorme vantagem, pelo fator surpresa. Se, por outro lado, por qualquer razão a fuga malograsse e a guerrilha detectasse as suas ações, certamente seria eliminado.

Nessa disputa de vida e morte, De Berry esperava vencer e estava igualmente excitado quando o Comandante o chamou para uma conversa antes da partida.

– Prepare-se porque irá partir para Londres depois de amanhã. A viagem será no mesmo avião. Já sabe as regras. Não estou gostando dessa sua mania. Quando regressar nós vamos ter outra conversa – reafirmou o chefe preocupado.

– Pensou sobre o que lhe falei no nosso último encontro?

– Não estou seguro.

– Não deseja aumentar os ganhos financeiros?

– Desde que não comprometa a organização.

– Mas a segurança é absoluta. Conheço todos os meandros e o informarei detalhadamente.

– Conversaremos sobre isso após o seu retorno. Agora boa viagem.

– Obrigado chefe.

De Berry estava satisfeito com a estratégia até então adotada. Mostrando-se interessado em aumentar os resultados, desanuviava a tensão, ganhava confiança, o que era necessário para aquela viagem. Depois, era viver bem ou morrer miseravelmente. Nunca esteve nas cogitações de De Berry qualquer ação suicida. Como agente de negócios prático e inteligente, sempre tentaria alguma coisa para se safar, mesmo em momentos difíceis, o que se espera dos homens de coragem.

No horário combinado, o avião decolou da selva amazônica diretamente para Londres. O plano de voo era perfeito. Dez horas após, o aparelho aterrissava no aeroporto, exatamente como da vez anterior, seguindo os mesmos procedimentos. De Berry, rapidamente passou pela Imigração, acompanhado de Yolanda, procurando observar os mínimos detalhes.

Uma coorte de espíritos encapuzados acompanhava o grupo procurando alertá-lo ante qualquer movimento suspeito. Do outro lado, invisível a esses espíritos, estava outro grupo espiritual em apoio aos policiais, ajudando-os por meio de sugestões intuídas. Era interessante observar como se dava o confronto nos dois lados da vida, e a assimilação dos encarnados em momentos de tensão. O mais aflito era De Berry, que não notou a presença de nenhum policial, nada de diferente, parecendo-lhe que o seu plano fracassara. Para se confortar, se lembrava da rodela de limão espetada em um palito no prato quando foi servida a sua última refeição no restaurante, dando-lhe a entender que Madeleine recebera a mensagem e enviava, dessa forma, a sua comunicação de recebimento.

A comitiva chegou ao restaurante ocupando as mesmas mesas já reservadas, o garçom apresentou o cardápio e o pedido foi registrado. De Berry sentiu que tudo tinha fracassado. Ele tomou a iniciativa, como da vez anterior, de ir à *toilette* para deixar o seu bilhete para a amante. Visivelmente abatido, foi seguido de dois seguranças. Entrou no "box" seis, fechou a porta e abriu o azulejo de sempre. Quando foi colocar o bilhete de despedida, notou que lá se encontrava um outro, abriu-o rapidamente e leu num só fôlego.

Meu querido:

Preste atenção e siga corretamente essas instruções.

A Scotland Yard e o serviço secreto já estão trabalhando. Para evitar uma tragédia, porque os seguranças que o acompanham estão todos armados, decidiram retirar os demais clientes sem despertar suspeitas, alegando problemas nas instalações. Estão agindo com cuidado. Retorne à sua mesa e aguarde. Quando perceber uma fumaça, deite-se embaixo da mesa. É uma simples simulação de incêndio, mas o gás emitido é paralisante. Por isso, leve essa pequena toalha que está ao lado e, quando na mesa, deixe cair um molho na camisa. Procure limpá-lo com a toalha umedecida (use a água mineral). Quando vir a fumaça e ouvir a sirene de incêndio, repito, atire-se no chão e leve imediatamente a toalha ao rosto, evitando ficar inconsciente. Não saia dessa posição até ser retirado pelos guardas.

Para confirmar o plano vou sair uniformizada para cumprimentar os cavalheiros da mesa ao lado, todos agentes do serviço secreto.

Mesmo com o disfarce, conheço os seus olhos e fixarei neles por alguns instantes, transmitindo-lhe confiança.

Não tema, tudo dará certo.

Beijos!

De Berry decorou tudo, mas mesmo assim colocou para a sua amante a carta que havia preparado na hipótese de algo não dar certo.

Chegando à mesa, esperou pela entrada da *Chef* no salão, e seguiu exatamente o combinado. Agiu conforme a recomendação do bilhete, deixando o molho manchar a sua camisa, quando, então, Yolanda o chamou de desastrado, ao que ele respondeu:

— Preste muita atenção no que vou lhe dizer agora e siga sem questionamentos.

— Sabe que não posso obedecer-lhe. Quem dá as ordens aqui sou eu.

— Eu sei, mas preste atenção e escute.

— Fale.

— Fique quieta e não demonstre espanto. Está aqui uma carta que fiz para o chefe na hipótese de alguma coisa dar errada. Guarde-a sem ninguém perceber.

A moça, espantada, pegou a carta por debaixo da mesa e a colocou na liga da meia-calça sem gerar qualquer suspeita. Em seguida perguntou:

— O que aconteceu?

— Quando fui ao banheiro percebi um movimento diferente. Conheço os agentes. Alguém deu com a língua nos dentes.

— Está de golpe?

— Não minha cara. Se ficar aqui poderá ser presa e nunca mais vai sair da cadeia. Faça o seguinte: peça para um dos seguranças chegar até a mesa para ficar comigo enquanto você vai à *toilette*. Aproveite a oportunidade e saia pela porta dos fundos. Não saia pela frente do prédio, que deve estar lotada de agentes. Eu conheço bem o local, aqui está um pequeno mapa de fuga pela casa do lado. Siga o roteiro e se tiver alguma dúvida do que estou falando, pode voltar dentro de meia hora. Se perceber algo diferente, não retorne e entregue a carta ao chefe.

– Por que está fazendo isso?

– Por necessidade. Sei o que estou falando. Siga corretamente que pelo menos você escapa, os outros não têm mais jeito. Serão presos.

– E seu eu não seguir o seu plano.

– Em minutos será presa.

Yolanda, rápida como sempre, levantou-se, dirigiu-se à mesa ao lado, pediu para um segurança sentar-se em seu lugar, foi à *toilelte,* leu o bilhete e em minutos estava fora do local não despertando suspeitas. Logo a seguir, com o salão parcialmente evacuado, porque alguns clientes foram resistentes, começou o princípio de incêndio, na realidade a polícia havia jogado no ar gás paralisante. De Berry imediatamente atirou-se ao chão sob a mesa, levou a toalha umedecida ao rosto, ali permanecendo até que mãos fortes o retiraram, levando-o para fora ainda um pouco tonto, mas livre.

Conseguira fugir da organização; tinha-a agora nas mãos; precisava responder a uma infinidade de interrogatórios da polícia para ele fáceis ante aos que se submetera na selva. Yolanda, após sair, tentou retornar, quando percebeu um número assustador de carros de polícia. Entrou no primeiro metrô e desapareceu. Quando se sentiu segura, abriu o bilhete e leu a mensagem de De Berry ao chefe, exclamando:

– Que inteligência!

A moça procurou Richard imediatamente, mas não o encontrou, e quando se deparou com o primeiro telefone ligou para o quartel central da guerrilha na selva posicionando o acontecido. Recebeu ordens de sair imediatamente de Londres, sem avisar o companheiro. A jovem embarcou para Dover e de lá atravessou o Canal da Mancha desembarcando em Calé, seguindo para Paris, de onde voou para a Amazônia Central.

Recebida imediatamente pelo chefe, entregou-lhe a carta de De Berry. O Comandante deu um murro na mesa, exclamando:

– Miserável! Passou todos nós para trás e ainda quer ganhar dinheiro às nossas custas.

Não quis saber os detalhes que Yolanda pretendia contar. Interessou-se somente pela forma como ele se dirigiu à moça salvando-a da polícia para ser a mensageira. Imediatamente, pediu para os seus assessores enviar um comunicado a De Berry, conforme os códigos sugeridos pelo financista, para que não acontecesse uma catástrofe com os agentes em todo o mundo a serviço da organização e não desaparecesse o dinheiro de todas as aplicações.

Em Londres, assim que resgatado pela polícia, De Berry simulou um desmaio, balbuciando que desejava ver a mulher e os filhos. Enviado ao hospital, o banqueiro foi imediatamente internado, sem condições de ser interrogado. Ao lado da família que, no fundo desprezava, mostrou-se choroso, desempenhando com habilidade o papel de vítima. Pediu encarecidamente que a imprensa não comparecesse com medo da retaliação que certamente viria da guerrilha, infiltrada em Londres e capaz de atingi-lo no leito do hospital. A segurança foi reforçada e dias após, Madeleine compareceu discretamente para ajudá-lo, disfarçando-se de freira, como ele recomendara no último bilhete.

A sós com a amante, agradeceu o empenho, dizendo:

— Você é a única pessoa em quem confio.

— Sabe que tudo faria para vê-lo livre — respondeu a mulher. — Sofri muito a sua ausência, mas sabia que daria um jeito de fugir.

— Somos feitos da mesma cepa — aduziu De Berry. — Poucas mulheres teriam sangue-frio, a sua inteligência e audácia. Quando tudo terminar, quero ficar para sempre ao seu lado, longe daqui. Não vou mais me preocupar com as convenções sociais, até porque pretendo desaparecer.

— O que vai fazer?

— Por enquanto terei de ficar à disposição da polícia. Reassumirei os negócios, vivendo mediante restrita vigilância. Não poderei ir mais ao restaurante. Por isso, a nossa comunicação será diferente.

— Diga tudo que eu faço.

— Preocupo-me com você. A polícia não irá dar mais sossego.

— Desde o seu bilhete já não faço mais nada sem antes avisá-la.

— Ela provavelmente já sabe desse seu disfarce.

– Pode ser, embora eu tenha tomado cuidados especiais.

– O que fez?

– Saí diretamente de um convento e para ele vou voltar. Tenho uma amiga freira que está me ajudando, mas não sabe do que se trata.

– Que bom! Dessa vez é possível que tenha conseguido enganar, mas o disfarce não pode ser repetido.

–Vou solicitar ajuda da minha amiga.

– É bom, mas cuidado com a sua segurança.

– A polícia está me protegendo.

– Não há proteção possível contra esses loucos.

– O que devo fazer?

– Peça a conta do restaurante. E siga essas instruções rigorosamente. Irá desaparecer. Dinheiro não lhe faltará. Transferi para a sua conta mais de um milhão de libras.

– É muito dinheiro.

– Para você é pouco. Teremos muito mais.

– Agora vá e siga as minhas instruções. Quando estava na selva pensei em tudo. Tinha tempo e a vontade de ser livre era maior do que tudo. Eu nunca disse isso a mulher alguma.

– O que?

– Eu te amo!

– Você é a razão da minha vida! – respondeu a *Chef* do principal restaurante de Londres, ao financista.

De Berry, como previsto, respondeu a inúmeros interrogatórios. Tinha todas as respostas prontas. Quando cansado, pedia para continuar no dia seguinte.

Voltou ao banco reassumindo o seu lugar. Os diretores espantaram-se com a presença do chefe. Todos foram demitidos. De Berry queria compor uma nova diretoria, que não tivesse a memória da empresa e cujo objetivo era administrar o banco de forma diferente. Seus negócios, com o dinheiro da guerrilha, iriam se multiplicar, e os diretores deveriam gerir a instituição de forma discreta. Por isso, aos escolhidos fez severas recomendações.

O banqueiro também não confiava no acordo feito com a guerrilha. Afinal, passara a perna em todos os deixando com "cara de tacho" e ainda tinha-os nas mãos do mesmo modo que detinha o controle financeiro do grupo. Portanto, era certo que a organização tentaria infiltrar algumas pessoas no banco com a finalidade de eliminá-lo e controlar todas as aplicações. Ciente dos passos que os inimigos dariam, contava com a vantagem inicial gerada pelo efeito surpresa. Até os adversários formularem uma estratégia viável e encontrar no mercado gente capaz de executá-la, teria com tranquilidade pelo menos um ano, tempo que considerava mais do que suficiente para passar à fase dois do seu plano, elaborado ainda no cativeiro.

As Partidas Dobradas

A imprensa não registrou o resgate do banqueiro por questão de segurança nacional, mas a notícia correu rapidamente e, no mesmo dia, Richard (Marcelo) percebeu que algo havia dado errado. Os seguranças desapareceram e os demais agentes da guerrilha constataram a existência de princípio de incêndio no restaurante, concluindo com facilidade que todos tinham sido presos e que certamente dariam com a língua nos dentes. A ordem emitida era de fuga em massa; cada um por si. Richard desapareceu imediatamente fazendo contato com a guerrilha na selva somente quando se encontrava em Portugal, onde imaginava encontrar Yolanda (Zuleika). Informado que a companheira voltara para a selva, resolveu retornar ao quartel general. Naquele momento, a selva era o lugar mais seguro.

Dias após, encontramos os dois companheiros vestidos como guerrilheiros típicos conversando:

– Agora terminou a nossa boa vida em Londres – argumentava Yolanda.

– Penso que ficou mais fácil a gente obter autorização do chefe para sequestrar o tal de Mr. Mason.

– Está louco!

– Pense comigo: a polícia inglesa e o De Berry nos chamaram de idiotas. O banqueiro ainda está com a grana da organização que, nesse momento, não pode fazer nada. Você acha que o chefe vai ficar quieto? – Duvido! – ele mesmo respondeu.

– Na realidade – confirmou Yolanda – não deve ficar quieto mesmo.

– Se bem conheço o chefe ele vai à forra.

– Tem algum plano?

– Tenho vários, mas não posso mostrá-los agora. O chefe é supersticioso e certamente está pensando que somos azarões. Se partir de nós, o plano será rejeitado.

– Como pensa fazer?

– Vou conversar com o Ramirez, que quer se projetar e tem proximidade com o chefe. Apresento o plano, deixo o cara faturar e, como retribuição, ele sugere os nossos nomes ao mandachuva para a fase de execução. O Ramirez é limitado e caberá a nós mandarmos de fato.

– Ele será o nosso testa de ferro? – salientou Yolanda.

– Exatamente.

– Por outro lado, o chefe não tem nenhuma outra pessoa mais qualificada para operar em Londres. Se a gente agir com inteligência, tudo virá às nossas mãos, basta ficar quieto e esperar.

– Por isso, admiro você. Nunca baixa a cabeça. Está sempre maquinando.

– Obrigado pelo elogio.

– Falei a verdade.

No dia seguinte, Richard procurou Ramirez, após mais um dia de trabalho na organização. O diálogo entre eles foi interessante.

– O banqueiro foi muito esperto – principiou Richard. – Passou a perna em todo mundo, está livre, ganhando dinheiro e chamando todos nós de bobos. Se ficarmos quietos ele será o Comandante de fato da guerrilha, tornando isso aqui uma filial dos seus negócios. E os nossos ideais de liberdade, onde ficam? E o nosso desejo de implantar um novo regime político? O golpe que o banqueiro nos deu pode ser mortal se não reagirmos a tempo.

– Tem alguma ideia? – perguntou Ramirez.

– Muitas, mas o chefe tem razão. Não temos culpa, mas estávamos lá. A polícia fez o que quis dos nossos seguranças, que não deram um único tiro e todos foram presos.

– É uma lástima! Mas, não me falou o seu plano.

– Bom, chegar ao banqueiro é agora impossível. Então, como resposta, eu penso que a gente deve devolver a humilhação sequestrando outro empresário inglês o quanto antes. Eles precisam sentir que recapturaram um e perderam outro no dia seguinte, só assim a nossa moral se eleva até conseguirmos pôr novamente as mãos no De Berry.

– Se você me permitir, eu falo com o chefe.

– Por mim tudo bem, mas ele não deve saber que a ideia partiu de mim. Está com raiva e eu não tiro a razão dele. Se quiser apresente o plano, como seu.

– Mas, ele vai me perguntar qual o empresário que a gente deve sequestrar.

– Peça para ele buscar sugestões. E se desejar, solicite que me inclua entre os consultados, porque conheço Londres, a polícia inglesa, falo bem a língua, domino os hábitos e costumes locais e sinto-me igualmente injuriado.

— Amanhã estarei com o chefe e vou conversar sobre a nossa derrota. Ele está tão furioso que não quer nem ouvir referência, mas quando perceber que a gente pode virar o jogo, começando com o sequestro de outro empresário, tudo vai ficar mais fácil.

— Espero que tenha êxito. A mim ele não quer nem receber, como se eu tivesse culpa pelo banqueiro ter passado a perna nele.

Na realidade, Richard estava usando o companheiro para levar o chefe a embarcar na aventura de mais um sequestro – o de Mr. Mason, como forma de desforra pela captura do banqueiro, demonstrando à polícia inglesa que a guerra estava começando.

Conhecendo a personalidade do dirigente e sabendo que ele nunca fora de ficar na defensiva, Richard imaginava que, naquele momento, tinha chances reais de pôr as mãos no poderoso empresário ligado à própria coroa, chegando em seguida à sua filha, objetivo final da empreitada alucinada, conduzida por um psicopata extremamente hábil.

O revés sofrido pela guerrilha com a fuga do banqueiro havia repercutido no outro lado da vida. Três correntes espirituais atuaram diretamente na operação De Berry, a saber:

1ª – A das entidades vinculadas diretamente ao próprio banqueiro, que o inspiravam o tempo todo na formulação da estratégia de fuga. Eram seres obcecados pelo dinheiro, que enquanto encarnados viviam debruçados nas planilhas das bolsas de valores do mundo e, no astral, continuavam com o seu apego material, inspirando pessoas aqui na Terra ligadas ao mercado financeiro com as quais tinham afinidades.

Esses espíritos tramam o tempo todo, vibram quando conseguem atingir a moeda de um país desequilibrando o jogo do poder mundial. De Berry era afinado com eles e pelos seus notáveis conhecimentos na matéria era o médium ideal para jogar com altas fortunas.

Quando de seu sequestro, as entidades logo perceberam a fragilidade das contas da organização guerrilheira, levando-a propositadamente à bancarrota ao sugerir, intuitivamente, ao financista do grupo aplicações arriscadas, que ele, por falta de preparo técnico, aceitava sem questionar. Foi fácil a essas entidades introduzirem o seu protegido, *expert* na matéria, sugerindo-lhe o ousado plano de fuga, assim como o do controle posterior do dinheiro da organização, um golpe de mestre.

2ª – A luta estabelecida entre os espíritos que auxiliavam De Berry na fuga, utilizando os seus conhecimentos financeiros para lhe propiciar uma condição de vida mais favorável (visita mensal ao restaurante em Londres) tirando-o da selva e colocando-o em *habitat* favorável à evasão, e os que, espiritualmente assessoravam os guerrilheiros, foi intensa.

Do lado da guerrilha, os mentores dos dirigentes, principalmente o do chefe, o tempo todo tentaram alertá-lo, desesperando-se quando ele autorizou a segunda viagem do banqueiro à capital da Inglaterra. O chefe relutou e só não voltou atrás para sustentar a palavra que havia dado com "Honra" e porque, com o fracasso dos últimos ataques do grupo, as aplicações no mercado financeiro eram por demais importantes. Não poderia, naquele momento, perder De Berry e nem contrariá-lo frontalmente. Mas, no fundo, não estava satisfeito com a situação, tanto que já havia decidido reduzir drasticamente as idas do banqueiro a Londres. As mensagens chegaram-lhe, mas o chefe não conseguiu decodificá-las, porque a terceira corrente desequilibrou o jogo.

3ª – Tanto as primeiras entidades (ligadas ao banqueiro) quanto as segundas (vinculadas aos terroristas) se encontravam em mesmo nível vibratório. Para a sociedade, a violência direta salta aos olhos e os atos terroristas são realmente reprováveis, mas especulações financeiras que chegam a desequilibrar países e impõem recessão no mundo inteiro gerando fome, doença, prostituição e orfandade, podem até ser consideradas piores do que certas atuações diretas e localizadas, tal a extensão dos estragos sociais que provocam, principalmente nos países pobres.

Portanto, nesse caso, o nível vibratório caminha em parelha, sendo mais negativo para os que visam tão somente ao ganho fácil sem o anteparo de qualquer ideal, mesmo que equivocado. Mas, as entidades elevadas contribuíram para toldar as percepções do chefe, acreditando que o enfraquecimento da entidade guerrilheira era importante e, num segundo momento, quando as autoridades percebessem as manobras financeiras do banqueiro, com valores sem origem definida, dariam também na especulação um golpe mortal, atingindo, como se costuma dizer, "dois coelhos com uma só cajadada".

Yolanda, com o falecimento do Padre Antônio e o distanciamento de Zulmira, já não tinha mais os apelos espirituais para uma proteção do bem. Seus atos confundiam-se na perversidade e a cada dia a jovem se distanciava mais da possibilidade de realizar conquistas enobrecedoras.

Richard, de há muito, tinha se enveredado pelo mal e não admitia sequer a formulação de um único pensamento voltado ao bem. Tudo nele ressumava ódio, vingança, desamor. Ambos os guerrilheiros viviam em frequências baixas atraindo o que há de pior no astral e, por isso, gozavam de certa proteção das entidades afins. No entanto, com o avançar do tempo, chamavam para si um doloroso reajuste, que inevitavelmente viria.

O tempo, contudo, seria o senhor da razão e por enquanto os nossos personagens idealizavam realizar os seus sonhos mais mórbidos, situando na esfera do pensamento distorcido a jovem Olívia, que Richard desejava submeter às mais duras humilhações, assim também o seu pai, enquanto que Yolanda tramava levar à morte aquela que imaginava ser a sua rival, somente para aparecer na vida de Cristhian como o ombro amigo sobre o qual ele se apoiaria em momento de desespero.

O que estava por detrás de tanto ódio e maldade? Como as entidades elevadas defenderiam os seus protegidos que trilhavam os caminhos do bem? Qual a trama que ligava esse grupo? Tantas perguntas só encontrariam resposta nas vidas passadas, mas, nessa encarnação, o sofrimento chegaria de uma forma ou de outra a todos os envolvidos, como testes propostos pela espiritualidade, visando provar uns e levar outros à transformação, aplicando-se, contudo, invariavelmente as leis de causa e efeito, ação e reação.

Capítulo 25

Momentos de Aflição

Em manhã fria de inverno, enquanto soava as dez badaladas do Big Ben em Londres, dois jovens usando capuzes, a fim de se defender da neve, caminhavam apressados sobre a ponte do Rio Tâmisa. Visivelmente agitados, Yolanda e Richard, nossos conhecidos, estudavam o roteiro que Mr. Mason costumava percorrer de carro todos os dias. Fora decretado pelo chefe da guerrilha, refugiado em um lugarejo da selva da Amazônia Central, que o empresário deveria ser sequestrado e, logo após, a sua filha, como forma de represália ao governo britânico, pela captura de De Berry.

O frio cortante impedia praticamente os jovens de falar, por essa razão cada qual estava voltado às preocupações do momento, quando resolveram tomar um chá em uma casa situada na parte lateral esquerda do Tâmisa, quase embaixo da ponte. Retirando os capuzes eles já se encontravam em ambiente calafetado, conversavam sobre a missão que indiretamente haviam sugerido. Ramirez, o companheiro de jornada, não estava presente, de forma que poderiam conversar à vontade. Aqueles meses na selva, os duros trabalhos que tiveram de suportar, a falta do conforto a que estavam acostumados, fizerem com que a dupla se aproximasse muito, deixando a reserva de lado, até porque Richard fora rebaixado na organização, não podendo mais se apresentar como chefe de Yolanda. Em posições iguais, subordinados a um companheiro que julgavam inferior aos seus talentos, estavam revoltados. Yolanda, a mais inconformada, comentou:

– Não aguento essa vida de miséria. Não sei o que você pensa, mas eu não volto para a selva e nem me subordinarei ao comando. Quero retornar àquela boa vida de antigamente, como agente de uma organização que me valorize, ou então vou formar o meu próprio grupo. O que você acha?

– Já estou cansado de ser mandado por um cara que não sabe nada. Quero ser respeitado e não desejo viver na selva. Mas, o chefe é muito poderoso no mundo inteiro. Se desertarmos ele irá nos caçar dia e noite com medo de passarmos para o lado contrário, delatando os companheiros ou transferindo à polícia informações preciosas. Não sei como fazer. Tem alguma ideia?

– Em primeiro lugar, a gente precisa terminar esse trabalho. Com resultado favorável o chefe certamente nos concederá mais alguns meses em Londres. No fundo, ele aprecia a eficiência. Enquanto você dava resultado, era paparicado e invejado; a sua sorte mudou quando caiu a arrecadação.

– O cara não tolera nada. Só pensa em dinheiro. No fundo está certo, sem dinheiro, o que se faz?

— Porém, acaba perdendo bons companheiros, como nós, por exemplo. Mas vamos ao que interessa: se tudo der certo vamos ficar aqui com condição de organizar o nosso grupo, depois naturalmente de satisfazer a sua tara por aquela mulher.

— Deixa disso – replicou Richard. – Pensa que não percebi que você cairia de quatro para o namorado dela?

— Olha como fala comigo! Nunca te dei essa liberdade.

— Deixa de conversa. Eu quero aquela mulher, sim. Quero submetê-la a tudo, assim como ao pai arrogante. Agora, você está apaixonada e se o cara lhe pedir para mudar de vida, oferecendo casa, do bom e do melhor, você vai se tornar até uma mulher submissa.

— De onde tirou essa ideia maluca?

— Da sua própria vida, ora! Você não me engana. Quer sim um amor, e esse é o cara que escolheu. Mas o tal só tem olhos para Olívia, mora no Rio de Janeiro numa boa e nem sabe mais se você existe.

— Eu nunca desisto dos meus projetos.

— Confessa, então, que está apaixonada.

— Apenas gosto – respondeu sem convicção.

— Engana-se, minha cara – complementou Richard em tom inusitado para o de sua habitual rudeza.

— Sei que a gente ficou amigo. No fundo, não tenho ninguém na vida, e você também não. Esse caminho que a gente escolheu não tem volta. Depois de muito tempo, hoje estou começando a pensar que tudo poderia ter sido diferente, não fosse aquela pobreza na favela, um pai que eu conheci pouco, um irmão deficiente e uma mãe que nada produzia. Precisava de casa decente, roupa, comida, alguma esperança, mas com tudo negado me iludi e pago um preço bem alto. Não sei se fiz uma boa opção. Afora aqueles momentos de fantasia em bons hotéis e restaurantes, a minha vida foi só de fuga. E quando encontrei o cara com quem desejava viver, em vez de me apresentar como uma mulher de valor eu precisei pedir dinheiro para fugir. A organização somente suga a gente, e quando precisamos de ajuda acontece o que ocorreu com você: somos jogados fora.

– Você está hoje muito mulherzinha! Só falta chorar, aliás, o que nunca vi. Esqueça esse negócio de pobreza, sofrimento. A gente não queria uma vida diferente, de aventura e luta? Então, não reclame. Agora, o que penso mesmo é montar uma organização, para sair da miséria. Quero grana no bolso. Vou comprar mulheres, carros, a polícia e tudo o mais. Não vou ficar choramingando por aí.

– Nunca pensou que um dia pode dar errado?

– Se alimentar insegurança as coisas acontecem mesmo. Acredito sempre que vou vencer. Vamos deixar de conversa fiada e trabalhar. Vamos falar com o Ramirez sobre o trajeto do homem. Sugiro pegar o cara logo depois de passar a ponte.

– Ao trabalho, então.

Pagaram a conta e foram diretamente para o apartamento alugado no centro de Londres e que se transformou no Quartel General da operação, denominada SMA – Sequestro de Mister Adrian Mason.

Os trâmites para a formalização do noivado de Olívia caminhavam céleres no *Palácio de Buckingham*. Tudo ficou realmente mais fácil a partir do momento que o pai da noiva aceitou o pretendente, encaminhando o currículo de Cristhian acompanhado de uma carta pessoal de aquiescência. A questão se resumia, agora, à segurança. Uma intensa pesquisa seria realizada pelo serviço secreto em relação ao rapaz, aos seus familiares e aos relacionamentos que mantinham. Não poderiam admitir, nem por hipótese, que uma pessoa se acercasse da família mais importante da Inglaterra, ainda que a distância, para trazer mais problemas.

O jovem, que já tinha retornado ao Rio de Janeiro, estava inquieto. A espera, a falta de informação acerca do andamento do processo do noivado, o incomodava, mas, o que não sabia, era que as ondas mentais enviadas por Yolanda a ele eram fortes. E Cristhian não tinha noção do quanto era sensível a essas interferências, permanecendo até mesmo dias e dias improdutivo, apesar do esforço despendido para encontrar eficiência. A secretária e os demais diretores atribuíam tudo ao *stress,* que já o acometera, quando recomendações médicas indicaram-lhe alguns dias de descanso em estância hidromineral. A razão atual, contudo, era bem outra, de caráter energético-

-espiritual, que batia profundamente no campo emocional, da qual o jovem ainda não aprendera a se defender.

Mr. Mason, por sua vez, encontrava-se ligeiramente deprimido. Aqueles anos de trabalho fora do seu país, os problemas que recorrentemente enfrentava com o estado psicológico delicado de Katlyn, a falta de uma visão mais abrangente da vida envelhecera-o prematuramente. Com o andamento das investigações sobre o pretendente (e familiares) de Cristhian Collins, Adrian sentia-se impotente, nada podendo realizar nessa fase. Simpatizava com o rapaz e percebia claramente o encanto dos jovens quando estavam juntos, desejando que o casamento se realizasse, porque sentia que seria melhor para Olívia. No entanto, sem saber bem o porquê, uma onda de tristeza teimava em se alojar naquele homem digno e voltado para o bem.

Contudo, Mr. Mason já sentia no campo espiritual as duras investidas de Richard desejando humilhá-lo de todas as formas. Naturalmente, que essa percepção do inconsciente não poderia sequer ser detectada em nível consciente. Nunca havia visto Richard; nem sabia que um terrorista daquele calibre já há tempos o havia marcado para lhe impor os mais duros sofrimentos, desejando arrastá-lo ao desespero, violentando a filha querida.

Em Mr. Mason recaía ainda as emoções de Zulmira, que, de todas as formas, desejava retirá-lo do pensamento, mas a imagem do elegante senhor e os seus gestos nobres a encantavam. Ela lutava contra essa tendência, cada vez mais forte, que acabava chamando os seus adversários do passado que potencializavam as imagens sugerindo-lhe um campo de felicidade inalcançável. Mesmo evoluída e resignada, Zulmira acabava emitindo pensamento negativo ao se recordar da indiferença do nobre cavalheiro para com ela, atribuindo o fato à sua condição social.

A convergência de tantos pensamentos do baixo astral para uma única pessoa aos poucos o estava abatendo, que refletia no semblante mais tenso e envelhecido do nobre. Quem percebeu com clareza as energias direcionadas ao senhor foi Margareth, a cunhada atenta, que não sabia como conversar com ele sobre um tema que, na verdade, o desagradava. Não conversou com Olívia, que estava vivendo momentos de felicidade, pensando somente no noivado que estava por vir. Decidiu falar com a amiga em Bath, viajando incontinenti.

Joanne a recebeu surpresa, mas com felicidade, perguntando:

— Aconteceu alguma coisa?

— Devolvo-lhe a pergunta: observou mais alguma coisa após a nossa última reunião?

— Não! Aquele nosso encontro foi significativo, os recados foram dados, e depois simplesmente arquivei os registros. Teve novas percepções?

— Sim e por isso estou aqui. Preferi vir sozinha para conversarmos com calma.

Enquanto preparava o chá, Joanne comentou:

– Fiquei curiosa.

–Sirva-me o chá, cujo aroma está inebriante, que eu vou contar o que estou sentindo.

– Está bem. Experimente esse biscoito que fiz ontem.

O chá foi servido com biscoito, geleia e as torradas. A tarde caía e naquele horário os assistidos de Joanne não compareciam. A senhora, dirigindo-se à amiga, retomou o assunto.

– Fale-me de suas apreensões.

– Tenho observado algumas movimentações espirituais altamente negativas rondando a casa de minha irmã.

– Conseguiu detectar a origem? – interrompeu a amiga.

– Não! Mas, intuo que há algo envolvendo o meu cunhado.

– Mr. Mason! – exclamou Joanne.

– Exatamente.

– Mas ele sempre foi ponderado.

– Então, mas não aceita a visão espiritualista da vida. É uma pessoa muito correta, digna, humana, enfim tem tantas qualidades que não dá sequer para enumerá--las. Mas é refratário a qualquer religião, comparecendo aos cultos da Igreja Anglicana apenas protocolarmente. E não gosta sequer de conversar acerca desses temas.

– Por que será?

– Talvez hoje, se as entidades espirituais permitirem, poderemos saber. O fato é que tenho notado Adrian bem envelhecido para a sua idade, um tanto desgostoso, embora não saibamos o porquê, uma vez que me parece gostar do pretendente de Olívia.

– Katlyn está bem? – perguntou Joanne.

– A minha irmã é depressiva moderada. Mas, quando está ao lado do marido sente-se bem, torna-se mais alegre, retrocedendo quando ele se ausenta por questões de trabalho.

– E Olívia?

– Vive encantada, feliz, cantando sozinha. Para ela, nada vai interferir no seu casamento com Cristhian.

– Intrigante! E somente você percebeu essa movimentação espiritual.

– Sim! Mas é muito forte e precisamos fazer alguma coisa. Por isso aqui estou.

– Então, vamos orar e pedir aos nossos amigos que tragam as entidades espirituais do passado que possam estar ligadas ao seu cunhado.

– É isso o que eu queria ouvir de você.

– Vou me colocar à disposição dos espíritos para que possa conversar com eles.

Margareth, como já nos reportamos, era um espírito altamente evoluído e em condições de captar vibrações emitidas a distância, mesmo direcionadas a outras pessoas, desde que fosse chamada à atenção para o fato. No caso, como estava ligada diretamente à irmã, qualquer alteração energética no âmbito doméstico ela percebia com relativa facilidade, mas a decodificação dependia de informações mais detalhadas. A reunião, portanto, a se iniciar, evocaria o passado dos nossos personagens para tentar decifrar os enigmas do ódio hoje acalentado.

Após as orações iniciais, Joanne permaneceu à disposição da entidade, que chegou. A que daria o tom da sessão, era um espírito de luz que acompanhava a família de longa data.

– Queridas irmãs. Na nossa reunião anterior avisamos aos presentes que situações difíceis viriam à tona nessa fase da encarnação dos nossos amigos. Não poderia ir mais além, porque as pessoas, então, presentes sentir-se-iam afetadas de forma que, em vez da ajuda esperada, poderíamos arrastá-las ao despenhadeiro dos complexos de culpa em nada as beneficiando. Mas hoje, ante a proximidade dos fatos, o astral já articulou defesas cuja eficácia dependerá de como as pessoas irão se comportar.

Nesse momento, Margareth interrompeu a entidade perguntando:

– Tive intuições e percepções envolvendo o meu cunhado. Estou certa ou exagerei?

– Está certa. O foco principal das articulações no astral negativo se refere a ele e, depois, à filha e ao futuro genro.

– Mas Olívia parece-me feliz?

– E está, o que não significa que não seja também o foco. A diferença é que a jovem se encontra realmente alegre com a possibilidade do noivado. A felicidade que transmite cantarolando até mesmo quando anda sozinha pelas ruas, a alegria que inunda o seu coração, evita a aproximação de entidades negativas. Já Mr. Mason, com as naturais preocupações das múltiplas atividades que está exercendo, o estado depressivo, embora moderado, da esposa, e a idade mais avançada, registra com mais facilidade que há algo de estranho no ar, porém não sabe se defender, elevando o pensamento. Exatamente o mesmo acontece com Cristhian Collins, que capta todas as ondas mentais dos seus desafetos do passado.

– Por quê? – insistiu Margareth.

– Vamos ao passado.

Iniciou, assim, a narrativa de fatos vividos pelos espíritos hoje encarnados.

– Tudo começou por volta de 1840 no início da chamada "Era Vitoriana". Mr. Mason (na época Mr. Adams) era o Administrador do castelo e dos bens do Conde Randall. O Conde era casado com Zakia (hoje Zulmira), uma mulher intolerante com os servos e que se dava ao desfrute de partilhar o leito com outros homens.

O casal tinha dois filhos: Zelda (Zuleika) e Maarten (Marcelo). Mr. Mason era na época casado com Kelly (hoje Katlyn) e tinha uma filha de nome Karolyn (Olívia); Carton (Cristian Collins) vivia no castelo, filho bastardo do Conde com uma serviçal que falecera precocemente, sendo criado e adotado a pedido do nobre por Kelly e Mr. Adams, que assumiram de fato o papel de pais da criança, amando-a verdadeiramente.

Enquanto o Conde Randall tinha saúde, a vida no castelo foi boa para todos. Era um homem humano, culto, muito apreciado pela nobreza e tratava os servos com dignidade, apesar de manter alguns romances paralelos, porém de forma discreta.

A longa enfermidade do Conde permitiu à sua mulher agir de forma inconveniente, para uma nobre, mantendo alguns casos amorosos com cavalheiros do reino, que a satisfaziam. Já se comentava o comportamento desabrido da mulher, cuja violência para com os servos era notória, e as suas escapulidas não passaram despercebidas aos filhos. Sempre se justificava afirmando para si mesma que era uma mulher jovem e a doença do Conde o impedia de satisfazê-la. Mas, a nobreza da época não tolerava aquele comportamento, evitando convidá-la para os eventos, marginalizando-a.

Com a morte do Conde a vida no castelo para a família do Administrador ficou intolerável. A Condessa não mais se continha e procurava assediar Mr. Adams, cuja dignidade impecável e educação exemplar levaram-no a evitar a mulher, que, no entanto, o chamava constantemente para explicações pueris. Vendo que não conseguia seduzi-lo, a nobre ficou irritada a tal ponto que passou a espezinhá-lo.

A conduta da Condessa estimulava a licenciosidade dos filhos, rejeitados como pretendentes em outras famílias, em razão do comportamento inadequado da mãe, impedindo-os de consolidar o patrimônio pelo casamento, o que era normal naquela época.

Cada um dos filhos, à sua maneira, aspirava a uma vida diferente: queriam um casamento de conveniência política e econômica.

Maarten (Marcelo, hoje) era um jovem impulsivo, esbanjador, viciado em jogo, não respeitava os servos. Desejou, por mero capricho, seduzir a filha do Administrador, Karolyn (Olívia) enquanto que a sua irmã Zelda (Zuleika) resolveu atacar Carton (Cristhian Collins), não por mero capricho. Em vida passada já havia mantido um desastrado romance com o jovem, que não a aceitava, terminando o idílio em tragédia.

Zelda (Zuleika) era bem diferente da mãe. Não mantinha casos amorosos, envergonhava-se com o comportamento licencioso da genitora e a culpava por não obter um pretendente na corte. Mas, sempre tivera especial predileção pelo filho adotivo do Administrador, sabendo ser impossível essa ligação, face às injunções da nobreza e desconhecendo o fato que eram irmãos por parte de pai. Desejava, assim, manter um caso com o jovem Carton, que a rejeitava, apesar de inferiorizado na escala social.

Para compensar essa carência afetiva nata, a jovem vivia no luxo, visitava as lojas mais caras e aprendeu tudo em matéria de beleza. Tornou-se uma linda e solitária mulher, mas, na intimidade, estava estranhamente apegada a Carton, fato que não desejava, sentindo-se até humilhada em face dessa atração pelo plebeu, que, em última análise, desprezava, julgando-o inferior à sua classe. A sua conduta em relação ao filho do administrador era despótica, movida por uma paixão negativa, humilhando-o sempre que podia.

Kelly (hoje Katlyn) percebia toda movimentação ao seu redor. Via o marido ser constantemente assediado pela Condessa e os seus filhos também assediados, de formas diferentes, em razão dos vínculos estabelecidos no passado. Impossibilitada de agir contra o poder da Condessa, definhava a olhos vistos, sendo acometida por forte depressão, que se prolongou até a encarnação presente, porém de forma moderada.

Certo dia, Mr. Adams ouviu os gritos de sua filha pedindo socorro. Dirigindo-se imediatamente ao quarto deparou-se com Maartan (Marcelo) inteiramente bêbado e decomposto tentando violentar Karolyn (Olívia). Homem alto e forte se apresentou em defesa da filha, ouvindo impropérios do jovem violento e sem moral, que, mesmo diante do pai, tentou investir novamente contra a moça. Para salvar a honra da filha, o Administrador fez uma barreira com o próprio corpo e quando o jovem atacou não aceitando os rogos do senhor, este o empurrou com força. Batendo a cabeça no móvel ao lado, Maarten faleceu no dia seguinte, deixando a mãe desesperada.

Ninguém assistiu à cena e toda a responsabilidade cairia sobre o Administrador, que seria preso e duramente seviciado pela Condessa. Percebendo a gravidade da tragédia, Carton (Cristhian Collins), que não estava presente no momento do acidente, assumiu toda a responsabilidade, fugindo para Londres e depois para a França. A despedida dos pais adotivos foi extremamente dolorosa para o jovem. Sabia que nunca mais iria vê-los. À noite, antes da polícia chegar, saiu sorrateiro enfrentando toda sorte de dificuldades.

Após o incidente, mesmo sem ter nenhuma condição, Mr. Adams resolveu deixar o castelo, dirigindo-se com a família a Londres, na tentativa desesperada de saber onde estava o filho adotivo, que assumira uma culpa indevida no afã de preservá-lo. Em Londres, a família viveu dias difíceis e o senhor aceitou todos os tipos de serviço, porém, com a ausência de Carton e os problemas decorrentes da nova e penosa situação, Kelly (Katlyn) não resistiu e faleceu.

Margareth, face aos vínculos do passado e já sendo um espírito em missão aqui na Terra, apareceu como anjo bom na vida de Mr. Adams. Quando o senhor foi prestar um serviço no seu palácio, ela observou a atenção, a educação daquele serviçal humilde, convidando-o e à filha para morarem na casa senhorial, assumindo a função de Mordomo. A senhora, que não tinha filhos, apegou-se a Karolyn (Olívia) permitindo-lhe acesso à mais refinada educação.

Com a morte do pai, Karolyn continuou a morar no palácio. Margareth, ao falecer, deixou por testamento à jovem uma pequena fortuna, que lhe permitiu viver sem problemas para o resto da vida.

Quando a Inglaterra ingressou na Guerra da Crimeia, Karolyn, que não tinha família, acompanhou a equipe de enfermagem comandada por Florence Nightingale.[43] Era uma das 38 enfermeiras voluntárias, treinadas por Florence, que partira para a Turquia já com uma concepção diferente de enfermagem. Viveu ao lado de uma mulher excepcional, atendendo aos feridos e quando retornou dos campos de batalha continuou nos hospitais de Londres ajudando na implantação dos métodos desenvolvidos pela "dama da lamparina", como ficou conhecida nos hospitais de campanha.

A experiência de Karolyn na guerra marcou-a profundamente. O sofrimento humano, a morte inútil de jovens, as condições dos pobres na própria Inglaterra, serviu para amadurecer profundamente o seu senso de humanidade, apegando-se a Deus. Ante a sua ativa participação nos campos dos feridos e nos hospitais de campanha, a jovem contraiu enfermidade pulmonar vindo a falecer em plena mocidade.

---

[43] Florence Nightingale, nascida em Florença, Itália, mas que se destacou como enfermeira britânica na Guerra da Crimeia, sendo conhecida como a "Dama da Lamparina". Criou o Modelo Biomédico, contribuindo também no campo da estatística.

Nesse ponto da narrativa, Margareth interrompeu o espírito para perguntar:

– Estou muito surpresa com a história de nossas vidas.

– Há em todos os fatos uma conexão que, às vezes, não conseguimos compreender – respondeu a entidade. Nessa vida você ouviu Zulmira (Zakia) falar sobre Zuleika (Zelda), sua filha hoje desaparecida. Mas, ela já se encontrou com o irmão do passado Maarten (Marcelo) e ambos tramam nas sombras visando atingir agora Mr. Mason, Olívia e Cristhian Collins. Por isso, levado pela intuição, Cristhian trouxe até aqui Zulmira (a principal causadora dos problemas no passado, hoje em franca regeneração), o reforço que esperávamos para trabalhar nessa nova fase do grupo, considerando a grande evolução da senhora nessa encarnação. Porém, o choque energético do passado foi forte demais para a mulher e a natural repulsa de Mr. Mason e Katlyn por ela a abalaram.

– Simplesmente, ao vê-la o seu cunhado trouxe, do subconsciente, informações cármicas desagradáveis ligadas à pessoa, procurando evitá-la, com educação naturalmente. Ela sentiu a repulsa em nível do próprio consciente, desconhecendo hoje os fatos de ontem, passando a emitir pensamentos negativos. O mesmo aconteceu com Katlyn ainda mais intensamente pela sensibilidade própria da mulher, reprovando abertamente a filha por convidar uma pessoa estranha para se hospedar em casa. Olívia, por outro lado, desejosa de superar essa fase que ficou para trás, entendeu espiritualmente que o perdão é sempre melhor e tentou harmonizar esses espíritos.

— Se o meu cunhado — voltou Margareth ao tema, — compreendesse mais o mundo dos espíritos, aceitando a possibilidade concreta da reencarnação, ficaria mais fácil.

— No entanto — continuou a entidade, — Mr. Mason, e assim também a esposa se distanciaram de todas as religiões. Levada pelos seus desvarios, Zakia (Zulmira) praticava no castelo sessões de magia negra, voltadas exclusivamente ao mal, e obrigava o Administrador e esposa a servirem sangue de animais em bacias nas quais lavava as mãos. Orientando-a nesses rituais macabros, estava a médium que ora transmite essas informações, Joanne que, naquela época, chamava-se Jenny. Amigas íntimas, dotadas de percepção extrassensorial avançada, assumiram graves compromissos no campo da mediunidade, que começam a resgatar por meio da prestação de serviço desinteressado ao próximo.

— Por isso, ambas se entenderam tão bem a ponto de Joanne convidar Zulmira para morar com ela aqui em Bath.

— Vê como o passado volta; a simpatia ou a antipatia à primeira vista tem sempre uma razão de ser.

— Tudo agora faz sentido — concluiu Margareth. — Zulmira, a Condessa despótica do passado, perdeu todos os privilégios ante o mau uso do poder. De um palácio, precisou renascer no interior de um Estado pobre do Brasil e de lá partiu para viver em condições precárias em favela na cidade de São Paulo. Tratando mal os servos, precisou ser espezinhada também pela patroa, como empregada doméstica desalojada de tudo. E como mãe inconsequente, forjou o caráter ególatra dos filhos, ficando, nessa encarnação, sem nenhum deles: dois morreram na infância e a filha desapareceu de sua vista. Nada acontece fora da Lei.

Zuleika a desprezava; não via na mãe de hoje o poço de virtudes que a senhora hoje reflete em face de seus sofrimentos, mas nela enxergava ainda a mulher vulgar do passado, que dormia com tantos homens no palácio, mesmo quando o Conde era vivo. Por isso, Zuleika, para agredir a mãe que repudiava, exibia-se a todos, mantendo comportamento inconveniente, sem dormir com qualquer um, fato que reprovou efetivamente na genitora em vida passada. Foi a forma que encontrou de devolver à mãe do passado a vergonha que ela sentia quando esta não tinha pejo em trazer homens para dentro do palácio, enxovalhando a família e impedindo, assim, o casamento dos filhos com outros membros da nobreza, de forma que a fortuna do Conde não foi suficiente para que Zakia (Zuleika) e o irmão Marteen mantivessem por muito tempo o padrão de vida a que se acostumaram.

– Isso mesmo – interrompeu a entidade. – Conseguiu compreender a frieza de Marteen (Marcelo, hoje)?

– Ainda não! Parece que ele ficou endurecido e não chego às origens de tanto ódio nos fatos até, então, narrados.

– É que Marteen e o Conde Randall tiveram em vida anterior cumplicidade criminosa. Apropriaram-se de terras alheias matando os legítimos proprietários. Desfrutando de patrimônios que a eles não pertenciam, acabaram brigando e Marteen desferiu no comparsa de ontem (Conde Randall) um golpe mortal. O Conde, que sofreu muito no astral, ao tomar consciência do que fizera, evoluiu e aceitou o papel de ser pai de Marteen, visando reajustar a conduta do jovem que ele mesmo havia desencaminhado ao inocular o sentimento de ambição desmedida. Mas, o jovem que renasceu sem terra, sem poder e dinheiro, na vida atual não se conformou com as condições humildes e, desacostumado ao trabalho, partiu para a luta armada, combatendo os proprietários de latifúndios, não por idealismo, mas pelo desejo de ter o seu naco e viver como outrora. Daí, porque usou a fachada de guerrilheiro para dar vazão aos seus instintos de posse e partiu direto para o crime comum, sem o anteparo de qualquer ideal, ainda que inconsistente.

– Conhecendo, hoje, essa pequena parte do passado, o que é possível fazer para que os espíritos se encontrem superando as dificuldades criadas naquela época?

– No momento, nada. As tramas estão sendo articuladas no baixo astral; os problemas virão à tona, mas a lei do merecimento vence sempre. Por enquanto, deve-se orar muito, elevar o pensamento e esperar que as pessoas tenham bom-senso e aproveitem essa oportunidade de ressarcimento ante as leis da vida.

Encerrada a sessão, Joanne voltou a si ainda em estado catatônico. Sonolenta, completamente alheia ao ambiente, foi despertada por Margareth, que estava tranquila, dispondo-se a relatar à amiga o que tinha ouvido da entidade. Surpresa com a história, a médium argumentou:

— Sempre desejei saber a causa de estar aqui isolada atendendo a muitas pessoas nas suas aflições. Nessa vida, encontrei toda sorte de privações, mas no meu íntimo há uma forte determinação de não falhar. Recuso qualquer tipo de ajuda, de presentes ou outras formas materiais de agradecimento pelo meu trabalho na mediunidade. Só peço às pessoas que orem por mim para que eu possa prosseguir a jornada até o fim. Certamente, abusei dos meus dons no passado, explorei a boa fé das pessoas e fiz coisas erradas. Nunca desejei me envolver com rituais, embora não os desconsidero; acredito nas orientações tranquilas, nas orações, nos passes. Leio e estudo Kardec o tempo todo e estou feliz nessa quadra da minha vida.

— Você está cumprindo os seus compromissos hoje com conhecimento de causa — redarguiu a amiga. — Os estudos referentes à espiritualidade reforçam a nossa disposição de servir ao próximo sem interesse. E a real felicidade acaba aos poucos se alojando em nosso coração, nos permitindo viver em paz.

— Em face desse meu passado, que hoje se desnudou em parte, penso que a espiritualidade superior não necessita de oferendas para se manifestar, não ignoramos, contudo, que existem forças espirituais na natureza de calibre material, que podem cumprir muitas tarefas a serviço do bem, mas que devem ser manejadas por pessoas competentes e responsáveis em todos os sentidos.

– É verdade ...

– Hoje, compreendemos um pouco mais de nossas vidas e da vida dos nossos amigos. Estamos mais preparados para ajudá-los.

Margareth, ao deixar a casa dos tijolinhos vermelhos, dirigiu-se à herdade da família agradecendo a Deus a oportunidade de ser útil. Ela rememorou as lições de *O Livro dos Espíritos*, obra básica da codificação kardequiana e reviveu cada palavra que ouviu da entidade comunicante, procurando ligar os pontos. Tudo se encaixava perfeitamente. Não sabia como abordar o assunto com o cunhado, que a respeitava de tal forma, movido sem o saber por sentimento de gratidão que vinha de passado recente, quando ela tinha sido a sua benfeitora e a da própria filha Karolyn. Na impossibilidade de uma ação direta, Margareth pôs-se a orar em benefício dos seus familiares, atingidos pelos petardos energéticos que vinham certeiros, incluindo também no campo de proteção o jovem Cristhian Collins.

Capítulo 26

As provas acontecem

O planejamento para o sequestro de Mr. Mason estava concluído. O chefe a contragosto havia aceitado a sugestão de Ramires e não iria admitir qualquer fracasso. A organização já realizara com êxito vários sequestros, mantinha em cárcere privado algumas pessoas como moeda de troca para serem negociadas com o governo, somente liberando a vítima quando as autoridades soltassem também algum guerrilheiro importante para o grupo.

Ao contrário do sequestro de De Berry, a organização entendeu que não seria necessário levar Mr. Mason para a selva, operação muito arriscada, uma vez que o governo tomaria todas as precauções referentes ao tráfego aéreo, evitando a repetição do mesmo estratagema. O cativeiro seria mesmo no subúrbio de Londres e estava pronto, quando decidiram agir.

Mr. Mason costumava sair de casa para o trabalho sem segurança, deslocando-se em carro blindado, conduzido por um motorista que o acompanhava há anos. Os sequestradores conheciam o veículo; conseguiram penetrar na garagem da mansão do executivo tirando o molde da fechadura do carro. Tinham, portanto, uma chave para entrarem com rapidez no carro sem levantar suspeita.

Ficariam de campana logo no primeiro farol após a ponte sobre o Rio Tâmisa. Com uma moto, atrasariam a chegada do automóvel ao farol de forma a fazê-lo parar quando o semáforo apontasse a cor vermelha. Aí, então, Ramires e Richard (nosso conhecido Marcelo) entrariam no veículo, determinando ao motorista seguir na direção por eles indicada.

Foi um sequestro rápido e simples, que não levantou suspeita, porque o trânsito estava calmo e no local não havia policiamento. Minutos após, trocaram de veículo, levaram o condutor e Mr. Mason algemados, atirando-os no cativeiro.

A maldade conseguira mais um resultado atingindo pessoas dignas que, ao passarem por aquela prova, nessa fase da vida, aceitaram-na ante a necessidade de resgatar alguns débitos contraídos em passado remoto.

O local do cativeiro era pequeno, de forma que dava para Adrian e o motorista ouvirem a conversação dos sequestradores:

– Foi muito fácil pegar o velhote! – comentava eufórico Ramires, o chefe da operação. Ao que Richard, respondeu:

– Os problemas começam agora. Dessa vez a organização deixou para nós a responsabilidade das negociações.

– Não vai ser difícil – retornou Ramires.

— Não será tão fácil assim – comentou Yolanda.

— Não se preocupem. Estou no comando – acrescentou Ramires orgulhoso, causando mal-estar entre os companheiros. Como senhor da situação e sabendo que tinha a aprovação do chefe maior, determinou:

— Olhem o homem, que vou beber uma cerveja.

Tentaram protestar, mas Ramires saiu imediatamente.

Mr. Mason ouviu tudo e a sua intuição apontava de imediato para uma negociação com esses terroristas que estavam sendo humilhados pelo chefe. Minutos após, Richard e Yolanda entraram no quarto para ver os sequestrados, quando Adrian comentou:

— Gostaria de negociar com vocês.

— O quê? – perguntou Richard.

— Isso mesmo. Gostaria de negociar.

— Velho, nós vamos arrancar da sua família uma fortuna.

— Aí é que se enganam.

— Por quê?

— Há determinação expressa de em caso de sequestro não se pagar nem uma libra sequer.

Os dois jovens terroristas olharam-se e se lembraram do caso De Berry, quando a organização não conseguiu resgate.

Richard, tomando a iniciativa, perguntou:

– O que então quer negociar?

Mr. Mason, visivelmente inspirado, acrescentou:

– Temos pouco tempo para vocês levantarem uma boa soma, pegar o dinheiro, e jogar a culpa pelo fracasso nesse chefe que só sabe espezinhá-los.

– Explique melhor o seu plano – emendou Yolanda, interessada.

– É o seguinte – principiou o executivo: – se sairmos logo deste lugar, posso ir pessoalmente ao banco e sacar, do meu cofre pessoal, quinhentas mil libras, não dependendo de ninguém. Entro com vocês, abro o cofre, saco o dinheiro e entrego em suas mãos. Vocês saem e nos liberam. Não haverá tempo para a polícia se movimentar porque ainda não sabem do sequestro. Sempre chego ao banco com o meu motorista, que precisa ir junto. Em pouco tempo, sem risco algum, terão quinhentas mil libras nas mãos. Ninguém ficará sabendo e ainda vocês se livram de uma vez por todas desse chefe.

Richard, que no fundo queria dinheiro, ao ouvir falar em quinhentas mil libras, espantou-se, o mesmo acontecendo com Yolanda, que respondeu:

– Vamos pensar! Se aceitarmos o seu plano fique certo que qualquer escorregão é morte certa e imediata. Não estamos para brincadeira.

– A minha vida e a do meu motorista não têm preço. No cofre, normalmente reservado a joias, deixo essa quantia para alguma emergência e quando não desejo pedir ao gerente que providencie dinheiro para algum negócio urgente. Vocês poderão ver que tudo está lá. Portanto, fiquem tranquilos, é dinheiro vivo e na hora.

– Vamos pensar. Quando o chefe retornar, não apresente a ele essa proposta – afirmou Yolanda.

– Não se preocupem.

Yolanda e Richard estavam interessados na proposta. O chefe certamente não saíra para tomar só uma cerveja, mas, principalmente, para comunicar o sucesso da operação ao comando central, vangloriando-se à custa deles. Estavam indignados com o tratamento recebido, mas quinhentas mil libras representavam um capital suficiente para iniciar o próprio negócio.

Filhos da mesma cepa de ambição, os dois terroristas se entendiam perfeitamente quando se tratava de interesses pessoais. Para eles Ramires era um retardado, que nada conseguiria por si só, sendo manejado o tempo todo. Precisava tomar uma boa lição para ficar mais esperto.

Yolanda, tomando a dianteira, disse:

– É a oportunidade que esperávamos para iniciar o nosso próprio negócio. Quinhentas mil libras é dinheiro suficiente para montarmos algumas operações, contratar laranjas e conquistar de uma vez por todas a nossa independência.

– E o Ramires, o que faremos com ele? – perguntou Richard.

– Ele volta logo. Virá todo alegre porque certamente recebeu elogios do chefe. Vamos brindar a comemoração, colocando no copo do homem um sedativo, pedindo-lhe para guardar o cativeiro enquanto saímos para beber uma cerveja. Em minutos vai dormir por algumas horas. Nós levamos os dois só retirando a algema do velhote para abrir o cofre. Com o dinheiro em mãos, vamos soltá-lo e retornamos aqui acordando o Ramires, pedindo-lhe explicações sobre o paradeiro dos sequestrados. Ligamos para a selva, passamos a responsabilidade para o chefinho, e seguimos em frente com quinhentas mil libras, que dividiremos.

– É um bom plano. Sem risco, sem ficarmos queimados com a organização, e num só dia ganharemos muito dinheiro. Eu topo.

O chefe voltou rapidamente estampando felicidade no rosto. Comunicou aos companheiros:

– Já informei o comando geral. Ficaram satisfeitos. Eles pediram para gente iniciar a negociação o quanto antes e, na dúvida, se for o caso, eles autorizaram a execução dos dois, mostrando ao governo britânico que não se brinca com a guerrilha.

– Então, vamos comemorar mais essa sua vitória chefe! – acrescentou Yolanda, perspicaz, enquanto colocava um potente sedativo no copo do guerrilheiro, que bebeu em um só gole, mostrando-se eufórico. Dando sequência ao planejado, disseram-lhe:

– Agora é a sua vez de olhar o homem.

– Mas, eu não estou autorizando vocês a saírem daqui.

— Oh! Chefe – indagou Yolanda – somente você tem direito à cerveja. Voltaremos logo.

— Não vou ficar esperando a boa vontade de cada um. Aqui quem manda sou eu. Tomem essa cerveja e retornem, porque preciso pôr em prática a negociação, coisa que só cabe a mim realizar.

Incomodados ainda mais com a atitude arrogante de Ramires, estavam convictos que seguiam o caminho certo. Minutos após, como o previsto, retornaram e o guerrilheiro estava todo estatelado no pequeno sofá. Entraram no local do cativeiro comunicando aos sequestrados que concordavam com a proposta, mas alertando que se algo saísse errado eles morreriam imediatamente. Para apavorar ainda mais as vítimas, deram dois tiros na parede, dizendo:

— As nossas armas têm silenciadores. Podemos matar vocês na frente de todos, que pensarão que tiveram um enfarte, caindo ao chão enquanto nós saímos sem qualquer problema. Portanto, cuidado!

— De minha parte não há truque. O dinheiro está lá, vocês sairão pela porta da frente com a valise, sem nenhuma dificuldade.

— Feito! – concluiu Richard. – Vamos embora que o nosso tempo é curto.

Cobriram o rosto de Mr. Mason e o do motorista, pegaram o carro que servira ao sequestro e foram diretamente ao Banco. Como cliente conhecido e respeitado, acompanhado do motorista, Mr. Mason passou com facilidade pelos seguranças, conduzindo os sequestradores a quem chamou de amigos, informando aos seguranças que iriam ver algumas joias para possível negociação.

Em pouco tempo, o dinheiro todo estava na valise fornecida pelo próprio banco, que não suspeitou de nada, e os sequestradores se despediram na porta da instituição. Quando eles saíram, Adrian e o motorista acorreram ao gerente, solicitando ajuda para se livrarem das algemas, até então encobertas pelo sobretudo que vestiam. Depois, comunicaram o fato à polícia, que em minutos estava no local.

Yolanda e Richard voltaram ao cativeiro, acordaram Ramires aos gritos, ainda sonolento.

Quando se deu conta do acontecido, Ramires se desesperou, tentando passar a culpa para os companheiros, que reagiram impiedosamente:

– Agora liga para a selva e diga o que aconteceu.

– Só posso fazer isso se vocês me ajudarem.

– Até há alguns minutos era o herói; agora quer dividir o fracasso. Não temos compromisso com você, somente com a organização, que será informada imediatamente.

– O que vou fazer?

– O problema é seu. Vamos sair agora porque os caras certamente avisaram a polícia. Bota fogo nisso aqui rápido para não ficar nenhuma impressão digital.

Em minutos, o pequeno quarto ardia em chamas e os três saíram sem que Ramires, ainda sonolento, sequer percebesse que eles carregavam uma valise. Mais à frente, Yolanda, esperta como sempre, piscou para Richard, dizendo:

— Agora é cada um por si.

— Isso mesmo, companheira! – assentiu Richard. – A polícia não pode pegar os três ao mesmo tempo.

Ramires, atordoado, tentou reagir, mas os dois desapareceram, encontrando-se no quarteirão seguinte, aos risos.

— Para onde vamos? – perguntou Richard.

— Portugal. Precisamos sair da Inglaterra. Toda polícia britânica já está em nosso encalço.

— Acho que a gente fez besteira. Não devia ter soltado o homem.

— Bobagem! Não tínhamos como guardá-lo. Não sabemos se ele deixou alguma pista no banco, na hipótese de roermos a corda. O homem é muito inteligente. Apresentou o plano que a gente queria, agiu com sangue-frio, falou a verdade sobre o total do dinheiro. Não se pode subestimar uma inteligência dessas. Certamente, está com as nossas fisionomias na cabeça, e em pouco tempo o nosso retrato falado estará em todas as emissoras de televisão. A gente não pode perder um minuto.

— Como a gente vai sair da Inglaterra assim tão rapidamente?

— Só há um jeito — concluiu Yolanda — pelo mar. Vamos para *Dover*, alugamos uma embarcação, atravessamos o canal, e sumimos sem deixar vestígio.

Em Portugal, tenho contato com um ex-companheiro de guerrilha que vai ajudar a gente, com certeza.

— Quem é o cara? — perguntou Richard.

— O Márcio.

— Aquele malandro do Rio de Janeiro que sabotou o nosso plano de explodir uma bomba na estação de trem da Central do Brasil?

— É ele sim, não sabotou nada.

— Conversa! Eu queria há muito tempo pôr as mãos no safado.

— Esquece. O cara agora é espírita. Bobalhão, só pensa em fazer o bem e a caridade. Vai ficar feliz em ver a gente.

— Espírita?

— Sim! Mas vamos embora rápido, depois a gente se fala.

Dirigiram-se à estação, procuraram em *Dover* um barqueiro conhecido que fazia pequenos serviços escusos, sempre mediante boa recompensa, atravessaram o canal. Em *Callais* alugaram um carro e passaram com facilidade pela fronteira. Pernoitaram em *Bilbao* na Espanha e, no dia seguinte, entraram, aliviados, em pequeno hotel em Lisboa, a capital portuguesa.

Em Londres, Mr. Mason, após prestar várias informações à polícia, relatava o sequestro aos familiares, que, atônitos, reconheciam a presença de espírito daquele homem que passara apenas um grande susto e perdera quinhentas mil libras, que, para ele, não era um valor significativo. Margareth, que ouviu toda a narrativa, entendeu claramente a proteção que viera do Alto, advertindo:

– Sei que você não leva a sério as questões espirituais. Não importa o que pensa, mas vou lhe contar apenas algumas coisas para dizer que os nossos problemas ainda não acabaram.

– Margareth – disse Adrian – tenho por você o máximo respeito. Mas, o que aconteceu hoje não me deixa nenhuma dúvida de que houve a mão de Deus. Parece que os meus sequestradores queriam exatamente aquele plano que improvisei.

– Você foi intuído.

– Só pode ser. Numa situação daquela não sei como consegui agir com tanta calma.

– O patrão – acrescentou o motorista visivelmente emocionado – nos livrou da morte.

Katlyn estava abalada.

– Sequestrador – acrescentou a mulher – que assume o risco de pegar uma pessoa ligada à casa real, certamente quer muito mais dinheiro. Satisfazer-se com quinhentas mil libras, abandonar o chefe, indica que existem outras coisas aí. Esse pessoal pode voltar e precisamos tomar cuidado.

– Eles podem tentar alguma coisa com Olívia – considerou Margareth.

– Vou reforçar a segurança – acrescentou Adrian.

– Essa providência é urgente – voltou a insistir a cunhada.

Enquanto a polícia inglesa vasculhava a cidade à busca dos sequestradores e emitia o retrato falado deles para os demais países, em Lisboa os jovens descansavam satisfeitos.

Sempre rindo do otário Ramires, resolveram fazer contato com a selva passando a sua versão dos acontecimentos. Em sua última comunicação com o chefe maior, Richard informou-o que, por questão de segurança, estava se separando de Yolanda, pois cada um precisava ganhar algum dinheiro para sobreviver. Recebeu a informação de que a polícia do mundo inteiro já dispunha de cópias do retrato falado de ambos, que não eram muito fiéis. Recomendou a utilização de óculos e que deixasse a barba crescer no caso de Richard e, para Yolanda, que cortasse o cabelo, tingindo-o, visando dificultar qualquer reconhecimento. No mais que se mantivessem discretos, circulando o menos possível, principalmente em locais públicos, até passar aquele momento.

Ficaram sabendo que Ramires ainda não tinha feito contato com a organização; tinha algum dinheiro que recebera do grupo para realizar a operação e, provavelmente, estaria ainda em Londres.

Yolanda comunicou ao companheiro que iria procurar Márcio, solicitando-lhe ajuda. Richard deu de ombros, dizendo que a aguardaria. Caso acontecesse alguma coisa, cada um deveria cuidar de si. Já tinha, na realidade, um plano pessoal, que pôs em prática minutos após a saída da companheira.

Deixou-lhe o seguinte bilhete:

Tome cuidado!

Percebi uma movimentação diferente e resolvi partir. Se possível farei contato posteriormente.

Boa sorte!

Richard

Com todo o dinheiro do sequestro Marcelo, feliz da vida, deixou a companheira para trás sem nenhum centavo na bolsa e partiu para a França, viajando de trem, adotando o disfarce recomendado.

Nas estações em que parou não viu os cartazes comentados pela central da guerrilha na selva. Mais tranquilo, sabia onde se hospedar em Paris. Com Yolanda, os gastos eram mais elevados. Ela sempre desejava hotéis de luxo, restaurantes estrelados, expondo-se mais. Ele sozinho e com todo o dinheiro do resgate planejava retornar a Londres, e depois de alguns meses sequestrar Olívia.

Alugou uma pequena casa no subúrbio de Paris, vivendo discretamente. Economizava em tudo; o dinheiro era para iniciar uma pequena organização sem objetivos políticos e voltada para arrecadação, não se importava com os meios. Finalmente, o jovem terrorista assumia a sua própria personalidade: nunca estivera no movimento levado por qualquer ideal. No início, sob a influência do pai, imaginou que poderia mudar o mundo em favor dos menos favorecidos, arquétipo que se esboroou naturalmente sob o influxo de uma personalidade violenta, extremamente vaidosa, psicopata. Ao pensar na própria esperteza, sentia-se realizado. Deixou Yolanda e Ramires com pés e mãos atados diante da organização, alegrando-se ao imaginar a cara dos dois sem dinheiro, perseguidos, não podendo contar com o apoio da selva.

Yolanda não conseguiu localizar Márcio, que já não estava mais trabalhando no escritório do Dr. Gomes. As secretárias não souberam informá-la sobre o paradeiro do antigo funcionário, que deixou saudades.

Sem dinheiro até mesmo para pagar a pensão em que estava hospedada, a guerrilheira quedou-se ante a traição de Richard. Alimentou ainda uma vaga esperança de que o companheiro retornasse para socorrê-la, mas, com o passar dos dias, constatou que ele havia dado um golpe certeiro. Não tendo a quem recorrer, com dívidas, só lhe restou tentar subemprego, voltando à condição de garçonete em pequeno restaurante de Lisboa. Angustiada, humilhada, não encontrava nem um tipo de apoio, recebendo um ultimato da hospedaria para o pagamento da conta, mediante pena de ser denunciada às autoridades.

Pela primeira vez na vida, Zuleika (deixemos Yolanda de lado) sentiu falta da mãe. Se soubesse o endereço da mãe, talvez ela lhe remetesse algum dinheiro.

Mas em nome de quem? Tinha ainda os documentos portugueses falsificados, uma conta aberta em um banco de Lisboa, onde deixara poucos escudos. Lembrou-se de Cristhian Collins, mas ainda alimentava o desejo de tê-lo como homem, arrependendo-se de ter confiado em Marcelo, que certamente iria atrás de Olívia. Precisava saber o paradeiro do companheiro traidor e ir à forra, esse passou a ser o seu maior desejo. Alimentada pela força do ódio, Zuleika se sujeitou aos piores trabalhos, ganhando apenas o necessário para sobreviver, e ainda assim muito mal.

Ligava constantemente para a organização fingindo-se uma guerrilheira interessada e perguntando pelos dois companheiros. Ficou sabendo que Ramires fora capturado pela polícia inglesa, mas já estava morto; quanto a Marcelo, sabia apenas que estava em Paris, certamente usufruindo o dinheiro do sequestro, o que a deixava ainda mais indignada.

Zulmira acusava mentalmente as ondas emitidas por Zuleika, que se lembrava constantemente da mãe.

Na periferia de São Paulo, a senhora pensava seriamente em aceitar o convite, então, formulado por Joanne para se mudar em definitivo para Bath. Nada mais a prendia a São Paulo; perdera a esperança de encontrar a filha; dedicava-se constantemente a ajudar os pobres das favelas engajando-se na associação dos Vicentinos de Paulo, ligada à paróquia onde Padre Antônio oficiara suas missas por muitos anos.

A sua mediunidade se expandia, mas as percepções não eram agradáveis. Angustiada, comparecia às sessões doutrinárias da Federação Espírita do Estado de São Paulo, conseguindo conviver tranquilamente com a ação social desenvolvida na paróquia e os estudos doutrinários do Espiritismo. Não via nenhuma incompatibilidade, porque se pode ajudar o próximo de várias formas, não se perguntando a ele qual confissão religiosa professa.

Com o passar dos dias, Zuleika foi percebendo a dimensão dos problemas em que se envolvera. Pouco dinheiro, vivendo sempre assustada, acusava o desconforto da nova situação, ao mesmo tempo em que sentia distanciamento natural da guerrilha. Já não era mais uma novidade; dela sabia-se o que esperar, além do que o chefe não estava disposto a sustentar uma mulher perdulária, cujo único compromisso era com o luxo. Literalmente abandonada, temia ser presa a qualquer momento. Aquela bela guerrilheira arrogante amargava a mais completa solidão e só não retornara à favela porque na Europa não existia aquele tipo de moradia. Conseguiu um subemprego que, pelo menos, dava para se alimentar e pagar o aluguel de um pequeno quartinho em Lisboa.

Retornou várias vezes ao escritório do Dr. Gomes na esperança de receber alguma informação de Márcio, mas nada aconteceu. Procurava encontrar forças para não sucumbir; apesar de jovem, sentia a insinuação de uma depressão perigosa, lutando com todas as suas energias contra aquele sentimento de fracasso. Era o retrato do sofrimento, que ainda não havia provocado na jovem intimorata qualquer reflexão mais séria a respeito da vida.

Márcio concluíra finalmente o seu curso superior e, como sabemos, deixou o escritório do Dr. Gomes. Como ex-guerrilheiro temia a qualquer momento ser reconhecido por algum brasileiro em trânsito por Portugal. Não alimentava mais a esperança de conquistar o poder pela força, acreditando que a força viria dos próprios ideais. Divulgar ideias libertadoras, falar de justiça social, estudar a sociedade do seu tempo com critérios científicos era o objetivo do professor que tinha como farol a doutrina espírita.

Naquela época, Portugal era um país rigidamente controlado pelos descendentes políticos de Salazar, cuja tarefa ao final fracassada de manter o domínio das colônias ultramarinas, seria mais fácil de vencer (como aconteceu logo a seguir com a Revolução dos Cravos de abril de 1974)[44] do que a mentalidade arraigada de uma igreja intolerante apoiada ao longo de décadas pelo Estado. Por isso, a prática do Espiritismo era quase que clandestina, lembrando a dos cristãos primitivos, sem nenhum exagero. Márcio, formado, iniciou as suas atividades no

---

[44] Em 25 de abril de 1974 um golpe militar depôs o governo ditatorial português, iniciado por Salazar. Com o apoio da população e sem resistência efetiva, apenas ocorreu no levante a morte de quatro pessoas. Ao final, o cravo vermelho se tornou o símbolo do movimento, quando os soldados colocavam a flor nos canos das espingardas.

magistério na cidade de Sintra, onde encontrou também um ambiente favorável para se aprofundar nos estudos da doutrina que abraçara.

Após as informações que recebera por intermédio da mediunidade esclarecida do Senhor Oliveira, optou por sair de Lisboa, não deixando nenhuma informação sobre o seu destino com os colegas do escritório, forma que encontrou de se defender, e que ao final acabou dando certo.

Zuleika nunca mais o encontraria, mas o jovem professor, naquele momento, renovado pelos ideais da fraternidade e do amor desinteressado ao próximo, entendia os seus arroubos da juventude e agradecia a Deus a percepção que tivera de não explodir a bomba programada na entrada da Estação da Central do Brasil, no Rio de Janeiro. Não tinha de carregar o sentimento de ter ferido pessoas inocentes; não delatara os companheiros, muitos dos quais realmente acreditavam na causa a que entregaram as próprias vidas. Em paz com a consciência, desejava trabalhar com os alunos para compreender a sociedade de seu tempo, escolhendo a cidade de Sintra para continuar as suas lides espíritas, vivendo discretamente.

O regime político no Brasil ainda era duro e tinha esmagado as tentativas de retorno à democracia. Com os direitos humanos sob os pés dos governantes, tempo ainda levaria para que os exilados pudessem voltar ao país

As Partidas Dobradas

em segurança[45], de forma que Márcio – um foragido vivendo mediante falsa identidade em Portugal – não alimentava qualquer esperança de voltar ao país. Portanto, com a vida definida pelas circunstâncias, encontrou entre as militantes da doutrina que abraçara aquela que elegeu como companheira, estabelecendo-se definitivamente em Portugal, passando a amar a terra que o abrigou em momento de muita dificuldade.

Enquanto o jovem Márcio renovava o seu caminho, Marcelo, sob o estímulo da ganância, deixava para trás quaisquer resquícios de escrúpulos que, aliás, nunca tivera, escancarando o íntimo desejo de possuir mais dinheiro para dar vazão à sua personalidade deformada. Queria a todo custo realizar o insano projeto de submeter Olívia aos seus caprichos hediondos, preparando minuciosamente um ataque à jovem, que julgava infalível. Assim, decidiu retornar a Londres na certeza de que os ventos seriam favoráveis, com o propósito de formar um grupo de mercenários dispostos a tudo.

---

[45] O retorno dos brasileiros exilados durante o governo militar somente aconteceria após o mês de agosto de 1979, quando o Presidente João Batista Figueiredo promulgou a Lei da Anistia.

Capítulo 27

No encalço da vítima

Mercenários existiram em todas as épocas, mas no período a que nos referimos, devido à confluência dos regimes autoritários sob contestação no mundo e, sobretudo, ante as guerras de libertação nacional em território africano, a demanda por mão de obra assassina se intensificou por parte de governos de todos os jaezes e até dos que se diziam democráticos, na ânsia de defenderem riquezas que julgavam próprias, mesmo à míngua de populações escravizadas.

Marcelo, com o dinheiro disponível, somente conseguiu contratar dois mercenários, estruturando um plano modesto demais para as ambições que tinha em mente. Mesmo assim, o que lhe faltava em recursos financeiros sobrava em ousadia e determinação para levar o seu projeto à frente, não se preocupando com os naturais obstáculos, que julgava vencer, sobretudo pelo efeito surpresa. Estudaria pacientemente todos os movimentos de Olívia; iria analisar a sua segurança; passaria noites e meses desenhando, escolhendo o local até porque sendo essa a sua primeira empreitada *solo* não poderia falhar. Mas, na raiz de todas as suas tumultuadas intenções (ganhar dinheiro, projetar-se como líder, dentre outras), estava realmente o mórbido desejo de ter a jovem a qualquer preço, o que faria com o dinheiro do próprio pai da sequestrada.

Aliou-se à pior *entourage,* formada por mercenários que tinham atuado na África Portuguesa com os quais se comunicava com facilidade. De seu esconderijo nas cercanias de Paris fizera as conexões necessárias para a execução do projeto, esquecendo-se naturalmente que a sua conduta havia deixado para trás muitos inimigos de peso.

Zuleika era um desses inimigos, e ensandecida e desejosa de aplicar no ex-companheiro uma dura lição. Apesar de fragilizada pela falta de recursos financeiros, suas forças se multiplicavam quando se lembrava da traição sofrida. Nesse clima, atraiu a energia dos seus desafetos do passado, que colaram rapidamente na mulher, potencializando o seu desejo de vingança.

As técnicas do Psiquiatra do astral Dr. Francisco, que há tempos tinham sido aplicadas no bombeiro Tenório, para atrair Zuleika para ser justiçada pelo grupo do Além, comandado pelo Coronel, não surtiram efeito. A jovem, que na época estava começando a mostrar uma face humana, abandonou por completo qualquer ideia de avanço ético quando reencontrou Marcelo em Lisboa, engajando-se em poderosa organização terrorista, que naquele momento desprezava.

Fortalecida, então, por um estilo de vida que a inebriava, apoiada pelos espíritos que no Além assessoravam a guerrilha, conseguiu com facilidade debelar a estratégia do Psiquiatra e os ataques de vinculação mental do bombeiro, e aparentemente, descartou a pressão do espírito Andrei (o empresário sequestrado e morto quando a jovem iniciava as suas atividades terroristas em conhecida boate de São Paulo) de forma que prosseguiu sua caminhada sem quaisquer outros percalços.

Com a morte de Padre Antônio, o desapego de Zulmira, que já não orava com frequência pela filha, que julgava morta, e a falta de apoio dos espíritos vinculados à guerrilha, que a consideravam traidora, o campo mental da ativista ficou tão exposto que as induções de vingança vindas dos seus contendores atingiam-na com extrema facilidade. Zuleika, sem se dar conta, mais parecia um ser autômato comandado a distância por uma vontade superior à sua.

O grupo de obsessores que a assediava dia e noite, reunido no astral inferior, festejava:

– Enfim, conseguimos pegar a mulher – afirmou Tenório.

– Quanto tempo! – comentou Andrei.

– É preciso paciência. A própria pessoa é que nos dá abertura para entrarmos – alinhavou o Coronel.

– Essa era muito durona, mas caiu nas nossas mãos – referendou outro companheiro.

– Tinha costas largas. Muitos espíritos a ajudaram enquanto tiveram interesse nela. Quando traiu a organização, ficou abandonada. A mãe, que vive agora os seus conflitos, a retirou de seu raio de proteção. O padreco não está interferindo, e nós temos do lado de lá o pai do Tenório que está firme no seu desejo de desforço.

— Nunca pensei — ressaltou o bombeiro — que o meu pai fosse tão amigo. Mas, estou decepcionado com a minha mãe. Ela chora e reza por mim e para Zuleika. Exatamente, D. Marli que nunca suportou a ideia de eu morar com aquela maldita mulher.

— A sua mãe está em outra faixa. O seu pai é dos nossos.

— Qual a estratégia para pegarmos a Zuleika? — perguntou Andrei, ansioso.

— Tenha calma, homem. Ela está fisgada. Tudo o que fez já começou a pagar. Vamos manejar as coisas conforme a nossa vontade. O caminho está livre.

— Chamei o Dr. Francisco para nos ajudar.

— Esse médico é chantagista — comentou Andrei. — Tudo o que ele fez não deu certo. Tira o homem do circuito.

— Cale a boca! — ordenou o Coronel. — Você não sabe o que diz. O homem é bom, mas depende sempre do tipo de barreira que encontra pela frente.

— O que ele vai fazer dessa vez?

— Subjugação total!

— Não entendi!

— Domínio pleno. Primeiro, vai mostrar à Zuleika por que o Marcelo resolveu tirá-la do seu caminho.

— Ora, ele desejou ficar sozinho com toda grana para sequestrar Olívia, atingindo Adrian. Ela não lhe interessava mais. Gastona, apaixonada por Cristhian Collins, poderia dificultar o projeto. Para Marcelo, a jovem sempre foi peça descartável.

— Aonde você quer chegar?

— Calma! Zuleika está queimada na organização e sem dinheiro não terá como se sair dessa. A única esperança que ela tem é dominar Marcelo, obtendo o dinheiro de volta, porque sabe que o cara com aquele capital vai fazer muito mais.

— Está bem! – argumentou Tenório. – Mas quero saber como derrubá-la.

— Incentivando o ódio que emite; estimulando na mulher a revolta e o desejo de vingança. Dando corda para se enforcar.

— Não entendi.

— Escuta com atenção – determinou o Coronel: – a mulher está em nossas mãos. Podemos manejá-la à vontade. Se incentivarmos o ódio e o rancor contra Marcelo ela tudo fará para colocá-lo em nossas mãos, quando justiçaremos os dois ao mesmo tempo. Precisamos dar a ela algumas condições materiais, melhorar um pouco a sua condição de vida, uma vez que é vaidosa – eis o seu ponto fraco.

– Como agir?

– A parte psicológica está a cargo do Dr. Francisco; a nossa é a mais fácil.

– O que então deveremos fazer?

– Trabalho braçal. Vamos ver quem lá na Terra tem dinheiro fácil para Zuleika abocanhar, melhorar de vida e poder viajar a Londres, onde deverá encontrar Marcelo. Seguiremos todos os passos do cara, induziremos a mulher a persegui-lo, colocando-a na frente do malandro.

– Entendi – comentou Andrei. – Ela deverá infiltrar-se no projeto de Marcelo para obter o dinheiro que o cara tem e pegar mais algum, e depois entregá-lo à polícia.

– Exatamente isso – concluiu o chefe. – Agora é mãos à obra.

– Por onde começar?

– Precisamos saber tudo sobre a vida atual de Zuleika. Onde ela for, iremos; com quem falar, anotaremos. Ela está trabalhando num boteco sem vergonha e muito ruim. Ali só vão os bêbados, as prostitutas e os falidos. Quero a ficha de cada um para poder arrancar de quem tem o dinheiro que a mulher precisa para trabalhar a nosso favor e contra ela mesma.

– Do jeito que o diabo gosta! – acrescentou o vingador.

— É com o veneno da própria cobra que se combate picada de cobra. Estamos destilando a alma de uma mulher impregnada de ódio.

— Até me assusta!

— Não temos outra escolha: estando desse lado da vida, optamos pelo caminho da vingança.

— Vamos em frente.

Zuleika passou a ser alvo das artimanhas pseudocientíficas do Dr. Francisco e objeto de preocupação de um grupo inteiro que desejava vê-la derrotada. Amargurada e sem escudo protetor, passou a aceitar as sugestões das sombras sem pestanejar, certa de que estava conseguindo novamente ter uma "boa sorte".

Em pouco tempo, o grupo que se pôs a campo levantou o histórico dos frequentadores do boteco. Dentre os miseráveis e derrotados que compareciam ao local, havia um de meia-idade, financeiramente bem posto. Tratava-se do senhor Carvalho, português de Leiria, proprietário de várias casas alugadas, desiludido com a vida, quase todos os dias se dirigia ao boteco para beber cerveja. Era um homem carente e com dificuldades visíveis de relacionamento, presa fácil, portanto, para qualquer mulher esperta. Detectada a vítima, não foi difícil às entidades espirituais entenderem as causas do complexo de rejeição que dominava o "bebum", passando a orientar Zuleika na arte da sedução, que ela tanto dominava.

Mesmo vestida como garçonete de botequim de quinta categoria, a mulher estampava formas impecáveis, chamando a atenção dos fregueses. Levada, contudo, pela intuição, sentiu que o senhor Carvalho era um frequentador diferenciado, destoando dos demais. Suas roupas eram de qualidade, nunca comprava fiado, não se queixava de falta de dinheiro e de outras necessidades, era um tanto sistemático, mas bom pagador, o que, para o estabelecimento, anulava qualquer defeito.

    Certo dia, ao servir o senhor Carvalho a garçonete propositadamente deixou cair um pouco de cerveja na camisa do freguês, que esbravejou. Mas ela, que já tinha tudo planejado, pediu desculpas e o convidou para ir até à *toilette* tirar a camisa para limpeza e secagem. Agiu com delicadeza e sensualidade enxugando com o guardanapo o líquido sobre o peito do homem. Levou a camisa à lavanderia, limpou-a rapidamente e a secou no forno da cozinha, voltando em seguida e ajudando o cliente a se vestir. O português ficou impressionado, agradecendo a deferência, e passou a receber da jovem dali para frente um tratamento especial.

    Bastou poucos dias para o português se insinuar para a garçonete, que aceitou os gracejos, procurando o lado vulnerável do cavalheiro. Desejou saber os seus hábitos e costumes, o prato predileto, onde morava, tudo enfim que pudesse facilitar uma aproximação. Como o homem vivia sozinho, certo dia em que ambos já estavam mais íntimos, a mulher informou ao cliente que, nos dias de folga, fazia limpeza na residência de famílias, colocando-se à disposição do cavalheiro para ajudá-lo também. No fundo, era o que o português queria – estar mais próximo daquela linda mulher, sem outras interferências.

Comparecendo à casa do português para fazer a limpeza combinada, encantou-se com o luxo. O seu faro não errara. Mal sabia que por detrás daquela intuição estava trabalhando um grupo de espíritos voltados, exclusivamente, para o mal e que se animava com a desenvoltura da mulher ante a possibilidade de pôr as mãos no dinheiro do otário.

Conhecendo em pouco tempo os meandros da casa, localizou um cofre embutido na parede coberto por um pequeno quadro, onde certamente o proprietário guardava dinheiro e joias. Lembrando-se dos cursos feitos na selva, para ela abrir aquele cofre foi tarefa fácil, que realizou com prazer. Nele a jovem encontrou muito dinheiro, fruto das economias de anos do incauto proprietário, retirando tudo, sem nada oferecer em troca ao senhor, que, na realidade, estava embevecido pelos modos e as formas daquela linda faxineira. Quando ele percebeu o engodo, a mulher já estava em Londres, bem hospedada, no encalço de Marcelo.

Realizada consigo mesmo, pensava:

– Agora é a minha vez, canalha. Traiu uma companheira e vai pagar tudo com juros dobrados. Não ficará com um centavo do que me furtou e ainda assim vai para a cadeia. Lá é o seu lugar.

O plano desenvolvido pelos mentores do além estava dando certo. Tudo foi tão rápido que agora era induzir Zuleika a encontrar o esconderijo do comparsa de outrora, que estava em franca atividade, imaginando-se invulnerável.

Quando a soberba sobe à cabeça a pessoa deixa de lado os necessários cuidados abrindo reais possibilidades para o fracasso. Era o que havia acontecido com o jovem que, após o golpe aplicado na companheira sentiu-se único, intocável, o "gênio da raça", facilitando aos seus perseguidores enormemente.

Movida pelo ódio e com os recursos de seu último furto, Zuleika começou a farejar em Londres os lugares que já havia percorrido com Marcelo quando escolheram o cativeiro de Mr. Mason. Certamente, o guerrilheiro buscaria um desses locais afastados do centro, cujo aluguel era barato, e o proprietário não fazia exigências para a locação, apenas o pagamento adiantado de três alugueres.

Após caminhar alguns dias perguntando sobre o paradeiro de um jovem, ouviu de vários proprietários que tinham sim conversado com um rapaz com aquelas características, mas ainda não tinham fechado negócio, de forma que os imóveis estavam disponíveis. Zuleika percebeu que seria apenas uma questão de tempo: estava no caminho certo.

Marcelo, entretido com os seus planos, já havia alugado um pequeno imóvel na região que estava sendo vasculhada pela ex-companheira, desenhando um plano de sequestro de Olívia que deveria ser perfeito. Estando envolvido com o mapa da cidade de Londres, ouviu uma batida na porta, estranhando o fato, porque nunca era visitado e os seus comparsas ainda não tinham entrado em ação. Pensando que só poderia ser o proprietário, abriu a porta e, então, arregalou os olhos vendo postada à sua frente, com um largo sorriso, bem-vestida e perfumada, ninguém menos do que Zuleika.

– E aí companheiro – disse a moça – pensou que ia passar a irmãzinha para trás e nada lhe aconteceria?

Estático, Marcelo, procurando aparentar sangue-frio, respondeu:

– Entre primeiro que vou explicar o que aconteceu.

A mulher entrou, sentou-se, olhou para ele dizendo:

– Estou esperando uma boa explicação, seu canalha.

– Veja como fala!

– Vim buscar o meu dinheiro e quero levá-lo agora.

– Não tenho mais o dinheiro. Se tivesse com toda a grana acha que estaria morando aqui nesse pardieiro?

– Acho! Passe o dinheiro!

– Não tenho.

– Então, se considere morto – falou e puxou uma arma.

– O que é isso? Ficou louca?

Zuleika, sem pestanejar, puxou o gatilho e acertou de raspão o pé direito de Marcelo. Ninguém ouviu o tiro abafado pelo silenciador. O homem deu um lancinante gemido, respondendo:

— Ficou maluca? Já disse que não tenho o dinheiro.

Zuleika puxou o gatilho novamente e atingiu de raspão o pé esquerdo de Marcelo, que gemeu mais alto.

— Pare com isso!

Zuleika respondeu:

— Dei dois tiros de raspão. Vai sentir apenas dor e desconforto por alguns dias. Trouxe aqui penicilina para evitar infecção. Pergunto a você pela última vez: passe agora o meu dinheiro, que não sou de roubar companheiro. Se disser mais uma vez que não o tem, vou agora acertar para valer o seu pé esquerdo, amarrá-lo na cadeira, vasculhar isso aqui e levar tudo o que tem, deixando-o aleijado para sempre. Se quiser posso avisar a polícia para socorrê-lo.

Levantou-se, mirou no pé de Marcelo, que percebeu que a mulher não estava brincando. Quando ela ia apertar o gatilho, falou:

— Espere!

— O dinheiro, canalha!

— Tá naquela caixa!

— Pegue-o. Sem truques, porque estouro os seus miolos.

Levantando-se com dificuldade, os pés sangrando, Marcelo pegou a caixa e disse:

– Tá aí todo o dinheiro. Não gastei nada. Guardei-o para sequestrar aquela mulher que atravessou o seu caminho. Tenho o plano todo desenvolvido, já contatei os mercenários, aqui seria o local do cativeiro. Achei que tirando a garota do circuito estaria fazendo um favor a você, que poderá ir atrás do homem da sua vida. Mas sem dinheiro, tudo acabou. Deixe pelo menos a minha parte.

– O que você não fez comigo, calhorda!

– Ia ajudá-la após o serviço feito para lhe dizer que poderia encontrar o cara com chance de ser bem sucedida.

– Pensa que eu sou idiota em acreditar?

– De idiota você não tem nada. Mas, era o que eu havia pensado, acredite se quiser. Agora quero a penicilina que tá doendo muito. E pode ir embora com o seu dinheiro.

Zuleika tirou a penicilina da bolsa, pediu para ele esticar os pés, aplicou-lhe o pó diretamente nas áreas atingidas, depois enfaixou com gaze. Isso é para não esquecer que nunca se deve deixar um companheiro em situação difícil. Poderia, agora, fazer com você o mesmo, ou seja, deixá-lo aqui sem nenhuma libra. Mas, antes, quero ouvir o que planejou, quem sabe me associo, mantendo em relação a você as minhas cautelas.

– Não vai se arrepender, eu garanto – complementou Marcelo um pouco mais animado.

– O que planejou?

– Espere que ainda tá doendo.

– Não tenho muito tempo. Tomei muitas precauções antes de vir aqui. Preciso retornar ao meu grupo, que está de prontidão, apto a intervir a qualquer momento. Seja rápido – blefou.

Em poucas palavras Marcelo detalhou o projeto, expondo sucintamente o que pensava fazer, não se alongando em detalhes.

Zuleika não tirava Cristhian Collins da cabeça. Parecia uma forte obsessão, cuja razão não sabia explicar. Era o único homem que desejou em toda vida, descartando inúmeros pretendentes. Intrigava-se tentando saber o porquê dessa alucinada fixação, que poderia levá-la à ruína.

Qualquer possibilidade de se aproximar do homem desejado em condições de igualdade ela não rejeitaria, tanto que, apesar de passar por várias dificuldades e em certos momentos saber que ele poderia ser a única tábua de salvação, mesmo assim evitou contatá-lo. Queria se apresentar como uma mulher vitoriosa, bonita, com dinheiro, para ser realmente querida, o que nunca fora. Todos os homens que dela se aproximaram o fizeram tão somente pelas suas belas formas; nenhum revelou interesse pelo ser humano, exceto Cristhian, que desejou conhecer o seu pensamento sobre arte, política, religião, quando juntos estiveram naquele jantar no restaurante do Hotel *Ca'd'Oro* em São Paulo.

Quando ouviu Marcelo se referir a Olívia, a moça elegante que vira ao lado do homem amado na entrada do *Royal Opera House* em Londres, uma descarga elétrica não teria surtido um efeito tão rápido no campo das emoções da conturbada mulher. Após pesar as possibilidades de o plano de sequestro de Olívia dar certo e fazer algumas perguntas sobre detalhes importantes, resolveu fechar um acordo com o ex-terrorista político, agora um simples bandido, sem vinculação com nenhum ideal.

– Aceito um acordo com você desde que nessas condições. E passou a estabelecer as bases da transação, procurando resguardar sempre a questão da segurança. Quanto às despesas, resolveu não partilhar aquelas até então realizadas, mas as futuras, desde que discutidas antes.

O relacionamento dos comparsas seria dali para frente pontuado de desconfiança, cada qual evitando proximidade um com o outro, somente se reunindo em locais públicos, sozinhos, e ambos armados. Nesse clima, caminhou o projeto que visava destruir a vida de Olívia, após a obtenção de grande resgate financeiro do pai da jovem. Por imposição de Zuleika, em nenhuma hipótese Olívia sairia viva do cativeiro. Nos seus planos alucinados constava, após a morte da jovem e com o dinheiro arrecadado, viajar ao Rio de Janeiro e se aproximar de Cristhian Collins, na condição de ombro amigo, aproveitando o momento de vulnerabilidade do executivo.

Finalmente, chegou a tão esperada notícia – a aprovação do casamento de Olívia pelo *Palácio de Buckingham*. Assim que o pai a comunicou, disparou uma ligação para o Rio de Janeiro, falando com o noivo:

– Tenho boa notícia! – iniciou.

– Será que fui aprovado? – perguntou o executivo.

– A nota não foi muito alta – brincou a jovem. – Terá agora de fazer jus à aprovação, me tratando como rainha.

– Serei seu servo.

– Só?

– E mais alguma coisa, está bem?

– Vou ver se aprovo.

Após o momento inicial, Cristhian comentou:

– Essa é a notícia mais importante da minha vida. Vou comunicá-la aos meus pais que estão apreensivos. Gostaria de marcar um encontro entre nossas famílias, o que acha?

– Ótimo, diga-me quando. Seria melhor na casa da noiva.

– Sem problema. Meus pais moram nos Estados Unidos, mas adoram visitar a pátria mãe.

– Combinado. Vou agendar esse encontro para daqui a dez dias, quando anunciaremos o noivado. Está de acordo?

– Sim! Já irei providenciar os bilhetes aéreos.

Tudo acertado, felizes da vida, os noivos continuaram a conversar alegremente.

No dia agendado, os pais de Cristhian Collins adentraram a mansão Adrian Mason, vestidos a rigor.

Formavam um belo casal. Ambos eram respeitados professores universitários, portanto, com elevado nível cultural, sabendo-se comportar em qualquer ambiente. Por isso, o jovem não se preocupou, conhecendo os pais, tanto que a aprovação pelo serviço secreto britânico não apontou nenhuma restrição quanto à família do noivo, o que deixou Mr. Mason extremamente feliz.

O nobre, intimamente, desejava aquele casamento, não conseguindo perceber naturalmente que se tratava do retorno à família do filho de criação de outra vida que, pelo grupo se sacrificara, vivendo aquela encarnação longe de todos os seus afetos. Mas, na presente reencarnação vinha a recompensa, casando-se com uma mulher que no passado já tinha com ele real afinidade e ingressando no seio de uma família vinculada à nobreza, que o aceitava sem constrangimentos. Katlyn, normalmente crítica, estava ainda mais feliz: apesar de ter sido mãe de criação no passado, sofreu intensamente quando o filho teve de assumir a culpa por ato que não praticara e fugir na calada da noite vivendo só Deus sabe como.

Na roda da vida, volta-se sempre ao ponto de partida. Por isso, recomenda-se sempre cuidado nas menores coisas. O vencido de ontem pode ser o vencedor de hoje. A gratidão e a lealdade são sentimentos próprios dos que evoluíram na marcha ascensional, enquanto que a violência e o ódio puxam o ser para baixo deixando-o exposto aos vermes que corroem o caráter e deformam a alma e o corpo em futuras e dolorosas reencarnações.

No salão de recepção da mansão Adrian Mason, o clima entre as famílias era o de máxima cortesia. O campo vibracional suave e propício indicava claramente que as pessoas já se conheciam no passado e tiveram um bom relacionamento. De fato, o jovem Cristhian de hoje, ao deixar a casa paterna, em fuga no passado, recebeu amparo dos pais atuais a ele vinculados espiritualmente desde longa data. Já eram professores naquela época; viram o jovem na rua em estado de angústia e ofereceram-lhe pequeno emprego no colégio onde o pai de agora era, então, diretor.

Naquele lugar, o moço recebeu estímulo e nas horas vagas pôde estudar, aproveitando bem o tempo.

Quando aceitou uma oportunidade para trabalhar no Brasil deixou pela segunda vez o amparo afetivo de uma família que na prática também o adotara, feliz e triste ao mesmo tempo, pedindo a Deus a oportunidade de um dia poder reencontrar aquelas pessoas maravilhosas, o que aconteceu pela via nobre da reencarnação.

Não somente na química, mas também na vida, nada se perde e tudo se transforma, asseverava Lavoisier, conforme o princípio da "Conservação da Matéria".

Katlyn estava realmente feliz. Margareth e todos os familiares perceberam como ela se esmerou na recepção dos pais do noivo, como estava alegre, contagiando o próprio marido. A depressão que a acompanhava parece ter desaparecido por encanto, surgindo uma nova mulher, que abraçou com ternura Cristhian chamando-o de filho. O rapaz verteu algumas lágrimas de felicidade, não imaginando como era querido por aquela mulher. Mr. Mason também o abraçou, chamando-o também de filho, e os seus pais biológicos em tom de brincadeira também disseram: – Ganhamos também uma filha – abraçando carinhosamente Olívia. Aqui ninguém saiu no prejuízo! – Ao que todos riram descontraidamente.

Margareth, que tudo observava pelos olhos da mediunidade esclarecida, percebeu ali a mão do destino ao aproximar corações que um dia tinham sido apartados pela força do ódio; percebeu a recomposição de um grupo que soubera jornadear pelo vale das sombras sem cair nas alucinações da vingança, aceitando com resignação as provas que a vida enviara. E mais ainda, intuiu que Katlyn, a querida irmã, conseguira ver removida a causa anterior de sua atual depressão, ao se restabelecer um quadro de felicidade outrora rasgado pela violência que, então, atingira o filho adotivo.

Encontrada e tratada a causa remota orgânica ou psíquica de determinada patologia a saúde refloresce, eliminando a dor que pungiu enquanto necessária à compreensão e à assimilação de novos valores.

Porém, ainda pendiam questões, então, lançadas no passado e que ressurgiriam no presente para concluir um teste difícil na encarnação do grupo até aquele momento vencedor. As trevas urdiam um sequestro; personalidades desajustadas queriam impor os seus caprichos sobre seres que já haviam vencido etapas importantes. O sucesso ou o fracasso ainda disputavam aquelas vidas em terreno movediço suscetível ao menor movimento.

Capítulo 28

Sob o orvalho da manhã

O noivado de Cristhian e Olívia foi noticiado em pequeno tabloide da imprensa inglesa, voltado às fofocas das pessoas ligadas à família real. Em poucas linhas, informava-se que os jovens, sob as bênçãos da rainha, tinham trocado alianças em cerimônia simples realizada na mansão Adrian Mason, ficando ainda de definir a data do casamento. A matéria publicada foi o bastante para que as entidades atuantes do outro lado da vida chamassem a atenção de Zuleika, despertando na jovem ódio intraduzível. Jurou para si mesma que aquele casamento nunca se realizaria. Ligando para Marcelo, exigiu um encontro imediato. Nem bem cumprimentou o comparsa, foi logo dizendo:

— Precisamos marcar a data do sequestro de Olívia?

— O que aconteceu para justificar essa urgência?

— Veja essa notícia — e retirou da bolsa o recorte do jornal que acabara de ler.

– Então, é isso? A irmãzinha está com ciúme ao saber que o homem vai se casar!

– Não confunda as coisas. Se eles se casarem podem sair das nossas vistas por tempo indeterminado e prejudicar tudo o que até agora planejamos. Não sabemos onde vão passar a lua de mel e nem quanto tempo ficarão fora; não temos informação a respeito do país em que fixarão residência. E os gastos que fizemos até agora? O nosso dinheiro não dá, por exemplo, para montarmos uma operação dessas nos Estados Unidos, onde se encontra a empresa onde Cristhian trabalha e mora a sua família.

– Vendo dessa forma, você tem razão. Precisamos agir com rapidez, mas isso vai aumentar as nossas despesas.

– Agora não podemos ter limites. É tudo ou nada!

– Feito! Vou chamar os homens, concluir o plano e marcarmos a data da execução.

– É melhor! – afirmou a moça, saindo descontrolada.

Marcelo concordou com todos os argumentos de Zuleika, mas era inteligente para perceber o quanto a notícia impactara a parceira. Nunca imaginou a gélida Zuleika apaixonada, mas não dava para negar que a mulher estava tomada de intensa emoção. Riu consigo mesmo, pensando: – Finalmente descobri o seu ponto fraco, minha cara. Tudo farei para você nunca ter o tal Cristhian a seus pés, sua miserável. E aconteça o que acontecer eu não vou matar Olívia, para satisfazê-la. Os nossos interesses, nesse caso, são opostos.

A intriga urdida no astral pelo grupo comandado pelo Coronel estava dando certo. Sem outra ajuda espiritual, era fácil manejar o psiquismo dos bandidos, jogando um contra o outro, como ocorre normalmente nas lutas entre as gangues terrestres quando surge o momento de repartir o lucro. Bastava o Dr. Francisco soprar nos ouvidos dos malfeitores qualquer desconfiança para aceitarem sem questionar, imaginando-se um mais esperto do que o outro.

Marcelo, satisfeito com o encontro, resolveu chamar os comparsas, inflando naturalmente os custos, para retirar o que pudesse da bolsa de Zuleika, naquele momento, uma mulher alucinada pelo ciúme, sentimento que nunca tivera na vida e com o qual não estava sabendo lidar.

Enfim, o dia do sequestro foi marcado. Nos dois planos da vida registrava-se interação entre os agentes encarnados e os desencarnados, cada qual com objetivos bem definidos, constatando-se pequeno apoio do astral inferior para os que agiam contra os desígnios do bem.

Apenas para relembrar: com o desinteresse dos mentores espirituais da organização pelo sucesso do sequestro, planejado às escondidas pelos jovens, que atenderia somente aos interesses pessoais de Marcelo e Zuleika, uma plêiade de espíritos, ligada ao baixo astral, deixou os ex-terroristas à deriva, porque, apesar dos pesares, essas entidades sempre imaginaram atuar em favor de uma causa coletiva. Não toleravam ações individualistas como as empreendidas pelos jovens, que em nada diferiam dos criminosos comuns. Assim, do lado de lá da vida, eles somente poderiam contar com a retaguarda de espíritos sem gabarito algum para assistir àquela empreitada, e com o agravante de ser facilmente enganados.

O grupo liderado pelo Coronel e no qual participavam ativamente os espíritos do bombeiro Tenório, do empresário Andrei, do Dr. Francisco, entre outros, estava manejando Zuleika para, ao final, levá-la ao desespero e arrastar consigo Marcelo.

E no campo de Mr. Mason, Olívia e Cristhian Collins, razões de um tempo bem distante poderiam agora ser removidas definitivamente, desde que agissem conforme os paradigmas hoje traçados e de pleno entendimento do grupo. Em verdade, para as vítimas, seria um teste definitivo de liberação, enquanto que os autores estariam cavando situações extremamente dolorosas.

Demarcado o terreno, os meliantes partiram para a execução, sem ponderar as forças em jogo, cientes de que levariam a melhor.

Na reunião do grupo em preparativos finais estavam presentes Zuleika, Marcelo, dois mercenários e o motorista, pessoal da linha de frente. Na retaguarda, uma senhora robusta, conhecida de Marcelo, mas que nada sabia sobre o sequestro, e que ficaria no cativeiro preparando a alimentação diária e se revezando com o motorista no controle da vítima.

Repassaram o plano por várias vezes. Deveriam pegar Olívia na entrada do *Hyde Park*, local que ela frequentava, quando deixava o carro e dois seguranças a acompanhavam no passeio matinal. Assim que entrasse nas alamedas do parque, uma pequena carruagem fechada pararia ao seu lado e o condutor, fardado (um dos mercenários) abriria a porta convidando-a para um passeio. No interior do veículo, Zuleika imobilizaria Olívia aplicando-lhe uma máscara de éter, enquanto Marcelo e o outro mercenário viriam por trás e abateriam os dois seguranças no momento oportuno; um carro de placa fria já estaria à espera da carruagem mais à frente. Retirariam Olívia sonolenta, levando a jovem para o veículo e rumariam para o cativeiro em rota cuidadosamente definida, com várias possibilidades de fuga, caso ocorresse uma perseguição.

Na manhã seguinte, dariam início à operação, cuja parte mais complicada caberia a Marcelo e Zuleika, negociando o resgate com Adrian, que já conheciam. Imaginavam uma solução relâmpago, tal qual a realizada anteriormente, fazendo contato com ele tão logo tivessem Olívia no cativeiro, propondo a mesma forma de resolver o problema já adotada, ou seja, a retirada do dinheiro pelo próprio correntista na agência bancária e entregue diretamente aos sequestradores, sem a interferência da polícia. Pelo que conheciam de Adrian e o seu vínculo com a filha, tinham certeza de que aceitaria o plano, disponibilizando o dinheiro o quanto antes.

Para Zuleika, com o dinheiro na mão, bastaria apenas executar imediatamente Olívia; Marcelo, ao contrário, queria antes desfrutar a beleza da jovem e depois de humilhada liberá-la para o casamento com o tal de Cristhian, melando as intenções da comparsa em se apresentar ao homem da sua vida como a bondade em pessoa, amparando-o na dor após ter um casamento desfeito às vésperas. Cada qual jogava de um lado, mas o certo é que ambos queriam pôr a mão em dinheiro graúdo. Não aceitariam do pai da jovem menos do que cinco milhões de libras esterlinas, valor que eles julgavam adequado para iniciar seus negócios.

Tudo pronto. Na manhã do dia seguinte, partiram para a execução seguindo o *Script*.

Ficaram a postos na entrada do *Hyde Park* e quando o carro de Olívia parou fizeram um sinal para o cocheiro, que começou movimentar vagarosamente a carruagem. Seguiram a jovem e os seguranças, que nada desconfiaram. Mais à frente, a carruagem parou e o cocheiro desceu da boleia, abriu com mesura a porta do veículo, convidando a moça para entrar. Esse tipo de abordagem era comum na época, sobretudo para a realização de passeios de turistas.

A moça fez um sinal de agradecimento, quando o homem insistiu empurrando-a ligeiramente para dentro da carruagem, sendo então puxada pelas mãos de Zuleika que, em segundos, aplicou-lhe uma máscara de éter que a imobilizou. Os seguranças perceberam algo estranho e, quando correram para defender a protegida foram igualmente atingidos por dois disparos, amortecidos pelo silenciador da arma, caindo ao chão. Os assassinos rapidamente arrastaram os corpos abatidos para o jardim, escondendo-os entre os arbustos, e em disparada se dirigiram ao carro, que já estava de partida.

Toda operação não levou mais do que cinco minutos.

No mesmo instante em que Olívia foi sequestrada, Margareth sentiu estranha sensação e veio-lhe a certeza de que a sobrinha corria risco de morte. Nada podia, contudo, fazer. Ligou para Joanne imediatamente e a mulher apenas disse que também não estava bem disposta, mas não percebeu nenhuma movimentação espiritual diferente, o que acalmou momentaneamente Margareth, que ainda assim estava incomodada. Com a sua vasta experiência mediúnica, entrou imediatamente em oração, reforçando a crença de que nada acontece debaixo do sol sem que tenha pelo menos a permissão divina. Mais calma, afastado o mal-estar inicial, resolveu ligar para a irmã, perguntando sobre a sobrinha.

– Katlyn, eu gostaria de falar com Olívia.

– Ela foi fazer o passeio de sempre no *Hyde Park*. Assim que chegar eu peço para ligar para você. Alguma coisa urgente?

– Não! Eu só queria conversar sobre trivialidades.

– Mais tarde, então, a gente se vê.

– Ok!

Despediu-se da irmã e não percebeu nada de diferente. Mas, ainda assim estava intrigada. Essas sensações não aparecem do nada, e alguma coisa tinha acontecido ou ainda iria acontecer.

Mr. Mason, nesse momento, estava no escritório da empresa que presidia atarefado com as contas, quando a secretária chamou-o para atender a uma ligação pessoal.

– Quem é? – perguntou.

– Senhor, eu não sei e não queria passar a ligação. Mas, do outro lado, a pessoa insistiu tanto e mencionou algo sobre a sua filha.

– Vamos ver! E pegou o telefone.

Do outro lado Marcelo falou:

– Não está conhecendo a minha voz, Mr. Mason?

O homem gelou! Uma bomba não teria surtido mais efeito do que ouvir a voz inconfundível do seu sequestrador. Esforçou-se ao máximo para aparentar calma, dizendo:

– Nunca vou esquecê-lo, senhor.

– Assim fica mais fácil – respondeu Marcelo.

– O que deseja dessa vez?

– Estamos com a sua filha no cativeiro. Por enquanto, ela está dopada e por isso não pode falar. Se a quer realmente viva, siga as nossas instruções rigorosamente.

Mr. Mason pediu alguns segundos para solicitar à secretária caneta e papel para as anotações. Na realidade, estava atordoado, esforçando-se para não cair. Ao retornar, a secretária perguntou-lhe:

— O que houve? O senhor está tão pálido?

— Nada! Providencie um copo d'água e café, com urgência. Feche a porta; não receberei ninguém.

— Está bem.

Pegando novamente o telefone, disse:

— Vou anotar as suas exigências.

— É o melhor que tem a fazer.

O sequestrador, irônico, disse-lhe:

— Não é só você o esperto. Pensou que iria se livrar de nós com apenas quinhentas mil libras?

— Quanto vocês querem?

— Cinco milhões de libras em espécie, e no máximo em 24 horas.

— Não é possível levantar um dinheiro desses em tão pouco tempo.

— Vire-se. Você é ou não poderoso? Não quer salvar a filhinha?

Adrian Mason, procurando manter a calma, respondeu com tanta firmeza que abalou Marcelo:

— Eu te conheço. Farei tudo para levantar esse dinheiro. Mas, se tocar em um único fio de cabelo de minha filha, eu vou buscá-lo junto com a sua comparsa até no fim do mundo. Não se esqueça!

– Você não está em condição de fazer nenhuma ameaça velhote?

– Escute de uma vez por todas: é você que está com um grande problema nas mãos. Não pense que dessa vez vai fugir como fez anteriormente. Sei que está falando de Londres e isso aqui é uma Ilha.

– Se colocar a polícia na parada – argumentou Marcelo – não precisa se preocupar em arrumar o dinheiro, mas um caixão para a sua doce menina, que deverá ser lacrado, porque ela estará inteiramente desfigurada.

– Aquela vez, fizemos um acordo que cumprimos à risca – respondeu o senhor. – Não pense agora em roer a corda. Não colocarei polícia alguma na questão, mas se um fio de cabelo de minha filha (repito a base do acordo) for tocado aí, então, quem terá de arrumar um caixão lacrado será você. Aceita ou não o acordo?

– Você me faz rir! – debochou Marcelo. – Aqui quem dá as ordens sou eu.

– Engana-se, meu caro. De Berry sabe onde encontrá-lo. Não posso tirar um dinheiro desses do Banco dele sem levantar suspeita. E terei de dizer o motivo. Ele conhece muito bem a sua comparsa e a organização para a qual trabalham. Portanto, pense um pouco mais e não se ache dono da situação. Terá os seus cinco milhões de libras e ao receber a mala, no mesmo ato, deverá entregar-me Olívia.

– Não vai ser desse jeito. Quem dá as ordens sou eu. Primeiro, o dinheiro e depois soltamos a moça.

— Então, nada feito – respondeu Mr. Mason com firmeza, percebendo que o sequestrador havia ficado abalado ao ouvir o nome de De Berry.

— É assim que você quer?

— Essa condição entre nós é inegociável, caso contrário negociarei diretamente com a organização na selva, passando por cima dos dois, que terão de se explicar direitinho o que estão fazendo, para os seus verdadeiros patrões. Cinco milhões de libras em vinte e quatro horas e, no ato, a liberdade de Olívia, sem nenhum arranhão.

— Vou estudar a proposta e depois ligo colocando a sua filha ao telefone.

Marcelo, que era, no fundo, de inteligência limitada, não conseguiu acompanhar a rapidez do raciocínio do nobre, visivelmente intuído pelo plano superior. Ao bater o telefone, estava nervoso, relatando a Zuleika o que tinha ouvido. A mulher, sagaz como sempre, afirmou:

— Ele está blefando.

— Não me pareceu. Falou em De Berry, referiu-se a você e disse claramente que sabe como negociar diretamente com a organização. Pensa que a gente está agindo em nome da organização, que em hipótese alguma pode saber que a estamos usando para tirar proveito pessoal. A gente não tem saída senão aceitar as condições impostas pelo homem, que de tonto não tem nada.

— Mas, não vou entregar aquela mulher viva para ele – contestou Zuleika.

– Pare de falar bobagem! A gente tá perto de pôr as mãos em cinco milhões de libras amanhã. E depois você contrata um matador qualquer por mil libras e manda o cara dar um tiro na mulher e pronto.

– É! Você tem razão. Pegamos o dinheiro e cada um segue o seu caminho. Eu vou ficar até acabar com ela, mesmo que a gente a liberte amanhã.

– O que a gente precisa agora é usar a inteligência para bolar um plano "toma lá da cá".

– É muito perigoso!

– Isso é!

– Mas não tem jeito.

Ficaram confabulando enquanto no cativeiro Olívia despertava do sono, induzido pela máscara de éter, movimentando-se na cadeira em que estava amarrada, a ponto de chamar a atenção da cozinheira que acabava de chegar. O motorista, que até então estava guardando a vítima, foi logo dizendo:

– Olhe a mulher com cuidado que eles já estão chegando. Vou sair um pouco.

A cozinheira, uma mulher corpulenta de pele morena chamada Keira, era uma pessoa do bem, que fazia pequenos serviços em várias casas e que fora recrutada por Marcelo pelo seu perfil de matrona ingênua. Porém, era pessoa de boa índole e não sabia exatamente o que estava acontecendo naquela casa. Fora contratada para fazer a comida e olhar uma moça doente, que precisava ficar o tempo todo amarrada, até o tratamento psiquiátrico, a que era submetida, surtir efeito. Aceitou a proposta de trabalho sem questionamento e recebeu um salário adiantado, que muito lhe foi útil, por ser ela arrimo de família.

Quando o motorista saiu e Keira foi ao quarto ver a doente se espantou. Conhecia Olívia, havia trabalhado para Katlyn, tinha estima e gratidão pela família. Perguntou de imediato:

— O que aconteceu, D. Olívia?

— Não sei! Fui dopada, me trouxeram para cá e estou amarrada. Preciso de socorro urgente.

Keira, que era simples e inteligente, percebeu que havia algo de errado e respondeu:

— Eu fui contratada para fazer a comida para um pessoal que não conheço e também para cuidar de uma mulher que estava em tratamento psiquiátrico e, por isso, precisava ficar o tempo todo amarrada.

— Mas eu estou bem – respondeu Olívia. Não sei o que aconteceu!

— A senhora pode ter sido sequestrada.

— É possível.

Nisso ouviu vozes de pessoas chegando; rapidamente orientou Olívia:

— Finja que está dopada. Não podem perceber que nos conhecemos. Assim que saírem busco ajuda.

— Obrigada!

— Que Deus nos ajude.

Keira foi tão rápida que conseguiu disfarçar completamente quando os quatro chegaram. Preparou o almoço, enquanto Zuleika e Marcelo discutiam, dispensando os mercenários, que ficaram de comparecer à noite. Não foi difícil à senhora confirmar a suspeita inicial de sequestro, ficando horrorizada ao ouvir falar em valores e em como obter o dinheiro do resgate.

Resolveu perguntar a Marcelo:

– Senhor, eu devo servir almoço para a doente?

– Leve água! Comida só mais tarde.

– Está bem.

Ao ingressar no quarto piscou para Olívia, dizendo baixinho:

– Filha! Continue fingindo. Em breve, virá o socorro, com a graça de Deus.

– Confio na senhora.

– Eu não vou falhar, acredite.

– Vá com Deus. Se puder tranquilize a minha família.

– Fique em paz e não se desespere.

Saiu imediatamente para não despertar suspeita. Os dois conversavam a respeito de como fazer a troca, sugerindo um local, que precisavam ver. Chamaram o motorista e após recomendarem à senhora todo o cuidado com a doente, partiram. Keira, rápida como uma águia, saiu logo atrás, dirigindo-se à primeira viatura de polícia, informando o fato. Relatou em poucas palavras o que estava acontecendo e que, naquele momento, seria fácil resgatar a mulher, porque os sequestradores não estavam guardando o cativeiro.

Agindo com a eficiência própria da polícia inglesa, em minutos uma operação foi montada com várias viaturas, que chegaram ao mesmo tempo, retirando Olívia do cativeiro e comunicando o fato a Mr. Mason, que, naquele momento, estava tentando levantar a fortuna pedida pelos sequestradores, sem avisar a polícia e a família. O homem foi rapidamente para a delegacia, encontrou a filha, abraçou-a, o mesmo fazendo com a senhora Keira, que já conhecia, agradecendo a Deus, com lágrimas nos olhos.

Como a operação foi rápida, a polícia discretamente montou campana no local para aguardar o retorno dos sequestradores. Keira, já havia passado o perfil de Marcelo, Zuleika e dos dois outros mercenários, ignorando propositadamente a figura do motorista, que imaginava inocente, quando, na realidade, participava de forma consciente do grupo.

Assim que o carro dos sequestradores apontou na rua do cativeiro a polícia o fechou, mas, astuciosa como sempre, Zuleika percebeu a armadilha, e determinou ao motorista:

– Avance! Pise e saia pela esquerda, aumentando a velocidade.

O motorista obedeceu incontinente, iniciando uma caçada temerária pelas ruas da periferia de Londres.

Entre entradas e saídas sempre à busca de uma via mais fácil para trafegar, a polícia sentia-se inibida em atirar, com receio de causar um acidente atingindo vítimas inocentes (transeuntes e passageiros de carros e ônibus). Zuleika imaginava, a qualquer momento, saltar do veículo em marcha, quando encontrasse um local apropriado; Marcelo observava tudo, ouvindo as ensurdecedoras sirenes que tocavam sem parar; o motorista, firme no volante, prosseguia em altíssima velocidade, quando no cruzamento atravessou o sinal vermelho, batendo de raspão em um caminhão de carga e se chocando contra o poste de iluminação. Houve uma forte explosão e o veículo, em seguida, virou uma bola de fogo. A polícia parou, pegou os extintores, mas nada pôde fazer.

Terminava assim aqui na Terra a encarnação desastrada de Zuleika e Marcelo, dois irmãos de encarnações anteriores, que se acumpliciaram com o crime, sem levantar na verdade a bandeira de qualquer ideal, ainda que questionável. Almas em desalinho, vivendo conflitos psicológicos complexos, optaram pelo mal para poderem recuperar um estilo de vida do passado, quando erraram pelo excesso de luxo, desprezando os melhores sentimentos humanos.

Do outro lado da vida, a equipe do Coronel comemorava:

– Finalmente – comentou o chefe – pegamos os dois ao mesmo tempo e agora deveremos ficar atentos para não serem sequestrados por nenhum outro grupo espiritual. Essa vitória é nossa e não vamos deixá-la escapar pelos vãos dos dedos.

As Partidas Dobradas

Diz a Doutrina Espírita que certas desencarnações são realmente complexas e que do outro lado, disputando os despojos, estão os sicários que contribuíram para levar os encarnados àquele desfecho final.

Conduzir o espírito para o seu campo vibratório natural e colocá-lo à disposição dos inimigos é mais frequente do que se imagina. Somente a vinculação com o bem protege e nada fica ao arbítrio da pessoa quando acumula débitos de resgates difíceis. Zuleika e Marcelo, que juntos buscavam dinheiro e poder a qualquer preço, estabeleceram entre si laços delicados, que seriam rompidos somente ao longo de encarnações dolorosas.

Quando o carro bateu no poste e se incendiou, Zulmira que, na cidade de São Paulo, estava em trabalho de caridade atendendo aos pobres da Associação dos Vicentinos de Paulo, sentiu forte angústia. A senhora sentiu-se mal sem o saber, encerrando as suas atividades. Em casa, visivelmente entristecida, rezou por sua menina, não sabendo que o comparsa, que com ela partira de forma violenta, fora igualmente o seu filho em vida passada.

É evidente que a mediunidade da senhora que tanto evoluíra não chegou a ponto de perceber que, nas ruas de Londres, acabava de ocorrer simultaneamente três mortes trágicas, mas o espírito sempre sabe, sempre registra aquilo que o consciente rejeita. Por isso, não se pode aceitar simplesmente a lógica ensinada por Aristóteles, o filósofo grego, porque algumas coisas escapam ao universo racional e são percebidas pelo canal das emoções.

No entanto, nem sempre podemos explicar certas percepções e intuições, mas adquirir a sensibilidade para simplesmente não desconsiderar os avisos que a vida manda, é tarefa acessível a todos. Basta treinar e agir moderadamente, sem, contudo, adquirir a sensibilidade, dar crédito a tudo o que reluz, porque nem sempre é ouro.

Capítulo 29

No Astral

Os corpos carbonizados dos sequestradores foram levados ao Instituto Médico Legal de Londres para possível identificação. Ninguém reivindicou os despojos finais que, após as análises, foram inumados, como indigentes. Se aqui na Terra tudo terminava de forma tão melancólica, do outro lado da vida iniciava para os jovens incautos uma nova e dolorosa realidade: ajuste de contas com inimigos contumazes que os obsidiaram, conduzindo-os ao desfecho pretendido.

O sofrimento foi deveras atroz. Extremamente vinculados aos corpos, os espíritos sentiram dores inenarráveis. As chamas foram além da epiderme, chegando ao núcleo, após destruir as terminações nervosas. Não é possível sequer imaginar sofrimento tão intenso, que não contou com o bálsamo da prece de nenhum ser encarnado ou desencarnado.

A loucura de existências em desalinho com o bem se desfaz ante os sofrimentos superlativos que amoldam as personalidades mais endurecidas, como era o caso, cujos gemidos se tornaram audíveis em rogativas confusas, que os sicários do além observavam:

— Valha-me Deus!

— Socorro!

— Alguém me acuda.

— Água, água...

Mesmo os malfeitores ao lado sentiam arrepio ao ouvir tantas rogativas em vão. Olhavam-se uns para os outros espantados. Haviam imaginado aplicar na dupla as mais duras sevícias, não supondo, contudo, que a forma como ocorrera a desencarnação se prolongaria no Além, deixando-os confusos. Não tinham condições de impor sofrimento maior do que o aplicado pela lei natural, mas aguardariam o término de tantas aflições para conversar com os desencarnados. No entanto, se inferno existe, o que viam à frente não deixava dúvida sobre as consequências que as pessoas assumem pelos atos praticados.

Apesar de todos os espíritos presentes, sem exceção, terem sofrido as duras dores da desencarnação, pelas formas de pensamentos que cultivaram ao longo da vida e, sobretudo, nos momentos que antecederam à morte, somente naquele momento se davam conta que os seus sofrimentos poderiam ter sido bem maiores. O que passaram ante o que viam praticamente não era nada e, por isso, Tenório comentou:

— Será que estamos no caminho certo fazendo justiça com as próprias mãos?

Andrei, visivelmente horrorizado pelo odor emitido dos perispíritos inteiramente danificados que ali jaziam, redarguiu:

– Tenho agora as minhas dúvidas.

Mesmo o Coronel, comandante do grupo, estava impactado, respondendo:

– Precisamos rediscutir certas questões.

Mas, o psiquiatra Dr. Francisco, que tanto influenciara os ora desencarnados com as suas sugestões maquiavélicas, vociferou, ainda endurecido:

– Não é hora para fraquezas. Se não fosse o nosso trabalho eles ainda estariam lá na Terra fazendo as suas maldades. Fomos os responsáveis em tirá-los do circuito não esperando a vontade de Deus, que deixa tudo acontecer e nunca interfere quando o mal está em curso. Veja a crueldade dos grandes tiranos da Humanidade, que poderiam deixar em paz populações inteiras e ainda assim morrem tranquilos em seus palácios, amados pelos parentes e servos, quando jogaram na vala comum milhões de corpos, terminando vidas em realização, destruindo esperanças e sonhos...

O Coronel o interrompeu dizendo:

– Isso é o que você está dizendo. Lá na Terra as vítimas de Zuleika e Marcelo pensam da mesma forma, ou seja, eles não foram presos, não sofreram nos cárceres as torturas que a outros impuseram, morreram numa perseguição e, aparentemente, sem sofrimento em face da violência da colisão do veículo contra o poste. No entanto, veja agora o resultado: gemem, imploram, pedem e ninguém pode fazer nada por eles. Esses tiranos da violência e da vaidade, os senhores de uniformes amedalhados, estampando condecorações por atos de bravura que não praticaram, e que permanecem em gabinetes atapetados dando ordens a seus soldados para a matança, como estarão?

Dr. Francisco tentou argumentar, mas o Coronel o interrompeu:

– Caro doutor, que nos tem prestado grandes serviços. Pense um pouco: ficou até hoje cuidando, estudando e manipulando a cabeça alheia, será que o amigo não desarranjou a sua e agora está precisando também de terapia?

– Assim o senhor me ridiculariza – interceptou o psiquiatra.

– Sabe que não é essa a minha intenção. Quando Tenório nos chamou a atenção para o quadro que está à nossa frente, perguntei-me se teríamos condições de impor a eles (os nossos inimigos) sofrimento tão duro. Concluí que não, mas, ao mesmo tempo, não vi nenhuma mão atacando-os, como pretendíamos fazer ao submetê-los às torturas que conhecemos nos cárceres da Terra. Eles, simplesmente eles, no auge da loucura, criaram uma situação de vida que culminou nesse desfecho, certamente com a nossa contribuição, o que nos torna responsáveis.

– Coronel – interrompeu novamente o Psiquiatra, – está fraquejando no comando.

– Não fujo às minhas responsabilidades, mas estou vendo algo diferente. Há uma lei que quando aplicada decorre de situações tão naturais que, apesar de dura, não podemos dizer que não a chamamos em face dos atos por nós praticados. Disse e repito: Tenório nos conduziu a uma reflexão diferente, que precisamos meditar, afinal somos um grupo.

– E, pelo que aqui aprendi – emendou Andrei, – deveremos por impositivo dessa mesma lei reencarnar em grupo. Será que o que estamos fazendo levados pelo desejo de desforço não nos será cobrado amanhã? Não me envergonho de dizer: tenho medo!

– Parece que estou no grupo errado – voltou a falar Dr. Francisco. – Só voltaremos à Terra quando quisermos, moldando pela nossa mente o corpo que desejarmos. As experiências que estamos fazendo nesse nível são fascinantes e não podemos agora abandoná-las por escrúpulos.

– Dr. Francisco – voltou o Coronel à carga:

– O amigo parece muito inflexível. Sabemos que eles só aceitaram as suas sugestões a partir do momento que perderam, pelos próprios atos, a proteção das entidades espirituais que os ajudavam na empreitada política quando ainda filiavam-se aos ideais, ainda que equivocados, de uma organização. Sabe que o Andrei foi enxotado da própria casa pelas preces de uma simples empregada doméstica e não pôde fazer nada. Não superestime os seus poderes e nem o de sua ciência.

– Você hoje deu para me ofender depois que prestei tantos serviços. Acreditei na firmeza da sua liderança; nunca o imaginei fraco e inseguro. Esse não é o perfil de um militar. Nesse momento, estou deixando o grupo para me filiar a outro mais consistente e dar prosseguimento às minhas pesquisas científicas. E quem quiser e tiver juízo que me siga.

Todos permaneceram estáticos. Ouviram aquele difícil diálogo entre o Coronel e o Psiquiatra, ao mesmo tempo em que olhavam os perispíritos disformes de Zuleika e Marcelo, cujos gemidos tomavam conta do ambiente.

Na realidade, o Coronel formara o grupo de justiceiro do astral porque desencarnou de forma violenta, em razão de um ataque terrorista quando nem estava em serviço; Andrei alimentou ódio contínuo de Zuleika em razão de se sentir ludibriado por uma mulher que, no fundo desejava, sem se manifestar, o que acabaria um dia acontecendo, se a amizade forjada na mesa da boate se prolongasse. E Tenório desencarnou de mal com a vida atribuindo a sua tetraplegia à mulher pela qual estava fascinado, nada observando, apesar dos alertas de sua mãe. Não eram, assim, pessoas voltadas ao mal e nem tinham, tampouco, lançado raízes em direção ao bem. Sem cultivar uma fé, desesperançados, não entenderam que nos seus destinos estavam inscritos dolorosos resgates que deveriam aceitar, crescendo na dor e não se atolando na vingança.

Visivelmente constrangidos ante a postura firme do Psiquiatra, e de certa forma sentindo-se vulneráveis aos sentimentos de compaixão, que demonstravam naquele momento, decidiram voltar no dia seguinte ao tema, enfraquecidos, porque não estavam mais sob o combustível do ódio, que os alimentara por muito tempo, sem poderem haurir os benefícios do amor, que ainda não deitara raízes naquelas almas que tateavam em busca de uma nova maneira de viver.

Como se diz aqui na Terra: "caiu a ficha!". Porém, aquelas reflexões possibilitaram que Luzes do Alto penetrassem na furna em que o grupo se homiziava, permitindo-se aos espíritos tutelares chegarem mais perto e emitir algumas sugestões elevadas, naquele instante, passíveis de ser assimiladas, principalmente após a partida do renitente Psiquiatra. Na realidade, Dr. Francisco era quem comandava psiquicamente o grupo, revelando imperceptível ascendência sobre o Coronel, que formalmente mantinha o comando.

No dia seguinte, de acordo com o combinado, encontraram-se no mesmo local para rediscutirem a questão inicialmente levantada por Tenório e validada pelo Coronel. O Bombeiro perguntara: – Será que estamos no caminho certo fazendo justiça com as próprias mãos?

Durante a vigília pensaram acerca do que havia acontecido. Reproduziram para si mesmos os diálogos entre o Coronel e o Psiquiatra, questionando-se sobre as posições assumidas por ambos. Ficaram com o Coronel, porque as ponderações do chefe, na realidade, refletiam o sentimento de cada um. Afinal, ver o que acontecia com os perispíritos dos seus prisioneiros, que nem sequer precisavam de carcereiros, porque não conseguiam por si sós se movimentar, era sobremaneira chocante.

Bafejados por um clima diferente, que modificava a psicosfera da furna onde os cobradores desencarnados se encontravam, e, intuídos por pensamentos mais elevados, em face das vibrações que um pálido sentimento de compaixão emitia, a conversa dessa vez foi bem diferente daquelas a que estavam acostumados. Ao se reunirem, levados pelo desejo obsessivo de vingança, destilavam ódio e desespero açulados pela postura sempre intransigente do Psiquiatra, que nunca tinha um conselho de ponderação. Naquele momento, contudo, sem o combustível da palavra melíflua que vinha adornada de um jargão pseudocientífico, conversavam descontraidamente.

Quem novamente começou a conversa foi o Bombeiro.

– Essa noite estive pensando – iniciou Tenório: – Desde que conheci Zuleika a minha vida se tornou um inferno, que imaginava de início ser amor, mas que hoje sinto tratar-se de paixão tresloucada. Não ouvi a pessoa que sempre me amou, minha mãe, que logo de início percebeu a manipulação da mulher. Perdendo a cabeça, levado pela sensualidade transbordante da ingrata, nem consegui usufruir a beleza do seu corpo, porque sempre negaceava, parecendo-me quente apenas no olhar, nos gestos, mas, na intimidade, era uma pedra de gelo.

Nunca fui feliz e até hoje amargo sentimento de frustração que imaginava desaparecer assim que realizasse a vingança. Ao olhar agora para aquele canto e ver o que restou da mulher fatal, sinto piedade de um ser tão sofrido, que fez muitas vítimas ao longo do caminho. Gostaria um dia de retornar à Terra para ter uma vida normal, pagando os meus pecados, que não são tantos.

Nunca mais desejarei vincular-me à farda, às armas que tanto amei, para ver se consigo vencer esse sentimento de heroísmo, que sempre me dominou. Não desejo me casar, nem ter uma mulher que me leve à perdição. Amargar a solidão, às vezes, fortalece o nosso caráter, fazendo-nos independentes do sentimento alheio, o que nos permite realizar outros projetos. Se um dia voltar, pedirei a Deus uma vida austera, no seio de uma família amorosa, como a que tive e não soube valorizar.

Andrei, pensativo, desejou também falar, iniciando:

— Estou também farto de pensar em ódio e vingança. Eu nunca fui assim, os meus pensamentos eram voltados para a empresa, os lucros, o que poderíamos fazer para melhorar o desempenho. Desejava ter mais dinheiro, mais poder, mais empregados, apenas para me apresentar na sociedade como grande vencedor, o que hoje considero uma bobagem, porque a luta que devemos travar é conosco mesmos e temos de demonstrar a superação dos nossos vícios.

— Se conseguisse modificar a minha maneira de pensar seria um vencedor, mas temo fraquejar. Ao mesmo tempo, amo a administração dos negócios, o que sempre me fez sentir útil ao ajudar a minha família.

– Todos nós nesse dia estamos fazendo reflexões – acrescentou o Coronel. – Também perdi a vontade de me vincular a um grupo político ligado a interesses menores. A tal direita, no Brasil, ainda só pensa em ganhar mais concessões do Estado, embolsar os lucros e corromper os agentes públicos. Apesar de tudo, vi a grandeza de muitos ativistas nas salas de tortura, que honraram a ideologia que professavam e defendiam até à morte os companheiros. Não concordo com as propostas por eles defendidas, mas se evoluírem um pouco mais, a ideia de justiça social me cativa. Por que tanta dor e miséria no mundo? Não sei se mereço, mas se reencarnar gostaria de ser um político de centro esquerda, nada extremista, voltado para a solução inteligente das questões que afligem a grande maioria da população.

Nesse momento, uma luz suave iluminou a furna e um espírito abnegado de mulher pousou no local como se fosse uma pluma, deixando todos perplexos. Sorriu, cumprimentou-os, dizendo:

– Queridos filhos! Todos os que estão hoje aqui não se juntaram por mero acaso. De há tempos caminham juntos, embora quando encarnados cada um seguiu a própria estrada. Como estão voltados agora para os sentimentos mais elevados desejando a evolução, pude comparecer para convidá-los a voltar à Terra abençoada depois de adequada preparação. No projeto de reencarnação que poderão colaborar, é possível retornarem na mesma família, para que um ajude o outro na realização dos ideais aqui desenhados.

As Partidas Dobradas

— A senhora poderia dizer-nos o seu nome e de onde vem?

— Todos já me conhecem. Vivemos juntos na mesma choupana há mais de quatrocentos anos no período Elisabetano, a chamada era dourada da História Inglesa, que, para nós camponeses, foi o contrário.

Vivemos nas mais difíceis condições de pobreza enquanto floresciam as artes, a cultura, a beleza, e nós não tínhamos sequer uma côdea de pão. Para que os meus filhos vivessem, dois deles foram enviados para o exército da Rainha Elizabetth I, podendo ter ali ao menos o que comer, enquanto que o mais velho ficou lutando para que nós os pais não morrêssemos de fome e frio. Por isso, os dois mais novos seguiram posteriormente a carreira das armas (um Bombeiro e o outro Coronel), enquanto que Gustavo (hoje Andrei) se dedicou à produção e assim desenvolveu as suas habilidades de empresário.

— Olhem para o passado pelo menos por alguns momentos.

A entidade ali presente se transformou, apareceu sob a forma de uma mulher precocemente envelhecida, vestindo andrajos e tossindo o tempo todo. A reminiscência brotou em todos que exclamaram a uma só voz:

— Mãe!

— Sou eu meus queridos filhos. Lembram-se de Anne Smith, aquela que sofria porque os seus filhos não tinham o que comer?

— Não posso acreditar – lembrou Andrei.

– Pois, foi você que ficou comigo até o fim, após a morte de seu pai. Por isso, Deus o abençoou e nunca mais teve de passar por dificuldades materiais, destacando-se sempre como empresário e vivendo sob o amparo da fortuna. Os seus negócios sempre deram certo.

– E o papai que tanto sofreu, onde está?

– Lembra-se como era um homem trabalhador, mas para quem o senhor da terra não dava serviço. Teve de roubar para que todos nós não morrêssemos de fome e, por isso, foi preso e encarcerado, não resistindo. Acumulou tanto ódio no coração, que não mais se ajustou, precisando atravessar várias provas nas quais sempre fracassou. Na da fortuna (ele que sempre lamentou a miséria), sucumbiu às extravagâncias e ao orgulho; quando retornou à pobreza, se rebelou. Nunca mais foi uma pessoa normal. O amor que ele tinha por nós e pelo trabalho (lembram como ele era dedicado a tudo que fazia?) se transmutou em ódio, inveja, violência e até indolência.

– Mas onde ele está? Precisamos ajudá-lo! Lembro que lutou tanto por nós!

– Basta olhar para o seu lado e ver a que se reduziu Mr. John Smith, seu pai.

– Mas onde?

– Ali, amontoado no chão ao lado daquela mulher?

– Marcelo foi o nosso pai naquela vida?

– Ele mesmo.

– Não acredito! Meu Deus! O que fizemos por aquele a quem tanto devemos!

– Por isso, nunca podemos odiar até mesmo os nossos inimigos. Nunca sabemos o porquê eles se voltaram contra o mundo e acabaram por nos atingir no auge da inconsciência. Tudo começou para o nosso querido John quando desejou simplesmente alimentar a família que amava, mas aquela mulher o destruiu insuflando no marido (o nobre que ela manipulava) a ideia de levar o servo à miséria, o que conseguiu. Ele sempre a ignorou; nunca a quis como mulher, mas ela sempre lhe desejou o mal. Por que será?

– Outras vidas?

– Sem dúvida! Mas, não vou me alongar agora.

– O que devemos fazer?

– Seguir-me.

– Vamos deixá-lo aqui depois do que relembramos?

– Não se preocupem, pois o socorro já está a caminho.

– Mas, podemos fazer alguma coisa?

– Já fizeram o bastante. Apesar de tudo, tiveram espontaneamente um sentimento de compaixão.

– O sofrimento deles é tão grande que nos sentimos culpados.

– Ninguém paga além do devido. Para cada débito há invariavelmente um crédito. Eles poderiam ter caído nas mãos de outros grupos de vingadores.

– Nunca se perguntaram por que somente vocês agiam para conter as atividades deles na Terra, quando sabemos que lá eles fizeram outros inimigos e até bem mais poderosos do que esse grupo? É que, apesar de feridos, vocês exerceram o papel de "os inimigos na medida certa" para não ultrapassarem os limites na vindita, quando soubessem que, por trás de tudo, ele (John Smith no passado e Marcelo hoje) foi um pai dedicado, cujo mergulho no despenhadeiro do crime começou um dia para poder dar o que comer aos filhos.

– Outros inimigos, provavelmente não parariam. Por isso, vocês prosseguiram na desforra, assumindo graves responsabilidades morais, porém foram acometidos de um sentimento de compaixão, que brotava do passado. Nos tempos elisabetanos ele (John Smith) plantou no coração de cada um a semente da gratidão (crédito) e, quando se tornou um devedor do mundo (débito), pôde sacar aquele depósito, encontrando nos inimigos de hoje (filhos do passado) corações feridos, mas condoídos ao final pelo sofrimento atual imposto ao velho pai. A vida é perfeita.

– Ainda não entendo como dentre tantas vítimas que eles produziram se permitiu tão somente a nós agirmos. E a senhora ainda nos fala da absurda noção de "Inimigo Ideal". Parece-me rematada loucura.

— Nem tanto! Muitas das vítimas por eles atingidas evoluíram ao assimilar os sofrimentos, deixando para trás os seus carmas; outras, no entanto, continuam na perseguição, mas nem sempre conseguiram o seu intento. É que, apesar de tudo, há sempre um controle da situação pelo plano superior, que sempre sabe o que faz e nós não sabemos o que falamos. Ou vocês pensam que não evoluímos também pela ação dos nossos inimigos? Imaginam que a Providência Divina não tem meios para conter os celerados?

— Eles precisarão expungir tantos ódios acumulados. Tiveram várias oportunidades, mas somente agora chegou o momento das dolorosas expiações pela via das reencarnações compulsórias.

— O que significa compulsória?

— Obrigatória! Voltarão juntos à Terra para recuperarem a sensibilidade que perderam em relação ao próximo, sentindo na própria pele dores físicas lancinantes, aliviadas pela caridade alheia desinteressada, que irá comover esses espíritos encarcerados em corpos ineficazes e sedentos de carinho.

Um gesto de afeição, a mão abençoada que alisa, que afaga um cabelo maltratado, que transmite energia em simples Passe, Reike ou Jorei (não importa o nome), transmutando energias, são ações concretas que atingem o espírito aliviando-o, gerando certo conforto no próprio corpo atormentado, que naturalmente conduz à gratidão, manifestação importante do sentimento mais avançado.

A caravana subiu enquanto que a furna voltou à escuridão. Nela jaziam dois espectros de corpos à espera do socorro, que nunca falta.

Capítulo 30

Em cinco anos quantas coisas acontecem

Em dia quente do mês de dezembro, em pequeno barraco coberto de sapé no interior da Paraíba, voltavam ao mundo duas crianças siamesas – de pele negra, mirradas – fato que muito impressionou a parteira, sem que soubesse explicar como saiu uma cabeça e logo após a outra, vinculadas ao mesmo tronco, sem mãos e pés. Era uma deformidade tão estranha que a parteira improvisada não sabia como dar a notícia à mãezinha, uma menina de quatorze anos, que fora estuprada pelo padrasto.

Naquele sertão de solo adusto e vergastado pelo sol, as crianças tinham pele enrugada, olhos fundos enevoados e emitiam forte vagido. Sem saber do que se tratava, a mãezinha sorridente estava feliz por tirar aquele peso da barriga e voltar a brincar. Não tinha noção do que havia acontecido e não revelou nenhum apego às criaturas que trouxera ao mundo. Achou até engraçado dois em um, mostrando-os às amiguinhas:

– Olhem, tive dois ao mesmo tempo!

As crianças chegavam perto, também achavam engraçado, exceto as senhoras do local, que nunca tinham visto coisa igual.

Os comentários corriam:

– Vai ver que é coisa do demônio. O Bastião fica abusando das menina e a mulher não fala nada. Deu no que deu, castigo.

– O padre precisa sabê o que aconteceu aqui na Vila.

– Será que ele vai batizá? Ele não costuma batizá filho de quem não casou na Igreja, que dirá o que veio do cruzamento de pai com filha.

– Cruz credo! – respondeu a vizinha.

A notícia correu e em pouco tempo se comentava o acontecido na região. Eram crianças diferentes.

O pai, que se esquivava, ouvia sempre os mesmos comentários:

– O Bastião foi amaldiçoado. Anda abusando das menina e pensa que Deus não vê uma coisa dessa?

Em pouco tempo a vida do Bastião do Martelo, como era chamado, ficou insuportável. Certo dia, pegou o embornal, colocou farinha e macaxeira, alguma roupa e desapareceu no mundo. A família ficou totalmente desamparada. A mulher enlouqueceu, as crianças ficaram aos cuidados dos vizinhos e as siamesas permaneceram no barraco. Levavam água a elas, mas passavam dias sem comer. Era a mãezinha que comparecia de vez em quando para dar comida, quando os olhinhos fundos a miravam, querendo falar alguma coisa, mas só se ouvia grunhidos.

Todos passavam longe da casa amaldiçoada e só toleravam a pequena mãe porque os casos de incestos não eram tão raros. As meninas violentadas por irmãos, pais ou padrastos não eram discriminadas, conseguindo, quando adultas, se relacionar com alguém do local. As marcas psicológicas da violência sexual, contudo, não se apagavam. Apesar de estarmos nos referindo a um período não tão distante, o fato é que no Brasil ainda campeia em todas as regiões essa violência contra a menina, que precisa ser denunciada.

Como ninguém cuidasse efetivamente das siamesas, não ultrapassaram os primeiros seis meses de vida, retornando ao plano espiritual, depois dessa dura prova em que espíritos comparsas de um passado recente e adversários ferozes precisaram até mesmo compartilhar parte do mesmo corpo, apesar de diferentes quanto à personalidade individual.

Três anos após, Zulmira acompanhava a assistência social dos Vicentinos de Paulo[46] a uma favela de

---

[46] São Vicente de Paulo. Paris, 1858, *O evangelho segundo o espiritismo*, Mundo Maior Editora, 2ª edição, fevereiro de 2002, Capítulo XIII, 12: "Sede bons e caridosos: eis a chave dos céus, que tendes nas mãos. Toda felicidade eterna está encerrada nesta máxima: Amai-vos uns aos outros...". Recomenda-se a leitura do texto. A *Sociedade de São Vicente de Paulo – SSVP* foi fundada por Frederico Ozanam, beatificado em 1997 pelo Papa João Paulo II. A associação há mais de 170 anos ampara os pobres, diminuindo as dores e os sofrimentos de milhares de pessoas em todo mundo.

São Paulo. Ao chegarem, ouviram o vozerio de mulheres dizendo que, naquele momento, Ernestina estava em difícil trabalho de parto. Se não socorrida a tempo poderia morrer. Sem vacilar, a chefe do grupo determinou ao motorista da viatura que levasse a senhora para o primeiro pronto-socorro, pedindo a Zulmira acompanhar a parturiente, enquanto faria a distribuição dos alimentos.

Por mais estranho que pareça, desde o primeiro momento Zulmira apegou-se à Ernestina, lembrando-se de quando vivia também na favela à míngua de recurso e era ajudada por sua querida vizinha e amiga (já desencarnada) Tereza.

Entregue a jovem ao pronto-socorro municipal, o motorista lembrou Zulmira que deveriam retornar.

A senhora respondeu:

– Volte o senhor e informe a D. Sara que ficarei aqui. Não precisam se preocupar que vou para a minha casa assim que souber o resultado do parto.

Permaneceu no pronto-socorro até altas horas, quando recebeu a notícia que o parto tinha corrido bem, nascendo gêmeos, um menino e uma menina, bem fraquinhos, que dependiam de cuidados especiais – eram deficientes. Solicitou à enfermeira de plantão ao menos dar uma palavra com a mãezinha, que até, então, estava sem receber visita de parentes. Solícita, a enfermeira que já conhecia esses dramas da favela aquiesceu. Zulmira entrou na enfermaria sorridente e olhou para a mãezinha, que ali estava sem nenhum amparo afetivo, perguntando:

– Como está, minha querida?

A jovem sorriu e falou:

– Tô preocupada com os meus filhos. São tão pequenos, a senhora viu?

– Ainda não!

– Espere que logo vou dar de mamá.

– Aguardo, sim.

– E o pai?

– Quando soube que eu tava grávida, desapareceu. Mas, vou trabalhar e criar os meus filhos. Não dou para ninguém.

– Está certa. Filho a gente não dá, a gente ama.

– Gostei da senhora. Obrigado por me trazê na ambulância.

– Não se preocupe. Eu vou te ajudar a criar os seus filhos. Um dia eu já vivi na favela com os meus e sei quanta falta faz um pai.

– A senhora assim tão bem-vestida já viveu na favela?

– Sim, minha filha. Por isso, nunca se desespere e nem se afaste de seus filhos. As coisas mudam, aliás, para você já começou a mudar.

– Eu tenho medo de alguém querer roubar os meus filhos.

– Não se preocupe que estarei vigilante.

– Olha! Eles chegaram para mamá. São tão pequeninos...

Zulmira mirou as crianças com carinho, olhou fundo naqueles olhinhos e não sabia dizer se gostava mais do menino ou da menina. Sentia que algo a atraía para aquelas crianças e encantava-se com o senso de responsabilidade da mãezinha.

Quando ergueu os olhos, no canto esquerdo da cabeceira da cama, viu a terna figura do Padre Antônio. Espantada, porque já era tarde da noite e o hospital estava tranquilo, fechou e abriu os olhos novamente e piscou; o Padre estava lá sorrindo como sempre quando a via embaraçada. Foi o pároco que tomou a iniciativa, dizendo:

– Não falei que ainda nessa vida você veria a sua menina? Pois, aí está bem na sua frente, um ser que irá precisar muito da madrinha.

– Mas, a mãe não é casada, como vou batizar?

– Será sempre a madrinha do coração. Depois, a moça vai casar, sim. Está vindo gente firme lá detrás para apoiá-la.

– Posso dar o nome de Zuleika?

– Ao menino dê o nome de Marcelo. Ele também já foi seu filho em outra vida e precisará também de amparo.

– É Cristiano que retorna? O meu querido filho que morreu carbonizado?

— Não! Cristiano já voltou há alguns anos e você, infelizmente, nessa vida não vai se encontrar com ele. Já é quase um rapazinho, esperto, inteligente. Retornou em outra cidade e em lar bem ajustado. Não se preocupe! Ele está bem. Será no futuro um sociólogo de renome, influindo no pensamento científico, ajudando muita gente que vive em difíceis condições sociais.

— Mas tudo isso é cruel. Amava o meu filho, e naquela época era o meu único ponto de apoio. O seu sorriso, o carinho que demonstrava — tudo acabou naquele incêndio.

— Não pense assim! A revolta nunca ajuda. Ele tinha uma expiação a cumprir vinda dos tempos em que, por excesso de fé distorcida, ateou fogo em alguns condenados pela inquisição espanhola. Mas já superou tudo. Você, para ele, foi o que essa mãezinha será para os seus filhos de outrora, aquela que tem a coragem de trazer ao mundo seres com os quais ainda não tem laços estabelecidos. Por isso, o apego é maior, como aconteceu com você e Cristiano. Sem histórico negativo do passado ligando mãe e filhos, fica mais fácil compreender, amar e não julgar. Eis a razão dessa moça simples ter sido escolhida para ser mãe de seres tão endividados, o que para ela será bom, desde que cumpra as suas responsabilidades.

— Agora, eu me vou — concluiu Padre Antônio. — Não me verá mais nessa encarnação, com os olhos que a terra há de comer.

Horrorizada, Zulmira respondeu:

– Assim o senhor me assusta.

– Não passa de brincadeira. Estarei sempre visível aos olhos de sua alma.

E desapareceu...

Zulmira permaneceu no pronto-socorro até o raiar do dia, quando a mãezinha teve alta, levando-a para a favela.

Dispondo de recursos financeiros, não se limitou a comprar o trivial. Além dos berços e fraldas, levou alimentos e passou a frequentar aquele barraco humilde, embalando as crianças que, por duas vezes, já tivera nos seus braços de mãe. Era mais uma vez o retorno de Zuleika e Marcelo, agora na condição de irmãos gêmeos e deficientes, para partilhar o mesmo lar, o carinho da mãe e o da madrinha.

Zulmira estava encantada com as crianças. Tudo o que acontecia ela escrevia e postava uma carta para Joanne em Bath, na Inglaterra. E de lá passou a receber as informações dos filhos de Olívia com Cristhian Collins.

Um dos filhos do casal foi no passado o Conde Randall, um homem bom, que reencarnou como neto do seu antigo administrador (Mr. Mason hoje, Mr. Adams, ontem) e filho do então filho bastardo (Carton, ontem, Cristhian Collins, hoje), filho que um dia rejeitou em razão dos seus desacertos, porém, não o desamparou, mantendo a criança no castelo sob a proteção dos pais adotivos. Recebia agora de volta o amor que emitiu àqueles que com ele conviveram no palácio, quando propiciou a todos boas condições de vida, enquanto viveu.

Após o sequestro de Olívia, a família tomou redobrados cuidados, mas nada mais aconteceu de negativo na vida daquelas pessoas que souberam superar tantos desafios.

Removidas as energias de Zuleika e de Marcelo, Mr. Mason pôde seguir a sua vida em frente e voltou-se mais para a religião, conversando constantemente com Margareth, quando na mansão participava da cerimônia do chá.

Katlyn, feliz e enlevada, escutava os conceitos, mas ainda assim era bem resistente a Joanne, pois não havia ainda superado as sequelas de vidas passadas em relação aos rituais realizados pela senhora no palácio da Condessa. Não obstante, nunca mais adentrou o processo depressivo, sentindo-se feliz como avó, dedicando-se à família inteiramente. A sua doença emocional adveio da sua impotência ante as atitudes da Condessa, mas, quando a família atual recobrou o equilíbrio, e a felicidade brotou novamente naquele lar, dissiparam-se as nuvens da amargura, e a depressão foi inteiramente debelada.

À GUISA DE CONCLUSÃO

UMA ANÁLISE SUMÁRIA DA PRIMEIRA DÉCADA desse terceiro milênio revela que a escalada da violência continua ainda intensa. Os movimentos terroristas no mundo não cederam ante a coligação de forças de nações ocidentais e até recrudesceram em alguns movimentos separatistas, como ocorreu em Mali, ex-colônia francesa, e as investidas de poderosas organizações situadas em vários países.

Sob a bandeira de uma concepção de justiça ou impulsionada pelos ideais religiosos, o fato é que a violência ainda é uma triste realidade em todos os continentes, sobretudo na África, cujo índice de doença, miséria, corrupção, conflitos tribais, cria um ambiente sufocante para populações indefesas, que tentam se refugiar em outros países. Espíritos evoluídos, no entanto, estão ali reencarnando para impulsionar o progresso, ao passo que instituições voltadas ao bem atuam em várias frentes, merecendo crédito e respeito, a exemplo da Cruz Vermelha Internacional e o movimento dos "Médicos Sem Fronteiras".

No Brasil, o governo instituiu a "Comissão Nacional da Verdade" visando investigar a violação dos direitos humanos entre 1946 e 1988. Nesse período da vida brasileira, o Estado combateu insurgências políticas divergentes e muitos que atuaram em campos contrários às diretrizes de então, simplesmente desapareceram; na Argentina, as "Loucas da Plaza de Mayo" conseguiram sensibilizar o mundo para a causa dos seus filhos desaparecidos, e anos após levaram à condenação um ex-presidente da ditadura militar.

Independentemente das questões que possam ser colocadas, o fato é que o Estado, detentor do monopólio da força, não pode em hipótese alguma desaparecer com presos que se encontram sob a sua custódia e nunca se lhe é permitido violar os direitos humanos, ainda que sob a alegação de risco à segurança nacional.

Como vimos ao longo da História, idealistas autênticos e oportunistas vorazes expõem suas personalidades nos ambientes de confrontos. A questão colocada sob o ângulo da evolução espiritual, tanto da pessoa quanto da coletividade em que habita, não exime nenhum participante das responsabilidades que assumiu pelos métodos de luta adotados e as consequências que provocou.

Pela aplicação da Lei de Causa e Efeito, no âmbito da Doutrina Espírita apresentada por Alan Kardec, pensamentos e atos impressos pelo ser humano somam na contabilidade do indivíduo e também no próprio balanço das coletividades, gerando reencarnações dos mais diversos tipos. Pessoas e países realizam carmas mediante provações e expiações ao longo de séculos ou milênios, contados a partir das ações perpetradas, sempre com o apoio de espíritos elevados, que vêm para orientar e minorar os sofrimentos.

Vejamos o exemplo de Zuleika que, apesar de insensível na aparência, trazia no costado um grande trauma pelo fato de a mãe – Zulmira (Zakia no passado) – ter se dado ao desfrute de levar vários amantes para o leito conjugal; tornou-se refratária a qualquer relação em que o amor não estivesse presente, amor esse que vislumbrou em Cristhian Collins, mas que não mereceu, pelo teor das emanações que emitia e as circunstâncias de um passado desajustado.

Katlyn, mãe de Olívia, acumulou uma depressão ao se perceber impotente para lutar pela família ante as ações arbitrárias da Condessa Zakia, livrando-se do problema somente quando a causa primeira foi removida a contento, com o retorno à família do filho adotivo injustiçado, agora na condição de genro do coração.

Marcelo, o tresloucado terrorista, somente foi encontrar amor quando ficou claro aos seus inimigos que ali jazia em corpo disforme um pai que no passado fora dedicado e se enveredou pela senda do crime, inicialmente para dar o que comer aos filhos, atolando-se em violência. É bem verdade que, se pesquisarmos mais a fundo o passado de Marcelo, nele encontraremos com certeza o germe da violência camuflado naquela encarnação, que mais à frente espocou, revelando um espírito rebelde e ainda vinculado a insanos desejos materiais.

Zulmira, uma das causadoras de tantas desgraças, passou por notável evolução, encontrando-se com Deus ao suportar duros padecimentos com resignação, mas tendo ainda obrigações a cumprir com aqueles filhos transviados, que voltaram como se fossem netos, filhos de uma pobre mulher, cuja grandeza d'alma, contudo, propiciou o regaço para a reencarnação dos gêmeos.

Na Inglaterra, Joanne, a amiga de Zulmira em rituais macabros e que cobrava da antiga Condessa verdadeira fortuna para praticá-los, recebeu a prova da mediunidade desinteressada, vivendo na cidade de Bath, onde curtiu a solidão até o fim da vida, atendendo aos necessitados e encontrando apoio nas amigas de hoje, espíritos que cresceram em compaixão, não trazendo rancores do passado.

Olívia e Cristhian Collins, que já tinham sido irmãos de criação e nessa condição se amavam, conquistaram o direito de agora viverem como marido e mulher, no lar abençoado de Katlyn e Mr. Mason, porque resistiram ao ódio e suportaram as dificuldades com amor, encontrando a real felicidade nessa vida, sem mais tropeços, podendo crescer em espiritualidade, praticando o bem sem olhar a quem.

Margareth, que já fora nobre, porém não concebera filhos, encontrou em Olívia a filha do coração. Retornou ao seio da nobreza, sem se preocupar com as provas do rígido protocolo, que desincumbia com naturalidade. O fato de não conceber filhos não estava adstrito à sua condição de fertilidade, mas à do marido, espírito com quem estava há muito ligada e desejou ajudá-lo a enfrentar essa difícil problemática.

Notável é a conscientização espontânea do jovem Márcio, que se filiou à guerrilha por ideal, não praticando ações violentas e se dedicando à Doutrina Espírita, vivendo em Portugal como Professor. Zuleika teve a oportunidade de segui-lo, mas o seu apego ao dinheiro falou mais alto.

Porém, apenas para relembrar, aquele jovem terrorista, também filiado à organização por ideal, que no instante em que haveria o assalto na casa bancária, sofreu inesperado desarranjo intestinal, que o impediu de participar do evento, sendo protegido espiritualmente, porque já não precisava mais passar pelas dificuldades que viriam com a prisão e a tortura, sempre condenáveis como métodos não raras vezes adotados pelas autoridades, haja vista as informações que nos chegam hoje pela imprensa de Guantánamo, a prisão mantida pelos Estados Unidos na Baía de Guantánamo em Cuba.

O delegado Fagundes morreu rapidamente, lembrando-nos da reunião no plano espiritual, que informava que seriam retirados dos postos e da própria vida os que se excedessem no exercício da autoridade, não compreendendo o papel a eles reservado.

Em cada momento, aparece a mão de Deus guiando nossas vidas. Ao retirar o infrator, evita que ele se precipite ainda mais na senda do crime; criando uma dificuldade, bloqueia possibilidades de quedas irreversíveis, de forma que aceitar as limitações impostas sem rebeldia é ato de sabedoria do espírito esclarecido.

Mesmo dotado de poderosa inteligência, o banqueiro De Berry não conseguiu explicar o crescimento descomunal das movimentações financeiras em seu banco, sem a identificação clara dos depositantes, chamando a atenção das autoridades de fiscalização, rigorosas na praça londrina, ainda hoje uma das mais importantes do mundo.

Está ainda hoje distante o dia em que se fará o balanço da reencarnação coletiva de um grande grupo, que em vários países e nas situações mais difíceis, reencarna com a missão (para muitos, provação, e para tantos outros, expiação) de promover o desenvolvimento econômico, político, social, cultural e, sobretudo ético e moral dos povos menos esclarecidos. A marcha, contudo, continua, porque o progresso é incessante.

Os momentos de tumulto passam; a pobreza e a riqueza, a glória e o poder, a saúde e a beleza, são experiências passageiras para os espíritos encarnados, porque, na contabilidade universal, há sempre um balancete e os lançamentos obedecem ao princípio das "Partidas Dobradas".

Voltamos ao princípio, afirmando: ninguém paga uma conta que não deve.

Referência Bibliográfica

FRANCO, Divaldo Pereira. Pelo Espírito Joanna de Ângelis. *Liberta-te do mal.* Santo André, SP: EBM Editora, 2012.

KARDEC, Allan. *O livro dos espíritos.* Trad. Evandro N. Bezerra. Rio de Janeiro: Federação Espírita Brasileira, 2006.

TUTU, Desmond; TUTO, Mpho. *Nascidos para o bem.* Trad. Júlio Silveira in "Perdão". Vida Melhor Editora S/A, 2011.

XAVIER, Francisco Cândido. Pelo Espírito Emmanuel. *Pão nosso.* 24ª ed. Rio de Janeiro: Federação Espírita Brasileira. [s.d.]

Textos doutrinários e da codificação

NR 1. "Prólogo".

Desmond Tutu (Prêmio Nobel da Paz) no seu livro *Nascidos para o Bem,* escrito em conjunto com a sua filha *Mpho Tutu,* tradução de Julio Silveira. Editora: Vida Melhor Editora S.A., 2011, pág. 180, ao discorrer sobre o "Perdão" referindo-se aos conflitos conjugais (mas aplicável a qualquer situação), nos ensina:

> [...] A jornada de volta ao lar para a cura pode atravessar um terreno acidentado. Quando as feridas são grandes e profundas, faz-se necessário um bálsamo para apressar-nos pela estrada que leva à saúde. O perdão pode ser o mais potente dos bálsamos. Deseducamo-nos e deseducamos nossos filhos com a frase banal: 'Perdoe e deixe para lá, esqueça'. O perdão não é uma forma de esquecimento. Quando perdoamos, lembramo-nos quem somos e de quem somos. Somos lembrados de que somos seres criadores modelados de um Deus criador.

Quando perdoamos, assumimos nosso poder de criar. Podemos criar uma nova relação com a pessoa que nos magoou. Podemos criar uma nova história para nós mesmos. Quando encontramos a força para perdoar, não somos mais vítimas. Somos sobreviventes.

O perdão não é um ato criativo, é uma ação de libertação. Quando perdoamos as pessoas que nos têm ofendido, liberamo-nos das correias que nos aferram a quem nos ofendeu. Não mantemos ofensas contra ele. Eles não podem mais exercer controle sobre os nossos sentimentos, sobre nossa disposição, sobre nós. Não têm mais papel na história que escrevemos para contar a nós mesmos. O perdão nos libera. Estamos livres.

A mesma coisa pode ser dita sobre perdoarmos a nós mesmos. Podemos aprender da prática de perdoar os outros como perdoar a nós mesmos. Ou podemos estender o mesmo perdão que oferecemos a nós mesmos para as outras pessoas. Não importa de onde damos o primeiro passo nesse círculo de compaixão. Quando melhor pudermos nos perdoar por nossas faltas e nossos fracassos, melhor poderemos perdoar os outros. Quanto mais perdoarmos os outros por seus pecados e suas falhas, mais poderemos aprender a perdoar a nós mesmos...

OBSERVAÇÃO. Desmond Tutu é Arcebispo da Igreja Anglicana que participou ativamente, ao lado de Nelson Mandela, em defesa dos direitos humanos na África do Sul. Sempre trabalhou para evitar a transmissão de ódios e ressentimentos gerados pelo regime de exclusão denominado *Apartheid*. A difícil transição do regime político em vigor dominado na época pela Inglaterra para a democracia da maioria negra, não produziu aquelas rupturas sangrentas que se constata ao longo da História. A liderança lúcida de Desmond Tutu e de Nelson Mandela foi favorável ao povo sofrido daquele país e que não precisava mais passar pelo sofrimento de lutas desnecessárias.

NR 2. No Capítulo 1º (No Plano Espiritual), a veneranda entidade ao exortar os presentes às ações do bem reconhece as qualidades das lideranças presentes em cada participante. Convida-os para serem "Líderes do Bem", pois sabe que muitos no passado foram *condottieri*, assumindo nessa condição compromissos que deverão ser resgatados ante as Leis de Causa e Efeito, alertando-os, contudo, sobre os riscos inerentes à nova empreitada reencarnatória.

Reproduzimos, a seguir, o texto a que nos referimos para efeitos de meditação pedagógica.

> Todos os que estão hoje aqui são líderes por conquistas realizadas no passado. Já desenvolveram conhecimentos e habilidades que se manifestarão no momento próprio em habilidades inatas, inclinações ostensivas, despertando naturalmente

nas outras pessoas o desejo de segui-los. Portanto, sejam responsáveis sempre, em todos os momentos e em quaisquer manifestações. Exemplos de conduta, suas ações induzirão pessoas, levando-as à evolução ético-moral ou induzindo-as a chafurdarem-se na lama dos mais baixos instintos. Serão responsabilizados pelas palavras proferidas, as ações cometidas, mas estejam certos que estão prontos para vencer, caso contrário, não seriam guindados às posições de líderes do bem, uma vez que já viveram as amargas experiências de *condottieri* no passado. Como sabemos a jornada encerra riscos, mas haverá sempre uma voz soando aos ouvidos de cada um a balada do amor, convidando-os à paz interior ainda nos momentos conturbados de duras expiações.

Joanna de Ângelis em primoroso texto sobre o tema "Lideranças" vindo a nós pela psicografia de Divaldo Franco no livro *Liberta-te do Mal*, EBM editora, pág. 57, ensina na dissertação os conteúdos do "Líder do Bem".

Toda ideia de enobrecimento humano e todo serviço que contribuem para o desenvolvimento intelecto-moral da sociedade, a fim de alcançar os objetivos a que se propõem, dependem daqueles que os vitalizam com a sua dedicação, assim como das pessoas que se transformam em líderes, apresentando-os em toda parte e os conduzindo com segurança moral e emocional.

Normalmente, quando se diluem organizações de benemerência, instituições comerciais, sociais, educacionais, religiosas ou culturais na raiz do fracasso encontram-se a inabilidade de condução e manutenção daqueles que se lhes tornaram responsáveis.

O líder é alguém que dispõe de imenso arsenal de valores colocados a serviço do labor que abraça.

Deve ser portador de conhecimento especializado na área em que se movimenta e dotado de grande senso psicológico para poder comunicar-se com aqueles que participam da atividade a que se entrega.

Em razão da grandeza e do significado possuídos pela mensagem de que se torne instrumento, deve apresentar-se, portanto equilíbrio e entusiasmo, trabalhando com afinco e sem desânimo em favor da sua implantação no solo generoso da Humanidade.

Sabendo que nem sempre será bem aceito, porque toda proposta nova que objetiva a mudança de hábitos gera conflitos, permanece em calma, mesmo quando os distúrbios e as reações se avolumam à sua volta, prosseguindo com fidelidade o dever, sem queixas nem recriminações.

A força do seu comportamento como decorrência da sua convicção fala mais alto do que as suas palavras, e a maneira como se conduz responde com eficiência pela qualidade de que se reveste o seu propósito.

Tem paciência, não antecipando acontecimentos, nem desejando a mudança radical do contexto social, como se fora um novo messias da era nova de redenção da Humanidade.

Reconhece as próprias limitações e se esforça para se melhorar, adquirindo experiência no dia a dia sem enfado nem desgosto, mas com a certeza da vitória no momento oportuno.

O líder é um lutador que se destaca no conjunto social pelos valores éticos e pela exemplificação elevada.

Quando incendiário, destrói o que há de melhor e que necessitava de ser modificado em vez de destruído, e quando questionador demonstra a insegurança que o caracteriza interiormente, portando-se como *criança maltratada,* que choraminga ante os desafios.

A liderança é muito importante na divulgação do pensamento, dos ideais, das experiências, de tudo quanto constitui patrimônio da Humanidade.

Podemos identificá-la muito bem apresentada, naqueles que se notabilizam pela perversidade, que apresentam teorias absurdas e destruidoras, teses desestabilizadoras, arrebanhando as massas desesperadas que os transformam em novos mitos, atendendo-lhes às paixões e aos desregramentos sem pensar...

Todos, porém, terminam sucumbindo ao impositivo da loucura em que estertoram consumidos pela voragem do tempo, que a nada nem a ninguém poupa.

O líder do Bem é diferente, porque se faz condutor da paz e da esperança, da solidariedade e do amor, às vezes sendo também imolado em fidelidade aos sentimentos íntimos de que é portador.

A liderança é fenômeno psicológico natural que caracteriza determinados indivíduos e que outros por meio das técnicas de comunicação conseguem alcançar, nem sempre com o mesmo êxito, conforme ocorre com os missionários do amor e da verdade.

NR 3. O Capítulo 1º se refere a uma reunião no plano espiritual com as entidades que deverão reencarnar no planeta Terra. O mentor maior e os seus seguidores comparecem ao vale dos caídos, faz uma preleção genérica sobre o projeto de reencarnação de um grande grupo, cujas pessoas estarão em países e raças diferentes. Alguns diálogos se estabelecem revelando os temores da reencarnação para alguns espíritos escalados para voltar.

Em *O Livro dos Espíritos* recomenda-se a leitura do Capítulo VII "Retorno à Vida Corporal". Transcreveremos apenas algumas perguntas e respostas que entendemos próprias ao entendimento do capítulo.

P. 337. A união do Espírito a determinado corpo pode ser imposta por Deus?

Pode ser imposta do mesmo modo que as diferentes provas, sobretudo quando o Espírito ainda não está apto para escolher com conhecimento de causa. Por expiação, o Espírito pode ser constrangido a se unir ao corpo de determinada criança que, pelo seu nascimento e pela posição que venha a ocupar no mundo, poderá tornar-se para ele um instrumento de castigo.

COMENTÁRIO. No caso do diálogo entre espíritos em que um foi jornalista em vida passada e abusou da sua enorme facilidade de expressão, foi-lhe imposta a gagueira como prova, limitando-o no uso da palavra, que manejava com muita facilidade e outro tanto de irresponsabilidade.

P. 339. O momento da encarnação é acompanhado de perturbação semelhante à que o Espírito experimenta ao desencarnar?

Muito maior e, sobretudo mais longa. Pela morte, o Espírito sai da escravidão; pelo nascimento, entra para ela.

P. 341. A incerteza em que se acha quanto à eventualidade do seu triunfo nas provas que vai suportar na vida, é para o Espírito uma causa de ansiedade antes da sua encarnação?

De uma ansiedade muito grande, pois as provas da sua existência o retardarão ou o farão avançar, conforme as tiver bem ou mal suportado.

COMENTÁRIOS. Nos diálogos estabelecidos percebemos a ansiedade, o receio do retorno, face às provas destinadas a cada um. Eles se defrontarão com inimigos, terão de recompor situações que ficaram pendentes, mas receberão o amparo dos amigos espirituais e dos que reencarnarão na mesma época. Como terão provas individuais (ajustes pontuais) e coletivas (posições de mando na sociedade) estão cientes dos riscos da enorme empreitada, justificando-se os receios e até *temores*.

NR 4. (Antipatia, aversão, falta de sintonia)
Fonte: *O Livro dos Espíritos*

P. 389. De onde provém a repulsa instintiva que sentimos por algumas pessoas, à primeira vista?

Espíritos antipáticos que se advinham e se reconhecem, sem se falarem.

P. 390. A antipatia instintiva é sempre sinal de natureza má?

Dois espíritos não são necessariamente maus por não simpatizarem um com o outro. Essa antipatia pode resultar da diversidade no modo de pensar. Mas, à medida que eles forem se elevando, as diferenças se apagam e a antipatia desaparece.

P. 391. A antipatia entre duas pessoas nasce primeiro naquela cujo Espírito é pior ou melhor?

Em ambas, mas as causas e os efeitos são diferentes. Um Espírito mau antipatiza com qualquer um que o possa julgar ou desmascarar. Ao ver pela primeira vez uma pessoa, logo sabe que vai ser censurado. Seu afastamento dessa pessoa se transforma em ódio, em inveja e lhe inspira o desejo de praticar o mal. O bom Espírito sente repulsão pelo mau, por saber que este não o compreenderá porque não compartilham dos mesmos sentimentos; porém, seguro de sua superioridade, não alimenta ódio nem inveja contra o outro. Contenta-se em evitá-lo e lastimá-lo.

COMENTÁRIO. Quando Olívia se deparou pela primeira vez com Marcelo sentiu, de imediato, o teor energético do jovem ativista político. Em vez de odiá-lo, procurou se afastar, pois a convivência mesmo em nível de amizade não lhe era favorável. Marcelo, ao contrário, ao ver a moça, logo de início desejou tê-la a qualquer custo, não importa se pela sedução ou pela violência. Essa forte aversão de Ellene, tinha raiz no passado, mas Olívia, espírito já evoluído, não procurou combater o jovem, afastando-se com inteligência. Não é incomum nos defrontarmos ao longo da vida com espíritos que realmente não nos são simpáticos, o que nos leva, sob a orientação kardequiana, deles nos afastar.

NR 5. Vejamos o que nos ensina *O Livro dos Espíritos* no subtítulo "Os Espíritos durante os combates", nas perguntas:

> **P. 543.** Alguns Espíritos podem influenciar o general na concepção de seus planos de campanha?
>
> Sem dúvida alguma. Os Espíritos podem influenciar nesse sentido, como em relação a todas as concepções.

P. 544. Os maus Espíritos poderiam induzi-lo a elaborar planos errôneos, a fim de o levar à derrota?

Sim, mas não tem ele o livre-arbítrio? Se seu juízo não lhe permite distinguir uma ideia justa de uma falsa, sofrerá as consequências e melhor faria se obedecesse, em vez de comandar.

P. 545. Pode o general, algumas vezes, ser guiado por uma espécie de dupla vista, por uma visão intuitiva, que lhe mostre previamente o resultado de seus planos?

Isso se dá geralmente com o homem de gênio. É o que ele chama de inspiração e que lhe permite agir com uma espécie de certeza. Essa inspiração lhe vem dos Espíritos que o dirigem e que se aproveitam das faculdades de que ele é dotado.

COMENTÁRIO. A Doutrina nos explica a completa ligação do ser humano, encarnado, com o mundo espiritual. Os vínculos se estabelecem conforme as tendências e características de cada entidade, para o bem ou para o mal. O pensamento, a intuição, às vezes, a indução direta, refletem a ação de espíritos atuantes sobre os encarnados, sejam generais, políticos, financistas, intelectuais, religiosos, pessoas simples do povo. Ninguém fica imune a essas interferências, captando-as com mais facilidade, decodificando-as precisamente ou até as ignorando, por falta de percepção adequada. Aí se encontra o homem de gênio, que compreende bem as influências recebidas e sabe utilizá-las no momento certo e com propriedade.

NR 6. No Capítulo 11, quando se trata da "Escalada da Repressão", depara-se com as torturas. No Brasil daquela época a tortura foi largamente praticada. Era o tempo da ditadura, do esquadrão da morte, do silêncio imposto à imprensa, dos governadores e senadores biônicos, enfim vivia-se a Guerra Fria entre os Estados Unidos e a Rússia. Uma época bem conturbada para a paz mundial, com a proliferação de guerras localizadas, na defesa das áreas de influência das superpotências.

Allan Kardec em *O Livro dos Espíritos* aborda a problemática da crueldade no ser humano, ainda presente, face ao estágio de progresso da sociedade contemporânea.

P. 752. Podemos associar o sentimento de crueldade ao instinto de destruição?

É o instinto de destruição no que tem de pior. Se algumas vezes a destruição é uma necessidade, a crueldade jamais o é, porque resulta sempre de uma natureza má.

P. 753. Por que razão a crueldade é a característica dominante dos povos primitivos?

Nos povos primitivos, como os chamais, a matéria predomina sobre o Espírito. Eles se entregam aos instintos animais, e como não têm outras necessidades além das da vida do corpo, só cuidam da conservação pessoal, o que geralmente os torna cruéis. Além disso, os povos de desenvolvimento imperfeito estão sob o domínio de Espíritos igualmente imperfeitos, que lhes são simpáticos, até que povos mais adiantados venham destruir ou enfraquecer essa influência.

P. 754. A crueldade não resulta da ausência de senso moral?

Dizei que o senso moral não está desenvolvido, mas não digais que esteja ausente, porque ele existe, em princípio, em todos os homens. Mais tarde, esse senso moral fará com que os homens cruéis se tornem bons e humanos. O senso moral, portanto, existe no selvagem, mas nele está como o princípio do perfume no gérmen da flor que ainda não desabrochou.

Todas as faculdades existem no homem, em estado rudimentar ou latente. Elas se desenvolvem conforme as circunstâncias lhes sejam mais ou menos favoráveis. O desenvolvimento excessivo de umas interrompe ou neutraliza o das outras. A super excitação dos instintos materiais abafa, por assim dizer, o senso moral, como o desenvolvimento do senso moral enfraquece pouco a pouco as faculdades puramente animais.

P. 755. Como se explica que no seio da civilização mais adiantada se encontrem às vezes seres tão cruéis quanto os selvagens?

Do mesmo modo que numa árvore carregada de bons frutos encontram-se frutos estragados. São, se quiseres, selvagens que da civilização só têm a aparência, lobos extraviados em meio de cordeiros. Espíritos de ordem inferior e muito atrasados podem encarnar entre homens adiantados, na expectativa de também se adiantarem; contudo, se a prova for muito pesada, vai predominar a natureza primitiva.

P. 756. A sociedade dos homens de bem será um dia expurgada dos seres malfazejos?

A Humanidade progride. Esses homens, em que o instinto do mal predomina e que se acham deslocados entre as pessoas de bem, desaparecerão gradualmente, como o mau grão se separa do bom, depois que este é peneirado, só que para renascer sob outro envoltório. Como então terão mais experiência, compreenderão melhor o bem e o mal. Tens disso um exemplo nas plantas e nos animais que o homem tem conseguido aperfeiçoar, desenvolvendo neles qualidades novas. Pois bem! Só depois de muitas gerações o aperfeiçoamento se torna completo. É a imagem das diversas existências do homem.

COMENTÁRIO. Na fase humana, no início da evolução, predomina no ser os instintos primitivos, animalescos. O instinto de conservação pessoal conduz à luta pela sobrevivência, principalmente em "povos de desenvolvimento imperfeitos".

Nesses ambientes, as dificuldades são maiores para a obtenção de alimentos, vestuários e ao atendimento de outras necessidades, conduzindo à violência para obtê-los, o que leva, às vezes, à crueldade.

Os métodos mais absurdos de flagelos ao próximo foram (e ainda são) impingidos em nome de Deus, por arautos de divindades excessivamente materiais, desejosas de sacrifícios.

À medida que se processa a evolução; e o ser compreende a sua realidade, começa a modificá-la, contando com o desenvolvimento da ciência e da tecnologia.

Certas dificuldades começam a ser superadas, e a vida torna-se mais amena, estabelecendo-se a cooperação na família, no grupo, até se chegar a uma concepção de *polis* em que predominam certos valores importantes para a coletividade, como o bem comum e a solidariedade.

Nos estágios mais avançados da civilização despontam o respeito aos direitos humanos, a religião se encontra com um novo Deus, generoso e não punitivo, o amor acorre como fanal para todos, eliminando naturalmente os atos e os sentimentos negativos. Nessa etapa, não há espaço para a crueldade e para nenhuma outra prática atentatória à dignidade do ser humano.

NR 7. No Capítulo 14, Zulmira interpela o Padre Antônio, afirmando no diálogo que, ante a situação apresentada, eles não estavam fazendo nada. Pergunta:

"– Vamos continuar assim sem fazer nada?

– Minha filha, não entendeu ainda que estamos fazendo o possível?

– Só estamos orando!

– E acha pouco? Pense: os jovens que contestaram o governo em nome dos ideais que professam e os membros do governo, que o defende com unhas e dentes, será que alguém nesse meio se lembra de orar?".

O Espírito Emmanuel, pela psicografia de Chico Xavier, no livro *Pão Nosso*, Feb, 24ª edição, pág. 227, item 108, recomenda perseverança na oração. Vejamos o texto:

Muitos crentes estimariam movimentar a prece, qual se mobiliza uma vassoura ou um martelo.

Exigem resultados imediatos, por desconhecerem qualquer esforço preparatório. Outros perseveram na oração, mantendo-se, todavia, angustiados e espantadiços. Desgastam-se e consomem valiosas energias nas aflições injustificáveis. Enxergam somente a maldade e a treva e nunca se dignam examinar o tenro broto da semente divina, ou a possibilidade próxima ou remota do bem. Encarceram-se no 'lado mau' e perdem, por vezes, uma existência inteira, sem qualquer propósito de se transferirem para o 'lado bom'.

Que probabilidade de êxito se reservará ao necessitado que formula uma solicitação em gritaria, com evidentes sintomas de desequilíbrio? O concessionário sensato, de início, adiará a solução, aguardando, prudente, que a serenidade volte ao pedinte.

A palavra de Paulo é clara, nesse sentido.

É indispensável persistir na oração, velando nesse trabalho com ação de graças. E forçoso é reconhecer que louvar não é apenas pronunciar votos brilhantes. É também alegrar-se em pleno combate pela vitória do bem, agradecendo ao Senhor os motivos de sacrifício e sofrimento, buscando as vantagens que a adversidade e o trabalho nos trouxeram ao espírito.

Peçamos a Jesus o dom da paz e da alegria, mas não nos esqueçamos de glorificar-lhe os sublimes desígnios, toda vez que a sua vontade misericordiosa e justa entrar em choque com os nossos propósitos inferiores. E estejamos convencidos de que a oração intempestiva, constituída de pensamentos desesperados e descabidas exigências, destina-se ao chão renovador qual acontece à flor improdutiva que o vento leva.

NR.8. Jean-Paul Sartre no inferno. "Ele era contra o terror na Alemanha. Mas no Brasil...".

O efeito colateral mais nefasto do movimento estudantil anticapitalista que, em maio de 1968, sacudiu Paris foi o surgimento de organizações terroristas de esquerda na Europa. As Brigadas Vermelhas, na Itália, e o grupo Baader-Meinhof, na então Alemanha Ocidental, compostos de universitários desmiolados e conduzidos por ideólogos recalcados, foram duas das pragas mais virulentas dos 'anos de chumbo'. O Baader-Meinhof tinha as Brigadas como modelo – tanto que seu nome oficial era Fração do Exército Vermelho. Uma de suas ações mais vistosas ocorreu em 1970, quando Andreas Baader foi libertado da prisão pela jornalista Ulrike Meinhof. A partir de então, a gangue alemã passou a ser conhecida como Baader-Meinhof.

Andreas Baader voltou a ser preso em 1972. De acordo com documentos recém-liberados pelo governo alemão, ele recebeu a visita do filósofo francês Jean-Paul Sartre na penitenciária de Stammheim. O encontro entre o filósofo e Andreas Baader, em 4 de dezembro de 1974, ocorreu sob os auspícios de Ulrike Mainhof. Ela esperava que Sartre, ao conhecer pessoalmente o companheiro preso, declarasse apoio ao bando. O filósofo, porém, disse a Baader que o terrorismo era 'justificável no Brasil, como um trabalho de base, para mudar a situação', uma vez que 'a realidade do proletariado alemão era diferente da brasileira'.

Depois da visita, Sartre somente deplorou a 'desumanidade' do isolamento de Andreas Baader na prisão. Ou o filósofo era um ingênuo, que de fato acreditava que as organizações terroristas brasileiras de esquerda queriam derrotar a ditadura militar para instaurar uma democracia, ou tinha dois pesos em uma balança defeituosa. Na Europa civilizada, já haveria condições para que o proletariado afluente fizesse sua 'transição gloriosa para o marxismo', sem precisar recorrer ao terror. Na América Latina, por seu turno, uma terra de brutos, o terrorismo seria necessário para fazer aflorar a 'consciência de classe' no operariado e, dessa forma, levá-los à revolução. Em ambos os casos, Sartre sai bem menor do que o autor segundo o qual a existência precede a essência e, assim, o homem se transforma por meio dos seus atos. Condição que deveria nos tornar ainda mais atentos para não fazer da nossa própria vida, bem como da dos outros, um inferno.

M.S. de Paris.

NR 9. No Capítulo 14 mencionamos: "– Gostei! Está começando a perceber. Se ela evoluir, adeus. Sai da nossa Justiça e passa para a do homem lá de cima, que é branda. Não foi o tal de Jesus que disse que o seu jugo era leve? Veja se pode: basta fazer o bem, ajudar o próximo, praticar a tal da caridade, que se lava uma 'multidão de pecados'. Então, ela vai pagar (se pagar) em suaves prestações e pode até ver o seu débito remido".

Em *O Livro dos Espíritos* recomenda-se a leitura da Pergunta 886 e seguintes. Vejamos:

P. 886. Qual o verdadeiro sentido da palavra caridade, tal como Jesus a entendia?

Benevolência para com todos, indulgência para as imperfeições dos outros, perdão das ofensas.

O amor e a caridade são o complemento da lei de justiça, pois amar o próximo é fazer-lhe todo bem que nos seja possível e que desejaríamos que nos fosse feito. Tal o sentido destas palavras de Jesus: *Amai-vos uns aos outros como irmãos*.

A caridade, segundo Jesus, não se restringe à esmola; abrange todas as relações com os nossos semelhantes, sejam eles nossos inferiores, nossos iguais ou nossos superiores. Ela nos prescreve a indulgência, porque nós mesmos precisamos de indulgência; ela nos proíbe humilhar os desafortunados, ao contrário do que comumente fazemos. Quando uma pessoa rica se apresenta, todas as atenções e deferências se voltam para ela; se for pobre, é como se não nos devêssemos incomodar com ela. Entretanto, quanto mais lastimável for a sua posição, maior deve ser o cuidado em não lhe aumentarmos o infortúnio pela humilhação. O homem verdadeiramente bom procura elevar, aos seus próprios olhos, aquele que lhe é inferior, diminuindo a distância que os separa.

COMENTÁRIO. Caridade é amor em ação. Quando o ser humano chegar a amar ao próximo sem restrições, não se importando com as diferenças de raça, posição social, posição econômica e política, então, teremos alcançado aqui na Terra o reino de Deus.

Dicas de Leitura

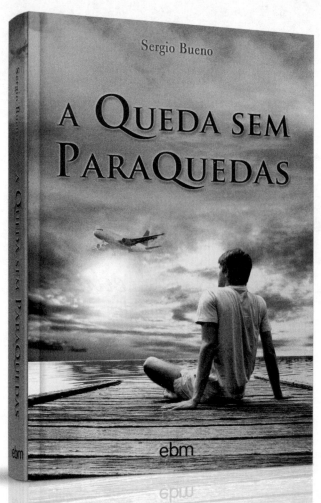

Quando o avião levantou voo, o céu do Rio de Janeiro estava lindo, indicando que seria boa a viagem de Demetrius para Nova York. De repente, uma forte turbulência atingiu a aeronave e tudo se precipitou. O destino do grupo – passageiros e tripulantes – estava definido. Não houve sobreviventes.
Os casos de mortes coletivas, à luz da Doutrina Espírita, revelam que tem uma razão de ser para esse tipo de acidente. São terremotos, maremotos, tsunamis, guerras, intempéries da natureza, atentados terroristas, acidentes... impondo resgate àqueles que, redimem ações também praticadas em grupo em vidas passadas.
A história de Demetrius é a dos demais passageiros e tripulantes, quando a Lei de Causa e Efeito reúne o grupo em um Resgate Coletivo. A Queda sem Paraquedas fala da dor dos que ficam e dos que partem, mas também da esperança na continuidade da vida.

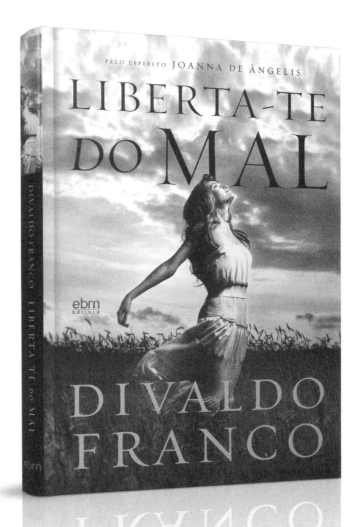

Em Liberta-te do Mal a autora espiritual Joanna de Ângelis, baseada nas vigorosas lições de Jesus e nas sábias diretrizes do Espiritismo, discorre a respeito de um tema relevante: as causas justas das aflições, essas advindas da prática irrefletida do mal. Considerando-se que não existe o mal em si, sendo esse apenas a ausência do Bem, e nem tampouco tenha sido criado por Deus, a sua presença na vida do indivíduo deve-se tão-somente à infração às leis de Deus.

A obra ainda aborda outros aspectos de interesse geral: a comprovação da nossa imortalidade, a terapia do perdão, a lei da reencarnação, dentre outros, salientando a importância do despertar do espírito rumo ao caminho da libertação dos fatores que medram o sofrimento. E, certamente, Jesus estará esperando no fim dessa trilha percorrida por aqueles que tiverem a coragem de completá-la.